安徽池州东至周氏家族治家宝训

周馥《负暄闲语》注译

主　审　孙晓峰
注　译　丁士虎　祝中侠
　　　　孙　琪

合肥工业大学出版社

图书在版编目(CIP)数据

周馥《负暄闲语》注译/丁士虎,祝中侠,孙琪注译．—合肥:合肥工业大学出版社,2021.9

ISBN 978-7-5650-5134-0

Ⅰ.①周…　Ⅱ.①丁…②祝…③孙…　Ⅲ.①杂文集—中国—清后期②《负暄闲语》—注释③《负暄闲语》—译文　Ⅳ.①I265.2

中国版本图书馆CIP数据核字(2020)第232951号

周馥《负暄闲语》注译

丁士虎　祝中侠　孙　琪　注译　　　责任编辑　张　慧　孙南洋

出　版	合肥工业大学出版社	版　次	2021年9月第1版
地　址	合肥市屯溪路193号	印　次	2021年9月第1次印刷
邮　编	230009	开　本	710毫米×1010毫米　1/16
电　话	人文出版中心:0551-62903205	印　张	25.25
	市场营销部:0551-62903198	字　数	340千字
网　址	www.hfutpress.com.cn	印　刷	安徽联众印刷有限公司
E-mail	hfutpress@163.com	发　行	全国新华书店

ISBN 978-7-5650-5134-0　　　定价:68.00元

如果有影响阅读的印装质量问题,请与出版社市场营销部联系调换

主审简介

孙晓峰（1963. 10—），男，安徽怀宁人，池州学院党委书记，池州学院家风文化研究中心主任，博士，马克思主义学院教授，安庆师范大学硕士生导师，安徽省高校教学名师；承担高职生、本科生、研究生思政课教学任务，主持教育部人文社科以及省部级项目十多项，在CSSCI等中文核心期刊上发表文章近五十篇，出版专著和教材十多部，获得全国高校第五届思想政治教育优秀著作奖，全国高校思想政治教育研究会优秀论文奖，全国行为科学优秀论文二等奖，安徽省教学成果奖一等奖三次、二等奖两次，安徽省高校思想政治教育论文一等奖等。

注译者简介

丁士虎（1963.10—），男，安徽怀宁人，池州学院文学与传媒学院副教授，池州学院家风文化研究中心研究员，池州电大、九华山佛学院兼职教师，中国比较文学会、安徽省语言学会会员；承担本科生“大学语文”“中国古代文学”“古代汉语”“外国文学”“大学生文学素养”“莎士比亚研究”“中国古代公文选读”等课程教学任务；主要从事训诂学、中国历史文化、地域文化研究，发表论文四十余篇，参编教材及著作三部。

祝中侠（1963.09—），男，安徽太湖人，池州学院马克思主义学院副教授，硕士，池州学院家风文化研究中心研究员；系统讲授过“中国通史”“世界现当代史”“中国近现代史纲要”“中国文化史”“大学生传统文化素养”等课程，主要从事中国文化史、中国近现代史的教学和研究；主持、参加省部级教学科研课题十余项，公开发表学术论文四十余篇；主编安徽省“十三五”省级规划教材《大学生传统文化素养》，担任《池州抗战史稿》《池州傩戏》等图书副主编。

孙琪（1991.03—），女，安徽池州人，池州学院马克思主义学院讲师，硕士，池州学院家风文化研究中心研究员；主要从事思想政治理论和家风家训的教学与研究，讲授过“毛泽东思想和中国特色社会主义理论体系概论”“大学生传统文化素养”“大学生生涯规划与就业素养”等课程；公开发表论文六篇，主持和参与各类教学、科研课题十余项，指导学生多次获得国家级、省级奖项。

周馥先贤（1837—1921）晚年照片

洋务大员参与醇亲王巡阅海军时合影（摄于1886年5月20日）
后排左起：袁保龄、周馥、刘含芳；中排左起：汪守正、张翼、罗丰禄；
前排左起：盛宣怀、潘骏德、黄建筦

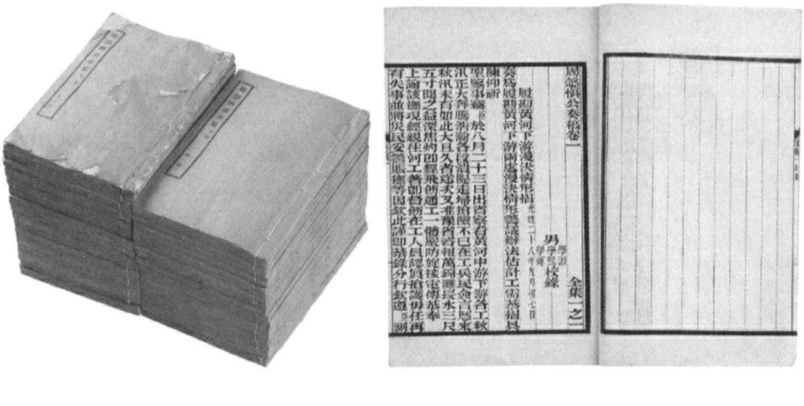

周馥先贤著作《周悫慎公全集》书影

周馥先贤全家福（1918 年摄于天津）

周叔弢先生（1891—1984）少年照片

周叔弢先生中年照片

周叔弢先生全家福

1950年7月28日，周叔弢虚岁六十生日在天津桂林路家中合影。后排站立者，自左至右：弢翁长女周珣良、弢翁外甥孙师匡（弢翁五姐第三子）、弢翁长子周一良、弢翁第三子周艮良、弢翁第七子周景良、弢翁堂侄周绍良、弢翁外甥孙师白（弢翁五姐第二子）、弢翁次子周珏良、弢翁第六子周治良；中排自左至右：周一良次子周启博、一良妻邓懿、绍良妻沈又南、孙师匡妻、弢翁夫人左氏、弢翁、珏良妻方缃、艮良妻李如琇、弢翁第三女周耦良、一良长子周启乾、绍良长女周启琇；前排儿童自左至右：一良第三子周启锐、艮良第二子周启万、绍良子周启晋、珏良长女周启柔、珏良次女周启朋、珣良子宁松、艮良长子周启璐、艮良长女周启伦。

注译者说明

1.《负暄闲语》是池州先贤、晚清重臣周馥为训诲子孙而作的家训著作，深受世人珍视。本注译稿采用1922年秋浦周氏校刻、台湾“清华大学”图书馆藏本《周悫慎公全集》为底本。原文由丁士虎录入、标点，并由他和祝中侠一起分选其中五篇进行注译，孙琪选取末尾两篇进行注译。

2. 本书另收入周馥先贤玄孙周启群撰文《关于〈负暄闲语〉》、祝中侠撰文《六世书香·百年家风——池州东至周氏家风文化述评》、祝中侠与孙琪合撰文《周馥治家宝训〈负暄闲语〉中倡导的学习观》、丁士虎撰文《译者后记》，另有几幅图片，可助读者了解《负暄闲语》的注译心得、该家训的思想渊源和东至周氏家族事迹。

3. 家训原文用宋体字，今译部分用楷体字，以示区分。

4. 本书异体字改用通行字（专名不改），如不用校刻本里的傭、徧，而改用佣、遍。此外，个别特殊的字——如底本里的“閒”，它在文中的用法有时候相当于简化字“闲”，有时候相当于简化字“间”，录入时，就按照它在句中的意义，直接选择相应的简化字。

5. 本书的编排与分段多以原刻本为据，原文过长时，为避免读者阅读时译文与原文比对不便，特将原文与译文按意义划分成几个小段落。

6. 本书的注释为脚注，排在注释内容所在页的页脚处，以便读者随时查找。对陌生词语、典故、文中的人物和书目，也尽可能地做注释。对于个别词句的来历与意义、个别人物的履历事迹，尚未找到

答案的，在注文末加了说明。人名注释（　）里的数字为公元纪年。

7. 周馥先贤摘录了不少古人名言，它们与古人著作通行版本里的原文略有出入，为了正确注译和标点，便于读者研究，注译者特一一查核古本原文，对摘文与原文在字面上的歧异之处做了说明。个别处直接在原文后面加以说明，并用［　］隔开。

8. 今译时综合运用直译和意译两种方法，以直译为主。家训原文有的句子之间缺少衔接语，今译时为了语脉连贯，在正确把握原文意思的基础上，添加了必要的过渡语，这些过渡语放在（　）里。

9. 家训作者无法超脱时代、历史与阶级的局限，因此之故，家训里精华固多，亦有陈腐因素，比如宣扬鬼神迷信、轻视劳动者、敌视太平军等，这些都是应该摒弃的。此外，家训作者站在理学家立场上，在将儒学与佛道学说做比较时，褒贬抑扬之间，持论似不尽公允。译文为了存真，均据原文直译。

10. 注译本中的注释多以权威辞书和典籍如《辞海》《汉语大词典》《中西对照恒星图表》《钦定四库全书》《中国地方志集成》等为据，另外利用了“国学大师”“百度汉语”等网络资源。对本书末尾所附参考文献的编著者与出版机构，以及注译时利用的搜索引擎与网站，注译者深怀感激之心。

11. 注译者尽可能利用第一手资料，个别历史人物事迹因第一手资料难以寻觅，对此人的简介借用了第二手资料，这有可能影响注文的准确性。另外，注译者对佛学、风水学了解不深，涉及家训这方面内容的解读，不敢自认绝对正确。鉴于此，我们期盼读者不吝赐教，批评指正。

2020 年 7 月

关于《负暄闲语》（代序）

周启群[①]

二〇一九年暑月，我第二次回到祖籍安徽东至县。

东至地处皖南，由过去的东流、至德（古称建德、秋浦）二县合并而成，多山地丘陵又有尧渡河环抱古城，山水清秀异常。据家谱记载，唐朝初年，先人周访率族人迁居至此，之后一千多年周氏子孙世世代代生活、居住和安葬在这里，直至二十世纪前期。至今周家山仍然安葬着唐朝初年以来的周氏列祖列宗。清末民初，先高祖玉山公虽宦游在外多年，官至两江总督、两广总督，去世后仍然回到故乡东至安葬。

这次回到东至，是参加池州学院家风文化研究中心和东至周氏文化研究会举办的首届池州家风文化学术研讨会，向到会的众多学者学习他们对周氏文化研究的丰硕学术成果。会议期间，有幸遇到池州学院的丁士虎先生，听他谈起他与同事祝中侠院长合作，刚刚完成了先高祖玉山公著作《负暄闲语》整部书的白话翻译与注释这件事，我感到很意外，也非常钦佩。说意外是因为现在居然有学者在关注《负暄闲语》这本不为当代学界特别关注的书；说钦佩是因为完成洋洋三十多万字的注译稿不是一个简单的工作，特别是先高祖玉山公在书中有很多地方引经据典，甚至简单提到一个名字，对于今天不曾

① 周启群，原名周群，《负暄闲语》作者周馥的玄孙，大实业家、爱国者、著名的古籍收藏家周叔弢先生嫡孙，中国科学院地质研究所研究员周景良先生之子，国际著名市场数据和科技行业研究专家，东至周氏文化研究会副会长。

受过传统诗书教育的人来说，要逐一准确地考证清楚，并准确地翻译成白话，其工作量和难度实在太大。丁先生与祝中侠院长通力合作，利用业余时间不到一年完成了上述工作，其艰辛可想而知。丁先生在赠我本书校勘本同时，嘱我留下一篇文章作为对先人的纪念。我不是文史学科出身，在家族同辈中又属年少，但对于这样的邀请我无法推辞，是希望通过下面这篇小文表达对丁先生、祝院长的由衷感谢，同时也借此表达我对先人的崇敬之心。

我对于先高祖玉山公的深入了解开始得很晚，在我四十岁前后，缘起于什么事已经忘了。但想来暗合圣人所讲四十不惑，因为先高祖的著述给我一种茅塞顿开的通透感，从此改变了对很多事情的看法。

从那时开始，逐步翻阅学习先高祖的著述《周悫慎公全集》，从而逐渐为我打开了一个关于先人、家族、历史、中华文明的全新视界。那是1922年春的周氏家族自刻本，由先曾叔祖学熙公、学渊公、学煇公编纂刊印，我当时见到的是父亲[1]高价从市场上买回的二手书，为基于上述原版的石印本，比原书开本略小。当年原书刊行之后印数不少，分授家族内及赠送亲友以资纪念，另有一定数量存放在周氏天津祠堂，在今天津市六纬路荐福庵旁。后来，祠堂拆除，所藏书籍一并捐入大学图书馆，多年之后自己家里反而没有了，偶尔在市场上看到原书流出拍卖，价格又高得难以承受，于是我父亲托人辗转买到这部二手的石印版。全书共三十六册：《卷首》一册，《奏稿》五册，《公牍》一册，《玉山文集》两册，《玉山诗集》两册（共四卷)，《易礼汇参》十二册，《治水述要》十册，《河防杂述》一册，《负暄闲语》一册，《年谱》一册。

---

① 作者父亲周景良（1928. 2. 19—2019. 9. 9），周叔弢先生第七子，1945年先入辅仁大学，旋再考入燕京大学，1946年转入清华大学哲学系学习分析哲学，深得金岳霖、沈有鼎先生赏识。1950年清华大学哲学系毕业后，又考入北京大学物理系学习，毕业后分配至中国科学院地质研究所。1956年被选派留学苏联，获副博士学位后，在苏联科学院晶体研究所从事研究工作。1962年回国，任中科院地质研究所研究员，是我国使用电子衍射分析晶体原子结构的第一人。曾任东至周氏文化研究会名誉会长，著有《曾祖周馥》《丁亥观书杂记》等书。

先高祖的著述，改变了以往我对于中国文化道统比较刻板的印象，深奥复杂有余而灵活应变不足几乎是多数人的共识，而纵观《周悫慎公全集》，特别是其中的《负暄闲语》，我看到了一个活生生的范例：中华传统的优秀文化在面对外来文化大潮冲击时，亦能保全自尊应对有方，我觉得中华传统优秀文化拥有强大而且坚实的精神内核，在风云激荡的时局下也能展现其无穷的实际应用魅力，它可以帮助我们应对各种复杂的挑战，给我们以自信、通达和力量。当我发觉这种自信、通达和力量来自于自己先人的时候，更加有一种醍醐灌顶的彻悟。循着先高祖的眼光去看待事物，很多缥缈的东西都落在了大地上，一切不确定的东西都不再惶惑，一切不清晰的远方都有了终极的指向；最重要的是，一切指导思想下面都有可以实操的切入点。这是我作为玉山公后人读《负暄闲语》的真实感受。

在《周悫慎公全集》中，我最喜欢读的是《负暄闲语》《年谱》和《玉山诗集》，三者之间的关联性很强。《负暄闲语》系统展开的是理性的各个层面，《玉山诗集》是先高祖一生为国为民的情怀写照（美国总统老罗斯福就曾对玉山公的一首诗大加赞赏），而《年谱》则为前两者加上了历史的时间轴。如同很多传统的大家族，读书在周氏家族内是一个传统，这并不稀奇，而先高祖玉山公在《负暄闲语》中明确指出了对子孙的教育要从选什么书读开始，并且不是经、史、子、集都要读，这是件非常有意思的事情，而“读书”在《负暄闲语》全书中赫然列在第一章，通篇在谈读书，实际上是昭示学习的真谛，以及学习对人的塑造。这也恰恰是我第一次读《负暄闲语》时竟不能自拔的原因，于是当时一气读下去，想来到现在已经读过约十遍。由于工作关系，每年一月初我都要去美国开会，过去十几年没有间断，记得那一年在旅途中通读《负暄闲语》兴奋异常，在转机的时候连连将祖训片段发在社交媒体上，而且那已经不是我第一遍读了，我想完全是这部书深邃的内涵使然。

《负暄闲语》是由先高祖玉山公和年少时的先祖叔弢公祖孙二人

对话的记录作为主要线索编撰而成。全书分为卷上的“读书”“体道”“崇儒”“处事”和卷下的“待人”“治家”“葆生”“延师”“婚娶”“卜葬”“祖训”“鬼神”，共十二章，涉及一个人如何对内修养自身、对外待人接物，包括如何面对家庭、面对社会等方方面面问题。由于提问的是少年时的先祖弢翁，与我自己有着更直接的联系，读的时候更觉引人入胜，渐渐地发现二人的对话是那么通透，发自先祖的问题是那么无邪，问题本身坦荡、直接，并且富有深度。有的问题直接将中国传统的道学甚至玄学与近代西方科学做比较，有的问题甚至问及世界三大宗教的关系，这些问题即使在今天也不容易回答清楚，充分展现了先祖十六岁时的风采：知识丰富，功底扎实，心胸开阔。而来自先高祖的回答，更是无比通透，对于今天人们都很难回答的问题，往往三五句话就阐释得清清楚楚；对个别问题，先高祖的回答是我们暂时不需要讨论它，这并不是因为不能解答，而是西方科学探索目前远未能解决所有问题，用这些阶段性的理论和科学发现与中华文化中传承几千年理论体系进行硬性比较，难免流于形而上学，这样对于西方科学也是不公平的。对于这些问题，先高祖玉山公也是先充分解释西方科学体系及发展现状之后，说我们暂不用讨论这个。先高祖玉山公从一名山村寒儒最终晋身为封疆大吏，一生阅尽沧桑，少年时代扎实的国学功底，入仕后繁剧事务的历练，胸襟开阔，好学不倦，这些因缘和合，终于使他具备了世所罕见的贯通中外的学识，顺理成章，他在家训中谈论修身、涉世话题时，能高屋建瓴、言近旨远，也就不足称奇了。先高祖耐心回答孙儿提出的各种社会、人生问题，这幅画面带有温馨诗意和垂范意义。而先高祖的回答本身更是体现了人生关于学习的境界，在一个有着严格传统教育的晚清家庭里，祖孙的问答能够这样坦白直接，本身又是良好家风教育的一个有趣侧影。

纵观《负暄闲语》，所有的问答见心见性，我所读到的是对一个人的体系的完整构建。我一向认为，一个人的完整人格，由体系、眼光和能力三个层次构建而成。体系的建立为首，眼光次之，能力再次之，顺序不能错。这里并不是说能力不重要，当一个人有了完整的体系，又有了很好的眼光，通常也就容易培养出高超的能力。相反，如果一个人能力很强，而没有一个完善的体系，这个人就很容易出问题，且能力越强给社会造成的损失往往越大。在《负暄闲语》中，先高祖玉山公从读书开始为家族子孙构建个人的体系，读书更可以延伸为广义的学习，就像我们在读此书的时候，可以看到先高祖玉山公本人就是一个非常善于学习的人：本书除了大量引用中国古代儒家理学的著述外，同时还涉及世界各国的文化宗教和最新科技等方方面面。这个特征之后也映射在对话的另一方——先祖弢翁身上。最为可贵的是，书中先高祖的每句话都非常通俗易懂，一方面客观上听者一方是位十六岁少年，讲得自然要通俗些；另一方面还存在两点内在原因：一是只有真正通透的人才有能力把最复杂的事情用最简单的语言讲清楚，二是先高祖一生最讲务实，书中多处讲到如不能落到实处则不取，而务实的人绝不讲很虚很绕的话。先高祖玉山公一生奔波，历经战乱，甲午海战时总理营务，曾负责处理教案，治理永定河、黄河，在山东与德国侵略者交涉保护国民利益，兴建铁路兴办大学，在北方创办北洋武备学堂，兴建北洋实业，所有这些事业都起于务实、成于务实。几十年后，这些特点完美地在对话的另一方——先祖弢翁的一生中展现出来。

先祖弢翁，自幼家塾功底深厚，除传统教育外，幼年即开始学习英语，年轻时还曾学习德语，与德国传教士卫礼贤共同翻译了康德的《人心能力论》，并于一九一四年由商务印书馆出版，为此书在中国的首译，也是迄今为止唯一来自德语的直译本（后来众多的康德著作译本皆是从英文转译的）；为了发展民族工业，他于北洋实业集团领军人物先曾叔祖学熙公麾下筹建周氏实业集团的青岛、唐山、卫辉和天津华新纱厂等工厂，并参与管理开滦矿务局、耀华玻璃、启新洋灰公司等企业。在进口设备到货后，先祖与工人一起拆箱，靠查字典一点点学习科技英文，与工程师一起安装调试设备，在企业经营管理中用人公正务实，因此在企业内声望极高。由于日本入侵，先祖拒绝与日本人合作而离开工厂，离厂时全厂人员自动关停机器并聚集在道路两侧送别；二十世纪三十年代末先祖还曾通读英文版《资本论》等。而关于以上这些，先祖在家里从不提起，乃至很多事情大家都是很晚才知道。先祖的堂妹旅居海外多年，于二十世纪八十年代回国探亲办画展，她的先生是位德国人，当先祖与他们见面时，忽然讲出德语，人们才知道原来先祖是早就会德语的。近三十年以来，先祖为世人所知，更多是作为藏书家和版本学家，他所收藏的宋元善本于一九五二年举赠国家图书馆（当时叫北京图书馆），自己一点不留，其余古玺印、敦煌写经等全部收藏品也都赠予天津博物馆。但近年才逐渐为人所知的是，早在一九四二年先祖已经写下遗嘱："生计日艰，书价益贵……然数十年精力所聚，实天下公物，不欲吾子孙私守之。四海澄清，宇内无事，应举赠国立图书馆，公之世人。"那个时候是抗战最艰苦的时候，先祖已经数年没有工作，但这些并不能冲击他胸中天下为公的情怀。现在先祖的这些善本捐献构成了国家图书馆善本馆藏的重要部分，而先祖作为藏书家，他的版本学知识也指导了一代乃至几代人的版本学的学习和研究。然而这些成就，都形成于先祖苦心勠力于北方周氏实业集团的同时，即在与进口商品展开市场竞争的同时，在与日本的资本侵吞进行顽强抗争的同时。我们依稀看到传承于先高祖玉山公的家族智慧，按照《负暄闲语》中祖孙对话所描绘的人生架构，在先祖弢翁身上鲜活地展现出来并得到完美升华。先祖去世后没有留一分遗产给十个子女，这也完整地践行了《负暄闲语》里面的主张。通过良好的教育传承，先祖的十个子女都成为国际、国内著名学者，拥有非常融洽的兄弟姐妹关系，并都为国家做出了巨大贡献。

每当我重读一遍《负暄闲语》，思想总是不由得转换到关于人格建设中体系、眼光、能力的三层架构思维中来，书中智慧的光芒贯穿时空构建起的完美的人格体系，对话的祖孙二人将书中的境界用各自的一生进行阐释并相呼应，这些给每一个读此书的读者所带来的提升难以言表。那种简洁、通透的哲学层面的震撼时时直击心灵，人们平时太难读到这样的书了，如果读了这本书，他的胸襟与视野一定会变得更开阔，就会抛弃那些晦涩玄虚、不切实际的教条，而后去努力追寻生命的终极意义，使人生境界跃升到更高层次。譬如一个从未坐过飞机的人，很难体会到高空飞行的感觉，结果偶然坐了一次飞机后便到处大讲特讲机舱、设施、服务等，但真正经常坐飞机飞行的人对此的描述，借用赵朴老的几句词："俯窥山色有无中，长安今咫尺，一笑过临潼"，写的都是地面的事，人人都能看懂，里面的逻辑却是在"层阴千百尺"之上。

深读《负暄闲语》，是在读文化、读历史、读人。先人的智慧像罗丹的雕塑，在后人的循迹中逐一敲掉多余的石头，同时，又像是先人为我们打开了一个未曾谋面却又十分熟稔的净琉璃世界。

2019年8月于畅春园

目　　录

负暄闲语叙[①]

此篇为诫诸幼孙而作也。诸孙年稚，读书无多，复爱流览西籍，恐将游骑[②]无归，难以成立。诸儿虽时严切教导，惟语焉不详，颇失循循善诱之旨。虑其启迪无资，去年暹孙[③]随侍，居庐山、芜湖数月，因其所问，就书史所载，见闻所及，引伸之以广其义，随笔记载，略分其类十有二。家庭琐琐絮语，不足以阐大道，然登高自卑，学道之功实基于此。编成後，复恐诸孙之未融于心也，又取先哲懿言，分类附载，俾资悟证。苟能好学深思，自然知识日充，事理通贯。即能谨守数语，终身不失，亦必受用良多。余衰且病，相见之日渐少矣，可即以此作为遗训，随时参悟，以助学力。诸小孙及曾孙等有在襁褓者，他日长成，可以此训解之。此尔等成败、兴衰大关键也，幸毋忽忘，负我厚望。宣统元年[④]三月，玉山老人周馥识。

今译：这些文章是为训诫我的幼孙们所作。孙子们年龄小，读书

---

① 《负暄闲语》收录于1922年秋浦周氏刊本《周悫慎公全集》，分卷上、卷下两部分，共十二章，此叙置于家训正文之前。正文前另有题词：秋浦周馥玉山甫纂著，男学渊、学熙、学煇，孙明焯校字。

② 游骑：本指巡游突击的骑兵，此处指骑马出游。

③ 暹孙：指周叔弢先生。叔弢先生本名明扬，后改为暹，字叔弢，以字行。他是周学海先生的第三子，周一良、周珏良、周艮良、周治良、周与良、周景良先生的父亲。周学熙之后，北方民族工业以他为领军人物。他也是20世纪著名的藏书家。叔弢先生1950年后长期任天津市副市长，1983年6月当选为全国政协副主席，1984年2月14日在天津逝世。此次庐山、芜湖之行，据周馥《自著年谱》“光绪三十四年（1908）戊申，七十岁”条载：“六月往庐山避暑，九月芜湖别墅成，是月往建德祭扫。”叔弢先生随侍祖父，当于此时。

④ 宣统元年：1909年。

不多，又爱阅读西方国家的书籍，我怕他们（受到影响）像骑马出游，不知道回家，难以成为真正人才。儿子们虽然时时严厉施加教导，只是考虑到他们训语不够详细，很失循循善诱的训诲宗旨。我担忧儿子们缺少用于启发教育的资料，去年孙子周暹在庐山、芜湖陪伴侍候我好几个月，我按他的提问，根据经史典籍里记载的圣贤之道，还有我本人的所见所闻，把他提问的话题触类引申并做出解答，而后随笔记载下来，笔记内容大致分为十二个方面。这是家庭里的琐絮的话，本来是不足以阐明大道理，但是，就好比人要登高山必须从低处开始向上走，要想学道有成，确实要从我所说的这些基本方面做起。这几篇训语编好之后，我又怕孙子们心里不能完全明白，又摘录先贤们的名言，分类附载（在相关篇目之后），好让他们自己去领悟、参证。假如能够好学深思，每天自然会充实知识，透彻地领悟事理。即便能牢记篇目里的几句话并照着做，也会受益良多。我年老力衰疾病缠身，与大家相见的日子越来越少了，家中子孙可以把这几篇家训当作我的临终训语，随时阅读领悟，以提升学习与研究能力。那些年纪更小的孙子和尚在襁褓中的曾孙们，将来长大了，也可以拿此训语讲给他们听。这是你们以后人生成败和家庭、事业兴衰的关键。希望你们不要忘记，辜负我对你们的殷切期望。宣统元年三月，玉山老人周馥记。

卷 上

读　书

幼年读书须平心静气，详细推索，不可贪多务博。圣贤之语，皆指身心事物上说，非如佛老谈空说妙①。如《论语》首章“学而时习之”，必其人有志学问，于养心、接物事事上见得自己有不是处，想到圣贤处此，必有至当不易之理，潜心省察，身体力行，随时随地无不用心取法，迨行之有效，心中自有豫悦景况。次节“朋友自远方来”，必是向道慕义之人，观摩取益，赏心析疑，焉有不乐之理？末节“人不知而不愠”，或为世所遗，沉沦牖下；或既仕而黜，动遭乖迕②，甚至求全之毁③，横逆之来，有人所难堪者。君子体道，眼觑千古之上，心契造化之微，贵贱死生，视之如蜉蝣朝菌，安有心与若辈较得失耶？学问到此，自然不愠，所以为成德④君子。

今译：年纪幼小时读书应该平心静气，仔细地推究、思索书中的意义，不能只贪求单纯地阅读得多、阅读范围广。圣贤的话，都是针对与人身体、心灵关系切近的事物而言的，不像佛家与道家的学说那么抽象。比如《论语》首章“学而时习之”，一定是指有志钻研学问的人，他们在修养身心、待人接物各方面看到自己有不对的地方，就

① 谈空说妙：讲说佛教义理与道家玄理。
② 乖迕：抵触，违逆。
③ 求全之毁：求全责备，苛责别人，要求对方做得完美无缺。
④ 成德：完善品德修养。典出《周易·乾·文言》：“君子以成德为行。”

会想到如果是圣贤处于自己这样的环境，一定按照最恰当而且永恒不变的原则去做，于是就专心一志地思考观察，亲自努力践行，随时随地都用心效法圣贤，等到行之有效，心里自然会有愉快的光景。第二节“朋友自远方来”，一定是指向往并追求道义的人，他们彼此观摩，获得进益，高高兴兴地与朋友一起分析解答自己疑惑的问题，怎么会有不快乐的道理？末尾“人不知而不愠”一节，（是指这类人：）他们有的被世人所遗忘，潦倒在家；有的曾做过官却被撤职，动不动就遭到不顺的事，甚至被人求全责备，被强横无礼地对待，遇到让人难以忍受的磨难，（但是这类人面对种种逆境，都能淡然处之，）君子体悟到了天地自然之理，就能看透千古之上的历史，领悟天地自然的运行法则和奥秘，会把个人的贵与贱、生与死，看成如同生命短促的蜉蝣和朝生暮死的菌类植物，怎么会有心与那类凡夫俗子争得失呢？学问到了这个境界，心里自然不会恼恨生气，这样的人因此就成了品德修养很完善的君子了。

次章“为人孝弟①”。须知孝弟非仁之本，乃为仁之本，孝弟是仁中发见之一端。圣帝明王，不能从性分②外寻出一事来教人。即强盗、暴贼，忍心害理，人有伤其亲者，无不怫然而怒。天下之人，苟能各亲其亲，各长其长，犯上作乱之事自然少见。非同霸道以权术笼络世人，杜其乱萌③也。此即修齐治平之大本。

第二章“为人孝弟”。必须知道孝悌不是仁爱的主体部分，而是践行仁爱理念的基础，是仁爱表现的一个方面。贤明的帝王，不能够从人的本性外另寻出一种道理来教导人。即使是强盗、凶暴的匪徒，狠心伤天害理，如果有人伤害他的亲人，没有不非常愤怒的。天下的人，假如都能亲近自己的亲人，敬重年高位尊的长者，那么犯上作乱

---

① 孝弟：孝，指孝顺父母。弟，同“悌”，指弟弟敬爱顺从兄长。孝悌属于儒家倡导的基本道德规范。

② 性分：犹天性、本性。

③ 乱萌：祸乱之源头，祸乱之苗。

的事，自然会很少出现。不同于崇尚强权者用权术来笼络世人，（能行孝悌，即会孝敬长辈、关爱兄弟）是杜绝祸乱萌芽的举措。这个孝悌就是修身齐家治国平天下的重要基础。

第三章“鲜矣仁”[①]。“鲜”字是孔子巽词[②]。人以巧言令色媚人，无非欺人利己，仁心绝矣，此本小人常态，在今宦场尤多。从来佞臣祸国，病即坐此。惟君相容直拒谀，乃能不受其欺。曾子“每日三省[③]”，是慎独[④]功夫，时时检点自己心地。当是曾子偶说出此三事，不必每日必如此三省，亦不是每日专省此三事。曾子性鲁，独得圣道真传，观其传于子思[⑤]、孟子，何其精微广大，乃其用功致力之处，如此平平淡淡。须知此即《大学》“正心、诚意”功夫，治平之道，即基于此。尔辈读书须如此用心，一一参悟，又遇良友常相讨论，自然功候长进，见识超卓，气象亦渐渐不同矣。

第三章“鲜矣仁”。“鲜”字是孔子的委婉语。人用花言巧语与假装的和善脸色讨好人，无非就是欺骗别人，以利自己，仁爱之心是断绝的，这本来是小人的通常表现，在今日官场尤其多见。从来奸佞大臣祸害国家，祸的根源就是这个。只有国君和宰相容纳直言、拒绝阿谀奉承，才能不受小人欺蒙。曾子“每日三省（每天三次省察自己）”，是一个人独处时，严格约束自己的做法，时时检查审视自己的内心。“每日三省”这一句应当是曾子偶然说出这三件事，不一定他每天非得像这样三次反省自己，也不是每天专门就反省（替别人办事，我是否尽心尽力了？与朋友交往，我有没有不诚实的地方？老师传授给我的学业，我有没有去复习呢?）这三件事。曾子天资迟

---

① 鲜矣仁：意思是巧言令色的人是很少有仁德的。
② 巽词：亦写作“巽辞”，委婉的言辞。
③ 三省：有多次反省和三次反省两解。译文据家训语境，采纳后一种解释。
④ 慎独：指人在独处而无人监督时，保持谨慎不苟的自律心态。
⑤ 子思：孔子嫡孙，受教于曾参。子思的门人再传孟子。后人把子思、孟子的学说并称为思孟学派。

钝，但却独得圣贤学说的精髓，看他传给子思和孟子的学说，是多么精密、微妙、博大，他修身悟道努力用功的地方，却是这样的平平淡淡。应该知道《大学》篇里宣示的“端正心灵，使意念真诚”功夫和治国平天下之道，就是从“三省”打下基础的。你们年轻人读书必须如此用心，一点一点地领悟，又遇到好朋友时常在一起讨论，自然会功力长进，认知与思考能力超群出众，气质与风采也就渐渐不同了。

我童年侍塾师听讲，师欲讲“学而时习之”句，“学”字停顿良久，曰：“‘学’字姑作读书解。”逾年，余稍解朱注，“学”字不专指读书，乃知塾师当时借以指点之意。尔辈此时能将“学”字认得清、参得透，心眼中自露微明。

今译：我童年时听塾师讲课，老师打算讲解“学而时习之”一句，他在开讲“学”字的时候停顿很久，说：“‘学’字的含义姑且解释为‘读书’。”过了一年，我稍微能看懂朱熹先生的注释，知道“学”不专指读书，才明白当日老师借解释这个“学”字来指教我们的用意。你们年轻人这个时候能将“学”字认得清楚，道理上领悟得透彻，心中自然就会有点明白。

问[①]：人不知我所学，或至沦落，终身不足以资事畜[②]，将奈何？

曰[③]：此等识见，是未闻道以前妄想。试问志士处贫困之中，将枉道以干时[④]耶？抑甘饥饿待毙耶？应世谋生，亦道理中事。昔贤有应科举者，有甘下位者，有为农、为商、为苦役者：班定远佣书[⑤]，

---

① 问：询问。发问者为周叔弢先生。下同，不再标注。

② 事畜：“仰事俯畜”一词之省语，意思是侍奉父母，养育妻儿，维持一家生计。

③ 曰：是周馥先贤的回答，译为“答”比较妥。下同。

④ 干时：求合于当时，以谋求出路。

⑤ 班定远：班超（32—102），东汉名将，扶风安陵（今陕西咸阳市东北）人，班固弟。在西域活动三十一年，巩固了汉朝在西域的统治，保障了“丝绸之路”的畅通。后封定远侯。佣书：受雇为人抄书，亦泛指为人做笔札工作。《后汉书·班超传》：“超与母随至洛阳，家贫，常为官佣书以供养。”

郑康成假田而耕①，梁鸿赁舂②，梅福为市卒③。古人有道者皆能谋生，何至饥困不能自存？昔有人问朱子④："业商可乎？"朱子曰："陆子静⑤家亦业商。但不可过门限耳。"许仁山⑥教学者须知治生，后人以为诟病，此皆误会。人有此身，有父母、妻子，焉得不谋生？常见有因贫而丧其所守者多矣。《大学》言修身、齐家，原主理言，理在事中，若置其身家于度外，何修、何齐之有？今人每以干禄⑦为救贫之计，几何不患得患失？所以沽名躁进，汩没于势利中，终身无安静日子。

今译：问：他人不知道我学了哪些东西，具备哪些学问，我可能弄得穷困潦倒，一辈子没有足够的财力物力用来供养父母、养育妻

---

① 郑康成：郑玄（127—200），字康成，东汉经学家，北海郡高密（今山东高密市）人，建安中，征拜大司农，寻卒。有《毛诗笺》《三礼注》传世。《后汉书·郑玄传》："年过四十，乃归供养，假田播殖，以娱朝夕。"假田：租田耕种。

② 赁舂：受雇为人舂米。梁鸿，字伯鸾，东汉前期文学家，扶风平陵（今陕西咸阳市）人，家贫博学，与妻孟光相敬如宾，范晔《后汉书》有传。

③ 梅福：西汉九江郡寿春人，字子真，官南昌尉。及王莽当政，乃弃家隐居。《汉书·梅福传》："变名姓，为吴市门卒。"后世江南各地乃至闽粤，关于他成仙的传说甚多。市卒：看守市门的小吏。

④ 朱子：朱熹（1130—1200），南宋哲学家、教育家，字元晦，又字仲晦，号晦庵，晚称晦翁，别称紫阳，谥文，世称朱文公。祖籍徽州府婺源（今江西省婺源县），侨寓建阳（今属福建）。十九岁考中进士，任秘阁修撰等职，做官清正有为，重视教育，是闽学派的代表人物，儒学集大成者。他与"二程"（程颢、程颐）的学说合称为"程朱学派"。宣扬"理一分殊"、格物致知、知在行先、行重知轻、知行互发等学说，在人性论上，他提出"心统性情"说，认为性是心之体，情是心之用，心是包括体用的总体。对"性"的概念，朱熹又区分了"天命之性"和"气质之性"两个层面，认为"天命之性"至善，"气质之性"有善有不善，二者统一在人身上。主张"遏人欲而存天理"，发挥"道心"，克制人欲。在修养功夫方面，朱熹主张"主敬涵养"。讲学亦以穷理致知、反躬践行以及居敬为主旨。他的理学思想在元、明、清三朝影响很大，成为官方哲学。朱熹著述甚多，有《四书章句集注》《太极图说解》《楚辞集注》等，后人辑有《朱子大全》。

⑤ 陆子静：陆九渊（1139—1193），号象山，字子静，抚州金溪（今江西省金溪县）人，南宋哲学家、官员，陆王心学的代表人物。因书斋名"存"，世称存斋先生。因讲学于象山书院，又被称为"象山先生"，他与当时著名的理学家朱熹齐名，史称"朱陆"。著有《象山集》。嘉定十年（1217），朝廷追谥"文安"。

⑥ 许仁山：许彭寿（1821—1866），原名寿身，字彭寿，号仁山，浙江钱塘（今杭州市）人。嘉庆至咸丰年间名臣许乃普之子，道光二十七年（1847）会元，后殿试位列二甲第一名，官至内阁学士兼礼部侍郎。

⑦ 干禄：求禄位，求仕进。《论语·为政篇》："子张学干禄。"

儿，那怎么办呢？

答：这种观点，是没有听说过宇宙真理之前的错误想法。试问意志坚定而有操守的人处在贫困中，是打算违背真理的规范来求合于当世以获取利益呢？或者是甘于饥饿等死呢？（这两种情形都不会出现，他们另有生存之道）应付世务，以谋取生存，（这对一个人来说）是合乎道理的事。往日贤人有参加科举考试的，有甘心待在低下职位的，有做农民、当商人、做苦役的，班超曾受雇为官府抄书，郑玄租田耕种，梁鸿受雇为人舂米，梅福当看守市门的小吏。古代有道的人都会谋生，怎么会弄得穷困潦倒而不能生存？往日有人问朱熹夫子：“经商可以吗？”朱夫子说：“陆九渊家也经商。只是不可以越过限度。（经商要合乎道义，只挣正大光明的钱）。”许仁山先生教学生要懂得谋生理财之术，后人认为他这种教育方式不对，并加以指责，这都是误会了。人有自己的身体，有父母、老婆和孩子，怎么能不去谋生？常常见到很多人因贫困而丧失操守的。《大学》篇说“修身”“齐家”，是从大道理而言的，这些大道理又存在于具体的日常事务之中，如果对个人生命和家庭都不考虑，那么又怎能做到“修身”“齐家”呢？现在的人多以做官得俸禄作为摆脱贫穷的方法，多久才能不患得患失？因这个缘故，人们故意做作、用不正当手段以捞取好的名声，渴求飞黄腾达，沉浮于追求权势利益的欲望之海中，一辈子没有安静的日子。

昔年有友告余曰：“孔子言‘克己复礼’，不言‘克私复理’者，盖人各有一己，即各有一偏，应各视其所偏而克之，非仅谓昧心害理之私也。‘理’字着空，不如‘礼’字着实。人能于日用诸事合乎当然之礼，内外俱彻矣。”① 余颇服其言。后历观不学之人，如性刚果、

① 友人见解源于朱熹。《朱子语类·卷四十一》说：“‘克己复礼’，不可将‘理’字来训‘礼’字……见得礼，便事事有个自然底规矩准则。”“只说理，却空去了。这个礼，是那天理节文，教人有准则处。”

重风骨者，到年老时则渐粗暴，不知详察事理；性和厚者，渐觉疲懦因循；其聪明伶俐一流人，则趋避愈工，遇事圆滑；仕人到官位大显时，性情愈偏，同犯此病。皆由不知克己之学故也。

今译：往日有友人告诉我说："孔子说'克己复礼（克制自己，使言行符合于礼）'，没有说'克私复理（克制自私，使言行合理）'，是因为每个人都有一个自我，各有不正确的地方，应该各自发现本人不正确的地方进而把它们消除掉，不是单单指昧着良心伤害天理的那种自私。'理'字有点虚幻，不如'礼'字踏实。人如果能够在平时日常事务中做到事事恰当合礼，那么修身养性与处理事务都会非常精通了。"我很信服他的话。后来前前后后观察那些不学习的人（都有不足之处），比如性格刚强果断、看重骨气的人，到了年老时渐渐粗暴，不懂详细地考察事理（不能实事求是）；性情宽和厚道的人，渐渐变得懈怠胆小、因循守旧；至于聪明机灵一类的人，会变得精于趋利避害，遇到事情就圆滑处理；做官的人做到官位显赫时，性情越发偏执，同样犯了这种（不学习、不循礼的）毛病。这都是由于不懂得克己之学的缘故。

"克己"原主"去人欲之私""救气质之偏"两说，后人又添"习俗之蔽"一语，理自通贯。如人之气体①不同，才力各异，俱须加审察克治之功。譬人饮食多少，身体耐劳与否，气体也，人当慎饮食以养身，节其劳而专力于应治之事。性情刚柔，度量宽狭，识见缓速，此才力也，必如古人佩弦②、佩韦③以自警，会友辅仁④以取益，

① 气体：理学家认为，气是使万物各具其性的元气，气可聚散，人有了这种气才能活着，散失了就死亡。气体就是气的形态，也就是生命体。指人的话，就是人体、身体、人身。

② 佩弦：佩带弓弦。弦：弓弦。性缓者佩之以自警。《韩非子·观行》："董安于之性缓，故佩弦以自急。"

③ 佩韦：佩戴熟牛皮。韦：熟皮。韦皮性柔韧，性急者佩之以自警。《韩非子·观行》："西门豹之性急，故佩韦以自缓。"

④ 典出《论语·颜渊篇》。原文是："曾子曰：君子以文会友，以友辅仁。"意即君子与朋友相切磋，成就自己仁爱品性。

皆所以克之也。今世人不知学，尝见有自命正人者，每谓“我心无一私可克”，粗莽可笑。大道无所不在，学者随所在而修也。

今译：“克己”的解释原来有“除去人的私欲”和“补救气质不正”两种，后人又增添“排除习俗的蒙蔽”这句解释，道理都很贯通。好比人的体质不一样，才智各有差别，都必须进行一番自我审察和纠正的努力。譬如一个人的饭量大或小，身体是不是受得起劳累，这与该人的体质有关，人应当谨慎饮食以保养身体，节省精力而将力量专用于必须做的事情上。性情的刚强与柔弱，胸襟的宽广与狭窄，观察判断能力的快与慢，这与才智相关，必须像古人那样身佩弓弦或者熟牛皮来警醒自己（以便改善性情，性格迟缓的要佩带弓弦提醒自己要急速些，性格急躁的要佩戴熟牛皮，提醒自己要和缓些），还要约会朋友，彼此切磋勉励，辅助养成仁爱的品性，以得到收获，这都是端正自己的做法。现在的人不知道学习，我曾见到有自命正人君子的人，总是说“我的心中（无私念），没有一点自私可以消除”，这真是粗率鲁莽得可笑。天理（包括伦理纲常）无处不在，学习的人随时随地都可以循着它来修身养性啊。

宋儒言“致知须敬”①，张杨园②亦曰“修齐③在致知，致知在敬”，今人多不解，余拟加一解曰：“心静乃能悟理，不敬何以静？如人之心，日扰于嗜欲之场，本体已昏，安能参究物理？诸葛武侯曰‘宁静以致远’，即是此意。格物原就己心中已知事物之理而复遇事

---

① 《朱子语类·卷十八》言“涵养须用敬，进学在致知”，“致知须用涵养”，综合起来，就是“致知须用敬”。朱熹门徒蔡沈《挽刘文安公》有诗句：“考亭云谷孰居先，名世悠然得正传。穷理致知须主敬，存心养性道齐贤。”宋儒：宋代理学家，一般指周敦颐、张载、二程、朱熹、胡安国等人。

② 张杨园：名履祥（1611—1674），字考夫，号念芝，因世居浙江乌镇近郊杨园村，人称杨园先生。他是明末清初著名的理学家，学行纯粹，曾云“圣贤用心，要使天地间物物各得其所。学者从此念起，将来方有成就”。后人辑其著作，以《杨园先生全集》为名刊行。

③ 修齐：“修身、齐家”缩略语，儒家的伦理政治理想，指加强自身的修养，治理好家政。典出《大学》。

参究，自然理境日豁。若如王阳明之门人①，将庭前竹子亦加格物工夫，积思成病，是入魔道矣。或谓：‘西人精一艺臻绝诣②，安知静、敬功夫？’曰：‘彼心专而不纷即是，孟子以弈秋教弈喻学道者③，即是此意。’”

今译：宋儒说“获取知识必须要有恭敬之心”，张杨园先生也说“修身、齐家首先要获取知识，获取知识首先要存恭敬之心”，当代很多人不理解这句话，我打算加一种解说：“心安静才能领悟道理，不存庄重严肃的心怎么能做到安静？如果一个人的心，每天在充满欲望的场所受到侵扰，它的本体已经昏乱，怎么能探究事物的道理？诸葛亮说‘宁静以致远（心灵安静才能实现远大目标）’，就是这个意思。研究事物的道理，原本就是用自己心里已经知道的事物原理，拿来与所遇到的事物进行比较印证，自然日益通达事理。像王阳明的门人，将庭前的竹子研究了一番，但想不通它的道理，为此积成心结就闹出病来，这是走火入魔了。有的人（可能会）说：‘西方人精通某一门技艺，造诣达到顶峰，他们是怎么知道安静内心、临事谨慎的修身处事技巧的？’我的回答是：‘西方人用心专一而不纷乱就是这种静心、谨慎的表现，孟子用弈秋教人下棋的故事来开导学道的人，也是这个意思。’”

读书时遇有意义于心不安处，不可骤下评论，涂抹卷籍，务须平心研讨。倘实见有义欠明、理欠真者，久之，翻阅他书，必有前人论断，再为审度事理，或遇友商榷，益见分晓。

今译：读书时如果遇到书中表达的意思自己觉得不是很妥帖，不

---

① 据《传习录》记载，王阳明与钱姓友人（非门人）先后因格竹而劳思成疾。王阳明（1472—1529），名守仁，字伯安，号阳明，浙江余姚人，明代著名的教育家、政治家、军事家、思想家，心学的集大成者，官至南京兵部尚书、南京都察院左都御史等，封新建伯，谥文成，著有《王文成公全书》。“致良知”“心即理”“知行合一”是他的心学思想核心。

② 绝诣：极高之造诣。

③ 典出《孟子·告子上》。原文作：弈秋，通国之善弈者也。使弈秋诲二人弈：其一人专心致志，惟弈秋之为听；一人虽听之，一心以为有鸿鹄将至，思援弓缴而射之。虽与之俱学，弗若之矣。为是其智弗若与？曰：非然也。

要匆促做出评论、在书上涂抹修改，必须平心静气地研究探讨。倘若确实见到那处文章表达的意思不够清楚、道理不够正确，过段时间，（你再）翻看其他的书，一定会有前人对你思考过的问题做过分析判断，这时自己再来审查（书中那段话的）事理逻辑，或者遇到朋友时与他一起商讨，（对书中的问题）就更能看得清楚了。

读书以《四书》《五经》及性理等籍为主，《史》《汉》诸书、有关经济①者次之，西学则又次之。必经、史已通大义，再求专门之学。尤须先考中国典籍，再考西书。中国典籍中自有专门，若不通经、史而径步趋西学，必致中无主宰，做人奴婢。

今译：读书应该以《四书》《五经》以及宋、明理学家宣扬关于人性与天理学说的性理书籍为主，《史记》《汉书》等史书、有关经世济民的书为次，西方各科书籍又次一等。（中国人）必须对本国经书和历史著作懂得大致的意思，而后才能寻求专业知识。尤其需要先研究中国的经典书籍，再研究西方的书。中国典籍中本来就有专业方面的书，假如不通经书和历史，就直接追求西方学术，一定会导致自己心中没有主见，而去做别人的奴仆。

读书以研究道理、身体力行为要。溧阳陈作梅先生鼒②曰：“昔人言考据家③如贩骨董，词章家④如优伶，言于己无所得也，到用时胸中毫无主张。”

今译：读书要以研究道理、亲身努力实践为宗旨。溧阳陈鼒先生说：“昔日有人说整理古籍、考释词义的考据家如同贩卖古董的贩

---

① 经济：经世济民，包括管理社会与救助百姓等。

② 陈鼒：1813—1872，字作梅，号槎溪，江苏溧阳人。道光二十七年（1847）进士，同年进士有李鸿章、沈葆桢、郭嵩焘等。其人沈酣典籍，具经世大略，学养深邃，足智多谋，先后入胡林翼、曾国藩、李鸿章幕府，胡、曾、李均对之极为推崇。官至直隶清河道，署布政使，著有《槎溪学易》三卷，辑有《求志集》四卷。周馥《诗集四·感怀平生师友三十五律·陈作梅先生》即缅怀赞美他。朱畯等纂修《溧阳县续志·卷九·宦绩》有传。

③ 考据家：对中国古籍进行校勘、注释、辑佚工作的学者。

④ 词章家：写作诗文词赋的作家。

子，写诗歌词赋的作家如同戏子，说的是这些人（考释整理古籍、写诗文词赋）的行为对于自己修身处事没有益处，到需要用自己的那些学问来解决实际问题时，却毫无主意。”

余幼年喜亲近有道之士。尝设一譬，问石埭陈虎臣艾先生[①]曰：“圣贤谈理，原为处事而发。如今人空谈说理，流弊甚大。如饮食必用水，犹事必依理而行也。今乃仿晋人清言，而于事物上全无省察，是乃专以水充腹也，可乎？”虎臣先生曰：“我尝谓士人读书，须从阅历上进功，即是此意。”

今译：我幼年时就喜欢亲近很有品德的人。我曾打个比方，问石埭县陈艾先生说：“圣贤谈论性理之学，原是为了教人如何处理事务而发。现在的人空洞地谈论性理之学，带来的弊病很大。比如人吃喝一定要用水，这就好比做事情必须依照理而行（但光喝水是无法充饥的，空谈性理也不能增长自己的才干）。现在的人却是单纯模仿晋朝人清谈玄理，而对于具体事务全不留意观察，这就好比是专门用水来饱肚子了，可以吗？”陈艾先生回答：“我曾说过士子读书，必须通过实际事务的历练来培植品德与才干，就是这个意思。”

小说闲书，不可入目[②]。余幼时见友人说《列国演义》事迹多

---

① 陈艾：1820—1906，字虎臣，号勿斋，晚号悔翁，安徽石埭（今石台县）人，道光己酉拔贡，理学家，书法家，曾执教故里，主张教育以诚敬为本，常说：“学者所以学为人也，修诸身见诸行事，可以型家，可以范俗，始不愧‘读书’二字。”又述程子语曰，“色利两关打得开方是为人”，从学者甚众。其人生性纯孝、仁慈、好施与。先后为曾国藩、李鸿章幕僚，寓居金陵，荐保江苏候补知府，不仕。著有《求放心斋集》等。周馥《诗集四·感怀平生师友三十五律·陈虎臣先生》即赞美他。陈惟壬纂《民国石埭备志汇编·卷三·人物志初稿》有传。

② 周馥先贤推重陈宏谋《训俗遗规》，认为此书“不可不看”。本处见解与《训俗遗规·卷四》里的一条旨意相同。《训俗遗规》原文：“语云：‘开卷有益。’是书皆可资长学问，独今之小说，多将男女秽迹，敷为才子佳人，以淫奔无耻为逸韵，以私情苟合为风流，云期雨约，摹写传神，使阅者即老成历练，犹或为之摇撼。至于无识少年，内无主宰，未有不意荡心迷，神魂颠倒者。在作者本属子虚，在看者竟认为实。因而伤风败俗者有之，犯法灭伦者有之。虽小说中原有寓意因果报应者，但因果报应，人多略而不看、将信将疑，况人好德之心不能胜其好色之念，既以挑引于其前，鲜能谨持于其后。吾愿主持风化君子，于此等淫词严请禁毁，使民惟经史是诵。厚风俗，保元气，是亦圣世之善政也。”

实，因瞒先生借观之，过目不忘。后又阅《三国演义》，则觉其张皇粉饰，无足观矣。乃觅《三国志》读之，始知纲要，然嫌其尊魏而抑蜀，欲觅他善本，迄未得。廿四史[①]，已阅四分之三，觉古今事迹，大抵皆同，褒贬亦间有附会，不如看圣贤书与大儒专集，较为餍心。今我衰老眼昏，不能多读，欲得素心人来往讨论，亦不易遇，每日得闲，仍翻阅书籍，与其强颜与今人酬应，不如对古人证心性[②]也。余幼时见乡塾子弟案头只有时文[③]数册，心窃鄙之。若见有淫词曲本，更鄙其人，遂不与往来[④]。尔辈读书须知去取，勿枉费光阴。

今译：小说之类的闲书，不可以阅读。我幼小时听见友人说《列国演义》里的故事情节多是真实的，于是瞒着老师借来看了，看了一遍就没忘记。后来又阅读《三国演义》，就觉得这本小说喜欢夸张粉饰，不值得看。于是找到《三国志》读了，才知道这段历史的大纲，然而厌恶这本书尊崇魏国压抑蜀国，打算寻找写三国历史的较客观真实的书，迄今没找到。二十四史，我已经阅读了四分之三，觉得古今事迹，大致相同，（史书作者对人物事件的）褒贬评价也偶尔有牵强附会之处，不如看圣贤经典和理学大家的专集，比较令人满意。现在我年老体衰，眼睛昏花，不能多看书。想找到心性纯朴的人并与他们来往，讨论一番，也不容易遇到，每天得闲时，仍翻看书籍。与其强装笑脸与当代人应酬交往，不如面对古人以印证自己的道德修为。我幼小时看到在乡村私塾学校读书的年轻人书桌上只有几

---

① 廿四史：中国古代二十四部纪传体史书，即《史记》《汉书》《后汉书》《三国志》《晋书》《宋书》《南齐书》《梁书》《陈书》《魏书》《北齐书》《周书》《隋书》《南史》《北史》《旧唐书》《新唐书》《旧五代史》《新五代史》《宋史》《辽史》《金史》《元史》《明史》，共三千多卷，近四千万字。

② 心性：即“心”和“性”，此处指道德修为。朱熹《孟子集注·尽心上》：“心者，人之神明，所以具众理而应万事。性则心之所具之理，而天又理之所从以出者也。”据此可知，性即人心具有的天理，心是人的思维器官。王阳明《传习录》：“心即性，性即理”“心即理”。

③ 古代对当时参加科举考试所采用的文体的通称。唐、宋时称“骈文”“律赋”为时文，明、清时称八股文为时文，又称制义、制艺。

④ 汪辉祖《双节堂庸训》也发此论：“淫词艳语，最足坏人心术……故书架之上，断不可存此等书籍。”

本八股文，在心里私下就瞧不起他们。假如看到有淫艳词本和戏本，更是瞧不起这个人，就不与他交往。你们年轻人读书必须知道选择，不要白白地浪费时光。

读书先定主意要看何书，必将此书从头至尾细细看过，不可中辍，亦不可看一段弃一段。看毕后全书融贯在胸，知所去取，再看他书更易贯通。能将全书大意作一论记之，俾无遗忘，亦一善法。若贪多骛博，见异思迁，徒劳神无益，不如不读。

今译：读书先要打定主意，决定看哪些书，一定要把选定的书从头到尾仔细地看完，不要半途而废，也不可一段看了，另一段不看。看完后，全书内容和思想都掌握了，知道汲取那些有用的东西，抛弃没有用的东西，而后再看其他的书，更容易融会贯通。能将全书的大致意思做个评价，写下来，使自己不要遗忘了，也是一种好法子。假如一味贪多、追求博识，看到别的事物就改变主意，白白地耗费精神而没有收获，（这么做）不如不读。

一部《四书》，凡淑身、淑世、经济、权变，以及天地、鬼神、男女、饮食，凡幽渺不可知之数①，细微不可穷之事，无不包括靡遗。《论语》尤觉简浑精粹，人能沉思静虑，细细体察，无不愈推愈远，愈研愈深。昔人谓："孔、孟单词片语，皆足括二氏之精微，而去其偏。"余十三岁能粗解大义，至二十余岁又取释、老、诸子之书阅之，惟爱《荀子》，次则《老子》。四十以后，觉诸子、二氏皆不及孔、孟，苦资秉愚钝，不能融会于心，又取《近思录》② 反复玩之，访有志之士辩论之，仍多隔膜，惟抱诚、敬二字，时时提撕③此

① 幽渺：精细微妙。数：命运、天数。

② 《近思录》：朱熹、吕祖谦纂，二人摘取周敦颐、张载、二程著述中"其关于大体而切于日用者"，共六百二十二条，分十四卷，阐发了理学思想的主要内容，该书为后来性理诸书之祖。

③ 提撕：拉扯，提醒。《诗·大雅·抑》有"匪面命之，言提其耳"，郑玄笺："我非但对面语之，亲提撕其耳。"

心耳。今衰朽家居，复取《近思录》《四书》朝夕玩绎，乃知圣贤之言，简淡之中精微毕具，可以参造化、感鬼神。阅世五十年，今始稍领悟，犹恨未能一一身体力行，恨尔辈未能朝夕随侍讲论，一大憾事。

今译：一部《四书》，对于如何修身、济世、管理、权谋以及关于天地宇宙、鬼神、男女欢爱、饮食等方面，凡是微妙难测的命运和气数，细小到不能探究到底的事物，无不包括，没有遗漏。《论语》这本书尤其语短意长，精粹浑沦，人阅读时如果能沉静思考，细心体会，都可以把（先贤思想）越推究越宽广，越研究越深入。前人说过："孔子、孟子单言只字，均能完整地囊括释、道二家的精华，而除去二家的偏颇之处。"我十三岁能约略懂得儒家经典的大致意思，到了二十岁时，又阅读了佛家、道家和先秦诸子之书，（这些书里）只喜爱《荀子》，其次是《老子》。四十岁以后，觉得诸子和释、道二家著作，都比不上孔、孟之书。苦于天资蠢笨，不能在心里融会贯通，我又拿朱子编的《近思录》反复阅读欣赏，访求有高远志向的人并与他们在一起商讨，我仍然还有许多不懂的地方，只好坚守着"诚、敬"两个字，时时在心里提醒自己。现在我年老体衰，住在家里，再次拿着《近思录》《四书》从早到晚地欣赏玩味，才明白圣贤的话，在简单平淡之中，具备了全部的精深微妙意义，这些话可以参与天地化育万物的进程，感动鬼神。我阅历人世间五十年，现在才开始稍微理解圣贤的话语，尚遗憾未能一一亲自努力践行（照圣贤的话去做），遗憾你们这些后辈不能整天陪伴我，听我和师长们对这些经典的讲解与讨论，这真是一件很遗憾的事。

孔、曾、思、孟《四书》，从"道心惟微，人心惟危"① 数句出来。宋朱子集周、张、二程子之书为《近思录》，即从孔、曾、思、孟书出来。后世许多兵、农、刑、政有益身心、家国之书，皆从宋四

① 语出《尚书·大禹谟》，原文作："人心惟危，道心惟微。"道心就是合乎道义的思想。

子之书推演出来，或由之而不知，或语焉而不详耳。世人眼孔小，心思粗，自看不出。

今译：孔子、曾子、子思、孟子的学说，收录于《四书》即《大学》《中庸》《论语》《孟子》中，而《四书》又是从《尚书》中“道心惟微，人心惟危（人心动荡不安，合乎道义的思想幽昧难明）”这数句话演绎发展而来的。宋代朱熹先生汇集编纂周敦颐、张载、程颢、程颐的书为《近思录》，这本书也是从孔子、曾子、子思、孟子作的《四书》中派生出来的。宋代以后的许多兵书、农书、刑书、政书等对读者身心、对国家、对家庭有益的书，都是从宋代周、张、二程、朱子之书发展演变而来，（不过宋代以后的这些书）有的只是顺着先哲典籍的路径走，而自己却不知道，有的（阐发了一点圣贤道理）却讲得不详细罢了。世人眼界狭隘，又粗心大意，自然看不出这一点。

经、史外，如算学、天文、地理、吏治、律例、农学、医学等书，凡有益于处家、做官、应世、谋生者必须购藏多部。近人劝善书，如吕新吾《呻吟集》①、陈文恭《五种遗规》②、张文端《聪训斋语》③

① 《呻吟集》：又名《呻吟语》，作者吕坤（1536—1618），字叔简，号新吾，河南宁陵人。明万历二年（1574）进士，历官山西巡抚，留意风教，举措公明，擢刑部侍郎，立朝持正。吕坤少时资质鲁钝，读书不能成诵，乃澄心体认，久乃了悟。十五岁时，读性理书，欣然有悟，遂孜孜讲学，以明道为己任。著有《去伪斋文集》等。

② 陈宏谋：1696—1771，字汝咨，曾用名弘谋，因避乾隆帝名讳而改名宏谋，广西临桂人，为诸生，即留心时事，闻有邸报至，必借观之。自题座右，谓“必为世上不可少之人，为世人不能做之事”，雍正元年（1723）中进士，后历官布政使、巡抚、总督、东阁大学士兼工部尚书等职，“能以民心为己心”“视国事如家事”，政绩卓著。治学以薛瑄、高攀龙为宗，乾隆三十六年（1771）卒，谥文恭，《清史稿》有传。著作有《培远堂全集》等。《五种遗规》：陈宏谋辑，含《养正遗规》《训俗遗规》《从政遗规》《教女遗规》《在官法戒录》，举凡人的一生，始从蒙养胎教、家庭教育、学校教育、社会教育，乃至出仕入世、为人做官，各种教言无不包罗殆尽，人赞为“天地间不可少之书”。

③ 张文端：1637—1708，清朝名臣，名英，字敦复，又字梦敦，号乐圃、倦圃翁，安徽桐城人，张廷玉之父，康熙六年（1667）进士，累官至文华殿大学士兼礼部尚书。先后充任纂修《国史》《一统志》《渊鉴类函》《政治典训》《平定朔漠方略》总裁官，著有《文端集》《易经衷论》等。康熙四十七年（1708）卒，谥文端。《聪训斋语》：二卷，张英所作的家训，以立品、读书、养身、择友为纲，宣扬“读书者不贱，守田者不饥，积德者不倾，择交者不败”思想，在社会上很有影响。

等书，有益身心，不可不看。其说文训诂、诗赋及各名家诗文集，不必多求。天文只须略明历算，其占休咎之说，切不可信。地理须知风俗、物产、险要，徒识道里远近，无益也。

今译：经书、历史书之外，如算学、天文、地理、吏治、法律、农学、医学等书籍，凡是对于管理家庭、从政、适应人世、谋生有用的，必须购藏好几部。近世人写的劝人为善的书，比如明代吕坤先生的《呻吟集》、当朝陈宏谋先生的《五种遗规》、大学士张英先生的《聪训斋语》等书，对读者身心有益，不可以不看。至于训释词义的书、诗赋集以及各位名家诗文集，（也可以看，）但不必多看。天文知识只要略微懂历法节气推算即可，至于根据时日、物候、云彩等来占卜凶吉的学说，千万不要相信。地理方面的知识，必须知道当地风俗、物产、地势险峻处，只知道某地与某地之间路程是多少，这是没有用处的。

读书是广闻见、开性灵，其中自有乐趣。若孩童性钝，可少读几句，总以得解为要。终日据案呫哔①，嚼蜡无味，必以为苦，徒伤其身体，锢其灵明，何为乎？每日得闲，能取古人浅语诗文及懿行嘉言随意讲解，或引至闲旷处游眺，随事指点，于养身、养心皆有裨益。

今译：读书能扩充见闻，开启人的智慧与心灵，读书过程中自有乐趣。假如孩子天资迟钝，每天可以让他少读几句，总体来说，以使他读懂句子意思为关键。如果让孩子整天倚靠着书桌诵读，会像嚼蜡一样，感到枯燥无味，一定会把读书当作辛苦的事，白白地伤害孩子身体，禁锢他们的心灵与智慧，这是干吗呢？每天有了空闲时间，能选择古人用浅显的语言所作的诗文以及古人美好的行为与言语，任情适意地讲解给孩子听，或者引他到空旷地方游览眺望，遇到什么事物就当即指教他，这么做对于养护他的身体和心灵，均有补益。

读古人诗文，须择理胜者，其情韵胜者次之。如唐宋八大家文，

---

① 呫哔：音 tiè bì，亦作呫毕、佔毕，泛指诵读。

首韩、欧，次苏，次曾，余又次之。《古文渊鉴》[①] 多阐治道，较《唐宋文醇》[②] 尤高。若求作文体裁，则《昭明文选》[③]《古文辞类纂》[④] 尽之。诗集以《唐宋诗醇》[⑤]、陶靖节、杜工部、白香山、陆放翁等集为优，以其宣畅性情，尚得风人雅致。若其他名集，专讲情趣、格调者，可以闲玩，不必多览。人能诗文，却是游于艺工夫，不能亦为士人缺憾。但落笔须具理趣，得立言体，不可粗慢油滑，若讥时骂人，则成轻薄子矣。

古人教子弟须要安详、恭敬，何况读书作文，岂可使气任意？即如作字，必须恭敬，一笔一笔从容写去。大凡文艺工拙，虽与人品贤否无涉，亦可观人之福泽、功业也。

今译：阅读古人诗文，必须选择以理趣取胜的作品，以情致韵味取胜的作品次之。如唐宋八大家古文中，首先是韩愈、欧阳修，其次是苏轼，而后是曾巩，再后的就是剩下的柳宗元、苏洵、苏辙、

---

① 《古文渊鉴》：古代散文作品选集名，又称《御选古文渊鉴》。共六十四卷，清康熙帝选录春秋迄宋末的一千三百余篇文章，并逐篇加以评品，命徐乾学等十二人作注，征引宋元明清学者一百二十人的评语二千多节，编成该书。选文体裁多样，辞义精纯，所附考证详明。有清康熙四十九年（1710）武英殿刻五色套印本传世。

② 《唐宋文醇》：总集名，又称《御选唐宋文醇》，五十八卷，清乾隆三年（1738）御定，允禄、张照等奉谕旨编纂而成。清初储欣增订明茅坤《唐宋八大家文钞》，又加入唐李翱、孙樵两家，为《唐宋十大家全集录》。此书即以储欣书为蓝本，重加改订。采录各家评语，为之品题，并常引用正史、杂说以考辨史实。其思想倾向，大致与储书相同。有清乾隆年间内府大字本等。

③ 《昭明文选》：中国现存最早一部诗文总集，由南朝梁武帝的长子（两岁时被立为太子）萧统组织文人共同编选，萧统死后谥“昭明”，故有此称。该书收录自周代至梁以前七八百年间一百三十多位作者的诗文七百余篇，并对古今文体做了全面的阐述、辨析和整理，对后世文学影响极大。

④ 《古文辞类纂》：清代桐城派古文家姚鼐编的各类文章总集。全书七十五卷，选录战国至清代的古文，依文体分为论辨、序跋、奏议、书说、赠序、诏令、传状、碑志、杂记、箴铭、颂赞、辞赋、哀祭共十三类。书首有编者序言，略述各类文体的特点、源流及其义例。

⑤ 《唐宋诗醇》：全称《御选唐宋诗醇》，唐宋诗选集。清乾隆十五年（1750）御定，共四十七卷，选录唐李白、杜甫、白居易、韩愈，宋苏轼、陆游六大家诗。编者以此六家为唐宋诗大宗：李白源出《离骚》，才华超妙，为唐人第一；杜甫源出《国风》、二《雅》，性情真挚，亦为唐人第一；平易而近于情者，莫过白居易；奇特而不诡乎理者，无过于韩愈。苏轼、陆游各代表北宋、南宋诗风。各篇首有总评，后多以正史或杂说予以考订，或附录各家评语。有乾隆内府刻本。

王安石这几家。《古文渊鉴》收录的文章多阐发治国之道，比《唐宋文醇》还要好。若考察各类文体，那么《昭明文选》《古文辞类纂》两部书收录各类体裁的作品很完备。诗集以《唐宋诗醇》及陶渊明、杜甫、白居易、陆游等人的集子为优，因为它们完全抒发了作者醇正的思想感情，尚能具备上古诗人以诗歌来劝导教育世人的那种高雅风格。至于其他名人的诗文集，专门讲求情调趣味、格律声调，可以闲时偶尔阅读欣赏，不必多看。人如果能够写诗作文，也算是需要娴熟地掌握的专门技艺中的一种，不会写作诗文也是士子的缺憾。只是所写的诗文必须具备哲理趣味，符合写作规范，不能用词粗鄙、傲慢、油腔滑调，如果讽刺时世，谩骂他人，那么作者就成了轻薄的人了。

古人教导年轻人，举止必须安静稳重、（临事、待人）恭敬庄重，何况读书写文章，怎么能使性子、任意而为？就好比写字，也必须认真地一笔一笔地从容不迫地写。大致说来，文法与书法的工巧拙劣，虽与人品的贤良或不贤良无关，但也可以通过这个人的文章与书写笔迹，看出这个人的福气、勋业（是大还是小）。

【录先贤语数则】

朱子言："学者半日静坐①，半日读书，如此三年，无不进者。"常验之一两月，便不同②。

---

① 静坐：又叫"打坐"，为僧道修行方法的一种，做法是闭目盘腿而坐，调整气息出入，手放在一定位置上，断绝思虑。儒家的静坐是收心减虑，如先秦时的正坐，即两膝着地（或席），臀部压在脚后跟上，上身正直，双手平行放于两膝之上。《朱子语类·卷十二》说："静坐非如坐禅入定，断绝思虑，只收敛此心，使毋走于烦思虑而已。"

② 此节文字在钦定四库全书文渊阁本（下文简称文渊阁本）《高子遗书·卷一》（高攀龙撰）作："朱子谓'学者半日静坐，半日读书，如此三年，无不进者'。尝验之一两月，便不同。学者不作此工夫，虚过一生殊可惜。"《朱子语类·卷一百一十六》载：朱熹告诉学生郭得元，"若浑身都在闹场中，如何读得书？人若逐日无事，有见成饭吃，用半日静坐，半日读书。如此一二年，何患不进？"《晦庵先生朱文公文集·卷六十三·答周深父》也说："人要读书，须是先收拾身心，令稍安静，然后开卷，方有所益。若只如此驰骛纷扰，则方寸之间自与道理全不相近，如何看得文字？今亦不必多言，但且闭门端坐半月十日，却来观书，自当信此言之不妄也。"常：通"尝"，曾经。

伊川先生每见人静坐，便叹其善学[①]。

今译：朱子说："学习的人花半天时间安静地正坐，半天时间读书，这么做三年，没有人不进步的。"我（高攀龙自称）曾经花了一两个月时间对此做了验证，感觉效果显著，与过去很不一样。

程颐先生每次见到人安静地正坐，便赞叹这个人善于学习。

今日记一事，明日记一事，久则自然贯穿。今日辨一理，明日辨一理，久则自然浃洽。今日行一难事，明日行一难事，久则自然坚固。(吕氏《训蒙》)[②]

今译：今天记录一件事，明天记录一件事，时间长了，人就自然会洞明事理。今天分辨一条道理，明天分辨一条道理，时间长了，自然会把所有的道理都透彻领悟了。今天做一件难做的事，明天做一件难做的事，时间长了，品性自然就会坚强稳固。

读经则师其意，读史则师其迹。[③]（罗仲素[④]）

今译：读经书则按照书中好的教导去做，读史书则照着书里记载的先贤事迹去做。

---

① 此条摘自朱熹、吕祖谦纂《近思录·卷四·存养》，原文作："伊川每见人静坐，便叹其善学。"朱熹编《二程外书·卷十二》也收录此句。

② 此条录自朱熹《小学》，《小学》又指明此句录自《吕氏童蒙训》。今存南宋绍定己丑玉山堂刻本《童蒙训》（三卷本）及此书钦定四库全书文渊阁本均未见此语，疑已脱落。浃洽：音 jiā qià，彻悟。《训蒙》：《吕氏童蒙训》，又称《童蒙训》，作者吕本中（1084—1145），原名大中，字居仁，世称东莱先生，宋寿州（今安徽凤台）人。学者赞该书"所记多正论格言，大抵皆根本经训，务切实用，于立身从政之道深有所裨"。

③ 此条录自罗从彦《豫章文集·卷十一·杂著·议论要语》，原文作：人主读经则师其意，读史则师其迹。然读经以《尚书》为先，读史以《唐书》为首。盖《尚书》论人主善恶为多，《唐书》论朝廷变故最盛。

④ 罗仲素：罗从彦（1072—1135），字仲素，号豫章先生，南剑州沙县（今福建沙县）人，以累举恩授惠州博罗县主簿，绍兴初卒，淳祐间追谥文质，《宋史》有传。他是宋朝经学家、诗人，豫章学派创始人，为程颢、杨时弟子，李侗（朱熹师）、朱松（朱熹父）老师。其人坚苦刻厉，笃志求道，继承发展程颢、程颐的"穷理"学说和杨时的"致知必先格物""理一分殊"说，创立"静中观理"说，在宋代理学发展史上，起到承前启后的作用。在认识论方面，提出理在天地之先、有理而后有物，静中观理，尽心知性，道为至高的性善，欲立言必先立德等观点。著作有《中庸说》《豫章文集》等。

圣贤之心具在《四书》,《四书》之义备于朱子。(许益斋[①])

每日间闭户时多,出门时少;默坐时多,闲论时少;澄思时多,发虑时少;独居时多,群居时少。庶几所学有自得处。

性命书静参,道理书细读,善行书勉为,时务书多看,莫作无益害有益,莫因有为误无为。(以上《存诚录》[②])

今译: 圣贤之心完全体现在《四书》里面,《四书》的意义被朱熹先生完全阐发了。

每天在家的时候多,出门的时候少;静坐的时候多,与人闲谈的时候少;清静思考的时候多,动杂念的时候少;独居的时候多,群居的时候少。这样做的话,或许就会对所学的知识有独到的领悟。

阐释义理性命的理学著作要安静地揣摩领悟,宣讲为人处世道理的书要仔细地读,劝人行善的书,读了就努力去做,谈论当世事务的书要多看。不要做无益的事来妨碍有益的事,不要因追求有所作为而妨碍无为。(顺着事物的自然本性及其发展趋势,不做人为的干预,那就是无为。)

我辈读有字的书,却要识无字的理,理岂在语言文字哉?只就此

① 这句话作者不是许益斋,而是元代大儒许益之(许谦)。许谦原话是:“学以圣人为准的,然必得圣人之心,而后可学圣人之事。圣贤之心具在《四书》,而《四书》之义备于朱子,顾其辞约意广,读者安可以易心求之乎!”(参宋濂、王袆编:《元史·列传第七十一·儒学一·许谦》)许谦:1269—1337,字益之,号白云山人,浙江东阳人,受学于兰溪金履祥,虽屡被荐举,终不仕元。一度屏迹八华山中,后归家讲学,弟子众多,他学问渊博,循循善诱,强调“君臣父子夫妇昆弟朋友应事接物之间”为学圣要道,与许衡并称“南北二许”,去世后,朝廷赐谥文懿先生。著有《诗集传名物钞》《许白云集》等。许益斋即清末名幕、学者、藏书家许增(1824—1903),增字益斋,一字迈孙,浙江仁和(今杭州)人,所校刻《唐文粹》精核无比,又汇刻前人词为《榆园丛刻》,著有《煮梦庵词》。

② “每日间闭户时多”与“性命书静参”两节文字,均录自黄渊耀《谷簾先生遗书·卷之一·存诚录上》。《谷簾先生遗书》收入姚莹纂《乾坤正气集》丛书中。黄渊耀(1624—1645),字伟恭,南直隶苏州府嘉定(今属上海)人,黄淳耀弟。清顺治二年(1645),嘉定抗清起义,清兵围城,他与兄宿城堞,昼夜拒战,城破,与兄先后自缢于僧舍。《存诚录》共三卷,内容都是黄渊耀平日读书穷理、深造自得及父兄师友互相砥砺之言。

日此时此事，求个此心过得去的，便是理也。[1]（《认理提纲》）

今译：我们读书人阅读有字的书，却又需要知晓不用文字表述的理。理难道只存在于语言文字中吗？（当然不是）只拿此日此时此事为例，能让它在自己心里通得过，这就是理。

《论语》文字，如画工肖物，简古浑沦而尽事情，平易涵蕴而不费辞，于《尚书》《毛诗》之外，别为一种。《大学》《中庸》之文，极宏阔精微而包罗万有。《孟子》则雄奇跌宕，变幻洋溢。秦、汉以来，无有能此四种文字者，特以儒生习读而不察，遂不知其章法字法之妙也。当细心玩味之。[2]（张文端《笃素堂集》）

今译：《论语》里面的语言，像画工刻画事物，惟妙惟肖，简洁古雅，浑然一体而能把事物之情表达得透彻，文字平易，含蕴丰富而又不浪费语言，这是在《尚书》《诗经》之外，一种具有独特风格的文章。《大学》《中庸》的文章，极其广大精深，包罗万象。《孟子》风格则是雄伟奇特，跌宕多姿，变幻莫测。秦代、汉代以来，没有人再能作出这四种独具特色的文字，只因儒生惯常阅读而不察觉，所以不知道这四本书的章法之妙与运用词语之妙。应当细心地欣赏体会这种妙处。（张文端《笃素堂集》）

---

① 此条录自《认理提纲》开篇语，“我辈”原文作“吾辈”。《认理提纲》：鹿善继于明万历末年所作，一卷。他的学生薛凤祚纂辑《圣学心传》，收录了鹿氏此书，有传本。鹿善继（1575—1636），直隶定兴（今河北定兴县）人，字伯顺，号乾岳，晚年自号江村渔隐，万历癸丑年（1613）进士，为官敢于任事，官至太常寺少卿。究心理学，宗主陆、王，教授生徒，以继往开来为己任，痛除将就冒认影响浮游之病，而一言一动触处逢源。崇祯九年（1636）农历七月，清兵攻定兴，县令病，邑绅请鹿善继入城谋划守御，他慷慨地说：“年来中原士大夫非望风而走，则髡发以降，某实耻之！”遂别鹿太公，未及与家人语，与诸绅赴难，与敌相持六日，城破死之。死节事闻于朝，追赠大理寺卿，谥忠节，并敕建祠奉祀。有《鹿忠节公集》等著述传世，《明史·卷二六七》有传。

② 此条录自张英《文端集·卷四十六·笃素堂文集十·聪训斋语》。

体　道

孔子曰："逝者如斯，不舍昼夜。"[①] 老子言"橐籥"[②]、言"张弓"[③]，皆指气言。朱子言："鬼若常存，则开辟以来不知亿万万，将积于何处？试问'乾道变化'，变化个甚？亦指气言。"[④]

今译：孔子说："流逝的日子像流水一样，昼夜不停。"老子说"橐籥"（天地之间是虚空的，就像排橐和管籥之类的器具，内在是空虚的，但不能穷尽其所有）、说"张弓"（天的法则，就像人张弓射箭一样的），都是指自然之气、生命之气而言。朱子说："鬼假如一直存在，那么自开天辟地以来不下于亿万万之多，他们又是聚在哪里？试问'乾道变化（天象的运行规律引起四时、昼夜、风云、雷雨、霜雪、阴晴、寒暖等方面的种种变化）'变化个什么呢？这也是指气而言的。"

孔子言"为政以德"[⑤]　"天下归仁"[⑥]　"天何言哉"[⑦]，孟子言

---

① 语出《论语·子罕篇》。原文作：子在川上，曰："逝者如斯夫！不舍昼夜。"

② 橐籥：音 tuó yuè。橐：排橐，古代冶炼时用牛皮做的鼓风吹火装置，犹今之风箱。橐：皮袋。籥：竹管。《老子·第五章》："天地之间，其犹橐籥乎，虚而不屈，动而愈出。"

③ 张弓：拉弓射箭的姿势，身体站直，前后两臂处于同一水平线上。《老子·七十七章》用"张弓"譬喻天道公平。

④ 此处所引朱子语，不是朱子原话，但合乎朱熹气化论鬼神观。《朱子语类·卷三》云："鬼神只是气，屈伸往来者，气也。""神祇之气常屈伸而不已，人鬼之气则消散而无余矣。其消散亦有久速之异。"

⑤ 为政以德：以道德来治理国政。语出《论语·为政篇》。

⑥ 天下归仁：天下的人都会称许你是仁人。语出《论语·颜渊篇》。归：称许。

⑦ 天何言哉：天何曾说过什么呢？语出《论语·阳货篇》。

“人性无不善”[①]“恻隐之心，仁之端也”[②]“不嗜杀人者能一天下”[③]等语，皆指性[④]言。有性斯有理，有理斯有气[⑤]。气有变灭，理无变灭。无理则无性，亦无气矣。

今译：孔子说“用道德来治理国政”“天下的人都会称许你是仁人”“（百物自然生长）天何曾说过什么呢”，孟子说的“人的本性没有不善的”“对别人的不幸表示同情的心，是仁的发端”“不喜欢杀人的国君能统一天下”等话语，此处均指人性而言。有了人性才会感悟到天理，有了天理才会衍生出生命之气。生命之气有变化和灭亡，天理没有变化和灭亡。没有天理就没有人的本性，也没有生命之气。

或曰：“性难见。”曰：“在性之所发处见之。”人身肌理和暖，气也是。生虮虱，周身痛痒，一触即知，性也是。与虚空无间，触虚舟而不怒[⑥]，见赤子入井而生悲[⑦]，理也是。人与一切生物知识皆同，理具性中而知识生焉，性帅气动而气体成焉。理不变，性亦不变。气有偏全厚薄，体有生死存亡。

今译：有人说：“生命本性难以观察到。”可以这么回答：“在生

---

① 人性无不善：语出《孟子·告子上》。原文作：人性之善也，犹水之就下也。人无有不善，水无有不下。

② “恻隐”句：同情心是仁的开端。语出《孟子·公孙丑上》。

③ “不嗜”句：不喜欢杀人的国君能统一天下。语出《孟子·梁惠王上》。

④ 性：人与物的自然质性，即上天赋予人类与万物的生命本质和特性，它决定了人与万物的存在，在人则指人的禀性（又可称为人性、生性、本性、性灵、天赋善性等）。理学家认为：人性是人类与生俱来的生命力、创造力与道德追求，它从天理派生出来，没有不善。程颐认为性即理，朱熹认为性即万理之总名，性为万物之源，而人的气禀则有清浊，所以有圣愚之异。

⑤ 这段话的前文说“有性斯有理，有理斯有气”，后文说“无理则无性，亦无气”，前后文字面意义似乎有矛盾。二程、朱熹等宋代理学家认为：人的心性体现出天理，性无有不善，理是性的先决条件，据此可知，“无理则无性”是对的，前文“有性斯有理”真实的意思是“人有了天赋之性才能体悟到天理”。

⑥ 触虚舟而不怒：语本《庄子·山木》：“方舟而济于河，有虚船来触舟，虽有惼心之人不怒。”“触虚舟而不怒”本意是“虚船触舟而舟上的人不怒”，虚船：无人驾驶的船。惼心：心地狭隘急躁。

⑦ 见赤子入井而生悲：语本《孟子·公孙丑上》，孟子曰：“所以谓人皆有不忍人之心者，今人乍见孺子将入于井，皆有怵惕恻隐之心——非所以内交于孺子之父母者，非所以要誉于乡党朋友也，非恶其声而然也。”

命本性的萌芽处可以看到。”人的躯体保持温暖，这是生命之气（在身体内起的作用）。身上生了虮虱，周身会感到痛痒，人一触摸就知道何处痛痒，这就是生命本性的表现。（天理则是比较抽象的，）与虚空没有间隔，比较抽象，譬如无人操控的船碰撞了载人的小舟，舟上人不会发怒（因为不是他人有心冒犯），人们见到小孩子掉到井里会感到悲伤，这都是天理的表现。人与一切生命体的感知能力都是一样的。天理存在于生命本性中，而后在这里产生了感知能力，生命本性引导了气的运动，而后诞生了生命体。天理不会变化，生命本性也不会变化。（气会变。）气在不同的生命体身上，体现出残缺、完整、厚实、单薄的差别，与此相应，生命体就有了生存、死亡的不同结局。

花出于枝，枝出于茎，茎出于根，根生于土，土具生气而充周无外。天之上，地之下，人畜之身内身外，无非此生气。凡所见所闻，无巨无细，无古无今，皆离不得此气。无此气，即无天地万物矣。

今译：花从树枝上生长出来，树枝从树干上生长出来，树干从树根上生长出来，树根从泥土里生长出来，泥土具有生命之气，这种生命之气无处不在，弥漫于宇宙中。在天的上方，地的下面，人与生畜的身体内外，无处没有这种生命之气。凡是人们见到听到的事物，不分大小与古今，都离不开这种气。没有这种气，就没有天地万物了。

盈天地间皆气也。气中有性，性中有理。生老病死，气之谓也。生而为英，死而为灵，性之谓也。恻隐是非，羞恶辞让，理之谓也。性藏气中，犹春在花，即魂附体魄之证。理具性中，如明在镜，即民情可见公道不泯之证。

今译：充斥弥漫于天地之间的，都是气。气中含有人性的因子，人性中含有天理的因子。人会生老病死，这指的是气（即人的躯体）。活在世上是杰出的人，死后变成神灵，这指的是人性。有同情心和是非正义感，以作恶为可耻，懂得谦让，这指的是天理。人性隐藏于气中，就好比春意体现在鲜花盛开上，如同灵魂附着于肉体上一样。天理隐藏于人性中，就像明亮作为镜子的属性一样。这与从民情中可以看出公道不灭，原理是一样的。（民情体现了公道——也就是天理。）

目能视。非目能视，魂灵视也。亦非魂灵能视，性视也。非我性能视，乃天地之性使我视。亦非天地之性使我视，乃有主宰天地之性者使之不得不视也。《楞严经》谓：“视河水大小，无老少异者，即知觉之性。”[①] 欲人认明此性为见道之本，然以不愿视者迫使视之，必掉头而去。《论语》“非礼勿视”，系谕性中之理。如不应视而视之，则违仁矣。以此知性即理，统乎知觉，而为气之帅也。

今译：眼睛能看事物。（实际上）不是眼睛能看事物，是人的精神意念在看事物。也不是人的精神意念在看事物，而是人的本性在看事物。不是人的本性在看事物，而是天地的本性使人能看到事物。不是天地的本性使人能看到事物，那是有主宰天地本性的“道”使人能看到事物。《楞严经》说：“看某条河的河水大小，年老时与年少时所看到的没有差别，这就是人的知觉之性的表现。”（佛经里的这个譬喻）是想让人知道知觉之性是悟道的基础，然而迫使不愿意观看河水的人去观看，他必定转过身离开。《论语》说的“非礼勿视（不合礼制规范的行为，就不要去看）”，这是说明人本性中的天理。如果不应该看的却看了，那就违背了仁。通过这一点就可以知道人的本性就是天理，它统辖知觉，本身又是气的主导者。

佛家则以知觉为性，不言性中之理，专言人身情欲之害，遂以生

---

① 《楞严经》原文无此句。该经文第二卷载：波斯匿王三岁时始见恒河水，十三岁、六十二岁时再见此河水，发现与三岁时的河水无异，而人体随岁月迁延变得衰老了。佛以此为例，使波斯匿王领悟了生灭身中有不生灭性的道理。《楞严经》：全经名《大佛顶如来密因修证了义诸菩萨万行首楞严经》，是佛教的一部极为重要的经典，共十卷，该经书阐明“根尘同源，缚脱无二”之理，解说了三摩提（又称三昧、正定、定意等）之法与菩萨的阶次。书里最著名的内容是卷五的二十五圆通法门。知觉之性：即见性，眼根能见之精妙觉性。

为苦，以无生为乐，创为“六根”“六尘”[①] 之说，因噎废食，究不离自私、自利之见。与道家“养气返真”“逆天行道”之术路径略同，但大小精粗差别耳。譬如小儿在胎中，初无知识，及胎将成，按之知所移动，微有知识也。初生时目能视，耳能听，有知识矣，而情未动。数月后，啼笑可人，知识渐开。自此由幼而壮而老，人事纷沓，多为气体所使，此乃天地气机，自然流行不息。人生身在五伦之中，性不出七情以外，但能用得其正，即为完人。今道家乃欲专守此气而不用，佛家更欲守此知识而不用，是欲横截中流而逆以行之，所以学之者千万，成之者无一二，甚至诬民惑世，旁骛丧生，何若我儒尽人合天[②]之为正道也！

今译：佛教却把人的知觉当作人性，不谈人性中包含的天理，而是专说人的肉身情欲的危害性，于是把活着当作痛苦，把不生不灭当作快乐，创造了“六根”（眼、耳、鼻、舌、身、意）、“六尘”（色、声、香、味、触、法）的学说，（这就好比）吃东西噎住，索性就什么也不吃了，终究未脱离自私、自利的意识。这与道家的“通过养气返归真境，得道成仙”“违逆天规而行道”的修炼方式与途径大致相同，只不过有大小、精粗的差别罢了。譬如胎儿在母腹中，开始没有知觉，等到胎儿将要发育完成，有人按压母腹，他会移动避让，说明他略微有点知觉。婴儿初生时，眼睛能看，耳朵能听，有了知觉了，而感情还没有萌生。几个月之后，他会啼哭欢笑，让人爱怜，这是他的感知能力在慢慢扩展。从此以后，由幼年、壮年直到老年，人间事务纷至沓来，多是由人身欲望所造成，这是天地元气的

---

① 六根、六尘：皆属佛教语。所谓六根，为眼、耳、鼻、舌、身、意，眼为视根，耳为听根，鼻为嗅根，舌为味根，身为触根，意为念虑之根，根为能生之意。六尘即色、声、香、味、触、法。六尘与六根相接，便能染污净心，导致烦恼。

② 尽人合天：尽力发扬道德之心以合乎天理，就是孟子所说的“尽心知性”。“尽心”即指把人的本性中的恻隐之心、羞恶之心、辞让之心、是非之心扩充到极致；“知性”，即指对本性中的仁、义、礼、智等伦理道德有深刻的认识，并付诸实践。“尽心”是前提条件。孟子认为，只要在“寡欲”“内省”“养气”上下功夫，就可能实现“尽心知性”。合天：合乎天理。

生发机能的妙用，元气自然地不停流动着。人的一生，身处在君臣、父子、兄弟、夫妇、朋友这五种人伦关系网中，人的生性不出喜、怒、忧、思、悲、恐、惊这七种感情之外，只要将这些情感用得很正当，这种人就是完美的人。现在道家专想守住生命之气而不用，佛家专想守着知觉而不用，这是想把江河的水从中间截断堵住，让水倒流，结果导致学习佛、道的有千万人之多，而真正学成功的没有一两个。有的人甚至欺蒙百姓，迷惑人心，追求旁门邪道而丧失性命，哪比得上我儒家尽力发扬道德之心以合乎天理的这条道路正确呢！

[译者点评：家训作者站在理学家立场上，赞美儒学，排拒佛道，褒贬抑扬之间，持论不尽事允。译者认为，儒佛道三家各有所长，均是中华传统文化的核心组成部分。了解传统文化，汲取其精华，是现代中国人应有之义。周馥本人也读佛典，其夫人（吴太夫人）茹素念经四十余年，子孙中有多人成为佛学大师和护法居士，阖家善举无数。作为家长，他并不干涉家人信仰。其中缘故，足以引人思考。]

人受父母遗体而有身，受天地之气而有性。性者，造物之源，万物同具者也。性失，则体无附托矣。孔子曰："人之生也直，罔之生也幸而免。"① 佛氏以报应之说不足警悟俗人，乃设为天堂、地狱之喻。盖人死而游魂不即澌灭，其神识②仍是生人所遗，冥冥中自有主持之者。其轮回转世之语，善者福，恶者祸，亦若儒书中"和气致祥"③"戾气致殃"④ 之语，皆由各人自取。不必说得太拘。总之气体灭，性亦随散。其魂灵知识有不即灭者，必其秉赋之厚，或在生郁

① 引语录自《论语·雍也篇》。

② 神识：众生的心和识，也就是意识，具体指眼、耳、鼻、舌、身、意、末那、阿赖耶八识。

③ 和气致祥：平和之气招来吉祥。语出《汉书·卷三六·楚元王刘交传》："由此观之，和气致祥，乖气致异。"

④ 戾气致殃：乖戾之气招来祸殃。语出邵雍《伊川击壤集·卷十七·民情吟》："民情既乐，和气为祥。民情既忧，戾气为殃。祥为雨露，天下丰穰。殃为水旱，天下凶荒。"

积之深，要无久而不灭之理。史书中有言鬼享食、鬼配婚及酬恩、报怨等事，皆游魂神识未断，非性之本体也。

今译：人因为禀受父母的骨血才有了生命躯体，禀受天地之气才有了生命的本质特性即本性。本性是万物得以创造的源头，万物都具有这种特性。如果这一物的本性失去了，那么此物的本体就没有依托了。孔子说："人能生存是由于他正直，不正直的人有时也可以生存，那只是因为他侥幸地躲过了灾难罢了。"（这句话是告诉人们：正直乃是人类的本质特性，也是人类的生存依托。）佛教考虑到报应之说不足以警示开导凡夫俗子，于是用天堂、地狱打比方。原来人死时，游魂不是马上灭失，他的意识仍然是活着的时候所遗留，冥冥之中自然有管控游魂意识的神秘事物。佛教宣扬的轮回转世，善人有福报、恶人遭祸殃的说法，也像儒家书籍里"平和之气招来吉祥""乖戾之气招来祸殃"的说法一样，说的是各人遇到的祸与福，是各人自己招致的。（对这类善恶有报的说法，）不必解说得太拘泥了。总而言之，一个人死亡了，附着在这个人身上的本性也会随之消亡。个别人死后，他的灵魂与知觉不是马上就消失，这一定是他的禀赋厚实，或者在活着的时候，心里郁聚了无法宣泄的情绪，总之，没有人死了很久，灵魂与知觉还不灭亡的道理。历史书上有的说到鬼享用食物，鬼与人结婚，还有鬼报答恩人、报复仇人，这些都是游魂的意识还没有消失，不是人的本性的主要表现。

温公[①]言："人有死而转世者，未闻见有阎罗。"此为讽经求度者破惑，不必问其有无。鬼神原是阴阳之气，造化自然之迹，何待阎罗王为之主持？或曰："阴间有官府，亦犹阳间有官吏，代天理物，不必言无。"信如此说，则阎罗王仍是为造化所使，岂能擅作祸福？阴阳一理，阳官不能徇情而脱恶人之罪，阴官岂为恶人拜忏求超脱者一

① 温公：司马光（1019—1086），字君实，号迂叟，陕州夏县（今山西夏县）涑水乡人，世称涑水先生，北宋著名政治家、史学家，生平著述甚多，病逝后，朝廷赠予太师、温国公之号。

援手耶?

今译：司马光先生说："人有死了之后，灵魂转世投胎再成为人的，没听到他们说看到阎王爷。"这句话是帮助那些念诵经文以求超度的人破除迷惑，（我们）不必问阎罗王是有还是没有。鬼神原来是由阴阳之气和合而生，是自然界创造化育出来的，哪里需要等候阎罗王做他们的主管呢？有的人说："阴间有官府，就好比阳间有官吏，代表上天来管理人类，不必说阴间没有官府。"假如真像这句话所说的一样，那么阎罗王仍然是被具有创造化育能力的大自然所支配，岂能擅自赐福或降祸于人？阴间阳间，道理是一样的，阳间官员不能徇情枉法而免去恶人之罪，阴官岂会因为恶人的礼拜、忏悔、求超脱而伸出一次援助之手呢？

佛言："人之做梦，乃过去现在识神所牵挂。"[①] 朱子曰："人睡时，魂与魄交，而心在其中，遂感而做梦。"[②] 故知梦者，乃魂不主事之时，识神作弄，所以颠倒错乱，瞬息变灭。以此知背理违性之举动不能久存。

今译：佛说："人之所以做梦，就是过去与现在的心神相关联而产生的。"朱子说："人睡觉时，他的灵魂与体魄相交感，而心在魂魄交感之中，也受到感应而做梦。"由此可知，梦就是魂不管事而休息时，心神出来捣乱，所以梦境里事物颠倒错乱，瞬间变化、消失。由此可知，违背天理和人性的举动，不能长久存在。

问：呼吸，春秋之喻耶？朝作夜眠，生死之喻耶？种麻得麻，种豆得豆，其轮回因果之喻耶？

---

① 此句不见于佛经原文。《瑜伽师地论》《善见律》等佛经均言及梦的类型与成因，未有过去现在识神所牵挂之说。识神：佛学术语，指地、火、水、风四者和合而生的灵明、心神。

② 语出《朱子语类·卷一百一十四》。原文作：先生曰："魂与魄交而成寐，心在其间，依旧能思虑，所以做成梦。"魂魄：古人想象中能脱离人体而存在的精神、灵气，附体则人生，离体则人死。析而言之，魂指能离开人体而存在的精神、魂灵，魄指依附人的形体而显现的精气、精神。

曰：昔贤固如此说。

今译：问：呼吸，可用来比喻寿命吗？早晨起来，夜里睡觉，可用来比喻生死吗？种植麻收获麻，播种豆子获得豆子，可用来比喻因果报应吗？

答：往日贤哲确实是像这么说的。

问：语云："醉汉折车不死，其神全也。"[①] 老、庄殆醒而全其神者欤？孔子何如？

曰：孔子"所欲不逾矩"，处五伦之中，而用发而中节之七情，自能合乎天道，与造化同流，其德大矣，仅以养生全神，论之小矣！

今译：问：俗话说："醉汉从车上摔下来，却不会摔死，因为他身上的神气（即元气）是完整充足的。"老子、庄子大概就是在清醒状态时把神气保持得完整的人吧？孔子是怎样的人呢？

答：孔子（能做到）"随心所欲而又不越出规矩"，他处在君臣、父子、兄弟、夫妇、朋友五种伦常关系中，而所动的喜、怒、忧、思、悲、恐、惊七种感情能够平衡适度、恰到好处，自然就合乎上天的运行法则，也与大自然的规律一致，这种品德太高尚了，仅仅称道圣人会保养身体，保全心神，这么评价就显得低了啊！

问：理具性中，而五常生焉，天何以不尽生善人，又生毒草猛兽？

曰：乾健不息，生物不已，地气感化，自有纯驳之异。若天气不和，则水旱瘟疫至矣，岂特毒草猛兽？要知天性本善，故天生善人多，恶人少，良卉多，毒草少，雨旸时若[②]之日多，水旱灾戾之日少。譬如人周身气血流行，无一息之停，有时亦生疮疡，究非流行本

---

① 语出《列子·黄帝》。原文作："夫醉者之坠于车也，虽疾不死。骨节与人同，而犯害与人异，其神全也。"译文当从。

② 雨旸时若：晴雨适时，风调雨顺。典出《尚书·洪范》。雨：下雨。旸：音 yáng，日出。时：适时。若：顺。

性。《书》曰："燮理阴阳"，所贵君相辅相裁成[①]，代天理化也。

今译：问：天理存在于人的禀性中，五种伦理纲常——"仁、义、礼、智、信"由此而产生。上天为何不全部生好人，却又生毒草和猛兽这些坏东西？

答：天德刚健，它在不停运动着，使万物生长不停，地气受到天气影响，自然有纯净与驳杂的不同。假如天气不和谐，那么水灾、旱灾、瘟疫就来了，哪会只有毒草和凶猛的野兽出现？（不过，）要知道上天的品性本来是美好的，所以上天生下的善人多，恶人少，美好的花卉多，有毒的花草少，风调雨顺的日子多，水旱灾害、气候反常的日子少。就好比人身体周身血液与元气都在循环流动中，没有一刻钟停息，有时皮肤上也生疮化脓（但这种情况不多见），它终究不是天道流行的常态。《尚书·周官》篇里说"（辅政大臣辅助国君治理国家，）调和阴阳"，推崇的就是国君和宰相深明天地之道，顺应自然法则，又施加助力，使万物欣欣向荣，代表上天来治理世界的为政之术。

问：人所以丧其性者，为逞气体之欲，必有以断之乃无患。

曰：如若所言，必求之佛道乃可。恐人类绝而气体无存，岂不背天地好生之道乎？夫气体之欲，贤愚所同，视其心之所主如何耳。朱子作《中庸·序》曰："人莫不有是形，故虽上智，不能无人心；亦莫不有是性，故虽下愚，不能无道心。"圣贤所处，岂能逃出饮食、男女、贫贱、富贵之外？要自有一条恰当路径，循分合理做去。声色货利[②]之中皆见天理，不必逃入深山，断绝人类。程明道[③]曰："视

---

① 君相辅相裁成：君王与宰相顺应天地自然之道，促使万物欣欣向荣。辅相：辅助。裁成：又作"财成"，调节完成。源出《周易·泰》卦："天地交泰，后以财成天地之道，辅相天地之宜，以左右民。"财：同裁。左右：同佐佑。孔颖达疏："相，助也。当辅助天地所生之宜。"

② 声色货利：音乐、女色、货物、财利。旧指统治阶级所追求的物质享受。

③ 程明道：程颢（1032—1085），字伯淳，河南洛阳人，与弟程颐齐名，宋代理学的奠基人。"明道"为其私谥，《宋史·道学传》记程颢死后，文彦博题其墓曰"明道先生之墓"。其思想学说为门人弟子继承并发扬光大，称为"明道学派"。

听、思虑、动作，皆天理也，但于其中要分真与妄耳！”[①] 老、庄皆言“人之患在于有身”[②]，此为纵欲者指迷，非教人逃出伦理之外。

今译：问：有的人所以丧失他的本性，是因为一味满足身体的欲望，一定要有办法断绝这种欲望才没有祸患。

答：照你这样说来，一定要求助于佛教、道教的修身方法才可以杜绝欲望。（这是不对的。如果）大家都这么做，恐怕人类会灭绝而人身无存，岂不是背离了天地爱惜生命的德性吗？身体的欲望，贤明的人与愚昧的人是一样的，不过，要观察他们各自内心所持的信念是怎么样才好。（信念不同，人们的行为就有所不同。）朱子作《中庸·序》说：“没有人不具有人的躯体，所以虽然是最聪明的人，不能没有平常人的心理（欲望）。任何人都有人的本性，所以，即使是最愚昧的人，也不会没有契合天理的道心。”圣贤处世，怎能逃出饮食、男女、贫贱、富贵这些关系之外？不过（在处理这些关系时）要选择一条恰当的路径，遵守他的本分，合理地去做。在充斥金钱美色的浮华世界中，都可以看到天理，不必逃进深山，断绝人伦关系。程颢先生说：“人能用眼睛看，耳朵听，用心来思考，能行动，这些都是天理的体现，但是，对外在事物要分清真实的和虚妄啊！”老子和庄子都说，“人的祸患源自人有躯体（却不知道关爱重视）”。这条格言是为那些放纵欲望的人指点迷津，并不是教人们逃到人伦关系之外。

问：气体之欲，男女为患最大。自古未闻有防制善法。

---

① 程颢先生这句话在文渊阁本《二程遗书·卷十一》《近思录·卷二》《朱子语类·卷九十八》以及黄宗羲编纂、道州何绍基（1799—1873）重刊本《宋元学案·卷十三·明道学案·语录》引文中，均作：“视听、思虑、动作，皆天也，人但于其中要识得真与妄耳。”《近思录·卷二》此句末尾有朱熹注释：“视听思虑言动皆天理自然而不容已者，然顺理则为真，从欲则为妄。”

② “人之患在于有身”句：应是以如下两句为据：“吾所以有大患者，为吾有身。及吾无身，吾有何患！”（《老子》）“人上寿百岁，中寿八十，下寿六十，除病瘐死丧忧患，其中开口而笑者，一月之中不过四五日而已。”（《庄子·盗跖》）陈鼓应先生《老子今注今译》释文：“老子从来没有轻身、弃身或忘身的思想，相反的，他却要人贵身。但老子的意思被普遍地误解。古注中，司马光和范应元的解释颇切合老子的原义。”译文据此。

曰：其源则两仪，生于太极，所谓一阴一阳之谓道也。其制度，则易姓而婚，及时嫁娶，即所谓“王道本乎人情”[①] 也。其风俗厚薄，则视国家德化之浅深、人之操修纯驳。若多设防制，律例繁滋，适以长伪，非已乱也。《管子》[②] 曰：“礼义廉耻，国之四维。四维不张，国乃灭亡。”[③] 古来亡国之君，酿女祸者固不胜数，久之必拨乱反正，以礼义廉耻根于人心而不灭也。孔子言“道德齐礼，有耻且格”[④]，不恃刑政为治，即是此意。

今译：问：人身的欲望，以男女情欲为害最大。自古以来没听说有预防控制的好法子。

答：这种欲望的源头来自两仪，两仪又是从太极中衍生出来，太极就是常语所说的一阴一阳叫作道的那种东西。它（衍生出来）的制度，就是不同姓的男女之间通婚，到了一定年龄就男婚女嫁，这就是古贤所说的“推行仁义的王道是以人情习俗为依托的”。一个地方的风俗是淳厚还是浮薄，就要看国家德治教化是深厚还是浅薄、人的道德修养是精纯还是驳杂。假如对人的行为设下许多限制，各种法律法规越来越繁杂，这样做正好助长伪善，不是止乱的做法。《管子》说：“礼义廉耻，是维系国家政权的四条纲纪。如果这四条纲纪不能树立，这个国家就会灭亡。”自古以来，亡国之君，因宠爱某个女性而造成国

① 典出程颢《二程文集·卷二·明道文集二·论王霸之辨》。原文作：“王道如砥，本乎人情，出乎礼义。”

② 《管子》：相传春秋时期齐国国相管仲撰，实为后人采录管仲言行，附以他书汇集而成，共存二十四卷。原本八十六篇，今存七十六篇。该书内容丰富，包含道、儒、名、法、兵、阴阳等学派的思想以及天文、舆地、经济、农业等方面的知识，其中道家、法家思想比较显著。

③ 引文撮自《管子·牧民篇第一》。《管子》原文作：“四维不张，国乃灭亡。”“国有四维……何谓四维？一曰礼，二曰义，三曰廉，四曰耻。”四维：能对事物起到重要固定作用的四项原则，即礼义廉耻。维：系物的大绳。

④ 典出《论语·为政篇》，孔子原话是：“道之以德，齐之以礼，有耻且格。”杨伯峻先生《论语译注》说：“《礼记·缁衣》篇：‘夫民，教之以德，齐之以礼，则民有格心；教之以政，齐之以刑，则民有遯心。’这话可以看作孔子此言的最早注释，较为可信。此处‘格心’和‘遯心’相对成文，‘遯’即‘遁’字，逃避的意思。逃避的反面应该是亲近、归服、向往，所以用‘人心归服’来译它。”

家灾祸的，固然多得数不尽，但时间久了，这个国家一定会消除混乱，回归正常秩序，这是因为礼义廉耻道德准则根植于人心而没有灭亡的缘故。孔子说：“用道德来引导人，用礼仪来教导人，那么人就有廉耻之心，而且人心归服。”不单纯依赖刑法来治国，就是这个意思。

问：万类皆为天地所生，而群类相啖，弱肉强食，人更日肆屠宰，岂不伤天地好生之德？似佛氏戒杀，于理亦是。

曰：论受命之原则，万物与我同生于父母、天地之中。论治世之道，则不能不重人而贱畜。上世茹毛饮血，后世改为烹饪。而祭祀、宾客、养老、尊贤，著在典礼，抑何可废？先王弋猎有时，取用有节，逾侈有禁，胎卵不杀，即是敬天理民之意。舜使益焚山泽①而不为虐，天竺②崇佛而不世其国，梁武帝以面代牺牲，于国事何补？君子务其大者、远者，小道致远恐泥，不必拘此节末也。虽然，人之存心厚薄，于此可见一端。每见人纵口腹之欲，暴殄天物，或迷于求子、养生之术，日杀生不已，皆遭孽祸。

今译：问：万物都是天地所生，而同类或异类之间互相吞食，弱肉强食，人类更是每天都大量屠宰家禽与牲畜，这么做岂不是伤害了天地爱惜生命的德性？好像佛教戒杀，从情理上看，也是对的。

答：从生命萌生的原则来看，万物与人一样，都是由父母生下来，生存于天地之间（万物与人类的地位是平等的）。从治理世界的规则来看，则不能不把人看得重、把牲畜看得轻。上古时代人类生吃禽兽尚未去毛的肉，喝它们的血，后世改成用火烹调，不吃生食。至于祭祀神灵、接待宾客、敬养老人、尊敬贤人（均是需要宰杀牲口、家禽的），这都在礼仪书里记载了，怎么可以废除？古代国王会在特定时节射猎野生动物，猎取和享用它们也是有节制的，超过限度就会

---

① 舜使益焚山泽：舜帝使伯益用火焚烧山泽，驱猛兽，使人过上安定的农耕生活。益：又称伯益，上古贤臣，为舜帝虞官，掌管山泽，繁育鸟兽，后曾佐大禹治水。

② 天竺：古代中国以及其他东亚国家对当今印度和其他印度次大陆国家的统称。

被禁止，怀孕的母兽、孵卵的野禽不准猎杀，这些都是出于通过崇敬上天以便治理百姓的考虑。上古舜帝使伯益焚烧山川和沼泽，人们不认为这是残暴，古印度崇信佛教而王统不能世代传承，梁武帝用面食代替牛、羊、猪三牲来祭祀神灵，对于国事有何补益？（因此，）君子尽量做对人类有大益、影响深远的事，只信奉琐细的学说，从事远大的事业恐怕就行不通了，（所以，）不必拘泥于这个细枝末节问题。话虽这么说，不过，人的存心是厚道还是不厚道，在对待宰杀畜禽这件事情上也可以看出端倪。我经常看到有些人放纵口腹之欲，任意糟蹋东西，或者沉迷于求子和养生之术，每天宰杀畜禽，从不停止，这些人后来都经受了自己所造的杀孽带来的灾祸。

问：天下之病在争，禽兽与禽兽争，人与人争，国与国争，此天性耶？

曰：羞恶是非之心，本天性也，因为气体所拘，遂起偏私，偏私起遂生隔阂，隔阂甚则好恶不公而争端起矣。禽兽不足论，人无论贤愚，好胜之弊多不能免，非重加克治不可。如谢上蔡首重去一“矜”字[①]，受业程门半年后，方得《大学》[②]《西铭》[③] 看。程子之言曰：

---

① 典出谢良佐《上蔡语录·卷一》，原文作：“谢子与伊川别一年，往见之，伊川曰：‘相别又一年，做得甚工夫？’谢曰：‘也只是去个矜字。’曰：‘何故？’曰：‘子细检点得来，病痛尽在这里，若按伏得这个罪过，方有向进处。’伊川点头，因语在坐同志者曰：‘此人为学，切问近思者也。”谢上蔡：谢良佐（1050—1103），北宋理学家，字显道，蔡州上蔡（今属河南）人，人称上蔡先生。曾师从程颢、程颐，创立了上蔡学派，是心学的奠基人和湖湘学派的鼻祖，在程朱理学的发展史上起到了桥梁作用，著有《论语说》《上蔡语录》。朱熹曾称赞他：“直指居敬穷理为入德之门，尤得明道教人之纲领。”

② 《大学》：原是《小戴礼记》第四十二篇，相传为曾子所作，实为秦汉时儒家作品，是中国古代讨论教育理论的重要著作，宣扬儒家修身齐家治国平天下的教育思想与为政理念。北宋程颢、程颐竭力尊崇此篇，南宋朱熹又作《大学章句》，最终它和《中庸》《论语》《孟子》并称“四书”，在后世影响极大。

③ 《西铭》：张载所作，原名《订顽》，为《正蒙·乾称篇》中的第一节，张载曾将其录于学堂双牖的右侧，题为《订顽》，后程颐将《订顽》改称为《西铭》，才有此独立之篇名。《西铭》共253字，大抵为古语集录，体现了张载的儒学修身思想。其中经典名句，如“民，吾同胞；物，吾与也”，“不愧屋漏为无忝，存心养性为匪懈”，“富贵福泽，将厚吾之生也；贫贱忧戚，庸玉汝于成也”等，广为传诵。

“学者大其心，即能体天下之物。物有未体，则心为有外。世人之心，止于见闻之狭。圣人尽性，不以见闻梏其心，其视天下，无一物非我。孟子谓‘尽心则知性知天’① 以此。天大无外，故有外之心，不足以合天心。”② 云云。此即源头工夫，如颜子犯而不校③、孟子遇横逆三自反④，皆此意也。太王避狄⑤，汤事葛伯⑥，非谓力不足与争，乃心不欲与争也。凡事至出于争，最为下策。⑦

今译：问：天下的弊病根源于争端，禽兽与禽兽相争，人与人相争，国与国相争，相争是世界万物的天性吗？

答：把邪恶看成可耻、明辨是非的心，本来是人的天性，因为受人身所带的不良气质的束缚，于是就起了自私的念头，自私意识滋长就产生彼此之间的隔阂，隔阂得厉害就会使喜爱与厌恶偏离公正，争端就产生了。禽兽之间的争斗不值得讨论，人不论是贤明还是愚蠢的，喜欢胜过别人的这种缺点大多不能免除，一定要倍加努力，克服掉这种缺点才行。比如，谢良佐先生把去掉人的骄傲之心当作最重要的事，他在程颐先生门下受教育半年后，才被允许看《大学》

---

① 典出《孟子·尽心上》，原文作：“尽其心者，知其性也。知其性，则知天矣。”杨伯峻《孟子译注》译为：“充分扩张善良的本心，这就是懂得了人的本性。懂得了人的本性，就懂得天命了。”朱熹《孟子集注》：“性则心之所具之理，而天又理之所从以出者也。”

② 据《正蒙·大心篇》《近思录·卷二》，“学者大其心”这段话是张载说的。《正蒙》与《近思录》中，此段首句均作：“大其心，则能体天下之物。”

③ 典出《论语·泰伯篇》，原文作：“曾子曰：以能问于不能；以多问于寡；有若无，实若虚，犯而不校。昔者吾友尝从事于斯矣。”历来的注释家都认为句中的“吾友”指的是德行、学问都很出众的颜回。

④ 三自反：典出《孟子·离娄下》。孟子说道，如果遇到别人对自己蛮横无理，自己得先寻找自身原因，是不是不仁、无礼、不忠，而后做到行仁、讲礼、忠诚，自己改错了之后，对方还是那样对待自己，那么也不必计较，把他当作无知的妄人即可。

⑤ 大王避狄：《史记·周本纪》载，周王朝的先祖太王（名古公亶父，周文王祖父），积德行义，国人爱戴，熏育戎狄攻之，欲得其财、土地与人口，太王不愿伤民，遂与私属离开豳地，至于岐下，豳人举国扶老携幼，尽复归古公亶父于岐下。

⑥ 汤事葛伯：商汤服侍葛伯。《孟子·滕文公下》载：商汤居亳，与葛国为邻，葛君无道且不祭祀，商汤送葛伯牛羊用于祭祀，结果被葛伯吃掉了。商汤又派人助耕，以便打出粮食做祭品，结果葛伯杀了给助耕者送酒食饭菜的人。《史记·殷本纪》载：“汤征诸侯。葛伯不祀，汤始征之。”

⑦ “此即源头功夫……最为下策”这几句是周馥先贤说的话。

《西铭》。程先生说："学习的人要能开阔自己的心，就能体察天下万事万物的道理。假如万物尚有未能体察的，那么心与外物尚有阻隔，未能包容万物。世人心胸狭隘，只满足于看到的听到的东西。圣人（不是这样），他能把自己的天赋善性发挥到极致，不因为个人的见闻的局限来禁锢自己的本心，他看待天下，没有一样东西不等同于自己。因此，孟子说'充分扩张善良的本心，就懂得了人的本性，就懂得派生出天理的上天了'，正是这个道理。天广大无边，（无不包容，人的心也应该这样，）凡是认为有一事一物外在于我的人，那就不能完全吻合包容一切的天心。"等等。这就是从修身的源头上努力做起来，就像颜回被人欺侮了却不与人计较、孟子遇到别人粗暴无礼的对待，就会多次反省自己是否做得不够好，都是这个意思。周文王的祖父太王古公亶父躲避狄人侵扰，率宗族由豳迁于岐，商汤侍奉葛伯，不是说他们的力量不足，没法与对方争斗，而是他们内心不想与对方争斗。凡是把事情弄成争斗，是最不高明的做法。

问：战可废乎？

曰：战自不可废，须有不战而胜之事功在。

今译：问：战争可以废除吗？

答：战争自然是不能废除的，必须具备不用战争而胜过敌人的成就与实力。

问：不得已而战，将如之何？

曰：孟浪乘气，用事必败，是助敌也。

今译：问：如果不得已而与外敌交战，应该怎么做？

答：行动鲁莽，凭蛮勇之气，这种人掌权办事，一定会失败，这样做是帮助敌人。

问：今世人情险薄，皆挟诈、挟力以凌我，将忍之乎？

曰：固宜忍。亦知彼所以挟诈力凌我者，其弊何在？《易》曰

“慢藏诲盗，冶容诲淫”[1]，又曰“履霜，坚冰至”，“臣弑其君、子弑其父，非一朝一夕之故”[2]，是以君子贵自修也。

今译：问：在现当代，人情奸诈而且不厚道，都凭借诈术和强力来欺凌我，需要忍耐这种情形吗？

答：的确应该忍耐。同时，也应该知道那些凭借诈术和强力来欺压我的人，缘故何在？《周易》说：“收藏财物时疏忽大意，等于引诱人来偷窃。女子容貌打扮得妖艳，等于引诱人来淫污。”又说：“走在霜上，可以料想坚硬的冰块就要遇到。（事态也与此类似，都是从小变大，酿成严重后果。）”“臣子杀死国王，儿子杀死父亲，不是一早一晚短时间内造成的”，因此，君子应重视提升自己的道德修养。

问：君子亦有求胜之道乎？

曰：有。《中庸》曰：“知耻近乎勇。”孟子述颜子言曰：“舜何人？予何人？有为者亦若是。”[3] 子路贤而好勇，乃人告之以有过则喜[4]，此等求胜之心，争在己而不在人，何患之有？若世人争名争利，损人利己，侈然[5]自大，乃是徇私纵欲，贾祸之媒也。须消除净尽，不可丝毫沾染。

今译：问：君子也有求胜的捷径吗？

答：有的。《中庸》说：“人知道羞耻就接近勇敢了。”孟子转述颜回的话说：“舜是谁？我又是谁？愿意有所作为的人也应该像大舜一样。”子路贤明而且爱逞勇武，不过，如果别人告诉他有过失，他就高兴，这种求胜之心，是与自己相争而不是与别人相争，哪会有忧患？至于世人争夺名利，让别人受损失而为自己谋利，骄纵自大，这

---

① 语出《周易·系辞上》。
② 分别语出《周易·坤》卦“初六”爻辞和该卦“文言”。
③ “舜何人”引语录自《孟子·滕文公上》。
④ 典出《孟子·公孙丑上》。原文作：子路，人告之以有过则喜。
⑤ 侈然：音 chǐ rán，骄纵、自大的样子。

是顺从私心放纵欲望，是招来祸患的媒介。人必须消除干干净净，不可丝毫沾染这种恶习。

天地至诚无妄，尔辈多于“诚”字悟不透。试问百草开花结果有假者否？禽兽虫鱼任天而动有作伪者否？昼夜寒暑，春生秋敛，有不自然成序否？《中庸》曰：“天地之道，可一言而尽也，其为物不贰，则其生物不测。”不贰即诚，诚自不息，故生物不可思议。人为天生万物中最灵之物，乃一受此身，遂忘天地本性，私欲日炽，作孽愈重，天岂能容？乃是自取殄灭。

今译：天地诚实到极点，没有一毫虚假，你们年轻人大多对于“诚”字的含义领悟不透。请问，成百上千的花草树木开花、结果有虚假的吗？飞禽、走兽、昆虫、游鱼都是凭各自天性而活动着，它们有作假的吗？白天黑夜、寒冷炎热，春天生长、秋天收藏，有不自然而然地、按次序地交替的吗？《中庸》说：“天地的法则，可用一个‘诚’字来解释得清楚明白，因为天地本身就体现了专一不二的诚，所以天地化育万物不可测度，非常神奇。”不二就是诚实不欺，至诚的本性生生不息，所以化育万物而让人觉得神秘奇妙，不可思议。人是天生万物中最智慧的生物，竟然有人一生下来，就忘了天地的真诚本性，个人的欲望一天比一天炽热，犯下的罪过越来越重，上天岂能容忍？这就是自取灭亡之举。

问：孙子言“兵者，诡道也”[①]，诚与诡岂不相反？

曰：苟诚于忠君爱国，其行军也，必临事而惧，好谋而成。其所谋者，千奇百变，何可殚述？不必问其诡与不诡，只问其诚与不诚

① 语出《孙子·始计第一》。原文作：兵者，诡道也。故能而示之不能，用而示之不用，近而示之远，远而示之近。

耳！宋襄[1]之义，尾生[2]之信，徐偃[3]之仁，概不得谓之诚。孔子瞷亡而拜阳货[4]，不见孺悲[5]而辞以疾，不得谓之不诚。诚者，行其理之所当然耳。故《大学》言诚正，必先致知格物。尔辈切勿误会。

今译：问：孙子说："用兵，是以诡诈为原则的。"真诚与诡诈岂不是相反的？

答：假如领兵的人真诚地忠君爱国，那他领兵作战时，一定对战事小心谨慎，巧设计谋而完成任务。他出的计谋，千变万化，哪能说得尽？不必问这个计谋诡诈还是不诡诈，只可以问他的行为是真诚还是不真诚的啊！宋襄公（不俘虏头发花白的敌人，不在敌人过河时半渡而出击）的仁义，尾生（与女子约定于桥梁下见面，女子未来，河水上涨仍不离开，抱桥柱而被水淹死）的守信，徐偃王（行仁义而堕武备，招致国家灭亡）的仁爱，这些都不能称之为诚。孔子窥察阳货不在家里而特意去拜访对方，不愿意会见孺悲而以"我生病了"为由推辞，这种做法不能称为不诚。诚，不过是依照事理的要求去做而已。所以《大学》说，人要想做到诚实正直，一定首先从研究事物的规律以获取知识入手。你们年轻人千万别产生误解。

问：乾健不息，万古如斯，究竟钧轴[6]有时坏否？

曰：邵子《皇极经世》[7] 有此说，近日西人亦推验及此。盖以有

---

① 宋襄：宋襄公（？—前637年），子姓，宋氏，名兹父，宋国国君，公元前650年至公元前637年在位，春秋五霸之一。与楚国在泓水交战时，他恪守君子规则，不向战阵没摆好的敌人发动进攻，不俘虏头发花白的老人，结果打了败仗，大腿中箭，受伤而死。

② 尾生：春秋时人，以守信著称。《庄子·杂篇·盗跖》载："尾生与女子期于梁下，女子不来，水至不去，抱梁柱而死。"

③ 徐偃：徐偃王，西周时期徐国国君。《韩非子·五蠹》载："徐偃王处汉东，地方五百里，行仁义，割地而朝者三十有六国。荆文王恐其害己也，举兵伐徐，遂灭之。"

④ 阳货：鲁国人，鲁国大夫季平子的家臣，很有权势，因行为越礼，招致孔子反感。

⑤ 孺悲：鲁国人，鲁哀公曾派他向孔子学礼。《仪礼·士相见礼》疏："孺悲欲见孔子，不由介绍，故孔子辞以疾。"

⑥ 钧轴：钧以制陶，轴以转车，此处当指使宇宙运转的中心转轴。

⑦ 《皇极经世》：宋邵雍作，该书运用易理和易数推究宇宙起源、自然演化和社会历史变迁，共十二卷六十四篇。

形之物，无不有坏时，泛论其理可也，至其远近之期，未敢深信。地气呼吸，能生万物，虽风雷雨露出于地，而必得日光照临而始有成。大地，一星球也，地之上下四面尚有无数星球，皆赖日光环照，始发生气。据天文家测验，日去地九千二百八十九万七千英里，则是上下四面皆九千二百八十九万七千英里。每英里合中国三里。而目所未及者，尚不知星球若干，佛经所言大千、小千世界①，更不可偻数。假如地轴有坏时，试问上下四面星球同时坏否？太阳彼时作何运动？此如虮虱料人寿命长短。佛书中言安能尽信？君子付之不论、不议可也。

今译：问：天德刚健，从不停息运转，亿万年都是这样，使宇宙运转起来的中心转轴，最终会有一天坏掉吗？

答：邵雍的《皇级经世》书中有这种说法，近来西方人也推算验证了这个问题。有外形的物体，全部都有损坏的时候，泛泛地谈论这个道理就可以了，至于推测出宇宙毁坏的具体时间，我不敢十分相信。大地有气周流，才能产生万物，虽然风、雷、雨、露出于地，而必须得到阳光普照才开始有生命滋长。地球，是一个星球，地球周围尚有无数星球，都依赖太阳光回环照耀，才能产生创造生命的元气。根据天文学家测量得来的数据，太阳距离地球九千二百八十九万七千英里，也就是地球围绕太阳运行，上下左右距离太阳都是九千二百八十九万七千英里。每英里相当于中国三里。而眼睛所看不到的，尚不知有多少星球，佛经所说的大千世界、小千世界，更是数不清。假如地球的地轴坏了的时候，请问地球周围的星球的中心轴也会同时坏吗？太阳那个时候会怎样运动？（人类思考这些，）好比是人身上的虮子、虱子估量人的寿命长与短。佛书中的话怎能完全相信？君子对这个问题放在一边，不去谈论就可以了。

---

① 大千、小千世界：佛教用语，又称三千大千世界。佛教谓以须弥山为中心，以铁围山为外郭，是一小世界；一千小世界合起来就是小千世界；一千个小千世界合起来就是中千世界；一千个中千世界合起来就是大千世界。后来人们用大千世界指称广大无边的世界或人世。

问：各星球有生气否？

曰：吾人所闻所见，安得有死物？人之死也，即其所以生之道也，四时所以运行不穷也。余幼时晤一西友，言：“日月星宿中当有生气，有人物。”余曰：“固然，其人物之性，必与地球同。”西友问：“何以知之？”余曰：“太阳热光，为众生托命，同此生即同此性。”西友言：“彼人形像，未必与地球各国相同，其种性亦必不同。”余曰：“君臣父子，爱生恶死，当无二也。孔子曰‘一阴一阳之谓道’①，宋儒谓‘道外无物，物外无道’②，即此意也。”

今译：问：其他各个星球上有生命之气吗？

答：我们所见所闻，哪里会有死物呢？人死亡的原因，就是他得以出生的原因（死亡使他的生命之气回归宇宙，这种生命之气又会孕育出新的生命），也就是春、夏、秋、冬四时更替永不停息的原因。我在童年时代遇到一个来自西方国家的友人，他说：“日、月、星宿中，应当会有生命之气，有人类。”我说：“确实是这样。那些星球中的人类的禀性，一定与地球上人类的禀性一样的。”西方朋友问我：“你凭什么知道这一点？”我回答：“太阳散发出的热度和光线，成为一切生命的依托，同样依托于太阳的光与热而萌生的生命，一定会具备与人类相同的禀性。”西方朋友说：“那些星球上人的形体外貌，不一定与地球上各国的人相同，他们的种类及禀性也一定与人类不同。”我说：“那里也会有君臣、父子伦常关系，那里的生灵珍惜生命、厌恶死亡，应该与地球上情况一样。孔子说：‘一个阴

---

① 语出《周易·系辞上》：“一阴一阳之谓道。继之者善也，成之者性也。”意思是：一种阴和一种阳的矛盾统一叫作道。秉承着道而发展就美好，使道成为道的是事物的必然性。

② 道外无物，物外无道：语出杨时编纂《二程粹言·论道篇》，原文是：“子曰：道外无物，物外无道。在父子则亲，在君臣则敬。有适有莫于道，已为有间，又况夫清净而弃人伦者乎？”程颢先生原话则是“道之外无物，物之外无道。是天地之间，无适而非道也。即父子而父子在所亲，即君臣而君臣在所严（一作敬）。以至为夫妇、为长幼、为朋友无所为而非道。此道所以不可须臾离也。然则毁人伦，去四大者，其分于道也远矣。故‘君子之于天下也，无适也，无莫也，义之与比’。”参程颢、程颐《二程遗书·卷四》，朱熹、吕祖谦《近思录·卷十三·辨别异端》。

（柔、幽），一个阳（刚、明），相互对立又相互转化，循环无尽，这就构成了天道。'宋朝儒士说：'没有那种不包含天理的物，也没有那种不带物的天理'，说的就是这种意思。"

问：天道至诚不息，从何见之？

曰：天地生机，无一息停顿。人畜身内之气、草木之质与空中流行之气息息相关，即虮虱之微，其气亦伸缩动荡不已。世人少者以为未老，老者以为未衰，因循一世，殊不知暗中光阴已错过去，今年非去年，今日非昨日。一呼一吸，一息也。已过之一息，不能挽作将来之一息。《易》曰："天行健，君子以自强不息。"人处大化之中，颓然自放，行尸走肉，岂不为天地间一弃物？惜寸惜分，即法天也。孔子在川上曰："逝者如斯，不舍昼夜。"佛问沙门[①]："人命在几间？"或对"数日间"，或对"饭食间"，佛言："皆不知道。"一对"在呼吸间"，佛言："子知道矣。"[②] 盖人命本在呼吸之间，呼吸停即死。天生人物，各有呼吸，随时皆可死。人能体贴到此，则人欲念消、天理念起，自有真正功行[③]，不以贫富、贵贱、生死、毁誉撄其心矣。

今译：问：天道最真诚而且不停息，从何处可以看到？

答：天地酝酿生命活气，从来没有一刻停息过。人类和动物身体内运行的气体、花草树木的实体与天空中流行的气体息息相关，即使像虮、虱那么微小的生物，它们身体中的气息也在不停运行。世上的人，年少的以为自己还没有老，年老的人以为自己身体还没有衰弱，疏懒懈怠一辈子，竟然不知道在不知不觉中，光阴已浪费掉了，今年不是去年，今天不是昨天。一个人一次呼气与一次吸气，叫作一息。

---

① 沙门：佛学术语，梵文是Śramana，意译为勤息，即勤修善法，止息恶行。不论佛教徒与外道，为出家修道者的总称。《四十二章经》载："佛言：辞亲出家，识心达本，解无为法，名曰沙门。"

② 佛问沙门这段文字，摘引自《四十二章经·第三十八章》。

③ 功行：音 gōng xíng，本指僧道等修行的功夫，此处指儒者修行功夫。

已经过去的一息，不能挽回来作为将来之一息。《周易》说：“上天的运动刚强劲健，君子以天为法，发奋自强，从不停息。”人处在自然界之中，萎靡不振，自我放纵，不加检点，如同行尸走肉，岂不是成了天地间一件废物？珍惜一寸光阴和一分光阴，就是效法上天。孔子在河边说：“流逝的时光如同这河水啊，昼夜都不停息。”释迦牟尼佛曾询问出家修道的沙门：“人命能存在多久？”有的回答说“在好多天时间内”，有的回答说“在一顿饭时间”，佛说：“你们都不懂得道的含义。”一个沙门回答说“人命存在于一呼一吸之间”，佛说：“你已经明白道的含义了。”人命本来存在于呼吸之间，人呼吸停止，马上就会死掉。自然界产生人和万物，各有自己的呼吸，呼吸停止，随时都会死去。人如果考虑到这一点，就会消除私念，产生悲天悯人、大公无私之念头，自然会具有真正的修行功夫，不会让贫富、贵贱、生死、诋毁赞誉等问题扰乱自己的心神。

问：“聪明正直为神。”① 则凡仁人志士，生而不背于天道者，死皆有以护存而不灭耶？

曰：岂能久不灭？

今译：问：（古人说：）“明察事理、公正无私的人死后会变成神。”那么，凡是具备仁德和高尚志气的人，在世时候不背离天理，他死了之后都会得到神的保护而能灵魂不灭吗？

答：灵魂怎能长久不灭？

问：明太祖欲移卞忠贞墓②，而忠贞夫人示梦谓：“我忠臣之妇，

---

① 典出《左传·庄公三十二年》，原文作：“神，聪明正直而壹者也，依人而行。”意思是：神灵，是聪明正直而且专一的，依照人的德行好坏来行事。柳宗元《骂尸虫文》有“聪明正直者为神”的句子。

② 卞忠贞：卞壸（281—328），字望之，济阴冤句（今山东菏泽）人，苏峻乱起，受命率军平叛，战死军中。《资治通鉴·卷九十四·晋纪十六》载：“壸背痈新愈，创犹未合，力疾帅左右苦战而死。二子眕、盱随父后，亦赴敌而死。其母抚尸哭曰：‘父为忠臣，子为孝子，夫何恨乎！’”死事颇为壮烈。苏峻乱平，卞壸被追赠为侍中、骠骑将军、开府仪同三司，谥忠贞。

孝子之母。”明太祖惧，不敢移。又明王阳明梦郭景纯[1]言王导之奸，且示诗一章[2]。东晋距明初千年，其魂灵竟未灭耶?

曰：此事确否难知。大约人之魂灵，有旦夕灭者，有逾百数十年而灭者。世言忠贞冤死之魂有逾千年不灭者，或亦有之。凡奸险小人，必无不速灭之理。试观古来势焰熏天之奸臣贼子，曾见有死而显灵者否？佛氏“畜生”“饿鬼”[3] 之说，即有其事，亦非不灭之谓。总之大炉锤中，容不得一毫渣滓、一毫污浊。

今译：问：明太祖打算迁移坐落于京城郊外的卞壸的墓，而卞夫人托梦说：“我是忠臣的夫人，孝子的母亲。”明太祖害怕了，不敢迁移墓地。还有明代王阳明梦见晋朝郭璞叙述王导的奸诈，而且郭氏

---

① 郭景纯：郭璞（276—324），河东闻喜（今属山西）人，两晋之交文学家、训诂学家、风水大师，自少博学多识，好古文、奇字，精天文、历算、卜筮，长于赋文，尤以“游仙诗”名重当世。永嘉之乱时，避乱南下，被宣城太守殷祐及丞相王导征辟为参军。晋元帝时拜著作佐郎，与王隐共撰《晋史》。后为大将军王敦记室参军，以卜筮不吉劝阻王敦谋反而遇害。王敦之乱平，朝廷追赠弘农太守。宋徽宗时追封闻喜伯，元顺帝时加封灵应侯。曾为《尔雅》《方言》《山海经》《穆天子传》作注，《葬经》旧题郭氏撰。明人辑有《郭弘农集》。

② 示诗一章：王阳明《王文成公全书·卷之二十》（钱德洪编次，王畿增葺，明隆庆时期谢廷杰刊本）里的《纪梦》。此诗前小序云：“正德庚辰八月廿八，夕卧小阁，忽梦晋忠臣郭景纯氏以诗示予，且极言王导之奸，谓世之人徒知王敦之逆，而不知王导实阴主之。其言甚长，不能尽录。觉而书其所示诗于壁，复为诗以纪其略。嗟乎！今距景纯若千年矣，非有实恶深冤郁结而未暴，宁有数千载之下尚怀愤不平若是者耶！”诗云：“秋夜卧小阁，梦游沧海滨。海上神仙不可到，金银宫阙高嶙峋。中有仙人芙蓉巾，顾我宛若平生亲。欣然就语下烟雾，自言姓名郭景纯。携手历历诉衷曲，义愤感激难具陈。切齿尤深怨王导，深奸老猾长欺人。当年王敦觊神器，导实阴主相缘夤。不然三问三不答，胡忍使敦杀伯仁！寄书欲拔太真舌，不相为谋敢尔云！敦病已笃事已去，临哭嫁祸复卖敦。事成同享帝王贵，事败仍为顾命臣。几微隐约亦可见，世史掩覆多失真。袖出长篇再三读，觉来字字能书绅。开窗试抽《晋史》阅，中间事迹颇有因。因思景纯有道者，世移事往千余春，若非精诚果有激，岂得到今犹愤嗔！不成之语以筮戒，敦实气沮竟殒身。人生生死亦不易，谁能视死如轻尘？烛微先几炳《易》道，多能余事非所论。取义成仁忠晋室，龙逄龚胜心可伦。是非颠倒古多有，吁嗟景纯终见伸！御风骑气游八垠，彼敦之徒草木粪土臭腐同沉沦！”《纪梦》诗后附录王阳明梦中所得的郭璞自述诗：“我昔明《易》道，故知未来事。时人不我识，遂传耽一技。一思王导徒，神器良久觊。诸谢岂不力，伯仁见其底。所以敦者佣，罔顾天经与地义。不然百口未负托，何忍置之死！我于斯时知有分，日中斩柴市。我死何足悲，我生良有以！九天一人抚膺哭，晋室诸公亦可耻。举目山河徒叹非，携手登亭空洒泪，王导真奸雄，千载人未议。偶感君子谈中及，重与写真记。固知仓卒不成文，自今当与频谑戏。倘其为我一表扬，万世万世万万世。”

③ 畜生：指鸟兽虫鱼等一切动物。饿鬼：佛教语，六道之一。佛经谓人生前做了坏事，死后要堕入饿鬼道，常受饥渴之苦。

还将自己的一首诗给阳明先生看，东晋距离明代初期有一千年，郭氏的灵魂竟然没有灭亡吗？

答：这件事是不是真的，很难知晓。大致说来，在人死后，人的灵魂有的很短时间内就灭亡了，有的过了一百几十年才灭亡。世上传说忠贞的人冤死之后的灵魂有超过千年而不灭亡的，或许是有这种情况。凡是奸诈阴险的小人，灵魂一定没有不迅速灭亡的道理。请看自古以来权势熏天的奸臣逆贼，可曾见到有死后显灵的吗？佛教说有的人死后堕入“畜生道”和“饿鬼道”，即使真有其事，也不能说是不灭。总之，世界相当于大熔炉，容不得一点点品德上的不纯与污秽。

尔辈读书，不要将圣贤视作云霄上人，假如今有圣贤与尔相处，亦是寻常人一般，不过言语举动和平妥当而已。今有人一，日在父母前承欢，兄弟前尽爱，待朋友有礼，饮食有节，起居有度，不著贪念妄想，即合中庸之道，所谓“夫妇之愚，可以与知”[①] 是也。有道之士，恰遇机缘，做出旋乾转坤绝大事业，亦是尽其分所当然，理应如是，非于性分外有所增加。“舜、禹有天下而不与焉”[②] “禹之行水，行所无事”[③] 是也。其真伪辨别在公私之间。张南轩[④]曰：“有所为而为者，私也；无所为而为者，公也。”[⑤] 王阳明曰：“志功名者，富贵

---

① 语出《中庸》，意思是对于中庸之道，愚笨的男人和女人都可以领悟得到。与：音 yù，参与，体认。

② 语出《论语·泰伯篇》。原文是：“子曰：‘巍巍乎，舜、禹之有天下也，而不与焉！’”与：音 yù，参与，关联。杨伯峻《论语译注》认为“（与）含有‘私有’‘享受’之意”，此解稍嫌拘实。

③ 语出《孟子·离娄下》，原文是“禹之行水也，行其所无事也”。意思是：禹使水运行，就是顺其自然，因势利导，好像他没做什么事。

④ 张南轩：张栻（1133—1180），汉州绵竹（今属四川）人，字敬夫，号南轩，南宋中兴名将张浚之子，幼从师胡宏，得理学真传。后执掌长沙城南书院、岳麓书院多年，为湖湘学派代表。和朱熹、吕祖谦齐名，时称“东南三贤”，官至右文殿修撰，著有《南轩集》《论语解》《孟子说》等。

⑤ 据文渊阁本《南轩集·卷十六·史论·汉家杂伯》，张栻原话是：“学者要须先明王伯之辨，而后可论治体。王伯之辨莫明于孟子，大抵王者之政，皆无所为而为之。伯者，则莫非有为而然也。无所为者天理，义之公也。有所为者人欲，利之私也。”有人认为，张栻此论源于他的老师胡宏之兄胡寅的《崇正辩·卷一》，《崇正辩》云：“凡有所为而为善者，皆人欲之私，是利道也，异端邪说是也；无所为而为善者，乃天理之公，是本心也，孔孟之道是也。”

不足以累其心；志道德者，功名不足以累其心。”[①] 盖有为功为利之心，即失天道。孩提敬爱父兄，父母保其赤子，何尝别有所为？人能如此存心，遇贫贱、患难，皆无入不自得矣。此谓“尽性至命”[②]，此谓“《易》简之道”。

今译：你们年轻人读书时，不要将圣贤看成是天上的人，高不可及。假如现在有圣贤与你相处在一起，也像是平常人一样的，不过他的言谈举止温和、恰当而已。假如现在有这么一个人，他每天侍奉父母，得到父母欢心，对兄弟尽爱心，待朋友有礼貌，饮食方面有规律，日常工作和休息遵守制度，心里不存贪婪的念头与妄想，这人所作所为就合乎中庸之道，《中庸》所说的“（因为君子之道效用广大而又表现精微，）即使愚笨的男女也可以体悟到道的含义”，指的就是这个中庸之道。有道的人，恰好遇到好的机会，做出旋转乾坤的旷世伟业，也是尽自己的本分做了应当做的事，按道理应该是这样子的，不是在他的天性之外，增加了什么。孔子称道的“舜、禹拥有天下，却好像天下与自己不相干”，孟子称赞的“大禹治水是顺水的流向自然疏导的，（毫不费力，）看起来，他好像没做事一样”指的也是中庸之道。一个人的真与假，可以通过他的行为是为公还是为私来辨别。宋代理学家张栻先生说：“为了个人目的去做的，就是私；不为个人目的去做的，就是公。”王阳明先生说：“立志追求事功和声誉的人，富贵不值得他放在心上；立志追求道德的人，事功与声誉不值得他放在心上。”有了追求事功和利益的心思，即背离了真诚无私的天道。小孩子敬爱自己的父亲与哥哥，父母养护自己的婴儿，哪

---

① 语出《论语·阳货篇》“子曰：鄙夫可与事君也与哉”章朱熹注。朱注原文是：胡氏曰：“许昌靳裁之有言曰：‘士之品大概有三：志于道德者，功名不足以累其心；志于功名者，富贵不足以累其心；志于富贵而已者，则亦无所不至矣。’志于富贵，即孔子所谓鄙夫也。”（按：胡氏即胡安国。靳裁之是胡安国老师）《王文成公全书·卷之四·文录一·书·与黄诚甫（癸酉）》引述了朱注原文：“志于道德者，功名不足以累其心；志于功名者，富贵不足以累其心。”

② 尽性至命：典出《周易·说卦传》“穷理尽性，以至于命”一句，意思是“穷尽万物的道理和人的本性，以合乎天道，达到与天命的统一”。

会当面一套背后一套？人假如能存真诚无私之心，遭逢贫穷、身份低微、遇到困难和危险，无论在什么场合下都能安然自得。这叫作“尽性至命（彻底考察人的本性，以求合乎天道）”，这叫作“《周易》揭示的简单平易的天地之道”。

问：自古正人志士，气概甚高，往往才略有不济事者，如用兵或遭败衄，取士或不尽纯良，治国或迂阔而鲜近效，以故人主疑之，谗奸间之，鲜有以功名终者，其诚不足耶？学问未至耶？

曰：正人是天地正气，即是国家元气，日计不足，月计有余。未有有道德而无才智者，惟其力量大小、天资高低各有不同，所以君子贵学道以增其识力。若全无才智，何足以言道德？今人每以敦笃、谨愿[1]、无才者推为道德之士，或以小人有才，以为知士而倚用之，皆不知事理未尝学问者也。小人不足论，君子学道者，必从事格物致知，才智自出其中。自诚而明，此境不易。几及自明而诚[2]，功夫原可渐进。朱子谓：“去人欲之私，救气体之偏。”[3]《大学》补传解“格致”，谓宜“因心之知，穷天下之理”[4]，即谓此也。如果“清明在躬，志气如神”[5]，至诚之道，尚可前知，事物之来，自然泛应曲当。尔等读书，默审天地盈虚感应之理，栽培倾覆之机，安有得乎天而为人事所败者？《中庸》曰“为政在人，取人以身”，孟子曰

---

① 谨愿：谨慎老实。

② 自诚而明、自明而诚：典出《中庸》：“自诚明，谓之性；自明诚，谓之教。诚则明矣，明则诚矣。”意思是：由心诚而明白道理，叫作天赋的本性；由明白道理而做到心诚，叫作后天的教育。心诚就能明理，明理就能心诚。

③ 朱熹原话是：“古之圣王，设为学校，以教天下之人。使自王世子、王子、公侯、卿大夫、元士之适子，以至庶人之子，皆以八岁而入小学，十有五岁而入大学，必皆有以去其气质之偏，物欲之蔽，以复其性，以尽其伦而后已焉。”（《晦庵先生朱文公文集·卷第十五·经筵讲义》开篇语）

④ “因心……之理”句：朱熹原注是：“……是以《大学》始教，必使学者即凡于天下之物，莫不因其已知之理而益穷之，以求至乎其极至，于用力之久，而一旦豁然贯通焉，则众物之表里精粗无不到，而吾心之全体大用无不明矣。此谓物格，此谓知之至也。”

⑤ “清明”句：语出《礼记·孔子闲居》。《礼记》原文是：“清明在躬，气志如神。”意思是：心地光明正大，头脑清晰明辨，意志和气质就会像神明一样。

“周[1]于利者凶年不能杀[2]，周于德者邪世不能乱”[3]，可以悟矣。

今译：问：自古以来品质端方的有坚定意志和远大目标的人物，气魄宏大，但往往在才能与智谋上有欠缺，对事情没有帮助。比如，领兵打仗可能遭到失败，他录取选拔的读书人可能不都是品性纯粹美好的人，他治理国家，可能举措不切合实际而很少收到实效，因为这个缘故，君王怀疑他，爱进谗言的奸臣离间他与国君的关系，（正直的人中）很少有立功成名终老的，这是他的诚意不足吗？还是学问没达到一定境界呢？

答：正人君子等于天地之间的正气，也就是让国家保持生机的元气，短时间用几天时间来观察他，他好像不是那么特有能耐，长时间用好几个月时间来观察他，他的治国理政的才干绰绰有余。没有有道德却无才能智慧的人，只不过他们个体力量的大小、天分的高低会有所不同，所以君子重视学道以增加观察思考能力。假如某个人一点才智都没有，哪里值得与他谈论道德呢？现在的人总是把敦厚、谨慎老实、没有才能的人称颂为有道德的人，或者因为小人有才华，把他们当成聪明人而依靠、使用，（这）都是不知道事理、没有钻研学习的糊涂人。小人不值得去谈论，品德高尚、学习仁义礼乐之道的人，必定从研究事物获得真知入手，智慧自然从实践中产生。由于内心真诚而明白了道理，这种境界不易得到。由于明白道理而后做到内心真诚，这个可以通过后天教育就能做到，本领本来可以通过渐渐进步而提高。朱子说：“消除掉人自私的欲望，补救人气质的不正。”《大学》篇的补传在注释“格致”一词时，认为该词的本义是“应该凭借心里已经懂得的知识，去透彻研究天下万事万物的道理”，说的就是这个。如果一个人“心地光明正大，头脑清晰明辨，意志和气质就会像神明一样”，达到至诚的境界，尚且可以预知事物未来的

① 周：朱熹《孟子集注》云：“足也。”

② 杀：缺乏，困窘。

③ 语出《孟子·告子下》。

发展趋势，事物真的到来，自然能全面回应，做得恰到好处。你们这些人读书，如果能安静地思考观察世界万物兴盛衰败、事物之间关联与呼应的道理，看清事物兴盛与衰败的苗头，（就会明白：）哪会有得到上天的厚爱而被人间事物所毁掉的人？《中庸》说“国君要治理好政事，首先在于任用贤才，要想得到贤才，国君得先把自身的德性培育好”，孟子说：“财富充足的人，荒年不能让他困窘；德行完美的人，乱世也不能让他迷惑。”根据这些经典的教诲，就可以领悟了。

问：西人测空气中有轻气、养气、炭气①，近用无线电，有谓逦达气②者，不为风雨所阻，此皆为人所用，安足以尽天道？

曰：有西教士某极有智慧，谓余曰：“凡气为人所用者，必有用气之主人，现未推测出来。”云云。余曰：“今时推测天文精矣，究竟眼力已到者只知其当然，不知其所以然。其眼力不到者，更不知纪极。庄子曰‘人之所知，不及其所不知’③。且不必论象数④，但求其理可耳，理即主人也。”

今译：问：西方人测量出空气中含有氢气、氧气、二氧化碳，近来使用了无线电，有的人称作无线电气，它不被风雨所阻挡，这些都是被人类利用的东西，（这些关于物质世界的知识）怎能充分揭示出宇宙万物的规律？

答：有个西方传教士很有智慧，他跟我说：“凡是被人所利用的气，必定有使这些气产生的初始元素，现在还没有推测出来。”等

---

① 轻气：氢气。养气：氧气。炭气：二氧化碳。按：正常的空气成分按体积分数计算是：氮（N_2）约占78%，氧（O_2）约占21%，二氧化碳（CO_2）、稀有气体等约占1%。

② 逦达气：英文 radio 的音译，无线电的意思。

③ 语出《庄子·秋水》：“计人之所知，不若其所不知。”有两种解释：一、人所知道的有限，不知道的无限。二、郭庆藩《庄子集释·秋水疏》：“强知者乖真，不知者会道。以此计之，当故不如也。”通行的是第一种解释，第二种解释有些牵强，家训用的是第一种意义。

④ 象数：“象”，指卦象和爻象，即卦、爻所象之事物及其位置关系。“数”，指阴阳数和爻数。古人用象数来推测自然和社会的各种变化，运用的是一种比附和演绎推断的方法。

等。我说："当代观察研究天文的水平很高超了，不过，眼睛能看到的只是表象，但不知道这些表象后面的原理。人的视力看不到的地方，更是无边无际。庄子说'人们所懂得的那些知识有限，他们不懂的知识无限，有限赶不上无限'。暂且不要研讨通过《周易》卦象和爻数来预测人世事务的象数之学，但懂得它们的原理即可，这种原理就是宇宙万物的主宰。"

问：人物受气以生，无气则死，山川土石，亦有气耶？

曰：山川无气，则草木不生，水亦不流，人皆死矣。譬之草木生于土，人之所食所用皆出于土。土所以蕴气而屈伸万物者，即臭腐变神奇，神奇变臭腐，乃造化之源，栽培倾覆之所由行也。

今译：问：人和动物禀受了生命之气就会活着，没有了生命之气就会死去，山岭、河流、土地、石块，也禀受了生命之气吗？

答：山岭、河流如果没有生命之气，山就不长草木，河水也不会流动，人在这里都会死掉。譬如花草树木在土地上生长，人所吃的粮食、所用的物品都从土地上出产的。土地就是蕴含了生命之气而使万物生长变化的实体，它可以把发臭腐烂的东西演变成神奇可贵的东西，可以把神奇可贵的东西演变成发臭腐烂的东西，是生命得以创造的源头，是生物不断成长、衰亡，生生不息的地方。

问：道家断嗜欲、绝荤腥，苟成其念，将如顽石块然而常存耶？

曰：石亦有气，常见有先断后联者，有先剥削后滋长者。若无气，则石亦不能久存。道家修诣，在断人事、保元气，有人言如殖泥之炼瓦甓、菜果之曝干而护藏者，可稍持久。又《道藏》[1] 书言，功行满时，可从前世界传至后一世界。略如大石中包小石在内，以无知识乃能久存。此虽讥诮语，不足致辨，惟人为造化所生，安能修到无

① 《道藏》：道教书籍总称道藏，道书之正式结集成丛书并以"藏"命名，始于唐开元（713—741）时。此后宋、金、元、明诸朝皆曾编修《道藏》，清代编有《道藏辑要》。

知无识地步？果尔，则乾道无变化之权矣。纵然修成，何补于天地？何补于身？大凡求长生不死者，皆是大贪痴人。能抱住长生不死之理，不使斫丧，虽死亦不谓之死[①]矣。

今译：问：道家断绝人的爱好与欲望、不吃荤腥食物（以求修真成道，寿与天齐），假如他们的愿望实现了，他们将会像顽石那样孤独地活得很久吗？

答：石头也含有生命之气，常常见有的石头先断了后来连起来，有的先被剥蚀缩小后来又慢慢长大的。假如没有活气，那么石头也不能存在长久。道家修身之术，在于断绝性欲、保护生命元气，有人说，这好比抟泥坯烧制砖瓦、将蔬菜水果晒成干菜干果而保护、收藏起来，它们就可以稍微存在得长久一些。另外，《道藏》书中说，一个人修炼的功夫到圆满时，肉身可以从前一个世界延续生存到后一个世界。大约像大石头把小石头包在内，因为没有知觉才能活得长久。这虽然是开玩笑的话，不值得去辨析，只不过人类是由化育万物的大自然衍生出来的，人怎么能修炼到无知无识的境界？果真是这样的话，那么天道就没有控制万物兴衰变动的权力了。纵然修炼成功，对天地有啥用处？对自身有啥用处？凡是追求长生不死的人，都是非常贪心痴愚的人。能守住长生不死的道理，不使自己的生命元气受到毁伤，虽然他的肉体死亡了，也不能说他死了。（因为他过完了应有的寿数，而且他的精神与奉行的“道”是不死的。）

或谓：朱子言：“释氏言人死而为鬼，鬼复为人。［如此，则］天地间常是许多［人］来来去去，更不由他造化生生。必无是理。”[②]

---

① 虽死亦不谓之死：与《老子·三十三章》“死而不亡者寿”（即“身死而道犹存”之意）意思一样，指的是人死了，他的精神是不朽的。另外，还可指喻人终其天年而非夭亡。

② 引语录自《朱子语类·卷三》，原文是“释氏却谓人死为鬼，鬼复为人。如此，则天地间常只是许多人来来去去，更不由造化生生，必无是理”。家训此处文字省略过多，影响意义的表达，兹遵朱熹原话，做了必要的补充。

程子言："人有死而转世者。"[①] 语意相反，何也？

曰：皆是也。人死为鬼，久之，鬼仍归于大化，其复生也，又从大化出来。佛氏求入无生，自言历若干劫，仍堕生人世，再修再证。亦以乾道变化，逃不过大化以外。程子言"人有死而复生者"，如书史中言，人初死时，魂灵未灭，或示人以梦，言转生某家。或孩提时言其前生事，皆其初生时前世神识未断，迨后身体渐长，自然消灭净尽。譬如草木逢春发芽，有从平地生者，有种子而生者，有傍根而生者，其生机皆是从大化中出来，不能以旧种又作新芽。即如化生[②]之类，蚕变蛾，必蚕垂死而后变蛾，其将死未死、将变未变之际，能得几时？若人必保其魂灵，世世转生，试问熙和盛世，生齿日增，先有如许鬼魂而守待耶？乱离衰世，生齿凋丧，鬼魂岂不愈积愈多？作何安顿？朱子言："必无是理。"诚必其无是理也。佛氏执著一己性灵，演为因果之论，已失"乾道变化"之旨。而世人从躯壳上生意见，更固执不化，不知此躯壳乃日呼吸天地之生气而生，亦以不能呼吸天地之生气而死，躯壳虽有生死，而天地所以生此躯壳之生气，固无一日不在也。

今译：有人问：朱子说："佛教说人死了，就会变成鬼，鬼后来又重新变成人。[假如真像佛教说的那种情况，那么] 天地之间常会见到许多人来来去去，(与鬼互相转换身份，) 完全不通过自然生殖途径来繁衍人类。一定没有这种道理。"程子说："人有死了之后转世为人的。"程先生与朱先生所说的意思是相反的，这是为什么呢？

---

① 二程对鬼神说与转世说均持怀疑和否定态度。《二程遗书·卷二十二》载：又问："佛言生死轮回，果否？"曰："此事说有说无皆难，须自见得。圣人只一句尽断了，故对子路曰：'未知生，焉知死？'"

② 化生：含义有二，一是指阴阳二气交感而使万物产生、变化的过程。二是佛学术语，为四生（胎生、卵生、湿生、化生）之一，指无所依托忽然而生，如诸天、诸地狱以及劫初之人。此处"化生"用的是第一义，具体指昆虫从幼虫到成虫，经过蜕变过程，形态完全改变。

答：都是对的。人死了变成鬼，时间长了，鬼仍然回归于大自然，他再生时，便又从大自然中产生出来。佛教徒追求进入涅槃之境，自称经历若干劫（世界从开始到毁灭一周期叫一劫），仍堕落而降生人间，再修佛法，再证佛理。也是由于天道变化，逃不脱大自然之外。程子说“人有死了而后转世复活的”，经史类的典籍里说，人刚死时，魂灵没有消亡，它或者通过托梦向人宣示，说自己转世，生在某某人家。或者人在幼小的时候说起他前生事迹，这都是他刚生下来，前一辈子的灵魂记忆没消失，等到后来身体发育长大了，这些前世记忆就忘得干干净净。譬如花草树木遇到春天会发芽，有从平地上自发生长的，有通过种子萌芽而生长的，有从老根冒出芽子而生长出来的，这些根芽的生机都是来自大自然的生育能力，（但是）不能拿失去活性的旧种子重新让它发芽。就像某些从幼虫到成虫，经过蜕变过程，改变生命形态的各类昆虫，（比如）蚕变化成蛾，一定要等蚕快死而后变成蛾，它将要死而没死、将要变形而没有变形这段时间，能有多久？假如人一定能保存他的魂灵，能世世转生为人，请问光明温暖的盛世，人口每天都在增添，先有那么多鬼魂在等着转世为人吗？让亲人离散的衰乱之世，人口凋零，鬼魂岂不越积越多？用什么办法安顿他们呢？朱子说：“一定没有这个道理。”他确实能肯定没有这个道理。佛家牢牢地守着自己的性灵（即心性），发展为因果学说，违背了“天道变化，万物随之变化”的宇宙运行规则。而世上的人仅从血肉之躯上产生的见解，更是顽固而不知变通，不知道这个有形躯体，那是每天靠呼吸天地间的生命之气而活着，也会因不能呼吸天地间的生命之气而死，人的躯体虽然有生有死，然而天地用以孕育人体的生命之气，确实是没有一天不存在的。

或曰：“善人转世为福人，岂非一气相因？”不知此乃造化自然感应之机，如松脂化茯苓、腐草为萤之类。人生气有清浊，死后气散，入于大化生机之中，亦有清浊之感，非有典守者一一注籍，而各施以赏罚也。轻清上腾，重浊下降，因材而笃[①]，阴阳一理。智者默观元化，静察万汇，当自悟矣。

今译：有人说："善良的人转世变成有福气的人，岂不是前世与今世一气相连贯的？"（这种见解并不恰当。）不知道这就是自然界感应机能发挥着作用，就像松脂变成茯苓、腐烂的草会生出萤火虫一样。人活着的时候，气质有清有浊，他死后生命之气消散，重新进入大自然的生命活力圈中时，也会分别与清浊事物相感应，并不是有看守人在点名册里一个个地注明，而后分别施加奖励与惩罚。质量轻微而又纯净的物质会往上升，质量重而又质地浑浊的物质会下降，上天养育万物是按照万物的材质而对待它们。（能成材的就培养它们，不能成材的就淘汰它们。）阴间与阳间的规律是一样的。聪明人如果安静地观察天地万物和它们的变化，自己就会明白这些道理的。

问：伏羲八卦，吉凶着象。《洪范》五行，休咎有征。圣人历重卜筮，史官亦觇云物，似术数之学，亦可以验天道。

曰：凡遇大事，有可以东、可以西者，不得不迟回审慎，所谓卜以决疑也。量度后事，悠渺无凭，偶借蓍龟叩问机兆，所谓"神以知来"[②]也。要皆从人事上决之。事理明则行止自定，感应有由，卜可也，不卜亦可也。若不明事理，徒向龟卜乞福，假如行军之日，将惰兵骄，器朽粮匮，而占得贞吉，其能利有攸往耶？《易》主象数，仍主事理，且示人以悔吝趋避之机，故《说卦》[③]有"穷理尽性，以至于命"之语。程子注《易》论理，邵子论数，数由理转，其实一

---

① 因材而笃：典出《中庸》，原文是："天之生物必因其材而笃焉，故栽者培之，倾者覆之。"意思是：上天生养万物，必定根据它们的资质而对待它们，能成材的就培育它，不能成材的就淘汰它。

② 神以知来：语出《周易·系辞上》，原文作："神以知来，知以藏往，其孰能与于此哉！"

③ 《说卦》：又称《说卦传》，与《彖》《象》《文言》《系辞》《序卦》《杂卦》一起组成《周易大传》，是现存最早解释《周易》的著作，后来也取得经典地位，附录在《周易》经文各卦中。《说卦》开头通论《周易》的构成要素与产生过程，而后述说八卦象征的各种事物。

也。至《洪范》[1] 休咎之说，其理不枉。后世史官沿例作《五行志》，有人嗤为荒诞之词，因其说得太拘、太琐，遂成怪异稗说。大凡人怀不平之心，其气之感于造物者亦不和顺，人身之气即天地之气也，“中和”所以成“位育”[2] 之功，戾气所以有致殃之异。“至诚之道，可以前知”，此不可诬也。

今译：问：伏羲画八卦而占验人事，是吉是凶体现在卦象上。《尚书·洪范》篇论述的金木水火土五行，吉凶也有征兆。圣人向来重视占卜打卦，中国古代史官也有观察天上云彩来预测吉凶的做法，似乎用天干、地支、阴阳、五行、八卦等方术与数理，来推测社会与人事变化的术数之学，也可以测验上天的规律。

答：凡是遇到大事，（可以这样做，也可以那样做，如同走路）可以往东、也可以往西，所以不得不犹豫一番，小心谨慎，这就是人们所说的通过占卜来破除疑惑。预测将来的事，没有任何凭借，古人偶然借助卜筮来探问吉凶，这就叫作“神通广大，能预见未来”。（我认为）关键应该从人情事理上来进行决断。明白了事理，是采取行动还是停止行动，自然就能确定，（这时候）人心与事物的交感回应就有途径，这时可以占卜，也可以不用占卜。如果不清楚事理，徒劳地通过烧灼龟板占卜来问神求福，（那是毫无意义的。）譬如打仗进军的那天，将领懒惰，士兵骄横，武器朽烂，粮食缺少，而占卜时得到吉兆，这支军队出征能获胜吗?《周易》看起来是用数字、卦象来预测人事，实际上仍是以事物规律为依据，向人显示躲避灾祸的诀窍，所以《周易·说卦传》有“穷尽万物之理，洞明万物的本性，以至于通晓自然的命运”的话。程颐先生注释《周易》阐发了理的

---

[1] 《洪范》:《尚书》中的一篇。“洪”即大，“范”即法。内容为箕子答武王的记录，箕子提出了治理国家的九种根本方法，后世称为“洪范九畴”，该文在中国思想史上很有影响。

[2] 中和位育：典出《中庸》，原文是：“喜怒哀乐之未发，谓之中；发而皆中节，谓之和。中也者，天下之大本也；和也者，天下之达道也。致中和，天地位焉、万物育焉。”中：喜怒哀乐未发出的执中状态。和：喜怒哀乐的感情发生了，但都能均衡适度，得情之正。位：天地万物各安其位。育：万物生长发育。

含义，邵雍先生阐发数字的神秘含义，数字是由理演变出来的，理与数实际上是同一个东西。至于《尚书·洪范》所阐发的吉凶之说，它的道理是正确的。后世的史官沿官修史书旧例作《五行志》，有人嘲笑这里面都是荒诞不经的话，是因为这些史书把话说得太机械、太烦琐，于是就成了野史怪谈。大体说来，一个人心里怀着不平之气，这气感应化育万物的自然时，也就不和平顺利，人身上的气也就是天地之气，“感情中正平和”因此能成就“使天地万物各安其位、顺利生长发育”的功效，而乖戾凶暴之气因此会招来灾祸变故。《中庸》说“人做到最真诚的时候，就可以预知未来”，这句话是不假的。

谶纬[①]之学，本属渺茫，历代皆在禁例。瞻云望气，理固可征，精者实寡。风角、禽遁，亦如卜筮，近世所传诸葛武侯、刘青田[②]诸术，皆是伪托。若星象占验，尤不可信。近来天文家测月距地最近尚有二亿三万八千八百四十英里，合华里七十一万六千五百二十里[③]，其星辰更有远于月者，纷不可纪，而地球热度只上至二百里而止，彼此悬远，了不相干，何与人间事耶？凡书中言星暗、日赤、日月无光等事，皆地上蒙气为之，与日月星辰本体无涉。亦若风雨露雷，只在地球上运动。中国旧籍指某星主某事，如狼星[④]主贼，光宜暗；矢星[⑤]主官兵，光宜明之类，本系任意立一名字，臆断吉凶，前贤皆明

---

① 谶纬：古代中国官方的儒家神学，谶书和纬书的合称。谶：一种神秘的政治预言，又分为符谶、图谶等；纬：汉代以神学附会和解释儒家经书而衍生出来的书。

② 刘青田：刘基（1311—1375），字伯温，浙江青田县南田武阳村（今属文成）人，故称刘青田，明朝开国元勋。洪武三年（1370）封诚意伯，故又称刘诚意。武宗正德九年（1514）追赠太师，谥号文成。他精通天文、兵法、术数等，尤以诗文见长，著作收入《诚意伯文集》。

③ 此处英里与里之间的数据转换有误，当是抄录或刻写时数字脱漏造成的。本篇前文“问：乾健不息”那一段（见本书第42-43页），就有“每英里合中国三里”（按：一英里为1609.34米）句子。光绪年间国家规定180丈为一里，约合576米，换算起来，一英里约等于中国三里。

④ 狼星：天狼星，又称“犬星”，位于现代星座划分的大犬座α星，西名Sirius，全天最亮的恒星，古代星象家认为此星主侵掠，后因此喻入侵的异族。

⑤ 矢星：又称弧矢，是中国古代星官之一，属于二十八宿的井宿，意为“（射天狼的）弓箭”，它位于现代星座划分的大犬座和船尾座，含有9颗恒星。

此理，绝不为惑。晋人自命为处士[①]者，望少微星待死，时适有他死者当之，遂以为验。其余如客星入帝座[②]，五百里德星聚[③]之类，皆附会偶合。中国三代以前无此说，环瀛各国亦无此说也。

今译：谶纬的学说，本来就是虚无缥缈的东西，历代都被禁止。看天上的云气，推测未来的一些事物的发展，固然有些理据，但精通的人很少。观测四方四隅之风以占吉凶的风角占、旧时术数家用五行与二十八宿（又称禽星）配八卦，以断日辰与方位吉凶的禽遁术，也像占卜打卦一样，近代流传的诸葛亮、刘基的各种法术，都是伪托。至于根据天上星象来占卜吉凶，尤其不值得相信。近来天文学家测出月球距地球最近距离尚有二亿三万八千八百四十英里，折合中国里程七十一万六千五百二十里，其他还有比月亮还远的星球，多得没法子计数，而地球的温度距地面二百里高空就没有了，其他星球与地球彼此之间距离特别遥远，毫不相干，怎么会过问人间事务呢？凡是古书中记载的天上星星变暗、太阳颜色突然变成赤红色、日月无光等事件，都是地球周围大气造成的，与日月星球本身毫无关系。也好比风、雨、露、雷，只存在于地球上。中国古书指某颗星管控某件事，如天狼星管残杀，星光应该暗淡；井宿的弧矢星管的是国家军队，这些星发出的光应该明亮之类，本来就是随意起一个名字，凭主观臆测来判断吉凶，前贤都知道这个道理，绝对不会被这类学说所迷惑。晋朝有个人自命为处士，望着天上的少微星等死，当时恰巧有其

---

① 处士：古时指有才德而没有做官的人，此处指戴逵。檀道鸾《续晋阳秋》载：谢敷隐居会稽山，初，月犯少微星，一名处士星，时戴逵名重于（谢）敷，时人忧之。俄而（谢）敷死，故会稽士人嘲吴人云："吴中高士，求死不得。"

② 客星侵帝座：典出《后汉书·严光传》。客星：我国古代对天空中新出现的星的统称，如新星、超新星、彗星等。帝座：又写作帝坐，星官名，一星，属天市垣，即位于现代星座划分的武仙座 α 星。天上恒星中的三垣，紫微垣居中央，太微垣、天市垣陪设两旁。古人认为，天帝就住在紫微垣。

③ 五百里德星聚：典出刘敬叔《异苑·卷四》："陈仲弓从诸子侄，造荀季和父子，于时德星聚，太史奏：五百里内有贤人聚。"德星：古以景星（形如半月，生于晦朔，助月为明）、岁星（木星）等为德星，古人认为它们出现在有道之国。

他清高不仕的处士死了来凑成这件事，于是就认为灵验。其余的，比如外来的亮星（即客星）侵入代表皇帝的星座——帝座，五百里内有德的人相聚、感应天上的德星相聚之类的传说，都是把不相干的事扯在一起，说成有关系，把偶然巧合的事说成必然的事。（这些都是谬论。）中国夏、商、周三代以前没有这种说法，环球其他国家也没有这种说法。

余十余岁时，借得檀姓老儒《占候书》[①] 一册，穷数日工录毕，将俟天暖登高测之。后问冯姓友人曰："书中言仓星[②]、库星[③]黄而明则年丰，屎星[④]赤而暗则民有疾，又斗内[⑤]之星宜多，斗外之星不宜多，此类语似浅陋，果可信耶？"冯友曰："尔但推算轨度可也，占验乃惑世之书也。"余遂不复寓目。嗣读书稍多，见所谓挥戈挽日[⑥]、大星落军[⑦]及人殁为星、星降为人等说，皆烘托附会之词。汉宰相遇日蚀辄自杀[⑧]，亦因时无善推验者。唐以后历算始精，明初用西洋人官钦天监，历算更精。至国朝，正历授时，益觉推测无余，从未闻重

① 《占候书》：凡十卷，撰者名氏不详，首列步天歌，系以星象各图，次即详载诸占法，每一占为一图，而以占验附于下。所引不出史《志》及京房《易传》《乙巳占》诸书，大抵附会穿凿，殊为猥杂。

② 仓星：又称"天仓"，位于现代星座划分的鲸鱼座，在中国古代星官中属于娄宿，含六星，六颗星视星等从3.60到5.67有差。

③ 库星：星名，又称天库、库楼，其中库六星、楼四星、十颗星视星等从2.26到6.74有差，在中国古代星官中属角宿，位于现代星座划分的半人马座。《晋书·天文志上》："库楼十星……一曰天库，兵车之府也。"

④ 屎星：在现代星座划分中是天鸽座μ星，视星等5.20，在中国古代星官中属参宿，代表星官厕里的粪便。

⑤ 斗星：北斗七星、南斗六星均可称斗星。斗内：指北斗（或南斗）四颗星组成的斗勺之内。

⑥ 挥戈挽日：故事载于《淮南子·览冥训》，传说楚国鲁阳公与韩国打仗，搏斗很久，太阳快要落山，鲁阳公于是举起长戈向太阳挥舞，太阳往回退了三座星宿的位置。

⑦ 大星落军：裴松之《〈三国志〉注》引孙盛《晋阳秋》载："有星赤而芒角，自东北西南流，投于（诸葛）亮营，三投，再还，往大，还小。俄而亮卒。"

⑧ 古人认为天人感应，日食或星变与帝王失德、朝廷失政、阴阳失调有关，宰相负有燮理阴阳之责，遇到日食或荧惑守心（火星在心宿内停留的现象），皇帝下罪己诏，执政大臣被免职或被逼自杀，成为朝廷消灾弭祸的主要手段。汉代因日食被免的丞相有好几人，因荧惑守心而被逼自杀的只有成帝丞相翟方进。

视占验之学。惟是人事感应之机，天气下降、地气上腾之理，固日在闻见之中。《易》曰：“方以类聚，物以群分，吉凶生矣；在天成象，在地成形，变化见矣。”① 所贵君子先在类聚、群分中验吉凶，勿徒在天象、地形上观变化，则庶几得其要矣。

今译：我十几岁时，向檀姓老儒借到《占候书》一本，花了好几天时间抄完，打算等到天气暖和时登高处观测天象。（不过还没有这么做。）后来，我问一位姓冯的朋友说：“书中说仓星、库星颜色黄而明亮，就会年成丰收，屎星赤红色而且暗淡无光，民间就会疫病流行，另外，北斗与南斗斗勺内的星宜多，斗勺外面的星不宜多，这类语言好像肤浅鄙陋，真的可信吗？”冯姓朋友说：“你只推算星星运行的轨迹度数就可以了，通过观察星体的位置、运动、色彩、亮度等来预测人间事务的书是欺骗世人的书。”于是我不再翻看这本书。此后，读书稍微多了，看到书上所说的鲁阳公持戈对着太阳挥舞而逼得太阳退回、（诸葛亮北伐魏国时）大星落入军营，（不久他就死了，）以及有人死后变成星宿、天上的星宿下凡成为人等传说，就知道这都是夸张烘托、牵强附会的话。汉朝宰相遇到日蚀总是自杀，也是因为当时没有善于推测天文历算的人。唐朝以后，天文历算术开始精密，明朝初年任命西洋人做钦天监官员，历算术更为精密。到了我们清朝，修订完善历书并予以颁行，对天文的推测更为周密完备，从来没听说过朝廷重视占候天象以预测人间事务的学说。不过，人与事之间相互关联呼应的现象，天上的气下降地上、地上的气上腾天上的规律，确实人们每天都可以感觉得到。《周易》说：“人类部族以同类相聚合，各种动植物以群体相区分，吉与凶就在（同与异的矛盾中）产生；于是在天上呈日月星辰风云雷雨之象，在大地上有山川草木禽兽之形，事物变化的道理，就从这些形与象之中显现出来。”

---

① “方以类聚……变化见矣”句：语出《周易·系辞上》。方：高亨《周易大传今注》认为是“人”的讹误。

值得看重的是君子先在同类相聚、异类群分中检验吉与凶，不能单纯地观察天象、地形上的变化，那么就差不多把握住人事变化的要点了。

尔辈年轻学浅，骤语天道，茫然不知，但心中能时抱得一“仁”字、一“理”字，即有向上路径。孟子曰：“仁，人心也。”即天道也。“仁”贯“礼智信”，犹“元”贯“亨利贞”、“春”贯“夏秋冬”，无非一团生气。程子譬之谷种，譬之桃仁、杏仁，释家言：“一粒粟中藏世界。”皆谓生机之动，可以充满世界。若自坏其心术，则如谷种朽蠹，自绝天机矣。“理”字勿作晋人“元理”[1]解，可作“条理”之“理”解。萧何见善治丧者，即举其人治国。宋儒言：“人之才识，譬如以百人付之，能使其食宿有所、起居有度，即是条理。”皆此意也。非特人也，天之昼夜寒暑，万物之生老病死，鬼神之祸福感应，皆有一定条理。不杂不混，不疾不徐，自到成功地步。为人若无一定条理，贪多躐等[2]，暴弃自甘，必无成矣。

今译：你们这些晚辈年纪轻，学问浅，马上告诉你们天理——万事万物的规律，你们会糊里糊涂，不懂得它的含义，但只要你们心里，能守住“仁”和“理”这两个字，就会有向上的路可走。孟子说：“仁爱，是人的本心。”仁爱也就是天理。“仁”连贯“礼智信”（懂礼仪、睿智、诚信），就好比“元”（开始）连贯“亨利贞”（“亨”为通，“利”为和，“贞”为正）、“春”连贯“夏秋冬”，无非是一团让万物成长的生命之气。程先生将“仁爱”比作谷物种子，（二程弟子谢良佐）将其比作桃仁、杏仁，佛教说：“一粒粟米中藏着大千世界。”生命力的运动，可以弥漫整个世界。假如一个人坏了良心，就好比谷物的种子腐朽或者被虫子蛀蚀了，自己断绝了生命勃

---

① 元理：即玄理，避清康熙皇帝名讳而改称。晋人崇尚虚无，喜谈本末、体用、有无等抽象玄理。

② 躐等：音 liè děng，不按次第，超越原有的等级。躐：逾越。

发的机会。“理”字不要像晋朝人那样解释为“玄理”，而应该解释为“条理”。（汉高祖刘邦的丞相）萧何看到善于办理丧事的人，就举荐这个人治理国家。宋代儒者说：“人的才干和识力（是容易知晓的），譬如交给他一百多人，他能让这么多人有地方吃饭和住宿、何时起床与休息，有相应的规范，这就是条理。”都是这个意思。不单是人，自然界的白天、黑夜、寒冷、暑热，万物的出生、衰老、生病、死亡，鬼神的赐福于善、降祸于恶的因果感应，都有一定的条理。（一个人做事情的时候，）不夹杂不混乱，不快不慢，自然能获得成功。做人如果不按一定的条理，贪图多得、超越等级而进，或者甘心自暴自弃，一定会没有成就啊。

【录先贤语数则】

周濂溪[①]先生《太极图》[②]曰：“无极而太极[③]。太极动而生阳，动极而静。静而生阴，静极复动。一动一静，互为其根[④]；分阴分阳，两仪[⑤]立焉。阳变阴合[⑥]，而生水、火、木、金、土。五气顺布，四时行焉。五行，一阴阳也；阴阳，一太极也；太极，本无极也。五行之生也，各一其性。无极之真，二五[⑦]之精，妙合而凝。乾道成男，坤道成女。二气交感，化生万物。万物生生，而变化无穷焉。惟

---

① 周濂溪：周敦颐（1017—1073），字茂叔，道州营道（今湖南道县）人，北宋哲学家，曾官大理寺丞、国子博士，知南康军，因筑室庐山莲花峰下小溪上，取营道故居濂溪以名之，后人遂称其为濂溪先生。著有《太极图说》《通书》等，其思想学说对理学影响极大。

② 《太极图》：《太极图说》，是周敦颐对自己所绘“太极图”所作的说明文字，即家训所录的这段文字，共250余字。太极图是中国古代的一种文化符号，据传是五代至宋初的道士陈抟所传。图案的形状如阴阳两鱼纠在一起，因而习惯称为“阴阳鱼太极图”。

③ 无极而太极：无极指最原始、无形无象的宇宙本体。太极指天地未开、混沌未分阴阳之前的状态，它是派生万物的本源。

④ 根：根据。这里指太极的动与静互相依存，互为对方存在的依据。

⑤ 两仪：天地。

⑥ 阳变阴合：阳气变动，阴气便与之配合。

⑦ 二五：阴阳与五行。

人也，得其秀而最灵。形既生矣，神发知矣，五性①感动而善恶分，万事出矣。圣人定之以中正仁义而主静，立人极焉。故圣人‘与天地合其德，日月合其明，四时合其序，鬼神合其吉凶’②。君子修之，吉；小人悖之，凶。”③

今译：周敦颐先生的《太极图》说：“宇宙之初为无极，它是原始的、无形无象的宇宙本体。之后衍生为太极，太极是创生化育万物的本源，太极的运动产生阳，动达到极限即转化为静。静生成阴，静到了极限又会再动。太极一动又一静，互为对方存在的依据；动与静相互依存，循环无端，于是，太极从动静分出阴和阳，进而形成了天地。

“阳与阴交感连动，互相配合，而后生出水、火、木、金、土五行。木气、火气、金气、水气、土气生成流布于天地间，与春夏秋冬四季相协调。（于是，产生了自然的和谐秩序。）

“水火木金土五行都是阴阳交感的产物，统一于阴阳；阴阳相互对立，但又统一于太极之中；太极，本源于无极。

“水火木金土五行生成后，各有自己的禀性。无极的真谛与阴阳五行的精华，它们神妙地交合，从而凝聚成有形有象的物质实体。表现为天道刚健者，成为男人；表现为地道阴柔者，成为女人。阴阳二气交感互动，创生出宇宙万物。万物生生不息，变化无穷。

“万物中，只有人禀承天地的秀气而最为杰出。人的形体产生后，神智感发而有了心智。仁义礼智信五行之性感应万物而动（遵循义理之正，就是善；放纵人欲之偏，就是恶），于是人世间就有善

---

① 五性：有多个含义，《大戴礼记·文王官人》载：“民有五性，喜、怒、欲、惧、忧也。”班固《白虎通义·情性》载：“五性者何？谓仁、义、礼、智、信也。”此处指五行之性，木主仁，火主礼，土主信，金主义，水主智。

② “与天地合其德”句：语出《周易·乾·文言》，原文作：“夫大人者，与天地合其德……与鬼神合其吉凶。”

③ 《太极图说》此段原文“中正仁义”后面有周敦颐本人注：“圣人之道，仁义中正而已”，“而主静”后周敦颐注也未摘录：“无欲则静”。文末还有几句，“故曰：立天之道，曰阴与阳；立地之道，曰柔与刚；立人之道，曰仁与义。又曰：原始反终，故知生死之说。大哉！《易》也，斯其至矣。”家训也未摘录。

与恶的区别，形形色色的事物就产生了。（面对善恶不一的纷繁事物，）圣人制定了以中正仁义为准绳的道德准则，倡导没有私欲的‘静’，这样，就为人类树立了最高规范。

“所以，符合这一标准的圣人，就如《周易》所赞美的‘他的德性与化育万物的天地一样宽仁，与日月一样的光明，行事自然变通，如春夏秋冬四时替代而井然有序，公正地奖善罚恶，与鬼神所降的吉凶完全一致’。君子修持中正仁义的圣人之道，就会逢到吉庆；小人违背此道，就会遭遇凶祸。”

程子曰：“理无形，故假象以显义。”① 非特《易》为然，《太极图》② 亦是已。

朱子曰：“周濂溪言：圣人全动静之德，而常本之于静也。盖人禀阴阳五行之秀气以生，而圣人之生，又得其秀之秀者，是以其行之也中，其处之也正，其发之也仁，其裁之也义，一动一静，莫不有以全夫太极之道而无所亏焉。则向之所谓欲动情胜、利害相攻者，于此乎定矣。然静者诚之复，而性之真也。苟非是［朱熹原文‘是’作‘此’］心寂然无欲而静，又［朱熹原文‘又’作‘则亦’］何以酬酢万事之变，而一天下之动哉！故圣人中正仁义，动静周流，而其动也必主乎静。此其所以成位乎中，而天地、日月、四时、鬼神，有所不能违也。盖必体立而后用有以行，若程子论乾坤动静，［而］曰：‘不专一则不能直遂，不翕聚则不能发散。’亦此意尔。”③ 又曰：“太极只是一个‘理’字。”④

---

① 此句录自程颐《伊川易传·卷一》。程氏释《乾》卦初九爻辞“初九，潜龙勿用”时，说：“下爻为初。九，阳数之盛，故以名阳爻。理无形也，故假象以显义。”

② “非特《易》为然，《太极图》亦是已”一句，是周馥先贤加的补充说明语。

③ 此条录自朱熹《太极图说解》，个别处与原文略有出入，如首句“周濂溪言”作“此言”。“朱子曰”后面整段话都是朱熹自己的话，不是引述，是朱熹解释周敦颐《太极图说》中“圣人定之以中正仁义而主静……鬼神合其吉凶”这几句含义时说的话。

④ 该句语出《朱子语类·卷九十四》：“太极非别为一物，即阴阳而在阴阳，即五行而在五行，即万物而在万物，只是一个理而已。因其极至，故名曰太极。”另外，《朱子语类·卷七十五》也说：“太极只是一个浑沦底道理，里面包含阴阳、刚柔、奇耦，无所不有。”

今译：程颐先生说："理是抽象的，它没有形体，所以借卦象符号来显示它的意义。"不只是《周易》通过卦象来显示理的含义，《太极图说》也是通过太极图像来阐明理的含义的。

朱熹先生说："周敦颐先生（'圣人定之以中正仁义而主静'那几句话）的意思是说：圣人完整地保持了动和静的品性，而常常把静作为主要品性。（我认为：）人禀受阴阳五行的精华之气而生，而圣人又是禀受其中最精华的气而生的，由于这个缘故，他行事执中而不偏颇，他站在正确的地方，他从仁爱之心出发，他的决断合乎道义，一动一静，没有不保全那个太极的特性而其间没有一点亏损。那么向来所说的人类欲心大炽和情欲胜过理性、焦虑个人得失的情形，在这个时候就完全消停了。不过，安静是诚的体现、真性的表露。假如不是这个内心真的寂静无欲、一念不起，又如何能应对纷繁多变的万事万物，使天下纷繁的运动归于一静呢？所以，圣人立在中正的位置，践行仁义的原则，他的身上，动与静轮流，周而复始。而他的动，一定把静当作依靠。这就是他选择居中位置，（寂静无欲）而天地、日月、四时、鬼神，有时也不能违背他的原因。因此，一定要先立起（永恒的根本的深微的）本体，而后本体的效用才会实现，好比程颢先生论述乾坤的动和静，说：'（行为）不专一就不能直达目标，没有能量的聚合就没有能量的散发。'也是这个意思。"朱先生又说："太极就是'理'的别称，二者异名同实。"

程明道曰："'生之谓性'[①]。性即气，气即性，'生'之谓也[②]。

① 生之谓性：语出《孟子·告子上》："告子曰：'生之谓性。'"告子主张性无善恶论，与孟子的性善论对立。宋代理学家提出人性有"义理之性（又称天地之性）"和"气质之性"，"义理之性"是纯善的，"气质之性"由于所禀之气各有清浊，故有善有不善。孟子认为，人初生的资质可以为善，"仁义礼智……我固有之也"。

② 生之谓也：这就是告子所说的"生"（天生具有）的意思。程颢认为：告子所说的性，不是天生纯善的义理之性，而是可善可恶的气质之性。

人生气禀，理有善恶[1]，然不是性中原有此两物相对而生也。有自幼而善，有自幼而恶[2]，是气禀有然也。善固性也，然恶亦不可不谓之性也[3]。盖‘生之谓性’，‘人生而静’[4]，以上不容说[5]。才说性时，便已不是性也。凡人说性，只是说‘继之者善也’[6]，孟子言性善是也。夫所谓‘继之者善也’者，‘犹水流而就下也’。有流而至海，终无所污，此何烦人力之为也？有流而未远，固已渐浊。有出而甚远，方有所浊。有浊之多者，有浊之少者。清浊虽不同，然不可以浊者不为水也。如此，则人不可以不加澄治之功。故用力敏勇则疾清，用力缓怠则迟清，及其清也，则却只是元初水也。不是将清来换却浊，亦不是取出浊来置在一隅也。水之清，则性善之谓也。故不是善与恶在性中为两物相对，各自出来。此理，天命也。顺而循之，则道也。循此而修之，各得其分，则教也。自‘天命’以至于‘教’[7]，我无加损焉，此‘舜有天下而不与焉’[8] 者也。”[9]

---

① 理有善恶：天理至善，无恶可言。程颢此说，意思是人禀阴阳五行之气而生，其生长过程中交感错综，参差不齐，就存在清浊偏正之分，因此有善恶之别，善恶各有根据，故说“理有善恶”。

② 原文此句后面有作者程颢注释：“后稷之克岐克嶷，子越椒始生，人知其必灭若敖氏之类。”本处译文加入，以加强说服力。

③ “恶亦”句：这里的“性”，不是本然的天理之性，指气禀生出来的性，气禀之性，过或不及皆是恶。

④ 人生而静：指人的先天禀性是安静的。语出《礼记·乐记》：“人生而静，天之性也；感于物而动，性之欲也。物至知知，然后好恶形焉。好恶无节于内，知诱于外，不能反躬，天理灭矣。”

⑤ 朱熹对此句的诠释，可从《晦庵先生朱文公文集·卷六十一·答严时亨（一）》：“‘人生而静’是未发时以上，即是人物未生之时，不可谓性。才谓之性，便是人生以后，此理堕在形气之中，不全是性之本体矣。”

⑥ 继之者善：意谓从本原上看，人禀受承继天理，天理至善。语出《周易·系辞上》：“一阴一阳之谓道，继之者善也，成之者性也。”意思是：一阴一阳的矛盾统一叫作“道”，禀承着道而发展就美好，使道成为道的是事物的必然性。

⑦ “天命……教”句：典出《中庸》：“天命之谓性，率性谓之道，修道谓之教。”意思是：上天赋予人的禀赋叫作性，遵循人天生的本性而行动就是道，修养人的行为，使它合乎道的要求，就是教。

⑧ 语出《论语·泰伯篇》：“子曰：‘巍巍乎，舜禹之有天下也而不与焉！’”与：参与，关联。不与：不掺入自己的意志，一切顺从天理。

⑨ 该段录自朱熹、吕祖谦编《近思录·卷一·道体》。《近思录》则摘自《二程遗书·卷一》，但原文中程颢的自注未录入。

程明道曰："'中者，天下之大本'[①]，天地之间，亭亭当当、直上直下之正理。出则不是，惟敬而无失最尽。"又曰："天地之间只有一个感与应而已，更有甚事？"[②]

今译：程颢先生说："'（告子说过：）天生的资质叫作性。'性就是气禀，气禀就是性，这就是告子说的'生'（天生具有）的意思。人初生时禀受的气，按道理说，应该有善有恶。但不是人的本性中原来就有善恶相对立而后就产生出善与恶。有的人从小就善，有的人从小就恶，（比如周王室始祖后稷生下来就聪明懂理，子越椒一生下来，他的伯父斗子文就知道这孩子以后会使自己家族若敖氏灭亡之类），这是因为禀受的气清浊偏正不同而造成的。善固然是人性，但恶也不能不称为人性。（当然，这是指气质之性，而不指义理之性。义理之性是本原至善的。）既然'天生的资质叫作性'，'人的先天禀性是安静的'，那么，静以上的状态（即人未生之前的状态）则是不容臆说的，也就不能说到性。一般人说到性的时候，就已经不是先天的义理之性了。世俗的人们说到性时，只是说'从本原上来说的，人禀受天理，天理又是至善的，所以人性本善'，孟子的性善论就是这个意思。《周易》所说的'禀承着道而发展就美好'，就像孟子说的'人性之善，如同流水趋向低下之处'一样。（从道理上来说，这些说法都是不错的，实际情况却很复杂，）同样都是水，有的水流到大海，始终没有受到污染，这哪里劳烦动用人力去澄清呢？有的水还没流到远处，就已渐渐浑浊。有的流出很远，才有些浑浊。有的水浑浊严重，有的浑浊较轻。这些水的浑浊程度虽然不同，然而不能认为浊水不是水。流水既然像这样的，人就不能不用力加以澄清了。所以用力勤而且勇猛就会使水澄清得快，用力迟缓懈怠，水就澄清得慢，

---

① "中者……大本"句：典出《中庸》，原文作：中也者，天下之大本也；和也者，天下之达道也。

② 该段录自朱熹、吕祖谦编《近思录·卷一·道体》。《近思录》则摘自《二程遗书·卷十一》。

等到这水清澈了，那么水也只是原来的水。不是拿清水来换掉浊水，也不是把浊水取出来单独放在一边。水的清澈本性，就是性本善的比喻。所以，并不是善与恶在本性中两两相对，各自呈现出来。这个理，就是天命。顺着天命去做，就是道。顺着道而修身养性，得到天命赋予各人的那一份本原善性，这就是教化。从‘天命’直到‘教化’，我没有添加或减损，就像舜虽然拥有天下，却并不依自己的意志对她进行改造是一样的。”

程颢先生说：“‘中’，是维持天下秩序的最重要的基石，是天地的中间，亭亭立立、直上直下的正确规范。偏离了‘中’就不是正理，始终敬守中庸之道而不放弃才是最恰当的。”他又说：“天地之间只有一件事：即阴阳感应消长的无限循环。此外，哪还有别的什么事情呢？”

程伊川[1]曰：“公则一，私则万殊。人心不同如面，只是私心。”[2]

朱子曰：“天地别无勾当，只是以生物为心。”[3] 即《大易》“天地大德曰生”[4] 之义。又曰：“此身是个躯壳，内外无非天地阴阳之气。”[5]

---

① 程伊川：程颐（1033—1107），字正叔，河南洛阳人，程颢弟。以其宅于河南嵩县东北耙耧山下，地处伊川，故别号“伊川”。《宋史·列传第一百八十六·道学一·程颐》载：“（颐）平生诲人不倦，故学者出其门最多，渊源所渐，皆为名士。涪人祠颐于北岩，世称‘伊川先生’。”他与程颢的思想略有不同，但大体一致，世人合成“二程理学”。“二程理学”后为南宋朱熹所继承并发扬光大，世人称为“程朱学派”。

② 该段录自朱熹、吕祖谦编《近思录·卷一·道体》。《近思录》则摘自《二程遗书·卷十五》，《遗书》原文作：公则一，私则万殊。至当归一，精义无二，人心不同如面，只是私心。

③ “天地……为心”句：语出《朱子语类·卷一》。

④ 《大易》：又称《周易大传》，是与《周易》相辅相成、解说《周易》的著作，本来七篇，后来分成十篇，又称“十翼”，即：《彖》上、下，《象》上、下，《文言》，《系辞》上、下，《说卦》，《序卦》，《杂卦》。“天地大德曰生”语出《周易·系辞下》，原文作：天地之大德曰生。“即《大易》”这一句是周馥先贤所加的补充说明。

⑤ “又曰”句：录自《朱子语类·卷三》。朱书原文作：“见一身只是个躯壳在这里，内外无非天地阴阳之气。”

程子曰："满腔子[1]是恻隐之心。"[2] 朱子言："是就人身上指出此理充塞处，最为亲切。"盖天地之心，充塞于人身者，为恻隐之心。人心充塞天地者，即天地之心。人心一小腔子，天地即一大腔子。[3]

天地之气，暖则生，寒则杀。故性情清冷者，受享亦凉薄。惟和气热心之人，福厚而泽长。(《人生必读书》)[4]

今译：程颐先生说："公心只有一个，私心却是各种各样的。俗话说人心不同各如其面，原因只是人都怀着各自的私心。"

朱熹先生说："天地没有做任何别的事，他们只是以促使万物生长为念。"这就是《周易大传》所说的"天地之大德曰生（天地的伟大德性就是孕育出生命，并且生生不息)"的意思。他又说："人这个身体只是个躯壳而已，身体内外无非是天地阴气与阳气在交互流动着。"

程颢先生说："浑身充满了慈悲怜悯之心。"朱熹先生说："程先生这句话是就近以人身为例，指出天理存在的地方，这种说法最为贴切。"因为天地的心，充满于人身上的，就是慈悲怜悯之心。人心充塞天地之间的，就是天地之心。人心好比是一个小的人身，天地就好比是一个大的人身。

天地之间的空气，暖和就会使万物生长，寒冷就会使万物凋零。所以性情冷漠的人，得到的福气也很稀薄。只有待人和气、热心肠的人，福泽才深厚而且绵长。(《人生必读书》)

---

① 腔子：身子。

② 摘自朱熹、吕祖谦编《近思录·卷一·道体》。《近思录》则摘自《二程遗书·卷三》，为程颢语。

③ "朱子言……一大腔子"句，摘自《高子遗书·卷一》。《高子遗书》原文作：朱子曰："'满腔子是恻隐之心'是就人身上指出此理充塞处，最为亲切。"朱子发明程子之言，亦最亲切矣。盖天地之心充塞于人身者，为恻隐之心；人心充塞天地者，即天地之心。人身一小腔子，天地即大腔子也。

④ 《人生必读书》：唐彪著，共十二卷。书中摘录古今名言，加上本人言论，存心平恕宽厚，立论平易近人。唐彪（1640—1713），字翼修，浙江兰溪人，顺治十八年（1661）岁贡，历任会稽、长兴、仁和县训导，时人誉为"金华名宿"。著作有《读书作文谱》《父师善诱法》等。明代洪应明《菜根谭》中亦有此条格言。

陈淳[1]论太极曰："太极只是理，理本圆，故太极之体浑沦。以理言，则自末而本，自本而末，一聚一散，而太极无所不极其至。自万古之前与万古之后，无端无始，此浑沦太极之全体也。自其冲漠无朕[2]，与[按：《宋史·卷一八九》原文，'与'作'而']天地万物皆由是出，及天地万物皆[按：《宋史》原文'皆'作'既']由是出，又复冲漠无朕，此浑沦无极之妙用也。圣人一心，浑沦太极之全体，而酬酢万变，无非太极流行之用。学问工夫，须从万事万物中贯过，凑成一浑沦大本，又于浑沦大本中散为万事万物，使无少窒碍，然后实体得浑沦至极者在我，而大用不差矣。"(《宋史·陈淳传》)

仁只是天理生生之全体，无表里、动静、隐显、精粗之间，惟此心纯是天理之公，而绝无一毫人欲之私，乃可以当其名。若一处有病痛，一事有欠缺，一念有间断，则私意行而生理息，即顽痹不仁[3]矣。(《宋史·陈淳传》)

今译：陈淳先生论述太极："太极只是（描述宇宙万物衍生、运行的）基本原理，原理本来就是圆融的，所以太极的本体也是浑沦圆融的。按照基本原理来说，它从事物的末梢到根本，再从事物的根本到末梢，一聚一散，（周而复始，）而太极没有地方没到（包括最最边远的地方）。从万古之前延续到万古之后，没有尽头没有起点，这就是浑沦太极的整体风貌。它的本身是空寂无形的，而天地万物都是从它这里衍生而来，等到天地万物已经从自己这里出来，它又回归

---

① 陈淳：1159—1217，南宋理学家，字安卿，亦称北溪先生，漳州龙溪（今福建龙海）人，朱熹晚年的得意门生，理学思想的重要继承者和阐发者，著《北溪字义》，对性、命、诚、敬等重要范畴，用朱熹、周敦颐、二程、张载等人的思想进行疏解，时人评价很高。他以"太极"或"理"为宇宙的本体。认定"太极"即派生天地万物之理的总称，与"圣人"之心相合。指出"道"与"理"的区别，"万古通行者，道也；万古不易者，理也"。在理气关系上，承认理气相依，但主张理为主宰。(《北溪语录》) 在知行关系上，强调"知行不是两截事"，看到知与行的联系。著作编为《北溪全集》。

② 冲漠无朕：意思是空寂无形。程颐将《庄子·应帝王》中的"冲漠（意思是虚寂恬静）"与"无朕（意思是没有迹象或先兆）"组合成词，描述天地未判时的宇宙原始状态。

③ 顽痹不仁：指肌肉麻木没有知觉，或指手足酸痛、行走不便。

到空寂无形状态，这就是浑沦无极的奇妙表现。圣人的一颗心，就好比是浑沦太极的整体，而交际应酬礼仪，人间事务，千变万化，无非是太极妙用的体现。做学问的窍门是，必须阅历过万事万物，而后得到关于自然和社会的整个知识体系（如同太极一样），而后又将这整个知识体系用于处理万事万物，使它没有一点妨碍，然后确确实实地体会到浑沦太极就在我的心中，因而，大的效用就不差了。”（《宋史·陈淳传》）

仁就是上天好生之德的整体体现，它没有内与外、动与静、隐与显、精与粗的区别，只有这个心纯粹秉持天理——大公无私，而绝没有丝毫的个人私心，才可以称得上是仁。假如一个人在某个方面有毛病，一件事做得欠妥，一个善念停顿或放弃，那么他就会私心膨胀而仁爱之心消亡，这就是他的心得了顽固的风痹之症而变得麻木不仁了。（《宋史·陈淳传》）

程伊川曰：“近取诸身①，百理皆具。屈伸往来之义，只于鼻息见之。屈伸往来只是理，不必将既屈之气，复为方伸之气。生生之理，自然不息。如《复》卦②言‘七日来复’，其间元不断续。阳已复生③，物极必返。其理须如此：有生便有死，有始便有终。”④

---

① 近取诸身：语出《周易·系辞下》：“近取诸身，远取诸物，于是始作八卦。”孔颖达疏：“近取诸身者，若耳目鼻口之属是也；远取诸物者，若雷风山泽之类是也，举远近则万事在其中矣，于是始作八卦。”古人认识或解释世界，都就近取法于自己的身体。

② 《复》卦：《周易》卦名。“七日来复”是其卦辞。按《复》卦之前《坤》卦，《坤》卦之前为《剥》卦。由“消息卦”说，《乾》卦纯阳，由一阴始生于下的《姤》卦，依次经《遁》《否》《观》卦，到仅余上九一阳爻的《剥》卦，阳渐次剥落，至《坤》卦而为纯阴卦，再至《复》而一阳复生于下。自《姤》至《复》，前后经过七爻。按一月一爻则从五月到十一月，按一日一爻则共七日，七日而一阳复至，故日“七日来复”。其间阴阳消长，并未间断，所以说“元不断续”。《坤》卦虽为纯阴，但其中已蕴含阳气，故对应《坤》卦之十月称“阳月”。《坤》为阴之极，至《复》则一阳复生，是“物极必返”。

③ 阳已复生：就《周易》卦象来看，纯阳的《乾》卦，阳爻逐渐剥落，经《姤》《遁》《否》《观》《剥》卦，变成纯阴的《坤》卦，而后转到《复》卦，《复》卦有一阳爻即初九，表明阳气已经复生。

④ 该段录自朱熹、吕祖谦编《近思录·卷一·道体》。《近思录》则摘自《二程遗书·卷十五》。

程伊川曰："性出于天①，才②出于气。气清则才清，气浊则才浊。才则有善有不善，性则无不善。"③

今译：程颐先生说："认识事理如果就近取法于自己的身体，那么，人的一身就具备了所有的理。屈伸往来的含义，只用在人的呼吸中就能体察到。屈伸往来是一种规律，因此，不必把已屈之气，看成是方伸之气（也就是说：不能把已经从人体物体上消散而回归太虚的气，看成是刚刚来灌充于人体物体的气）。生命延续不息的理，自然是永无止息的。正如《周易·复》卦所说'过了七天（阳气）又会回复'，这七日之中气的屈伸原本没有间断。阳在上面终结，就会在下面再生。这是物极必反——事物发展到极点就会向相反的方面转化。其中的道理应当如此，所以有生便会有死，有始便会有终。"

程颐先生说："人的义理之性出自天，气质之性（即材质）则得之于禀承的气。禀承的气清纯，那么他的材质就会清妙；禀承的气浑浊，那么他的材质也浑浊。材质有善有不善，义理之性则没有不善的。"

张横渠④曰："游气纷扰，合而成质者，生人物之万殊；阴阳两

---

① 性出于天：人性由天赋予的。《中庸》"天命之谓性"一句是程颐"性出于天"说的源头。

② 才：理学家所说的"才"，指人的材质，又可称"气质之性"。"性"则是天地之性、天命之性、义理之性。天命之性无不善，气质之性有善有不善，所禀气清则善，所禀气浊则不善。

③ 该段录自朱熹、吕祖谦编《近思录·卷一·道体》。《近思录》则摘自《二程遗书·卷十九》，只是在"气浊则才浊"后面，省略了一个例句"譬犹木焉，曲直者性也，可以为栋梁，可以为榱桷者才也"。

④ 张横渠：张载（1020—1077），字子厚，凤翔郿县（今陕西眉县）横渠镇人，世称横渠先生。北宋理学创始人之一，讲学关中，故其学派被称为"关学"。曾任著作佐郎、崇文院校书等职。提出"太虚即气"的学说，肯定气是充塞宇宙的实体，由于气的聚散变化，形成各种事物现象。"形聚为物，形溃反原"，物质的气不生不灭。批判佛道两家关于"空""无"的观点。在认识论上，提出"有物则有感""因物为心"，承认认识来自外在事物，但把认识分为"见闻之知"和"德性之知"，而"德性之知，不萌于见闻"。从人和物同受"天地之气"而生出发，宣称"无一物非我""民吾胞也，物吾与也"。在人性学说上，提出"天地之性"与"气质之性"对立的命题。教育思想上强调"学以变化气质"，重视礼乐作用。著作有《正蒙》《经学理窟》《易说》等，编入《张子全书》中。

端，循环不已者，立天地之大义。”①

或问仁，朱子曰：“理难见，气易见，但就气上看便见，如‘元亨利贞’② 是也。‘元亨利贞’也难看，且看春夏秋冬。春时尽是温厚之气，仁就是这般气象；夏秋冬虽不同，皆是春生之气行乎其中。若晓得此理，便见得‘克己复礼’，私欲尽去，纯是温和冲粹之气，乃天地生物之心也。”③

今译：张载先生说：“宇宙中的流动之气参差纷乱，氤氲交合而产生各种物质实体，生成千差万别、形形色色的人和物；气的阴阳两极，（互相感应，）互相围绕而循环不止，树立天地运行的根本法则。”

有人询问“仁”的含义，朱熹先生说：“（仁是天理，）天理很难看得到，气容易看到，只通过气的运行便能看到天理，比如‘元亨利贞’（一开始就亨通，能使物性和谐，各有其利，又能使物具备坚固贞正的品性）就是。通过‘元亨利贞’也难以看到天理，姑且从春夏秋冬四季转换来看它。春天时候尽是温暖的气息，仁就像这个样子；夏秋冬季虽然不同，都是春天生发的温和之气流行于这些季节中。假如懂得这个道理，便能体会到‘克己复礼（抑制自己，使自己言行举动都合乎礼义）’的价值，个人欲望全部去掉，剩下的全是温和纯正之气，这就是天地生养万物的仁爱之心。”

或问王阳明曰：“宁静存心，可为未发之中否？”曰：“今人存心，只定得气，不可以为未发之中。”问：“是求中工夫否？”④ 曰：“只要去人欲、存天理，方是工夫⑤。若靠那宁静，便有喜静厌动之

① 此段文字录自张载《正蒙·太和》。

② 元亨利贞：孔颖达《周易正义》疏：“元，始也；亨，通也；利，和也；贞，正也。言此卦之德，有纯阳之性，自然能以阳气始生万物，而得元始、亨通，能使物性和谐，各有其利，又能使物坚固贞正得终。”

③ 此段录自《朱子语类·卷六》，首句原文作：或问《论语》言仁处。

④ 该问句在隆庆六年（1570）《传习录》初刻本中作：未便是中，亦莫是求“中”功夫？

⑤ 该句后的文字，在隆庆六年《传习录》初刻本中作：静时念念去人欲，存天理，动时念念去人欲，存天理，不管宁静不宁静。若靠那宁静，不惟渐有喜静厌动之弊，中间许多病痛，只是潜伏在，终不能绝去，遇事依旧滋长。以循理为主，何尝不宁静？以宁静为主，未必能循理。

弊，中间许多病痛，只是潜伏在，遇事依旧滋长。以循理为主，何尝不宁静？以宁静为主，未必能循理。”

或问王阳明曰：“世道日降，太古时气象，如何复见得？”曰：“一日便是一元[①]。平旦时起坐，未与物接，此心清明景象，便如在伏羲时游一般。”

或问：“好色、好利、好名等心，固是私欲，如闲思杂虑，如何亦谓之私欲？”阳明先生曰：“毕竟从好色、好利、好名等根上起，自寻其根便见。如尔心中决知无做劫盗的思虑，何也？以汝原无是心也。尔若于货色名利等心，一切皆如不做劫盗一般，都消灭了，光光只是心之本体，看得有甚闲思虑？此便是‘寂然不动’[②]，便是‘未发之中’，便是‘廓然大公’。自然‘感而遂通’，自然‘发而中节’，自然‘物来顺应’[③]。”（《传习录》）

［按：以上三节的首句在《传习录》里，均作“问”，是陆澄问老师王阳明的话。后面的“曰”，是老师的回答。这几段话的原文也是陆澄本人所录。］

今译：有人问王阳明先生：“在宁静之中存心养性，可以称之为‘未发之中’（心中喜怒哀乐等各种情感还未发出时的和谐中正状态）吗？”先生回答说：“现在的人存心养性，只是安定自己的气，不可以称为‘未发之中’。”那人问：“（以宁静存心养性，）可以算作是追求内心‘中正和谐’的做法吗？”先生回答说：“只要去掉个人私欲、信守天理，才是追求中正和谐的做法。假如单纯依靠那个外在的

---

① 一元：指天地从生成到坏灭的过程。邵雍《皇极经世书》：天地的历史以元、会、运、世来计算，一元等于十二会，一会卅运，一运十二世，一世卅年，故一元为十二万九千六百年。

② 寂然不动……感而遂通：语出《易经·系辞上》：“《易》无思也，无为也，寂然不动，感而遂通天下之故。”意思是：《周易》本身，是无所思虑、无所作为的，静寂不动声色。只要人能使它感应（指行筮法），即能贯通天下万事万物之理。

③ 廓然大公……物来顺应：语出《二程文集·卷三·明道文集三·答横渠张先生定性书》：“故君子之学，莫若廓然而大公，物来而顺应。”意思是：心胸宽广，大公无私，遇到事情时能坦然自如地应对。发而中节：典出《中庸》：“喜怒哀乐之未发，谓之中；发而皆中节，谓之和。”

宁静，便有喜静厌动的弊病，中间会有许多毛病潜伏在人身上，（不能根除，）一遇到事情依旧会滋长。只要内心以遵循天理为主，又怎么会不宁静呢？如果仅仅追求宁静，却未必能够遵循天理。”

有人问王阳明先生：“世风日下，上古时代那种淳厚的风气，怎样才能再次看到？”先生答：“可以把每一天看成是天地新一轮纪元的开始。早上天亮时起床坐好，还没有与事物接触，这个时候心里是清清朗朗的状态，自己就好像悠游于华夏民族人文始祖伏羲帝时代一样。”

有人问：“好色、贪财、好名等心理，固然属于私欲，至于那些闲杂念头，怎么也被说成是私欲呢？”王阳明先生说：“毕竟这些闲杂念头是从好色、贪财、好名等根源上产生的，你自己寻找它们的根源就可以看到。比如：你心中自信自己没有做抢劫偷盗的念头，为什么呢？因为你本来就没有这种念头啊。如果你对财富、美色、名利等念头，一切都像不做强盗小偷的念头一样，都消灭掉，完全只剩下心的本体，再看看自己还有啥闲杂念头？（当然都没了。）这就是‘心体的无思无为，安然不动’，就是‘各种感情尚未生发时的中正平和’，就是‘心胸宽广，大公无私’，这样的心体自然能‘感物而动无所不通’，自然会‘各种情感的抒发合乎礼义与节度’，自然会‘遇到事情时能轻巧地应对’。”（《传习录》）

问：“‘人心与物同体’①。如吾身原是血气流通的，所以谓之同

① “人心与物同体”本是王阳明的观点，王氏弟子对此有疑问，老师随即做了解答。物我合一思想，在中国早就出现。《庄子·齐物论》云：“天地与我并生，而万物与我为一。”孔、孟也一再宣扬人我合一、推己及人的仁恕思想，即己欲立而立人，己欲达而达人，博施济众，亲亲、仁民、爱物，人溺己溺，人饥己饥。宋儒将此发扬光大，张载《西铭》说：“民吾同胞，物吾与也。”中心思想就是万物一体。陆九渊宣称“宇宙内事乃己分内事，己分内事乃宇宙内事”，“宇宙便是吾心，吾心即是宇宙”。（《象山全集·卷三十六·年谱》）程颢认为：“仁者以天地万物为一体，莫非己也。认得为己，何所不至？若不有诸己，自不与己相干。”“学者须先识仁。仁者浑然与物同体。”（《二程遗书·卷二上》）“若夫至仁，则天地为一身，而天地之间品物万形为四肢百体。夫人岂有视四肢百体而不爱者哉？圣人仁之至也，独能体是心而已。”（《二程遗书·卷四》）这些都是王阳明“人心与物同体”思想的来源。

体，若于人便异体了，禽兽草木益远矣，而何谓之同体?”先生曰：“尔只在感应之机上看。岂但禽兽草木，虽天地也与我同体的，鬼神也与我同体的。”请问，先生曰：“尔看这个天地中间，甚么是天地的心?”曰：“尝闻人是天地的心。”[①] 曰：“人又甚么教做心?”对曰：“只是一个灵明。”“可知充塞天地中间，只有这个灵明。人只为形体自间隔了。我的灵明，便是天地鬼神的主宰。天，没有我的灵明，谁去仰他高？地，没有我的灵明，谁去俯他深？鬼神，没有我的灵明，谁去辨他吉凶灾祥？天地鬼神万物离却我的灵明，便没有天地鬼神万物了。我的灵明离却天地鬼神万物，亦没有我的灵明。如此，便是一气流通的，如何与他间隔得?”又问：“天地鬼神万物，千古见在，何殁了我的灵明，便俱无了?”曰：“今看死的人，他这些精灵游散了，他的天地万物尚在何处?”[②]

今译：有人问：“（老师您曾说）‘人的心与万物同为一体’。例如我的心与自己身体原本是血气流通的，因而可以说我的心与身体同为一体，（但是，）我的心对于其他人来说，便是异体，与禽兽草木就距离更远了，为何还说心与他物是同为一体的呢?”阳明先生说：“你只能在事物感应的微妙之处看。何止禽兽草木，就是天地也与我是同一体的，鬼神也是与我同一体的。”那人再次询问（希望解答详细一些），先生说：“你看这天地中间，什么是天地的心?”那人回答：“我曾听说人是天地的心。”阳明先生又问：“人又凭什么叫作天地之心?”那人回答：“那只是因为人有灵性。”（先生说：）“由此可知，充塞于天地中，只有这个灵性。人与天地万物，只是被形体间隔开了。我的灵性，便是天地鬼神的主宰。如果没有了我的灵性，谁会去仰望苍天的高？如果没有了我的灵性，谁会去俯视大地的深？如

① 《礼记·礼运》：“故人者，天地之心也，五行之端也，食味、别声、被色而生者也。”
② 此段录自《王文成公文集·卷之三·传习录下》。《传习录》此段原文为王氏弟子黄省曾所录。

果没有了我的灵性，谁去分辨鬼神的吉祥与灾祸？天地鬼神万物离开了我的灵性，便没有天地鬼神万物了。我的灵性离开天地鬼神万物，同样也就没有我的灵性了。如此说来，人与天地万物是一气相通的，怎样分隔得开来？”那人又问：“天地鬼神万物，从古至今都在那里，为何没了我的灵性，就都不存在了呢？”先生说：“你现在去看那死去的人，他的灵魂都消散了（灵性也随之而灭），那他的天地鬼神万物又在哪里呢？（死者没有知觉与灵性，当然就感受不到天地万物的存在了。）”

朱本思[①]问：“人有虚灵，方有良知。若草木瓦石之类，亦有良知否？”先生曰：“人的良知，就是草木瓦石的良知。若草木瓦石无人的良知，不可以为草木瓦石矣。岂惟草木瓦石为然？天地无人的良知，亦不可为天地矣。盖天地万物与人原是一体，体必有主[②]，其发窍之最精处，是人心一点灵明。风雨露雷、日月星辰、禽兽草木、山川土石，与人原只一体，故五谷禽兽之类，皆可以养人；药石之类，皆可以疗疾。只为同此一气，故能相通［耳］。”[③]

今译：朱本思问：“人有清净的灵觉，所以才会有良知——即人先天就具备的道德意识。至于那些草木瓦石之类的东西，也有良知吗？”阳明先生说：“人的良知，就是草木瓦石的良知。假如它们没有人的良知关注，便不是草木瓦石了。何止草木瓦石是这样？天地如果没有人的良知关注，也不是天地了。因为天地万物与人原来就是一个整体，作为客体的天地万物，必定要有主宰，人类便是主宰。这个整体发育出最精妙的东西，是存在于人心中的通灵明敏的知觉——

---

① 朱本思：朱得之，字本思，号近斋，靖江（今属江苏）人，王阳明弟子，曾入仕为县丞。著有《庄子通义》《宵练匣》等。

② 体必有主：客体必有主宰。按：《传习录》原文，没有这四个字。这四个字是周馥先贤所加的解释说明。

③ 此段录自《王文成公文集·卷之三·传习录下》。《传习录》此段原文为王氏弟子黄省曾所录。

良知。风雨露雷、日月星辰、禽兽草木、山川土石，与人类原本就是一个整体，所以五谷、禽兽之类，都可以用来供养人类；中药砭石之类，都可以用来给人治病。因为人与万物所禀的天地间的气是相同的，所以能够相通啊。”

问：“大人[①]与物同体，如何《大学》又说个厚薄？”[②]

先生曰：“惟是道理，自有厚薄。比如身是一体，把手足捍头目，岂是偏要薄手足？其道理合如此。禽兽与草木同是爱的，把草木去养禽兽，又忍得？人与禽兽同是爱的，宰禽兽以养亲与供祭祀、燕宾客，心又忍得？至亲与路人同是爱的，如箪食豆羹得则生，不得则死，不能两全，宁救至亲不救路人，心又忍得？这是道理合该如此。及至吾身与至亲更不得分别彼此厚薄。盖以仁民爱物皆从此出，此处可忍，更无所不忍矣。《大学》所谓厚薄，是良知上自然的条理，不可逾越，此便谓之‘义’；顺这个条理，便谓之‘理’[③]；知此条理，便谓之‘智’；终始是这条理，谓之‘信’。”[④]

今译：有人问道：“德行高尚的人与万物同为一体，为什么《大学》却要把人与万物的关系分成亲疏厚薄？”

阳明先生说：“因为按道理来说，自然就有亲疏厚薄。就好比人的身体是一个整体，为何用手脚去保护头部和眼睛，难道是执意要轻视手脚？是道理本该如此。人对于禽兽与草木都是同样喜爱的，割草木去饲养禽兽，怎么能忍心？人对于人和禽兽都是喜欢

---

① 大人：德行高尚、志趣高远的人。《周易·乾·文言》：“夫大人者，与天地合其德，与日月合其明，与四时合其序，与鬼神合其吉凶。先天而天弗违，后天而奉天时，天且弗违，而况于人乎！况于鬼神乎！”

② 《大学》：“其所厚者薄，而其所薄者厚，未之有也。”古今学者对该句的诠释，各有不同，未能统一。

③ 便谓之理：隆庆六年（1572）谢廷杰刊本《王文成公全书·卷三·传习录下》、文渊阁本《王文成全书》均作“便谓之礼”。译文当从。

④ 此段录自《王文成公文集·卷之三·传习录下》。《传习录》此段原文为王氏弟子钱德洪所录。

的，宰杀禽兽以供养亲人、祭祀神灵、招待宾客，又怎么能忍心？人对于至亲与陌生的路人都是热爱的，假如一只小圆竹筐装的食物、一只高脚盘子盛的羹食，吃到了就能活着，吃不到就会饿死，（这点食物）无法同时救活两个人，那就宁肯救亲人而不救过路人，这又怎么能忍心？只不过，按道理是应该这样做的。至于我们自身和亲人，千万不要分个彼此厚薄。因为对百姓仁慈、爱护万物都是从亲情发展而来的，如果亲人遭难都能忍心不救，那就没有什么事不能忍心的了。《大学》所说的亲疏厚薄，是天赋道德意识即良知的自然法则，不能越过，这就叫作‘义’；遵循这个法则，这就叫作‘礼’；知道这个法则，这就叫作‘智’；始终坚守这个法则，这就叫作‘信’。”

或问“至诚前知”①。先生曰：“诚是实理，只是一个良知，实理之妙用流行就是神，其萌动处就是机②。圣人不贵前知，祸福之来，虽圣人有所不免。圣人只是知机［原文作几］遇变而通耳。良知无前后，只知得见在的几，便是一了百了。若有个前知的心，就是私心，就有趋避利害的意。邵子必于前知，终是利害心未尽处。”③（以上王阳明）

今译：有人就《中庸》里的“至诚之道，可以前知”（人的内心如果最真诚，就可以预知未来）一句请教先生。阳明先生说：“诚就

---

① 至诚前知：语出《中庸》：“至诚之道，可以前知。国家将兴，必有祯祥；国家将亡，必有妖孽。”

② 机：隆庆六年（1572）谢廷杰刊本《王文成公全书·卷三·传习录下》原文作“几”，就是事物发展的苗头。成语“知几其神”，用的就是此义。“就是机”一句后面，原文尚有“诚、神、几曰圣人”句子。

③ 此段录自《王文成公全书·卷之三·传习录下》，《传习录》此段原文为王氏弟子钱德洪所录。［ ］里一句话是《传习录》原文。该段引用了宋代周敦颐的一些见解。明万历周与爵辑刻本《宋濂溪周元公先生集·卷之三·通书》原文：“寂然不动者，诚也；感而遂通者，神也；动而未形、有无之间者，几也，……诚精故明，神应故妙，几微故幽。‘清明在躬，志气如神’，精而明也；‘不疾而速，不行而至’，应而妙也；理虽已萌，事则未著，微而幽也。诚、神、几曰圣人。”

是实实在在的理，也就是一个良知，这种实理的奇妙作用就是神通广大，它萌动的地方就是“几”——事物发展的苗头。圣人不看重预知未来，灾祸来临了，即使是圣人，也有免不了碰上的。圣人只是看清事情的苗头之后，遇到事物的变化而能随机应变罢了。良知没有前良知与后良知的区分，只看到现在的这个事物苗头，便可一了百了(做出正确应对)。假如存了希望前知的心，那就成了私心，就有趋避利害的想法。邵雍先生非要预知未来，这是他的趋利避害的私心没有完全去掉的表现。”(以上王阳明)

求静于未始有动之先，而性之静可见矣。求真于未始有伪之先，而性之真可见矣。求善于未始有恶之先，而性之善可见矣。(李延平①)

程子言：“天一本无二。”②［罗整庵言：］“［人］只缘有此形体，与天便隔一层，除却形体，浑是天也。形体如何除得？但克去有我之私，便是除也。”③ 某谓真知天，自是形体隔不得。观天地，则知身心。天包地外，天之气透于地中；地在天中，而地之气皆天之气。心，天也；身，地也。天依地，地依天，天地自相依倚；心依身，身依心，身、心自相依倚。刚柔相摩如此，才着意便不是。④（高景逸）

---

① 李延平：李侗（1093—1163），理学家，字愿中，学者称延平先生。南剑州剑浦（今福建南平市）人，为二程的再传弟子，是朱熹的老师，他认为万物统一于天理，提出“理与心一”观点和“默坐澄心，体认天理”的认识方法，著有《李延平集》四卷。

② 天一本无二：此句应作“天人本无二”，译文当从。参见高攀龙《高子遗书·卷一·语》。另外，在《二程遗书·卷六》中，程颢原话是：“天人本无二，不必言合。”

③ 按：［ ］里的字为注译者所加。“只缘有此形体……便是除也”几句，是高攀龙(也称景逸先生）摘自罗钦顺《困知记卷下》里的一段文字，罗氏原文作：“……人只缘有此形体，与天便隔一层，除却形体，浑是天也。然形体如何除得？但克去有我之私，便是除也。”罗钦顺（1465—1547）字允升，号整庵，泰和（今江西泰和县）人，明代“气学”的代表人物之一。弘治六年（1493）进士科探花，官至南京吏部尚书，后辞官，隐居乡里专心研究理学，时称“江右大儒”。他反对王阳明“心即理”“致良知”之说，力主程朱格物工夫，认为“理即是气之理”，“理须就气上认取，然认气为理便不是”。著有《困知记》六卷、《整庵存稿》二十卷等。死后，朝廷赠太子太保，谥文庄。

④ 此段录自《高子遗书·卷一》。

今译：求安静于没有任何响动之前，那么性（与生俱来的人类本性）的安静特质就可以感觉到了。求真于没有任何作伪之先，那么性的真就可以看到了。求善于没有任何罪恶之先，那么性的善就可以看到了。(李延平)

程颢先生说："天和人本为一体，没有分开为二。"（罗钦顺先生说:）"（人）只因为有这个形体，便与天隔了一层，除掉了形体的隔阂，剩下全部就是天。形体怎样才能去掉？只要去掉执着于我的私心，便是去掉。"我说：真的知道天，自然知道天与形体不能隔开。观察天与地的关系，就知道身与心的关系。天将地包住，天的气透到大地里；地在天中心位置，因此地之气都是天的气。心，也好比是天；身，也好比是地。天依地，地依天，天地互相依靠；心依身，身依心，身、心互相依靠。刚与柔就像这样互相摩擦与交融，非常自然，如果用心将物与我、身与心区隔开来，就错了。(高景逸)

问："乐是心之本体，不知遇大故[①]，于哀哭时，此乐还在否？"先生曰："须是大哭一番了方乐，不哭便不乐矣。虽哭，此心安处[②]即是乐也。本体未尝有动。"[③]

今译：问："快乐是人心的本体，不知道一个人遇到父母去世，他在悲伤哭泣时，心中的快乐还存在吗？"阳明先生说："必须是痛哭一场后，才能快乐，如果不哭，就无法快乐了。虽然在哭泣，他的内心感觉安慰，那就是快乐啊。心的本体没有什么变化的。"

先生曰："人须有为己之心，方能克己。能克己，方能成己。"萧惠[④]曰："惠亦颇有为己之心，不知缘何不能克己？"先生曰："且

---

① 大故：重大事故、凶灾。旧时多指父母去世。

② 中国人的传统思想是，万物有生必有死，生如寄，死如归，死亡乃是自然规则。另外，在处理与逝者的关系时，感觉自己养生送死未尝失礼，所以心安。

③ 本段录自王阳明《王文成公全书·卷之三·传习录下》。《传习录》此段原文为王氏弟子黄省曾所录。

④ 萧惠：王阳明弟子，生平不详。

说汝有为己之心是如何?”惠良久曰:“惠亦一心要做好人，便自谓颇有为己之心。今思之，看来亦只是为得个躯壳的己，不曾为个真己。”先生曰:“真己何曾离着躯壳?恐汝连那躯壳的己也不曾为。且道汝所谓躯壳的己，岂不是耳、目、口、鼻、四肢?”惠曰:“正是。为此，目便要色，耳便要声，口便要味，四肢便要逸乐，所以不能克。”先生曰:“‘美色令人目盲，美声令人耳聋，美味令人口爽，驰骋田猎令人发狂’，这都是害汝耳、目、口、鼻、四肢，岂得是为汝耳、目、口、鼻、四肢?若为着耳、目、口、鼻、四肢时，便须思量耳如何听，目如何视，口如何言，四肢如何动。必须非礼勿视、听、言、动，方才成得个耳、目、口、鼻、四肢，这个才是为着耳、目、口、鼻、四肢。汝今终日向外驰求，为名为利，这都是为着躯壳外面的物事。汝若为着耳、目、口、鼻、四肢，要非礼勿视、听、言、动时，岂是汝之耳、目、口、鼻、四肢自能勿视、听、言、动?须由汝心。这视、听、言、动皆是汝心:汝心之视，发窍于目;汝心之听，发窍于耳;汝心之言，发窍于口;汝心之动，发窍于四肢。若无汝心，便无耳、目、口、鼻。所谓汝心，亦不专是那一团血肉。若是那一团血肉，如今已死的人，那血肉还在，缘何不能视、听、言、动?所谓汝心，却是那能视、听、言、动的，这个便是性，便是天理。有这个性，才能生这性之生理，便谓之仁。这性之生理，发在目便会视，发在耳便会听，发在口便会言，发在四肢便会动，都只是那天理发生。以其主宰一身，故谓之心。这心之本体，原只是个天理，原无非理[①]，这个便是汝之真己。这个真己是躯壳的主宰，若无真己，便无躯壳，真是有之即生，无之即死。汝若真为那个躯壳的己，必须用

---

① 原无非理:哈佛大学汉和图书馆珍藏明隆庆刊本《王文成公全书·卷之一·传习录上》中作“原无非礼”，它与文中的“必须非礼勿视、听、言、动”和“才有一毫非礼萌动”句子相呼应，译文应从。

着这个真己，便须常常保守着这个真己的本体，戒慎不睹，恐惧不闻[①]，惟恐亏损了他一些，才有一毫非礼萌动，便如刀割，如针刺，忍耐不过，必须去了刀，拔了针，这才是有为己之心，方能克己。汝今正是认贼作子，缘何却说有为己之心，不能克己？”[②]（以上王阳明）

案：阳明此语人有疑其近于禅学者，其实理固如此，可与性善之说参看。

今译：阳明先生说：“人必须先有为自己着想的心，而后才能克除自己的私心。能克除自己的私心，才能成就自己。”萧惠说：“我也挺有为自己着想的心，却不知为何还是无法克除自己的私欲？”阳明先生说：“你且说说你为自己着想的心是怎么样的？”萧惠想了很久才回答说：“我也一心要做个好人，便自认为挺为自己着想的。现在看来，只是为了一个躯体的自己，并不是为了真正的自己。”先生说：“真正的自己哪曾离开人的躯体？恐怕你连自己的躯体也不曾关心过。你且说说，你所说的躯体的自己，岂不是指耳朵、眼睛、嘴巴、鼻子、四肢？”萧惠说：“是的。为了这个躯体，眼睛要欣赏美色，耳朵要听妙音，嘴巴要尝美味，四肢要享受安逸快乐，所以才不能克制私欲。”先生说：“（《老子》说过：）‘美色使人眼瞎，妙音使人耳聋，美味使人嘴巴失去辨味能力，纵马打猎游乐使人发狂’，这些都是危害你的感官和四肢的，怎么会对你的感官与四肢好呢？如果真的为了你的感官与四肢着想，就要考虑耳朵应听什么，眼睛应看什么，嘴巴应说什么，四肢怎么活动；只有对于不合礼的事物不看、不听、不说、不做，这才是为了感官、四肢着想。你现在整天向外追逐营求，为了名利，一直都是为了自己身外的事物。假如你真的为了自

① 典出《中庸》：“是故君子戒慎乎其所不睹，恐惧乎其所不闻。”意思是：君子在人看不到的地方也警惕谨慎，在人听不到的地方也警惕畏惧。

② 本段录自王阳明《王文成公全书·卷之三·传习录上》，此段原文为王氏弟子薛侃所录。认贼作子：语出佛典。《圆觉经》云：“譬如有人以贼为子，其家财宝终不成就。”比喻将自家之妄心，错认为真正之悟见。

己感官和四肢好，对于不合礼的打算不看、不听、不说、不做的时候，难道是你的耳朵、眼睛、嘴巴、鼻子、四肢自己决定不去看、去听、说话和行动？（当然不是。）这取决于你的心。这些看、听、说、动都是心的作用：你的心通过眼睛来看，通过耳朵来听，通过口舌来说，通过四肢来动。如果没有你的心，就没有你的听觉、视觉、味觉和嗅觉。你的心，并不专指那一团血肉。如果专指那一团血肉，那已死的人血肉还在，为何不能看、听、说、动了？所谓的心，就是指使人能看、听、说、动的东西，这就是人性，就是天理。有了这个人性，才能够产生人性的生命特质，这就是仁。这人性中的生命特质，表现在眼睛，就使它能看；表现在耳朵，就使它能听；表现在嘴巴，就使它能说话；表现在四肢，就使它能行动，这都是那个天理在发挥作用。因为人性主宰人的一身，便称之为心。这心的本体原本就是天理，原来就没有不合乎礼义的。这个才是你的'真我'。这个'真我'才是身体的主宰，人假如没有这个'真我'，就没有他的躯体，真可说是有了它人就能活着，失去了它人就会死去。你如果真是为自己的躯体着想，就一定要依靠'真我'，要时刻保持守护着'真我'的本体，在人看不到的地方也警惕谨慎，在人听不到的地方也警惕恐惧，唯恐这个本体被损害了一点点，才有丝毫不合礼义的念头，就好像有刀在割、有针在扎，忍耐不了，就一定要移去刀、拔了针，这么做才是真正为自己考虑，才能消灭私欲。你现在好比是把贼认作自己的孩子（把妄念当正见），又凭什么说你有为自己考虑的心，却又说不能克除自己的私心呢？"（以上王阳明）

按语：王阳明这段话，有人怀疑它近似佛教禅学的见解，其实道理本是这样，与禅学无关。可以拿来与孟子等先贤的性善说参照着看。

"大学者，昔儒以为大人之学也。敢问大人之学何以在于'明明德'[①] 乎？"

---

① 明明德：彰显人人本有、自身所具的光明德性。

阳明子曰："大人者，以天地万物为一体者也，其视天下犹一家，中国犹一人焉。若夫间形骸而分尔我者，小人矣。大人之能以天地万物为一体也，非意之也，其心之仁本若是，其与天地万物而为一也。岂惟大人，虽小人之心亦莫不然，彼顾自小之耳。是故见孺子之入井，而必有怵惕恻隐之心焉，是其仁之与孺子而为一体也。孺子犹同类者也，见鸟兽之哀鸣觳觫，而必有不忍之心焉，是其仁之与鸟兽而为一体也。鸟兽犹有知觉者也，见草木之摧折而必有悯恤之心焉，是其仁之与草木而为一体也。草木犹有生意者也，见瓦石之毁坏而必有顾惜之心焉，是其仁之与瓦石而为一体也。是一体之仁也，虽小人之心亦必有之。是乃根于天命之性，而自然灵昭不昧[1]者也，是故谓之'明德'。小人之心既以分隔隘陋矣，而其一体之仁犹能不昧若此者，是其未动于欲，而未蔽于私之时也。及其动于欲，蔽于私，而利害相攻，忿怒相激，则将戕物圮类[2]，无所不为，其甚至有骨肉相残者，而一体之仁亡矣。是故苟无私欲之蔽，则虽小人之心，而其一体之仁犹大人也；一有私欲之蔽，则虽大人之心，而其分隔隘陋犹小人矣。故夫为大人之学者，亦惟去其私欲之蔽，以自明其明德，复其天地万物一体之本然而已耳，非能于本体之外而有所增益之也。"[3]

今译："大学，昔日儒士认为指的是'大人之学'（大人指以天地为一体，道德崇高的人）。我冒昧地问：大人之学为何首先体现在'明明德'（弘扬光明正大的品德，使人类的天赋德性恢复光明本色）呢？"

---

① 灵昭不昧：佛学用语有"灵知不昧"，表示灵妙的识知，明白不暗。王阳明借用此词并稍加变形，表示人类的天赋品性纯洁光明。

② 戕物圮类：残害毁灭人类。戕：音 qiāng，残害、杀戮。物：人。圮：音 pǐ，毁坏。类：族类。

③ 该段录自王阳明《王文成公全书·卷二十六·大学问》。

阳明先生说："所谓的'大人'，就是把天地万物看成一体的那个人，他把天下的人看成是一家人，把全体中国人看作一个人。至于那按形体来区分你和我的，就是'小人'。大人能把天地万物看成一体，并不是出于他的主观想象，而是他的内心的仁爱本来就是这样的，所以他便能与天地万物成为一体。岂止大人之心是这样的，就是小人之心也没有不是这样的，只不过是他小看了自己的心罢了。因此，（普通人）见到小孩子掉到井里，也一定会产生惊恐和同情心理，这表明他的仁爱与小孩子是一体的。小孩子毕竟与自己同属人类，当他听到鸟兽的悲鸣，看到它们因恐惧而发抖时，必定会对这些鸟兽产生不忍听不忍看的心理，这表明他的仁爱与鸟兽是一体的。鸟兽毕竟是有灵性的动物，看到草木被摧毁折断，一定会产生怜悯同情之心，这表明他的仁爱与草木是一体的。草木毕竟是有生命的，看到砖瓦石块被毁坏，一定产生惋惜的心理，这表明他的仁爱与砖瓦石块是一体的。这就是视万物为一体的德性，即使在小人的心中，也必定有这种德性存在。这就是根植于生来就有的天性，是纯洁光明而不昏暗的，所以称为'明德'。小人之心既然已经将他人与自己、物与我区分开来，显得心胸狭隘鄙陋，然而他那视万物为一体的仁爱之心尚能像这样清楚地显露，这是因为他的心正处在没有被欲念扰动、没有被私欲败坏的时候啊。等到他的心被欲望扰动，被私欲败坏，利益与损害产生冲突，忿怒的情绪刺激他，他就会残害毁灭人类，什么坏事都敢做，其中最过分的连骨肉至亲都敢残杀，（这时候，）他内心里视万物为一体的仁爱就彻底消亡了。因此，假如没有私欲来败坏人，虽然是小人之心，他的视万物为一体的仁爱，也像极有道德的大人一样；一旦有了私欲来败坏他，虽然是大人之心，就会将万物与自己区隔开来，胸襟的狭隘与鄙陋也如小人一样。所以那些信奉并践行大人之学的人，也只有去掉只求满足私欲的错误，而彰显自己的光明德性，恢复他的视天地万物为一体的本心——仁爱之心就行了，不能在仁心之外而有所增添。"

曰："然则[①]何以在'亲民'[②] 乎？"

曰："明明德者，立其天地万物一体之体也。亲民者，达其天地万物一体之用也。故明明德必在于亲民，而亲民乃所以明其明德也。是故亲吾之父，以及人之父，以及天下人之父，而后吾之仁实与吾之父、人之父与天下人之父而为一体矣。实与之为一体，而后孝之明德始明矣。亲吾之兄，以及人之兄，以及天下人之兄，而后吾之仁实与吾之兄、人之兄与天下人之兄而为一体矣。实与之为一体，而后弟之明德始明矣。君臣也，夫妇也，朋友也，以至山川、鬼神、禽兽、草木也，莫不实有以亲之，以达吾一体之仁，然后吾之明德始无不明，而真能以天地万物为一体矣。夫是之谓明明德于天下，是之谓家齐国治而天下平，是之谓'尽性'。"[③]

今译：问："既然这样（'明明德'如此重要，）那么为何又强调'亲民'（关爱民众）呢？"

答："'明明德（彰显与生俱来的光明德性）'，就是树立视天地万物为一体的根本原则。'亲民'就是践行视天地万物为一体的原则。所以'明明德'必定体现在'亲民'上，而'亲民'也就是'明明德'的目的。所以爱自己的父亲，扩展到爱他人的父亲，再延伸到爱天下人的父亲，而后我的仁爱实实在在地与我的父亲、他人的父亲以及天下人的父亲连接成一体。实实在在地与这些人连成一体，而后我那孝敬父母的光明德性就开始彰显出来。爱自己的兄长，扩展到爱他人的兄长，再延伸到爱天下人的兄长，而后我的仁爱实实在在地与我的兄长、他人的兄长与天下人的兄长连成一体。实实在在地与这些人连成一体，而后尊兄爱弟的光明德性——孝弟之德就开始彰

---

① 然则：既然这样，那么。然：代词，这样。则：连词，那么。这是承接上段王阳明论述"明明德"的重要性而来的。

② 亲民：在《传习录》中，王阳明认为："亲民犹孟子亲亲仁民之谓，亲之即仁之也。""修己便是明明德，安百姓便是亲民，说亲民便是兼教养意，说新民便觉偏了。"亲民就是爱民、安民、教养民众。传统解释则是"新民"，使人弃旧图新、恢复对天理的体认。

③ 此段录自王阳明《王文成公全书·卷二十六·大学问》。

显出来。对于君臣、夫妇、朋友这些人伦关系中的成员，以至山川、鬼神、禽兽、草木，没有不实实在在地去关爱的，以此迈入我视万物为一体的仁德境界，然后我的光明德性没有不纯洁透明，真正能做到把天地万物视为一体了。这就叫作在普天之下彰显光明正大品德，这就叫作家庭和谐、国家安定、天下太平，这就是《中庸》所说的'尽性'——充分发挥人类和万物的天赋本性。"

曰："然则又乌在［其］为'止至善'乎？"

曰："至善[①]者，明德、亲民之极则也。天命之谓性，粹然至善，其灵昭不昧者，此其至善之发见，乃是明德之本体，而即所谓良知者也。至善之发见，是而是焉，非而非焉，轻重厚薄，随感随应，变动不居，而亦莫不自有天然之中，乃是民彝物则之极，而不容少有拟议增损于其间也。少有拟议增损于其间，则是私意小智，而非至善之谓矣。自非慎独之至惟精惟一者，其孰能与于此乎？后之人惟其不知至善之在吾心，而用其私智以揣摸测度于其外，以为事事物物各有定理也，是以昧其是非之则，支离决裂，人欲肆而天理亡，明德、亲民之学遂大乱于天下。盖昔之人固有欲明其明德者矣，然惟不知止于至善，而骛其私心于过高，是以失之虚罔空寂，而无有乎家国天下之施，则二氏之流是矣。故有欲其亲民者矣，然惟不知止于至善，而溺其私心于卑琐，是以失之权谋智术，而无有乎仁爱恻怛之诚，则五霸功利之徒是矣。是皆不知止于至善之过也。故止至善之于明德、亲民也，犹之规矩之于方圆也，尺度之于长短也，权衡之于轻重也。故方圆而不止于规矩，爽其则矣；长短而不止于尺度，乖其剂矣；轻重而不止于权衡，失其准矣；明明德、亲民而不止于至善，亡其本矣。故止于至善以亲民，而明其明德，是之谓大人之学。"[②]（王阳明）

今译：问："既然如此，那么为何又宣扬要'立足于最高的

---

① 至善：最崇高的善。一切其他的善"都"包含于其中或者都来源于它。

② 此段录自王阳明《王文成公全书·卷二十六·大学问》。

善’呢?”

答:“至善就是彰显与生俱来的光明德性、关爱民众的‘大人之学’的最高准则。上天赋予人的本质叫作天性,它体现出纯粹而且最高的善,人的心性纯洁光明,这就是至善的外在表现,就是‘明德’(天赋本性和美德)的本体,也就是我们所说的‘良知’。至善的外在表现,就是对正确的加以肯定,对错误的加以指责,不论事情是轻是重,人际关系是亲是疏,(处理事务时)都能随机因应,变化无穷,至善是人先天自然而然就拥有的,它又是人伦物理的最高规范,不容许在这里面有轻微加减变化。如果稍微有点加减变化,就是出自私心和小聪明,就不是至善了。假如不是慎独(独自一人时都能严格约束自己,坚守道义)到极点,不是精诚专一的人,谁能做到这样呢?后世的人正因为他不知道至善的仁德就在自己的心中,错在用个人的智谋来衡量身外的事物,以为万事万物各有各的规律,因为这个缘故,违背了自己心中的是非正义原则,行事支离破碎,人欲泛滥而天理灭亡,传统的彰显光明德性、亲近关爱民众的圣贤之学在整个世界都被搞乱了。往昔确实有愿意彰显光明德性的人,然而不知道要立足于至善,放纵一己之心以求超脱尘寰,因此有虚妄空寂的过失,对于齐家、治国、平天下没有用处,佛道两家就是这样的。往昔也有希望自己关爱民众的人,然而由于不知道立足于至善,而让自己的内心沉湎于卑微猥琐的欲望中,错在喜欢玩弄权谋智术,缺失了真诚的仁爱悲悯之心,像春秋五霸这些不重道德而重利益的人就是这类人。这是不知道立足于至善的过错啊。所以立足于至善与彰显光明德性、关爱民众的关系,就好比是用矩尺、圆规画方圆,用尺测量长短,用秤称量轻重的关系一样。所以画方与圆而不用圆规和矩尺做标准,画出来图形就会不合规则;物的长与短而不用尺子来测量,数据就会失误;物的轻与重而不用秤来称,斤两就不准;明明德、亲民而不立足于至善,这就失去了基础。所以通过立足于至善来关爱民众,民众的光明德性也彰显出来,这就叫作‘大人之学’。”(王阳明)

尔辈细玩以上诸贤语，可悟大道之原。人能时时省察、涵养，自能愈推愈广。心地光明，俗尘安能蒙蔽？所遇贫贱、富贵，皆有道以处之矣。尔辈年稚，未必遽能领悟，若迨十五、二十岁时，于道体浑无所知，则根基不立，难望有成。苟性情敦厚，可稍减咎戾耳。

今译：你们年轻人仔细体会上面摘录的诸位先贤的话语，就可以领悟大道——宇宙法则的根本含义。人如果能时时反省审视自己，涵养自己的守道之心，自然会把道的含义越推究越宽广。心地皎洁光明，世俗的尘埃怎么能蒙蔽它？遭遇到贫贱、富贵，都有办法来对待它们。你们这些人年幼，未必马上就能领悟这些话的意思，假如到了十五岁、二十来岁，对于道的本体毫不知晓，那就使道德根基不能树立起来，难望人生成功。假如为人品性敦实厚道，那可以稍微减轻点过失，仅此而已。

崇　儒

道家养气，术也，非道也。佛家养性，空诸所有，非人道也。儒者修己治人，人道也，较佛、道两家为正。天既生我为人，自应尽其为人之道，欲修其道，舍敬莫由。敬者，提撕①此心，不使放纵，非谓安行徐言，尸②居默坐也。东坡欲打破敬字③，是东坡大错处。千古纲常④之坏，皆从放纵而起。名教中原有乐地，可以处约，可以处乐，可以保身，可以治国。深造之，固受用不尽；浅尝之，亦获益良多。今人聪明者每遁入佛、道两途，殊不知吾儒已包括无外，但不欲溺情深入，背正而趋邪耳。如孔子"从心不逾矩"、颜子"三月不违仁"，人心合天，纯一不杂，焉有反堕恶趣之理？且真正学仙学佛者，必见得道理几分，如俗子日日诵经、持素，心冀超升⑤，皆是妄想，与伪儒习词章求富贵相去几何？今日又有一种人，创为强国之

---

① 提撕：拉扯，提醒。

② 古代祭祀时以臣下或晚辈象征死者神灵，接受祭祀，称为"尸"。商代之尸坐于堂上受祭，称为"坐尸"。

③ 苏轼性好诙谑，以高才狎侮诸公卿，爱给人起绰号，实为失敬之举。《二程外书·卷十一》载："朱公掞为御史，端笏正立，严毅不可犯，班列肃然。苏子瞻语人曰：'何时打破这敬字？'"朱熹《朱子语类·卷第一百三十》论及苏轼与程颐之争，责苏轼之误："只看东坡所记云：'几时得与他打破这敬字！'……只看这处，是非曲直自易见。"

④ 纲常，指三纲五常。三纲：君为臣纲，父为子纲，夫为妻纲。五常：仁、义、礼、智、信。三纲五常（纲常）是中国儒家伦理文化中的重要思想，儒教通过三纲五常的教化来维护社会的伦理道德、政治制度，为中华文明的发展起到了极为重要的作用。

⑤ 超升：道教指得道成仙，上升天界，佛教指人死后经佛法超度，灵魂可往生极乐世界。

说，鄙古圣贤为不足道，心醉西法，争趋若鹜。夫保存家国，岂非我人应尽之义？要其道在格致、修齐之中，无论变法、创法，取效于人，皆按人情天理推阐尽致，步步切实行去，不期富强而自富强，不必专论御侮而自御侮。西国讲富强者何尝专讲器艺，不重纲常？忽于内治，专论治外耶？今诸少年恨不得逞其一朝之忿，卤莽行事，是乃自蹈挫衄①，助敌生祸。往事覆辙，可为寒心。惟其老于事者，又多迟疑慎重，堕于因循，朱子论南宋时事，当图内治而固国本，然后再议恢复，诚笃论也。若乃挟其浮竞凌猎之气，貌袭西法，左涂右抹，此乃外铄之方，无本之学，安能振起人心，挽回气运？

今译：道家的养气，是一种养生法术，不是道。佛家养性，把所有的东西都看成空虚无有，不是关爱人类并重视世俗人伦关系的学说。儒家主张修养自己而后治理民众，这是关爱人类并重视世俗人伦关系的学说，与佛、道两家相比较，是正确的学说。上天既然让我生为人，自然应当尽力遵循做人的准则，要想学会做人，除了敬就没有别的路可走。敬，就是时刻提醒自己的心，不使它放纵，这不是指行走安稳，说话语速缓慢，像受祭的尸那样默默端坐。苏轼想打破敬字，这是他的大错。千百年来中国传统的伦理道德体系（三纲五常）受到破坏，都是从国人任性而为不约束自己开始的。中国儒家礼教中本有让人快乐的地方，人在儒家礼教许可的范围内活动，他可以处在贫困中，也可以处在安乐中，可以保全自己，可以治理国家。努力成就它，固然受用不尽；粗浅尝试它，也会获益良多。现在聪明的人多遁入佛、道两种宗教的门中，完全不知道我儒家学说已经包括了佛道二家的精华而没有遗漏，（儒士们不是不懂佛、道二教的教义，）但不想沉溺自己的情感深入研讨二氏学说、不想背离正道而走邪路罢了。像孔子的“随心所欲而不违反规矩”、颜回的“三个月也不背离仁”，人的心与天心相合，纯粹单一而不混乱，哪有反而堕入恶趣的

① 挫衄：音 cuò nǜ，挫折、失败。

道理？且真正学仙、学佛者，必定能看到部分的道理，至于凡夫俗子天天念经、坚持吃素，心里希望自己超升仙界或西方极乐世界，为仙为佛，这都是妄想，与虚伪的儒士练习作诗作文以谋求富贵距离多远呢？今天又有一种人，创立强国的学说，把古代圣贤看得微不足道，醉心于西方的法律制度与文化，向往这种西方文化，争着往这赶。保存自己的国家，难道不是我们应尽的义务？（当然是。）不过，这条保国的方法存在于传统的儒家学说——格物致知（推究事物的原理，从而获得知识）、修身齐家（提高自身修为，管理好家庭）之中，无论是变法、创立新法，还是仿效他人，都要按人情与自然规律去推究到底，一步步踏踏实实地去做，这样的话，国家不用预测何时富强，自然就会富强了，不用专门讨论如何抵御外侮，自然就能抵御外侮了。西方国家追求富强的，何尝只重视制作工艺，而不重视伦理纲常？忽视治内（调节人伦关系、个人情感），专门重视治外（发展科技，征服自然）吗？现在一帮少年恨不得发泄自己的愤怒（报复列强），而行为鲁莽草率，这就是自寻挫折，帮助敌人而助长灾祸。我国失败的往事，（都是鲁莽使气造成，）让人寒心。正因为处理事务有经验、老于世故的人，又往往迟疑不决、谨慎持重，（不会通权达变，）这样，又会败于因循保守。朱熹夫子论述南宋时的国事，认为应当先把国内治理好，国家根基巩固了，然后再谈论如何恢复被外敌侵占的国土，这真是确切的评论。至于挟着浮躁、争夺、傲慢之气，在外表上抄袭西方那一套制度，随意涂改一番，这就是外面传来的药方、没有本源的学问，怎么能振奋人心、挽回国运？

《礼》曰："甘受和，白受采。"[①] 人心不诚，无一事可成。今人乃以西学诠格致，且嗤宋儒误解，殊不知《大学》格致，道也、大

---

① 语出《礼记·礼器》。"甘"能和合众味，"白"容易染上色彩，古人以此比喻人的素质好了才能进于道。"受和""受采"之义，唐孔颖达阐释说："甘为众味之本，不偏主一味，故得受五味之和。白是五色之本，不偏主一色，故得受五色之采。以其质素，故能包受众味及众采也。"

纲也；西学格致，器也、条目也。道可赅器，器不可赅道。曾子当日，落落数十语，焉能推及声、光、化、电诸艺？试问声、光、化、电岂能臻修齐治平之效？人若不知忠君孝亲、老其老、幼其幼、保其身家，则所以精其艺术者何为？今日正学不明，微特圣贤学问无人讲求，即文字亦鲜解悟，甚且诽谤圣贤，轻弃礼法，晦盲否塞[①]，于斯为极，不知何日开明。然“天不变，道亦不变”[②]，久之，自有正学昌明之日。我家子弟，总以专重儒修为主，不可邪趋旁骛。考求西学，原属因时制宜，圣贤处今日，断无不变法之理，亦断无不间取西法之理。要不可逐末忘本，蔑视圣教。获罪于天，不可逭[③]也。

今译：《周礼》说：“甘受和，白受采。”人心不真诚，没有一件事可以做成。现在的人竟然拿西方学说来解释“格致”的含义，而嘲笑宋代儒家学者解释错了，完全不知道《大学》所谈的格致，是形而上的道、大纲；西方学说里的格致，是形而下的器、条目。道可把器涵盖在内，器不能把道涵盖在内。先贤曾子在往昔，清清楚楚地只说了数十句话，怎么能讲到声学、光学、化学、电学各种学科的原理？请问声学、光学、化学、电学这些自然科学，岂能达到修身齐家治国平天下的效果？人假如不知道忠于君王、孝顺亲长、敬重老人、关爱孩子、保护自己和家庭，那么他精通这些技术用来干什么呢？今天正学（儒家格物致知、修齐治平之学）不繁荣，不仅圣贤学说没有人钻研，就是圣贤著作中词句也很少有人能理解领悟，做得过分的甚至还诋毁圣贤，轻易放弃传统礼义法度，盲目糊涂，心不开窍，现在到了极点，不知道何时云开日出（使这种局面得以改变）。不过，“天是永恒不变的，天道也是永恒不变的”，时间久了，自然会有合乎正道的学说（儒学）繁荣昌盛的那一天。我家的子弟，都应该以

---

① 否塞：闭塞不通。

② 语出《汉书·董仲舒传》：“道之大原出于天，天不变，道亦不变。”

③ 逭：音 huàn，逃避。

儒学修身为重，不可往邪路走，去追求旁门左道。探索研究西方学术，本来是因时制宜的变通做法，假如圣贤处在今天这种环境下，绝对会改变旧法，绝对会偶尔参考借鉴西方政治法律制度。总之，一个人不能只顾追求细枝末节，而忘记事物根本的、主要的部分，蔑视神圣的儒教。如果得罪了上天，罪责就不可逃避了。

问：圣学自三代后，惟宋程、朱诸人阐明，大显于世，当时嫉忌排挤，几不能容。悠悠斯世，安望有昌明大学之一日？

曰：不必说真儒传道，继往开来事，但在上者能转移风气，使人心去伪即真，君子道长，上下皆重礼义廉耻，正学自盛，世道即可维持。此事出于天性，藏于人心，提倡而挽回之本自不难，所谓“德之流行，速于置邮而传命”① 也。

道家养气，其极功亦通于养性。佛家以知觉为性，推其思虑所至，无所不说，颇多寓言、卮言②，要皆以持戒、断欲警喻俗人。今之学佛者，非播弄性灵，即求生极乐而已。

今译：问：圣人的学说自夏商周三代以后，只有宋代程颢、程颐、朱熹这些人来阐述解释清楚，彰显于世上，当时他们遭人嫉妒排挤，几乎不能被容忍活在世上。人世悠悠漫长，哪里还能指望有儒学繁荣复兴的那一天？

答：不必谈论那些真正儒士阐述天道、继承前人的事业、开辟未来道路的故事，只要地位高的人能够转变社会风气，使人心去掉虚伪，变得真诚，君子的学说风行，举国上下的人都重视礼义廉耻，合乎正道的学说——儒学自然昌盛，人类社会就可以维持。（复兴儒学，重视道德准则）此事出自人的天性，隐藏于人的内心，提倡而

① 语见《孟子·公孙丑上》。

② 卮言：亦作“巵言”，自由散漫之言。一说为支离破碎之言。语出《庄子·寓言》：“卮言日出，和以天倪。”成玄英疏：“卮，酒器也。日出，犹日新也。天倪，自然之分也。和，合也。无心之言，即卮言也。是以不言，言而无系倾仰，乃合于自然之分也。又解：卮，支也。支离其言，言无的当，故谓之卮言耳。”后人亦常用为对自己著作的谦辞。

挽回它，本来就不难，这就是古贤所说的“美德的影响比用邮车传递公文的速度还要快”。

道家养护身体之气，它的最高功效也与养性之术相通。佛教以人的知觉为本性，它把能想到的都谈得很详尽，佛教经籍中有较多寓言故事与自由散漫的言语，主旨均以持守戒律、断绝欲念来开导世人。现在那些学佛的人，不是玩弄聪明才智，就是追求投生到西方极乐世界而已。

耶稣教略近墨子兼爱，但云“不淫”“不盗”“不妄语”“爱人如己”“己所不欲，勿施于人”，绝不谈性理，亦不言空寂。老子学贵清净，观其“知白守黑”[①] “将欲夺之，必先与之”[②] 等语，颇有作用，似惩周末文胜之弊，期一归于天真。庄子大意亦同，而其“任天而动”[③] “不杂人欲”[④]，亦与孔子“礼乐从先进”[⑤] “居敬行简”[⑥] 语意略近。回教[⑦]书向未见过，有友人言其祖慕罕蓦德亦言修性、敬天，与佛老近似。大凡天生大智慧人，皆能见得性理一斑，世俗茫昧无归者故闻而趋之，以世人皆具有天性种子，然终不如我儒推出天性中有仁、义、礼、知[⑧]、信五德，以能保其全，而用于世之大而顺也。

今译：耶稣教教义与墨子的兼爱学说略微接近，只说“不能淫邪”“不能偷窃”“不能乱说话”“要爱他人如同爱自己”“自己不希

---

① 语出《老子·二十八章》。

② 语出《老子·三十六章》，在《老子》古代版本中，此处“夺之”也有写作“取之”的。

③ 语见《庄子·逍遥游》。

④ 非庄子原话，但合乎庄子原意。《庄子·大宗师》：“其耆欲深者，其天机浅。”《庄子·天地》：“古之畜天下者，无欲而天下足。”

⑤ 语见《论语·先进篇》。原文作：子曰：“先进于礼乐，野人也；后进于礼乐，君子也。如用之，则吾从先进。”先学习了礼乐而后做官，是未曾有过爵禄的普通人，多指士，叫“先进”。先有了官位而后学习礼乐的是卿大夫的子弟，叫“后进”。

⑥ 语见《论语·雍也篇》。

⑦ 回教：伊斯兰教在中国的旧称。

⑧ 知：同“智”。

望他人施加于自己身上的行为，不要施加于他人身上”，绝不谈论性理之学，也不谈空虚静寂。老子的学说把清净看得可贵，看他的“知白守黑”（深知光明，却安于暗昧）、“将欲夺之，必先与之”（要从别人那里夺去某些东西，必定先给予他一些东西）等话语，很有价值，似乎是纠正周朝末年繁文缛节的弊病，希望一切都保持天真无邪、毫不虚假的状态。庄子的大致意思也与老子相同，而他的“任天而动（听凭天性而动）”“不杂人欲（不掺杂人的欲望）”，也与孔子的“礼乐从先进（如果要选用人才，应选用先学习过礼乐的士人）”“居敬行简（存心严肃认真，办事简要）”的话语意思大致相近。回教的书过去我没见到过，有友人说该教祖师穆罕默德也谈到修养品性、敬天，与佛教、道教旨意相近似。大凡天生具有大智慧的人，都能看到性理的一部分内容，世上思想迷茫没有找到归宿的人听到这些人的学说就信奉了，因为世人都具备天赋德性的种子，然而，最终不如我儒家，其能阐明天性中有仁、义、礼、智、信五种德性，因为能把天性完全保持，而且这种礼、义、仁、智、信五德运用于世间，作用很大而且效果好。

书曰：“尽性至命。”① 盖能尽其性之所当为，乃能副天之所命。“命”字即《中庸》“天命谓性”之“命”，苟断却五常，脱去人伦，则世界人类何存？大乱起矣！如唐宋崇佛、崇道，印度专崇佛，回回专崇回教，于国事何补？今日世界中，佛、道两教已微，惟孔子、耶稣、回回三教为多，而耶稣教尤盛，皆藉国家权力推行。考其历史，源远流分，战祸频起，与耶稣宗旨大背。尔辈处世，遇外教一流人，不必仇视、争是非，亦不可推波助浪、相附合，若轻弃所学而学焉，斯为中国大罪人矣！

---

① 书指《周易》，其传文《说卦传》第一章有“穷理、尽性，以至于命”的句子。朱熹《原本周易本义·卷十》释文：“穷天下之理，尽人物之性而合于天道，此圣人作《易》之极功也。”

今译：《周易》这本书上说："彻底考察人与万物的本性，以求合乎天道。"因为尽究人的本性所要求做的事，（并做好它们，）这样才能吻合上天对人的要求。"命"字就是《中庸》中的"天命谓性"（天所赋予人的东西就是性）的"命"，假如抛弃仁义礼智信这五种伦理纲常，背弃人伦规范，那世界、人类怎么会存在下去？大乱就会产生啦！如唐宋崇信佛教、崇信道教，印度只崇信佛，回族人只崇信回教，对于国事有何补益？当代世界中，佛教、道教两种宗教势力已经衰弱，只有孔教（儒教）、耶稣教、回教三教信仰的人多，而耶稣教尤其兴盛，都凭借国家权力来推行。考察耶稣教历史，源头遥远，在流传过程中分出许多不同教派，（教派相争，）又使得战祸频发，与耶稣教的宗旨大相违背。你们年轻人生存于世，遇到信仰外来宗教的那一流人，不必仇视他们、与他们争论是非，也不可以助其声势、附和他们，假如轻易放弃所学的儒家学说而学习那些外来的东西，这就是中国的大罪人啊！

有耶稣教士博览儒书，谓余曰："孔教我极佩服，无闲言，惟有一二可疑，如《论语》'民可使由之，不可使知之'，岂以国家大事不欲使之知耶？"余曰："此谓民愚难喻，非不欲使之知也。朱子注甚明。"又问："'以直报怨'，似有流弊？"余曰："此答'以德报怨'者。观孔子'犯而不校'、孟子'横逆不问'之语可知矣。"教士闻之大服。又有耶稣教士问曰："孔子书宜读，但于西国治国之道、谋生之术，尚有未尽，似应读天主书补之。"答曰："资生[①]之术因时而进，天不爱道，地不爱宝，孔子何尝禁人谋生？《大学》言'生财有道'[②]，颇阐其理，若论其事，非简册可尽。中国自昔专重农功，略于工商，此为时代限之，习俗囿之。若谓《四书》中无声、

① 资生：源自《周易·坤》卦："至哉坤元，万物资生。"孔颖达疏云："万物资生者，言万物资地而生。"资生之术即有助于人类生存的学说，如声、光、化、电之学等。

② 语出《大学·第十一章》："生财有大道：生之者众，食之者寡；为之者疾，用之者舒；则财恒足矣。"

光、化、电之学，试问耶稣书中亦何尝有此语?”教士哑然，大笑。

古人云：“一事不知，儒者之耻。”① 凡有益于身心、有补于经世之学，皆宜讨论。惟少年用功，须择其切于时用，而又于我性质相近者精求之，方能受益，若徒劳神翰墨，空言“性”“道”，非儒之正宗也。

今译：有个耶稣教士博览儒家典籍，对我说：“儒教我非常佩服，没有异议，儒书中只有一二处可疑，如《论语》‘民可使由之，不可使知之’（老百姓，可以使他们照着我们的道路走去，不可以使他们知道那是为什么）这句话，难道因为是国家大事而不想让民众知道吗?”我说：“这是说民众有的比较愚昧，一下子难以让他们明白，不是不想让他们知道。朱子注释很清楚。”他又问：“孔子说的‘以直报怨’（用正直回报恶行)，好像有弊病吧?”我回应说：“这是孔子回答‘以德报怨’（用善行回报怨恨）那句问话的。再看孔子的‘犯而不校’（受到别人的无礼冒犯也不计较)、孟子的‘横逆不问’（他人对我强暴无礼，我也不在乎）的话就可以知道了。”这个教士听了非常信服。又有耶稣教士问我：“孔子的书应该读，但他的书对于西方国家的那种治国之道、谋生之术，还有没讲到的地方，好像应该读《圣经》来补充它。”我回答：“生财之术因时代变化而进步，天不吝惜它的道，大地不吝啬它的宝藏，孔子何时曾经禁止人们谋生?《大学》谈到‘生财有道’（让财富增长有一定的途径)，把这个道理阐述得很清楚，假如谈论具体的事，不是一本书可以谈完。中国自古以来只重视农业，忽视工商业，这是因为受到时代的限制，还有习俗的限制。假如说《四书》中没有声学、光学、化学、电学之类的知识，请问耶稣书中又哪有这些东西呢?”教士听了，无话可

① 语出扬雄《法言·君子》：“圣人之于天下，耻一物不知。”后来被凝练为“一物不知，深以为耻”或“一事不知，儒者之耻”，意思是读书人要知晓天下的事，有不知道的便是耻辱。

说，大笑。

古人说："有一件事情不知道，收益就是儒士的耻辱。"凡是对身心有益、对治国利民有补益的学问，都应该研究探讨。只是少年人用功，必须选择那些非常适合当时使用，而又与自己的性情气质相接近的学问，精心地去研究，才能得到收益，假如单单浪费心神于文字笔墨中，空谈何者为性、何者为道的话题，这不是儒家正宗一派。

问：儒负兼善天下[1]之责，常见忠义而不获善终者多矣，是以有志之士淡视荣利，每托于佛教，此不得已也？

曰："用之则行，舍之则藏。"[2]"邦无道，免于刑戮。"[3]儒者自有正当出处，何必遁入他道？

今译：问：儒士担负着使天下人都得到好处的责任，历史上常见到很多忠臣义士而没有获得好死的例子，因此有志之士把名誉和利益看得很淡，总是托身于佛教中，这大概是不得已吧？

答：（先圣孔子曾说过：）"用之则行，舍之则藏。"（用我呢，就干起来；不用我呢，我就退而隐居起来。）"邦无道，免于刑戮。"（国家政治黑暗，也能明哲保身，不会受刑、被杀。）儒士自有正确出路，何必要逃避到其他的路上去呢？

曰[4]：诸葛武侯、文文山如何？

曰：武侯受先主顾托，无可诿卸，然以蜀中之力，万不能恢复中原，只有尽瘁待死而已。杜工部诗云"运移汉祚终难复，志决身歼军务劳"[5]，可谓得其心矣。文文山当国时，宋祚已亡，即元世祖不

---

① 兼善天下：典出《孟子·尽心上》，原文作："穷则独善其身，达则兼善天下。""兼善天下"大致有两种解释，其一是使天下人得到好处，其二是使天下人做到善。此处译文用的是第一种解释。

② 语出《论语·述而篇》。

③ 语出《论语·公冶长篇》。

④ 本书惯例是叔弢先生问，祖父回答，分别用"问""曰"来表示。此处改为"问"较妥。

⑤ 录自杜甫《咏怀古迹五首·其五》。

杀，听其黄冠终老，亦不能再扶社稷，儒者当此时只有一条路：与其夺志，不如杀身！

今译： 问：诸葛亮、文天祥这两人怎么样？

答：诸葛亮受刘备临终嘱托，无法把责任推卸给别人，然而凭借蜀国的力量，绝对不可能恢复中原，只有尽心竭力，等待死亡的来临而已。杜甫的诗说“运移汉祚终难复，志决身歼军务劳”（汉朝的气运已经衰落难以恢复，他意志坚决终因军务繁忙而殉职），可称得上真实地写出诸葛亮的内心了。文天祥掌权为宰相时，宋朝的国运气数已经消亡，即使元世祖不杀他，听凭他当个道士直到老死，也不能再把宋朝社稷扶起来，使宋朝复活。信仰儒学的人在这个时候只有一条出路：与其被人强迫改变志向，不如被人杀死！

问：咸丰、同治年间，各帅剿平粤匪大乱，如骆文忠、曾文正、左文襄、李文忠、李忠武诸公，皆本儒术否？

曰：是。大凡人遇应为之事，察理既明，能实心实力做去，即是儒修，即合天道，自见成功，不必问其学术浅深何如。

今译： 问：咸丰、同治年间，多位统兵大帅剿灭太平军，如骆秉章、曾国藩、左宗棠、李鸿章、李续宾诸位大人，都是把儒学作为立身处事的根基吧？

答：是的。人只要是遇到应该做的事，其中的事理既然看清楚了，能尽心尽力地去做，这就是儒士的做法，这么做就合乎天道，自然能够成功，不必问他的学问是浅还是深。

问：自古言儒术者多迂远难通，如曰“礼乐百年始兴”，世乱岂能久待耶？

曰：此言大治之象。治国者能领得此意几分，气象自异。若五代、南北朝，纲常全堕，是以国祚皆促。昔人言“孔明不死，礼乐可兴”，谓其治蜀政教修明，治象渐著，非于政教之外别兴礼乐也。

“礼乐不可斯须去身”①，精之即是“中和位育”，其迹即在饮食、起居之间，如人起居无度，喜怒无常，岂非愚妄？安能干事？程子言：“礼乐只在进反之间，便得情之正。”②《礼记》曰：“礼主其减，乐主其盈。”③ 朱子言：“减是退让、撙节、收敛的意，盈是舒畅、发越、快满的意，二者互相为用，故曰：‘礼主节，乐主和。’”④ 朱子又言：“强盗亦有礼乐。”⑤ 张横渠言：“强盗安有礼乐？”余以为朱说显明，示人易晓。今以一小事喻之，即了然矣。

今译： 问：自古倡谈儒术的，他们的主张大多迂曲遥远，不切实际而难以施行，比如说“用礼仪和音乐熏陶人，这个国家过了一百年就会开始兴盛”，世界混乱（就得想法子让它快点稳定，）怎能等待这么久呢？

答：这句话说的是国家大治时候的风貌。治理国家的人能领悟到这句话的部分含义，国家呈现出来的风貌自然就不同。中国历史上五代、南北朝时期，伦理纲常全部被毁弃，因此王朝享国时间短促。昔日有人说“诸葛亮如果不是死得早，礼乐教化制度可以在中国复兴”，说的是他治理蜀国所用的那套政治教化制度非常美好，国家大治的征象慢慢彰显出来，不是在政治教化制度之外，另外推行礼乐。“礼乐不可斯须去身”（礼和乐不可以片刻离身，它是正人君子安身立命的基础。礼用以端正外表，乐用以端正内心），精于礼乐，就是“中和位育”（按中庸之道来治世，以便天地间一切事物各就其位、各行其是，万物生机勃勃），礼乐的印迹显示在人的日常饮食、作息之中。如果一个人在日常作息上不守规则，性情喜怒无常，岂不是愚

① 《礼记·乐记》与《礼记·祭义》均有此句。下文“礼主节，乐主和”摘自《乐书卷九·礼记训义·乐记》，为宋陈旸训释《礼记·乐记》“不知音者不可与言乐，知乐则几于礼矣”一句的训诂语。

② 引自《二程遗书·卷三》，为程颢先生语。

③ 引自《礼记·乐记》。

④ 引自《朱子语类·卷九十五·程子之书一》。引文对原文作了较多删改，但大意未变。

⑤ 此语乃是程颐所说，被朱熹《论语集注·卷九·阳货第十七》摘引。参见《二程遗书·卷十八》。

昧和狂妄？怎么能做事？程先生说："行礼奏乐，在行礼者彼此揖让进退之时，就能使人性情变得温和不偏。"《礼记》说："礼主其减，乐主其盈。（礼仪，人们倦于施行，愿意其减损；音乐，人们很喜欢，愿意其盈耳。）"朱熹先生说："减就是退让、节省、收敛的意思，盈是舒畅、扩散、快意满足的意思，礼与乐二者相辅相成，所以说：'礼主节，乐主和。'（礼的作用是节制，乐的作用是和畅。）"朱熹先生又说："强盗也有礼乐。"张载先生说："强盗怎么会有礼乐？"我认为朱子的解释清楚明白，把容易懂的道理向人宣讲。现在我（在下文中）用一件小事来举例说明，你们就完全懂了。

余昔年游茅山，先一日宿山下。雇舆夫已订定矣，一妇曰："凡事有纲，明日甲夫当值日，如乙受雇，争斗起矣。"余笑曰："此乃礼之节也。"因退却已雇舆夫，另雇值日者。旋闻值日舆夫有一、二他出，因复以后当日者补之。妇人曰："可矣。"余笑曰："此乃乐之和也。"时友人因解礼乐字不明，闻此立悟。

佛、道二教不言礼乐，万事平等，士人溺此者每致亏损大节。如唐宰相王缙，不知大体，盛供张敬佛，炫惑世俗。其兄王维，博学善诗文，降安禄山。其他难更仆数①，此等人非惟不知礼乐，其心实未尝一日干净。佛言："生极乐国，首重无欲。"② 试问佞佛者能断欲否？

---

① 难更仆数：形容事物繁多，数不胜数。语本《礼记·儒行》："遽数之不能终其物，悉数之乃留，更仆未可终也。"郑玄注："仆，大仆也。君燕朝则正位掌摈相。更之者，为之将倦，使之相代。"

② 典出《佛说佛大僧大经》。该经书中，释迦牟尼讲述了一个故事：王舍国有个富翁名叫厉，年老无子继承家财，于是遍祷日月、诸天、鬼神，并九子母山树诸神，求得子嗣而未果，复自念说："……世有佛道，高操之圣，有得仙者，名曰应真人。真人清净，如琉璃珠，精进存想，乃睹之耳，奉斯道者，唯守靖漠，无欲无求，以斯为乐，现世得安，终生天上。"于是奉佛三宝，果然相继生了佛大、僧大两个儿子。另外，《梁朝傅大士颂金刚经》一书中，有傅大士劝谕诗："尸波罗蜜（持戒）：尸罗得清净，无量劫来因。妄想如怨贼，贪爱若参辰。在欲而无欲，居尘不染尘。权于离垢地，当证法王身。"其中也宣扬了持戒、无欲的思想。傅大士：傅翕（497—569），字玄风，号善慧，南朝时期佛教界神异人物，东阳郡乌伤县（今浙江省义乌市）人。传世著作有《心王铭》《梁朝傅大士颂金刚经》《善慧大士语录》（又称《傅大士集》）等。

今译：我往年游茅山时，上山前一天住在山脚下。雇的车夫已经预定好了，一个妇女说："凡事都有规矩，明天车夫甲轮班值日，如果车夫乙提前受你雇用，就会引起二人争斗。"我笑着说："这就是礼的节制作用。"因此把已雇的车夫乙辞退，另外雇轮班值日的车夫甲。随后又听说明天值日车夫有一两个人因事外出，就以后天轮班值日的人补进来。妇人说："这样就可以了。"我笑着说："这就是乐的和合作用。"当时友人因为对"礼主节，乐主和"句中礼、乐二字意思不明白，听了我的话马上就懂了。

佛、道二教不讲礼和乐，把万物看成平等的，沉湎于这种学说的读书人常招致大节亏损。例如唐代宰相王缙，不懂得大道理，准备了很多物品来敬佛，炫耀迷惑大众。他的哥哥王维，学问广博，善于写诗作文，安史之乱时向安禄山投降了。此外，类似王氏兄弟的人更是数不清，这类人不但不知道礼和乐，而且他们的心地实际上没有一天是洁净的。佛说："要想生在极乐世界，最先看重的是没有私欲。"我试问一句话：那些狂热崇拜佛的人能够断绝自己的欲望吗？

问：佛道两教，皆明道者，何以独绝人类？

曰：佛与老子皆有妻子，彼劝人出家，系为俗人指迷断欲。道家本是别派，今人乃以老子为道教之祖，非也。

今译：问：佛道两种宗教，都是明白义理的教派，为什么偏要断绝人伦关系呢？

答：佛祖（释迦牟尼）与老子都有老婆和孩子，他们劝人出家修道，是为世俗上的人指点迷津，使他们断绝欲念。道家本是先秦道学在后世分流出来的支派，现在的人却把老子看成是道教之祖，是不对的。

问：回教以牲畜资生，乃戒[1]人勿食猪肉，岂非偏见？

---

① 戒：通"诫"，告诫。

曰：彼言猪肉肥腻不洁，易滞且性寒，不繁嗣育，此论未可厚非。尔辈皆宜少食，尝见嗜食猪肉者多不寿。

今译：问：回教徒饲养家禽家畜而赖以谋生，却劝诫人们不要吃猪肉，岂不是偏颇的见解？

答：该教说猪肉肥腻不干净，不易消化而且性质寒冷，人吃了会生育不旺，这种说法（其中有合理的成分，）不应过分责难。你们这些年轻人都应该少吃，我曾看到特别喜欢吃猪肉的人多活得寿命不长。

问：耶稣不拜君亲，岂非背礼？

曰：中国古时席地而坐，俯首即拜。礼有君拜臣、母拜子之文，不为异也。闻耶稣当时，民人有拜火、拜日月、拜鬼神者，迷罔不知所主，故劝人专拜上天，他神可敬不必拜，亦非以不拜为不敬也。后世传教士，欲变他国宗教而从其礼，失耶稣劝人随俗阐教之意矣。

大凡为儒能力学者，必在心性上作工夫。彼夸声誉、爱辩驳、植朋党、露格调者，皆是魔道。

今译：问：耶稣不拜国王和亲友，难道不是违背了礼法吗？

答：中国古代时把席子放在地上，人跪在席子上面，低下头就是下拜。礼书上有国王拜臣子、母亲拜儿子的条文，不是稀奇的。听说耶稣生活的时代，民众有拜火、拜日月、拜鬼神的，糊里糊涂地不知道拜谁才好，所以耶稣劝人只拜上天，其他神灵可以崇敬但不用下拜，也不是以不下拜为不崇敬。后世的传教士，想改变其他国家的宗教而遵从自己所信奉的宗教礼仪，失去了耶稣劝化世人时依从当地风俗以便宣传教义的原意。

大致说来，作为儒士能够努力学习的人，一定会在明心尽性方面做出努力。那些炫耀声誉、喜欢与人争辩、拉党结派、显露自己特别气质的，都是歪魔邪道。

问：儒家王、陆与程、朱不同，将何从？

曰：王、陆不可厚非。昔人譬王、陆如释家顿门即宗门[①]，程、朱如释家渐门即律门[②]，亦不确切。大道本无方，体学者各就性之所近而诚求之，皆能至道。岂特王、陆、程、朱？即圣门七十子之徒，亦不能不有小异。如京师王都，或从东方往，或从西方往，起步虽远，迨后愈走愈近，无不会归。学者如不身体力行，则藩篱莫窥，茫昧无主，论人之是非。但后世学道者求其无弊，仍以程、朱为正，此即孔门“洒扫进退”之意。王阳明以诚意即格物[③]，理亦可通，究不如程、朱语意周帀[④]。

今译：问：儒家王阳明、陆九渊学术思想与二程、朱熹的不同，应该听从哪一家？

答：王阳明、陆九渊有可取之处，不可以过分责备。前人将王、陆学派比作佛教的顿门，又称宗门，程、朱学派比作佛教的渐门，又称律门，也不准确。天理本来没有特定的形式，学习和践行天理的人选择与自己性情相近的理学著作来努力学习和实践，都能到达悟道之境。哪止王阳明、陆九渊、程颢、程颐、朱熹这几家观点不同？就是圣人孔子门下七十个门徒之间，也会有小的不同。就像皇上所在的京城，有的人从东方往这走，有的人从西方往这赶，起步处虽然离京城远，等到后来越走越近，没有人不会到达的。学道的人如果不亲身体验、努力践行，那么道的境界就不能看到，心里就会迷惑而没有主见，（就喜欢）议论别人的对与错。不过，后世学道的人要想自己的

---

① 顿门：佛教语，顿悟法门。指唐代慧能法师上承达摩的“祖师禅”而开创的禅家南宗。宗门：宋代以后为禅门的自称，其他宗派则称教门。

② 渐门：佛教语，渐悟法门。指经长时间并按一定次序来修行的修习方法。律门：着重研习及传持戒律的佛教门派，此处是指除禅门以外的、重视佛经颂习和修持戒律的佛门宗派，如南山律宗等。

③ 王阳明以诚意即格物：王氏认为意诚就会心正，心正才可以格物，使物归于正。他还说过：“知善知恶是良知，为善去恶是格物。”“随时就事上致其良知，便是格物。”

④ 帀：音 zā，同“匝”，作动词，表示环绕一周。可作量词，表示遍。作形容词，表示周遍，完全。

思想与行为没有弊病，还是应该把二程、朱熹的学说当作正统，这吻合孔子学派“把会洒水扫地、迎送客人当作习礼和修身基础”的旨意。王阳明把诚意当成格物（推究事物的原理，纠正人的行为），道理也能通，但终究不如程、朱二家学说那么周到。

问：中国向称儒、释、道三教，各国教更多门，其旨趋有同类否？

曰：源头各异，其派自难强同，必求其同，惟“忠、恕”二字，“己所不欲，勿施于人”，各教无异也。

今译：问：中国宗教，向来就有儒教、佛教、道教三种，各国宗教种类更多，它们的教义有相同的吗？

答：这些宗教的源头各不相同，演变之后，宗旨自然难以相同，如果一定要求相同，只有“忠、恕”（忠诚、宽恕）这两点，以及“己所不欲，勿施于人”（自己所不愿意接受的，不要把它施加到别人身上），在这些方面，各种宗教没什么不同。

问：功夫同否？

曰：儒教重惩忿窒欲[①]，而释、道戒忿欲尤严。

今译：问：中国的儒教、佛教和道教三家的修行方式差不多吧？

答：儒教重制止愤怒，杜塞情感欲望，而佛教、道教对这些方面要求更严格。

问：行之何先？

曰：不妄语，三教略同。以此见诚实无妄乃各教之源，此即天心，亦人心也。今人心无一刻诚实，偶语及天心，浑然不解，此所谓“小儿丧其家”者也。

今译：问：修持儒、佛、道三家宗教，哪件事应该最先做？

---

① 惩忿窒欲：克制愤怒，杜塞情欲。典出《周易·损》：“君子以惩忿窒欲。”孔颖达疏：“君子以法此损道，以惩止忿怒，窒塞情欲。夫人之情也，感物而动，境有顺逆，故情有忿欲。惩者，息其既往；窒者，闭其将来。忿欲皆有往来，惩窒互文而相足也。”

答：不说虚妄不实的话，儒、佛、道三教大致相同。从这里看来，诚实不欺诈就是各教的思想源头，这就是天心，也是人的初始本真的心。现在人心没有一刻是诚实的，偶然有人与他谈到天心，他完全不懂，这种情形，正如俗话所说的“小孩子失去了自己的家”一样。

【录儒、释语数则】

《佛遗教经》云：汝等比丘，于我灭[①]后，当尊重珍敬波罗提木叉[②]，如暗遇明，贫人得宝。当知此则是汝等大师，若我住世，无异此也。持净戒者，不得贩卖贸易，安置田宅，畜养人民、奴婢、畜生，一切种植及诸财宝，皆当远离，如避火坑。不得斩伐草木，垦土掘地，合和汤药，占相吉凶[③]，仰观星宿，推步盈虚，历数算计，皆所不应。节身时食，清净自活，不得参与世事，通致使命，咒术仙药[④]，结好贵人，亲厚媟慢[⑤]，皆不应作。当自端心正念求度，不得包藏瑕疵，显异惑众。于四供养[⑥]，知量知足，趣得供事[⑦]，不应畜积。此则略说持戒之相，戒是正顺解脱之本，故名波罗提木叉。因依此戒，得生诸禅定[⑧]

---

① 灭：又称入灭、灭度、涅槃、圆寂，是修证佛法所能得到的修证结果，佛教持戒清净的修行者离开人世时，人们会称他们入灭、圆寂。

② 波罗提木叉：梵文 Pratimoksa，佛学术语，戒律三名之一，为佛教出家众所应遵守的戒律。

③ 占相吉凶：佛教术语，指占卜命相。佛陀禁止比丘学占卜而说人之吉凶以求利养。

④ 咒术：旧传诅咒对方，使遭不利的邪术。《观无量寿经》载：“恶人幻惑咒术。”仙药，神仙所制的不死之药。

⑤ 媟慢：亦作“媟嫚”，轻薄、不庄重之意，引申为亵渎、轻慢。

⑥ 四供养：于密教金刚界曼荼罗中，大日如来自心中流现金刚嬉、金刚鬘、金刚歌、金刚舞等四菩萨，以供养四方如来，称为内四供养。相对者，四方如来自心中流现金刚香、金刚华、金刚灯、金刚涂香等四菩萨，以供养大日如来，称为外四供养。合称八供。此处四供养应指四事供养，即饮食、衣服、卧具、汤药。

⑦ 趣得供事：取得供养。趣：通“取”，得到。供事：供养、供施，指信徒、大众敬献给佛法僧三宝的食物、衣服等。佛教初始期的僧团所受供养以衣服、饮食、卧具、汤药为主，称为四事供养，又称财供养。

⑧ 禅定：意为“安定而止息杂虑”。佛教认为静坐敛心，专注一境，久之可达到身心轻松、观照明净的状态，即成禅定。依入定程度深浅，有四禅（色界定）、四无色定等分别。

及灭苦智慧。是故比丘，当持净戒，勿令毁缺。若人能持净戒，是则能有善法。若无净戒，诸善功德皆不得生。是以当知，戒为第一安稳功德住处。佛言：汝等比丘，若有人来，节节支解，当自摄心①，无令瞋恨，亦当护口，勿出恶言。若纵恚心，则自妨道，失功德利。

今译：《佛遗教经》说：各位比丘，在我圆寂后，你们应当无比尊重恭敬波罗提木叉（戒），就如同在黑暗当中遇到了光明，如同贫苦的人得到了宝藏一样。应当知道，它就是你们这些人的大师。倘若我继续留在人世间，与此也没有什么不同。作为持守清净戒律的人，不可以从事贩卖和贸易；不可以置办田地和屋宅；不可以蓄养民众、男仆女仆、牲畜，乃至于一切农作物与瓜果树木种植，以及各种财宝等，都应当远离，就如同躲避火坑一样。不可以砍伐草木，开垦土地，配制汤药（给人看病），占卜预测凶吉，仰观天上星象，推算天象历法、日月盈亏，统计数据，都不应该做。应当节制身体的欲望，按时饮食，依赖清净的乞食和供养而生活，不可以参与世间的事务，或者为别人传递私密的口信或书信，不可以运用咒术和炼制仙丹妙药，不可以结交攀附权贵富人，乃至于嫌贫爱富等，都不应当去做。应当端正自己心中的意念，一心一意向往解脱，不可以隐藏自己的缺点，故意显露一些灵异形相，迷惑吸引大家。对于饮食、衣服、卧具、汤药等四种供养，（要适可而止）知道分量、懂得满足。得到信众的财供养，不应当积蓄它们。以上是简略地总说持戒的基本要求，戒律是通过正确途径而获得解脱的基础，所以叫作波罗提木叉。依赖持戒的缘故，才能够生起禅定以及灭除苦恼的智慧。因此，诸位比丘应当守持清净戒律，不要让它毁坏和缺损。倘若有人能够守持清净法戒，就可以拥有各种善行并守持善法；倘若没有守持清净法戒，一切善妙功德，都无法产生。因此应当知道，戒律是最了不起的安乐和功德所驻的地方。佛说：各位比丘，倘若有人来伤害你们，甚至把你们

① 摄心：心专注于一境，令不昏沉散乱。在禅观时数息调心，使心安止于一境之中。

的身体一节一节地破坏，你们也应当守住自己的心，使心在禅观时安止于一境之中，不要让它产生愤怒和怨恨。还应当守护好自己的嘴巴，不要让它说出凶恶难听的话。倘若放纵自己的忿恨之心，就会妨碍自己的修道，失去各种功德的利益。

《四十二章经》

佛言："出家沙门者，断欲去爱[①]，识自心源，达佛深理，悟无为法[②]，内无所得，外无所求，心不系道，亦不结业，无念无作[③]，非修非证，不历诸位[④]，而自崇最，名之为'道'[⑤]。"

佛言：当念身中四大[⑥]，各自有名，都无我者，我既都无，其如幻耳。

佛言：人从爱欲生忧，从忧生怖，若离于爱，何忧何怖。[⑦]

案：《遗教经》《四十二章经》，昔贤言是佛所亲说，语极平实。其余经文支离曼衍，多系其弟子伪托。今摘录要语数则，可以知其概矣。

今译：《四十二章经》

佛陀世尊说："出家修道的人，断绝不善的欲念，去掉贪恋执着之念，从了解自心的源头（也就是本性）开始，进而通晓佛陀教诲的深奥义理，领悟出佛教的无为——无因缘造作的法旨，于内无所

---

① 欲：按佛教学说，欲按性质可分善欲、恶欲、无记欲（不善不恶欲）三类。爱：贪恋执着、时刻放不下的念头。

② 无为法：佛教术语，离因缘造作之法，有三无为、六无为等名目。三无为中之择灭无为，六无为中之真如无为，即涅槃。涅槃是无为法中的最胜者。无为：梵文 Asamskrta 的意译，为者造作之义，无因缘造作叫作无为，无生住异灭四相之造作叫作无为。

③ 无念无作：无迁流之念，不造业。无念：无迁流之念，以真空法性恒常如是故。无作：不造业，以真空法性本来如是故。

④ 位：修行位阶——果位的简称。佛教果位分大乘三种和小乘四种。小乘佛教：共有四个果位，分别是阿罗汉、阿那含、斯陀含和须陀洹。大乘佛教：共有三个果位，分别是佛、菩萨和阿罗汉。

⑤ 道：此处指通往涅槃之路，即达成佛教终极目的的修行法则。

⑥ 四大：为"四大种"之略称。又称"四界"。佛教认为：物质系由地、火、水、风四大要素所组成。聚集"四大"，即可生成物质。

⑦ 以上三则，分别录自《四十二章经》第二章、第二十章、第三十二章。

得，于外无所求，（因为真如佛性身自具足，）心既不系于通达解脱的修持之道上，也不结烦恼诸业，没有意念，也没有兴作，不是在修行，也不是在证悟，真空法性不经历修持佛法的诸多等级，就能让自己进入最崇高的境界，这就称之为‘道’。”

佛陀世尊说：“应当想到自己一身由地、水、火、风四大要素组成（呼吸是风大，筋骨皮肉是地大，血液、唾液为水大，热气体温是火大），这四大要素各自有自己的名称，都没有用‘我’来命名。我既然都没有，那么此身不过如同幻影罢了。”

佛陀世尊说：“人从贪恋执念与欲望中生出担心，又从担心中生出害怕。没有了贪恋执念与欲望，就没有担心；没有担心，就没有害怕。”

案语：《遗教经》《四十二章经》，昔日贤哲说这里面的话都是佛亲口说的，话极平易实在。其余的经文零碎、冗长，多是佛的弟子伪托佛祖名号而撰述的。现在摘录数条佛经里的重要的话，从这里，你们就可以知道佛学宗旨的大概了。

胡子《知言》① 曰：“心无死生。”② 先生曰：“‘心无死生’，几于释氏轮回之说矣。天地生物，人得其秀而最灵。所谓心者，乃虚灵知觉之性，犹耳目之有见闻耳。在天地，则通古今而无成坏；在人

---

① 胡子：南宋理学家胡宏。胡宏（1106—1162），南宋学者，字仁仲，号五峰，福建崇安（今武夷山市）人，大学者胡安国的季子，二程再传弟子。《宋史》有《胡宏传》，说他“幼事杨时、侯仲良，而卒传其父安国之学”。张栻曾从之问学。全祖望谓：“中兴诸儒所造，莫出五峰之上……卒开湖湘之学统。”以抽象的“道”为最高范畴，但强调道与物的关系犹水与流，不可分离。认为万物之性皆同，指出天下万物都在运动，“无一物息者”。主张“缘事物而知”“循道而行”。反对以善恶言性，认为“天理人欲，同体异用”，圣人“不去情”“不绝欲”，要在“发而中节”而已。著作有《知言》《皇王大纪》等。《知言》是胡宏平日论学言治的札记，凡六卷，外加附录一卷。它对理学的许多重要范畴，如理、心、性、道等，都做了论述，而“论性特详焉”。前人评介此书：“实多明白正大，足以阐正学而辟异端。”朱熹对《知言》虽颇有异议，但也承认其有精到之处，不能因一二瑕疵，尽废其书。《知言》是胡宏依据其父胡安国之学，主“本然之性无善恶”之说而作的，因此，对性命之理论述较详，“性立天下之有”是他的基本思想。他强调心与性的联系，他的结论是“心妙性情之德”，天理与人欲“同体而异用，同行而异情”。朱熹对此表示反对，特作《〈胡子知言〉疑义》别为一卷，附于《知言》之后。

② 语出胡宏《知言》卷四。原文作：“或问：‘心有死生乎？’曰：‘无死生。’”朱熹不认可此说。

物，则随形气而有始终。知其理一而分殊，则亦何必为是‘心无死生’之说以骇学者之听哉［《晦庵先生朱文公文集卷七十三·〈胡子知言〉疑义》‘哉’作‘乎’］！”①

答连嵩卿，曰：“所谓‘天地之性即我之性，岂有死而遽亡之理’，此说亦未为非。但不知为此说者，以天地为主耶？以我为主耶？若以天地为主，则此性自是天地间一个公共道理，更无人物彼此之间、死生古今之别，虽曰死而不亡，然非有我之得私矣。若以我为主，则只是于自己身上认得一个精神魂魄——有知有觉之物，即便自为己性，把持作弄，到死不肯放舍②，谓之死而不亡。是乃私意之尤者，尚何足与语死生之说、性命之理哉？以理言之，则天地之理，至实而无一息之妄。故自古至今，无一物之不实，而一物之中，自始至终皆实理之所为也。以心言之，则圣人之心亦至实而无一息之妄。故从生至死无一事之不实，而一事之中，自始至终皆实心之所为也。”③（以上朱子）

今译：胡宏先生在《知言》一书中说：“心没有死和生。”朱熹先生说：“‘心没有死和生’，这种说法近乎佛教轮回之说。天地生育万物，人得到天地中的精华，因而最灵慧。所谓的心，就是空灵而有感知力的特性，如同耳朵能听到声音、眼睛能看到景物一样啊。它存在于天地之间，这种心性从古到今都不会坏，存在于人身上，心性则随着人身的存亡和生命之气的聚散而有存亡、始终。知道‘理一而分殊（天地之间有一个理，而这个理又能在万事万物之中得以体现，即每个事物中存在自己的一个理）’，那么又何必宣扬‘心无死生’学说来惊骇学子们的听觉呢！”

---

① 此段录自朱熹《〈胡子知言〉疑义》，该篇附于胡宏《知言》之后，也收入朱在编辑、百卷本《晦庵先生朱文公文集·卷七十三》。

② 朱熹认为张载学说含佛学因素，故持反对态度。《朱子语类·卷一百十八》载：“尝见先生答‘死而不亡’，说其间数句，大率禅学只是于自己精神魂魄上认取一个有知觉之物，把持玩弄，至死不肯放舍。”

③ 该段见于《晦庵先生朱文公文集·卷四十一》。

朱熹先生回复连嵩卿，说：“所谓‘天地的本性就是我的本性，岂有一个人死了，他的本性就很快消亡的道理’，这种说法也不算错。但不知道提出这种观点的人，是以天地为主呢？还是以我为主呢？假如以天地为主，那么这个本性就是天地间的普遍真理，没有不同人物彼此之间，以及死与生、古与今的差别，虽说天地之性不会消亡，但这个‘性’不是某个人能私自占有的。假如以我的性为主，则只是在自己身上认识到一个精神魂魄——也就是有知觉的实物，于是便认为这种知觉就是自己的本性，就控制它、赏玩它，到死都不肯放弃，并把这称作死了也不会消亡。这实际上是最自私的妄想，还有什么值得与他谈论关于死与生的学说、性理学说呢？从理的特点而言，那就是天地之理，最真实。所以从古到今，没有一件事物不真实，而一物之中，自始至终都是实实在在的理发挥着作用。从心而言之，那么圣人的心也极其实在而没有一点虚假。所以从出生到死亡没有一件事是虚假的，而在做一件事情的过程中，自始至终都是抱着真诚无欺的实心去做。”（以上朱子）

所以谓万物一体者，皆有此理，只为从那里来。“生生之谓易”[①]，生则一时生，皆完此理。人则能推，物则气昏推不得，不可道他物不与有也。人只为自私，将自家躯壳上头起意，故看得道理小了他底。放这身来，都在万物中一例看，大小大[②]快活。释氏以不知此，去他身上起意思，奈何那身不得，故却厌恶，要得去尽根尘，为心源不定，故要得如枯木死灰。然没此理，要有此理，除是死也。释氏其实是爱身，放不得，故说许多。譬如负版之虫[③]，已载不起，犹

① 生生之谓易：语出《周易·系辞上》。意为：“易”的实质是揭示生命的“大化流行”“生生不息”之理。

② 大小大：宋、金、元时俗语，又作多大小、老大小，意思是偌大、多么大。

③ 负版之虫：即蝜蝂，柳宗元寓言《蝜蝂传》里写的一种虫子，爱捡东西背在背上，喜爬高，往往摔死。

自更取物在身。又如抱石投河，以其重愈沉，终不道“放下石头”，惟嫌重也。[①]（程明道）

今译：之所以说万物一体，那是因为万物都有存在的合理根据，是因为他们都是从世界的本体也就是造化之源——理（又称“天理”）那里衍生出来的。“生生之谓易”（生命相生相续、革故鼎新，这种宇宙之力叫作“易”），万物应时而生，都是为了体现这种生生不息的“理”。人是万物之灵，故能推出这种万物一体的道理，物则由于禀受的“气”比较浑浊，就不能推究出这种道理来，但不能由此认为物不是以“理”为存在根据的。人只是因为自私，在自己躯壳上妄起意念，才把博大的天理看小了。人若把自己的躯壳私念放下，把自己看作天地万物中的一员，（就会发现一切都是天理流行的表现，）那会是多么地快乐。佛教不懂万物一体的道理，一味从自己肉身上打主意，（想弃绝肉身，）又奈何不了自己的肉身，由此对肉身感到厌恶，想要除尽根尘（消除人的感知能力和欲望。眼、耳、鼻、口、身、意为六根，色、香、味、触、法、境为六尘），但由于心性不定，无法除尽根尘，因此又要人心如枯木死灰。然而实际上没有这个道理，真的有这个道理（让人做到无知觉）的话，除非是肉身死灭。其实，佛教正因为吝惜这个肉身，所以说了许多。就好比在路上遇到东西就捡来背着的蝜蝂虫，已经背不动了，还要捡东西往身上背。又好比一个人抱着石头投河，石头重，人下沉得愈快，但奇怪的是，始终不肯“放下石头”，却又嫌石头太重。（如此行为太矛盾了啊！）（程明道）

“神仙之说有诸?”曰：“说白日飞升之类则无。若言居山林间，保形练气，以延年益寿，则有之。譬如一炉火，置之风中则易过，置之密室则难过，有此理也。”又问：“扬子言‘圣人不师仙，厥术异

---

① 此段录自朱熹、吕祖谦编《近思录·卷十三·异端》。《近思录》此段又是摘自《二程遗书·卷二上》。

也'，圣人能为此等事否?"曰："此是天地间一贼，若非窃造化之机，安能延年？使圣人肯为，周、孔为之矣。"①（程子）

谢显道历举佛说与吾儒同处问伊川先生，先生曰："恁他同处许多，只是本领不是，一齐差却。"②（《程子外书》）

今译：有人问程先生："神仙的传说是真的吗?"程先生回答说："至于说在光天化日之下飞升成仙之类的事情，那是没有的。假如说住在山林中间，保养形体，调节呼吸练气功以求延年益寿，这种情况是有的。譬如一炉炭火，把火炉放在刮风的地方，木炭容易烧掉，把它放在密室里，木炭就难以烧掉，就是这种道理。"又问："扬雄《法言》说'圣人不把仙人当导师，因为他的养生之道不同'，圣人能做修炼仙术这类事情吗?"答："（修炼仙术的人）这是天地之间的一个小偷，假如不是窃取造化的神奇功能，怎能延长寿命？假使圣人肯做，周公、孔子早就这么做了。"（程子）

谢显道详细列举了佛教学说与我们儒家学说的相同之处来询问程颐先生，程先生说："尽管佛学与儒学相同处有很多，因为关键的地方不正确，相当于全部错了。"（《程子外书》）

或问："佛氏与吾儒相似处，其详可得闻乎?"陈清澜③先生曰：

---

① 这段话录自《近思录·卷十三·异端》，《近思录》此文又摘自《二程遗书·卷十八》，《二程遗书》原文在回答提问时，首句是"不知如何，若说白日飞升之类则无"。

② 此条录自《近思录·卷十三·异端》。《近思录》此条又是摘自《程子外书·卷十二》。《程子外书》原文开头作："吾曾历举佛说与吾儒同处。"谢显道：谢良佐，程门四大弟子之一。本领：要点，要领，关键的地方。差却：差失，差错，失误。

③ 陈清澜：明代理学家陈建。陈建（1497—1567），字廷肇，号清澜，广东东莞人，做过教谕、知县等官。时王守仁"良知"说风靡一时，他从理学卫道者立场提出反对，指摘其"乱道误人"。著述有《滥竽录》《小学古训》《朱陆编年考》《皇明资治通纪》等。最重要著作是《学蔀通辨》，分前、后、续、终四编，《前编》明朱陆早同晚异之实，《后编》明陆象山阳儒阴释之实，《续编》明佛学近似惑人之实，《终编》明圣贤之学不可妄议，全书恪守程、朱，力纠陆、王之偏。

“尝闻之矣，释氏‘行住坐卧无不在道’[1]，与吾儒‘道不可须臾离’[2]相似也。‘不解即心是佛，真是骑驴觅驴’[3]，与吾儒‘圣贤无心外之学’[4]相似也。‘赤肉团上有一无位真人’[5]，与吾儒‘天然自有之中’[6]相似也。‘不思善，不思恶，认本来面目’[7]，与吾儒‘喜怒哀乐未发之中’[8]相似也。‘青青翠竹，莫匪真如；种种黄花，无非般若’[9]，与吾儒‘鸢飞鱼跃’[10]相似也。‘一月普现一切水，一切水月一月摄’[11]，与吾儒‘月映万川’[12]之喻相似也。‘有物先天地，无形本寂寥’[13]，与吾儒‘无极而太极’[14]相似也。‘千般言，万般

---

① 为马祖道一开示语。宋代道原纂《景德传灯录·卷第二十八》载：江西大寂道一禅师示众云：“平常心是道。谓平常心无造作、无是非、无取舍、无断常、无凡无圣。《经》云：‘非凡夫行，非贤圣行，是菩萨行。’只如今行住坐卧、应机接物尽是道。”

② 语出《中庸》，原文是：“道也者，不可须臾离也。”

③ 语出《景德传灯录·卷第二十九·志公和尚大乘赞》：“不解即心即佛，真似骑驴觅驴。”比喻众生本具佛性却忘其本有而向外寻求。

④ 语出王阳明《传习录》：“无心外之理，无心外之物。”

⑤ 语出慧然法师编纂《镇州临济慧照禅师语录》。无位真人：佛学术语，指不属于佛众行位的得道真人。

⑥ 语出《二程遗书·卷十七》：伊川云：“事事物物上皆天然有个中在那上，不待人安排也。”

⑦ 语出《六祖坛经·行由品第一》，为慧能大师开示学人的公案语。本来面目指心未动时的本体状态。原文作：惠能云：“不思善，不思恶，正与么时，那个是明上座本来面目？”

⑧ 喜怒哀乐未发之中：语出《中庸》，原文为：“喜怒哀乐未发，谓之‘中’。”意思是：“喜怒哀乐的情感没有发生，称之为‘中’。”

⑨ 语出宋代睦庵善卿编《祖庭事苑·卷五》：道生法师说：“无情亦有佛性。乃云：青青翠竹，尽是真如；郁郁黄花，无非般若。”般若：音 bō rě，梵语 Prajna 的音译，意为“圆满的知识”“终极智慧”“辨识智慧”，专指如实认知一切事物和万物本源的智慧。

⑩ 语出《诗经·大雅·旱麓》：“鸢飞戾天，鱼跃于渊。”朱熹《中庸章句集注》中认为，鸢飞鱼跃是表示道体流行的表现，“化育流行，上下昭著，莫非此理之用”。

⑪ 语出永嘉玄觉禅师《证道歌》。有学者推测这首诗歌是慧能大师弟子神会法师作。

⑫ 朱熹为了印证他的“理一分殊”这一理学思想，援用佛家“月映万川”的典故来阐释哲学上一般与个别的关系。事物之理是一般的、普遍的，而一般的理又寓于具体的个别的事物之中，就像天上只有一个月亮，却映照在万千的水面上。

⑬ 语出傅翕大士《善慧大士语录·卷第三·颂二首》（其二）。诗云：“有物先天地，无形本寂寥。能为万象主，不逐四时凋。”（《善慧大士语录》为唐国子进士楼颖编撰，《颂二首》被后人改称为《法身颂》）。北宋、南宋之交释咸杰《偈颂六十五首》里也收录了此诗。（参见《密庵咸杰禅师语录》）

⑭ 语出周敦颐《太极图说》。

解，只要教君长不昧’[①]，与吾儒‘明德’[②] 相似也。‘主人翁惺惺’[③]，与吾儒‘求放心’[④] 相似也。‘弃却甜桃树，沿山摘醋梨’[⑤]，与吾儒‘舍梧檟而养樲棘’[⑥] 相似也。‘一棒一条痕，一掴一掌血’[⑦] 与吾儒‘切实工夫’[⑧] 相似也。‘时时勤拂拭，勿使惹尘埃’[⑨]，与吾儒‘日新工夫’[⑩] 相似也。佛氏说得甚相似如此，非至明谁不惑之?”

呜呼，伊川所答谢显道之言，朱子所述明道之语，学者诚不可不熟察而深省矣！

今译：有人问：“佛教思想与我们儒家思想的相似之处，具体内容可以说给我听吗?”陈清澜先生说：“我曾经听说过，佛教认为‘人的行、住、坐、卧等日常生活，没有不与道相关’，与我儒家的‘道不可片刻离身’的观点相似。‘不懂得自己的心就是佛，真是骑着驴子找驴子’，与我儒家所说的‘圣贤没有心之外的学问’相似。‘赤肉团上有一无位真人’［肉身里存在一个虽然没有果位（修行得

---

① 语出石头希迁大师《草庵歌》，原载《景德传灯录·卷第三十》。

② 语出《大学》：“大学之道，在明明德，在亲民，在止于至善。”明德：此处为“明明德”的简写，意为弘扬光明正大的品德。

③ 语出迦陵性音编《宗鉴法林》（收入《万续藏》第一一六册），意为心不昏昧。《宗鉴法林·卷四十五》载：师彦禅师“居丹丘瑞岩，坐磐石终日如愚，每日唤主人公，复应诺。乃曰：‘惺惺着。它后莫受人瞒。’”惺惺：清醒，警觉。禅师话意是：要保持心境灵明，使本体澄静状态不受物欲干扰。

④ 求放心：语出《孟子·告子上》。放心：丢失了的仁爱之心。

⑤ 语出南宋师观禅师（1143—1217）《偈颂七十六首》第三十八首。《偈颂七十六首》辑自德秀编《月林师观禅师语录》（收入《续藏经》）。

⑥ 语出《孟子·告子上》：“今有场师，舍其梧檟，养其樲棘，则为贱场师焉。”赵岐注：“樲棘，小棘，所谓酸枣也。”

⑦ 宋代俗语。形容做事扎实。

⑧ 切实工夫：实实在在地下功夫。朱熹曾告诉弟子们，明理之后就要切实躬行。如《朱子语类·卷二十二·论语四》：“今语录悉备，向上道理知得明，皆说得去，只是就身分上切实工夫大欠了。”还如《八闽通志·卷之六十九》载：“余大雅顺昌人，良弼之子，与剑浦游敬仲同时从朱熹游，每见必告以简约切实工夫，而要其归于求放心一言。”

⑨ 此句录自《六祖坛经·行由品第一》，是禅宗六祖惠能门下上座弟子神秀所作的一句偈语。

⑩ 典出儒家经典。《易·系辞上》：“富有之谓大业，日新之谓盛德。”孔颖达疏：“其德日日增新。”《礼记·大学》：“汤之《盘铭》曰：‘苟日新，日日新，又日新。’”

道已证正果之位）但是存养本性修真得道的人]，与我儒家‘天然自有之中’（天然具备非外物赋予的道德本性）相似。‘不思善，不思恶，认本来面目’（不思量善，不思量恶，在无念境界中，认识到自性灵明），与我儒家的‘喜怒哀乐未发之中’（我们心中还没有产生喜欢、愤怒、悲哀、快乐等各种情感，这种状态叫作‘中’）相似。‘青青翠竹，莫匪真如；种种黄花，无非般若’（青青翠竹，都是法身，也就是永恒存在的实体、实性；各种各样的黄花，没有不具备如实理解一切事物的智慧。翠竹、黄花等无情众生，都有佛性），与我儒家‘鸢飞鱼跃’（鹰在天空飞翔，鱼在水中腾跃，万物各得其所的理想境界体现出儒者的精神追求）相似。‘一月普现一切水，一切水月一月摄’（所有的水中都会有一个月亮，所有水中的月亮都是同一个月亮照下的影子），与我儒家‘月映万川’（天上只有一个月亮，而映照在江河湖海之中）的比喻相似。‘有物先天地，无形本寂寥’（有一种‘物’，就是真如本性，它在天地之先，没有天地的时候，先有它。真性没有形相，静寂而又无处不在），与我儒家‘无极而太极’（从无极衍生出太极，无形无象的最原始的宇宙本体衍生出太极，太极是派生万物的本源）相似。‘千般言，万般解，只要教君长不昧’（千遍言语，万遍解释，只是要教导你长久不昧自己的心性本体），与我儒家‘明德’（使人类的天赋美德恢复纯洁光明的面目）相似。‘主人翁惺惺’（一个人要保持清醒），与我儒家‘求放心’（找回丢失了的仁心）相似。‘弃却甜桃树，沿山摘醋梨’（放弃甜桃树上的果实不摘，却沿山摘酸梨），与我儒家‘舍梧槚而养樲棘’（不去护养梧桐树和山楸树这些良材，而去护养酸枣树和荆棘）相似。‘一棒一条痕，一掴一掌血’（做事要踏实，效果才显著，就像击一棒出现一条血痕、打一掌出现血印），与我儒家‘切实工夫’（切切实实下功夫践行）相似。‘时时勤拂拭，勿使惹尘埃’（心灵就像一面镜子，要时时不断地揩拭镜面，不让它被尘垢污染遮蔽了），与我儒家‘日新工夫’（每天都在使自己的德性得到改善的努力）相似。佛家与儒家说的话像这样特别相似，不是内心最有分辨力，谁不会受到佛学的迷惑？”

哎！程颐先生回答学生谢良佐的话，朱熹先生所引述的程颢先生的话，学习的人真的不可不仔细察看并深刻思考啊！

横渠先生问于明道先生曰：“定性未能不动，犹累于外物，何如？”明道先生曰：“所谓定者，动亦定，静亦定，无将迎①，无内外。苟以外物为外，牵己而从之，是以己性为有内外也。且以性为随物于外，则当其在外时，何者为在内？是有意于绝外诱，而不知性之无内外也。既以内外为二本，则又乌可遽语定哉？夫天地之常，以其心普万物而无心；圣人之常，以其情顺万事而无情。故君子之学，莫若扩然而大公，物来而顺应。《易》曰：‘贞吉，悔亡。憧憧往来，朋从尔思。’② 苟规规③于外诱之除，将见灭于东而生于西也，非惟日之不足，顾其端无穷，不可得而除也。人之情各有所蔽，故不能适道，大率患在于自私而用智。自私，则不能以有为为应迹④；用智，则不能以明觉⑤为自然。今以恶外物之心，而求照无物之地，是反鉴

① 将迎：送迎。《庄子·应帝王》载：“至人之用心若镜，不将不迎，应而不藏，故能胜物而不伤。”无将迎即任顺自然，像镜子一样寂然不动，澄然无事。

② “贞吉”句：语出《周易·咸》，为九四爻辞。这段话有多种解释。贞吉：坚持正道可获吉祥，或云占卜吉利。悔亡：悔恨消亡。憧憧：心神不定频繁往来的样子。朋从尔思：朋友顺从你的意旨。憧憧：往来之貌。程颐《易传》解云：“四在中而居上，当心之位，故为感之主。而言感之道，贞正则吉而悔亡，感不正则以有悔也。”“贞者，虚中无我之谓也。”“若往来憧憧然，用其私心以感物，则思之所及者有能感而动，所不及者不能感也，是其朋类则从其思也，以有系之私心，既主于一隅一事，岂能廓然无所不通乎？”此即阐明心普万物而无心、情顺万事而无情之意。二程之意，乃推广自我而为大公，则忘记了物我、内外的界限，便能做到无私、无心，也就是物我一体。

③ 规规：浅陋拘泥的样子。

④ 应迹：佛学词汇，应化垂迹。意即佛菩萨应众生之机缘而自其本体示现种种身以济度众生。此处借来表示应对世务。

⑤ 明觉：佛学词汇，此处指洞明心性、追求彻悟。

而索照也。《易》曰：‘艮其背，不获其身。行其庭，不见其人。’①孟氏亦曰：‘所恶于智者，为其凿也。’与其非外而是内，不若内外之两忘也。两忘，则澄然无事矣。无事则定，定则明，明则尚何应物之为累哉？圣人之喜，以物之当喜；圣人之怒，以物之当怒。是圣人之喜怒，不系于心而系于物也。是则圣人岂不应于物哉？乌得以从外者为非，而更求在内者为是也？今以自私用智之喜怒，而视圣人喜怒之正，为何如哉？夫人之情易发而难制者，惟怒为甚。第能于怒时遽忘其怒，而观理之是非。亦可见外诱之不足恶，而于道亦思过半矣。”②

今译：张载先生问程颢先生说：“要定性但还不能完全做到内心不动，因为内心还在受到外面事物的牵累，怎么办呢？”

程颢先生说：“关于定，我的看法是：（并不是完全不动，）心动是定，心静也是定，对于外物，不迎也不送，也不把心与物分成内与外。如果把外物当作外，牵引自己内心去顺从外物，这是把自己的心分成内和外。而如果认为你的心会随外面的事物而在外，那么当它应物在外的时候，什么是在内的呢？这样做是特意拒绝外物的诱惑，却不知道人的心性本来并不分内与外。既然把内、外当作两样东西，那么，又怎么能马上就说性定呢？（只有做到心、物不二，才可称之为‘性定’的啊。）

“天地之所以恒常不变，是因为天地以其博大心胸普育万物而没

① “艮其背”句：语出《周易·艮》。艮：止也。程颐《易传》解释：“人之所以不能安其止者，动于欲也，欲牵于前而求其止，不可得也。故艮之道，当艮其背，所见者在前而背乃背之，是所不见也。止于所不见，则无欲以乱其心而止乃安。不获其身，不见其身也，谓无我也。无我则止矣。”“行其庭不见其人，庭除之间至近也，在背则虽至近不见，谓不交于物也。外物不接，内欲不萌，如是而止，乃得止之道。”此是阐述无欲无私方能止。止即定心、定性。按其说实本《老子》“不见可欲，使心不乱”。

② 该段录自朱熹、吕祖谦编《近思录·卷二·为学》。《近思录》此段则是录自《二程全书·明道文集卷之三·答横渠张先生书》，文字略有出入，删去了原文最后一节。程朱学派称此文为《定性书》，定性也就是定心，使心不动于物。内外不分，物我两忘，应顺万物而不动情。

有偏心；圣人之所以被人视为永恒典范，是因为圣人以其坦荡情怀顺应万物而没有偏爱。因此，君子要想学习成为圣人，最好就是让自己的心与万物合为一体，心胸宽广，大公无私，万物到来时都能顺应。

"《周易·咸》卦说：'贞吉，悔亡。憧憧往来，朋从尔思（正直虚己可获吉祥，就没有悔恨。如果心神不定地走来走去，最终只有少数朋友顺从你的意旨）。'如果一门心思地想着消除外物的诱惑，诱惑将会在这里铲除了，又从别处产生了，不但消除诱惑的时间不足，而且产生诱惑的缘由很多，不可能全部铲除的。人的性情都各有所蔽，所以不能走上圣人之道，大致说来，其病根在于自私而且耍弄聪明。自私，就不能顺应事物的规律，不能有所作为来应对世务（经世济民、化导天下）；耍弄聪明，就不能把洞明心性、追求彻悟当成自然行为。现在你用厌恶外物的心，而探照没有外物的世界，（这是无法做到的，）如同拿镜子背面来照东西一样。《周易·艮》卦说：'艮其背，不获其身。行其庭，不见其人（欲望在前，就背对着它，不受欲望的诱惑，就达到无我境界。即使走在庭院里，也不会看到那里的人。没有欲望和私心，就能安定心性）。'孟子也说：'所恶于智者，为其凿也（我们厌恶智巧，就是因为智巧容易陷于穿凿附会，与自然相悖）。'与其否定外物而肯定内心，不如把内心、外物都忘掉，不存内外之见。内外两忘，就能做到澄然无事，澄然无事就能心定，心定就会心明，在应对万事万物时，还会有什么牵累可言呢？

"圣人的快乐，是因为那些事物值得高兴；圣人发怒，是因为那些事物确实让人发怒。这就是说，圣人的喜和怒，不决定于心而决定于物。那么，能说圣人的心不与外物相应吗？（当然不是。）怎么能说心与外物相应就是错误的，而又另外寻找不与外物相接的内在之心就是对的呢？（只有做到心与物一体，就会正确应对各种事物。）现在的人出自私心用智的喜怒，与圣人正当的喜怒相比，又怎么比得上呢？

"人的七情中，最容易表现出来又难以抑制的就是愤怒。所以，只能在发怒时立刻忘掉愤怒，而只看道理是对还是错。这样，就能够懂得外在的诱惑不值得厌恶（因为人能深明事理，诱惑就不能损毁他的本性），而对于圣人之道的真谛也就领悟过半了。”

道[①]之外无物，物之外无道，是天地之间，无适而非道也。即[②]父子而父子在所亲，即君臣而君臣在所严，以至为夫妇，为长幼，为朋友，无所为而非道，此道所以不可须臾离也。然则毁人伦、去四大[③]者，其戾于道也远矣。故“君子之于天下也，无适也，无莫也，义之与比”[④]。若有适有莫，则于道为有间，非天地之全也。彼释氏之学，于“敬以直内”[⑤] 则有之矣，“义以方外”则未之有也。滞固者入于枯槁，疏通者归于恣肆，此佛之教所以为隘也。吾道则不然，率性而已。斯理也，圣人于《易》备言之。又曰，佛有一个“觉”[⑥]之理，可以“敬以直内”矣，然无“义以方外”，其直内者，要之其本亦不是。[⑦]（以上程明道）

今译：程颢先生说：“道之外没有万物，万物之外没有道，这是

---

① 道：程颢哲学里的最高范畴，是充塞宇宙的最高实体，万物化生的本源，自有永有，无始无终，恒常不易。道又是善的。道散在万物，就成为理，理有万殊，统之在道。

② 即：接近。此处指体现、发挥影响。

③ 四大：道家指道、天、地、人。《道德经》第二十五章中有：“域内有四大，而人居其一焉。人法地，地法天，天法道，道法自然。”佛教四大有两种含义：一是相大，如大山大地、大江大海、龙卷风等。二是用大，一切物体皆为地、水、火、风四大组成（所造）。程颢先生此处指的是佛教四大里的用大。

④ 语出《论语·里仁篇》。据朱熹《论语章句集注》：“适，专主也。《春秋传》曰‘吾谁适从’是也。莫，不肯也。比，从也。”

⑤ 语出《周易·坤·文言》：“君子敬以直内，义以方外。”意思是：君子恭敬不苟以促使内心正直，行为合义以促使他人端方。孔颖达《周易正义》：“内，谓心也。用此恭敬以直内理，用此义事以方正外物。”程颢先生见解与此有异。他把这两句话意思理解为：“内心与外貌庄敬，行为上践行仁义。”他说：“敬以直内是涵养意。言不庄不敬，则鄙诈之心生矣；貌不庄不敬，则怠慢之心生矣。”“敬以直内，义以方外，仁也。不可曰以敬直内，以义方外。谓之敬、义者，犹曰行仁义云耳，何直之有？所谓直也者，必有事而勿正心是也。敬以直内，义以方外，与物同矣。”（文渊阁本《二程遗书·卷一》《二程粹言·卷上》）

⑥ 觉：梵语菩提，Bodhi，有觉察、觉悟二义。觉察就是察知恶事，觉悟就是开悟真理，大彻大悟。

⑦ 此节文字录自《二程遗书·卷四》。

说天地之间，道无处不在。道体现在父子关系上就是父慈子孝、充满亲情，道体现在君臣关系上就是法度森严、尊卑有序，乃至于夫妇关系、长幼关系、朋友关系上，无处没有道在发挥着作用，这就是道不能须臾离身的原因。既然如此，佛教（提倡出家，）毁弃人伦关系，抛弃地、水、火、风组成的物质世界（包括自己的肉身），当然背离道就很远了。所以（孔子说）‘君子对于天下的事，没规定要怎样干，也没规定不要怎样干，只要怎样干合乎道义，便怎样干’。如果机械地规定哪些能做哪些不能做，那就与道有了间隔，不是天地万物的完美状态了。”那佛教学说，对《周易》所说的“敬以直内（内心庄敬，坚守仁义）”，已经有所阐发，对“义以方外（行为上践行仁义）”却没有宣讲。所以，学习佛教，性格呆滞固执的人容易变得毫无生气，性格疏朗圆通的人则会变得放纵不羁，这就是佛教为什么狭隘的原因。我儒家宣扬的道就不是这样，它只是主张按照人的本性来行动。这个道理，圣人在《周易》中完整地阐述了。程颢先生又说，佛教倡导“大彻大悟”这个道理，能够“敬以直内（内心庄敬，坚守仁义）”，然而因为没有“义以方外（行为上践行仁义）”，他用恭敬促使内心正直的修身行为从根本上也就错了。”（以上程明道）

佛老之学不待深辨而明，只是废三纲五常这一事已是极大罪名！其他更不消说。

或问：“今世士大夫何以晚年都被禅家引去?”

“只是尔平生所读书，许多记诵文章，所藉以取利禄声名之计者，到这里都靠不得了，所以被他降下。”[①]（以上朱子）

今译：佛教、老子的学说不用等到深入分析就说清了道理，（这是它们的长处。）只是废除三纲五常（三纲：君为臣纲，君臣义；父

① 这几段材料摘自《朱子语类·卷一百二十六》。据文渊阁本《朱子语类》，这段话原文是：或问：“今世士大夫所以晚年都被禅家引去者，何故?”曰：“是他底高似你。你平生所读许多书，许多记诵文章，所藉以为取利禄声名之计者，到这里都靠不得了，所以被他降下。他底是高似你，且是省力，谁不悦而趋之?”

为子纲，父子亲；夫为妻纲，夫妇顺。五常：仁、义、礼、智、信。中国传统的伦理纲常）这一件事已经是极大的罪名！其他方面更不用说了。

有人问："当代士大夫为什么晚年时候都被佛教吸引过去了？"

（朱熹先生回答说：）"这只是因为你们往常平时读的那些书，许多记忆朗诵的文章，只是借以获取利禄和名声，到这里都靠不住了，（因为读了书却没依圣贤的教诲去做）所以被佛教吸引去了。"（以上朱子）

萧惠好仙释。先生警之曰："吾亦自幼笃志二氏，自谓既有所得，谓儒者为不足学。其后居夷三载，见得圣人之学若是其简易广大，始自叹悔错用了三十余年气力[①]。大抵二氏之学，其妙与圣人只有毫厘之间。汝今所学乃其土苴[②]，辄自信自好，真鸱鸮窃腐鼠耳[③]。"（王阳明）

今译：萧惠喜欢道教和佛教学说。先生提醒他说："我小时候也笃信佛教和道教的学说，自认为已经很有收获，认为儒家不值得学习。之后我在贵州龙场待了三年，才发现圣人的学说如此的简单平易，境界开阔，于是就叹息悔恨自己错用了三十多年的精力。大致说来，这两家学说在精妙之处与圣人之学（即儒学）只有毫厘的差别。你现在学的只不过是两家的糟粕，你就那么自信、得意，这真好比

---

① "始自叹悔……三十余年"句：明隆庆六年刻本《王文成公全书·卷之一·传习录上》中"三十余年"作"三十年"。按：王阳明十七岁始与道士论养生，中间经过信佛、老，怀疑佛、老的过程，最后于三十九岁在贵州龙场悟道，前后持续二十二年。据钱德洪为老师阳明先生编的《年谱》载：王氏劝导好谈论仙、佛的弟子王嘉秀与萧惠，并谓悔错用工二十年。似以二十年为是。三十年可能是作者举整数，虽有点夸张，但也能说得过去。三十余年的"余"字明显错了。

② 土苴：典出《庄子·让王》，渣滓，糟粕，比喻微贱的东西，犹土芥。苴：音 jū，粗麻布、鞋垫。

③ 录自《王文成公全书·卷之一·传习录上》。腐鼠典出《庄子·秋水》："夫鹓雏发于南海，而飞于北海；非梧桐不止，非练实不食，非醴泉不饮。于是鸱得腐鼠，鹓雏过之，仰而视之曰：'吓！'"鸱鸮：音 chī xiāo，猫头鹰之类的鸟。

是猫头鹰偷到一只腐臭的死老鼠（还把它当美食一样可笑）呢。”（王阳明）

案：二程子、张子、朱子，皆曾究心二氏。王阳明用力于释尤精，故其归儒后，专指心性用功，以致良知为主，诚是大智大勇，不得以其弟子学有流弊而少之。今日好佛、道二教者，何尝如昔人用过苦功来？而乃毁谤宋儒，真是一知半解，私欲炽而天理梏亡者也。玉山识。

按语：今译：二程先生、张载先生、朱熹先生，都曾经用心钻研佛教、道教两家的学说，明代王阳明对于佛教用力尤为精深，所以他回归信仰儒家学说后，专门针对完善心性这个方面来用功，把“致良知”作为主要思想，真的是大智大勇，我们不能因为王氏弟子的学说有弊病而轻视他。今天爱好佛、道二教学说的人，哪有像前人那样用过苦功的？他们却竟然诋毁污蔑宋代大儒，真是对儒学了解得太少了，私人欲望膨胀而天理却被他禁锢至死了。周馥（玉山）记。

明万历二十年，高景逸①先生为行人②，见四川佥事③张世则④一本自谓读《大学》古本而有悟，极诋程朱之误人，先生上《崇正学

---

① 高景逸：高攀龙（1562—1626），字存之，又字云从，号景逸先生，南直隶常州府无锡县人。明万历十七年（1589）进士，万历、泰昌、天启三朝政治人物，东林党领袖之一。为阉党魏忠贤迫害，投水自尽而亡。崇祯即位，追赠太子少保、兵部尚书，谥忠宪。《明史》《明季北略》皆有传。

② 行人：官名。《周礼·秋官》属官有大行人、小行人之职，掌迎送接待宾客之礼。明洪武十三年（1380）复设行人司，长官正九品，下设左、右行人，从九品。旋改行人为司正，左、右行人为左、右司副，下设行人345员，掌捧节奉使之事，凡颁行诏敕、册封宗室、抚谕诸藩、征聘贤才、赏赐、慰问、赈济、军旅、祭祀、传旨法司、遣戍囚徒等皆差之。

③ 佥事：官名，明朝及清初提刑按察使司之职官，为按察使司之正官，正五品。洪武十三年（1380）革，次年复设。分领提学、驿传、分巡、兵备等道。各省因事而置，无定员。

④ 张世则：字准斋，山东诸城人。明朝隆庆五年进士。初授宝坻知县，继为吏科给事中，后升任礼部主事，累官至江西参政。生平为官清正，疾恶如仇，曾弹劾陕西巡抚贪赃枉法，后又弹劾吏部尚书卖官鬻爵，官声极好。后辞官归里，以著述终老，著作有《张准斋遗集》等。

辟异说疏》曰："太祖高帝即位之初，首立太学，拜许存仁[①]为祭酒。存仁为先儒许谦之孙[②]。谦承朱子，正学者也。成祖文皇帝命儒臣辑《五经》《四书大全》而传注，一以濂、洛、关、闽为主，自汉儒以下，取其同而删其异，类为《性理全书》颁布天下。于是真儒如薛瑄[③]、胡居仁[④]诸人，彬彬盛矣。不意今日世则肆然而斥程朱为误人、为不诚。夫程朱之学，未易形容，大要不出'涵养用敬，进学在致知'二语[⑤]。此非程朱之教也，孔子之教也，'穷理'即'博文'之谓也，'居敬'即'约礼'之谓也。非孔子之教也，尧舜之教也，'博文'即'惟精'之谓也，'约礼'即'惟一'之谓也。《大学》，程子所揭为入德之门，而章句之作，朱子一生竭尽精力之笔。后学岂容轻议？况古书皆有错简，古本安可尽信？孔子之道，至程朱而阐明殆尽，孔子之学必由程朱，如入室而必由户。世之学者，诚能虚心涵泳，切己体察，而力行之，何必自私用智，欲伸其一己之说为也？世

---

① 许存仁：名元，以字行，许谦子。明太祖素闻谦名，克金华，访得存仁，与语大悦，任命他为诸子老师。擢国子博士，吴元年擢祭酒，出入明太祖左右垂十年，深得信任，后以请归忤旨，被逮，死狱中。

② 许谦：1270—1337，明学者，字益之，号白云山人，婺州金华（今属浙江）人，受业于金履祥，不仕于元。潜心研经著述，学问渊深广博，弟子众多，对天文地理、典章制度、食货、刑法、文字、音韵等都有研究，旁及释、老之言。讲学"以五性人伦为本，以开明心术、变化气质为立身之要，以分辨义利为处事之制"为主。提倡程朱的圣人"心传"说，强调"圣人之心，具在四书，而四书之义，备于朱子"。认为"圣人之道""不出于君臣父子夫妇昆弟朋友应事接物之间"，著有《读书丛说》《白云文集》《治忽几微》等。张廷玉等纂修《明史·卷一百三十七·列传第二十五》许存仁传载，存仁乃许谦之子而非孙。

③ 薛瑄：？—1464，明学者，字德温，号敬轩，河津（今属山西）人，永乐进士，官至礼部右侍郎，谥文清。性刚直，学宗程朱，其修己教人，以复性为主，提出"天地万物，惟性之一字括尽"。赞同"理具于心"和"性即理"，承认物我内外同是一理、同是一性。但认为"遍满天下皆气之充塞而理寓其中"，"理只在气中，决不可分先后"，"理、气无缝隙，故曰器亦道也，道亦器也"，修正了朱熹"理在气先"的说法。主张向外求知，笃实践履。著作有《读书录》《薛文清集》。

④ 胡居仁：1434—1484，明学者。字叔心。余干（今属江西）人。曾师事吴与弼。一生以讲学为业。曾主白鹿书院，为明代程朱学派主要代表人物之一。认为"气之有形体者为实，无形体者为虚；若理则无不实也"。穷理的方法不止一端："读书得之虽多，讲论得之尤速，思虑得之最深，行事得之最实。"其学以主忠信为主，以求放心为要，操而勿失，莫大乎敬，因以敬名其斋。著有《居业录》《胡文敬集》等。万历十三年（1585）从祀文庙，追谥文敬。

⑤ 此语为程颢所说，《近思录·为学第二》原文作："明道曰：'涵养须用敬，进学则在致知。'"

则又以宋之不振，归咎于学。夫人主不能用其道，虽以孔子之圣，不能救鲁之衰。宋之亡也，前坏于新法，后坏于和议，今不咎王安石、吕惠卿、蔡京、章惇、黄潜善、汪邦彦、秦桧、韩侂胄之徒，而咎诸儒之学，何心哉？夫所谓'议论多而成功少'者，非言者之罪，而用言者之罪也。自古刍荛工瞽，岂厌其多？上之人善于用中，则盈廷可废，而天下见事功之实；上之人漫无可否，则邪正杂陈，而徒滋耳目之烦。岂以人人缄默，而后为盛世乎？世则又谓'本朝持衡[①]无决断之勇，庶职有模棱之风，庠序无真才实学之士，朝廷鲜实心任事之臣'。此信有之，正不学之故也，奈何反以咎程朱？抑臣有深忧者，世庙以前，虽习于训诂、辞章，而天下多实学，穆庙以来，脱落规矩绳墨，而弊不知所终。今日对病之药，正在扶植程朱，深防二氏，而后孔孟之学明。尤必圣主之精神奋，而后天下之人心贞一，教化大同。人才、政治之所由出，非细故也。"[②]

今译：明万历二十年，高攀龙先生担任持节奉使职事的行人，听说四川佥事张一本（字世则）自称读《大学》古本而有心得，于是就极力毁谤二程、朱熹的贻害于人，高先生（于是就）上《崇正学辟异说疏》，疏中说："太祖洪武皇帝刚刚登基的时候，首先就建立太学，拜许存仁为太学的主管——祭酒。许存仁是先儒许谦的孙子。许谦传承朱熹先生的学说，是信奉合乎正道学说的人。明成祖永乐皇帝命令儒臣纂辑《五经大全》《四书大全》，并作了注释，这些注释，全部以周敦颐、程颐、程颢兄弟、张载、朱熹的见解为主，从汉代儒者到宋元时代学者，选取他们与宋代四家观点一致的，而删去与宋代四家观点不一致的解说，编纂成《性理全书》，向天下颁布。这个时候，真正的儒士辈出，比如薛瑄、胡居仁等人。没想到今天张一本竟然放肆地指斥二程先生、朱熹先生误人子弟，不真诚。二程朱子的学

---

① 持衡：执掌权柄，此处指执政阁臣。

② 此处摘自高攀龙弟子陈龙正编《高子遗书·卷七》，与原文略有出入，但大意未变。

说，不容易描述，不过，其宗旨大体上不超出‘涵养用敬，进学在致知（修身养性，须要长存诚敬之心；学业进步，在于穷究万物之理）’两句话。这不是二程、朱熹先生的学说，而是孔子的学说，‘穷理’（穷究事物之理）说的就是孔子要求学生‘博文’（通晓古代文献）的意思，‘居敬’（持身恭敬）说的也就是孔子要求学生‘约礼’（用礼来约束自己）的意思。这不是孔子的学说，而是尧、舜的学说，‘博文’说的就是‘惟精’（用功精深），‘约礼’（以礼来约束自己）说的就是‘惟一’（用心专一）。据程先生揭示：《大学》是引导人们进入道德境界的指南，而《四书章句》对《四书》进行分章析句，提示章节和句子的大意，是朱熹先生一生用尽精力的著作，岂能容许后世学者随便批评？何况古书都有句子颠倒错乱的情况，古本怎么能够完全相信？孔子的思想，到了二程、朱熹先生这里差不多被完全阐释清楚了，学习孔子的学说必须通过二程和朱熹先生的解释，就像必须从门才能进入内室。世上的学者，如果真的能够虚心阅读并欣赏圣贤的书，亲自体验和观察，努力践行圣贤之道，何必自私动脑筋，想要宣扬自个儿的见解呢？张一本又拿宋代国力不强，归咎于宋代理学（这是不应该的）。鲁国君王不能采用孔子的治国思想，就是凭孔子的圣明能干，也不能挽救鲁国的衰弱。宋朝的灭亡，是因为北宋实行了新法而国家被搞坏，南宋与敌国妥协投降而搞坏，现在不指责王安石、吕惠卿、蔡京、章惇、黄潜善、汪邦彦、秦桧、韩侂胄之流的过错，而责备理学，这是什么用心呢？就如俗话所说的‘议论很多却成功很少’，这不是进言人的过错，而是听取进言人的过错（因为他没有采纳好的建议）。自古割草、打柴的人、工匠、盲人，（国王也求他们进言）怎会讨厌他们话多？地位高的人善于用心思考，（而且见识高明，）那么满朝廷的话都可以不听，而天下的人可以看到他实实在在的功绩；地位高的人没有主见，不会识别，那么邪说和正确的言论混乱地放在一起，结果白白地使耳朵眼睛都感到烦。难道人人都不说话，而后世界就变成盛世吗？张一本又说

‘我朝执政阁臣没有敢于决断的勇气，任一般职务的官员有模棱两可的含糊作风，学校里没有具备真才实学的士人，朝廷里缺少实心实意承担大事的人’。这种情况确实存在，正是不学习的缘故造成的，干吗反过来拿这种官场和学校情形来责备二程和朱熹先生？我还有深深的担心，世宗（年号嘉靖）皇帝以前，人们虽然热衷学习古书训释这方面的学问与写诗作文，而天下还是有很多具备真才实学的人，穆宗（年号隆庆）皇帝以来，人们把各种社会规范都抛弃了，这种情况带来的弊端不知道在哪里结束。今天针对社会毛病的药方，就是支持二程和朱熹先生，严格防备佛教、道教二家的学说，而后孔子、孟子的学说才能发扬光大。尤其需要圣明的皇上振奋精神，而后天下的人心才会坚守正道、专一不变，教行于上、化成于下的政教风化得以全面推行，真正的人才、良好的政治都从这里派生出来，这不是小事啊。”

余十余岁时，喜阅近人诗文集，见《袁子才集》① 有云：“宋多君子而国亡。”② 又见《郑板桥集》有云：“南宋讲理学者，推极于毫厘尺寸，而卒无拨乱反正之功。”③ 当时疑信参半，稍长玩绎经史，

---

① 《袁子才集》：清代袁枚的诗文集。袁枚：1716—1797，浙江钱塘（今杭州）人，字子才，号简斋，乾隆四年（1739）进士，官溧水、江浦、江宁等县知县，以父丧辞官归，不复出仕，筑随园于江宁城西小仓山，远近投诗文者无虚日，享盛名五十年。其文不拘义法，笔力横逸，诗倡独抒性灵。著作有《小仓山房诗集》《小仓山房文集》《小仓山房文外集》等。

② 该句语出袁枚《小仓山房文集·卷二十·宋论》，原文作：“宋之病，不病于小人而病于君子，不病于君子太少而病于君子太多，不病于君子之私而病于君子之公……三代、汉、唐惟有君子为朋专攻小人，常惧不胜，未有君子与君子自相攻而置小人于度外者也，有之者，自宋始……宋则不然，臣争于朝而洛、蜀分，儒争于野而朱、陆分，欲国无亡，得乎?”

③ 语出郑板桥《范县署中寄舍弟墨第五书》，原文是：“南宋时，君父幽囚，栖身杭越，其辱与危亦至矣，讲理学者，推极于毫厘分寸，而卒无救时济变之才。”《郑板桥集》：《板桥全集》，清代书画家、作家郑燮所作诗文集，分诗词卷、题画卷、书信卷、杂著卷四部分。郑燮：1693—1765，清兴化人，字克柔，号板桥，乾隆元年（1736）进士，官范县、潍县知县，以岁饥为民请赈，忤长官意罢官，不再出仕，久居扬州鬻画，与金农、李方膺等称为扬州八怪，书诗画皆自成一家。

乃知其说大缪。北宋擢用韩、范、司马、文、富、欧阳诸贤[1]，已不尽其用，至南宋时，秦桧、韩侂胄、贾似道等相继柄国，摧折正类几尽，至悬伪学之禁。余尝有诗曰："天生贤哲知何用，半老名山半谪边。"[2] 盖伤之也！宋明以来，莫不尊崇程朱。至本朝，圣祖仁皇帝升朱子于十二哲之列，凡应试文字，概以朱注为正，宜乎天下知所趋向，而不敢离经叛道矣。乃近来新学少年，辄诋程朱为不足学，几不知正人心、扶纲常为何事。当局者多由词章进身，亦不知"诚正修齐"为何事，不胜惄然[3]、怆然忧也。夫大道之在天下，犹人身之有元气也，有之则生，无之则死，养之则充，耗之则病。世人利欲熏炽，纵其否塞[4]已极，亦断无全体暗昧[5]而无一隙之明。试观人虽至愚，未有不敬其亲、爱其子者；人虽自弃，未有不恶盗贼之名者。此即道心、人心之所由分。孔子"克己复礼"，孟子"求其放心"，程朱"居敬穷理"，皆一道也。"诚正"在此，"修齐治平"即在此。程朱之学废，孔孟之道亡矣。今世无论讲求何国新学，要不外辅君德、正民心、植纲常数事，而后一切善政乃能实行，而无矫妄虚浮之弊。人苟不知"诚正"，何由"修齐"？彼小人有才能治国乎？不明"格物致知"，何由"诚正"？彼乡愿俗士世务且不达，安足语"明新"之功乎？此理浅显易明。然则程朱之学果可废耶？明末士子专习时文、结朋党，绝不知正学为何事，故有佥事张世则公然上疏，毁及程朱之举。我不知今日世界人心与明时相去几何？偶见高忠宪[6]奏疏，因录之，以训诫子孙。幸无轻弃所学，而陷于放僻邪侈[7]之小人

---

① 韩、范、司马、文、富、欧阳：指北宋名臣韩琦、范仲淹、司马光、文彦博、富弼、欧阳修。

② 此为周馥《诗集二·丹阳舟中怀古漫兴十三首》第十首中的句子，但个别字不同。诗云：赤手难扶三季运，聚奎空说五星联。天生贤哲知何意，半老名山半谪边。

③ 惄然：音 nì rán，忧思的样子。

④ 否塞：音 pǐ sāi，闭塞不通，形容脑子不开窍。

⑤ 暗昧：昏暗不明。

⑥ 高忠宪：高攀龙。

⑦ 放僻邪侈：肆意为非作歹。

也，则庶几不堕家教矣。玉山又识。

今译：我十多岁的时候，喜欢看近代人的诗文集，看到袁枚《袁子才集》里有句话说："宋朝君子多而国家却灭亡了。"又看到《郑板桥集》里有段话："南宋讲理学的人，把理学思想推究得极为细致，可是这些人最终并没有立下拨乱反正的功绩。"我当时对这种说法半信半疑，年纪稍微大了些，欣赏研读经书与历史著作，（得到了启发，）才知道这种说法大错特错。北宋时，虽然提拔任用韩琦、范仲淹、司马光、文彦博、富弼、欧阳修等多位贤人，但没让他们发挥出所有的才华，到了南宋时，秦桧、韩侂胄、贾似道等相继掌握执政大权，差不多把正派的人摧残光了，（他们敌视理学，）甚至悬挂了禁止伪学的告示。我曾经作诗说："天生贤哲知何用，半老名山半谪边（上天生下贤明的人，谁能知道有什么用？一半在名山隐居待到老而没用机会为国效力，一半被流放到边远地区）。"是为这些贤人而伤心哪！

宋代、明代以来，没有哪个朝代不尊敬、推崇二程与朱熹先生。到了我们清朝，圣祖康熙皇帝把朱子升进孔门十二贤哲的行列（让他在文庙里接受官府祭祀），凡是参加科举考试的文章，一律以朱熹先生的注释为标准，这样做很恰当，天下的人知道朝哪个方向走，就不敢离经叛道了。然而，近来学了一点从西方传来的新式学术的年轻人，总是诋毁二程先生与朱先生，认为他们的学说不值得学，这些年轻人几乎不知道端正人心、扶持伦理纲常是什么意思。行政官员多数是通过写作诗文被朝廷录用，入仕做官，也不知道"诚意正心修身齐家"是什么意思，（我对此情形）忍不住悲痛哀伤。天理（包括伦理纲常）存在于天下，就好比人身体里有元气贯充，有了它人就可以活着，没有它人就会死掉，护养它元气就充足，消耗它人就会生病。世人追逐私利，欲火炎炎，纵然他们不开窍到极点，绝对不会全都内心昏暗而没有一丝光明。请看，有的人虽然愚蠢到极点，但没有不尊敬他的父母和长辈、爱护他的孩子的；有的人虽然自甘落后，不

求上进，但没有人不厌恶盗贼的恶名。这种敬爱亲人、厌恶盗贼恶名的心理，道心与人心就是从这里开始分开的。孔子的“克己复礼（约束自己，使每件事都归于礼）”，孟子的“求其放心（把丢失了的仁爱之心找回来）”，二程、朱熹的“居敬穷理（持身恭敬，穷究事物之理）”，都是同一个道理。“诚正”（意念诚实，端正自己的内心）在这里，“修齐治平”（提高自身品德修养，整顿家庭，使家庭和睦，治理国家，平定天下）也就在这里。二程、朱子的学说被废弃，孔子、孟子倡导的儒家学说就消亡了。当代不论推崇从哪个国家传来的新学说，大旨不会超过辅助国王成就好的品德、使民心端正、培植伦理纲常等数件事情，（只有这些事都做好了）而后一切良好的政令才能够实行，而没有背情逆理狂妄虚假的毛病。一个人假如不知道使自己意念真诚、内心端正，通过什么途径能做到修身、齐家？那些小人有治理国家的才能吗？不明白“推究事物的原理，从而获得知识”，通过什么途径做到意念真诚、内心正直？那些不分是非的好好先生以及见识浅陋的俗人连世务尚且不懂，哪里值得跟他说“明明德、新民（使人类的光明德性恢复本色，使民众品德日新月异进步）”的功效呢？这个道理浅显易懂。（既然社会上很多人如此无知而且难以开导，）那么二程、朱子之学真的可以废除吗？（当然不能。）明代末年，读书士子专门钻研八股文写作技巧、结成小团体，完全不知道合乎正道的理学是怎么回事，所以有张一本佥事毫无顾忌地向朝廷上奏章，诋毁攻击二程和朱熹先生的举动。我不知道当代人心与明代时的人心距离有多远？偶然看到高攀龙（谥忠宪）的奏疏，便把它抄录下来，以训诲告诫子孙后代。请不要轻易抛弃所学的圣贤学说，而堕落成肆意为非作歹的小人，那么就有希望不荒废我周门家教了。周馥（玉山）又记。

处　事

《论语》曰:“君子敏于事而慎于言。”① 我辈虽见义勇为,遇事必须内度才力,外审机宜,尤防中途败失。苟审义不精,安可贸然从事?《论语》又曰“人无远虑,必有近忧”②,《中庸》曰“凡事预则立”,皆此意也。昔贤言虑事贵周密无遗,如“人之所履者,容足之外皆为无用之地,而不可废也。故虑不在千里之外,则患在几席之下”③;又云“得雀者罗之一目,然一目之罗不可以得雀”④;二譬可谓明且切矣。

今译:《论语》说:“君子做事敏捷而说话谨慎。”我们这些人虽然应该见义勇为,但遇到事情时,必须在心里掂量自己的才能和力量,考察外面的时机是否适宜,尤其要提防事情做了一半的时候失败、犯错误。假如考虑问题不仔细,怎么可以冒冒失失动手做事?《论语》又说“一个人如果没有长远的考虑,必定会有切近的忧患”,《中庸》说“凡事预先有准备,就会成功”,都是这个意思。往日有贤者说考虑事情,贵在周密无遗漏,就如同“人脚踏在地面上,托

---

① 语出《论语·学而篇》。

② 语出《论语·卫灵公篇》。

③ 录自朱熹《论语集注·卫灵公》。为朱熹摘引苏轼之言。

④ 此语在古书里多有征引。如辛钘《文子·卷上·上德》:“有鸟将来,张罗而待之。得鸟者,罗之一目。今为一目之罗,则无时得鸟。”佚名《鹖冠子·世兵第十二》:“一目之罗,不可以得雀。”赵蕤《长短经·卷八·用无用》:“古人有言曰:‘得鸟者,罗之一目,然张一目之罗,终不能得鸟矣。’”

足之外的地面都是无用之地，然而这些地面不可被废弃。所以考虑问题不能十分遥远，那么祸患就会在身边出现”；又说“用网抓鸟雀，网上一个孔把它捕获了，然而，只有一个孔的网不能捕捉到鸟雀”。这两个比喻，可称得上清楚而且确切啊。

大凡人存心公正，则虑事详审。先审此事于国有益否？于民有益否？即有益矣，能持久而别无流弊否？斟酌已定，义当举办，尤须预料上下、左右之人有无掣肘，如何防备？后来守成者能否不致变更，反以惠民之政变为殃民？俱须一一了然于心。语曰：“公生明。”非公即明，乃公生明也。生之义，自有功夫在。昔有友言：“处事如临战然：先度彼此情势，次察彼此地形，谋定后动。尤防万一之败，败时如何退兵？如何扼堵，不致为敌所乘？须一一操其胜算，然后进兵而战。”荣文忠[①]言：“举事宜慎。若孟浪直前，虽理足气壮，恐中途挠阻、上下二心，使局中人进退维谷，而于事机益坏，不易收拾。”此皆阅历之言也。

今译：大致说来，人如果存心公正，就会考虑事情周密清楚，会首先审察：这件事对国家有益吗？对老百姓有益吗？即便有益，这件事能持久做下去而没有别的不良后果与弊端吗？斟酌考虑，已经确定，按道理应当举办，尤其需要预料上下、左右的人会不会干扰阻挠，又如何防备这种后果？在自己之后，接手现成事业的人能不能坚持下去，不至于改变？使我推行的让百姓得实惠的举措反而变成祸害老百姓？都必须全部在心里搞得非常清楚。格言说：“公正能使人明察事理”，不是说公正就是明察，这是说公正能产生明察。“生”字的含义，自然有奥妙存在。昔日有个友人说：“对待一件事情如同面对战争一样：先要揣摩敌我双方的情形，其次要察看敌我所驻的地

---

① 荣文忠：荣禄（1836—1903），字仲华，号略园，瓜尔佳氏，满洲正白旗人，是晚清位高权重的政治人物，深受慈禧太后器重，曾任工部尚书、兵部尚书兼步军统领、署直隶总督兼北洋大臣、军机大臣、文华殿大学士等职，谥文忠，晋一等男爵。著有《荣文忠公集》等。周馥有诗《诗集四·感怀平生师友三十五律·荣文忠公》，感念他忠公爱士，提携作者。

势，先定计谋，而后行动。尤其要防止万一失败，失败时怎样退兵？如何防守堵御，不至于被敌人钻空子袭击？必须稳操胜券，有把握取胜，然后进兵作战。”荣文忠公（荣禄）说：“兴办一件事应该谨慎。假如轻率冒失地直接往前冲，虽然理由充足，胆气豪壮，就怕半路上遇到他人挠阻、上下不齐心，使当事人陷入进退两难的境地，结果给事势带来更多的坏处，局面就不容易收拾。”这些都是阅历丰富的人说的有见识的话。

余生平遇家事，惟守素节用①，淡泊处之而已。至于一身行止，惟义是视，从不趋利避害。当患难，可辞而不辞；遇富贵，可就而不就，此心坦如也。尔辈看我一生，何尝俱在贫贱、祸患之中？违义而荣，不如守义而困。荣与困在命，义与不义关于己也。至处公家之事，每当利害交乘，人言庞杂，或谓省心不如省事，或谓姑忍待时，或谓他人不便者将有以中伤之。我尝曰：“某一生作官，能得几日？今从若言，可以苟禄邀誉，如公事何？清夜自思，所负多矣。从我而行，理得心安。彼不便者，不过诬蔑我、买弹章劾我，或诱小人造飞语疑忌陷害，此乃彼错，非我错也，即脱冠归去，此心何等干净！此时一着失手，全盘皆输，将来能补救耶？人生所最患者，贫与死耳，我幼遭大乱，屡濒于死而不死，久处贫困而未饿死，今蒙圣恩，擢任疆寄，而乃淟涊②龌龊若此，果何为耶？”友人遂不复有所言。然余于应行之事，仍是从宽厚、稳当处着意。乃未几而人言起矣，风波震荡，或疑或诟，孰知布帆无恙，渡过重险，仰赖圣明鉴照，非初料所及。小人竟有未能倾陷者，有倾陷而未能竟其力，而反以成就我事者，岂非有命存耶？前人云：“君子乐得

① 守素节用：保持朴素本性，节约用度。
② 淟涊：音 tiǎn niǎn，意为污浊、卑污。

为君子，小人枉做了小人。”① 倘当时见义不明，稍有依违，抱愧终身矣！

今译：我一生对于家庭事务，只是保持着朴素本性，节约用度，以恬淡、平常的心处理它们而已。至于自己的行为方式，只盯住道义，从来不趋利避害。遇到患难时，可以离开却不离开；遇到富贵，可以接受却不接受，对此，我的心是平静自在的。你们年轻人看看我的一生，何曾一直处在贫贱、祸患之中？违背道义而获得荣华，不如守住道义而穷困。荣华富贵与穷困由命运决定，守道义与违背道义，与自己有关。至于处理公家的事务时，每次遇到利害得失互相交织竞争，人言庞杂，有人对我说省心不如省事，有人说姑且忍耐等待时机，有人说他人认为你那么做妨碍了他，将会想办法造谣伤害你。（我都没听从。）我曾说：“我周某人一生做官，还能有几天？假如现在听从这些话，可以苟且得到俸禄、邀取声誉，（对我个人有好处）但对于公事怎么办呢？清静的夜晚，我反思自己，我如果那么做，辜负国家那就太多了。如果我根据自己信奉的原则去做，那么就会心安理得。那些觉得我妨碍他的人，不过是诬蔑我、花钱买弹劾奏章来弹劾我，或者诱惑小人造谣言来陷害我，让我蒙受猜忌，这就是他的错，不是我的错，即使撤去官职回家，我这颗心是多么的干净！这时候，如果一着失手，全盘皆输，将来能补救吗？人生最担忧的事情就是贫困与死亡罢了，我幼年时遭遇大乱，屡次濒于死亡而没有死去，长久处于贫困之中而没有饿死，现在蒙圣明的皇太后、皇上恩典，我被提拔为管理一方的大员，我如果品行肮脏，到底是为了什么呢？”

---

① 格言典出宋代王日修居士《龙舒净土文·卷第九·为君子说》。王氏原话是：“……为君子，则人喜之，神佑之，祸患不生，福禄可永……为小人，则人怨之，神怒之，祸患将至，福寿亦促……命有定分故也。所谓‘君子赢得为君子，小人枉了为小人’。”明代《增广贤文》抄作“君子乐得做君子，小人枉自做小人”，清代陈宏谋《五种遗规·训俗遗规》抄作“故君子乐得为君子，小人枉了为小人”。清代咸丰年间，王永彬《围炉夜话》亦云：“君子存心，但凭忠信，而妇孺皆敬之如神，所以君子落得为君子；小人处世，尽设机关，而乡党皆避之若鬼，所以小人枉做了小人。”

友人于是不再说话。不过，我对于应该做的事，仍是从宽厚、稳妥方面来考虑。没想到，不多久却惹人闲话，闹起很大风波，有人怀疑我，有人辱骂我，谁知布帆无损，船只渡过重重险滩，仰仗皇上和皇太后明镜高悬，洞察一切，（我才没有遭大难，）这种幸运不是我一开始能预想到的。小人竟然也有不能排挤我陷害我，有排挤陷害我还没等他把力气全部使出来，却反而帮我把事情办成的，难道不是有命运存在吗？前人说："君子乐得作为君子，小人白白地做了小人。"倘若我当时对于道义是非看得不清楚，稍微有些违背道义，那我就终身感到羞愧了！

我任司道[①]日，遇有益于国于民之事，莫不勇往图之，未尝一日偷安。每当利害未明时，先为大府画策。凡用人、用财及取益、防损诸事，无不条具以陈，甚有非职任内所筦摄者，但求于公有益，劳怨赔累，皆所不辞。余尝逮事曾文正国藩、马端敏新贻、张靖达树声，皆蒙信任，惟事合肥李文忠公最久。文忠尝告人曰："周某用心极细，虑事最精，且廉正有魄力，非时人所及也。"余所陈者，司道分内之事居多，文忠允行者十有六七。至国家大事，如议条约、议戎政、议地方大利害、议边疆战守，则以内外意见纷拏[②]，文忠莫能尽从，可慨也。李文忠殁后，余蒙圣恩，擢升督抚，则时势益艰，新政待举，分内应办之事日不暇给，而内外掣肘困难情形有为向来所无者，几不可一朝处，屡请罢归，朝廷不允。昼夜忧思，发焦气折，始知古人求以微罪去官，亦不易也。衰病退居，自念莫能酬答圣明，深

---

① 司道：周馥先后担任的津海关道、直隶按察使、四川布政使、直隶布政使等官职。司：按察使机构称提刑按察使司，布政使机构称承宣布政使司，此处指官职。道：道员，此处指津海关道，职掌关税，还负责处理外交事务。《周馥年谱》载：周馥自光绪七年（1881）六月委署津海关道，次年朝廷正式授职，光绪十四年（1888）五月交卸，先贤自述"余任津海关道八年，凡直隶一省商务、教案，皆力任不辞"。"光绪十四年三月二十九日，奉旨补授直隶按察使……十二月初四抵津，十三日抵保定，接臬司印。""光绪十五年八月初十日接署藩篆，十一月八日回臬司本任。""光绪二十五年八月初八日，奉旨简放四川布政使。""光绪二十六年九月二十一日，奉旨调补直隶布政使。"

② 纷拏：音 fēn ná，亦作"纷拿"，纷乱、错杂的样子。

为此生大憾。尔等当力学之年，先求明理，明理则居家处约、处乐，为官处常、处变，自有见解。无官之时，切不可贪名躁进；有官之时，切不可轻举更张。总须静心察理，屏除私欲，庶作人、作官皆有头脑，不致妄为招咎。

今译：我在担任津海关道和按察使、布政使的日子，遇到对国家、对民众有益的事，没有不勇敢地去追求的，从来没有一天贪图安逸。每次遇到一件事后果是好还是坏尚不清楚的时候，先替巡抚、总督出谋划策。凡是任用人、支出钱财以及如何获取利益、防止损害等诸多事务，无不一条条写清楚呈献给上司，甚至有不是我职务范围内所管辖的事，只求对国家有益，辛苦，招人怨恨，赔钱，受拖累，我都不推辞。我曾在曾国藩（文正公）、马新贻（端敏公）、张树声（靖达公）幕下做事，都蒙他们的信任，只是在合肥李鸿章（文忠公）幕下做事时间最长。文忠公曾告诉他人说："周馥用心极为细密，考虑事情最精当，而且为人清廉正派，有魄力，不是同时的人所能比得上的。"我上给上司总督、巡抚的分条陈述意见的呈文中，本人司、道职务分内的事务占多数，文忠公答应照我建议去做的有十分之六七。至于国家大事，如商议与外国订条约、商议军政、商议与地方有重大利害关系的事务、商议在边疆地区御敌的战守方略，则因为朝廷内外，意见纷杂，文忠公没能全部听从我的建议，真是令人感慨啊。李文忠公去世后，我蒙皇上、皇太后的恩典，被提拔升任为巡抚、总督，因为那时时局越来越艰难，新政待举办，职分内应该办的事每天都忙不过来，而体制内外牵制干扰的困难情形是我过去没遇见过的，这个位子几乎不能让人待一个早晨，我屡次请求朝廷罢我的官职让我回家，朝廷不答应。我昼夜忧虑思考，头发枯焦，身体元气大伤，开始明白古人寻求以犯微罪而让朝廷罢官的做法，也不是容易做到的。因为衰老多病，我退职后住在家中，想到自己没能够酬谢报答皇上、皇太后的知遇之恩，深深地把这当作我今生今世中的重大憾事。你们这些人应当在正努力学习的年纪，先寻求明白事理，明白事理了，在家无论处境是好是坏，做官时处在平常还是不平常的环境，自会有个人的见解。没有当官的时候，切不可贪图名声，热衷于仕途进取；当官的时候，千万不可举措轻率，变易常规做法。总体上必须做到内心平静，明察事理，排除私人欲望，这样的话就有希望在做人、做官方面都有理智，不至于因为任意胡为而招来祸端。

处事之方，随地随时而变。如处家，则恩掩义；居官，则义掩恩[①]；为小吏，则循法而求有益于民；为大吏，则当观变谋远，期有益于军国；执法宜正，而仍持以宽恕；治军宜严，尤必结以恩义。事巨而繁，则总其纲要，慎选主事之吏，而与以权；事小而杂，则分派所司，先其急而后其缓。此其大略也。今日宦途所最难者，莫如与外人交涉一事。余任津海关道，兼管直隶全省商务、教务，先后六七年，地方平安，惟先事预防，临事速断耳。交卸时，计未了之案，只钱债数事，安有义和团萌芽耶？外人间有恫喝[②]，部中亦时有偏听[③]，绝不为动。尝告人曰："与其将就一时，遗患于后，宁投劾而归，不忍昧心轻许也。"久之，外人亦皆折服。以我所持者理足情顺，而又为条约所证也。平日与外人来往，绝不存藐视欺骗之心，词气未尝暴慢，礼貌未尝简缺，彼亦不敢遽肆狂悖。时人不谅，谓我酬应稍厚，此狃[④]于夙昔排外之见，不知时务者也。究竟孰得孰失，识者必能辨之。

---

① 该句典出《孔子家语》，原文是："门内之治，恩掩义；门外之治，义掩恩。"《礼记·丧服四制》载："门内之治，恩掩义；门外之治，义断恩。"

② 恫喝：音 dòng hè，亦作"恫吓"，威吓，吓唬。

③ "部中"句：此处的部指户部。周馥《诗集四·感怀平生师友三十五律·醇贤亲王》自注："余任津海关道，兼办洋药厘金，一清如水，乃遭农部误劾，王至津沽阅操，察知其冤，乃请特旨复职，旋请擢直臬。"具体情况是：光绪十二年（1886）八月，户部以"洋药税厘箱数不符"，奏参将周馥"严议革职"，李鸿章查明实情，发现周馥蒙冤，在李鸿章、醇亲王奕譞等人干预下，朝廷下旨撤销参案，周馥于十月改任长芦盐运使。洋药厘金：对外国鸦片征收进口关税以外的厘金税。光绪十一年中英《烟台条约续增专条》对鸦片税厘并征办法作了专项规定：每百斤箱鸦片向海关完纳正税三十两，纳厘金不超过八十两。光绪十三年正月初九，中国各地厘局鸦片厘金征收，均由外国人把持的海关经办。

④ 狃：音 niǔ，拘泥，因袭。

今译：处理事务的方法，要灵活，随时间地点的不同而改变。比如处理家庭关系，应该将亲情置于道义之上；做官时，就应该将道义置于亲情之上；做小吏，应该遵守法律而求对百姓有益；做大官，应该观察世事变化，谋虑深远，追求对国家和军队有利；执法应该公正，而不失宽恕之心；治军应该严肃，尤其需要用恩情与道义固结人心。事情重大而且多，应该抓住大纲，谨慎选择办事官员，而给他们办事权力；事情小而杂乱，应该分派负责管理此类事务的人去处理，先处理急事而后处理不急的事。这就是处理事务的大略。今天做官最难办的事，没有比与外国人交涉这桩事更难了。我任津海关道，兼管直隶全省的商务、教务，先后有六七年，地方平安无事，我只是事先做好预防，遇到事情来的时候，快速决断，把它解决。交卸职务时，统计没有办结的案子，只剩钱债纠纷几件事，哪有义和团露出苗头呢？外国人有时候也仗势恐吓我，朝廷户部中的官员也时常偏听一方之言，我坚持自己的做法，绝不动摇。我曾告诉他人说："与其敷衍应付于一时，留下后患，宁可递交弹劾自己的呈文而后辞职回家，不忍昧了良心轻易答应对方无理要求。"时间久了，外人也都心服我。因为我占了理，不违逆人情，又有条约做支持。平时与外国人来往，绝不存藐视欺骗对方的心理，言辞语气没有粗暴怠慢，礼数没有短缺和不周到之处，对方也不敢随便耍横、放肆。当时人们不体谅我，说我与外国人应酬礼数稍微厚了一些，这种人是受到往日排外之见的限制，是不知时务的人。（我和这类人）究竟谁得谁失，有见识的人必定能分辨出来。

光绪二十六年，余任川藩，适值义和匪起，莠民蠢蠢思动，乃设法逆折其萌，并派员四出，剿匪安良，幸免滋乱。嗣奉旨调直藩，中途复奉帮同全权大臣议和之命，在京曾襄赞数事，直隶全省教案亦经妥与议结，并收回天津，撤退保定洋兵，调和民教，剿抚土匪，外人尚无异言。当时官民有不尽知我用意者，事后始服。我但求有益于国于民，何尝计及一己利害？及到山东、到两江，间遇外人要挟，我从未尝轻许一稍损国体、稍拂民心之事，亦从未予外人以借口之端。近来交涉，每因闹教而起。洋官挟势要求，民人莽戆①酿祸，在我先有破绽，使人挟持，处于输着。此又在任事者相机斟酌，不可使气沽名。我为官三十余年，心中所筹划者，属员知者十之三四，幕友知者十之五六，继我任知我谋者十之二三，尔辈更无从闻知，故略叙梗概，明我心迹。

今译：光绪二十六年，我任四川省布政使。恰好遇到义和团之乱发生，本省一些败类蠢蠢欲动，我于是设法将动乱的萌芽预先折断，并向各地派出属员，带兵剿匪以安定百姓，幸运地免掉动乱滋长。之后奉皇上旨令调到直隶任布政使，在北上途中又奉旨令协助全权大臣李鸿章（文忠公）协商中日之间达成结束战争、实现和平的条约，在京城也曾辅佐帮助文忠公做了好几件事，直隶全省民众与外国传教士冲突的教案，我也稳妥地与教会方面协商结案，并收回了被八国联军占领的天津，使驻扎在保定的外国军队撤走，调和了民众与教会的关系，剿抚土匪，我的这些做法，外国人尚没有提出异议。当时国内有不完全知道我的用意的官员和民众，他们直到事后才认同我。我只求对国家和人民有益，哪会考虑对自己有利或者有害？等到山东、到两江（先后任山东巡抚和两江总督），偶尔遇到外国人仗势胁迫我，我从来没有轻易允许一桩稍微损害国体和稍微违逆民众心意的事，也从没有给外国人留下找茬子的借口。近来中国与外国纠纷，都是因为民众与教堂冲突而起。外国官员依仗威势提出一些过分要求，中国老百姓鲁莽傻气而酿成灾祸，在我国这一方，先有了过失，给了外国人挟持中国的把柄，这如同下棋走了输招。（如果要改变这种局面，）这又需要任职理事的各级官员观察时机，小心地考虑怎么做才好，不可听凭意气用事以博取名声。我做官三十多年，心里筹划的那些计策，下属知道的只有十分之三四，幕友知道的有十分之五六，接

① 莽戆：音 mǎng gàng，鲁莽傻气。

替我的职位知道我的筹谋的有十分之二三，你们年轻人更是没有渠道听说过这些事，所以略微讲述大概事历，表明我的思想与行为。

大凡处事而失机招咎者，皆由理识不清、别有所为而致。前人有屈己而救人者，有污名而保身者，此尚可原。若为国家事牵就敷衍，欲速见小①，必贻祸于国，且终不利于己。二十年前我尝对合肥李勤恪筱荃制军②论及某事，曰："当日彼襄议时，原为舍己从人，暂图牵就成功，不料祸机忽发，站脚不住。我辈无论到天翻地覆时，须无一毫站脚不住之事，具此定力，方能干事。苟且图功，功未必成，而自己先无以对人，宁死不为也。"③ 勤恪大韪余言，谓："任封疆者④宜知大体若此。"

今译：凡是经手办理一些事情而失去时机，招来祸端的，都是由于看不清事理，或者带着别的意图而导致。前人有让自己受屈而救人的，有（特意）把自己名声搞坏而保全自身性命的，这么做尚可原谅。假如为国家的事马马虎虎敷衍了事，想快点把大事化成小事，必

---

① 见小：把大事化小的意思。

② 李瀚章：李鸿章长兄（1821—1899），本名章锐，字敏旃，号筱泉，一作小泉，晚年自号钝叟，合肥人，道光二十九年（1849）拔贡，宦历丰富，官至湖广总督、四川总督等，谥勤恪，著作有《合肥李勤恪公政书》十卷。制军为总督的别称。

③ 这段话所指的人与事不可确考，可能与赵舒翘有关。赵舒翘（1847—1901），字展如，号琴舫，晚年号慎斋，陕西长安（今西安市）人，同治十三年（1874）进士，曾任江苏巡抚、刑部尚书、总理各国事务衙门大臣、军机大臣兼顺天府尹等职，为官极有才干，刚直不阿，清廉爱民，位列中枢要员后，受官场习气濡染，开始工于趋避，见风使舵。光绪二十五年（1899），戊戌维新失败后，慈禧太后谋废光绪帝而立大阿哥溥俊，为此召见群臣，出诏遍示之，皆失色，舒翘独前贺，太后喜。因国内外各派势力强烈反对，慈禧被迫停止废立计划。同年，义和团运动爆发，清廷命其与刚毅调查回奏，他本认为"拳匪不可恃"，但屈从满族大学士刚毅之意，在一份密奏中提议："拳会蔓延，诛不胜诛，不如抚而用之，统以将帅，编入行伍，因其仇教之心，用作果敢之气，化私忿而为公义，缓急可恃，似以因势利导之一法。"慈禧太后采纳了此议。翌年（1900）七月，八国联军攻陷北京，赵舒翘随慈禧太后逃到西安，侵略者同清廷谈判时，把赵指为支持义和团的"祸首"，威逼清廷处死，慈禧太后屈从列强淫威，对赵舒翘始处以"革职留任"，继之"交部严惩"，又改为"斩监候""斩立决"，最终是下诏赐自尽。赵氏被逼而死，场面很惨。

④ 任封疆者：又称封疆大吏，指统治一方的将帅，明清两代指总督、巡抚等。封疆：分封土地的疆界。

定会给国家带来灾祸，而且最终也对自己不利。二十年前我曾与合肥李瀚章总督谈到某件事时，说："当时那人赞助某件动议时，原来他是舍弃自己的主张而附和他人，企图凑合成功，不曾想到灾祸忽然产生，他那种做法站不住脚。我们这些人就是到了天翻地覆那种环境时，也必须没有一毫站不住脚的事，具有这种定力，才能够干事。只顾眼前，敷衍了事以谋求成功，成功未必能实现，而自己首先就无颜面对他人，我是宁死不做的。"瀚章公非常认可我的话，并说道："担任主政一方的总督、巡抚应该像这样子的识大体。"

李文忠曰："天下熙熙攘攘，皆为利耳。我无利于人，谁肯助我？董子'正其谊，不谋其利'① 语立论太高。"余曰："道谊中自有功利，正谊明道之人，谋功利更远。"友人有迂余言者，谓："身家可以苟安，国家事当期速效。"余曰："去道谊而求功利，终必丧其功利而后已。君子素位而行②，必得禄位、名寿，其道即在贫贱、患难之中，何尝弃却功利，自堕陷阱耶？彼沾沾③惟以功利是图者，即小人，'为国家务财用者'比也④，乌足数乎？"

今译：李鸿章（文忠公）说："世上人来人往，非常热闹，都是为着谋取利益罢了。（假如）我没有好处给人，谁肯协助我？董仲舒先贤'正其谊不谋其利'（做任何事都是为了匡扶正义而不是为了谋取个人利益）这句话定的调子太高了。"我说："遵循道义自然会获取功名利禄，维护正义、阐明道理的人，谋取的功名利禄更长久。"

---

① 《汉书·董仲舒传》载：董仲舒为江都易王国相时，回答易王时说："……夫仁人者，正其谊不谋其利，明其道不计其功……"

② 素位而行：《中庸》载"君子素其位而行，不愿乎其外。素富贵，行乎富贵；素贫贱，行乎贫贱；素夷狄，行乎夷狄；素患难，行乎患难。君子无入而不自得焉。在上位不陵下，在下位不援上，正己而不求于人，则无怨。上不怨天，下不尤人。故君子居易以俟命"，意思是按自己的本分去做。

③ 沾沾：执着，拘执。

④ "为国家务财用者"当是《大学》"长国家而务财用者，必自小人矣"句子讹写，意思是"身为一国君长却一心聚敛财富，必定是由小人带动的"。译文当从。文中未言及为国谋利者的事迹。

友人中有的人认为我的话迂腐，他说：“为了个人和家庭可以只顾眼前，苟且偷安，为了国家的事应该追求马上就有成效。”我说：“离开道义而单纯地追求功名利禄，最终必定会彻底丧失掉这些功名利禄才算完事。君子依照自己的本分来做事，就一定会得到官职、好的名声和高寿，即使身处贫困、下贱、忧患之中，（其道行也能显现出来，终会得到功名利禄，）他哪会主动放弃功名利禄，自愿堕入贫困陷阱啊？那些一心谋取个人功名利禄的人，就是小人，（《大学》说过：）‘身为一国君长却一心聚敛财富，必是由小人带动的’，小人哪值得一提呢？”

凡处事识量要远。忆四十余年前，友人张靖达①督兵攻常州，时谓余曰：“此职不可久居也。天地好生，而用兵之道在杀；人道宜和，而用兵之道在争。”余曰：“公欲灭此贼，不杀而争，将如之何？贼灭，则好生之德可保矣。”靖达曰：“我见有饥妇依兵乞食者，有难民附贼而偷生者，杀之殊不忍。”余曰：“此自有处法，不可不杀，不可尽杀，总以平贼而不失民心为主。孔子‘忠恕之道，一以贯之’②，宁有兵事隔阂而不能贯耶？”靖达闻之大笑，首肯。

今译：经手处理事务时，识见与气度都要宽宏。回忆四十多年前，友人张树声率兵攻打被太平军占领的常州，他当时跟我说：“我这个职务不可以长久担任。天地爱惜生命，而用兵之道，在图谋如何更多地杀人；与人相处之道以和为贵，而用兵之道在如何争取胜利。”我说：“您想消灭这些乱贼（指太平军），不屠杀的话，他们会与你争斗个没完，您将怎么办？乱贼消灭了，那么您的爱惜生命的美德才能得到保全。”他又说：“我看见有饥饿的妇女跟随士兵要饭的，

---

① 张树声：1824—1884，字振轩，合肥人，廪生出身，清末淮军将领。历任道台、按察使、布政使、巡抚、总督、通商事务大臣等职。地主阶级开明派代表人物，提倡“圣人万物为师，采西人之体以行其用”，谥号“靖达”。

② 典出《论语·里仁篇》：“子曰：‘参乎！吾道一以贯之’曾子曰：‘唯。’子出，门人问曰：‘何谓也？’曾子曰：‘夫子之道，忠恕而已矣。’”

有难民依附乱贼而苟且偷生的，杀掉他们，我特别不忍心。”我说：“这里自有处理的办法，不可不杀，又不可全部杀光，总以平定乱贼而又不失民心为目标。孔子的‘忠恕之道（尽心为人，推己及人的道德准则），是贯穿所有事物和道理的一种道德原则’，难道在战争中，忠恕之道就被阻隔开而不能贯穿于其中吗？”树声友听到我的话，大笑并极表赞同。

［译者点评：家训称太平天国军为贼、粤匪，这类称谓应予否定。］

大凡今世聪明人，遇事亦见得几分理路，总是立志不坚，苟顾眼前。如为士、为农、为工、为商，岂不知勤力有效？初尚奋勇，旋即气馁中辍，以无恒心故也。昔年我友傅励生别驾[①]偶谈及此，傅曰：“我川中昔年有甲，被乙杀死。甲妇有孕，佯若不知仇者，迨生子，逃居远僻，绝不问及前事，勤苦操作，严督其子读书。入泮[②]后，妇乃泣告其子当年父被杀状，属控之官，得拘乙偿命。当日妇若漏泄，母子皆死于仇手矣。”傅又言，“川中有一人新娶妇，妇固富家女，一日夫嘱妇脱袜，妇笑曰：‘尔家无婢子耶？’夫大惭，自维我丈夫，乃使妇人轻我若此，遂出门，不告所之。至甘肃，为人佣商，积数千金。闻新疆易谋利，复携资往，经营数十年，获数十万金。已别娶妇生子矣，自思年垂老，欲归骨故乡，因携眷归。过甘肃，旅人骗其财物，因控之官。官以为乡人也，语其母。母疑焉，翌日在堂后觇之，乃其夫也，呼入，抱头大哭。妇曰：‘尔乃以我一戏言，竟断夫妇之谊耶？’夫亦哭，遂相与归川。”余曰：“是二事乃匹夫匹妇硁硁[③]之

① 傅励生别驾：著名藏书家傅增湘祖父傅诚。外府通判为正六品官，尊称“别驾”。周馥《周悫慎公全集·诗集四·感怀平生师友三十五律》中有“傅励生别驾”一诗，小序曰：“名诚，四川江安县人。左文襄招致甘肃军营，以无恩遇而归，余留于直隶襄理饷事，以通判需次，未补缺而殁。”

② 入泮：音 rù pàn，古代学宫前有泮水，学校又称泮宫，科举时代称学童入学当生员为“入泮”。

③ 硁硁：音 kēng kēng，形容浅陋而又固执。

节。甲妇报仇，诚有远识，胜于逞一朝之忿，忘其身与亲者多矣。某因妇口出谩言，遂远出不归，未免薄于情而悖于义。”傅曰：“是二人皆有志者也。天下艰难事，得此辈共任之，何患不济耶！”属余记其事。今追忆，附识于此。

今译：当代聪明的人，遇到事情也都能看出一些道理，但总是志向不够坚定，苟且只顾着眼前（所以成就不够大）。比如，做个读书人，当农民，当工人，当商人，难道不知道勤奋用功有用？刚开始还能鼓起勇气，不久就勇气衰竭，做事半途而废，这是因为他没有恒心的缘故。往年我的朋友傅励生别驾偶然与我谈到这个话题，他说：“我四川省川中地区往年有甲某，被乙某杀死。甲某老婆怀有身孕，假装不知道仇人是谁，等到儿子生下来，逃到偏僻的远方住下来，绝不过问丈夫被人杀害的旧事，勤苦操劳，严厉督促儿子读书。她儿子进入学宫成为儒学生员后，这位妇女就哭着告诉她儿子，当年他的父亲被人杀害的经过，命儿子向官府控告乙某。官府于是拘捕乙某，让他偿命。早先时候，这个妇女如果漏泄对杀夫仇人的愤恨之意，这对母子都会死于仇家之手。”傅又说，“川中地区有一个男子刚娶了老婆，老婆本来就是富家的女儿，有一天，丈夫喊老婆帮忙脱下袜子，这个妇女笑着说：‘你家没有婢女吗？’这个男人很惭愧，自己这么想着：我是男子汉大丈夫，竟然让自己的女人这么瞧不起，于是就离开家，不告诉家里人自己要到哪里去。他到了甘肃，做商人的帮工，积攒了好几千金。听说新疆那里赚钱容易，又带钱到了那里，在这里他经商几十年，获得了数十万金。已另外娶了老婆生了孩子了，自己想到年纪大了，打算叶落归根，回到故乡，因此携带妻小回乡。（他竟然不知道他离开老家后，妻子生下了他的儿子，而且儿子很有出息，那时正好在甘肃某地做地方官。）经过甘肃，旅客骗了他的财物，他就在甘肃当地官府控告骗财的人。（因为他说话腔调带川中口音，）审案的地方官以为他是老乡，这位官员就跟自己的母亲说了。他母亲对这告状的人有些怀疑，次日在官府审案大堂后面偷偷地看，那人竟然是她的丈夫，于是喊他进了堂后私室，（二人于是相认，）抱头大哭起来。这位妇女说：‘你竟然因为我一句玩笑话，断绝了我们之间的夫妻恩爱情义吗？’丈夫也哭，于是他们一起回到四川家乡。”我说：“这两件事不过是体现了平民百姓的浅陋固执的节操。某甲的老婆隐忍一时最终报了仇，这么做确实有远见，胜过那些只顾宣泄一时的愤怒而忘了如何保护自己与亲属的人许多。那个男子因为老婆说了一句似乎伤他自尊的话，就到了远方而不回家，这么做未免薄情而且违逆夫妻之间的道义。”傅说：“这二人都是有志气的人。天下艰难的事情，得到这种人共同分担，担心什么不成功呢？”他叮嘱我把这几件事情记下来。现在我回想起来，用笔附记在这本家训里。

俗语：“处事贵得中。”宋儒言：“中无定在，如一家以厅为中，一宅又以堂为中，一国又以国之中为中。”大约虑事必详利害，行事必求蹋实，大要不外按律合礼、揆时度势，尤以顺人情为主。不顺人情，虽合律礼，不可为也。略举数事为鉴。

今译：俗话说：“办理事务贵在找到适中之处。”宋代儒士说：“中没有固定在某个位置，例如，一家①以厅为中，一宅②又以堂为中，一国又以国家正中的地方为中。”大致说来，就是考虑事情必须细察其中的利与害，做事一定做到踏实稳妥，要点不外乎按照法律、合乎礼制、审时度势，尤其要把顺应人情当作主要诀窍。不顺应人情，虽然合乎法律和礼制，也是不可以做的。（在下文中，）我略举好几件事（让你们）作为借鉴。

---

① 家：普通百姓的住处，一般为一排，一排房中有三开间、五开间之分，正中的屋子为厅。

② 宅：富贵人家的住处，布局类似于府、县衙门，比方说坐北朝南，前后几排，古称几进，就是一排为一进，三排为三进，几进是不限制的；进与进之间有耳房连接，东西二边为耳房，有二插厢、四插厢等，耳房间数多，天井长度长，房子更明亮通风，也更有气派。进门是门屋，而后是堂屋，最后是寝屋。

余任直臬时，有某县甲，外出十余年不归，亦无信。甲之岳母改嫁其未婚之妻于乙，已生子女矣。甲归，讼于官。官乃书迂也，断归前夫。妇几次求死。余大非之，然案已定，不便驳。逾数年，余回皖，闻江北有土豪甲，强娶乙未婚之妻，十余年已生数子。乙归，控于县，不决，复控于省。皖抚委王守鹤笙往谳，余遇诸归途①，问曰："按例定耶？"曰："否。甲富而乙贫，妇已生子女，若按例断离，妇必死，乙又何必娶此已婚之妇耶？已重罚甲银，付乙另娶妇，案结矣。"余服王守善断狱。此不必按例②之事。

今译：我任直隶按察使时，有某县甲某这个人，外出十多年没回家，也没有信寄到家里。甲某的岳母把他的未婚妻改嫁给乙某，已经生了儿子和女儿了。甲某回到家，向官府告状。当地县令是个书呆子，他将这位妇女判归她先前的未婚夫甲某。这个妇女几次寻死。我非常不赞成，然而案子已经判定，我不便驳回。过了好几年，我回到安徽，听说江北有个土豪甲某，强娶乙某未婚妻，十多年里已经生了好几个孩子。乙某回了家，在县里告状，县里不能决断，他又往省里去控告。安徽巡抚委任王鹤笙知府来该县审案判决，我在王知府回来的路上遇到了他，问他说："你这次是按《大清律例》中的法律条例来定案的吗？"他回答说："不是。甲某富裕而乙某贫穷，那个妇女已经生了孩子了，假如按条例来判离异，那个妇女一定会为此而死的，乙某又何必娶这个已婚的妇女呢？已经重罚甲某的银子，付给乙某另外娶媳妇，此案已经办结了。"我佩服王知府善于断案。这是无

---

① 据周馥自撰《年谱》：周氏于光绪十四年十二月十三日到保定接臬司印，正式上任。光绪二十年八月初一交卸臬司印，九月任筹办后路粮台事宜，为甲午中日战争中的中国军队采买转运军械粮饷，历尽艰辛。次年三月中日和议达成，周氏自请开缺，蒙皇上批准。周氏五月遂乘船南归，光绪二十二年正月携子学渊、孙周达等人回建德祭扫祖墓。家训所言回皖应在此年。王守鹤笙：守即知府别称。周馥称同僚，多称字、号，偶尔称名。鹤笙疑即云南昆明县人、咸丰六年进士王汝砺的号，此人于光绪十三年后由刑部广东司郎中外放，长期任安徽太平府知府，光绪二十二年调任安庆知府。

② 例：清代最重要的法律形式之一，例是统称，可分为条例、则例、事例、成例等名目。此处指《大清律例》中的条例。

须（机械地）按法律条例来断案的事。

贵池桂丹盟[①]先生超万守扬州日，有甲，以女许乙之子，将迎娶矣，甲闻乙妇乃彼前婢也，悔，欲离婚，讼之。丹盟判曰："昔为尔婢，今为乙妇，妻从夫贵，不得再以婢论。"断速迎娶。

今译：贵池桂超万先生做扬州知府时，有甲某，把女儿许配给乙某人的儿子为妻，乙某家就要来迎娶这个姑娘了，甲某听说乙某的老婆就是自己家从前的婢女，就后悔了，打算退婚，为这事打官司。桂知府判案说："（那个妇女）往日是你的婢女，现在是乙某的妻子，妻子跟着丈夫而贵，不能再把她视为婢女。"判决乙某尽快迎娶甲某的女儿。

霍邱裴浩亭[②]大中为无锡令，有甲订乙女，以贫，久不娶。乙故催之，意欲使甲悔婚。甲不决，讼之官。乙曰："我女即往，必饿死。"浩亭问甲曰："尔力尚能谋生，需资几何？"曰："有洋银一百元可矣。"浩亭如数与之，订期娶焉。余三十年前过无锡，访浩亭，见署外有老妇提红鸡蛋一篮，问何事，曰："新妇生孙，来叩谢大老爷。"余闻之，甚赞浩亭爱民。

今译：霍邱县裴大中（字浩亭）先生做无锡县令，有甲某与乙某人的女儿订了婚，甲某因为贫穷，很久没迎娶。乙某特意催促对方娶走自己的女儿，本意是想使甲某悔婚。甲某仍没有行动，乙某便向官府起诉了甲某。乙某说："我女儿如果嫁给他，一定会饿死。"裴县令问甲某说："看你的能力仍然可以谋求生计，（如果迎娶新娘）需要多少钱？"甲回答说："只要外国银圆一百元就可以了。"裴县令

① 桂丹盟：1784—1863，名超万，字丹盟，贵池人，道光十三年进士，署阳湖知县，后任栾城知县，永定河同知、扬州府知府、苏州知府，累官至署福建按察使司按察使，所至勤政爱民，清操励俗，政绩载入《清史稿·循吏传》中。有《惇裕堂文集》四卷，《养浩斋诗稿》九卷、续稿五卷，《宦游纪略》六卷传世。

② 裴浩亭：裴大中（？—1911），字浩亭，安徽霍邱人，文童出身。光绪年间先后任无锡、昭文、上海等县知县，通州知州。所至勤政爱民，颇负能员之誉。后来遭谗毁，落职。著有《宋五子札记》。周馥《感怀平生师友三十五律》有《裴浩亭刺史》一首，即赞美他。

如数给了甲某这么多钱，甲某立即订了婚期，娶回新娘。我三十年前路过无锡，拜访裴先生，看到县署外有个老年妇女提着一篮染红的鸡蛋，我问她来县署有什么事，她说："我儿子娶的新娘生了孩子，我来叩谢大老爷。"我听说了这件事的始末，很称赞裴县令爱民。

余尝闻某县有强奸已成之案，官以其处女也，先未字人，遂断归奸夫。女不从，自尽。又闻有和奸之案，夫欲休妻，官亦断归奸夫。二案问官荒谬已极，闻均劾罢。

以上四事，系必按例讯断无可移者。

今译：我曾听说某县有一件已经办结了的强奸案，县官因为被强奸的女孩是处女，之前还没许配于人，于是就判这个女孩嫁给强奸她的男子。那女孩不同意，自杀身亡。又听说有已婚妇女与男子通奸的案子，丈夫打算把妻子休掉，官府也把这个妇女判给通奸男子。这两桩案子的问案地方官荒谬到了极点，听说均被弹劾、罢官。

以上这四件事（两件已订婚而欲悔婚案，一件强奸案，一件私通案），是必须按《大清律例》中的法律条例来审讯、判决，不可改动的。

有一显宦，性不好佛。其母死，家人、戚族欲延僧讽经，显宦执不可，大拂众意，几致龃龉。后不得已，使人于柩前读儒书解之。他日家人伺其他出，仍讽佛经。

有一显宦家，妇女食素诵佛，显官不乐，逼使茹荤，禁讽佛经，致酿命案。

有一名士，好古，常鄙俗礼。妻死，凡殓含[①]一切，杂取《仪礼》诸书行之，他人不能办，彼自劳手足，耗财多，不适于时，乡党皆嗤之。

以上三事颇近于礼，然习俗难移，何必以此与家人大忤？失从

① 殓含：入殓礼俗。殓：入殓，给死者穿衣，放进棺材。含：古时丧葬时放在死人口里的珠玉。天子用玉，诸侯用璧，士用米、贝。

宜、从俗之道矣。

今译：有一位职位显赫的官员，生性不喜欢佛教。他母亲死了，家里人、亲戚与族人打算延请和尚念经超度，这个大官坚决不同意，大大违逆了众人心意，差不多引发争吵。他后来不得已，使人在母亲棺材前面朗诵儒家典籍来解除冲突。后来家里人趁他外出时，仍然（请僧人）念诵佛经。

有一个大官家庭，妇女（老婆、女儿等女性）吃素念佛，这个大官不开心，逼家里妇女吃荤，禁止念诵佛经，以致酿成死伤人命的案子。

有一个名士，爱好古代风俗礼仪，平时瞧不起世俗通行的礼仪。妻子死了，凡是给死者穿衣、把死者放入棺材、在死者口里放入珠玉这一切丧礼，他混合采取《仪礼》等古代礼书的规定来照着做，他人因为不懂那些书上记载的先秦古礼，办不了，他亲自动手动脚，耗费很多钱财，在当时不适用，乡亲们都嗤笑他。

以上三件事与礼制规定很相近，然而因为习俗难改变，何必以自己的那套做法与亲人对着干？违背从宜、从俗（礼要求人怎么适宜、流行，便怎么做）的原则。

昔提督曹荩臣克忠[①]在甘肃督兵剿回时，回势已蹙，求降，曹许之。曹曰："我许彼降，彼防守必懈，夜出兵大击之，此与韩信破齐同术。"[②] 曹剿回颇有功，而时人有以此事为非者。

今译：往日曹克忠提督在甘肃带兵围剿回民之乱时，回民势力已

---

① 曹克忠：1826—1896，直隶天津人，初投效湘军，嗣从多隆阿，积功至都司。咸丰十年，令募五百人为忠字营，大破援贼于潜山、太湖，洊擢参将，赐号悍勇巴图鲁。挂车河之捷，擢副将。克桐城、宿松诸城，以总兵记名。同治年间，镇压陕甘回民起义军有功，先后被授"河州镇总兵"，署理"兰州提督"。光绪九年，授广东水师提督。谥果肃。

② 据赵尔巽等撰《清史稿·卷四百三十·列传二百十七·曹克忠》载："（曹氏于同治年间）后从多隆阿西征，武关、同州诸战皆从。二年，攻羌白镇，克忠单骑往谕贼，贼请降，察其诈，潜师会攻，下之，乘胜夺王阁村，予一品封典。"家训此条与《清史稿》所述有异，事件真相待考。

经大大削弱，请求投降，曹氏答应了。曹氏说："我答应接受那些回民投降，对方防守必定松懈，我夜里出兵猛击，这与韩信破齐国的招数相同。"曹提督剿平回乱很有功，而当时有人认为这件事做得不对。

同治二年，李文忠抚苏。攻苏州城外贼垒殆尽，贼惧欲降。提督郑一峰国魁[①]侦知之，单骑入城喻贼。贼酋曰："非不降也，疑惧，未敢发耳。"郑邀酋至城外山上，指天誓以不死，酋允诺。时程方忠学启[②]总统前敌各军，闻之，复自率数骑入城喻之。各酋留宴，酒半酣，适有贼卒来言："程大人随兵有取我矛者。"方忠闻之，鞭其随兵谢焉。降期已定，酋先约献半城，自某街以北归官军，某街以南暂归降卒；并求立十营，以降酋为营官。程皆许之。程归，出城，马上细思："一矛得失极细事，乃靳不予，此贼降后安可制耶?"密禀李文忠曰："贼降后，必尽杀之，遣散其众。"文忠曰："杀降，大罪也。"方忠曰："非如此办。我行矣。"文忠不得已许之。降之日，文忠驻方忠营中，大酋九人来谒，赏顶帽酒食。方忠密遣人持衔版禀曰："戈登请帅往议事。"戈登者，英国人，时练华兵助文忠剿贼者也。文忠行，甫出营门，方忠鸣炮一声，兵弁将九酋及从者数十全戮之。时郑一峰在他棚酣饮，闻声出而阻之，已不及矣。一峰欲责备方忠，而方忠已他往，嗣是一峰与方忠不睦。逾年，方忠攻嘉兴，战殁，谥忠烈，勇敢善战，多智略，为平吴战将第一。后三十余年，余侍李文忠济南旅馆，夜坐偶谈及前事，文忠尚以为歉。余曰："方忠勇决，诚不可及，然投降者许以不死，而复杀之，似伤天理，失大

---

① 郑一峰国魁：郑国魁（1828—1888），字克义，号国魁，安徽合肥县人，年轻时为人凶狡，屡犯命案，当过盐枭和枪船头目，曾投太平军，后来又被清廷招抚，同治元年成为李鸿章属下的淮军将领，在招降苏州太平军时，他起了很大作用，后来积功升为署理天津镇总兵。

② 程方忠学启：程学启（1829—1864），字方忠（中），安徽桐城人，被掳入太平军，佐叶芸来守安庆，咸丰十一年（1861）接受曾国荃招降，从曾氏兄弟破安庆，后屡立战功，升为游击和参将。同治元年（1862）从李鸿章至上海，领"开字营"，成为淮军将领，以功升副将、加提督衔总兵，实授江西南赣镇总兵，淮军能守住上海并收复江苏，程氏功居第一，同治三年二月攻嘉兴时中弹负重伤，死于苏州，谥忠烈。

信。降酋何致复叛？当时似欠处置之方耳。”文忠颇是余言。

以上二事不合例，而皆成功，然毁誉各半，非素讲学问，胸有成竹，临时处此等事，难免张皇失据。

今译：同治二年，李鸿章（文忠公）任江苏巡抚。把苏州城外贼兵（即太平军）防卫的堡垒差不多全部攻占下来，太平军害怕了，打算投降。郑国魁提督侦察到这种情况，于是单身一人骑马进入苏州城劝导太平军头领。头领说：“不是不想投降，是担心害怕，不敢行动。”郑提督邀请头领到城外山上，指天发誓，不会处死他，头领答应投降。当时程学启统一指挥第一线与敌对阵的我方各军，听说了这件事，又自己带几个人骑马进入苏州城劝降他们。各头领留程大人，设宴招待，大家饮酒半醉时，恰好有太平军士兵来报告：“程大人随从士兵拿走了我的长矛。”程学启听到这句话，用鞭子抽打拿走长矛的随从士兵，向对方道歉。投降日子已经确定了，太平军头目先约定献出苏州城一半，从某条街道以北归还清军，某条街道以南暂时让投降的太平军士兵占据；并要求设十个营，以投降的头目为营官。程全部答应了对方要求。程学启于是回营，出了城，骑在马上仔细思考：“贼兵一支长矛被我的随从拿走，是极细小的事，对方竟然吝啬不给，这些贼兵投降后，官兵怎么能控制得住呢？”于是私下禀告李鸿章（文忠公）说：“贼兵头领投降后，一定要全部杀掉，再遣散他们手下的士兵。”文忠公说：“杀已经投降的人，是大罪啊。”程学启说：“不这么做的话，我就走人。”文忠公没法子，只好答应了。太平军投降那天，文忠公待在程学启军营中，太平军大头目九个人来拜见李鸿章，后者赏他们顶戴帽子，还有酒食。程学启偷偷派人拿着假名片禀告李文忠公，说：“戈登请大帅去他那里商议事务。”戈登这个人，是英国人，他当时训练上海租界里的华人士兵帮助文忠剿太平军。文忠离开，刚出程氏军营营门，程氏放了一声大炮，程氏部下的兵卒将投降官兵的九个头目以及随从数十人全部杀死。当时郑国魁在其他营幕里畅饮，听到杀戮声音，出来阻止，已经来不及了。国魁打算责备程氏，而程氏已到别处去了，从这以后，郑国魁与程学启关系搞僵了。过了一年，程氏攻打嘉兴，战死，朝廷赐他“忠烈”谥号，他勇敢善战，智略多，战功是平定江苏的战将里的第一名。三十多年后，我在济南旅馆，陪侍李文忠，夜里坐着，偶然谈到先前这件事，文忠公尚有歉意。我说：“程学启勇敢果断，确实是其他人赶不上的，然而对投降的人，许诺保全他们性命，而又杀了他们，似乎伤害天理，失去信用。投降了的头目怎么可能再次背叛官府？那个时候，似乎欠缺好的处置方式。”文忠公很赞同我的话。

以上二件事，不合通常例子，却都成功了，然而批评、赞扬他们的人各占一半，不是平常讲求学问，胸有成算，临时遇到这类事情，难免慌里慌张，失去依靠。

问：事到万难措手之时，律、礼不能行，人情无可恃，将如之何？

曰：事有常变，处之之法亦有常变，断无无可处置之理。观孔子瞯亡往拜阳货、微服过宋，及去食、去兵，民信之言，可以悟矣。

今译：问：事情到了简直没办法可想的时候，法律、礼仪行不通，人的情面（即个人与家庭背景关系）也没有可以依赖的，那将怎么办呢？

答：事情有平常和变异的，处理它们的办法也有平常方法和变通方法，绝对没有无法处理的道理。看孔子瞅阳货不在家中而去拜见阳货、改变平常穿的衣服以避人耳目经过宋国，以及（弟子问孔子在治理国家遇到不利情形时应该如何做，孔子说过：处境不好的话）不得已可以去掉粮食和军备，民众对国家的信心万不可失（如果民众对国家没有信心，国家便无法立足）之类的话，就可以领悟（通权达变的诀窍）了。

事虽当理应行，而势机不合，必劳而无功，或返致败失，自应待时相机。若听谀我者怂恿轻举，悔无及矣。即当可行之时，其处事方略各有不同，未可胶柱鼓瑟①，有先植其纲而后布置条目者，有逐步做去、积日见功者，有先从难处下手，余则迎刃而解者，有先致力于彼而后返旆于此者，务须审机度势，询谋老成，若钝汉不度事理，徒袭已往成迹，鲜不失矣。

今译：某件事虽然按理而且应该去做，而当时的局势、时机不合适，（如果做了）一定会辛苦一番而没有收获，或者反而招致失败，自然应该等待观察时机。假如听阿谀奉承我的人一番鼓动而轻率行事，后悔就来不及了。就是遇到可以做的时候，做事的方式方法也各有不同，不可固执拘泥，不知变通，有的先布置大纲而后安排条目，有的是先一步步去做、日积月累而见到功效，有的是先从难处着手，剩下的就迎刃而解，有的是先从另外一个地方用力而后转过身来到此处用力的，（方式各有不同，但）务必仔细观察时机，揣摩形势，向老成的人询问计策，那些蠢笨的人不衡量事物情理，单纯地蹈袭前人的做法，很少不失误的。

大凡处一己之事在让，如“贫与贱，不以其道得之，不去”② 是也。处一家之事在和、在俭。孔子谓：“父为子隐，子为父隐。”谓卫公子荆善居室，苟完苟美是也。③ 处国家之事在安而不扰，宜宣上德、尊国体，尤以固民心为重，不可有幸功图便之心，须时存杜患防危之念。即建旋乾转坤事业，亦只从顺民心做起。

今译：大致说来，处理个人的事务重在谦让，就好比孔子倡导的“贫困与下贱，如果不能通过正当的途径摆脱它，那就接受它”做法

---

① 胶柱鼓瑟：音 jiāo zhù gǔ sè，比喻固执拘泥，不能变通。柱：瑟上调弦的短木，它被粘住，就不能调整音高。

② 语出《论语·里仁篇》，原文是：子曰：“富与贵，是人之所欲也，不以其道得之，不处也；贫与贱，是人之所恶也，不以其道得之，不去也。”原文第二个“得之”，意思是“去之”。

③ 典出《论语·子路篇》，原文是：子谓卫公子荆，“善居室。始有，曰：‘苟合矣。’少有，曰：‘苟完矣。’富有，曰：‘苟美矣。’”“父为子隐”二句也是出于此章。

一样。处理一家的事务，重在和睦、在节俭。孔子说：“父为子隐，子为父隐（父亲为儿子隐瞒，儿子为父亲隐瞒）。”（这是家庭人际关系和睦的表现。）孔子还赞扬卫国公子荆善于居家过日子，他家里稍微有点，便认为“差不多完备”，家里再添置一点，便认为“差不多完美”，这种知足而不奢侈，就是节俭的表现。（他们都值得效法。）处理国家的事，重在使老百姓安定而不受惊扰，应该把皇上的恩德广施于民、尊崇国家体制，尤其把凝聚民心看成最重要的事，不可有侥幸立功、贪图便利的心，必须时刻存着杜绝祸患防备危险的念头。就是建立扭转乾坤的伟大事业，也只是从顺应民心开始做起。

人处大小事，贵先有一段真实意贯注其中，勤勤恳恳，不可放松一步。“《康诰》曰：‘如保赤子。’心诚求之，不中不远。”[①] 可谓善譬矣。人能如此存心，所处之事虽不能如圣贤分寸合度，要无大段不是处。余曾闻人言，国初靳文襄公辅[②]，治河最精，而谋国之忠，处心之厚，为近世所罕见。尝条陈治河利害，上诘责，必详悉覆陈，得请乃已。部臣挑剔，胪举弊病以告，有人诬劾讥讪，从不出一怨词。曾被谪为安东典史[③]，即单车之官，毫无愠色。旋复河督任，亦无喜色。迨罢斥居家，恂恂如儒者，犹以未尽职事为憾。今人一遭挫折，

① 这段话抄自《大学》，原文作：“《康诰》曰：‘如保赤子。’心诚求之，虽不中，不远矣。”

② 靳辅：1633—1692，字紫垣，辽阳州（今辽宁辽阳）人，隶汉军镶黄旗，顺治九年（1652）以官学生考授国史馆编修，后历任内阁学士，安徽巡抚、河道总督等职，在任上对黄河、淮河、大运河作了综合治理，成效显著。去世后，清廷赐祭葬，谥文襄，著有《治河方略》，为后世治河的重要参考文献。

③ 靳氏谪为安东典史这件事，《光绪安东县志》未载，也不见他书记载，恐为传闻。据《清史稿·卷二百七十九·列传六十六靳辅传》、王士祯《靳文襄公辅墓志铭》可知：康熙十六年靳辅调为河道总督，康熙二十年五月，因三年内使黄河水归故道的许诺没实现，靳氏自请下部议处，康熙帝遂予革职处分，但仍命他戴罪督修。至二十六年，靳氏十年间治水卓有成绩，使黄、淮安流，百姓众口称颂。二十七年，受诬告再次革职。二十八年，康熙帝南巡阅河，命靳氏扈从，帝亲见治河成效，遂恢复靳氏衔级。靳氏闲居三年里，奉帝命，三次承担临时性视察水利事务，三十一年，被重新启用为河道总督，是年十一月，卒于任所。典史：元各县设典史，为县尹属官，掌收发公文。明沿置，职掌与元同。清典史掌缉捕与狱囚，如无县丞（掌粮马）或主簿（掌巡捕），亦兼领其职。

辄废然思返，器量不及远矣！

今译：一个人处理大大小小事务，贵在先有一段真实的情感灌注在自己的行动中，勤勤恳恳，不可放松一步。《大学》有这段话："《尚书·康诰》说：'（爱护百姓，）像爱护婴儿一样。'内心真诚地追求它，即使未达到目标，但不会离目标太远。"可说是善于打比方说明的了。人如果能够存着这样的诚心，他所处理的事虽然不能如同圣贤那样完全一致，但总体上不会有特别不对的地方。我曾听人说，我朝开国初年，靳辅（文襄公）治理黄河的方法最为精密，而谋划国事的忠诚，心地的宽厚，为近代所罕见。他曾上书列举如何治河的方案，皇上责问时，他必定详细地把自己对河道情形的了解答复皇上，直到他的治河方案获得皇上准许才停止。朝廷六部中大臣们吹毛求疵，他一一列举其他治河方法的弊病来回应对方，有人妄加不实之词弹劾他、嘲笑他，他也从来不发一句怨言。曾被贬官，任安东典史，他立即乘坐单车赴任，丝毫没有愠怒的脸色。不久复职再次担任河道总督，他也没有喜悦的脸色。等到被罢官斥退，住在家里，恭谨温顺如同儒士，仍以自己未能尽力做好本职工作而感到遗憾。现在的人一遭到挫折马上就心灰意冷地打退堂鼓，胸襟气量远远比不上靳公这样的人啊！

【录格言数则】

胆欲大而心欲小，智欲圆而行欲方。（孙思邈①）

今译：胆量要大，心眼要细，智谋要灵活周全，行为要端正。（孙思邈）

善启迪人心者，当因其所明而渐通之，毋强开其所闭；善移风易

① 孙思邈：京兆华原（今陕西省铜川市耀州区）人，唐代医药学家、道士，被后人尊称为"药王"，他医德高尚，著述甚多，所著《千金要方》及《千金翼方》，在后世影响极大。

俗者，当因其所易而渐反之，勿轻矫其所难。（《畜德录》[①]）

今译：善于启迪人心的官员，应该在人们已懂得一些道理的基础上再渐渐开导，使他们通达事理，而不能（急于求成，）强行灌输人们听不懂的知识；善于改变不良风俗的人，应该从民众容易做到的地方渐渐加以改变，而不能随便地（用强制手段）去纠正难以改变的习俗。（《畜德录》）

当官者先以暴怒为戒，事有不可，当详处之，必无不中。若先暴怒，只能自害，岂能害人？（《童蒙训》[②]）

今译：当官的人首先要警戒暴怒，如果遇到不对的事情，应当慎重周详地处理它，必定会处理得很恰当。假如先暴怒，只能伤害自己，岂能伤害他人？（《童蒙训》）

做官想到去之日，做人想到死之日，更当留一二好事与人间。（熊幼庵[③]）

今译：做官要想到离开的那一天，做人要想到死的那一天，更应该给人间留下几件好事。（熊幼庵）

安详是处事第一法，涵容是处人第一法，置富贵、贫贱、死生、

---

① 《畜德录》：训诲类著作，二十卷，清朝席启图撰。席氏字文舆，震泽人，官至内阁中书，该书取周、秦以来迄于元、明嘉言善行，分立志、为学、读书、省克、养生等二十一类，亦间附评论与发挥。取古语“君子多识前言往行以畜其德”之义以名书。此条乃录自陈宏谋《从政遗规·卷下·熊勉庵宝善堂居官格言》，只是将原文中“移易风俗”改成“移风易俗”。明代洪应明《菜根谭》已有此条格言，清代金兰生《格言联璧·从政类》也收录了此条。

② 《童蒙训》：又称《吕氏童蒙训》，共三卷，宋代吕本中撰，是一部极有影响的训蒙书。此条乃录自陈宏谋《从政遗规·卷上·吕东莱官箴·舍人官箴》，为吕本中《官箴》中的格言，《童蒙训》中不见此语。

③ 此条录自陈宏谋《从政遗规·熊勉庵宝善堂居官格言》。熊幼庵：应作熊勉庵。熊氏名弘备，字勉庵，淮安人。陈编《从政遗规》摘录了熊氏《宝善堂居官格言》五十九条，其中就有“做官想到去之日”这一条。叶玉屏《六事箴言·居官》录入此条，末句作“便当留一二好事与人间”，从语气看，“便当”比“更当”合适。

常变于度外，是处心第一法。[①]

天地万物之理，皆始于从容，而卒于急促。急促者，尽气也；从容者，初气也。事从容则有余味，人从容则有余年。[②] 物忌全盛，事忌全美，人忌全名，是以君子见益而思损，持满而思溢。[③]（以上吕新吾）

今译：举止安静，从容不迫是处理事务的最好的办法，大度包容是处理人际关系的最好办法，把富贵、贫贱、死生、顺境逆境放在考虑之外，是调养心灵的最好办法。

天地万物的发展规律，生命都是在舒缓从容的状态下开始，在急促的状态下终结。急促，是因为生命之气快完了；从容不迫，是因为开始时的生命之气充盈。做事情从容不迫，就会游刃有余，做人从容不迫，就会健康长寿。事物忌讳达到顶点，事情避免极其完美，人忌讳声誉无瑕，因此君子见到利益就要考虑让它减损一些，端盛满的水就要担心水要往外流出。（以上吕新吾）

程子曰："一命之士[④]苟存心爱物，于人必有所济。"[⑤]

凡人不必待仕宦有位、有职事方为功业，但随力到处有以及物，即功业矣。

仕宦至卿相，不可失寒素体。[⑥]（李燔）

---

① 此条录自吕坤《呻吟语·卷之一·内篇·存心类》。原文作：宁耐是思事第一法；安详是处事第一法；谦退是保身第一法；涵容是处人第一法。置富贵、贫贱、死生、常变于度外，是养心第一法。

② "天地……余年"句：录自吕坤《呻吟语·卷之三·内篇·应务类》。

③ "物忌……思溢"句：录自《呻吟语·卷之二·内篇·修身类》。"人忌全名"至"是以君子见益而思损"中间，原文尚有"是以天地有欠缺之体，圣贤无快足之心，而况琐屑群氓，不安浅薄之分，而欲满其难厌之欲，岂不妄哉"等句未摘录。

④ 一命之士：低微的官职。周代官阶自一命至九命，贾公彦《周礼疏》："一命，谓下士。"

⑤ 此条摘自《近思录·卷十·政事》，"程子曰"原文作"明道先生曰"。《近思录》则摘自《二程文集·卷十二·明道先生行状》，《行状》原文作：先生常云：一命之士，苟存心于爱物，于人必有所济。爱物：此处指爱他人。

⑥ "凡人"条与本条均录自脱脱主纂《宋史·列传第一百八十九·道学四·李燔传》。李燔：1163—1232，字敬子，南康建昌（今江西永修）人，绍熙进士，受学于朱熹，为其高足，曾为襄阳府教授、白鹿书院堂长。谥文定。

今译：程先生说："地位最低微的小官，如果存心关爱他人，对于他人必定会有帮助。"

（李燔先生说：）普通人不要等到做官有地位、有职务才开始建功立业，只要在力所能及范围内，给他人带来助益，就是建功立业了。

入仕做官即使做到卿相，也不能失去清贫俭朴的本质。（李燔）

当大事，要心神定，心气足。①

学者只能心平气和，便有几分工夫。心平气和人遇事却执持担当，毅然不挠，便有几分人品。②

气忌盛，心忌满，才忌露。③（以上吕新吾）

今译：遇到大事时，要做到心神安定，心气充足。

学者只要能做到心平气和，便有几分本事。心平气和的人遇到事情的时候，却能坚持，承担责任，坚强不屈，就会有几分人品。

意气不能太盛，欲望不能太满，才干不能太显露。（以上吕新吾）

处心不可著，著则伪；作事不可尽，尽则穷。邵子诗曰"夏去休言暑，冬来始觉寒"④，则心不著矣；"美酒饮教微醉后，好花看到半开时"⑤，则事不尽矣。（《困学纪闻》⑥）

今译：存心不能太执着，太执着就会弄虚作假；做事不可做绝，

---

① 此条录自吕坤《呻吟语·卷之三·内篇·应务类》。

② 此条录自《呻吟语·卷之二·内篇·问学类》。《呻吟语·卷之四·外篇·品藻类》也有类似的话：心平气和而有强毅不可夺之力，秉公持正而有圆通不可拘之权，可以语人品矣。

③ 此条录自《呻吟语·卷之二·内篇·修身类》。

④ 为邵雍《伊川击壤集·卷七·重九日登石阁三首》第一首里的诗句。二句原文作："夏去休言暑，冬来始讲寒。"译文当从。

⑤ 为邵雍《伊川击壤集·卷十·安乐窝中吟》第七首里的诗句。

⑥ 《困学纪闻》：南宋学者王应麟所撰的学术札记，内容涉及经、史、诗文、地理等传统学术的各个方面，其中以论述经学为重点。后世学者对此书评价很高。《困学纪闻·卷十八·评诗》原文作：张文饶曰：处心不可著，著则偏；作事不可尽，尽则穷。先天之学，止是此二语，天之道也。邵子诗"夏去休言暑，冬来始讲寒"，则心不著矣；"美酒饮教微醉后，好花看到半开时"，则事不尽矣。

做绝自己就会陷入绝境。邵雍先生诗说“夏天消逝了，不必再谈夏天气候炎热，冬天来了，可以谈论天气寒冷”，（持这种随缘自在的心态，）那么，一个人的心就不会太执着了；“美酒只能饮到微醉，赏花应该趁鲜花半开时”，（懂得这个道理，）好的事情就不会终结了。(《困学纪闻》)

英气最害事，浑含不露圭角，最好。(薛文清[①])

今译：聪明外露的气质最妨碍做事，含蓄不露锋芒，才是最好的。(薛文清)

人能平得有己之心，则为贤矣。

内刚不可屈，而外能处之以和者，所济多矣。

君子当先处己至于义足，而后委之命，可以无悔。

阅人多矣，而不变为难。公曰：“以之遇则可以成功，以之不遇则可以免祸者，其唯晦乎？”[②]（以上韩魏公[③]）

今译：人如果能抑制时刻不忘自己的心，就是贤人。

内心刚强不可屈服，而对外能以和平心态与人相处，得到的益处就多了。

君子应该首先以最严格的道德标准要求自己，而后听从于命运的安排，这样，就能让自己不后悔。

我观察过的人多啊，而不改变内心操守的很少见。韩魏公（韩琦）说：“凭借着它，遇到好的机会就可以成功，没有遇到好的机会就可以免祸，这个‘它’，大概就是韬光养晦吧？”(以上韩魏公)

---

① 此句录自薛瑄《读书录·卷四》。原文首句作“英气甚害事”。薛文清：明代理学家薛瑄。叶玉屏《六事箴言·持身》也摘录了此句，全文作：薛文清曰：英气最害事，浑含不露圭角，最妙。

② 以上四条均录自据宋王岩叟撰《忠献韩魏王别录·中》。北京首都图书馆藏该书明正德九年张士隆重刊本。

③ 韩魏公：韩琦（1008—1075），字稚圭，号赣叟，相州安阳人，北宋名臣，官至宰相，封魏国公。他气量宽宏，执政有方。

或曰天下事非力不办，罗点[①]曰："当先论其心，心苟不正，才虽过人，果何取哉！"

罗点曰："君子得志常少，小人得志常多。盖君子志在天下国家，而不在一己，行必直道，言必正论，往往不忤人主则忤贵近，不忤当路则忤时俗。小人志在一己，而不在天下国家，所行所言，皆取悦之道。用其所以取忤者，其得志鲜矣；用其所以取悦者，其不得志亦鲜矣。"（以上《宋史·罗点[②]传》）

今译：有的人说：天下的事没有力量就办不了，罗点说："首先应该审察他的内心，他的内心假如不正直，才能虽然超过别人，其实又有什么可取之处呢！"

罗点说："君子得志的往往很少，小人得志的往往很多。因为君子以国家和天下为己任，而不是为了自己一人，他走的一定是正道，说的一定是合于道义的话，往往不触犯皇帝，就会触犯勋贵与近臣，不触犯执政大员，就会触犯时俗。小人的志向在一己之利，而不在天下国家，他的行为和言语，都是讨权贵欢心的那一套做法。因此，采用与权贵和时俗相抵触的做法的君子们，其中得志的就稀少了；采用讨好权贵那套做法的小人们，其中不得志的也稀少了。"（以上《宋史·罗点传》）

---

① 罗点：1150—1194，字春伯，号此庵，宋抚州崇仁人，六岁能文，孝宗淳熙二年进士，累迁校书郎，官至代理兵部尚书。宁宗立，拜端明殿学士，签书枢密院事，其人天性孝友，正直端庄，敢进谏言，曾师从陆九渊，卒谥文恭。有《奏议》《书春秋孟子讲义》。《宋史·卷三百九十三》有传。

② 《宋史》：二十四史之一，于元末至正三年（1343）由丞相脱脱和阿鲁图先后主持修撰，共四百九十六卷，含《本纪》《传》《志》《表》四个部分，是正史中卷帙最浩繁的一部。《罗点传》收录于《宋史·列传第一百五十二》。

卷下

待　人

待家庭骨肉宜厚，以欢愉、感化为主。待戚友、乡党亦宜厚，俾无失所为要。刑例论亲戚之罪，重奸不重盗，其义可想。《书》曰："孝、友、睦、姻、任、恤"[1] 六字义已尽之。即无财周济，要当情意周挚。

今译： 对待兄弟姐妹和亲人以宽厚为宜，以欢乐愉快、以情感人为主。对待亲戚朋友、乡亲也以宽厚为宜，务必不要让他们流离失所。刑法律例判决亲戚所犯下的罪过，重视奸淫而不重视偷抢，其中的意味可想而知。《尚书》说："孝、友、睦、姻、任、恤"（对父母孝顺、对兄弟友爱、对邻里和气、对妻子以礼相待、对社会有责任感、体恤老百姓）六个字意思已经表达完毕，即使没有钱财周济至亲好友与乡邻，也应该做到情意周到诚恳。

问：人情不同，事理多变，概从厚施，可乎？

曰：在我总以不失厚道为本。

今译： 问：每个人的实际境况不同，处事的道理也复杂多变，全部都按照丰厚的标准施舍给他人，可以吗？

答：从我这一方来说，总以不失仁厚之心待人为基本原则。

① 语见《周礼·大司徒》："以乡三物，教万民而宾兴之……二曰六行，孝、友、睦、姻、任、恤。三曰六艺，礼、乐、射、御、书、数。"

亲戚中有某甲，先善养其母，母爱女，常节所余以资其女。甲不悦，遂薄奉其母。一日，余过其门，母诉之，余劝甲：“养亲以能承欢为主。尔不读《论语》‘犬马有养’语乎？”甲大感悟。《孝经》曰“爱亲者不敢恶于人，敬亲者不敢慢于人”①，而况骨肉之间乎？

今译：亲戚中有甲某，早先赡养母亲，做得很好，母亲疼爱女儿，常常将儿子赡养她的钱物剩余部分节省下来，用以资助女儿。甲某对此不高兴，于是就将供养母亲的钱物给得很少。有一天，我经过甲某家门口，他的母亲向我诉说儿子的不是，我就劝说甲某：“赡养亲人，以能够让老人们高兴为主要宗旨。你没有读过《论语》里‘狗、马能够得到饲养（若不让父母精神得到慰藉，那赡养父母和饲养狗马怎样去分别呢）’的话吗？”甲某大大地感动并醒悟过来。《孝经》说“关爱自己亲人的人，不敢对他人态度差；尊敬自己亲人的人，不敢对他人怠慢”，何况是至亲骨肉之间呢？

溧阳陈作梅先生鼒告余曰：“叶云涯，仁人也。彼为提塘②时，京市忽有人哭诉母死无殓葬费，云涯怜而助之。后数日，其子告曰：‘前日诉母死者，诈也。’云涯愕然，曰：‘当时我之心非如此不慊也，此乃彼之过也。’语其子曰：‘尔辈心中，切勿时时患人欺诈，致薄待人。’”

今译：溧阳陈鼒（号作梅）先生告诉我说：“叶云涯，是仁慈的人。他做提塘官时候，京城市场里忽然有人哭着诉说母亲死了，自己没有收殓安葬母亲的费用，云涯因为同情而帮助了这个人。后来过了好多天，叶氏儿子告诉父亲说：‘前几天哭诉母亲死了的人，是骗子。’云涯很吃惊，说：‘当时我不这样帮助对方，心里就不满意，

① 语见《孝经·天子章》。《吕氏春秋·孝行篇》载：“故爱其亲，不敢恶人；敬其亲，不敢慢人。”

② 提塘：清代官名。由各省督、抚选派本省武进士及候补、候选守备等，咨请兵部任用，驻于京城，三年一代，称提塘官。掌投递本省与朝廷各部院的往来文书。

这件事是欺骗我的那个人的过错。'（于是）他告诫儿子说：'你们年轻人心里，千万不要时时担心别人欺骗自己，以致对人不宽厚。'"

问：防人之心似不可无。不然，厚道不易施也。近来世情险诈，厚道人常被人欺。

曰：君子待人固厚，自亦具知人之明、防人之识。孔子"不逆诈，不亿不信"[①] 之语自不易到，然人能讲求学问，则心静气平，观人自易。语云："观人于其微。"如其人遇可惨之事露出不忍之心者，遇不平之事见忿恨、意欲救援之者，见年长父执及有德之人貌恭言顺者，受人之恩常念不忘者，语及害己小人无恶言疾声者，见花草禽兽一切生物欲成不欲毁者，此皆厚道之人，遇事可以询商。然君子待人莫不出之浑厚和平，即知其小人，亦未尝露于声色，自有处之之道，或有时受其欺诳，但可欺之以其方[②]，欺一次不能欺二次。

今译：问：防备他人的心好像不能没有。不这样的话，宽厚待人的做法就不容易施行了。近来社会人情阴险狡诈，厚道人常常被人欺骗。

答：君子待人固然厚道，他本身也具备看清他人的品性的眼力、防止他人欺骗伤害自己的识别力。孔子的"不逆诈，不亿不信（不预先怀疑别人的欺诈，也不无根据地猜测别人不诚实，真的有人欺诈不诚实，却也能及早发觉）"的话，一般人自然不容易做到，然而一个人能够追求学问，就会心态平静不会生气，观察判断一个人自然容易。俗话说："观察判断一个人可以从微小的地方看起。"如果那人遇到凄惨的事露出同情心，遇到不公平的事表现出愤怒并打算救援被欺凌的一方，见到年纪大的父辈以及有道德的人，容貌谦恭，说话和顺，接受他人恩惠常常叨念不忘，谈到伤害自己的小人，不出恶语

① 语见《论语·宪问篇》。句子意思是不预先怀疑别人的欺诈，也不无根据地猜测别人的不诚实，真的有人欺诈不诚实，却也能及早发觉。

② 欺之以其方：典出《孟子·万章上》。其方：合乎情理的方法。比喻坏人用合乎情理的方法欺骗别人。

和痛恨的声音，见到花草禽兽一切生物，希望它们长成而不愿它们被毁伤，这类人都是厚道的人，遇到事情可以与他们商量，征询他们的意见。不过，君子对待他人都是出自含蓄宽厚温和平静之心，即使知道对方是小人，也不会在言语和脸色上表现出来，自然有对待这种人的方式，或许有时候受到他人欺骗，但对方只可用合乎情理的方法来欺骗，欺骗了第一次便不能欺骗第二次。

人心险薄，皆由奔竞图利而起。故乡党人较厚，市井次之，宦场又次之。而人之见识开朗，则宦场人为多，市井次之，乡党又次之。故行善以能兴学、教人为上，周济孤寡次之。

今译：人心凶险浅薄，都是由于奔走竞争以谋取利益而引起。(因为不同的地区，其利益多寡不一，）所以乡村里的人为人较为厚道，城镇里的人要次一等，做官的人又次一等。然而，论起人的见多识广，头脑灵活，就以官场里的人最多，城镇里的人少一些，乡村里人更少一些。所以，做善事以能够兴办学校、教育人为上等，接济贫困的孤儿寡妇要次一等。

余昔年捐建本邑文庙一万金，又捐周济族戚孤寡，取名“乐济会”，存典生利一万金。近已将此款改买芜湖万顷湖[①]田一千余亩，又捐银买邻田一千余亩，取名“孝友堂”，暂以济“乐济会”之不足。他日田租足额，即以孝友堂租专留济本支子孙、孤寡与极贫者、欲进学堂而无赀者。又捐池州府中学堂、建德小学堂各四千金。今欲再捐，力已竭矣。尔辈他日即不能扩充善举，断不可使已成之业废弛中辍，致负孤寡之望。

今译：我往年捐款一万金（一万块银圆）修建本县的文庙，又捐钱救济本家族和亲戚里的孤儿寡妇这些比较困难的人，特为此设了一个名目，取名为“乐济会”，所捐的钱存在典当行，获取利钱一

① 万顷圩：又名万春圩，位于芜湖金马门东二十余里。

万两银子。近来已经将“乐济会”这个息钱改买芜湖万顷圩的田一千余亩，又捐银买与圩田相邻的田一千余亩，（为管理这几千亩田的田租收益，特设了一个名目）取名“孝友堂”，暂且拿这个收益，弥补“乐济会”经济实力的不足。将来田租得到足额征收，就拿孝友堂的田租专门留着救济家族本支派的子孙、孤儿寡妇与极贫困的人、想进学堂读书而没有钱的人，又分别捐给池州府中学堂、建德小学堂各四千两银子。现在想再捐款，力量已经竭尽了。你们年轻人将来即使不能够扩大行善的范围，但也绝对不能使已经办成的慈善事业荒废中途停止，以致辜负了孤儿寡妇的期望。

问：横暴奸险之徒，宜无所施其厚矣？

曰：不然，彼岂无端而犯我耶？我以厚道存心，而又有以防之，受侮自少。

今译：问：对于蛮横凶暴奸诈阴险的人，应该不用宽厚方式来对待他们的吧？

答：不是这样的，那些人难道是毫无理由而冒犯我的吗？（大概我的行为也有点不妥之处吧？）我存心厚道，而又有防备他们的方法，受到的侮辱自然会减少。

问：倘于做官时遇此等人，权力大于我，从之不可，求去不得，将如之何？

曰：仍以厚道待之。谏之不听，奉身而退可也。彼或以我异己，而思有以中伤之，勿顾也。总要自己立定脚跟。

今译：问：假如在做官时遇到这类人，权力比我大，顺从他不行，要求离开也不能够，那将怎么办呢？

答：仍然按宽厚的方式对待他。如果劝谏他，他不听从，我抽身而退就行了。那人可能把我当作跟他志趣不同的人，想着用什么方法造谣伤害我，别顾虑这些。自己一定要做到站稳脚跟（立足道义之上）。

人未有不望子弟贤而富贵者，教之不得不严。然严不如化，化亦不易，终不如啬其用而苦其力之易入也。孟子“孤臣孽子”[①] 之言，原为大任取譬，苟欲子弟成就多，遗之财乃所以败之也。疏广[②]曰：“贤而多财则损其志，愚而多财则益其过。”诚不刊之论。余闻道光年间豫人王制军懿德[③]官声颇好，殁后不留一钱与其子，后其子孙皆诚谨能靠自己而活得有出息。王公见识可谓高人一等。余恨不能师其法，薄遗资产与尔等。若不能自食其力，转瞬即见贫困，恐堕入穷滥小人一流矣。

欧、美两洲人，皆不遗财于子，而赠财于友，有遗之者，为数亦少，或只分给其长子。又其子不能自赡其身，则不为之娶妻，故其人谋生较华人为勤，亦能谨身节用，无食鸦片、赌博恶习，此风胜于我华。

今译：没有人不希望自己家里年轻人贤良而且富贵，教导他们不得不严格。然而严格不如感化引导，感化引导也不容易，终究不如节减年轻人的开支用度并让他们经受辛苦磨炼这套做法容易行得通。孟子“孤臣孽子”（虽为当政者不容但仍对国家心怀忠诚的人）的话，原来是打比方说明承受了天降大任的人，处境不好更能得到磨炼而奋发有为，如果想要子弟们多出成就，遗留给他们的财富反而是毁了他们。汉代贤臣疏广说：“贤良的人假如财富多，就会损害他的志气，愚昧的人假如财富多，就会助长他的过失。”确实是不可磨灭的名言。我听说道光年间河南人王懿德总督为官声誉很好，去世后不留

---

① 孤臣孽子：本指孤立无助的远臣和贱妾所生的庶子，孟子借用来表示虽为当政者不容但仍心怀忠诚的人，后来可以比喻遭遇艰难困苦的人。

② 疏广：字仲翁，东海兰陵人，西汉名臣。《汉书·疏广传》载：疏广从小好学，明《春秋》，地节三年授为太子太傅。疏广的侄子疏受，当时为太子少傅。疏广任太傅五年，有满盈之惧，遂称病请求还乡。宣帝考虑到他们年迈，就答应了，并赏赐黄金二十斤，皇太子另赠金五十斤。二疏辞官回到故里之后，将金子买酒食，请族人、亲友、宾客享用，不愿把财富遗留子孙，认为财富损人志气，益人过失，招众怨。

③ 王懿德：1798—1861，字绍亭，号春岩，又号雨坡，河南祥符人，道光三年进士，官至闽浙总督兼署福建巡抚，谥靖毅。

一点钱给儿子，后来他的子孙都能诚实谨慎，能够靠自己而且活得有出息。王懿德老人的见识可称高人一等。我很遗憾没能师从他的做法，还留下了微薄资产给予你们这些后代。你们假如不能通过自己的劳动来谋生，一眨眼之间就会变得贫困，恐怕会堕落成在贫穷时啥坏事都敢做的那类小人了。

欧洲、美洲两洲人士，都不把财产遗留给儿子，而是把财产赠给友人，即使有人遗留财产给儿子，但这种人为数也很少，或者只分给他的长子。另外，如果儿子不能够自己养活自己，就不给他娶老婆，所以这两洲的人为了谋取生存比中国人要勤劳，也能够持身严谨、节约用度，没有吸食鸦片和赌博的不良习惯，这种社会风气胜过我中国。

余昔年尝与极乖张人共事，余为分其责任，使不互相牵掣，凡劳苦事、虑有后患者，皆我任之，每发一言议一事，无不出以和平，久之，彼亦折服。幸其人皆廉正无私。至大柔奸人、大险狠人，冰炭自不能融。余惟直道而行，检点经手事，着着防之，彼虽欲设计中伤，无隙可投。有时或借他事挤我、诬蔑我，我亦不与辩，惟逊让而已。我尝怪宋明党祸，未尝不由诸君子之过激而成也。

今译：我往年曾经与性情极为古怪、不通情理的人在一起做事，我为了区分各人的责任，避免互相牵扯妨碍，凡是辛苦劳累、考虑到可能带来后患的事，都由我来做，我每说一句话，每次商议一件事，没有不出于平和心态，时间长了，他们也信服我。幸运的是那些人都是操守清廉、正直无私的人。至于那些表面柔和而内心极为奸诈的人、特别阴险狠毒的人，我与这类人无法相处，就像寒冰与炭火不能相容一样。我只有遵循正道而行，慎重对待自己经手办理的事，每一步都提防他，那人虽然想设计陷害我，但我没有空子让他钻。有时那人或者借其他的事来排挤我、诬蔑我，我也不跟他辩解，只谦逊礼让而已。我曾经责怪宋代、明两代（使许多正直的官员备受磨难）的党祸，认为未必不是由于诸位君子行为过激造成的。

凡办大事，与人共患难、共功名，须有一段诚挚意固结人心，尤须度量宽洪，使人尽其所欲言。无论其言可行与否，密记于心，不可轻露。须留言者地，使其复有所言。尤不可傲己非人，不可轻喜易怒。大约达官而不能使人尽力以成治功者，皆骄、吝二字害之。能时常读书警醒此心，又延一二老成师友朝夕相处，使其尽言无隐，庶几稍救此病。

今译：凡是办理大事，与他人共处患难、共享功名，内心必须有真诚恳切的情意来牢固团结人心，尤其需要宽宏大量，使人把想要说的话都说出来。不论他的话是否可行，私下里地记在心里，不可轻易泄露。必须给说话的人留颜面，使他以后还可以进言。尤其不可骄傲自满，指责别人过错，不可随便地就高兴或者发怒。大致说来，地位显赫的官员却不能使人完全把力量使出来，从而成就平治天下的功业，都是骄傲、吝啬两个词害了他。能够时常读书（让书中圣贤的训诲）警戒惊醒自己的心，又延请一两个成熟稳重的师友，与自己朝夕相处，使他们畅所欲言，毫无保留，或许可能稍微补救这个缺点。

孔子曰：“晏平仲善与人交，久而敬之。”① 此非专为处人，亦以处己。孟子曰：“夫人必自侮，然后人侮之。”② 大约己所侮者，即是我先敬后不敬之人，而侮我者，必是先谀我昵我之人。张文端述友人诗曰：“于今道上揶揄鬼，原是尊前③妩媚人。”故结交不可不慎。

① 语出《论语·公冶长篇》。晏平仲：晏婴（？—前500年），姬姓（一说子姓），晏氏，字仲，谥“平”，史称“晏子”，夷维（今山东省高密市）人，春秋时期齐国著名政治家、思想家、外交家，历事齐灵公、庄公、景公三朝，辅政长达50余年。

② 语出《孟子·离娄上》。

③ 尊前：在酒樽之前，指酒筵上；尊长者之前，书信中的敬辞。此联诗句用了对偶修辞手法，显然用了第一义。按：张英在《笃素堂文集·卷十六·聪训斋语》中引用朋友桐城人张茂稷（字子艺，号芸圃）的“于今”这两句诗。

今译：孔子说："晏平仲善与人交，久而敬之（晏婴善于与人交往，彼此相处愈久，别人愈尊敬他）。"这句话不是专门论述与人相处，也指如何与自我相处。孟子说："夫人必自侮，然后人侮之（人必先有自取侮辱的行为，才会有他人来侮辱他）。"大致说来，自己侮辱的对象，就是我先前敬重后来不敬重的人，而侮辱我的，必定是先阿谀我亲近我的人。桐城人张英（文端公）引述友人的诗说："当今在路上捉弄嘲笑你的鬼，原来曾是酒筵上（会献媚讨好）你觉得可爱的人。"所以，与人结交，不可以不谨慎。

交游之中，安得皆胜己者？当居权位时，所提拔之人，随时量材录用，亦未必尽精金良玉，惟处心公正，赏罚皆出直道，彼自不敢眩惑。苟能从善效功，应视为同类中人。三代盛世之官吏，未必人人皆有根柢，大半观摩仿效而然，以其时君子多而小人少也。总之，无论人如何谀我、毁我，只可默自审察，不可生一毫喜忌心，否则人投隙而作弄矣。

今译：交往的人之中，怎么能都得到胜过自己的人？当处在有权的位置时，对于所提拔的人，随时根据才能大小分配一定工作，所选拔的也未必在才德上都如纯金美玉，完美无瑕。不过，存公正之心，赏罚都按正直的原则来实施，那他们自然不敢耍花招迷惑你。假如（品性不是那么纯良的人）能够依从善道，立下事功，应该把他看成是自己同类中的人。上古夏商周三代盛世的官吏，未必人人都有天赋的道德根基，其中大多是观看仿效君子行为而后成为善人的，因为这个时代君子多而小人少。总之，无论他人如何奉承阿谀我，或者诋毁我，我只能默默地审视自己，不可产生丝毫的欢喜、猜忌的意识，不然的话，他人就会利用你的弱点而玩弄你了。

大凡贫贱之人易受侮，我能恭敬有礼而无求于人则侮自寡矣。富贵之人易招誉，我能慎独克己，得失心知，誉者亦废然返矣。凡誉言十分只作三分看，且有以无作有者，誉近于谀，此人自不可近。然远

在心，不可见于声色。今世奔竞成风，人情浇薄，有遍向富贵人雌黄以傲沽名者，有向贫贱人缔交而卖声气者，此弊亦不可不知。总之，自己心中虚明，一切云烟过眼，不为动矣。

今译： 大致说来，贫困下贱的人容易受欺负，我能恭敬有礼而不求于人，侮辱自然就少了。富贵的人容易获得赞誉，我能够独处时能谨慎不苟，严格要求自己，时刻约束自己，对自己的成绩与失误心里很清楚，赞美奉承的人也会沮丧失望地返回。凡是赞誉的话，别人赞你做得十分好，只能看成是三分好，而且有的人赞扬你，会把你没有做过的好事说成是你做的，这种赞誉接近阿谀，这类人自然不能接近。不过，疏远要放在心上，不可在自己言语和脸色上表现出来。当代奔走钻营成为风气，人情不淳朴敦厚，有的人对所有的富贵人胡乱评论，凭傲慢无礼来捞取名气，有的人与贫贱人结交而炫耀自己交游广阔的，这两种人的害处也不可以不知道。总之，自己心中开朗明亮，对身外一切，看成是烟云在眼前飘过，就不会改变自己的立身处世准则了。

昔人有言："人有自命廉正，而乖僻、刻薄、常怀忍心者，宦途虽显，其家世必渐败落，或竟绝祀无后。庸吏恂恂，无盛名，亦无大过，每获善报。或言皆由民情恩怨所致。"余谓天地之道本中和，人心不出于中和，即失人心，逆天道。凡不近人情之人，非奸慝①即谬妄，虽一时卖誉取荣②，终必贾祸偾事③，尔辈切不可亲近，致染其毒。

今译： 昔日有个人说："有这种人：他认为自己廉洁正直，（实际上却是）性情乖张偏执、待人过分挑剔苛求、常常怀着冷酷的心，

---

① 奸慝：音 jiān tè，奸恶的人。

② 卖誉取荣：买誉取荣，指以不当手段博取名誉。参《管子·法禁》："说人以货财，济人以买誉。"

③ 贾祸偾事：音 gǔ huò fèn shì，招致灾祸，败事。

他的仕途虽然显达，他家的门第一定会渐渐衰微，其中有的甚至会绝了后嗣。平庸的官员恭谨小心，没有很大的名望，也没有大的过错，这类人常常获得好的报应。有人说这两类情形都是由于人世间的恩恩怨怨造成的。”我说天地之道是以中和（内心各种感情还没有发出，叫作“中”，发出了都恰到好处，叫作“和”）为本，人心不是从中和发出来，就会失去人心，违逆天道。凡是言行乖僻不合人之常情的人，不是邪恶的人就是荒谬悖理的人，（其中有的人）虽然一时可能会博取名誉，得到光荣，最终一定会招来祸患，把事搞砸，你们年轻人千万不要与这种人亲近，以免沾染了他们的毒素。

【录先哲语数则】

程子曰：“天地间只有一个感与应，更有甚事？”按：人能勘透此理，可以不失己，不失人矣。[①]

精明也要十分，须藏在浑厚里作用。古来得祸，精明人十居八九，未有浑厚而得祸者。[②]（以上吕新吾）

林退斋[③]先生临终，子孙跪膝前，请曰：“大人何以训儿辈？”先生曰：“无他言，若等只要吃亏，从古英雄为不能吃亏，害了多少事。”（《昨非录》[④]）

---

① 此条录自朱熹、吕祖谦纂《近思录卷一·道体》，原文作：明道先生曰：“天地之间只有一个感与应而已，更有甚事？”《二程遗书·卷十五·入关语录（或云明道先生语）》也收录了此句，该句作者是明道还是伊川先生，朱熹等人未能断定。该句在《负暄闲语·体道》篇已摘录。末尾几句按语（按：人能勘透此理……不失人矣）是周馥本人所作。

② 此节录自吕坤《呻吟语·卷之二·内篇·修身类》。

③ 退斋：林云同（1500—1577），字汝雨，号退斋，福建后埭（今莆田市）人，嘉靖五年成进士，为二甲第一名，后累官至南京刑部尚书，谥端简。《明史》及《江南通志》皆有《林云同传》，他秉性孝友，律己谨严，尝爱孟子“人有不为而后可以有为”之言，终身佩服，不离尺寸。读书中秘时曾题壁云：“宁饿死，不为不廉之夫；宁布衣，不为干进之士。”有《读书园诗集》等传世。清代宋若霖等纂修《兴化府莆田县志·卷十七·人物》有传。

④ 《昨非录》：明郑瑄明撰，十二卷，为劝善修身类著作，多举事例配合说教。有光绪十一年石印本传世。赵吉士《寄园寄所寄·卷六·焚麈寄》、张鉴《浅近录·八卷·卷六》均从《昨非录》摘录了此条。

今译：程先生说："天地之间只有一件事，即阴阳的感应消长得无限循环，哪里还会有其他的事？"按语：人如果能够把这个道理看得通透，就可以不失去自己，也不会失去他人。

人要十分的精明，（这样的精明又不能太显露，）必须藏在淳朴厚重的外表背后而起作用。自古以来遇到祸事的人中，精明人占了其中的十分之八九，没有淳朴厚重的人遇到灾祸。（以上吕新吾）

明代林云同（号退斋）先生临死时，子孙跪在他面前，向他请求说："大人还有什么话来教诲儿孙一辈？"先生说："没有其他的话，你们这些人只要能够吃亏就行了，自古以来，历代英雄因为不能吃亏，坏了很多事业。"（《昨非录》）

泛交之道，与其所长而避其所短，则欢心得矣。又曰："处己以难，处人以易，则无所往而不服矣。"[1]

论待君子、小人之道，公曰："一当以诚，但知其为小人，则浅与之接耳。"[2]

凡人至于小人欺己处，不觉则已，觉必露其明以破之。公独不然。明足以照小人之欺，然每受之，而不形也[3]。

君子业履[4]须当积微[5]，放过一事，便为小人所窥矣。

凡人语及其所不平，则气必动，色必变，辞必厉，惟公不然。更说到小人忘恩负义欲倾己处，辞和气平，如说寻常事也。[6]（以上韩魏公）

余行年五十，悟"五不争"之味。人问之，曰："不与居积人争

---

① 宋代王岩叟撰，北京图书馆藏明正德九年张士隆重刊本《忠献韩魏王别录·中》此句原文作：公曰："泛交之道……欢心得矣。"公曰："处己以难……则无所往而不服矣。"

② 《忠献韩魏王别录中》首句作：论待君子、小人之际。

③ "而不形也"一句，文渊阁本吕祖谦《少仪外傅》在抄录《韩魏公语录》时，作"而未尝形于色也"，明代郑瑄《昨非庵日纂·卷十二·口德》，抄作"未尝形于言也"。

④ 业履：操守、德行。

⑤ 积微：谓从细微处累积。按：吕祖谦《少仪外傅》抄录《韩魏公语录》此段文字，"积微"写作"精微"，明张士隆重刊本《忠献韩魏王别录·中》仍作"积微"。

⑥ 以上五节短文，均录自《忠献韩魏王别录·中》。

富，不与进取人争贵，不与矜节人争名，不与简傲人争礼节，不与盛气人争是非。”①（吕新吾）

今译：［魏国公韩琦说：］平常一般交往之道，要助人发挥自己的长处，回避他的短处，就会得人家的欢心。（他）又说：“对待自己用高标准来要求，对待别人用平常的标准来要求，那么没有一个地方的人不认可你。”

谈论对待君子、小人的方法，魏国公韩琦说：“一样地以诚相待，但知道那人是小人，就不跟他亲密，而是泛泛地与他交往。”

普通人对于小人欺骗自己的地方，没发觉就算了，发觉了一定会显示自己察觉到了，从而不让对方继续欺骗。唯独魏国公韩琦不是这样做。他的明察力足以发现小人的欺骗，然而还是常常（装糊涂）接受他人的欺骗，而不在自己脸色上显露出来。

君子的操守应该从细微处做起，慢慢积累。疏忽了一件事，就会被小人窥测到。

平常的人谈到别人对自己做得不公平的事，就会发脾气、变脸色，说话一定会严厉，只有魏国公韩琦不是这样的。每当说到小人忘恩负义想陷害自己时，他的言辞温和心态平静，如同说平常事一样。（以上韩魏公）

我年纪五十岁，品悟到“五不争”的滋味。人问“五不争”指的是什么，我回答说：“不和只为自己聚敛财富的人争财富多少；不和热衷仕途的人争地位高低；不和炫耀自夸的人争名气大小；不和傲慢无礼的人争礼节高下；不和逞强好胜的人争谁是谁非。”（吕新吾）

博戏②之交不终日，饮食之交不终月，势利之交不终岁，惟道义

---

① 此段录自吕坤《呻吟语·卷之三·内篇·应务类》。

② 博戏：赌输赢、角胜负的游戏。

之交可以终身。（王凤洲）[①]

交友以相下为主，当相会之时，须虚心逊志，相亲相敬，或议论未合，要在从容涵养，相感以诚，不得动气求胜，长傲遂非。[②] 大凡交友，须箴规指摘处少，诱掖奖劝意多。[③]（王阳明）

今译：赌博嬉戏朋友之间的交情不能维持一整天，酒肉朋友之间的交情不能维持到一个月，趋炎附势的朋友之间的交情不能维持一年，只有具备美德、追求正义的人之间的交情可以维持一辈子。（王世贞）

结交朋友要以互相谦让为主要交往方式，会面的时候，必须虚心谦让，彼此亲近敬重，可能谈论某个话题时，观点不一致，关键要做到举止从容，富有涵养，用诚意感动对方，不能发脾气争胜，助长傲气，一路错到底。大致说来，结交朋友，必须做到：进箴言规劝对方、批评对方要少，引导扶持、赞扬勉励的情意要多。（王守仁）

人不可无道心，不可作道貌。不可有世情，亦不可忽世情。[④]

---

① 王凤洲：王世贞（1526—1590），明代文学家、史学家，字元美，号凤洲，又号弇州山人，江苏太仓人，嘉靖二十六年（1547）进士，累官至南京刑部尚书。他与李攀龙、徐中行、梁有誉、宗臣、谢榛、吴国伦合称“后七子”，李攀龙故后，王世贞为文坛盟主，著有《弇州山人四部稿》《弇山堂别集》《艺苑卮言》等。按：王氏不是此条格言原创者，宋儒刘炎《迩言·卷六·人道》言之更早：“博戏之交不日，饮食之交不月，势利之交不年。惟道义之交，可以终身。”《迩言》有明嘉靖己丑（1529）光泽王朱宠瀼刊本，王世贞博览群书，当可看到。

② 摘自《王文成公全集·卷之八·文录五·书中天阁勉诸生》，原文作：相会之时，尤须虚心逊志，相亲相敬。大抵朋友之交，以相下为益。或议论未合，要在从容涵育，相感以诚，不得动气求胜，长傲遂非。

③ 录自王阳明《王文成公全集·卷之三·传习录下》，原文作：大凡朋友须箴规指摘处少，诱掖奖劝意多，方是。后又戒九川云：与朋友论学，须委曲谦下，宽以居之。

④ 此条不见于薛瑄《读书录》与《读书续录》，疑录自它书。明末清初人周召《双桥随笔·卷八》有一则与此相近：“多读书而不受书障方得理路透明，老涉世而不参世机方得人情烂熟。人不可无道心，不可作道貌。人不可有世情，亦不可忽世情。此真深于明理之言。”明末陈继儒《安得长者言》也有一则与此条近同：“不可无道心，不可泥道貌；不可有世情，不可忽世相。”

持己得一敬字，接物得一谦字。（以上《读书录》[①]）

人当自反，凡事转想或己有不是处，若责人恕己，一味见人不是，则父母、兄弟、妻子、朋友、亲戚皆可憎，甚哉其惑也！（《务本夺命录》[②]）

今译：人不能没有修道向善的心，但不能做出道貌岸然的模样。人不能有媚俗的心态，但也不能忽视世态人情。

修身要能做到严肃认真，待人要做到谦恭有礼。（以上《读书录》）

人应该自我反省，凡事回过头来想想可能自己有不对的地方，假如一味责怪别人、原谅自己，单纯地只是看到别人的错，那么父母、兄弟、妻子、朋友、亲戚都是可以憎恶的，这太糊涂了！（《务本夺命录》）

不幸与君子同过，犹可对人。幸与小人同功，已为失己。况君子必不诿过，小人无不居功。与小人共事何可不慎？故刚正若难逢时，而坚守不移，终为人重。唯阿[③]似易谐俗，而得中无主，卒受人愚。欲处处讨好，必处处招尤。乡愿固不可为，亦不易为也。[④]（汪龙庄[⑤]）

---

① “持己得一敬字”条录自薛瑄《读书录·卷六》，薛氏此条下句又说：“敬以持己，谦以接人，可以寡过矣。”《读书录》：明代薛瑄撰，共十一卷。薛氏还著有《读书续录》十二卷。二书为读书札记，多阐发宋儒性理之学，间或有作者本人亲身事历的记述。他提出“天地万物，惟性一字括尽”，又认为理气不可分：“理气二者，盖无须臾之相离也，又安可分孰先孰后哉？”“人只是有己，故不能与天地同其大。其要惟在克己。”

② 《务本夺命录》：传世古籍书目里有《务本录》《夺命录》《棘闱夺命录》《务本修身一枝》等书，未见《务本夺命录》，该书是否失传，待考。陈继儒所辑《福寿全书·一卷·内省》里，有一则：“一味见人不是，则兄弟、朋友、妻子以及童仆、鸡犬到处可憎……故云‘每事自反’。真一帖清凉散也！”另外，陈继儒《安得长者言》与清代席启图《畜德录·处世》也收录了此条格言，并指明格言作者是宋儒罗从彦。

③ 唯阿：音 wěi ā，唯、阿都是应答声，只是态度有顺逆之别，后世将唯、阿连用，组成复合词，表示卑恭顺从之义。

④ 此条录于清代汪辉祖《双节堂庸训·卷四·应世》。

⑤ 汪龙庄：汪辉祖（1730—1807）。汪氏字焕曾，号龙庄，晚年号归庐。浙江萧山人。乾隆四十年进士，先后任宁选知县、道州知州等，善听讼，有能吏之名。著有《学治臆说》《佐治药言》《双节堂庸训》等。

今译：如果不幸同君子一起犯了错误，还可以面对他人。如果幸运地与小人一起立了功，已经算是丢了脸面。何况君子一定不推卸过错给他人，而小人没有不把功劳看成自己一个人的。与小人一起做事怎么可以不谨慎？所以，为人刚强正直，假如难以遇到好时机，却能够坚持不变自己的品性，他最终会被人敬重。卑恭顺从似乎容易迎合世俗，而内心没有主见，最终会受别人欺骗。想处处讨好，一定会处处招致他人的怪罪或怨恨。谨厚老实，却不辨是非的好好先生固然不能当，（实际上）也不容易当啊。（汪龙庄）

古称仕宦之家如再实之木，其根必伤。旨哉斯言，可为深鉴。世家子弟其修行立名之难，较寒士百倍。何以故？人之当面待之者，万不能如寒士之古道。小有失检，谁肯面斥其非？微有骄盈，谁肯深规其过？幼而骄惯，为亲戚之所优容；长而习成，为朋友之所谅恕。至于利交而谄、相诱以为非，势交而谀、相倚而作慝者，又无论矣。人之背后称之者，万不能如寒士之直道。或偶誉其才品，而虑人笑其逢迎；或心赏其文章，而疑人鄙其势利。甚且吹毛索瘢，指摘其过失而以为名高；批枝伤根，讪笑其前人而以为痛快。至于求利不得，而嫌隙易生于有无；依势不能，而怨毒相形于荣瘁者，又无论矣。故富贵子弟，人之当面待之也恒恕，而背后责之也恒深。如此，则何由知其过失而显其名誉乎？故世家子弟，其谨饬如寒士，其俭素如寒士，其廉冲小心如寒士，其读书勤苦如寒士，其乐闻规劝如寒士，如此，则自视亦已足矣，而不知人之称之者，尚不能如寒士。必也谨饬倍于寒士，俭素倍于寒士，谦冲小心倍于寒士，读书勤苦倍于寒士，乐闻规劝倍于寒士，然后人之视之也，仅得与寒士等。今人稍稍能谨饬俭素，谦下勤苦，人不见称，则曰“世道不古”“世家子弟难做”，此未深明于人情物理之故者也。

吾愿尔曹常以席丰履厚为可危、可虑、难处、难全之地，勿以为可喜、可幸、易安、易逸之地。人有非之、责之者，遇之不以礼者，则平心和气，思所处之时势，彼之施于我者，应该如此，原非过当，即所行十分全是，无一毫非理，彼尚可恕，况我岂能全是乎？古人有言："终身让路，不失一步。"[①] 老氏以让为宝，左氏曰："让，德之本也。"处里闬之间，信世俗之言，不过曰"渐不可长"，不过曰"后将更甚"，是大不然。人孰无天理良心、是非公道？揆之天道，有满损虚益之义；揆之鬼神，有亏盈福谦之理。只闻忍与让消无穷之灾悔，未闻忍与让翻以酿后来之祸患也。欲行忍让之事，先须从小处做起。余曾署刑部五十日，见天下大讼大狱，多从极小事起。君子谨小慎微，凡事只从小处了。余行年五十，生平未尝多受小人之侮，只有善策——能转湾早耳。每思天下事，受得小气则不至于受大气，吃得小亏则不至于吃大亏，此生平得力之处。凡事最不可想占便宜[②]，子曰："放于利而行，多怨。"[③] 便宜者，天下人之所共争也。我一人据之，则怨萃于我矣。我失便宜，则众怨消矣。故终身失便宜，乃终身得便宜也。

今译：古人说过，世代做官的人家就如一年内两次结果实的树木，树根一定会受到损伤的。这句话说得真好啊，可以当作深刻的警诫语。世家子弟想涵养德性，树立好名声，难度是清贫之士的一百倍。为什么呢？因为面对你的人绝不可能像对待清贫之士那样直白。你有一些小过错，谁愿意当面指责你做得不对？你稍微有点骄傲自满，谁肯切切实实地规劝你的过失？幼小时娇生惯养，有缺点，被家人与亲戚宽容了；长大后养成了坏习惯，被朋友原谅了。至于那些因图谋利益和你交往、谄媚诱惑你做坏事的人，或者那些想借你权势而讨好你、与你狼狈为奸做坏事的人，又另当别论了。（假使你有些优点，）有人在背后称赞你，也远不如称赞清贫之士那样照实说。有人想赞美你的才能和品德，又怕别人嘲笑他是奉承你；想赞美你的文章，又担心别人

① 按"不失一步"在文渊阁本《文端集·卷四十六·笃素堂文集十·聪训斋语》（以下简称《聪训斋语》）原文中，写作"不失尺寸"。

② 便宜：音 pián yi，不应得的利益与好处。

③ 语出《论语·里仁篇》，意思是依据个人利益而行动，就会招致很多怨恨。放：音 fǎng，依据。

说他势利而看不起他。甚至特意挑剔你的缺点，指摘你的过失，来抬高自己的名气；砍树枝来伤树根，讥笑你的先辈来逞嘴巴的痛快。有人想在你这里谋求利益却没得到，心里不满意，隔阂就容易在这种情况下产生；想依附你的权势却不能够，你的荣耀对照着他的落魄，他内心极端嫉恨仇视你，这种情况就更不用谈了。所以，富贵人家的子弟，人们当面对待你常常很宽容，但在背后要求你往往很苛刻，在这种情况下，你从哪条途径知道自己的缺点（并尽力纠正）从而彰显自己好的声誉呢？所以世家子弟，有的也像清贫之士一样谨慎检点，节俭朴素，淡泊谦虚，读书勤奋刻苦，喜欢听取他人的劝告，并且自认为做得足够好了，却不知人们还是不能像对清贫之士那样公开地赞美你。你们一定要比寒士还要加倍谨慎守规矩、节俭朴素、淡泊谦虚、读书勤奋、乐闻劝言，这样做了以后，别人看待你才会像看待清贫之士一样。如今你们稍微能做到谨慎、检点、简朴，谦卑勤劳，还是没有被别人夸赞，就感叹“世风不如从前”“富贵人家的子弟难做”，这就是你们没有深刻地了解人情事理的缘故啊。

我希望你们常常将优越的生活环境当作有点危险、令人担心、难以停留、难以长久保全的环境，不要当作可以高兴、感到幸运、容易安居、容易享乐的环境。假如有批评你、责怪你、遇到你而对你不礼貌的人，那你就要心平气和，思考彼此的处境，那人加在我身上的无礼言行，是可以这么做的，原来并不是太过分，即使自己所做的十全十美，没有一丝一毫违背道理，那人尚且可以被谅解，何况我怎么可能做得全对呢？

古人有话说：“一辈子给人让路，不会吃一尺亏。”老子把谦让当作宝贝，左丘明说：“谦让，是品德的根基。”住在四邻之间，相信世俗人的话，他们只会说“他人欺凌你的苗头不可助长”，只会说“他人以后对你的举动会更过分”，实际上，情况完全不是这样。哪个人不懂天理，没有良心，不懂得是非对错和公平正义的道理？根据天道来测度，有满了就会使它亏损、空虚了就会给它增添的规律；根据鬼神的行为方式来测度，有亏损充足的而赐福于不充足的规律。我只听说“忍”与“让”足以消除无穷的灾祸与悔恨，没听说过“忍”与“让”反而酿成后来的祸患的。想要做忍让的事，首先必须从小地方做起。我曾代理刑部的事务五十天，看到天下大的诉讼案件，很多是从极小的事情引起的。所以君子对细微的小事都谨慎对待，遇到什么事就趁着这事情还小的时候把它了结掉。我已经五十多岁了，一生中没有经常受到小人的侮辱，只有一条好的计策，就是能及早在脑子里转弯——懂得忍让罢了。我经常想，对天下的事情，受得了小的欺辱，就不至于受大气；吃得了小亏，就不至于吃大亏，这是我一生能得到很大助力的想法。凡是遇到事情的时候万万不可想着去捞取不当利益。孔子说：“对自己有利益的事就一个劲儿地去做，就会招致许多怨恨。”利益，是天下的人都想争取的，我一个人把它占尽了，那么怨恨都集中在我身上。我放弃这些利益，那么众人对我的怨恨就消失了。所以终身失去这种利益，实际上就等于终身得到利益了。

人生二十内外，渐远于师傅之严，未跻于成人之列，此时智识大开，性情未定，父师之训不能入，即妻子之言亦不听，惟朋友之言甘如醴而芳若兰。脱有［一］淫朋匪友阑入其侧，朝夕浸灌，鲜有不为其所移者。当视如毒草、哑泉[①]，务当远避。[②]（以上张文端《笃素堂文集》）

今译：人长到二十岁左右时，渐渐地远离了老师的严格教诲，但他还没有进入成年人的行列，这个时候智力与见识大为扩展，个性气

① 哑泉：一种含有硫酸铜、硫酸镁等化学元素的泉水，人喝了就会出现中毒症状，恶心、呕吐、腹泻，声音嘶哑，中毒严重者会虚脱、痉挛而死。云南省有多处哑泉。

② 家训本段摘文与文渊阁本《聪训斋语》原文略有出入，“渐远于师傅之严”原文作“渐远于师保之严”，“脱有淫朋匪友阑入其侧”原文作“脱有一淫朋匪友阑入其侧”，另外，“鲜有……者”句原文后面尚有好几句话，家训未摘录。“当视句”原文作“比之毒草哑泉，更当远避”。

质还没有定型，父辈师长的教诲听不进去，即使是妻子的话也不会听，只有朋友的话就像甜酒那么甜、像兰花那么香（容易听得进）。如果有一个淫邪不正的友人混到他身边，从早到晚地影响他、教唆他，很少有人不被这样的朋友带坏的。应当把这种朋友看作是毒草、（能使饮者喉咙变哑的）哑泉，务必远远地躲避。（以上张文端《笃素堂文集》）

邵康节尝诵希夷之语曰："得便宜事不可再作，得便宜地不可再往。"又曰："落便宜处是得便宜。"故康节诗曰："珍重至人尝有语，落便宜事得便宜。"[①] 元遗山[②]诗曰："得便宜处落便宜，木石痴儿自不知。"[③] 此语常人皆能言之，而实能领会其意者[④]，非见道最深之人，不足以语此也。[⑤]（张文和[⑥]语）

今译：邵雍（康节先生）曾吟诵陈抟（希夷先生）的话说："得了便宜的事不能再做，得了便宜的地方不能再去。"又说："失落了便宜的地方会让你得到便宜。"所以，邵先生在诗里说："我非常敬重的世外高人陈抟先生曾说过：失去便宜的事会让你得到便宜。"元结（遗山先生）的诗说："得到了便宜的地方就会失去便宜，像木块

---

① 诗句引自邵雍《伊川击壤集·卷十·六十三吟》末尾两句。邵雍原作是：珍重至人尝有语，落便宜是得便宜。诗末附注：陈希夷先生尝有是语。

② 元遗山：金代文学家元好问（1190—1257），字裕之，号遗山，秀容（今山西忻县）人。祖系出自北魏拓跋氏。兴定进士，曾任行尚书省左司员外郎等职。金亡不仕。工诗文，在金、元之际颇负重望。诗词风格沉郁，多伤时感事之作。著有《遗山集》，编有《中州集》。

③ 诗出《遗山集·卷十三·乐天不能忘情图二首（其一）》，原作是：得便宜是落便宜，木石痴儿自不知。就使此情忘得了，可能长在老头皮？

④ "此语常人皆能言之，而实能领会其意者，非见道最深之人，不足以语此也。"这段话当有阙文，"而实能领会其意者"改成"而实能领会其意者鲜少"才语意连贯。译文应从。

⑤ 此条摘自张廷玉《澄怀园语·卷之二》，略有删改，大意未变，张氏把邵雍诗句"落便宜是得便宜"写成"落便宜事得便宜"，当为笔误。张氏原文末尾作：而实能领会其意者，非见道最深之人，不足以语此也，余不敏，愿终身诵之。

⑥ 张文和：张廷玉（1672—1755），字衡臣，号砚斋，桐城人。大学士张英次子，康熙三十九年进士，康熙朝，官至刑部左侍郎，雍正帝即位后，历任礼部尚书、户部尚书、吏部尚书，拜保和殿大学士（内阁首辅）、首席军机大臣等职，兼任《清圣祖实录》副总裁官，《明史》《大清会典》《皇清文颖》《世宗实录》总裁官，屡充乡会试考官，选拔人才甚众。乾隆十五年，致仕归家。乾隆二十年卒于家中，谥号"文和"，配享太庙，著有《澄怀园全集》等。

石头那样没心窍的傻人自然是不懂这个道理的。”这句话普通人都会说，然而真懂这句话意思的人却不多，不是对道领悟得最深的人，不值得跟他说这句话的。(张文和语)

案：陈希夷言得便宜是已已得便宜，不可再想便宜，戒贪心也。邵康节语系以便宜让人，自认吃亏，无忮心也。文和觉浑沦说了，宜分别看，却是一个道理。玉山识。

今译：按语：陈抟老祖说，得了便宜就是自己已经捞到了好处，就不能再想得这种好处，他这话是防止人们贪心。邵雍先生的话，是把便宜让给别人，自己愿意吃亏，是因为他没有嫉恨的心。张廷玉（文和先生）把“人要不要占便宜”这个话题含蓄地表述了，（对这三人的话）应该分开来看，不过，他们讲述的却是同一种道理。周馥（玉山）记。

屈志老成，急则可相依；狎昵恶少，久必受其累。轻听发言，安知非人之谮诉？当忍耐三思；因事相争，焉知非我之不是？须平心暗想。(朱柏庐①《治家格言》)

今译：谦卑地与那些阅历多、老练稳重的人交往，一旦遇到急难的时候，就可以依靠他们，以获取帮助。亲近品行恶劣的年轻人，日子久了，必然会受到他们的牵累。他人来说长道短，不可轻信，要再三思考。因为怎知道他不是来说人坏话呢？因事与人相争，要冷静反省自己，因为怎知道不是我的过错？必须平心静气地在心里默想这一点。(朱柏庐《治家格言》)

但念自己一个不是，即我之气平；但说自己一个不是，即人之气

① 朱柏庐：朱用纯（1627—1698），字致一，号柏庐，江苏昆山县人。著名理学家、教育家。所作《治家格言》，世称《朱子家训》，全文不到六百字，通篇劝人勤俭持家、安分守己、温厚待人，是一篇极有影响的“治家之经”。

亦平。(《福寿全书》[①])

今译：只要想到我自己有一个地方不对，那么，我针对别人而生的怒气就平息了；只要说自己哪一个地方做错了，那么，别人听了，他的怒气也平息了。(《福寿全书》)

居官清廉乃分内之事。每见清官多刻且盛气凌人，盖其心以清为异人之能，是犹未忘乎货贿之见也。至诚而不动者，未之有也。问："如何着力?"曰："言忠信，行笃敬。"[②]

凡人看得天下事太容易，由于未曾经历也。待人好为责备之论，由于身在局外也。"恕"之一字，圣贤从天性中来，中人以上则阅历而后得之；姿秉庸暗者，虽经阅历，而梦梦如初矣。

凡人于极得意、极失意之时，能检点，言语无过当之词，其人之学问器量必有大过人处。

今译：做官清廉那是分内的事。经常看到清官多刻薄而且以骄横的气势来压人，可能他在心里把清廉看成是与人不同的优点，这还是没忘掉金钱利益的心理表现。面对金钱利益时最真诚而且毫不动心的人，是没有的。如果有人问："怎么样努力，才能使自己面对金钱利益时不动欲念呢?"我的回答是："(按孔夫子的教诲去做，)'言忠信，行笃敬(说话要忠诚老实，行为要忠厚严肃)。'"

凡是一个人把处理天下的事看得太容易，是因为他没有经过世事的历练。对人喜欢用求全责备的用语，是因为他身在事局之外。"恕"这一个字，圣贤是从他天赋品性中带来的，中等资质以上的人则是体验经历许多事之后(有所感悟)才能具备这种品性；天赋平

---

① 《福寿全书》：明陈继儒辑，顾锡畴定，书中皆录前贤格言遗事，自"惜福""内省"以至"冥果"，分为六卷共二十类，多以因果为说，意在惩恶劝善，而征引糅杂，遂近于小说家言。清叶玉屏《六事箴言》也有类似句子：天下事未有理全在我，非理全在人者。但念自己有几分不是，即我之气平；肯说自己一个不是，即人之气亦平。

② 此条与上一条均录自张廷玉《澄怀园语·卷之二》。"言忠信，行笃敬"为孔子原话，引自《论语·卫灵公》。

庸，不开窍的人，即使看到过、经历过一些事情，也是糊里糊涂像没有经历过事情一样（与“恕”字毫不沾边）。

凡是一个人在最得意、最失意的时候，能够约束自己，话里没有不恰当的言辞，那么这个人的学识修养、胸襟度量一定有大大超过普通人的地方。

山东曹县吕道人不知其年，问之亦不以实告，大约在百龄内外，善养生修炼之术，鹤发童颜，步履矍铄，终日不食亦不饥，顶心出香气，如麝檀硫磺，此予所亲见者。以针砭为人疗病，辄效，赠以财物，不受，曰：“天下之物，那一件是我的？”人曰：“聊以表我心耳。”答曰：“天下之物，那一件是你的？”此二语可以警觉天下之贪取妄求而不知止足者。[①]（以上张文和）

案：吕道人语系外教法，儒家取与进退，自有当然之则，所谓“发而中节”也。玉山识。

凡人度量广大，不妒忌，不猜疑，乃己身享福之相，于人无所损益也。纵生性不能如此，亦当勉强而行之。彼幸灾乐祸之人，不过自成其薄福之相耳，于人又何损乎？不可不发深省。（张文和）

今译：山东曹县有个吕道士，不知道他有多大岁数，人家问他，他也不把实话告诉人，年龄一百岁左右，精通道教的养生修炼法术，头发雪白，脸色红润如少年，走路轻健，很有精神，整天即使不吃饭也不饿，头顶正中心散发出香气，如同麝香、檀香、硫磺味道，这个是我亲眼看到的。他拿针和砭石为人治病，马上就有效果，病人送给他钱财和礼物来答谢，他不接受，说：“天下的东西，哪一件是我的？”送礼物的人说：“姑且拿这点礼物来表达我的心意罢了。”他回应说：“天下的东西，哪一件是你的？”这两句话可以警示提醒天下那些贪求不该得的利益却不知停止、不知满足的人。（以上张文和）

---

① 此条与下文“凡人度量广大”条均录自《澄怀园语·卷之三》。

按语：吕道人的话体现了儒教之外别的教派的思想，儒家的获取利益，或者把利益让给别人，是进取还是后退，自然有恰当的法则，就是俗话所说的“做什么事都恰到好处”。周馥（玉山）记。

凡是一个人宽宏大度，不嫉妒忌恨别人，不猜疑别人，那是他自己能享受到福报的品性，对于别人的福气不会有所增添或减损。假使天生的本性让他难以宽宏大度，那也应该违逆本性、尽量地做到有度量。那些幸灾乐祸的人，最终只会把自己弄成福浅命薄的模样，对他人又有什么损失呢？我们不可不深刻思考这个问题。（张文和）

治　家

昔有数友与余论修身治家之道。一友主勤，一主俭又主和。余曰："惟诚其庶几乎？昔人言'居官清、慎、勤三字，以慎字为主'，亦此意。"当时友人有未解者，今详以告尔。

今译：往日有好几位朋友与我谈论修身治家之道。一个朋友主张勤奋，一个朋友主张节俭与和气。我说："只有诚字大概能算吧？往日有人说'做官的规矩有清、慎、勤（清廉、谨慎、勤劳）三个字，而以慎这个字为主'，也是这个意思。"当时友人有不懂的，现在我来详细地告诉你。

夫诚即无妄之谓也。此乃天之性，即人之性，万事万物之理，皆从此出。孔子曰"人之生也直，罔之生也幸而免"①，谓其不能免也。余阅人多矣，见有不勤不俭而败者，指不胜屈。至存心险诈，欺天罔人，虽勤且俭，未有不败者。

今译：诚就是不虚假的意思。就这是上天的本性，也就是人类的本性，万事万物的道理，都是从这里生发出来。孔子说"人之生也直，罔之生也幸而免（人的生存由于正直，不正直的人也可以生存，那是他侥幸地免于祸害）"，说的就是不诚的人不能免去灾祸。我观察过的人很多，看到有不勤劳不节俭而败家的，（人数之多，）掰着

① 语见《论语·雍也篇》。

手指都数不过来。至于存心阴险狡猾，欺天骗人，虽然勤奋而且节俭，没有不败家的。

昔年见数巨富，岁收田租数万石，商业利亦数万金，其经理诸事之伙友皆勤朴尽力，说者谓其家可持久。余察其子弟多不好学，嬉戏终日，每应试辄请枪替[1]，成人以后多捐正佐官[2]出仕。迨粤匪扰江南，典业十余座荡然无存，田荒，无租可收，奔走流离，苦不堪述。他人或游幕[3]，或从军，或经商，其蠢夫能耐劳者，犹以佣趁[4]自给，而彼子弟文笔极劣，体骄性逸，无一事可作。其出仕者，上司以彼家富，每委以瘠缺，赔累不支，又不善理民事，官声皆劣，久之，无不被劾、被弃而归，今则人亡家败，仅见破屋数椽而已。

今译：往年我看到好几位大富人，家里每年收取田租好几万石，此外，经营商业的利润也有好几万两银子，他们管理各项事务的伙计都勤劳朴实，做事尽力，谈论的人说，这些富人家的家业可以保持长久。我观察到他们家子弟大多数人不爱学习，整天就是玩耍游戏，每次参加考试总是请人代作或代考，长大成人以后，多花钱买正官、佐杂官职去做官。等到太平天国匪徒侵犯江南，他们家十几所典当行全部失去，一点东西都没留下，（因无人耕种）水田荒芜，没有田租可收，到处流浪，苦得都没法用言语来形容。其他人或者离开家乡充任各级官员幕友，或者当兵，或者经商做生意，那些没什么文化但能吃苦耐劳的人，尚且能通过给人帮工而维持生活，而那几家年轻后辈公文与信札写作能力极差，身体娇贵不能耐劳，个性散漫，没一件事会做。其中出去做官的人，上司因为他家富足，常任命他担任收入很差

---

① 枪替：请人代作、代考。枪：请人代作。替：请人代考。

② 正佐官：正官是皇帝钦命的官员，地方正官有知府、知州、知县等；佐官是朝廷任命的佐杂官，地方佐官有同知、州同、县丞、主簿、典史、巡检等。在清代，佐官被称为微员。

③ 游幕：旧时指离开家乡为各级官员幕宾、幕友，是由长官私人延聘的政务、事务的顾问、助手，幕友诸席中，以刑名、钱谷二席位最尊。

④ 佣趁：明清时语，指为人雇佣。

的职务，任职时赔钱受拖累无法支持，又不善于处理与民众有关的政务，做官的声誉都很差，时间一长，都被人弹劾、被免官而回到家，现在这些人家是家败人亡，只看到破屋数间而已。

有一人家小康，老夫妇持家甚勤，无子，继旁支[1]子，久不育。有人密告余曰："若知其家致富所由来耶？初极贫，夫颇勤作，屡纵妇与佣人私，佣有不力作者，妇辄诟谇[2]不已，佣皆以为苦。"夫妇殁后，无孙，户绝。

一家业贾，颇勤俭，兄弟妯娌皆睦，家资数万金。余幼时过其家，见其接物行事，无不出以权术，料其必败。后二十余年，见其子孙多顽劣且不寿，家业荡然。

今译：有一人家家境不错，属于小康之家，一对老年夫妇勤恳操持家务，他们没有儿子，就过继家族中嫡亲以外（即支属）的孩子作为家庭传承人，（这位继子结婚后）很久不生孩子。有人私下里告诉我说："你知道这户人家通过什么途径发家致富的吗？这家当初极为贫穷，丈夫非常辛勤地耕作，常常放任自己的妻子与雇工私通，雇工有不卖力做活的，这位妇女总是辱骂不止，雇工们都把这当成折磨。"这对夫妇死后没有孙子，这家户头也就绝了。

有一家以做生意为业，很勤劳节俭，兄弟妯娌之间都和睦，家里资产好几万金。我幼小的时候经过这户人家，看到这家人与人交往、做事，没有一处不耍心机，就预料这家一定要败。这之后过了二十多年，我看到这户人家的子孙，多数愚蠢无知、品行恶劣而且寿命不长，家产荡然一空。

幼时有邻家，每晚夫妇互相诟詈[3]不已，声闻邻里，如是者数

---

① 旁支：嫡亲以外的支属。
② 诟谇：音 gòu suì，辱骂。
③ 诟詈：音 gòu lì，辱骂。詈：骂。

年。余母每闻之，愀然曰：“是家必招祸。”后其子当练丁①战死，曾见梦于其母曰：“我于某日在张溪镇河滩中被贼矛伤死。”且遗河石一枚，置其母被上。母醒大哭，邻人往慰之，见石凹尚带沙泥，信河滩物也。其母痛哭不休，忧郁而卒。夫逃在外，不知所终，户绝。

有数宦心计最工，常患不足，于财用时悭吝尤甚。迹其所得，尚是相沿旧例，惟不肯稍减让耳。后数年，本人遭劾罢官，子孙皆侈荡无余。

今译：我幼小时候有户邻居，每天晚上夫妇争吵咒骂对方，都不停下来，吵架声传到了隔壁左右，像这样的情况延续了好几年。我母亲每次听到争吵声，神色凝重，说：“这户人家一定会招来灾祸。”后来他儿子当练丁，战死了，曾托梦给他母亲说：“我于某一天在张溪镇河滩中被贼用长矛捅伤而死。”而且留下河滩里的一块石头，放在他母亲被子上。母亲醒来时，大哭，邻居有人来安慰她，看到那块石头表面有凹孔，里面带了泥沙，真的是河滩里的东西。他的母亲痛哭不止，伤心而死。丈夫在外逃难，不知他的结局。这家户头灭绝了。

有好几个官员心里最有算计，常常担心钱财不够用，在使用钱物时，特别小气。察看他的收入来源，也不过是沿袭官场弄钱的旧规矩，他只是不肯稍微少要一点罢了。多年后，（这些人中，）他们本人遭到举劾，被撤去官职，他们的子孙都奢侈放荡，家产败光。

余家门前半里许有地名鲁家坳，幼时见瓦砾满地，田土皆黑，余问我祖父曰：“此地人家今何在?”祖父曰：“先有鲁姓数家，力农于此，人皆奸诈，后剩一少年，尤浇薄，巧舌讥人，人骤闻之，不知何谓，旋病殁，无后，数户全绝。”

人有性情刚燥者、执谬②者、巧滑者、庸鄙者，后人或盛或衰，不尽绝祀，惟阴险之人多无后。陈平言：“平生多阴谋，为道家所

---

① 练丁：清代于正规军以外，就地征选丁壮训练成地方武装，谓之团练，其兵丁称“练丁”。
② 执谬：固执谬误。

忌。”信然。

今译：我家门前半里左右有个地方名叫鲁家坳，我幼小时看到那里瓦砾遍地，田里的土都是黑色的，我问我祖父说：“这个地方的人家现在在哪儿？”祖父说：“先前有姓鲁的好几家，在这里种庄稼，人都阴险狡诈，后来只剩下一位年轻人，尤其轻浮不厚道，变着花样讽刺别人，别人乍听到他的话，不明白他话里的嘲讽意思，那人不久得病而死，没有后代，好几户鲁姓人家全部绝了户。”

人的性情，有刚烈火爆的、固执谬误的、机灵圆滑的、平庸鄙陋的，他们的后人有的兴盛有的衰微，不会全部都绝后，只是阴险的人多没有后代。汉代的陈平说：“我平生出了许多奸巧的计谋，触犯了道家的禁忌。”结果真的是这样。

每见巧诈之人后嗣多愚，吝啬之人后嗣必侈，拘严褊隘[①]之人后嗣多放荡，固自然运数也。天地生万物而无心，圣人应万事而无情[②]，为人即不能希贤希圣，要存心行事一出于公正平易。暴雨不终朝，大风三日无不转向，天道且无常，况人乎？彼自作孽者，未之思耳！

大凡处家庭之间，内宜和。和之道在忍，即“兄弟式好、无尤”[③]“不痴不聋、不做阿家翁[④]”之谓也。外宜严，严即整齐之意，非一味严厉也。如长幼有序，夫妇相敬，子弟“出必告、反必面”[⑤]

---

① 褊隘：音 biǎn ài，亦作褊陀、褊阨，指心胸、气量、见识等狭隘、不宽广。

② 典出《二程文集·卷三·明道文集三·答横渠先生定性书》，原文作：夫天地之常，以其心普万物而无心；圣人之常，以其情顺万事而无情。

③ 兄弟式好无尤：指兄弟之间和睦友好，不争吵，没有过失。式好：语出《诗经·小雅·斯干》：“兄及弟矣，式相好矣，无相犹矣。”式：语助词，无实义。好：和睦。相：互相。犹：欺诈。无尤：没有过失。语出《老子》：“夫唯不争，故无尤。”

④ 唐代宗女婿郭暧与公主争吵，说了一句冒犯皇权的话，郭暧父亲郭子仪将儿子捆绑起来带到朝廷向皇帝请罪。唐代宗安慰说：“不痴不聋，不做家翁”。意思是说，不装聋作哑，不对晚辈的过失装糊涂，就当不了别人的公公、婆婆。虽得谅解，子仪归，仍然杖郭暧数十下。故事载于《资治通鉴·卷第二百二十四》。

⑤ 语出戴圣《礼记·曲礼》。

之类是也。大规矩如错，即为乱阶。即如闲言语轻慢出口，或谑或詈，亦堕家教。《易·家人》卦曰“君子言有物，行有恒”，又曰“家人嗃嗃，悔厉，吉；妇子嘻嘻，终吝”①，此之谓也。

今译：经常看到巧诈的人后代大多愚蠢，吝啬小气的人后代一定奢侈，拘束严厉气量不宽的人后代大多放荡不羁，确实是自然的命运啊。天地生长万物却像没有用心一样，圣人的感情能顺应万物而没有为自己的得与失作考虑，为人即使不能仰慕效法圣贤，也要存心做事完全出于公正和平。暴雨虽然猛烈，但不会持续一整天，大风如果连续刮起三天，没有不调转风向，上天的运行规律尚且变化无常，何况人呢？那些自己作孽的人，就没有思考到这一点啊！

大体说来，处理家庭成员之间的关系，内心应该宽和。求得宽和的诀窍在于忍让，就是“兄弟和睦友好而不争吵”，就是长辈对晚辈的小过失故意装马虎——“不装聋作哑，就当不了别人的公公、婆婆”的意思。外面的规矩应该严，严就是整齐的意思，并不是一味地严厉。比如年长者和年幼者之间尊卑有序，夫妻相敬如宾，年轻人“在出门的时候，要禀告父母一声，回来以后，也要禀告父母（好让父母放心）”之类的就是。大方面的规矩如果错了，就是祸乱的根源。就比如与正事无关的闲话随便地说出口，其中有的是玩笑话，有的是骂人的话，也败坏家教。《周易·家人》卦“象传”说“君子日常言语必有事实依据，居家做事必守恒不变，遵守规矩”，该卦“九三”爻辞又说“一家人嗷嗷叫苦，虽有过于操切之悔，但（因一家人都保持警戒）终会获得吉祥；（治家太宽纵，）妇人和孩子们笑闹，最后必定带来悔恨”，说的就是这种情况。

谋生之术，以利稳而能持久为主，不在所获多寡。故商不如工，工不如农，天下有农世其业者，未闻工商能世其业也。若士以笔耕糊

---

① 嗃嗃：音 hè hè，严酷貌。悔厉：悔其酷厉。嘻嘻：欢乐笑闹声。吝：悔恨，遗憾。

口，犹有沿袭数代者，及出仕受禄，盛则难继，衰则不振。我乡俗谚“一代作官，二代打砖”，言子孙作窃盗也。谑虽虐，固贪吏之报如此。起家之法，则农、工皆不如商，商不如士。商人殷富，易使子弟读书上进，然成毁各半，不如书香世家，用功易得门径。故宦家子弟，能不脱秀才本色，而又勤理田亩，深知稼穑艰难，其家业可保，有兴机无衰象也。前人重耕、读二字，有以哉！

今译：谋生的技巧，以收益稳定而且能够持久为主，不在一次性收获多或者少。所以经商不如做工，做工不如务农，天下有农民世代以农为业的，没有听说工匠和商人能够世代以做工、经商为业的。假如读书的士人以抄写或写文章等手段谋生，尚且还有沿袭好几代的，等到做了官，接受了俸禄，这个家庭的兴旺就很难继续，一旦衰败就不能重新振作。我的故乡俗语说“第一代人做官，他的第二代敲剥墙砖”，说的是做官人家的子孙会做小偷强盗。玩笑话虽然过分了点，不过，贪官污吏得到的报应确实如此。让一个家庭兴旺起来的办法，却是务农、做工皆不如经商，经商不如成为读书人。商人非常富足，容易使家中年轻子弟通过读书来提升社会地位，不过，商人家庭造就人才、糟蹋人才各占一半，不如世代都有读书人的家庭，容易找到好的途径来用功。所以当官人家的年轻子弟，能够不失辛苦读书的秀才本色，而且又能辛勤地料理田地，深知种庄稼的艰苦，这户人家的家业就能保持下去，因为这样的人家有兴旺发达征象而没有衰落的迹象。前人重视耕、读这两个字，是有缘故的啊！

余童年侍我祖父、祖母侧，祖父曰：“人言报应无凭，试观各县差役，皆年壮人，何无后者之多也?”祖母曰：“闻县差有彭光前者，生六子，或者积有阴德耶?”祖父曰：“子虽多，待养待教，此时不敢遽信。”迨余十余岁时问之，六子皆亡矣。

今译：我童年时侍候在我祖父、祖母身旁，祖父说：“有人说因果报应无凭据，试着看看各县在官府当差的衙役，都是壮年人，为什么没有后代的人那么多呢？”祖母说：“听说县衙门有个差役彭光前，生了六个儿子，可能他（暗地里做了好事）积了阴德吧？”祖父说：“他儿子虽然多，还得靠父母抚养和教育，（这些孩子能否成人自立，）此时我还不敢马上就相信。”等到我十多岁时询问这户人家的事，彭氏六个儿子都死了。

大凡富贵家之祖宗，皆敦厚有品，茹辛食苦。迨后代富贵，子孙愈显，即渐浇薄，自甘暴弃，又转入贫贱，此常理也。富贵之家，苟能世守敦厚，不忘贫贱素风，则后世虽微，尚不遽至大败。《易》曰：“先天而天弗违，后天而奉天时。”此道也。非特人道也，山川草木，何莫不然。

地理书言：“大干龙[①]磅礴雄厚，脊宽平如牛背，不起峰峦，必分数大枝远出，迨起高峰一跌一耸，则将结局收束矣。气脉厚者复起，祖山雄视一方，又分枝远出，其必聚而后散、落而后起者势也。”又如花木由根而干，由干而枝，由枝而花，待花放时，此枝气已泄矣。然根之固者花开自繁，培养得宜，来年花必复盛。今人只爱赏花，而不知培根，忘其本矣。

今译：大体说来，富贵人家的祖宗，都是品性敦厚，尝尽辛苦。等到后代发迹，变成富贵，子孙越显赫，品性就渐渐变得浇薄起来，甘心自暴自弃，这个家庭成员又变成贫贱，这是常理哦。富贵的人家，假如能够世代保持敦厚品性，不忘记贫贱时候的家风，那么，后世虽然可能会衰弱，还不会马上就一败涂地。《周易》说：“先于天行事而天不违背他，后于天行事而能顺奉天时。”这就是道。不单是人道，就是山川草木，也没有哪个不是这样的。

堪舆书上说：“主干大龙脉气势磅礴而雄厚，山脊宽平如牛背，如果没有峰峦升起，（这条大龙脉）必定会分出几大支脉向远方延

① 大干龙：龙的正脉称干，分脉称枝。大干龙就是最主要的龙脉，其祖山皆出名山，极其高大，龙脉跨州连郡，蜿蜒几千百里，乃正气所聚，钟灵毓秀之所。

伸，等到有高峰在支脉上耸起时，山势变成一跌落一高耸的波谷，这里就是龙脉所行的旺气聚集在一起的所形成的‘结穴’。而气脉厚大的枝干龙再次活动前行，当地最高山——祖山居高临下，这祖山又向远处分出小支脉，这一定是先聚合而后分散、降落而后能够崛起的风水地势。”又好比花木的生气由花木根延伸到主干，由主干而延伸到枝条，由枝条延伸到花朵，等到花开放时，这个花木枝条里的生气已经泄漏了。不过，花木的根扎得深而牢固，花开放得自然繁盛，培养方法得当，来年花一定再次繁盛。现在的人只爱观赏鲜花，却不知道用沃土培护花木的根，忘了花木的根了。

【录格言数则】

欲求子孙繁炽久长，谋积聚，图风水，皆末也。其本全在存心利物，肯受一分亏，即子孙饶一分益。创业之家，多由赤手[①]；成名之子，半属孤儿，并不恃祖、父资产。昔有人谈宦缺美恶者，余笑曰：“缺虽恶，总胜秀才课徒。吾未见官鬻妻妾，只见官卖儿孙。”闻者诧曰：“恶[②]有是?”余历数数十年中闻见：横虐厚敛，蓄可累世者，一弹指[③]间，子孙零落，为被虐者所嗤。而清苦慈惠之吏，子孙类[④]能继起。作官如此，居家可知。[⑤]（汪龙庄）

今译：想要谋求子孙后代长久地繁荣昌盛，想法子积累财富，谋取风水好的吉利之地，都是舍本逐末的做法。培固根本的做法全在于心存利人的善念，他肯吃一分亏，他的子孙就会多一分收益。开创事业的家庭，多数从赤手空拳起家；赢得美名的人，一半是孤儿出身，

---

① 赤手：又叫白手、空手、徒手，指一无所有，没有凭借。

② 恶：音 wū，代词，怎么、哪里。

③ 弹指：原指印度习俗，此地人弯曲食指，再用大拇指捻弹作声，以表喜悦赞叹。今人多用来表示短暂易逝的时间。

④ 类：大抵；大都。

⑤ 本条录自《双节堂庸训·卷五·蓄后》。居家：可表闲居在家、住宅等多种意义，此处表“於家（对于自己家庭）”义。居、於古音相近，字通。

他们并没有依赖自己祖辈和父亲的资产。往日有人谈论官位（带来收入）好与差的，我笑着说："某个官位虽然不好，（收益无多，）总胜过秀才教书。我没有看到官员因贫穷而出卖妻妾，只看到官员把儿孙卖掉。"听到这话的人惊讶地说："哪会有这样的事？"我一一指出几十年中所见所闻：强横暴虐厚集财富，积蓄的财富本来可以用到几辈子的家庭，（因为只顾聚财，没有积善，）一转眼间，子孙流离失所，被过去曾虐待过的人嘲笑。而清贫寒、仁慈、施惠于民的官吏，他们的子孙大都能够接着发达。做官像这么样做的，那他对于自己家庭的影响是可以推知的。（汪龙庄）

语曰："孔子家儿不知怒，曾子家儿不知骂。"以父兄渐摩有素也。[①] 汪龙庄曰："孩提之时，天性未漓，当先固其真性，断不可导以詈人。闻詈人则呵止之，使有忌惮。若詈及人之父母者，尤为损福，万不宜姑恕。他如扑打虫豸之类，虽细事，总干天和，须明白戒禁，养其慈祥之气。至拜跪仪节，亦当随事教导，则爱敬行乎自然矣。"[②]

今译：俗话说："孔子家的孩子不晓得发脾气，曾子家的孩子不知道骂人。"因为父亲和兄长对他们的教育感化由来已久。汪龙庄说："几岁大的幼儿，先天具有的好品性还没有变得浮薄，首先应该把这种好的品性培植坚固，绝对不可以教他骂人。听到他骂人，就厉声阻止他，使他有所顾忌和害怕。假如骂到别人父母的，尤其是折损自身福气的行为，这是万万不可姑息原谅的。其他的事比如扑打昆虫之类，虽然是微不足道的小事，毕竟侵蚀上天的和气，必须明确地禁止，以培养孩子们的慈爱气质。至于与长辈交往或者敬神祭祀祖先时

---

① "语曰"至"渐摩有素也"这段话是周馥先贤所作的导入语。刘向《说苑·杂言》云："……父母正则子孝慈，是以孔子家儿不知骂，曾子家儿不知怒。所以然者，生而善教也。"渐摩：亦作"渐磨"，教育感化。语本《汉书·董仲舒传》："渐民以仁，摩民以谊。"《汉书》颜师古注："渐谓浸润之，摩谓砥砺之也。"

② 本条录自《双节堂庸训·卷五·蕃后》。

的拜跪礼仪，也应当依随具体的事情来做指教，那么孩子们对尊长者的爱与敬，就会自然做到了。”

财之应用不应用之故，须令子弟从幼明晰。能于不必用财如僭分、继富等类，及万万不可用财如缠头、赌博等类，无所摇惑，则有用之财不致浪费。遇有当用如嫁婚、医药、丧祭、赠遗等类，方可取给裕如，于心无疚。昔吾越有达官公子，务为豪侈，积负数千金，将鬻产以偿。受产者约日成交，公子张筵款接，薄暮未至，居间人[1]出视，则布衣草屦，为阍者所拒，伫候门外半日矣。导之入曰：“此某也。”公子敬而礼之。宴毕，赠以仪曰：“先生教我，不敢弃产。”居间人询其故，曰：“彼力能受吾产，尚刻苦如此。吾罪过，何面目见先人?”遂痛改前之所为，出衣饰尽偿宿负，谢门下客，减奴仆，节日用，迄为保家令子。今已再传，犹袭其余资云。[2]（汪龙庄）

今译：哪些地方需要用钱，哪些地方不需要用钱的缘故，必须让家里年轻后辈从小的时候就完全清楚。能够在不必用钱的方面比如越过身份等级充大佬、接济富人之类，以及万万不可的开销比如赠送妓女财物、赌博之类，（能分辨清楚，）不会动摇和迷惑，那么有用的财不致浪费。遇到应当开销的比如嫁女结婚、请医买药、丧事祭祀、必要的馈赠之类，才能够宽松地支取使用，心里也不会有愧疚。往日我浙江有个贵官儿子，极力追求奢侈豪华的排场，积下了好几千金债务，将要卖家产来还债。接受他家产的人约好了日子成交，公子设筵款待，傍晚时那人还没进门，这桩家产变卖交易的介绍人出门探看，那个买主穿的是布衣和草鞋，（显得很寒酸，）被看门人拒绝进

---

① 居间人：充当订立买卖合同的介绍人，买卖成功后可取得约定报酬。

② 此段文字与阎敬铭辑《有诸已斋格言丛书·双节堂庸训·卷五·蕃后》（光绪十四年山西解州书院刻本）原文有多处出入：“如缠头、赌博等类”后有“之处”，“赠遗等类”后有“之处”，“达官”原文作“贵官”，“伫候”原文作“拱候”，“罪过”原文作“罪大”，“衣饰”原文作“衣饰杂器物”，而且原文末尾有一段评价性文字（“惟君子能改过，此公子可谓聪明有心力者，出庸愚数等”）没有摘引。

屋子，站着在门外等候半天了。介绍人引他进门，通报说："这是买主某人。"公子恭敬地向他行礼。饮宴结束，公子赠礼物给买主说："您教育了我，我不敢出卖家产。"介绍人询问他突然不卖家产的缘故，他说："那个人有财力接受我家产业，尚且这么节约。我有罪过，（如果我卖掉祖传家产）以后有什么颜面见自己的先人？"于是彻底改变以前的所作所为，典卖家里的衣服饰物，把过去的旧债全部还了，送走家里门客，减少奴仆人数，节省日常用度，最终成了能够保住家业的贤儿。现在这户人家已经又传到了孙子一辈，尚能承袭祖先的遗产。（汪龙庄）

柳玭《教子书》[①] 云："余见名门右族，莫不由祖先忠孝勤俭以成之，莫不由子孙顽率奢傲以覆坠之，成立之难如升天，覆坠之易如燎毛。言之痛心，尔宜刻骨。"

有阴德者，必飨其乐以及子孙。（夏侯胜[②]语）

现在之福，积自祖宗者，不可不惜；将来之福，贻于子孙者，不可不培。现在之福如点灯，随点则随竭；将来之福如添油，愈添则愈久。[③]（杨襄毅公[④]述父瞻训）

今译：柳玭《教子书》上说："我看到名门豪族，没有不是通过

---

① 柳玭，晚唐僖宗、昭宗朝大臣。以明经补秘书正字，历官御史大夫、广州节度副使、尚书右丞等职，僖宗文德元年，以吏部侍郎受命修国史，拜御史大夫。后贬为泸州刺史，乾宁二年卒于北归途中。柳玭曾作《家训》告诫子弟："夫门第高，可畏不可恃。可畏者，立身行己，一事有坠先训，则罪大于他人。"时人对《家训》评价甚高。《教子书》：《柳氏家训》，又称《柳氏叙训》。

② 夏侯胜，字长公，宁阳侯国人，汉武帝时代著名的经学家，政治家，今文尚书学"大夏侯学"的开创者。阴德：暗中施惠于人的行为。此条格言录自班固《汉书卷七十四·魏相丙吉传》。

③ 此条录自清代史典《愿体集》（该书收录于陈宏谋编《训俗遗规·卷之四》）一书。该条也被其他劝善书如明代郑瑄《昨非庵日纂》、清代史洁珵（玉涵）《感应类钞》所摘引，"愈添则愈久"在《昨非庵日纂》作"愈添则愈润"，《感应类钞》后几句则作：现在之福不惜，如灯之焰，愈焰愈易竭；将来之福能培，如添炷油，愈添则愈久。

④ 杨襄毅公：杨博（1509—1574），字惟约，号虞坡，山西蒲州（今运城永济）人，明朝名臣，累官至兵部尚书，以兵事见长，著有《虞坡集》，谥襄毅。《明史·卷二百十四》有传。其父杨瞻举人出身，操守清廉，历官御史、四川佥事等职。

祖先忠孝勤俭来促成家族崛起的，没有不是因为子孙顽劣轻率奢侈傲慢造成衰败的，家族崛起如同升天一样的困难，衰败像火燎羽毛那样的容易。说这些话让我心痛，你们应该刻骨铭心地记住。”

有做了好事不让人知这种德行的人，必定会享受快乐，还会让他的子孙享受快乐。(夏侯胜语)

人现在享用的福气，是从祖宗那里聚积下来的，不能不珍惜；将来的福气，即遗留给子孙后代的，不能不培植。现在的福气就像点亮油灯，随时点亮就会随时熄灭（因为灯油容易枯竭）；将来的福气就像添灯油，越添油，灯就会照得越久。(杨襄毅公述父瞻训)

人家最不要事事足意，常有些不足意处便好。人家才事事足意，便不好事出来，亦消长之理然也。[①]（胡文定公[②]）

闺门之内少个礼字，便是天翻地覆。百祸千殃，皆从此起。[③]（《呻吟语》）

妻虽贤，不可使与外事；仆虽能，不可使与内事。(韩山子[④])

闺门之事可传，而后知君子之家法矣；近习之人起敬，而后知君子之身法矣。[⑤]（《呻吟语》）

---

① 此条录自陈继儒《福寿全书·二卷·守雌》（《负暄闲语·待人》所录格言后，附《福寿全书》书目），陈氏书指明此语为胡安国训诲弟子杨训的话，第二句原文作：“常有些不足处便好”。明代中叶曹安《谰言长语·一卷本》也收录了此条格言，原文作：胡文定语杨训曰：“人家最不要事事足意，得常有些不足处便好。人家才事事足意，便不好事出来，亦体消长之理然也。”

② 胡文定公：胡安国（1074—1138），南宋经学家，字康候，谥号文定，学者称武夷先生，后世称胡文定公。建宁崇安（今福建省武夷山市）人，绍圣进士，先后任太学博士、给事中、中书舍人兼侍讲、宝文阁直学士等职，专攻《春秋》，著有《春秋传》三十卷，往往借用《春秋》史事，寄寓对时世的感怀。与次子胡宏开创了“湖湘学派”。

③ 此条录自吕坤《呻吟语·卷之一·内篇伦理》。原文作：闺门之中少了个礼字，便自天翻地覆，百祸千殃、身亡家破，皆从此起。

④ 韩山子：此为书名还是人名，不详。中华书局《中国古籍总目》未见此书著录。中国与高丽均有人号韩山子，但是否为该句作者，难以断定。清赵吉士《寄园寄所寄》、金兰生《格言联璧》均摘录了韩山子此语。

⑤ 此条录自《呻吟语·卷之二·内篇修身》。原文作：闺门之事可传，而后知君子之家法矣；近习之人起敬，而后知君子之身法矣。其作用处只是无不敬。

治心修身以饮食男女[1]为切要，从古圣贤自这里做工夫，其可忽乎？[2]（胡文定公）

今译：一个家庭最不需要事事都满意，常有些不满意的地方比较好。一个家庭如果刚刚事事满意，马上就会有不好的事出现，这也是事物盛衰消长规律造成的。（胡文定公）

家庭之中少一个礼字，就会使家里闹得天翻地覆。千百灾祸，都从这里酿成。（《呻吟语》）

妻子虽然贤良，不能让她过问家庭外面的事；仆人虽然能干，不可让他参与家庭内部事务。（韩山子）

家庭内室里的事可以外传，从这里就可以知道君子的家规谨严了；能让身边左右亲近的人产生敬意，从这里就可以知道君子的立身处世方法了。（吕坤《呻吟语》）

调治心灵、修身养性要把人的最基本的欲望——食欲与性欲作为非常紧要的事情来操心，（严加约束，）自古圣贤都是从这里开始下功夫，这可以忽视吗？（胡文定公）

正伦理[3]，笃恩义，《家人》之道也。[4]

问：“‘尽性至命，必本于孝弟。’不识孝弟何以能尽性至命也？”

曰：“后人便将性命别作一般事说了。性命孝弟，只是一统底事，就孝弟中便可尽性至命。如洒扫应对与尽性至命，亦是一统底事，无有本末，无有精粗，却被后来人言性命者，别作一般高远说。

---

① 饮食男女：泛指人的自然欲望。其中饮食指食欲，男女指性欲。典出《礼记·礼运》：“饮食男女，人之大欲存焉。死亡贫苦，人之大恶存焉。”

② 此条录自胡安国《与子寅书》。《与子寅书》收录于宋刘清之编纂的《戒子通录·卷六》。

③ 正伦理：指端正家庭中父子、夫妇、兄弟之间的关系以及应当遵循的行为准则。

④ 该句录自朱熹、吕祖谦编《近思录·卷六·家道》，而《近思录》乃摘自程颐《伊川易传·卷三》。《家人》之道：《周易·家人》卦的宗旨，也就是治家之道。《近思录·卷六·家道》中，程先生在这段话的下文几次提及《家人》卦，文渊阁本《近思录》该句末尾有叶采集解：“《家人》卦‘彖传’：正伦理则尊卑之分明，笃恩义则上下之情合，二者并行而后处家之道得矣。然必以正伦理为先，未有伦理不正而恩义可笃者也。”

故举孝弟，是于人切近者言之。然今时非无孝弟之人，由之而不知也。”①（以上《近思录》）

今译：端正家庭中尊卑长幼等级次序，每个人各安其分，看重恩与义并把恩义普施到家中所有成员身上，这就是《周易·家人》卦宣扬的治家之道。

有人问（程颐先生）：“您说过‘洞察人类与万物的本性，从而合乎天道，一定是以孝敬长辈、友爱兄弟为基础的’这句话，不知道孝敬长辈、友爱兄弟凭什么能够做到洞察人类与万物的本性，从而合乎天道？”

（程颐先生）答：“后人将性命另外作为一件事做了解说。性命与孝悌，它们是统一在一起的事，从孝悌中便可以洞察人类与万物的本性，以合乎天道。就是在家里洒水扫地搞卫生以及交往应酬与洞察人类、万物的本性，以合乎天道也是统一在一起的事，它们之间，没有本与末、精与粗的区别，却被后来的阐发儒家性命学说的人，另外做了高深悠远的解说。所以举出孝悌来说明性命之理，是因为孝悌与人关系切近。不过，今天不是没有孝悌的人，他们循着孝悌之路而走，自己却不知道。”（以上《近思录》）

圃翁曰：“予立训只有四语，读书者不贱，守田者不饥，积德者不倾，择交者不败。”②

今译：张英先贤说：“我制定的训语只有四句话：认真读书的人身份不会低贱，谨守田产的人不会受到饥饿的威胁，行善积德的人不会垮掉，能选择品行端正者为友的人不会失败。”

---

① 此外两段摘自《近思录·卷六·家道》，与原文略有出入，大意不变。《近思录》又是摘自《二程遗书·卷十八》。据《二程遗书》，有人问程颐先生：您在《明道先生行状》里说“（程颢先生）‘知尽性至命，必本于孝弟’，不识孝弟何以能尽性至命也？”而后就有了程颐先生的此段回答。

② 此条录自张英《聪训斋语》。据钦定四库全书文渊阁本《文端集·聪训斋语》，该句原文作：圃翁曰：“予之立训更无多言，止有四语：……”圃翁：清代桐城人、大学士张英的别号。

圃翁曰："人生适意之事有三，曰贵，曰富，曰多子孙。然是三者，善处之则为福，不善处之则足为累[①]。何则？高位者，责备之地，忌嫉之门，怨尤之府，利害之关，忧患之窟，劳苦之薮，谤讪之的，攻击之场，古之至人望而却步[②]。况有荣则必有辱，有得则必有失，有进则必有退，有亲则必有疏。若但计邱山之得，而不容铢两之失，天下安有此理？但己身无大谴过，外来者平淡视之，此处贵之道也。

"佛家以货财为五家公共之物：一曰国家，二曰官吏，三曰水火，四曰盗贼，五曰不肖子孙。夫人厚积则必经营、布置、生息、防守，其劳不可胜言：必有亲戚之请求，贫穷之怨望，僮仆之奸骗，大而盗贼之劫取，小而穿窬之鼠窃[③]，经商之亏折，行路之失脱，田禾之灾伤，攘夺之争讼，子弟之浪费，种种之苦，贫者不知，惟富厚者兼而有之。人能知富之为累，则取之当廉，而不必厚积以招怨；视之当澹，而不必深忮[④]以累心。我既有此财货，彼贫穷者不取我而取谁？不怨我而怨谁？平心息忿，庶不为外物所累。俭于居身而裕于待物，薄于取利而谨于盖藏，此处富之道也。

"至子孙之累尤多矣：少小则有疾病之虑，稍长则有功名之虑，浮奢不善治家之虑，纳交匪类之虑。一离膝下，则有道路寒暑饥渴之虑。以至由子而孙，辗转无穷，更无底止。夫年寿既高，子孙蕃衍，焉能保其无疾病痛楚之事？贤愚不齐，升沉各异，聚散无恒，忧乐自别，但当教之孝友，教之谦让[⑤]，教之俭用，教之作家。其成败利钝，父母不必过为萦心；聚散苦乐，父母不必忧念成疾，但视己无甚

---

① 《聪训斋语》在此句后尚有一句：至为累而求所谓福者，不可见矣。

② 《聪训斋语》此句原文作："古之智人往往望而却步。"译文可从。至人：得道高人，亦指最有品德的人。

③ 穿窬之鼠窃：指小偷小摸。穿窬（音 yú）：穿壁翻墙。鼠窃：像鼠一样地偷窃。

④ 忮：音 zhì。意念坚定。

⑤ 《聪训斋语》在此句后面还有"教之立品，教之读书，教之择友，教之养身"四句。

刻薄，后人当无倍出[①]之患。己无大偏私，后人自无攘夺之患。己无甚贪婪，后人当无荡尽之患[②]。至于天行之数，禀赋之愚，有才而不遇，无因而致疾，延良医慎调治，延良师谨教训，父母之责尽矣，父母之心尽矣，此处多子孙之道也。

"予每见世人处好境而郁郁不快，动多悔吝、忧戚，皆此三者之故[③]。由不明斯理，是以心褊见隘，未食其报，先受其苦。能静体吾言，于扰扰之中，存荧荧之亮，岂非热火坑中一服清凉散，苦海波中一架八宝筏[④]哉？"（以上桐城张文端《笃素堂集》）

今译：张英先贤说："人生最快乐的事有三样，即高贵、富裕、多子多孙。然而这三样事，能够妥善处理好就是幸福，不能够妥善处理就完全会成为累赘。为什么呢？高贵的职位，是招人苛责的场地，猜忌嫉妒的门户，怨恨责怪的家宅，利害得失的关口，忧郁烦恼的窟室，辛劳苦楚的中心，诽谤讥笑的靶标，攻击的战场，古代那些聪明人，见到显赫职位就吓得往后退（并不巴望得到），何况有荣誉就必定有侮辱，有获得就必定有失去，有进取就必定有退却，有亲近就必定有疏远，假如只贪求堆积如山的获取而不容轻微的失去，天下哪有这种道理？只要自己没有什么大的过错遭人谴责，对身外之物又能够以平和淡泊的心去看待，这就是对待高贵身份的正确方法。

"佛教以财富作为五家公共之物：一是国家，二是官吏，三是水火，四是盗贼，五是不肖子孙。一个人如想厚积钱财，就必定多方经营、部署安排、让银钱产生利息、防守财富流失，费去的辛劳是说不尽的：（家业丰厚了）必定会有亲戚的请求，贫穷人的怨恨，仆人的

① 倍出：即"悖出"，指财物在不合情理情况下失去，比如被人谋夺或挥霍一空，语出《大学》："货悖而入者亦悖而出。"

② 《聪训斋语》此句原文作：后人自当无荡尽之患。

③ 《聪训斋语》此句原文作：必皆此三者之故。

④ 八宝筏：佛教术语，八宝点缀的筏，喻引导众生渡过苦海到达彼岸的佛法。另外，佛教还将八正道（正见、正思维、正语、正业、正命、正精进、正念、正定）比作八筏，乘此筏，就可以到达常乐涅槃的彼岸。

坑蒙拐骗，大的损失有强盗明目张胆抢劫家财，小的损失有小偷钻洞来偷窃，（此外还有）经商方面的亏本，运输途中货物的丢失，田地里庄稼的受灾，别人劫夺利益时引发的争论与诉讼，家中年轻子弟的奢侈浪费，种种苦况，贫穷的人是不知道的，只有富裕殷实的家庭全部占有了。一个人如果能知道财富是拖累人的东西，那么他取的时候就应当做到清廉，不必积累丰厚财富招致怨恨；应当把钱财看得淡薄，不必执着营求而劳累自己的心。（应该想到）我既然有了这些财物，那些贫困穷苦的人不向我索取，而向谁索取呢？不怨恨我而怨恨谁呢？（只有）平心静气，抑制愤怒，才有希望不会为外物所困扰。自己过日子要节俭，对待别人要大方；收取利益要微薄，而储藏钱财却要谨慎（免得失落），这就是对待富有的正确方法。

“至于子孙，受他们的牵累就更多了：在他们小时候，担心他们生病；等他们年纪大一点，又担心他们在科举考试中失利，得不到功名；还担心他们浮华奢侈，不善于管理家业，结交坏人；一旦他们离开自己身边，就会担心他们在旅途上遇到寒冷炎热天气、挨饿口渴，以至于从忧虑儿子到忧虑孙子，接连不断，没有停止的时候。自己的年纪已经很高，子孙繁衍众多，怎能保证他们没有疾病痛苦的事？品性贤良愚昧参差不齐，运势上升沉沦各不相同，相聚分离没有定准，忧伤和欢乐自然有区别。但是，应当教导他们孝顺父母、敬爱兄弟，教导他们谦逊礼让，教导他们节约用度，教导他们振兴家业。至于他们的成败，父母不必过于挂念在心；他们的聚散苦乐，父母不必忧郁思念过多而生出病来。只看自己没有过分刻薄对待他们，子孙应当不会有更多更大的毛病。（一视同仁，）自己没有特别偏爱子孙中的任何一个人，子孙自然没有互相争夺的后患。自己没有过分贪婪，子孙应该不会有荡尽家财的忧患。至于先天安排的命运气数，如禀赋的愚笨，有才华却没有机遇，无缘无故却生了疾病，（遇到这种情况，）聘请良医为他小心调治，聘请良师严谨地教导他，做父母的责任已经尽到了，做父母的心意已经尽到了，这就是对待多子多孙的正确方法。

“我常常见到世上的人，处在好的境况中却不开心，动不动就产生后悔、忧伤的情绪，必定都是由于（不会处理富、贵、多子孙）这三个方面问题的缘故。由于不明白这些事理，因此就心胸狭窄、见识不广，尚未享受到三件事（富、贵、多子孙）带来的福报，先就感受到这三件事带来的痛苦。一个人如果能够冷静领悟我的话，在烦扰不安的心中就会有闪烁的灯烛光引路，这难道不是在热火坑中服了一剂清凉散，在苦海波涛中拥有一架（能安然飞渡、到达福地的）八宝筏吗？”（以上桐城张文端《笃素堂集》）

“人思取财于人，不若取财于天地。余见放债收息，以及典质人之田产者，三年五年得其息如其所出之数，其人则哓哓[①]有词矣。不然，则怨于心，德于色[②]，浸浸[③]而并没其本[④]。间有酷贫之士，得数十金而暂行于一时，稍裕则不能矣。惟地德则不然，薄植之而薄收，厚培之而厚报，或四季而三收，或一岁而再种，中田以种稻麦，旁畦余陇以植麻菽衣棉之类，有尺寸之壤，则必有锱铢[⑤]之入，故曰‘地不爱宝’。此言最有味。始而养其祖父，既而养其子孙，无德色，无倦容，无竭欢尽忠之怨，有日新月盛之美，受之者无愧怍，享之者无多虞，虽多方以取而无罔利[⑥]之咎，上可以告天地，幽可以对鬼神，不劳心计，不受忌嫉。呜呼！天下更有物，焉能与之比长挈短[⑦]者哉？大约田产出息最微，较之商贾不及三四。惟山右、新安[⑧]人善于

① 哓：音 xiāo，此处指吵嚷争辩声。

② 德于色：自认为对人有恩德而表现出来的神色。

③ 浸浸：渐渐。

④ 张英《文端集·卷四十四·笃素堂文集八·恒产琐言》（以下简称《恒产琐言》）文渊阁本此处原文作：浸假而并没其本。

⑤ 锱铢：音 zī zhū，古代很小的重量单位，一般形容微薄的利益。锱：四分之一两。铢：六分之一锱。

⑥ 罔利：音 wǎng lì，渔利，通过不正当手段谋取利益。

⑦ 比长挈短：拿短的与长的做比较。挈：音 qiè，提起，提领。《恒产琐言》此句原文作“比长絜短”，也是比较长短的意思。絜：音 xié，度量物体的围长。

⑧ 山右：旧时山西省的别称，因山西在太行山以西，故称。新安：此处指徽州。

贸易，彼性至悭啬，能坚守，他处人断断不能，然亦多覆蹶之事。若田产之息，月计不足，岁计有余；岁计不足，世计有余。尝见人家子弟，厌田产之生息微而缓，羡贸易之生息速而饶，至鬻产以从事，断未有不全军尽没者。余身试如此，见人家如此，千百不爽一，无论愚弱者不能行，即聪明强干者亦行之而必败。人家子弟，万万不可错此著[1]也。”

今译：“人如果想从别人那里得到钱财，不如从天地那里得到钱财。我看到债权人放债收利息，以及把债务人的田产为抵押，借钱给债务人，三年或者五年间得到放债的利息，数额与放债的本金相等，债务人则唠唠叨叨地有话说了。有不唠叨的，那就心里怨恨债主，在脸上显出施恩的脸色，渐渐地甚至把所借的本钱都赖掉不还了。偶尔会有特别贫穷的人，得到数十两银子能够暂时维持一段时间，经济条件稍微好点，即使借得几十两银子，也不能维持多久。土地的品性就不是这样，种植庄稼，薄薄地培土施肥，收成就不好，厚厚地培土施肥，就以丰厚的收成作回报。在一块田地里，有的可以一年四季收获三次粮食，有的一年可以播种两次，田里栽种水稻和小麦，田地周边剩余的零碎土地上栽上麻、大豆、棉花之类，有尺寸之地，就一定有微薄的收益，所以说‘地不吝惜自己的宝藏’。这句话最有味道。同一块田地，开始是养育某个人的祖父，之后又养这个人自己和他的子孙，没有那种施恩于人的骄傲脸色，没有疲倦的神态，没有竭尽欢心与忠诚却没有得到回报的怨恨，而有庄稼欣欣向荣日新月异的美，接受土地出产的人用不着感到惭愧，享用土地出产的人也用不着多提防谁，虽然想了很多方法谋取利益却没有贪取不当利益的过失，（耕田谋利行为）对上可以禀告天地，幽冥处可以（坦然）面对鬼神，不用费心思，不受人忌恨嫉妒。哎！天下还有什么东西，能够与田产给人带来的好处相比较呢？大致说来，经营田产的收益最小，与经商

---

① 著：同“着”，音 zhāo，下棋落子走一步叫一着。

相比，利益不到对方三四成。只有山西、徽州人善于做买卖，那里的人最节省、小气，能够坚持不改行，其他地方的人绝对做不到，然而（晋商、徽商中）也有很多经商失败的例子。至于田产的收益，按月来计算，不充足，按年来计算，会有剩余；按年来计算不充足，按世代来计算，会有剩余。我曾经看到有些人家的年轻后辈，嫌弃田产收益少而且缓慢，羡慕经商做买卖收益来得快而且多，以至于出售房屋田地等家产来一心经商，绝对没有不全军覆没的。我亲身尝试了，结果是这样，看到别人（这么做），结果也是这样，千百个人中，没有一个会例外的，不要说愚笨、能力弱的人不能这么做，就是聪明能干的人，做了也必定会失败。年轻后辈们，万万不要做这种错事啊。”

“余置田千余亩，皆苦瘠。非余好瘠田也，不能多办价值，故宁就瘠田。其膏腴沃壤则大有力者为之，余不能也。然细思膏腴之价，数倍于瘠田，遇水旱之时，膏腴亦未尝不减，丰稔之年，瘠土亦收，而租倍于膏腴矣。膏腴之所以胜者，鬻时可以得善价，平时度日，同此稻谷一石耳，无大差别。且腴田不善经理，不数年变而为中田，又数年变而为下田矣。瘠田若善经理，则下田可使之为中田，中田可使之为上田。虽不能大变，能高一等。故但视后之能保不能保，不在田之瘠与不瘠。况名庄、胜业易为势力家所垂涎，子弟鬻产，必先鬻善者[①]。

“人家富、贵两字，暂时之荣宠耳。所恃以长子孙者，毕竟是耕、读两字[②]。享山林之乐者，必具四者，而后能长享其乐、实有其乐，是以古今来不易觏也。四者维何？曰道德，曰文章，曰经济，曰福命[③]。”（以上张文端）

---

① 此段文字录自《恒产琐言》。

② “人家富、贵……耕、读两字”这几句，录自《恒产琐言》。

③ “享山林之乐者……曰福命”这几句话录自《聪训斋语》。原文作：“圃翁曰：予尝言享山林之乐者，必具四者而后能长享其乐，实有其乐，是以古今来不易觏也。四者维何？曰道德，曰文章，曰经济，曰福命。”

今译：“我购买的田产千余亩，都是贫瘠的差田。不是我喜欢贫瘠的田产，没能力凑更多的买田钱，因此宁可接受贫瘠的田。那些肥沃的好田被财力雄厚的人买走，我没有这个能力。不过，我仔细思考：好田的价格，是差田的好几倍，遇到水涝、干旱的时候，好田收成也没有不减少的，丰收年，贫瘠之地也同样有收成，而田租是同等价值好田田租的好几倍。好田之所以被人抢着买，是因为卖的时候可以得到不错的价钱，至于平时过日子，好田和差田，所产的稻谷一石，价值都是一样的，没有大的差别。而且肥沃的田如果不善于经营管理，用不了几年就会变成中等的田，又过好几年进而变成下等的田了。贫瘠的田假如善于管理，那么下等的田，可以使它变成中等的田，中等的田，可以使它变成上等的田。虽然没有大的变动，但能往上提高一个等级。所以对于田产只需要考虑后代能不能守得住，不在于田产肥沃与贫瘠。何况有名的庄园、出色的田产容易让有势力的人家起艳羡谋求之心，而年轻后辈（如果）变卖家产，一定会先卖好田。

“对于一个家庭来说，富、贵两个字，只是暂时的光荣罢了。可以依赖而且能够使子孙成材的，终归是耕、读两个字。享受山林快乐的人，必须具备四样东西，而后才能长久地享受这种快乐、切切实实地拥有这种快乐，因此，这是古往今来不容易遇到的。四样东西指的是什么呢？是有道德、有学养、干练多才、有福气的命。”（以上张文端）

葆　　生

或问：养性、养身一道耶？

曰：性乃气之帅也，养性为主，养身次之。如人贪酒色，必病且死，嗜肥甘则壅气损寿，溺名利则劳苦忧郁，七情皆不得其正，其害尤甚。以躯壳陷嗜欲之中，譬如架空度日。瓶花盆草，无土以培其根，安能久存？

今译：有人问：修养心性与保养身体（的重要性）是一样的吗？

答：性灵那是身体元气的主帅，（懂养生之道的人）应该以保养性灵为主，保养身体次之。如人好酒贪杯，贪图美色必定会得病死亡，偏好肥腻甜美食物就会堵住身体里的元气，折损寿命，沉湎于追名逐利，就会身体辛苦，心情忧郁，喜、怒、哀、惧、爱、恶、欲这七种情绪都不能正常，它们的危害性尤其大。让身体陷入各种嗜好欲望之中，就好比架在空中过日子。就像瓶里的花，盆中的草，没有土壤来培护花草的根部，怎么能活得长久？

问：人有贤名而夭折者，何也？

曰：天地之气，清明无缺，受之者自有偏全，人与畜分、贤与愚分是也。受之者复有厚薄，蟪蛄①木槿、龟鹤松柏是也。昔人言贤人受气，清而不厚则不寿，如颜子是也。且言上古时人有数百岁者，中

① 蟪蛄：音 huì gū，蝉的一种，体短，吻长，黄绿色，有黑色条纹，翅膀有黑斑，雄性腹部有发音器，夏末自早到暮鸣声不息。

古有百余岁者，譬若野生参术[1]，得气独厚也。

今译：问：人有贤明的名声却活不长，这是什么原因？

答：天地间的元气，是清爽明净没有缺损的，而禀受元气的（人与物）有的禀受的不完整，有的禀受的完整，人与畜生的分别、贤明的人与愚蠢的人的分别，就是这种情况。禀受元气又有厚与薄的区分，蟪蛄、木槿花（它们禀受的元气薄，寿命就短），乌龟、鹤鸟、松树、柏树（它们禀受的元气厚，寿命就长）就是这样的。前人说贤人禀受的元气，如果清爽明净而不厚实就不能长寿，如孔子的贤弟子颜回就是一个例子。且说上古时代人有好几百岁的，中古时代人有一百多岁的，就好比野生的人参、白术，禀受的元气特别厚实。

问：卫生之道，谨嗜欲、节饮食、慎寒暑、惜劳苦，可矣。专言养性，自来忠孝节义之士，葆其性而丧其生者多矣，二者岂非相反？

曰：书言“战阵无勇，非孝”[2]，与“不敢毁伤”[3] 是一道理。“杀身成仁”[4]，与“邦无道，免于刑戮”[5] 亦是一道理。文文山身遭困难，坐囚室中数年不死，临难时神色坦然，性定而理明也。若专讲养身，必迷入嗜欲一途。君子视养生为性分中当然之事，非仅为却病延年也，岂可为养身而丧其性？孔子曰：“朝闻道，夕死可矣。”[6] 孟子曰：“殀[7]寿不贰，修身以俟之，所以立命也。”[8] 今人每贪服饵[9]、

---

① 参术：中药名，人参和白术。

② 语见《吕氏春秋·卷十四·孝行览》：“曾子曰：‘身也者，父母之遗体也。行父母之遗体，敢不敬乎？居处不庄，非孝也。事君不忠，非孝也。莅官不敬，非孝也。朋友不信，非孝也。战阵无勇，非孝也。五行不遂，灾及乎亲，敢不敬乎？”

③ 语出《孝经·开宗明义章第一》：“身体发肤，受之父母，不敢毁伤，孝之始也。”

④ 语出《论语·卫灵公篇》：“子曰：‘志士仁人，无求生以害仁，有杀身以成仁。’”

⑤ 语出《论语·公冶长篇》：“子谓南容：‘邦有道，不废；邦无道，免于刑戮。’以其兄之子妻之。”

⑥ 语出《论语·里仁篇》。

⑦ 殀：音 yāo，同“夭”，短寿的意思。

⑧ 语出《孟子·尽心上》：“孟子曰：‘尽其心者，知其性也。知其性，则知天矣。存其心，养其性，所以事天也。殀寿不贰，修身以俟之，所以立命也。”

⑨ 服饵：服食丹药，道家养生延年术。

学吐纳[1]，以求长生。王阳明曰："人而不知为人之道，即活数百年，与数百年禽兽无异。"[2]

今译：问：养生之道，端正自己的嗜好欲望、节制饮食、小心应对天气寒热、不过度辛劳，就可以了。专门谈论涵养心性（似乎不妥），自古以来忠孝节义的人物，很重视保全忠直品性却丧失生命的人很多，养性与养生二者目标岂不是相反？

答：古书里说"上战场没有勇气，那就是不孝"，与"保全自己的身体，不敢稍有毁伤"是同一个道理。"牺牲自己的生命以成全仁德品性"，与"国家无道，也能明哲保身，免去受刑被杀之灾"也是同一个道理。文天祥因兵败被俘，失去自由，关在囚牢中好几年没死，临刑时神色坦然，因为他心性安定而明白事理。假如专门重视养身，必定糊里糊涂地进入追求欲望的那一条路上去。君子把养生看成天性中应该做的事，不仅仅专门为了消除病痛，延长寿命，怎么可以为了保养身体而丧失自己的天赋的忠孝节义本性？孔子说："早上得知真理，让我晚上为它而死也可以。"孟子说："短命也好，长寿也好，我都不三心二意，只是修身养性等待天命，这就是安身立命的方法。"现在的人常常贪求服食丹药、学习呼吸运气之法，以求长寿（人生只贪求长寿而无崇高追求，是没什么意义的）。王阳明说过："一个人假如不知如何做人的道理，即使活了好几百岁，与活了好几百年的禽兽没有什么不同。"

问：饮食中不可求长生耶？

曰：人恃空气而生，非专恃饮食而生。人有十余日不食而不死者，闭其口鼻，一瞬绝矣。天地空中之气遍布于万类，人之腹内、腹外，皆赖此气呼吸而活，如橐钥然，饮食则助其鼓动之力耳。饮食淡

---

① 吐纳：吐故纳新，道家养生之术。

② 语出王阳明《王文成公全书·卷之三·传习录下》，原文作：若违了天理，便与禽兽无异，便偷生在世上百千年，也不过做了千百年的禽兽。学者要于此等处看得明白。比干、龙逄，只为他看得分明，所以能成就得他的人。

则气清，肥腻多则气浊，浊重则气滞，吸入之清不胜其呼出之浊也。

今译：问：在日常饮食中，不能找到长寿的诀窍吗？

答：人依靠空气而活着，不是专靠饮食而活着。人有十多天不吃饭而不死的，如果把他的嘴巴和鼻子捂紧，一转眼就没命了。天地空中的气遍布于万物之中，人的肚子里、肚子外，都依赖这个空气的呼出吸入而生存，类似于鼓风吹火的风箱的样子，吃饭喝水则能帮助提升鼓动身体里空气的力量。饮食清淡，人体里的空气就会清爽，吃肥厚油腻的肉食多，人体里的空气就会浑浊，浑浊加重就会使体内的空气运行不畅，（这是因为）吸入的清爽空气胜不过他呼出的浑浊空气。

问：人身与空气，分彼此对待耶？

曰：否。人腹内具此气，一身骨血皆具此气。西人测草木叶上皆有小孔，吞吐空气，人身毛孔亦然。余童年眼极明，坐室中，见日光内游尘如断丝，纷扰不已。初疑为灰土簸扬，及随处察之皆然，问我祖父曰："此何物，将不坌入我腹中耶？"祖父笑曰："此气也。俗语'人在灰中不吃灰，鱼在水中不吃水'。"始悟空中皆元气弥满。后数年，读贾岛《贫士诗》有曰"窗里日光飞野马"[①]，即游尘也，乃悟此事惟贫士知之，富贵劳扰中人不知也。人赖天地之气而生，此气固无一息停顿，自一呼一吸，由朝至夜，由少而壮而老而病且死，皆是此气所为。死而散，散而复聚而生，亦是此气所为。人若不顺此气而行，或乱或逆，即丧身，即悖道。气之翕辟，即阴阳自然之理，理不可见，于气见之。

余童年喜于溪中摸小鱼，养于盆中。盆小鱼多，一宿皆死；盆大鱼少，二三宿死。以极大之盆置于风日之中，则十余日不死。以此知

---

① 此句出自韩渥《安贫》诗，"窗里日光飞野马，案头筠管长蒲卢"，非贾岛诗。此处"野马"典出《庄子·逍遥游》，原文作："野马也，尘埃也，生物之以息相吹也。"明末学者方以智认为野马是田野间浮气，远望如群马。

水中之鱼皆恃清气而生。近人测水中系轻、养二气，然无空气鼓荡轻、养，亦失其性。西人谓船舱须高宽八尺，乃容一人呼吸。余谓船行空旷之中尚须八尺，则处市井湫隘[1]之地，应加一倍。人能知受空中清气，则于卫生之道思过半矣。

今译：问：人的身体与身体里的空气，是可以分开的吗？

答：不是。人腹腔里具有这种空气，一身的骨头血液也都具有这种空气。西方人观测到草和树木叶面上都有小孔，吐纳空气，人身体肌肤上的毛孔也是这样的。我童年时，眼睛极为明亮，视觉敏锐，坐在室内，看到日光里，飘浮的灰尘像断丝一样，纷飞不停。开始怀疑是灰尘飞扬，后来随处观察日光里的浮尘都是这样，问我祖父说："这是什么东西，会不会飞扬进入我肚子里呢？"祖父笑着说："这是空气啊。俗话说'人在灰尘里不吃灰，鱼在水里不喝水'。"开始领会到空中都是充满着空气。后来过了好几年，阅读贾岛的《贫士诗》，里面有句"窗里日光飞野马"（窗口射入的一束阳光中无数"野马"飞腾），"野马"就是浮尘，于是才体会到这件事只有贫儒寒士才会知道，富贵繁忙的人是不知道的。人依赖天地之间的空气而活着，这种空气确实没有一时一刻钟停止不动，从一次呼出和吸入，从早上到晚上，从少年到壮年到老年再到生病到死亡，都是这空气造成的。生命死亡，身体里的空气就会消散，消散而后再次聚合，又会产生出生命，也是这种空气造成的。人假如不依顺这种空气而行事，扰乱或者违背空气运行的规则，就会死亡，这就是违逆了天道。空气的开合运动，就是自然界阴阳交错循环运行规律的体现，这种规律不能直接看到，通过空气的运行才可以从侧面见到。

我童年时喜欢在山间小河沟里捉小鱼，并把捉到的小鱼养在水盆里。我发现：如果盆小鱼多，一个晚上鱼都死掉；如果盆大鱼少，两三个晚上，鱼就会死掉。用特别大的盆放在室外阳光之下，鱼就会

---

① 湫隘：音 jiǎo ài，低洼狭窄。

十多天不死。从此我才知道水里的鱼都是依赖水中的清纯的气体而活着。近代人检测水里含有氢气、氧气两种气体，但如果没有空气来鼓动水中的氢气和氧气，水里的鱼也会失去它们的性命。西方人说船舱空间必须是高度与宽度各八尺，这么大的空间才能容一个人呼吸。我说船航行在空旷的水面中，容一个人住的客舱空间尚且要高与宽各八尺，那么，人住在街市低洼狭小的地方，空间应该加大一倍。人知道需要呼吸空中清新气息，就能对于养生的道理懂得一大半了。

问：医药不施于圣贤耶？

曰：药亦辅相裁成[①]事也，但不可不慎。凡人生机充足，偶患感冒，其身之生机自能去疾。如病寒自然思暖，病滞自不思饮食，患疮疡自然洩脓结痂。惟疾重宜用药力助之，或久吸清气、运动，亦愈。服药多而杂，必不对症，反伤生矣。

今译：问：医药一般不会施用在圣贤身上吧？

答：药是对应病症，帮助病人康复的东西，但用药不能不谨慎。一般的人身体生命活力很充足，偶然得了感冒，他身体的生命活力自己能够治好这种病。就像得了寒病，身体自然想暖和，消化不良自然不想吃东西，皮肤上长了疮，疮口溃疡，自然会排脓而后皮肤自我修复，长出痂皮。只是病情如果较重，应该通过药物的力量来帮助病人康复，或者长久呼吸清爽的空气、通过运动锻炼也可以康复。服的药用量多而且品类杂，必定不对病症，反而伤害身体。

我幼家贫，非遇节期、客至，不设酒肉。余偶病初愈，我父属厨人买猪肚食我，曰：“食此则饭量复元，不可食肥腻。”每朔、望，分余猪肉四两。余视工人苦者，暗与之，殆终年不肉食矣。弱冠后遭乱从军，常念先人之言，不改常度。有一友同食则一肉，有三友则二

---

① 辅相裁成：本义是顺应自然法则又用心裁度，有所作为，使天地万物各得其宜。此处表示药物能对应病症，助病人康复的意思。典出《周易·泰》卦：“天地交泰，后以财成天地之道，辅相天地之宜，以左右民。”

肉，只市肉，不自杀生，若独食则仍蔬饭。迨四十以后出仕，间用腥，亦不肯多食。偶赴宴席，食腥数种，则夜梦不宁。肉能昏神，尤甚于酒，葱蒜韭薤亦然。

今译：我小时候家里穷，不是遇到过节、来客人，饭桌上不摆酒肉。我偶然生病刚痊愈时，我父亲告诉厨师去买猪肚子烧给我吃，他说："吃了这猪肚子就会恢复饭量，不能吃肥肉。"每个月初一、十五，家里分给我四两猪肉。我看到在家做事的工友家里苦的，私下里把肉送给他，（我一直这样做，）差不多一年到头都不吃肉。二十岁之后我遇到战乱，就参军平乱，（虽然个人处境也有了改善，但我还是）常常想起先人说的话，不改变平时的生活标准。假如与一个友人一起吃饭，就烧一种肉食，与三个朋友一起吃饭，就烧两种肉食，只买肉，不自己宰杀牲畜，如果一个人吃饭，就仍然吃蔬菜。等到四十岁以后，我出来做官，有时吃荤菜，也不肯多吃。偶尔赴宴席，吃了好几样荤菜，就会夜里多梦，睡觉不安稳。肉食能使人精神昏沉，比酒还厉害，香葱、大蒜、韭菜、藠头也是这样的。

我孩提时戏菜圃中，我母告我曰："凡植物茂生，须五风十雨。"余曰："多用粪草壅之何如？"母曰："物有所宜，如菜初生，宜浇清水；稍长，可以淡粪溉之；迨壮，始加浓粪。如小儿，初食乳，后食粥，后食蔬饭，若食荤太早，则伤身矣。蔬菜各有性质，如苋菜、菠菜弱植，粪多则萎；茶叶、兰花清品，不可浇粪；葱蒜热性，粪多可也。养蔬宜肥，不可过肥，过肥则脆，遇久雨久晒，皆死。浇水宜待日落，午浇则冷热相激，必伤根。浇粪宜待天旱将雨，否则粪气不化。人须饮食有节，起居有常，物亦然也，不可错乱。"云云。余幼年记性颇强，今犹忆此语，拈此示尔等，可悟养生之理。

今译：我幼小的时候在菜园里玩耍，我母亲告诉我说："想要植物生长得茂盛，必须让它多次经历风吹雨打。"我说："多用粪肥并将锄断根的杂草培在这些菜根上，怎么样？"母亲说："一切生物各有合宜的培植方法，比如蔬菜苗子刚长出来，适合浇干净的水，菜稍微长大点，可用淡的粪水来浇灌，等到它们长壮大了，开始用浓粪来施肥。好比是小孩子开始吃奶，后来吃稀饭，再后来吃蔬菜和干饭，假如吃荤菜太早，就会伤孩子身体了。蔬菜各有自己的性质，比如苋菜、菠菜体格比较弱的，粪水施多了就会枯萎；茶叶、兰花品性清高，不可以浇粪水；葱与蒜性质热，多施粪水是可以的。种蔬菜应该施肥，但不可施肥太多，肥太多，菜就长得脆而不坚实，遇到久雨久晒都会死掉。浇水应该等太阳落山，中午浇水就会使得冷水热土互相刺激，必定伤害菜的根部。浇粪应该等到天旱将要下雨的日子，否则粪里肥气不会稀释（植物就不能吸收）。人必须饮食有规律，日常生活作息有规律并合乎人体生理机制，事物也是这样，不可以搞错乱了。”等等。我小时候记忆力特别强，现在还能回想起这句话，拿来给你们这些人看，从这里也可以领悟到养生的道理。

余幼遭粤匪之乱，屡经水火刀兵不死，幸也。避乱时每预自筹划，能揣贼踪所向而遥避之。有时不得已，冒险直前，遇贼或诡计而脱，或遇救而还，皆恃才气用事，大乖登高临深之义。十八九岁时，一日能行一百二三十里，或夜行三四十里，磷火纷扰我前，我行自若；鬼物扑我，灯忽闪忽敛，我辄怒，掷灭其灯。十余岁读书塾中，空屋十余间，夜无伴，有狐魅时作响动，我必厉声诟之，必使声止而后已。此皆少年盛气，可付一笑，毫无道理，尔辈皆宜以为戒。

今译：我幼年时遭遇太平军（粤地匪徒）之乱，多次经历水火刀兵之灾而没死，真是幸运呐。避乱时每次自己预先筹谋设法，能够揣测贼匪要往哪个方向出动，而远远地躲避他们。有时无可奈何，只得冒险直接往前走，路上遇到贼匪时，或者通过耍花招得以逃脱危险，或者遇到人搭救得以生还，都是凭自己的才智胆量来行动，大大地违背了古训教人要像在攀登高山、面临深渊时那样小心谨慎的意旨。我十八九岁时，一天能走一百二三十里，或者夜里走三四十里，磷火（鬼火）纷纷地在我前面干扰我，我照常行走；有鬼物向我扑过来，我手持的灯笼忽然闪亮忽然暗淡，我总是发怒，把灯笼摔灭。十来岁时，我在塾中读书，空房子十多间，夜里没有同伴，有狐狸鬼魅时时发出声响，我一定会大声斥责它们，一定使那种声响停止才住口。这都是少年时期的豪气做派，可笑而不值得一谈，（我那种行为）也毫没有道理，你们年轻人都应该引以为戒。

朱子言："星命家[①]推算八字，其理太粗。"信然。即邵子《皇极经世》，亦只信其理，不敢信其数。孟子曰"知命者不立岩墙之下"[②]，与世人言命之旨大异。君子惟保其不可知之命而已，意外得失，圣贤难必。苟如星命家所言，则人皆知所趋避矣。造物岂有如此刻板文字使人抄袭耶？余生平所遇，得失常出意外，从未遇日者[③]言及。尝见大贵大福人以及无枉而受屈者，亦俱未闻推出。偶有射中，乃极粗浅之说。尔辈若不明大道，必致胸中漫无主张，误信星命，趋避失宜。能明大道，非特此等事不信，即天文占验与一切禨祥之说，皆视如盲词、梦呓矣。

今译：朱熹先生说："算命先生根据一个人出生的年月日时生辰八字来推算这个人一生的贵贱夭寿，其中的道理太粗糙。"这话说得对。就是邵雍的《皇极经世》这本书，我也只相信书中阐发的道理，不敢相信书中的术数。孟子曰"知命者不立岩墙之下（懂天命的人不会站立在有倾倒危险的墙壁下面）"，与世上人谈命的思想大为不同。君子只是保护自己不可预知寿夭的生命而已，意外的得和失，圣贤也难以百分百地预先断定。假如真的就像算命先生所说的，那么人都会知道追求什么、躲避什么了。创造万物的神灵怎么会有如此刻板的文字让人抄袭呢？我一生遭遇奇特，得与失常常出乎意料，从没有

① 星命家：根据人的生辰八字和星象历法推测这个人富贵寿夭的术士。

② 引自《孟子·尽心上》。原文作：孟子曰："莫非命也，顺受其正，是故知命者不立乎岩墙之下。尽其道而死者，正命也；桎梏死者，非正命也。"

③ 日者：古时以占候、卜筮为业的人。

遇到算命先生谈到过类似情况。我曾经见到特别高贵有福的人以及没有过错却受到委屈的人，也全都没听说过（他们的命运被）预先推算出来。偶然有猜中的，那不过是极为粗浅的说法。你们年轻人假如不懂天理，一定会使得心里没有主见，错误地相信生辰八字决定命运的说法，这就会使自己趋利避害的行为失当。能懂天理，不但这类的事情不相信，就是看天象占验吉凶与一切关于吉凶先兆的说法，都会把它们看作是盲人讲唱的故事，或者是梦中的胡话（因而不屑一顾）。

余幼年闻人言，江南乡试场中出“人莫不饮食也”[①] 二句题，作者多解析不明。余曾戏为之解曰：“中庸之道，出于天，存于人心，和平公正，绝无可惊可愕之事。譬之饮食养人，端恃五谷，而五谷气味皆平淡无奇。人之脾胃只惯纳此平淡之味，所以津液润于腠理[②]，呼吸通于空际。即偶用五味菜品，乃所以侑送五谷入腹，若专以五味充饥，人安能生？今人每嗜甘脆肥醲，而不重视五谷，是不得味之正，亦如人心日汩没于嗜欲之中，违悖天道而不自知也。天道悖，人心之生理绝矣。肥甘重，人身之生理伤矣。惟世人不能专用肥甘充腹者，亦犹人心不能全昧天理之故，此即‘夫妇之愚，可以与知’，《中庸》之义也。”闻者颇笑，以为迂而不缪。

今译：我幼年时听到人家说，江南乡试考场中出“人莫不饮食也，鲜能知味也（人没有不吃喝的，但是很少有人知道其中的滋味）”两句话的八股文作文题目，参加考试的考生，有很多人对八股文考题的意思解释分析得不清楚。我曾经带着玩笑为这个题目作解析说：“中庸之道，是从天那里产生出来的，它存在于人的心中，和平公正，完全没有让人惊讶错愕的事。就好比吃饭喝水养护人身，完全依靠五谷（稻、黍、稷、小麦、大豆），而五谷的气味都平淡无

① 语出《中庸》，全句是“人莫不饮食也，鲜能知味也”。
② 腠理：中医指皮肤的纹理、皮下肌肉之间的空隙。

奇。人的脾脏和胃只习惯接受这些平淡的味道，（因此这些食物被人吃下之后，）产生了对人体具有滋润作用的津液，濡养人的肌体和皮肤，使人周身呼吸通畅。就是偶尔享用各种味道的菜，那是为了佐助用五谷做成的食物下肚，如果专门以酸、甜、苦、辣、咸等众味调和而成的食品来充饥，人怎么能活下去？现在很多人酷爱吃甘甜松脆肥腻的酒食，而不重视五谷，是没有得到正味，就像人的内心每天都被各种欲望填满了，违背了天道而自己却不清楚。违背了天道，人心的生机就断绝了。肥美甘甜的食物吃多了，人的生理机能就受到伤害。世人不能只用甘甜肥美的食物饱肚子，如同人心不能完全忽视天理一样，这就是‘普通男女虽然愚昧，但也可以知晓君子之道’，就是《中庸》篇的意旨。”听到的人大笑，认为我的话虽然迂腐，但道理是不错的。

【录先哲语数则】

乐易者常寿长。

得众动天，美意延年。诚信如神，夸诞逐魂。（以上《荀子》[①]）

或问：“龙、龟、鸿、鹄，不亦寿乎？”曰：“寿。”曰：“人可寿乎？”曰：“物以其性，人以其仁。”（扬子[②]）

柳公度[③]善摄生，或问其术。曰：“吾初无术，但未尝以元气佐喜怒，气海常温耳。”（《旧唐书·柳子华传》）

今译：快乐、朴实平易的人多长寿。

得到了民众，就能感动上天；快乐的心境，可以益寿延年。真诚守信，就能应变如神；浮夸狂妄，就会丧魂落魄。（以上《荀子》）

---

① 《荀子》：先秦儒学大师荀子所作，是战国后期最重要的儒家著作，全书今存三十二篇。

② 扬子：扬雄。扬氏字子云，西汉官吏、学者、著名辞赋家，蜀郡成都人，有《扬雄集》传世。

③ 柳公度：柳子华子，兵部尚书柳公绰、大书法家柳公权的堂兄弟，京兆华原（今陕西铜川市）人，善养生，位至光禄少卿。

有人问："龙、乌龟、大雁、天鹅，不也长寿吗?"答："是的，它们都长寿。"人又问："人类可以长寿吗?"答："动物凭它的自然之性，人类凭借他的仁爱之心，都可以长寿的。"（扬子）

柳公度善于养生，有人问他的养生方法。他说："我当初没有养生方法，不过从没有消耗自己的元气来助长自己的喜和怒，身体气海穴部位（在肚脐下一寸多处，丹田位置）常常温暖罢了。"（《旧唐书·柳子华传》）

若能保身养性者，常须善言莫离口，良药莫离手。（《旧唐书·孟诜[①]传》）

圣人察阴阳之宜，辨万物之利以便生，故精神安乎形，而年寿得长焉。长也者，非短而续之也，毕其数也。（《吕氏春秋》[②]）

今译：如果想让自己能够保养身体，修养心性，平时必须好话不离口、好药不离手。（《旧唐书·孟诜传》）

圣人明察阴阳变化的合宜之处，能辨别对万物的有利因素，从而使生命得益，因此精神安守于形骸之中，寿命就能长久。所谓长久，不是说寿命本来短而给它加长，而是让他尽其天年。（《吕氏春秋》）

伊川先生曰："吾受气甚薄，三十而浸盛，四十五十而后完，今生七十二年矣，校其筋骨，于盛年无损也。"或问："先生岂以受气之薄而厚为保生耶?"先生曰："吾以忘生徇欲为深耻。"[③]

---

① 孟诜：621—713，汝州梁县人（今河南省汝州市人），著名学者、医学家，著作有《食疗本草》等。少敏悟，博闻多奇，举世无与比。擢进士第，解褐长乐县尉，官至同州刺史。《旧唐书·列传第一百四十一·方伎》本传载："诜年虽晚暮，志力如壮，尝谓所亲曰：'若能保身养性者，常须善言莫离口，良药莫离手。'"

② 《吕氏春秋》：亦称《吕览》，战国末秦相吕不韦招集门客共同编写，共二十六卷、一百六十篇。该书以道家思想为主体兼采先秦众家学说，极具文献、文学、思想价值。

③ 该则录自朱熹、吕祖谦编《近思录·卷四·存养》，"先生曰"原文中作"夫子默然，曰"。《近思录》又是摘抄程颐弟子张绎所录《师说》（参见《二程遗书·卷二十一上·师说》）。

伊川先生曰："致知在所养，养知莫过于'寡欲'二字。"[1]

或问程明道先生养生之术，先生曰："我常饥食而渴饮，夏葛而冬裘。"[2]

今译：程颐先生说："我禀受的元气很单薄，三十岁时元气渐渐强盛，四十、五十岁之后身体元气才算充沛完满，现在我七十二岁了，体格与自己壮年时相比，没有什么不同。"有人问："先生难道是因为禀受的元气不足，而特意注重保养身体的吗？"先生说："我把不顾性命而只顾满足个人欲望的行为当作最大的耻辱。"

程颐先生说："要想获取知识得知道调养身心，调养身心没有比'寡欲'这两个字更重要了。"

有人问程颢先生养生之术，程先生说："我平日饿了就吃饭，口渴就喝水，夏天穿葛布衣服，冬天穿裘皮衣（一切都是顺其自然）。"

葆生要旨：诗曰："怒甚偏伤气，思多太损神。神疲心易役，气弱病相侵。勿使悲欢极，常令饮食匀。再三防夜醉，第一戒晨嗔。"[3]又诗："心境静时身亦静，心生还是病生时。"[4]

古语：乐极生悲，纵欲成患。寡欲必多男，贪淫每无后。[5]

---

① 此条录自《近思录·卷四·存养》，《近思录》又是摘自二程著、朱熹编《二程外书·卷二》。

② 此条录自《近思录·卷十三·辨别异端》，《近思录》又是摘自《二程遗书·卷四》，原文作：有语导气者，问先生曰："君亦有术乎？"曰："吾尝夏葛而冬裘，饥食而渴饮，节嗜欲，定心气，如斯而已矣。"

③ 此条录自《孙真人养生铭》，此铭被宋代张杲《医说·卷九》、明代秦王朱守中就石刻拓得、隆庆六年《孙真人海上方》重刻本等书收录，铭文共有五言十联，家训摘引其中的前四联。"气弱病相侵"，《医说》作"气弱病相萦"，"勿使悲欢极，常令饮食匀"一联，隆庆本写作"勿被悲欢极，当令饭食均"，《医说》则作"勿使悲欢极，当令饮食均"。胤禛《悦心集·卷一》也录此铭，题目作《摄生咏》。

④ "心境"诗句：摘自陈继儒《养生肤语》，原文是：郭康伯遇神人，授一保身卫生之术，云但有四句偈，须是在处受持。偈云："自身有病自心知，身病还将心自医。心境静时身亦静，心生还是病生时。"郭信用其言，知自护爱，康健倍常，年几百岁，皆由善摄元气所致。

⑤ "古语"句：语出印光大师所编的《寿康宝鉴》，原文作：乐圃朱善曰："闺房之乐，本非邪淫。妻妾之欢，虽无伤碍。然而乐不可极，欲不可纵，欲纵成患，乐极生悲……且寡欲者必多男，贪淫者每无后。"

今译：养生方面的重要思想：有一首诗说：“过分发怒会损伤元气，思考多了太损精神。精神疲劳了心灵容易被外在事物支配，体气衰弱，疾病就会来侵害。不要让快乐和悲伤到极点，平时要做到饮食均匀。要时时提防夜里醉酒，最重要的事就是要戒除早晨发脾气。”又一句诗说：“心境安静时身体也安静舒畅，杂念丛生就是惹病上身之时。”

古话说：快乐到极点就会发生使人悲痛的事，纵欲过度就会使血气耗损、百病缠身。节制情欲的人必定多生子嗣，贪恋淫乐的人常常绝后。

昔人论致寿之道有四：曰慈、曰俭、曰和、曰静。人能慈心于物，不为一切害人之事，即一言有损于人，亦不轻发。推之，戒杀生以惜物命，慎翦伐以养天和。无论冥报不爽，即胸中一段吉祥恺悌[1]之气，自然灾沴不干，而可以长龄矣。人生福享，皆有分数。惜福之人，福常[2]有余；暴殄之人，易至罄竭。故老氏以俭为宝。不止财用当俭而已，一切事常思节啬之义，方有余地。俭于饮食，可以养脾胃；俭于嗜欲，可以聚精神；俭于言语，可以养气息非；俭于交游，可以择友寡过；俭于酬酢[3]，可以养身息劳；俭于夜坐，可以安神舒体；俭于饮酒，可以清心养德；俭于思虑，可以蠲烦去扰。凡事省得一分，即受一分之益。大约天下事，万不得已者，不过十之一二。初见以为不可已，细算之，亦非万不可已，如此逐渐省去，但日见事之少。白香山诗云：“我有一言君记取，世间自取苦人多。”[4] 今试问劳扰烦苦之人，此事亦尽可已，果属万不可已者乎？当必恍然自失矣。

---

① 吉祥恺悌：音 jí xiáng kǎi tì，吉祥、和乐、平易。

② 常：文渊阁本《聪训斋语》原文作“尝”。“尝”通“常”。

③ “俭于酬酢”在文渊阁本《聪训斋语》作“俭于酬错”。

④ 诗句引自白居易《白氏长庆集·卷六十五·律诗·感兴二首（其二）》。

人常和悦，则心气冲而五脏安，昔人所谓“养欢喜神”。真定梁公[①]每语人：“日间办理公事，每晚家居，必寻可喜笑之事，与客纵谈，掀髯大笑，以舒一日劳顿郁结之气。”此真得养生要诀。何文端[②]公时，曾有乡人过百岁，公扣其术，答曰：“予乡村人无所知，但一生只是欢喜，从不知忧恼。”噫，此岂名利中人所能哉！传曰“仁者静”，又曰“知者动”[③]。每见气躁之人，举动轻佻，多不得寿。古人谓“砚以世计，墨以时计，笔以日计”，动静之分也。静之义有二：一则身不过劳，一则心不轻动。凡遇一切劳顿、忧惶、喜乐、恐惧之事，外则顺以应之，此心凝然不动，如澄潭，如古井，则志一动气[④]，外间之纷扰皆退听[⑤]矣。此四者，于养生之理极为切实，较之服药引导，奚啻万倍哉！若服药则物性易偏，或多燥滞。引导吐纳，则易至作辍。必以四者为根本，不可舍本而务末也。《道德经》五千，其要旨不外于此。铭之座右，时时体察，当有裨益耳。[⑥]（张文端《笃素堂集》）

今译：前人谈论使人长寿的途径有四个：慈祥、节俭、平和、安静。一个人如果能做到对一切生物充满仁慈之心，不做一切伤害别人

---

① 真定梁公：梁清标（1620—1691），梁氏字玉立，一字苍岩，号棠村，一号蕉林。明末清初著名藏书家、文学家，名列“贰臣传”。直隶真定（今河北省正定县）人，明崇祯十六年进士，清顺治元年补翰林院庶吉士，授编修，历任弘文院编修、国史院侍讲学士、詹事府詹事、吏部左侍郎、兵部尚书、礼部尚书、刑部尚书、户部尚书、保和殿大学士等职。著有《蕉林诗集》《棠村词》等。

② 何文端公：何如宠（1569—1641），字康侯，号芝岳，南直隶桐城县人。万历二十六年进士，《明史》赞之“性孝友。母年九十，色养不衰。操行恬雅，与物无竞，难进易退，世尤高之”。崇祯六年，首辅周延儒被温体仁疏告罢相，帝召如宠接替。如宠素知温阴险狡诈，料不相容，行至淮安，六次上疏坚辞，得皇帝批准。崇祯十四年（1641），卒于金陵官邸，年73岁，祀郡、邑乡贤祠。南明弘光时，追赠太傅，谥文端。

③ 语出《论语·雍也篇》。原文是：“子曰：‘智者乐水，仁者乐山；智者动，仁者静；智者乐，仁者寿。’”

④ 志一动气：意志专注于某一方面，就能调动自身的意气感情。典出《孟子·公孙丑上》：“志壹则动气，气壹则动志也。”朱熹注：“壹，专一也。孟子言志之所向专一，则气固从之；然气之所在专一，则志亦反为之动。如人颠蹶趋走，则气专在是而反动其心焉。”

⑤ 退听：退让顺从。

⑥ 此文录自张英《文端集·卷四十五·笃素堂文集九·聪训斋语》。

的事情，即使一句对别人有伤害的话，也不轻易说出口。将这种慈悲心推而广之，禁止杀生以爱惜动物生命，不轻易砍伐树木，以养护自然界的和气。不必说幽冥世界善恶报应不会有误差，且说人的胸中蕴涵着吉祥和乐之气，自然使邪气不敢侵犯身体，就可以长寿了。（岂不也是美好的事吗?）

人生享受幸福的事，都有命数，爱惜福分的人，福气常常有剩余；而任意糟蹋福分的人，容易把福气挥霍得一点不剩。所以春秋时代思想家老子把“俭”字当作宝。不只是在财物用度方面应当节俭，一切事情都应当常常考虑到节俭的意义，这才会留有余地。在饮食方面节俭，就可以保养脾胃；在嗜好欲望方面节俭，就可以蓄聚精神；在言语方面节俭，就可以保养元气，平息是非；在人际交往方面节俭，就可以慎重选择益友，减少过错；在宾主互相敬酒应酬往来方面节俭，就可以养护身心，防止劳累；在夜坐方面节俭，（早点睡觉，）就可以使心灵与身体安闲舒适；在饮酒方面节俭，就可以使内心纯净，养成好的品德；在思虑方面节俭，就可以免除烦恼，去掉纷扰。只要是事情减省去一分，就会有一分的收益。大约天下的事，绝对不可不做的，十件中不过有一两件。一开始以为某件事不可以不做，仔细盘算一番，发现并不是必做不可的，照这样方式，逐渐可以把不用做的事省掉，就会看到事情一天比一天少了。唐代诗人白居易有句诗说：“我有一句话请你记住，人世间自取苦恼的人很多。”现在试问那些辛辛苦苦操心劳累的人，你们做的这件事情是完全可以停止不做的，难道是真的非做不可的吗？（想到上述这层道理，）内心必定会忽然醒悟过来，觉得自己过去的做法全错了。

一个人如果常常存有一种平和愉快的心情，那么就会心气畅通而五脏安适，这就是过去的人所说的“养欢喜神”。真定人梁清标先生常常对人说：“我白天办理公事，每晚回家休息，必定去找些高兴的事，与客人纵情畅谈，掀动胡须开怀大笑，用来排遣一天辛苦而蓄聚在胸中的浊气。”这才是真正获得了养生的要诀。何如宠（文端）

公在世的时候，曾经有乡下人年过百岁，何公向这位老人讨教养生之道，老人答道："我乡下人不知道什么养生法，但一生都是高高兴兴的，从来不晓得烦恼。"唉，这难道是追求功名利禄的人能够做得到吗？

《论语》说："仁爱的人恬静"，又说："聪明人灵动"。常常见到心气躁急的人举动轻浮不稳重，所以大多不能活到长寿。古人说："砚的生命用世纪来计算，墨的生命用时辰计算，笔的生命用天计算"，这就是指的动静的区别。静字的意义有两个方面：一是身体不过于劳累；二是感情不轻易地触动。凡是遇到一切劳累、担心、恐惧、高兴、悲伤的事，外表按常规来行动，心中则安稳不动，如清澈见底的深潭，如古老的水井那样的宁静，意志专注于某一方面，就能调动自身的意气感情，外界的纷扰都退避一旁而变得乖顺了。"慈、俭、和、静"这四个字，对于养生的道理阐发得很切实，（遵循它们的成效）比起吃药治病何止胜过万倍呢！如果吃药就会出现药物性质容易偏离的问题，有的大多燥热滞积而不能产生好的效果。而练气功，调节呼吸，就会容易导致有时练习，又半途停顿。因此，要延年益寿就必须以这四个字为基本方法，不可以抛弃这个基本方法而去寻求其他不重要的方法。老子所写的《道德经》总计五千多字，主要的内容不超出这四个字。如果把这四个字作为座右铭看待，时时对照，加以体察，就会有好处的。（张文端《笃素堂集》）

延　师

为子弟延师，须选品学兼优之人。即一时不得宿儒，亦须延端谨通达之士。礼貌不可稍衰，课程必有定则。倘延有文无行者为师，贻误不浅。语云“近朱者赤，近墨者黑”，又曰“与善人处，如入芝兰之室，久而不闻其香；与恶人处，如入鲍鱼之市，久而不闻其臭”①。人鬼关②一经误投，不易脱出矣。

今译：为家中晚辈聘请老师，必须选择品学兼优的人。就是一时觅不到素有声望的博学之士，也必须延请品行端正稳重通情达理的读书人。礼貌不可略微减弱，教学科目与教学进度一定要有规范。假使聘请虽有文才而人品不好的人为师，会给家里年轻后辈带来不小的后患。俗话说“近朱者赤，近墨者黑（靠近朱砂的就会被染红，靠近墨汁的就会被染黑）”，又有俗语说“与善人处，如入芝兰之室，久而不闻其香；与恶人处，如入鲍鱼之市，久而不闻其臭（和品行优良的人交往，就好像进入了摆满香草的房间，久而久之闻不到香草的香味了，这是因为他和香味融为一体了。和品行不好的人交往，就像进入了卖臭咸鱼的店铺，久而久之就闻不到咸鱼的臭味了，这也是

---

① “近朱”引语出自晋傅玄《太子少傅箴》，原句云：“故近朱者赤，近墨者黑；声和则响清，形正则影直。”“与善人处”引语摘自孔子门人撰《孔子家语·卷四·六本》，对原文稍做改动，意思未变。

② 人鬼关：佛教认为，人死后会根据人的业力因果，往生西方极乐世界或者在六道中轮回。行善之人死后转世到天道、阿修罗道、人道；作恶之人死后堕入畜生道、饿鬼道、地狱道，且一旦堕入，很难超脱。

因为他与臭味融为一体了)”。人与鬼的关口一次投错了胎，就不容易脱身出来了。

余童年就外傅，王介和[①]应兆先生尝诫余曰：“乡间蒙童，昼入学，晚归家，每与村夫、牧童游戏，言语行止不觉日堕于放僻邪侈之中。尔可夜宿塾中，勿与彼辈相近。”余谨守之，即出游遇蠢夫，未尝以戏语村言加之。

今译：我童年时代离开家到外地接受老师教育，王应兆（字介和）先生曾经告诫我说：“乡间刚读书识字的学童，白天到学校学习，晚上回家，经常与村民、放牧牛羊的儿童一起游玩，（受那些人影响）说话与行为举动不知不觉地每天陷入肆意为非作歹的环境中。你可以夜里睡在校塾中，不要与那类人接近。”我小心地遵守老师的教诲，就是出门游玩途中遇到愚笨的人，从来没有用乡间粗俗话语来开他们玩笑。

［译者点评：此节宣扬歧视劳动人民的观点，应当摈弃。］

《论语》曰：“三人行，必有我师焉。”凡交游往来及家中所用一切人，皆宜选朴实一流。

《论语》“泛爱众而亲仁”句，宜终身由之，不独为弟子应尔。今人每喜与己性相近者游，且常爱其不胜己者，是一大弊也。

今译：《论语》说：“三人行，必有我师（如果有几个人在一起走路，其中必定有值得我效法的人）。”凡是同自己交游来往的人，以及家中所聘用的人，都应该选择朴实的人。

《论语》“泛爱众而亲仁（博爱大众，亲近有仁德的人）”一句

① 王介和：名应兆，字介和，安徽建德元甲山人，县学附生，品学纯正，家居教生徒极多，有鉴识力，周馥髫龄，他一见即称为大器。事母极孝，曾割股疗亲，卒年71。周馥十三岁从其受业，至十八岁因乱离馆，一辈子感念老师不忘，在所著《诗集四·感怀平生师友三十五律·王介和先生》中云：“眼底龙猪一见分，提携望我到青云……白头报答知无日，泪洒袁山对夕曛。”（参《宣统建德县志·卷之十六·人物孝友》）

话，应该一辈子照着做，不单是作为年轻后辈要这么做。现在的人总是喜欢与自己性情相近的人交往，而且常常喜欢那些比不过自己的人，这是一个大错误。

人能立志勤学，随处皆得师资。如闻人一善言一善行，皆当谨记参悟，即其人不足取而言可为法，亦默取之。语云：“善人者，不善人之师；不善人者，善人之资。”[1] 盖无处而不受益矣。试观善画者，见人家厅堂悬美画一帧，则心摹而手拟之，好吟者见壁中有佳句，亦心羡之，何况读书求道之人？特患人不立志耳。

今译：人能够树立志向勤奋学习，随便在哪里都能得到老师指教。比如听到人说一句善话、做一件善事，都应当牢牢记住并能参究领悟，即使某个人不值得效法但话值得遵行，也默默地采用。《老子》里有句话说：“那些善人是不善的人的老师；那些不善的人，是善人的借鉴。”（既然如此，）那么没有一个地方，人们不能得到教益。请观察善于画画的人，他看到别人家厅堂悬挂一幅漂亮的画，就会在心里描摹，并用手（在虚空中）模拟着画它，喜欢吟诗的人看到墙壁上有漂亮的诗句，也在心里羡慕它，何况读书追求道义的人（何处不可以进德修业）？只是担心一个人不树立志向罢了。

【录先哲语数则】

养子弟如养芝兰，既教诲以培植之，又当积善以滋润之[2]。教子弟当先防以礼义，教以谦和，而后课以文学。一事之能，毋轻奖；一

① 语出《老子》。

② “养子弟……滋润之”句，语出家颐（字养正，宋代眉山人）《子家子》，原文为：“养子弟如养芝兰，既积学以培植之，又积善以滋润之。”《子家子》已佚，今人辑佚，共得该书55条佚文。

语之俊，毋妄夸。（《竹窗随录》[①]）

教有四课：一曰读课，二曰讲课，三曰文课，四曰行课。皆为父师者所当尽心。不如此，则人才不出也。（《懿言日录》[②]）

教小儿，先要安详恭敬。[③]（张横渠语）

子年七岁以上，父为之择明师、选良友，勿使见恶少，渐之以善，使之早化。（《说苑》[④]）

教子有五：导其性，广其志，养其才，鼓其气，攻其病。废一不可。[⑤]（林家颐）

后生以师事我，则终身成败荣辱俱我任之，若不尽心竭力，误人

---

① 此书与著者待考。《中国古籍总目》里未见此书目，与该书目相近的收有《竹窗续录》（明芥生园主人撰，有明刻本）、《竹窗随笔》（云栖袾宏法师撰，佛教劝善书）、《蓬窗随录、续录》（清天津沈兆澐辑，天津图书馆藏。辑录前人奏疏、书信、论、说、序、药方等关乎国计民生、持身涉世文字）。陈继儒撰《福寿全书·诒谋》里的两段话（"养子弟如养芝兰，既积学以培植之，又积善以润之。父子之间不可溺小慈，自少律以严，绳以法则，长无不肖之悔。""……余愿士大夫教子，先坊以礼义，教以谦抑，而后课以艺文、责以古今。一事之能，无轻奖；一语之俊，无妄夸。是真能爱子弟者也。"）应是该则训语源头，而"余愿士大夫教子……"几句又是陈氏撮录于屠隆《鸿苞·卷之四十三·教子》。

② 清初王喆生撰，王氏字醇叔，一字素岩，江苏昆山人。读书敦行，康熙二十一年（1682）进士，官翰林院编修，后充会试同考官，寻乞假养母归，侍养二十年，母殁，绝意仕进。少师事朱用纯（号柏庐），得其传，置日记以自省察。其教人，必根于经史，探源性命，而后及于文章、事业。著有《素岩文稿》二十六卷、《懿言日录》一卷、《二录》一卷、《续录》一卷、《别录》一卷，并行于世。《懿言日录》多讲学之语，兼及杂事。大旨尊二程、朱熹，攻陆九渊、王阳明。

③ 该句录自朱熹、吕祖谦编《近思录·卷十一·教学》，原文作："古之小儿，便能敬事长者，与之提携，则两手奉长者之手，问之，掩口而对。盖稍不敬事，便不忠信，故教小儿，且先安详恭敬。"《近思录》又是摘自张载《张子全书·卷十二·语录》。

④ 《说苑》：西汉刘向纂。该书分二十篇，纂辑先秦至汉初历史与传说，杂以议论，以阐明儒家的政治思想和伦理道德观点。该书极具文献价值，书中不少故事和寓言，富于文学趣味。该条录自《说苑卷三·建本》。

⑤ 该条乃宋人家颐《子家子》（今已佚）中的格言，宋代刘清之《戒子通录·卷六》（是书被收入《钦定四库全书》中）辑入。《子家子》作者是北宋末年学者，名家颐，字养正，眉山人。他曾说过："人生至乐，无如读书；至要，无如教子。"《钦定续文献通考·卷一百七十三》著录："家颐《子家子》一卷。颐，字养正，眉山人。"《钦定续通志·卷一六零》著录："《子家子》一卷，宋家颐撰。"周馥将作者名字抄作林家颐，是否为笔误或另有依据，待考。

子弟，与庸医杀人等罪。[①]（《身世金箴》[②]）

今译：培养年轻后辈如同养植名贵的灵芝与兰花（得多加小心地栽培呵护），既用谆谆教诲来培植他们，又应该积累善行来潜移默化地影响他们。教育年轻后辈应该先用礼义来规范、约束他们，教他们谦和的为人处世之道，而后督导他们学习文章经典。如果他们某一件事会做，不要轻易地夸奖；某一句话说得很漂亮，不要作不切实际的赞美。（《竹窗随录》）

教书育人有四门课程：一是阅读课，二是讲解课，三是作文课，四是实践课。都是父亲和老师应该费尽心思传授的。不这样的话，就培养不出人才。（《懿言日录》）

教育儿童，首先要他们做到举止从容、稳重，对人恭敬。（张横渠语）

儿子年龄七岁以上，父亲为他选择贤明的老师、挑选好的朋友，不要让他遇见品质恶劣的年轻人，用善的言行逐渐影响他，使他早一点被感化。（《说苑》）

教育孩子，有五件事必须做到：引导他的性情，使孩子养成纯真而善良的本性；开阔他的志向；培养他的才华；振作他的精神；纠正孩子的毛病和差错。这五个方面缺一不可。（林家颐）

年轻人把我当老师，那么他们的一辈子成败荣辱都是由我承担责任，假如不尽心竭力，误人子弟，与平庸的医生误杀病人的罪过相等。（《身世金箴》）

---

① 该句原为宋代王曙（字晦叔，河南人，宋仁宗时任宰相、枢密使，谥文康）父亲与同辈谈论师道时所言，明代刘宗周《人谱类记·总记》等书，也曾抄录王曙父亲的这段话。

② 题清蕊压汇刻，该作者姓名、里居不详，书中辑录先正格言二十二则，即敦孝、遏淫、励志、劝学、省心、立品、养性、葆生、讱言、改过、修身、齐家、友悌、蒙养、交游、仕宦、处世、守分、待人、爱物、积德、感应，每则下录前贤隽语多条，足资读者取鉴。周馥曾将《身世金箴》节录为一卷本。

婚娶（兼阃教[1]）

程子曰："婚姻论财，夷虏之道。"[2] 我乡向无此恶习，然未免拣择贫富。此俗见，终不能免。程子又曰"嫁女必须胜我家者，娶妇必须不若我家者"[3]，此为使妇女必敬、必戒之意。然人事、天缘，不能一概拘执。俗语"朋友一世，亲戚三世"，后来贫富，安能预度？惟择其人家存心忠厚、治家有礼法者为主义。

今译：程先生说："婚姻论财，夷虏之道（谈婚论嫁而计较财礼，那是中国周边未开化民族的习俗）。"我乡向来没有这种恶习，然而未能免去嫌贫爱富现象。这是乡俗见识，始终免不掉。程先生又说"嫁女必须选择家庭条件胜过我家的，娶媳妇必须选择家庭条件不如我家的"，这么做目的是让妇女一定要做到恭敬、小心的意思。然而婚姻涉及人际关系、冥冥中的缘分，不能一律固守某个择偶公式。俗话说"朋友是一代的，亲戚是三代的"，一个家庭后来变贫还是变富，怎么能预先猜测得到？婚姻对象只能选择家庭成员心地忠厚、治理家庭能遵守礼法的人家作为主要标准。

［译者点评：此文中男女不平等的封建思想应予摈弃。］

---

① 阃教：指对后妃或妻妾的训诫。

② 该句语出王通《文中子》，原文作，子曰：婚娶而论财，夷虏之道也，君子不入其乡。古者男女之族，各择德焉，不以财为礼。

③ 语出朱熹《小学·卷五》，原文作：安定胡（瑗）先生曰："嫁女必须胜吾家者，胜吾家则女之事人必钦必戒。娶妇必须不若吾家者，不若吾家则妇之事舅姑必执妇道。"

《论语·公冶长》章重在免于刑戮[①]，论理不论气数，理得则气数自不能外。

世俗：择婚先托媒妁取男女八字，命日者推之。此俗见也，八字何尝有一毫灵验？余家历不信此，惟娶媳可照此行。若嫁女于人，不得不听人家推命。各主其事，且防闺门后言。

今译：《论语·公冶长》这一章，重点是（赞美南宫括言语谨慎，道德高尚，即使国君无道，他也能）免去杀身之祸，这里的免去杀身之祸，是根据天理而不是根据命运气数，如果行事合理，那么他的运气自然不会差。

世上习俗：选择婚姻，先委托媒人取到一对男女青年的生辰八字，吩咐算命先生推算八字是否相合。这是世俗人见识，八字哪里曾有丝毫的灵验？我家历来不相信这一套，不过娶媳妇可以照这种风俗习惯来做。至于嫁女于人，不能不听凭男方家庭去算命。各人负责各人的事，（这样做，既省心省事，）而且还能防备家里女性以后为此而说闲话。

余叔岳吴凤台先生曰：“嫁女必择勤俭朴厚人家。观其事事着实，今时虽贫，将来必发。若慕富贵联姻，不问其人存心、作事如何，纵一时熏焰逼人，迨我女嫁时，彼家运已中落，我女适当其厄。更有富贵子弟骄妄作孽，致闺门不睦者。”［云］云。此语亦可劝世。

今译：我岳父弟弟吴凤台先生说：“嫁女必择勤劳俭朴厚道的人家。看到这种人家事事都做得稳实，现在虽然贫困，将来一定会发家。如果羡慕富贵而缔结婚姻，不管结婚对象居心怎么样，做事怎么样，纵然这家一时势力煊赫，等到我女嫁入时，那户人家家运已经衰落，我女儿恰好面对这场厄难。还有些富贵人家的年轻人骄横狂妄作恶，弄得家里夫妻不和睦。”等等。这话也可以用来劝诫世人。

---

① 免于刑戮：孔子称赞弟子南宫括很有处世才华，“邦有道，不废；邦无道，免于刑戮”，意思是“国家有道时，他有官做；国家无道时，他也可以不会受刑、被杀”。

尝见有人家择婚必求女长于男，谓繁嗣育。此亦俗见，然总不可过三岁。宣化①恶俗，早婚，有女长于男十岁八岁者，酿案不少。余尝严檄，出示禁之。

我父尝言："每见朋友指腹联婚，后来悔不可追。大抵儿女须过十岁，彼此性情品貌已定，方为择配，庶少后悔。迎娶必过十八岁。尝见早婚多不寿。"云云。此语足以训后。

今译： 曾经看到有人家择婚一定要求女方年龄大于男方，说这会多生孩子。这也是俗人的见解，（虽然是可以的）但不能超过三岁。宣化地区很不好的风俗，就是早婚，有女方比男方大十岁八岁的，（因为年龄差距大等原因，导致夫妇关系不和）酿成不少的案子。我曾经发布严厉的谕令，并贴出告示禁止这种陋俗。

我父亲曾经说："总是看到朋友双方给胎儿指定了婚姻，后来后悔不及。大致说来，儿女必须过了十岁，彼此的性情气质人品相貌已经定型，才可以为孩子选择婚配对象，这就有希望减少后悔。迎亲娶妇一定要过了十八岁。曾经看到结婚早的人大多不长寿。"如此等等，这话足以训诫后人。

道光年，有某巡抚娶媳入门，即忧形于色。家人曰："新妇美秀而文，可宜家也。"某巡抚曰："坤德宜厚，惟其美秀而文，虑不能宜家也。"后其媳别无失德，惟不知勤俭持家，又性妒，无子，家遂中落。此可以戒重色不重德者。

今译： 道光年间，有某个巡抚娶儿媳进门，马上在脸上显示出担忧的神色。家里人说："新媳妇秀美又文雅，可以使家庭兴旺。"这位巡抚说："女性的德性，以淳厚为好，正因为媳妇秀美又文雅，所以我担心她不能使家庭兴旺。"后来他这儿媳在品德上没有别的过失，只是不知道勤俭持家，又性格嫉妒，没有生儿子，家道于是衰落

---

① 宣化：清代宣化府，辖区在今河北省西北部地区。

了。这件事情可以警戒看重美色而不看重品德的人。

今人有一子双祧[1]，而两家为之娶妇，谓皆嫡妻。误也。

国朝准一子双祧，乃特典也。应以先娶者为妻，后娶者为妾，自古焉有一夫二妻之例？

今译：现在有一个男子兼祧两房（即同时当两个人家的儿子和后嗣），而两家分别给他娶媳妇，都说是正妻。这是错的。

大清朝准许一个儿子兼祧两房，那是特别的恩典。应该以先娶进门的为妻，后娶进门的为妾，自古哪有一个丈夫同时有两个妻子的例子？

欧美澳各洲，例限一夫一妇，妇死方准续娶。妇不法，必经官断离，乃可另娶。无买妾、过继、乞养子之律，无子各听天命。此由宗教推及国政，不可谓非治国之道。中国礼法习俗不同，要不可忘一阴一阳为道之义，宠妾弃妻，悖天道、干国法矣。

今译：欧洲、美洲、澳洲各洲，照例限定一个丈夫只有一个妻子，妻子死了才准许丈夫续娶。妻子如果违法，必须经过官府宣判这对夫妻离婚，丈夫才可以另外娶妻子。没有买妾、收养同宗族或其他亲属之子作为继承人、求得他人之子作为养子的法律，没有儿子的话，就各自听天由命。这是由于宗教教义、教规影响到国家政策，不能说这不是治国的方法。中国的礼法习俗与上述各洲不同，（作为中国人，）总得不要忘记一阴一阳称为道的含义，如果宠爱妾，抛弃妻子，这就违背了天道、违反了国法了。

[译者点评：封建婚姻制度的祸根是一夫多妻（妾）、男女不平等，此文仅批评男性宠妾弃妻，并未击中封建婚姻制度的要害。]

---

① 双祧：同宗或胞兄弟，若一房无子，由他房之子一子顶两门，同时承继父亲和叔（伯）的门户和家产。祧：音 tiāo，古代称远祖的庙，后指承继先代。

《易·睽》卦曰："二女同居，其志不同行。"[①] 人无贤妻，不可纳妾。必不得已为之，须明名分，守礼法。若纲纪不正，全家水火，祸且贻于后世。尝见旗人有妻死不续娶，扶妾为正室者，余问其故，言："仆婢众多，非此莫能督也。"后妾死，丧葬礼略如正妻，男女服仍遵庶母例，不视为继妻也，此亦非礼之礼。尝考晋周伯仁之母络秀[②]及杜预[③]故事，皆系侍妾，恩礼如嫡。如《左传》"齐桓公如夫人者六"，谓优异如夫人，非谓灭夫人，而以妾为夫人，如后世嬖宠妾婢，逐嫡而立庶也。

今译：《周易·睽》卦"彖传"说："二女同居，其志不同行（两个女人同居一处，志向不同而行事乖离）。"一个人若未娶到贤良的妻子，就不能娶妾，真的不得已做了这件事，必须明确该女子名义和身份，要求她遵守礼法。假如家法不严正，全家人就会水火不容，灾祸将会遗留到后代。我曾经看到隶属八旗的人有妻子死了不接着娶妻，而是把妾扶作正妻的，我询问他这么做的缘故，他说："家里仆人婢女众多，不这样就没有人能督察他们。"后来妾死了，丧葬的礼仪与正妻去世所行的礼仪大致相等，家里孩子在服丧上仍遵守为庶母服丧的规矩，丈夫并不把她看作正妻，这也算是违背礼制行为中的合礼做法。我曾察看晋朝周伯仁的母亲络秀还有杜预的故事，都是侍奉男主人的妾，男人给予她们的礼遇像正妻一样。《左传》记载"齐桓公如夫人——也就是妾有六人"，说的是给予的优待如同对待夫人一样，不是说他休弃了夫人，而以妾作为夫人，像后世宠爱妾和

---

① "二女"句为《周易·睽》卦"彖传"中的话。孔颖达《周易正义·卷四》解说："中少二女共居一家，理应同志。各自出适，志不同行，所以为异也。"

② 络秀：《晋书·卷九十六·列女列传》载：晋周顗母李氏，名络秀，汝南人。顗父周浚为安东将军，出猎遇雨，止络秀家。浚见而求为妾。父兄不许。络秀曰："门户殄瘁，何惜一女？若连姻贵族，将来或大益。"父兄从之。后生顗及嵩、谟，并列显位。李氏家族的地位也随之变得显赫。

③ 《晋书·列传第四·杜预子锡》中，未见杜预母亲、儿子杜锡母亲为妾的记载。《晋书·列传第六十九·桓玄》载：桓玄为桓温庶子，桓温"甚爱异之。临终，命以为嗣，袭爵南郡公"，桓玄本生母马氏，因子显贵，被朝廷追赠为豫章公太夫人。事迹相附。

婢女，休弃正妻而立爱妾为正妻那种做法。

国朝准妾之所生子、所养子得以其本官请封，已属旷典[1]，安可以妾夺嫡之名分？此为乱阶，贵之適所以贱之也。

尝见我皖某姓，妻无子，殁后不得附葬祖茔。人皆谓其家法过严。妻无出，劝夫纳妾或立亲属为后，未为失德，不得袭“七出”[2]之义。

无子者自应立嗣。功令“先尽同父周亲[3]，次以服制旁推”，言其常也；继言“嗣子不得，于所后之亲，听告官别立贤爱”，通其变也[4]。

今译：我大清朝准许妾所生的儿子、所养的继子能以自己所任职官品级请求朝廷赐予生母和养母相应的封典，这已经属于旷世恩典，但怎么能让妾（在封诰里）夺去家里正妻的名分？（如果让妾僭越正妻名分）这就是酿成祸乱的根由，使妾在名义上尊贵实际上却是在作践她。

曾经看到我安徽某姓家庭，妻子没有生儿子，死后不能附葬在祖坟旁边。人们都说他的家法太严了。妻子没生儿子，她劝丈夫娶妾或者立亲族男性成员作为后代，德行上不算有过失，不能依照古时男人

---

① 旷典：旷世恩典，空前盛大的恩典。

② 七出：古代社会丈夫遗弃妻子的七种条款，这是封建宗法制度对迫害妇女的借口。《孔子家语·本命解》：“妇有七出、三不去。七出者：不顺父母者，无子者，淫僻者，嫉妒者，恶疾者，多口舌者，窃盗者。”《仪礼·丧服第十一》“出妻之子为母”唐贾公彦疏：“七出者：无子，一也；淫泆，二也；不事舅姑，三也；口舌，四也；盗窃，五也；妒忌，六也；恶疾，七也。”

③ 同父周亲：兄弟至亲，此句指无子者应立亲兄弟的儿子即嫡亲侄子为嗣。

④ “功令……通其变也”这几句，摘自汪辉祖《双节堂庸训·卷三·治家》。这些辞令出自《大明律》及《大清律例》。立嗣是中国古代宗法家族制度、继承制度的组成部分。无子者择立同宗近支的亲属为嗣子，以继承宗祧。同父，即同父所生者。《诗经·唐风·杕杜》：“岂无他人，不如我同父。”朱熹集传：“同父，兄弟也。”周亲，即至亲。中国封建社会是由父系家族组成的社会，以父宗为重。其亲属范围包括自高祖以下的男系后裔及其配偶，即自高祖至玄孙的九个世代，通常称为本宗九族。在此范围内的亲属，包括直系亲属和旁系亲属，为有服亲属，死为服丧。亲者服重，疏者服轻，依次递减。“先尽同父周亲”，言确定立嗣对象的先后次序，首先要在同父的男性亲属（即胞侄）范围内选择，这个范围内没适合的才能在五服范围内由近及远地选择，但异姓不得立为嗣。

休妻的“七出”的条款（而使该女性不能得到体面的安葬）。

没有儿子的人自然应该立后嗣。国家法令规定“选择后嗣应该先在所有的嫡亲侄子中挑选。如果没有嫡亲侄子，再按丧服等次与守丧期限长短来一步步地寻找（丧服与守丧期限的不同反映了亲族成员与死者在血缘方面的亲疏）”，这说的是常规；法令接着又说“这样还找不到嗣子，那么就在血缘关系更远的宗族成员中，听凭这户人家禀告官方并蒙官方许可，自己选择远支宗族成员中品性贤良，或者比较喜爱的晚辈作为后嗣”，这是变通的做法。

圣朝矜怜无告，孀妇立继，听其自主，虽独子亦所不禁。体恤之恩，至周且渥。彼贪财争继者，皆是丧心忘本之人，岂能昌后？故为人后者，总以勿问财之多寡有无为贤。

抱养义子，名分同所生，可以平分家产，惟谱牒须注明养子，不可冒称亲生子，致犯异姓混宗之例。

人家富贵时尚能优待贫贱亲戚，其家发福必远。妾有子孙者，其母家贫穷，亦宜量加体恤，但不必常往来。

今译：我圣明的大清朝怜悯孤苦无告的人，寡妇立继子，听凭她自己决定，虽然是本房近支家庭的独子也不禁止他被寡妇立为嗣子。对民众体谅关怀的恩情，极为周到而且优厚。那些贪人财产争着让自己儿子过继给人、当别人后嗣的，都是丧失良心、忘记做人根本的人，怎么能使后代昌盛？所以过继为人后嗣的，总是把不询问入嗣的这户人家财产多少和有无的当作贤人。

抱养的儿子，名分上与亲生的儿子一样，养子与亲生子可以平分父亲留下来的家产，只是家谱里必须注明这个人是养子，不可以冒称亲生儿子，以致犯下异姓混乱宗族血统的过失。

一个人家富贵时候还能优待家境贫贱的亲戚，这个人家福气一定发得很远（富贵会传承长久）。妾如果有儿子孙子的，她的娘家贫穷，也应该适当地给予体贴照顾，但不用频繁地来往。

夫妇一伦，关系父子、兄弟最重。闺门不和，孝慈之道皆亏，居心亦大不恕。白香山诗曰：“人言夫妇亲，义合如一身。及至死生际，何曾苦乐均？妇人一丧夫，终身守孤孑。有如林中竹，忽被风吹折。一折不重生，枯死犹抱节。男儿若丧妇，能不重伤情？应似门前柳，逢春易发荣。风吹一枝折，还有一枝生。为君委曲言，愿君再三听。须知妇人苦，从此莫相轻。”①

今译：夫妇这一人伦关系，严重影响到父子、兄弟这两种人伦关系。家里夫妻不和，孝敬长辈、友爱兄弟之道都会受到亏损，（即使还没表现在行为上，）如果在心里闹别扭，也是绝对不可以原谅的。白居易《妇人苦》这首诗说：“人们常说夫妻之间应该亲密无间，以义相合如同一个人。等到了生死关头，夫妻之间的苦与乐，何曾是相等的？妇女在丈夫去世后，她只能终身一人，孤孤单单。就好比林中的竹子，忽然被一阵风吹折了。竹子折断之后就不能重新生长，就是枯死了，还保持着竹节的坚韧品性。男人若是死了夫人，怎能不特别伤心？不过，就像门前的柳树，等到春天一来，容易焕发出生机。风吹折了一根树枝，又会有一根树枝长出来。（男人妻子死，可以再娶妻。）我为您委婉地说出这个道理，希望您反复地聆听。应该知道妇人的苦处，从此以后不要轻视她。”

【录先哲语数则】

早婚少聘，教人以偷②。妾媵无数，教人以乱。③（文中子④语）

---

① 诗句录自白居易《白氏长庆集·卷十二·感伤四·妇人苦》，略去了开篇十二句。

② 偷：该词在古汉语中义项甚多，其中有三个义项代入本句，均很通顺：安肆（任性）、苟且、薄（浇薄、不厚道）。本句“偷”“乱”二词今译，均以《御定小学集注》（明代陈选集注）为据。聘：女子订婚、出嫁。

③ 该条录自王通（文中子）《中说卷八·魏相篇》，朱熹《小学外篇·嘉言第五》也摘录了王通这句话。清代康熙、雍正、乾隆帝均推崇朱熹所纂训蒙书《小学》，故《御定小学集注》风行宇内。

④ 文中子：王通（584—617），王氏字仲淹，号文中子，隋朝河东郡龙门县人，隋朝著名的儒者、思想家、教育家，著作有《中说》《文中子》传世。

孔明择妇，正得丑女，奉身调度，人所不堪。彼其正大之气、经纶之蕴，固已得于天资，窃意其智虑之所以日精明，威望之所以日隆重，则寡欲养心之助为多。①

阴阳和而后雨泽降，如夫妇和而后家道成。故为夫妇者，当黾勉以同心，而不宜至于有怒。②

世人多慎于择婿而忽于择妇，其实婿易见，妇难知，所系甚重，岂可忽哉！③（以上《近思录》）

三姑六婆④，实淫盗之媒。婢美妾娇，非闺房之福。（朱柏庐《治家格言》）

今译：男孩结婚早，女孩年少就嫁人，这是教人不淳厚。侍妾无数，这是教人不守古礼。（文中子语）

诸葛亮挑选夫人，却只娶到一个丑女，他完全听从夫人的指令，一般人都受不了（而他安然承受）。他那正大的气概，满腹的经纶，固然已经得之于他先天的优厚禀赋，但我私下里认为：诸葛亮的精神之所以一天比一天纯洁光明，威望之所以一天比一天隆重，应该是较多地得益于他抑制情欲以涵养心性的做法。

阴阳和谐而后上天降下雨水，这就像夫妇和谐而后家业兴旺。所以做夫妻的，当应该努力做到一条心，而不应该发脾气。

世人对于选择女婿往往很慎重，却对选择媳妇不重视。其实，女

① 该段录于丘濬的《朱子学的·卷之上·道在卷八》，但与丘氏原文略有出入。《朱子学的》又是摘录《晦庵先生朱文公别集·卷第四·刘共甫（一）》。此条后几句，朱熹原著中作：“然窃意其智虑之所以日益精明，威望之所以日益隆重者，则寡欲养心之助与为多焉。”丘濬（1421—1495），字仲深，琼山人，明代中期著名的思想家、史学家、政治家、文学家，被明孝宗御赐为“理学名臣”，人誉为“有明一代文臣之宗”，官至户部尚书兼武英殿大学士，谥文庄。著有《丘文庄公集》等。

② 此条源出朱熹《诗经·邶风·谷风集传》。家训应从丘濬《朱子学的》中转录，因为《朱子学的》将本条与“孔明择妇”条也是放在一起的。

③ 此条录自《近思录·卷六·家道》，《近思录》又是摘自《二程遗书·卷一》。

④ 三姑六婆：尼姑、道姑、卦姑，牙婆（以介绍人口买卖为业）、媒婆、师婆（女巫）、虔婆（鸨母）、药婆（给人治病的妇女）、稳婆（接生婆）。旧社会里，有些人借这类身份干坏事，因此世人常用此词比喻不务正业的妇女。

婿很容易了解（因为男子交游广，他为人如何容易打听到），但女子很难知晓（她的活动范围小，品性如何，外人很难打听到），娶媳妇（对于家庭来说），关系特别重大，怎么可以轻率了事！（以上《近思录》）

社会上不务正业的女人，都是淫乱和盗窃的媒介；拥有美丽的婢女和娇艳的姬妾，不是闺房（女子居住的内室）中的福气。（朱柏庐《治家格言》）

余幼年见妇有七出之条，而恶疾与无子亦在应出之列。心窃疑焉，以为恶疾、无子乃生人之不幸，非失德也，以此被出，殊非情理。只以载在《礼》经，不敢轻议，蓄之于心久矣。昨读刘诚意所著《郁离子》[①]，有曰“或问郁离子曰：‘在律，妇有七出，圣人之言欤?’曰：‘是后世薄夫之所云，非圣人意也。夫妇人，从夫者也。淫也、妒也、不孝也、多言也、盗也五者，天下之恶德也，妇而有焉，出之宜也。恶疾之与无子，岂人之所欲哉？非所欲而得之，其不幸也大矣，而出之，忍矣哉！夫妇，人伦之一也。妇以夫为天，不矜[②]其不幸而遂弃之，岂天理哉？而以是为典训，是教不仁以贼人道也。仲尼没而邪说作，惧人之不信，而驾圣人以逞其说。呜呼，圣人之不幸而受诬也甚矣哉！’”诚意此论，仁至义尽，实获我心，览之为一大快。[③]（张文和）

案：古人出妻尚有“三不出”[④] 之条，此例于今不行久矣，惟在

① 《郁离子》：刘基于元末所作的寓言体政论散文集。刘基（1311—1375），字伯温，浙江青田县（今属文成县）人，元末进士，曾任江西高安县丞、处州总管府判等职，旋弃官归隐。著《郁离子》以揭露元末暴政，至正二十年（1360）至应天，劝朱元璋脱离韩林儿，独树一帜，为朱元璋筹划用兵次第，参与机要，明初任御史中丞兼太史令，封诚意伯，洪武四年（1371）为胡惟庸谮毁，被免职，忧愤而死。善文章，有《诚意伯文集》等。武宗正德九年追赠太师，谥文成。上文所引郁离子之语，摘自《郁离子·卷下·虁藿第十七》。

② 矜：音 jīn，怜悯，怜惜。

③ 此条录自张廷玉《澄怀园语·卷之三》。原文末尾尚有一句：“特命儿辈录出识之。”

④ 三不出：又称“三不去”，古代礼法规定的不能休弃妻子的三种条件。《大戴礼记·本命》：“妇有三不去：有所娶无所归，不去；与更三年丧，不去；前贫贱后富贵，不去。”

丈夫善处之。玉山识。

今译：我年幼的时候，看到妻子有七种原因被休弃的条例，而患了难以医治的恶病与没有生出儿子的也在应该休弃的条目中。心中私下里对此有疑惑，认为难以医治的恶病，没有儿子那是女性人生的不幸，不是品德上有过失，因为这种原因被休弃，特别不合情理。只是因为这种休妻条例记录在礼经——《大戴礼记》中，所以我不敢轻易地提出反对意见，我对休妻条例的疑惑，存在心里很久了。昨天读到诚意伯刘基所著《郁离子》，书中有段话说"有人问郁离子说：'按照法律，妻子有在七种情况下被休弃的条例，这是圣人的原话吗?'我答：'是后世刻薄的人所说的话，不是圣人原意。妇人，是依从丈夫的人。淫荡、嫉妒、不孝敬长辈、喜欢乱嚼口舌、盗窃这五种，是天下的恶德，如果妻子确实具备了这些缺点，把她休弃掉是恰当的。难以治愈的恶疾与没有儿子，难道是她愿意的吗？不是她愿意却遇到了，她的不幸算是很大了，因此之故而把她休弃了，你能忍心吗？夫妇，是人伦关系中的一种。妇人把丈夫当作天，丈夫不怜悯她的不幸，反而抛弃她，难道合乎天理吗？而把这当作法典，是教人行不仁的事而毁坏人类道德。孔子一去世，邪说就兴起了，这些刻薄者害怕人们不信从，于是就打着圣人的旗号以宣扬自己的学说。哎呀，圣人不幸而遭到的污蔑也太过分了！'"刘诚意伯这番议论，竭尽仁义之道，我心里非常赞同，阅览了他的这段文字，我心里为此感到很快乐。(张文和)

按语：古人休妻尚且有"三不出（即：娶的时候娘家有人，但是后来娘家没人了；在婆家守孝三年的；刚娶的时候婆家穷，娶来后婆家变富了。这三种情况下，男人不能休弃妻子)"的条例，现在，这些条例很久就不通行了，只能希望男人善于处理与夫人的关系。周馥（字玉山）记。

卜　葬

自古圣贤言葬仪、葬服、葬期，不言葬地。历观古墓，非不择地而葬，但取山水平正、地近都邑、便于祭扫而已，绝无希图后福之见。后世信之笃，择之精，谋之愈劳而拙，识见并不胜于前人。汉、魏有相地书，失传，惟晋郭璞著《葬经》，唐以后遂有杨、曾、廖、赖①诸人宗其旨而阐演之，儒者多鄙其书不足道。余观宋儒周濂溪葬其母于九江城外，形势颇与形家言合。闻朱子葬其先世于闽，相度有法，蔡季通②亦详其术，皆未见其茔地，亦未闻有著载传世，想不以此为经世之学也。孔子曰："小道必有可观，致远恐泥，是以君子不为。"③ 其此之谓欤？近日俗师撰述日多，动以祸福动人，语益支离。觉明张宗道《训子经》④、周景益⑤《山洋指迷》分晰龙、穴⑥稍清，然说来说去，无非前人陈言。至造化祸福之应，有不关于葬地者，则

---

① 杨、曾、廖、赖：指晚唐至宋代的中国古代风水大师杨筠松、曾文辿、廖瑀、赖布衣。

② 蔡季通：蔡元定（1135—1198），字季通，建宁府建阳县（今福建建阳区）人。南宋著名理学家、律吕学家、堪舆学家，朱熹的弟子兼挚友，学者尊称西山先生，被誉为"朱门领袖""闽学干城"，极有风骨与才学，其学旁涉术数，尤究心于风水地理，去世后朝廷赐谥文节，《宋史·儒林四》有传。著有《律吕新书》《西山公集》等，另有风水书《发微论》（或云其父所作），是书收入钦定四库全书并蒙四库馆臣好评。

③ 语出《论语·子张篇》。原文作：子夏曰："虽小道必有可观者焉，致远恐泥，是以君子不为也。"

④ 张宗道：明代风水学大师，名亘，蓉城（今池州市青阳县）人，著有《张宗道先生地理全书》（即《训子经》）。

⑤ 周景益：或作周景一，明初台州府人，风水学大师，著有《山洋指迷》四卷。

⑥ 龙、穴：堪舆学中，龙就是山脉；穴就是"气"随"龙"而来的聚结点，宜作墓穴。

未窥见也。考晋郭璞为人放诞不经，其为王敦所杀，原非其罪，究昧“不立岩墙”之义。《南史》载：张裕曾祖澄当葬父，“郭璞为占墓地，曰：‘葬某地，年过百岁，位至三公，而子孙不蕃。某处，年几减半，位才卿校①，累世贵显。’澄遂葬其劣处，位光禄，年六十四而亡，其子孙蕃昌”② 云。此语当是张氏子孙所述，令狐德棻③喜采此等杂说入史，究难十分确信，自古几见有位至三公④而寿逾百岁者耶？然张氏获福，郭言已验，其术已精绝矣。书史中言葬地应验颇多，皆指已发者而言，其中亦有附会。地以人重，不可尽信。惟人子相地葬亲是一大事，自有当尽之道，不可草率，不可执迷，量力从稳当处做去，不可妄生希冀。悖道求福，是妄人也。

今译：自古圣贤谈到安葬死者的礼仪、死者穿的葬服、安葬日期，没有谈到如何选择安葬之地。我周览古代墓地，并不是不选择地形地势而葬，只是选取山水平整端正、位置靠近城镇村庄、便于亲人祭祀扫墓而已，绝对没有贪图以后福报的念头。后世的人对择地风水学特别相信，选地非常精心，操心谋求得越辛苦而效果反而不好，认识和理解能力并不胜过前人。汉朝、三国时期有风水书，后来失传了，只有晋朝郭璞写的《葬经》，唐代以后就有杨筠松、曾文辿、廖瑀、赖布衣诸人遵从其旨意并进行阐述发挥，儒士多瞧不起这种书，认为不值得一提。我观察宋儒周敦颐把他母亲葬在九江城外，坟地风水势向与风水学家的说法很吻合。听说朱熹先生在福建葬他的先辈，

---

① 卿校：卿官与校官。秦汉三公下，有十二卿之名目，后世延设。校：本为军事编制单位，此指中级军官。汉武帝时设有八校，领兵官均称校尉。

② 此故事载于《南史・卷三十一・张裕传》，“三公”《南史》原文作“三司”，“蕃昌”原文作“遂昌”。

③ 令狐德棻：583—666，字号不详，宜州华原人，唐朝史学家以及政治家。唐高祖时，他任大丞相府记室，后迁起居舍人、秘书丞，太宗贞观年间，历任礼部侍郎、太子右庶子、雅州刺史等，高宗时，任礼部侍郎、太常卿、国子祭酒，兼授崇贤馆学士。奏请修撰梁、陈、北齐、北周及隋朝正史，被采纳，贞观三年任《周书》主编。《旧唐书》《新唐书》有传。按：《南史》是唐代历史学家李延寿撰，家训所记有误。

④ 三公：西汉绥和元年以丞相、大司空、大司马为三公，东汉建武年间以太尉、司徒、司空为三公，亦称三司。魏初至唐、宋，三公仅为虚衔。

观察地势以选择墓地位置很有章法，他的弟子蔡元定也熟悉风水术，我都没看到他们为亲人或他人选择的坟地，也没听说他们有这方面著述在世上流传，我猜他们不把这当作经纶世务的学问。孔子说：“小道必有可观，致远恐泥，是以君子不为（小的技艺一定也有可取之处，但对远大的事业恐怕就行不通了，所以君子不从事这些小技艺）。”大概说的就是这类事情吧？近来平庸的风水师有关风水方面的著述一天比一天多，动不动拿灾祸与福报来惊动人，说的话日益支离破碎。我觉得明代张宗道的《训子经》、周景益的《山洋指迷》对于各种形式的龙脉与墓穴讲述得稍微清楚点，然而说来说去，也无非是前人已经说过的话。至于造化祸福的感应，有的是与葬地好与差不相关的，他们却没有看到这一点。据考证：晋朝的郭璞为人放纵任性，不加检点，他后来被大将军王敦杀掉了，本来他没有死罪，不过，他毕竟违背了“君子不立在危墙的下方（以免遭遇意外伤害）”这条古训的告诫。《南史》载：张裕曾祖张澄正要安葬父亲，“郭璞为张澄父亲占卜墓地，他说：‘葬某个地方，寿命过一百岁，官位升到三公，而子孙人丁不旺。葬别处某个地方，寿命差不多减去一半，官位只做到三公以下的列卿或中层军官，但接连好几代身份高贵显赫。张澄于是就把去世了的父亲葬在那个较差的地方，官位做到担任光禄大夫，年纪六十四岁而死，他的后代子孙人丁兴旺”等。这些话应该是张氏子孙所记述的，令狐德棻喜欢采录这类杂说编入史书，毕竟难以让人完全相信，自古以来看到有几个人位至三公而寿命超过一百岁者呢？不过张氏后来确实获得福报，郭氏的话已经应验，他的方术确实精妙绝伦。经、史典籍中谈到葬地应验的很多，都是指后代已经发达的人而言，其中也有牵强附会（把与葬地不相干的事情说成与葬地有关系）。一块墓地会因为所葬下的人身份高贵而变得贵重，所以不可完全相信那类传说。只不过，作为人子，寻找察看合适地块以便安葬去世的亲人，这是一件大事，自然有应该为去世的亲人尽心尽力的道理，所以既不能马虎随意，又不能过于执着入迷，应按照自己的能力，从稳妥的地方着手去做，不能存有非分之想。违逆道义以寻求福报的人，那是无知妄为的人。

余幼年不信风水之说，谓乡俗停柩久者皆大罪人。塾师张健亭①酷信形家言，余作书辟之曰："自我祖宗以来，阅世多矣，由贫贱而富贵，由富贵而贫贱，盛衰之理，根于人事，循乎气运，天地不能齐而一之也。况以先人体魄②为子孙求福，其心安可问耶？古今福分莫大于文王，乃伯邑考不禄③，管、蔡④叛国；圣如孔子，而伯兄⑤有疾，伯鱼⑥早死，其他可知。且俗师多言福应，少言发贤裔者。子孙不贤而富贵，岂不益招天谴？"健亭曰："理是也。俗人为子孙求福，仁人为安亲体魄，何可不慎？"余不敢辨⑦。

今译：我幼年时就不相信风水说法，曾说过依照乡村风俗将灵柩停放时间长而不予及时安葬的人都是大罪人。乡塾老师张健亭先生特别相信风水师的话，我写信给他，驳斥这种方术说："从我祖宗以来，大家看到过、经历过的世事很多了，（他们因此知道：）一个家庭由贫贱变成富贵，或者由富贵变成贫贱，盛衰的规律，主要依据这家人的所作所为，又遵循（不可预测和干预的）命运气数，天地也不能使这个家贫贱富贵整齐划一。何况拿先人的遗体为子孙谋求福分，这种用心还能询问吗？古往今来，福分没有比周文王更大了，可是，他的长子伯邑考却短寿死了，他的儿子管叔、蔡叔背叛国家；比

① 张健亭：乡塾老师，迷信风水，籍贯与事迹不详。从本家训内容看，该人与周馥有交往，比周馥稍微年长一些。

② 体魄：此处指遗体。

③ 伯邑考：周文王长子，据说短命而死。《史记正义》引《帝王世纪》，言纣王"囚文王，文王之长子曰伯邑考质于殷，为纣御，纣烹为羹，赐文王，曰'圣人当不食其子羹。'文王食之"。不禄：夭折。

④ 管、蔡：指文王第三子管叔鲜、第五子蔡叔度，周武王去世，其子成王即位，周公辅政，管叔、蔡叔和八弟霍叔处与纣王之子武庚发动叛乱，周公东征，诛武庚，杀管叔而放蔡叔，废霍叔为民。

⑤ 伯兄：指孔子同父异母兄长孟皮，他有足疾。

⑥ 伯鱼：孔子儿子孔鲤的字。伯鱼年五十，先孔子而死。

⑦ 辨：通"辩"，争辩。

如孔子圣明，而他的大哥孟皮身体有病、他儿子伯鱼死得早，其他人的境遇据此也可以推知。而且平庸的风水师多说的是（给先人葬在吉地之后），福气会降到主人身上，很少讲到生发出贤明的后代。子孙如果不贤明却拥有富贵，岂不是更招致上天的谴责？”健亭先生说：“你这话的道理是对的。（话说回来，）普通的老百姓为子孙求取福分，仁人孝子为了让亲人遗体葬得安稳，怎么能不谨慎？”我不敢与他争辩。

光绪四年，余丁内艰①，自痛禄不逮亲，思所以报我母者，惟葬为重，因取形家书十数种遍阅之，读未竟，觉其支离附会，多不可信。乃偕友遍阅近村山场，茫然不解。后易数友游山，年余，见有形象可取者，购得数处，最后请桐城监生尹耐圃②名定储者审视，曰：“是皆不可葬也。”余曰：“程子‘五不葬’之说③只言‘后世不为城郭、道路，不为耕犁所及、势家所夺’云云，不必专求发福，但山谷阴寒，冀免水蚁耳。”尹曰：“程子之言，为迷风水者而发，今欲免水蚁患，非慎择焉不可。”余曰：“鄙见有‘五不买’：一、距家百里之外；二、大族之旁；三、阖族公地；四、攒葬旧山④；五、山主欲索重价者。”尹曰：“是非自隘其途耶？”余曰：“公道求之，自有宽路。”

今译：光绪四年，我母亲去世。我心里悲痛自己做官得来的俸禄没能被母亲分享到，想起用来报答我母亲的方式，只有安葬算是重要的了，因此我拿了十多部风水堪舆书全部阅读，还没有读完，觉得书里内容支离破碎、牵强附会，大部分内容不值得相信，于是就偕同友

---

① 丁内艰：古代丧制名，指遭遇母丧或承重孙遭遇祖母丧。此处指母亲去世。

② 尹耐圃：桐城人，名定储，字得秀，号耐圃，性纯粹，笃于友爱，于六经诸子之书，无不涉猎，精风水术，周馥慕其学，聘他为去世的亲人寻觅墓穴。

③ 五不葬：典出程颐《葬说》。《二程文集·卷十一·伊川文集·葬说》：“惟五患者不得不慎：须使异日不为道路，不为城郭，不为沟池，不为贵势所夺，不为耕犁所及。（一本所谓五患者：沟、渠、道路、避村落、远井窑）”

④ 旧山：指古代一个家族聚葬在同一处的山地。

人把附近乡村山陵场地看遍了，还是一无所知。后来换成另外几个友人，我们一起游山访求墓地，一年多之后，看到有风水形势还不错的墓地，买下了好几块，最后请桐城监生尹定储（字耐圃）仔细察看，他说："这些墓地都不可安葬亲人。"我说："程颐先生'五不葬'的说法只谈到'（墓地）在后世不会被城市、道路占用，不会被耕地犁铧碰到，不会被有势力的人家夺去'等等，没必要专一祈求为家庭生发福气，只是山谷里的阴森寒冷，（在此处选择墓址）希望免去渗水和虫蚁侵害罢了。"尹定储说："程先生的话，是针对迷信风水的人而说的，现在想免去水渗蚁害，不谨慎选择是不行的。"我说："我的意见有'五不买'：一、离家百里之外；二、位于大家族居地附近；三、全家族的公有土地；四、葬在聚族而葬的旧山地；五、山地主人打算索取大价钱的。"尹监生说："这不是自己把获取吉利墓地的路径搞狭窄了吗？"我说："遵行公理来寻求墓地，自然会有宽敞的路可走。"

余随尹游山二年，略知地形，乃悟乱后葬我祖父母、葬我父之地皆虞水患，急欲觅地迁葬。每当旅店夜雨，夜梦不安。尹慰余曰："我必为尔成之。"嗣得数地，迁葬我祖父母于秧田阪之马鞍岭，迁葬我父于沈家山，迁葬我叔父[①]于邓家山虎形，以第三子学涵祔[②]焉。又逾年，葬我母于历山之枫林岹，皆随缘成事，绝不用权术谋买。后来乡人见我家事稍顺，诧曰："是家得吉地。"余不敢信。但当时惟求先人体魄得安，而尹与我之眼力只能做到此地步，他非所计也。

今译：我跟随尹监生游山寻访墓穴二年，略微知道点风水学知识，突然感觉到战乱后安葬我祖父母、安葬我父亲的墓地都有可能有水患——墓穴透水，急着想找到合适的墓地以便迁坟安葬他们。寻访

① 据周馥纂《安徽建德县周氏宗谱》载：周馥三子周学涵（十六岁殇），附葬在学涵叔祖父周光徽墓侧。

② 祔：音 fù，合葬。

途中，每次住在旅店遇到夜里下雨，夜里老做梦睡不安稳。尹监生安慰我说："我一定帮你把寻地的事办成功。"之后得到好几处墓地，我把我祖父、祖母迁葬在秧田阪的马鞍岭，把我父亲迁葬在沈家山，把叔父（周光徵）迁葬在邓家山虎形，并把已经去世的我的第三个儿子周学涵合葬在虎形这里。又过了一年，把我母亲葬在历山的枫林岰，都是随着机会缘分把事情办成，完全没有用权谋弄手段买下葬地。后来乡里人看到我家事务稍微顺心遂意，吃惊地说："这户人家得到了风水宝地。"我不敢相信这种说法。只不过当时只求先人遗体魂魄得到安息，而尹监生与我的眼力只能做到这一步，其他方面不是我所考虑的。

余四十年前，族叔作善公谓余曰："我族自唐宋以后少显达，幼闻长老言，尧渡街头韩家滩金姓山上，我族于乾隆年间买得股分，葬国贵公[①]及公之祖母舒氏同圹，当时择葬地师为江西人，言六十年后裔孙必有发者。或将在尔身乎！"并言当年买山迁葬事甚悉。余谢不敢承，且曰："国贵公及公之祖母舒氏，皆殁于明万历年间，先葬江家林，乾隆中叶迁葬韩家滩，越年二百，公支下裔孙十余家，经粤匪大乱，仅遗三家，乃独荫小子耶？"逾十余年，尹耐圃遍阅各先墓，曰："当日择葬此穴地师颇有眼力，至发福迟早则不敢知，或君先世阴骘独厚，遭此大乱，衰极转盛，非无端而然也。"余闻之悚然。

今译：我在四十年前，族叔周作善公对我说："我家族从唐、宋以后很少有人官位显达、仕途亨通，幼年时候听到家族中长辈老人说，尧渡街头韩家滩金姓山头上，我家族于乾隆年间买到股分，安葬国贵公及他的祖母舒氏同一处墓穴，当时选择葬地的风水师是江西人，他说六十年后，远代子孙中一定有发迹的人。（这个预言）可能

① 国贵公：周氏迁建德本支世系第三十世后裔，周景祥曾孙，周易之孙，周希高之子。万历乙酉（1585）年九月初十日生，戊戌（1598）年八月初八日殁。娶戴氏、刘氏、张氏，生子四人：之任、之俸、之仲、之信。葬涂家庙。之任次子大纶（字綍宇），大纶次子有璟（字美成），有璟生一子文元（字恒茂），文元第三子礼偺（字桔生），即周馥曾祖父。

会在你身上应验吧！”并说到当年买山迁葬的事很详细。我推辞不敢当，（没接受这个吉语，）我又说：“国贵公及他的祖母舒氏，都死于明朝万历年间，先葬在江家林，乾隆中叶迁葬在韩家滩，超过了二百年，国贵公房下远代子孙有十多家，经过太平军掀起的大乱，仅剩三家，祖先难道只庇荫我吗？”过了十多年，尹定储监生遍观周氏家族各个祖先墓地，说：“当时选择把国贵公葬在这处穴地的地师很有眼力，至于发福是迟是早我不敢说自己知道，或许您家先世积下的阴德特别厚，遭到这场大乱，衰落到极点就转向兴盛，这不是无缘无故的啊。”我听了这话，感到惶恐。

南陵何子永[①]慎修先生，道学也，善相地。余往请教，曰：“《三字经》乃孩童读本，到老时仍不可离。尔欲考求此事，但阅张宗道《训子经》可矣。”余问其要，曰：“俗言‘后有靠，前有照，两面有抱，中有泡’[②]即可葬。”余味其言颇是，第人多误会，所谓“只知抬头看山、不知低头看山”也。盖浅深随人眼力，吉凶视人心地，后世子孙，苟能存心为善，自然得地，切不可使力使诈，勉强图买，致久厝[③]不葬。

友人段小湖喆[④]自言为福建同知时，恨民停柩者多，乃限期并葬之，一夜，梦无数鬼称恩叩谢。

今译：南陵县何慎修（字子永）先生，是道学先生，善于察看

① 何子永：何慎修（1807—1881），字子永，安徽南陵人，道学家，亦精通时务和风水术，中道光十四年举人，任内阁中书，曾先后入曾国藩、李鸿章幕府，主管江苏牙厘局。李氏赞之曰“清操卓识，体用兼备”。徐乃昌纂修《民国南陵县志·卷三十·儒林》有传。

② 靠指墓后的山头、山体，就是祖山。照指墓前的朝山和案山（近而低矮的为案山，远而高大的为朝山）。抱指穴左前的山即青龙砂和穴右的山即白虎砂，向内环抱，把穴护在怀中。泡指一汪水。

③ 厝：音 cuò，此处指把棺材停放待葬。

④ 段小湖喆：段喆（1829—1900），字子奇，号小湖，安徽宿松人。年轻时为宦闽、粤，所至有声，后入淮军，佐李鸿章镇压太平军、捻军，神机独运，屡建奇功，1885 年任徐州兵备道，政绩卓著。段氏多才多艺，尤精堪舆术，曾注石埭舒凤仪《地理青囊玉尺度金针集》。张烂奎等纂修《民国宿松县志·卷三十八下·仕绩》有传。

地理风水。我到他那里去请教，他说：“《三字经》那是儿童读物，但人到老年时仍然不能抛弃它。你想要钻研风水择地这件事，只看张宗道的《训子经》就可以了。”我问他择地风水术的要点，他说：“俗话说‘后有靠，前有照，两面有抱，中有泡（后面有靠山，前面有案山拱立，左边有青龙砂，右边有白虎砂，二砂如人手臂向中间环抱，穴的正中间前方有水）’就可以安葬。”我品味他的话，觉得很对，只是人们大多误解了这几句俗语，也就是常言所说的“只知道抬头看山、不知道低头看山”。对于某处风水的了解是深还是浅，那得依靠观察者的眼力，墓地是吉还是凶，则要看置地人的心地（善良还是邪恶），后世子孙，假如能够有心做善事，自然会得到好地，切不可动用强力，使用欺骗手段，勉强对方出卖来购地，使棺材长久停放而不能及时安葬。

友人段喆（字小湖）亲口说过：他当福建同知时，痛恨当地很多人将灵柩长久停放不予落土安葬，于是就限定日期要求民众将灵柩全部埋葬了，（这之后）有一天夜里，梦见无数个鬼向他叩拜谢恩。

[译者点评：宣扬鬼神的封建迷信思想应当否定。]

徐范庭广文①曰：“族人某，先葬其父于后河某山，信为吉地。后十余年，母死，拟合葬，心疑不决，请乩仙②示可否。忽其父到坛，骂曰：‘尔葬我水窟中，骨将朽矣，今复并葬尔母耶？我生前教尔之言多矣，我殁后尔皆忘之，不孝孰甚？’某伏地大哭，后启圹③，

① 徐范庭广文：安徽建德县（今东至县）人，曾任皖地县学教谕、训导。周馥在光绪二十三年前后曾与他和同邑人张观诚候补道谈起续修《建德县志》的事，二人均颇以为然，旋因事阻，未果。广文：儒学教官的雅称，指府学、县学的教谕或训导之类的职官。

② 乩仙：扶乩时请托的神灵。扶乩又称扶鸾，其含义可参见本书“鬼神”篇“扶鸾”释文。

③ 圹：音 kuàng，墓穴。

果水满，遂改葬。”余友宣城聂提督[①]忠节公士成，因葬地患水、患煞，曾附魂人身，言应改葬。以外，亲友家亦间见此数事。由此观之，亡人不重视葬地，亦未尝不愿得善地。后世子孙如不谙地理，心中毫无主见。不可泥盲师之言，乱葬山足，不如择祖茔左近，平冈坦地、堂局[②]端正者扦[③]葬，差免凶灾。各地理书皆言山川结地有数，而人觅葬者无穷，不必苦求吉壤，但得平原合局之地即可扦葬，亦此意也。

今译：徐范庭儒学教官说：“我家族有某人，先在后河某山安葬他的父亲，相信父亲的墓地是风水宝地。十多年后，他母亲也死了，他打算将母亲与父亲合葬，心里犹豫不决，于是就请人扶乩请神灵降临，让神灵指示可不可以。忽然他的父亲亡灵降到乩坛，（附在扶乩术士身上）骂他儿子说：‘你把我葬在水窟中，骨头将要朽烂了，现在又打算把你母亲合葬在这里吗？我生前教导你的话很多，我死后你都忘记了，不孝还有比这更大的吗？’某人伏在地上大哭，后来把墓穴打开，果然棺材里面装满了水，于是就改葬他处。”我的朋友——宣城聂士成提督（谥号忠节），因为安葬的坟地遇到水患、煞患（就是周围环境与坟穴在风水上有冲、压、克的副作用），曾将魂灵附在人身上，说应该迁葬。除此之外，亲友家也有时看到好几件这类事情。从这里来看，死者的灵魂虽然不重视葬地，但是也未尝不愿意得到善地。子孙后代如果不熟悉风水地理

---

① 聂提督：聂士成（1836—1900），字功亭，安徽合肥北乡人，淮军将领，一生战功卓著，1900 年，在天津保卫战中，奋勇抵抗八国联军入侵，中炮阵亡。清廷追赠他太子少保，谥忠节。周馥在《诗集四・感怀平生师友三十五律・聂功亭军门》诗序有云“名士成，安徽合肥人”，据周馥《文集二・提督聂忠节公传》可知，聂氏为合肥人，曾侨居“宣城”，传文又云：“忠节与予交最久，且共患难，知之颇详。”“综其生平，盖经三大厄而卒不能遂其志，惜载！”“忠节殁后十年，余过宣城，拜其墓，遇友人黄南垣、周鸣九言忠节身后灵异事不一，其附于人身，言语起坐，忧愤激昂，一象其生平，且言为某神巡某处。”

② 堂局：即明堂局势，指墓穴周围的地理形势。堂指明堂，即穴前自然形成的缓坡或平地。明堂端正、平缓、不偏斜、场地大小适中，则堂内必真气融融。

③ 扦葬：择吉地安葬。扦：音 qiān，插，确定。

知识，心里丝毫没有主见（这就容易被人欺骗）。不可拘泥毫无见识的风水师的话，（把去世的亲人）胡乱葬在山脚，不如选择祖坟附近，山脊平坦处、墓穴周围的格局比较端正的地方扦穴安葬，大致可以免掉凶灾。各风水地理书都说山川结成的吉穴有一定的数量，而寻找吉穴葬亲的人多得没法数，所以人们不必苦苦地去寻求吉利的墓地，只要找到场地宽平合乎格局的地方就可以安葬，也就是这个意思。

[译者点评：关于风水说，目前学术界尚有争议。此文宣扬的鬼神迷信思想应当否定。]

昔为我母觅葬地，年余未得，心忧之。一日见张溪镇之东温姓山可用，因买之。临葬时掘土，锄始下，闻空声，疑为前人已葬，余遂属停锄，问温姓，亦不知所葬何人，舁棺夫夜静敲土，细听之，知所买穴两旁系旧圹，中有隙地，宽可容一棺。余告尹曰：“仅一棺地，太狭，而两旁旧圹是男是女皆无可考，若冒昧葬之，彼此不安，凡事既知是错，岂可仍向错处行？不如不葬为妥。”尹曰：“可。”夜过半，余宿棺下草中，忽梦二妇人向余喃喃，若诉请勿葬者。一妇约年五十余，一约年三十余，蓝布衫，面色憔悴。余不以为意。次晚宿于分水岭，尹曰：“温山不葬甚好，我前夜梦两妇人，一年长者言周家将停葬，一年少者问年长妇人曰：‘周家能不葬耶？’年长者曰：‘尔看他们即日俱回去。’”所言形貌服色，与余所梦同，相与惊叹异之。逾三日，余过查册桥，有武生邓有为见余，曰：“闻太夫人未葬，历山南向枫林岭乃我股分山，闻有佳穴，尔指认何处，听葬，但依俗例，不靠旧圹前后直线添葬耳。”余不愿买，邓固求之，遂许十千立契，俗言买一张刀，谓冬日割柴有一股者，即持一刀上山也。嗣尹耐圃来指穴，挖土视之，土燥不细润，余心疑不肯葬。又逾年，觅地未得，日夜踌躇未决，尹乃劝余曰：“三年服制早满，再不葬，非礼。尔若有疑，姑葬之，后觅有佳地，迁去可也。”余从其言。安葬之日，余俟工人午饭时自荷锄掘视，得佳土，色白细润有晕①，人皆谓佳地，且有谓不葬温姓地之报者。然此地发福，不敢信，第以形象观之，可免水蚁及五患②矣。至温姓未葬之山，余筑一大冢，永禁温姓再葬再卖。子孙谋风水者可以鉴矣。

今译：往日我为我母亲寻找安葬之地，一年多都没有得到，心里为此而担忧。有一天，看到张溪镇东面姓温的山可以用，因此把它买下了。临葬时候挖土，锄头刚开始落下，听到下面有空洞洞的声音，怀疑是前人已经安葬在这里，我于是就吩咐停下锄头，问姓温的，他也不知道这块地下面埋葬的是谁，抬棺材的民工在夜里安静的时候敲击土层，仔细地听回声，知道买的坟穴两旁是旧的坟穴，中间有块空隙的地方，宽度只能安放一口棺材。我告诉尹定储监生："仅能放一口棺材的墓地，太狭窄了，而两旁旧坟埋葬的是男是女都没法考证，如果冒昧地在此处安葬我母亲，地下的灵魂会彼此不安。凡事既然知道做错了，怎么可以仍向错误的路上走？不如不葬为妥。"尹定储说："行。"过了半夜，我睡在棺材下面的草丛中，忽然梦见两个妇女对着我低声细语，好像是诉说请求不要安葬我母亲灵柩。一个妇女年纪五十多岁，另一个妇女年纪三十多岁，穿的是蓝布衫，脸色憔悴。我不把它当一回事。第二天晚上在分水岭睡觉，尹定储说："不在温姓人家山地安葬，很好。我前天夜里梦见两个妇女，年纪大的那一个说周家将要停止下葬，一个年少的问那个年纪大的妇女说：'周家能不下葬吗？'年纪大的妇女说：'你看他们最近几天都要回去。'"所说的身材、相貌、衣服样式与颜色，与我梦里看到的相同，我俩同

① 色白细润有晕：土质颜色白，细腻温润又带有不同色彩的晕圈，是为佳土。郭璞《葬书》说："夫土欲细而坚，润而不泽，温也；截肪切玉，备具五色。"周馥自编《年谱》"光绪六年庚辰四十四岁"条载：周氏葬母于历山的墓穴时，周氏"自持锄挖得吉土，坚细而润，中有白色太极晕，径三尺，外裹蓝色土一层约厚三四寸，又外裹黄色土一层。人皆言是吉穴"。

② 五患：五处不宜做墓址的地方。程子曰："择地先须避五患。须使他日不为道路，不为城郭，不为沟池，也不为贵势所夺，不为耕犁所及。"又曰："五患者，沟渠、道路、避村落、远井窑。"

时对此惊讶感叹。过了三天，我路过查册桥，有当地武秀才邓有为看到我，说："听说太夫人还没有安葬，历山南向枫林岭有我房头拥有的山地，听说有好的墓穴，你指定哪个地方，听凭你自己做主安葬，不过要依照民间风俗中的老规矩，不紧靠旧坟正前方或者正后方安葬就行。"我不愿意买，邓秀才坚持要求我买下来，于是我就答应花十贯钱立契据买下这块茔地，俗话说的买一把刀，是说冬天上山砍柴有一份权益，就是可以拿一把刀上山砍柴的。之后尹监生来指定墓穴位置，把土挖开来看，土质干燥而且不细润，我心里有疑惑，不肯安葬。又过了一年，寻地仍没有找到合适的，一天到晚都是犹豫不决，尹监生于是就劝我说："服丧三年期限早就到了，再不安葬，就不合礼制。你如果还有疑惑，姑且先安葬太夫人，以后寻找到好地，迁去就可以了。"我听从了他的话。安葬那天，我等筑墓的工人吃午饭时，自己扛锄头挖土来察看，发现得到好土，土的颜色白，质地细腻温润而且带有晕圈，人们都说是好地，还有人说这是不葬在温姓那块地上得到的善报。不过，说这块地能让我家发福，我不敢相信，只是按照风水地势来看，可以免去水患、虫蚁及五种后患。至于我买下来的温姓那处没安葬母亲的山，我筑起一座大坟，永远禁止温姓再安葬或者再出售。子孙后代中如有谋求风水的人，可以拿我择地安葬母亲的事作为借鉴。

问：圣贤同此人情，岂不愿得吉地葬亲，福荫子孙？观书中所言孔子事，如不知五父之衢[①]、防墓崩[②]等说，不甚得解。

曰：当时情事难知。大约古人葬事必简，不如今人周密，要之敬

---

① 五父之衢：道路名，在鲁国东南，今山东曲阜县东南。《史记·孔子世家》载："孔子母死，乃殡五父之衢。"按：孔母颜氏死后，孔子把母亲殡于五父之衢，待问清楚父亲的葬地，而后合葬。孔父葬于防，孔母在世，未向孔子言及。

② 防墓崩：详见《礼记·檀弓》："孔子既得合葬于防，曰：'吾闻之，古也墓而不坟。今丘也，东西南北人也，不可以弗识也。'于是封之，崇四尺。孔子先反，门人后，雨甚，至，孔子问焉，曰：'尔来何迟也？曰：'防墓崩。'孔子不应。三，孔子泫然流涕曰：'吾闻之，古不修墓。'"

亲爱子之心出于天理，圣凡所同。卜地求福之说，则圣贤所无也。观舜葬苍梧、禹葬会稽，吴季札之子死，即葬于嬴、博之间，可知古人不重择地。然观孔子墓，前洙后泗，其南又有沂水横之，徂徕山远从东来，而墓向南，众水西合而南绕东流，不敢谓非大地。王充《论衡》言孔子当泗水之葬，水为却流，是谓孔子之德，能使水不湍其墓。余谓地气聚处水自却流，今人以龙、穴、砂、水[①]相地，原是笨诀，孔门弟子识见高，自是暗合道妙。陈荔秋兰彬都宪[②]使美数年，归谓余曰："外国人不讲葬地，我观其所葬皆在两山环抱、堂局平正之地，足见心同理同。"云云。然则择地何必葬师？有眼力人皆自能择。至爱子孙之心，圣贤原无异理，观《论语》，孔子谓公冶长非其罪，谓南容免于刑戮，各妻以女，无非重骨肉、保室家之意，要皆人事上讲求。语云"作善者降之百祥"[③]，孝子求吉地安亲体魄即是作善，得吉地即是降祥。子孙发福，其余事也。故圣贤只是劝人行善。人能行善，自然百事皆顺。且圣贤看得富贵福泽事甚是平常，即如发福，数代之后，岂能常保？或子孙不贤而富贵，反招祸殃。孔子罕言利言命，以其不足言也。罗豫章曰："父慈父之福，子孝子之福，父慈子孝则家道隆盛，得不谓之福乎？俗人以富贵为福，陋矣哉!"[④]

今译：问：圣贤跟一般人的感情相同，难道不愿意寻到风水好的

① 龙、穴、砂、水：龙就是山脉的高低动态起伏气势。穴是龙的生气凝聚的孔窍，定穴之法有五星、八卦、九星、窝钳乳突、喝形定穴等。砂就是穴的前后左右诸山的总称，有青龙砂、白虎砂、朱雀砂、玄武砂等名目。砂与穴的关系，如同宾与主的关系。看砂当辨其形，审其情，以区分凶吉。水是定穴的重要依据，水有大小、远近、深浅，来者欲其屈曲，横者欲其绕抱，去者欲其盘桓，水势之吉，以聚气为贵。水的局势依"形"与"势"可以分出多种类型，每一类又各分凶吉。

② 都宪：明代对都察院都御史的别称，职司纠劾百司，辩明冤枉，提督各道。陈兰彬（1816—1895），字荔秋，广东吴川县人，咸丰三年（1853）中进士，任翰林院庶吉士，充国史馆纂修，后改任刑部候补主事，曾受命清理积案，多有平反。同治十一年（1872），任留美学生监督，率领第一批留学生 30 人赴美。光绪四年（1878），被正式任命为驻美国、西班牙、秘鲁三国公使。后奉调回国，历任兵部、礼部侍郎等职。晚年归里，先后纂修《高州府志》《吴川县志》《石城县志》，著有《使美纪略》《使美百咏》《毛诗札记》《治河刍言》等书。谥文毅。

③ 该句语出《尚书·伊训》。

④ 引文摘自罗从彦《豫章文集·卷十一·杂著》，末句原文作"陋哉"。

吉地来安葬亲人，获得福气庇护后代子孙？我看古书中讲到的孔子的故事，例如不知道五父之衢，还有防止坟墓崩塌等故事传说，我不是很理解。

答：当时这些事情的具体细节，后人难以知晓。大概古人办理丧葬的事一定简朴，不如现在的人办得周到细致，总体来说，崇敬父母疼爱子女的心理是从天理那里产生出来的，圣人和凡人都一样。通过占卜选择某块地来安葬亲人，求得福利的做法，那是圣贤没有做过的。察看大舜葬于苍梧、大禹葬在会稽，吴国公子季札的儿子死了，就葬在死去的地方——齐国嬴邑、博邑之间，就可以知道古人不重视择地安葬。不过观览孔子的墓地，墓地前面是洙水，后面是泗水，它的南面又有沂水横向南流，徂徕山从东边远远地伸过来龙脉，而墓地朝南，洙水、泗水、沂水等众水从墓地西面汇合，而后再向东南流动，我不敢说这不是格局宏大的墓地。王充在《论衡》中说孔子墓地正对着泗水，河水为之倒流，这被人颂扬说：是孔子的美德，能够使河水不湍击毁损孔子的墓。我说地气相聚的地方，水自然倒流，现在的人依照寻龙、定穴、拨砂、视水诸方法来观察挑选墓址，原来是蠢笨的诀窍，孔门弟子见解高明，为老师选择墓地自然是暗中吻合天道的美妙。陈兰彬（字荔秋）都宪出使美国好几年，归国后对我说："外国人表面上不讲究选择葬地，我看到他们安葬的墓地都在两山像人伸出手臂环抱、四周格局平整端正的地方，完全可以看出中国人和西方人选择墓址的心理相同、道理相同。"等等。既然这样，那么选择葬地为何一定要找地师？有眼力的人都能自己选择。至于爱护子孙的心理，圣贤与普通人没有不同的地方，看《论语》里，孔子曾说弟子公冶长（虽然曾坐过牢，但）不是他的罪过，说南宫适（因为谨慎，在国家无道时）不会被杀，分别将自己的女儿和侄女嫁给这二人为妻，（他这么做）无非是出于重视骨肉、保护家庭的用意，都是从（二位弟子）为人处事方面来着眼的。俗话说"做善事的人，上天会降给他很多的吉祥"，孝子寻求吉地安葬亲人的遗体就是做善事，得到了吉地就是上天降下吉祥。子孙发达有福，只是另外多余的事了。所以圣贤只是劝人做善事。人如果能够做善事，自然会百事都顺利。而且圣贤把富贵、福泽之类的事，看得很平常，即便是发达有福，好几代之后，怎么能常常保持不变？假如子孙不贤良却身处富贵之中，反而招来灾祸。孔子很少谈到利益与命运，认为利益与命运不值得谈论。宋儒罗从彦（字仲素）说："父亲慈爱是父亲的福气，儿子的孝顺是儿子的福气，父亲慈爱儿子孝顺，家境就会兴隆，能说这不是福气吗？"世俗大众把富贵当作福气，太浅陋了啊！

余为葬先人事奔走山谷四年，遇明地师颇少，综计古今地理书不过十数部，大抵言龙则九星体[①]，言堂局则左右龙虎[②]、前照后靠，言穴则窝钳乳突[③]，言土则坚细而润，不论变色与不变色、有晕与无晕，但取穴中土质异于四旁者为真，此大较也。然九种星体不足尽龙之变象，龙虎砂有缠护十数重者，有全无而仅于穴旁微露形迹者，穴亦不尽窝钳乳突，但于化生脑下[④]落平者。至土色，更为古人所不道。后世有因脉急而远穴于平地者，或平洋水地葬低向高者，皆无土

---

① 九星体：九种山体。九星是指：贪狼、巨门、禄存、文曲、廉贞、武曲、破军、左辅、右弼。其中贪狼星五行属木，身直而长，头圆而正，山体两肩饱满顺带而下，山脉没有耙齿。文曲星五行属水，整个山体没有突出的主峰而成水波纹状。右弼星不起峦头，隐隐在平地，如展席铺毡。风水师根据不同山体，判断结穴的位置与方向。

② 左右龙虎：风水学中指阴宅或阳宅左右两边的山，起拱卫和收束生气的作用。左山为青龙，右山为白虎，又称青龙砂、白虎砂。

③ 窝钳乳突：四种穴形。《疑龙经》云："窝形须要曲如窝，左右不容少偏坡。"据此可知其形貌大概。

④ 化生脑：古代风水学术语。山头如人之顶，化生脑如人之额（山顶前之微突连于山顶者即是），阴阳变化，脉动气生处，真气由此化生出来，为选择墓穴时参考条件之一。明周景一《山洋指迷原本・卷一》对化生脑术语的含义做了解释。另外，唐代顾陵冈汇集、明代徐试可重编，上海锦章图书局印行本《重镌地理天机会元・卷八・天宝经诗诀其三、其四》："个字毬檐水贴身，荫腮三会浅和深。向坐只明三合水，会须此法值千金。化生脑盖要分明，八字从来大小分。个字三叉横外气，毬檐内气莫锄深。"徐试可注："上如毬之圆，即穴顶之微起脑，真气由此而化生，故一名毬，又云化生脑也。下如檐之滴，即穴下之合水处，所以聚穴内生气，故一名檐，又云小明堂也。盖者，主山之顶，即盖金也，毬即分金，檐即合金，两傍荫腮水即为夹金。古云'四金证穴'，此之谓也。"

色可辨。其要诀总以来龙起顶端正，过峡[1]不侧不露，穴旁两面不空，穴后有脉有气，穴前不倾不斜，如此数事而已。地理书十日可以看毕，无他巧妙，聪明人得良师登山指点，无不了然。即无良师，能与阅历较深之友参考古墓亦能领悟，特患心粗识钝身懒，难于跋涉耳。譬若木然，生气透处，遇时自然开花，叶必护花，花瓣必护花心。又如人畜，灵气现于面目，而其手足无不足以自护。惟造化灵妙不测，有种类同而形象各异，有形象同而其大小、疏密、远近、隐见又各异，识者融会而观其通，则头头是道矣。尔辈他日必为此事劳力耗财，或迷信俗师著作，致蹈缪误，特撮举书中语示之。

今译：我为安葬先人的事在山谷中奔走四年，遇到有见识有水平的地师很少，总计古今阐发风水学的地理书不过十几部，大抵说察看龙脉不过就是九星体，谈到墓穴周围的风水格局就是左前方有青龙山、右前方有白虎山环抱，前面有案山拱照，后面有靠山，谈到龙脉结穴就是窝穴、钳穴、乳穴、突穴四种类型，谈到土质好，就是坚实细密而温润，却不论土变色与不变色、有五彩晕圈与没有五彩晕圈，只要在墓穴中取出的土质与周围土质不同，便视为真土，这些就是大致内容。然而九种星体不足以完全体现来龙的各种变化形状，左右青龙山、白虎山有环抱十几重的，有全都没有而仅在墓穴旁微微露出形迹的，穴也不仅仅只有窝、钳、乳、突四类，还有是在化生脑下方的平坦处，也有人选择这里作为墓穴的。至于土的颜色，这是古人从来不谈论的。后世有因龙脉来势急促短小，而把墓穴选在远方平地上的，或者在平原水乡低处安葬，面向周围高处的，这两种情况都没法辨别土色（因为这种地方的土都是黑色腐殖土）。择地的要诀大体上有：龙脉蜿蜒而来，山形端正，龙脉在两山之间的谷地经过时不歪斜不敞开，墓穴左右两边不空，（而是左边有青龙山、右边白虎山护

---

① 过峡：峡是两山跌断之处又见有起伏相续而成过脉之处，龙脉相连续必须以过峡束气而收敛其气，束气就是备落脉结穴收束龙气之用。

卫，）墓穴后方有龙脉有真气，墓穴前方的案山没有倾斜的山石、峰峦，就是这几条法则而已。风水地理书十天就可以看完，没有其他的深奥难懂的地方，聪明的人得到良师登山指点，没有不完全明白的。即使没有良师，能够与风水学方面阅历深广的友人考察参究古墓的地形地势，也能领悟到风水学常识，只是担忧觅地人粗心迟钝懒惰，不愿意跋涉山野罢了。就好比树木一样，生命之气透出，遇到时节自然开花，树叶必定护住花朵，花瓣必定护住花心。又好比人和畜，机灵之气会在脸色上、眼睛里显示出来，（他们身体反应灵活，）他们的手和脚没有不能完全保护自己的。不过，自然界繁衍生息的能力妙不可测，有种类相同而外表各异，有外表相似而它们的大小、疏密、远近、隐显又各不相同，有见识的人如果把各方面的道理融合在一起，就会明白风水学原理，（如果遇到择地问题，）就会怎么做都合理、都行得通。你们年轻人将来一定会为寻求吉穴的事浪费精力、消耗家财，或者迷信平庸地师写的书，以致走错路、做错事，所以我特地撮要列举风水书中的话告诉你们。

问：吉地发福，理可信否？

曰：语云“天地生人”，即山川生人。据形家言，“山川灵光照穴，枯骨不能复生，精灵所聚，荫及后人”。俗谓穴受山川之气，如火镜之照日；枯骨福及子孙，如铜山之应洛钟。理或有之。儒者以其小术，不道。余谓山如草木，有干有枝，脉行欲止灵光发露处，即郭璞“葬乘生气”① 之说也。天不爱道，地不爱宝，此在人自求之，天地岂特生此为人造福？孝子慈孙假此以安先人体魄，固天道所许也。至发福迟早、大小之说，徜恍无凭，或谓三十年必应，或谓数百年始应，俗师胸无真见，皆是发福后指点，自圆其说。发福虽有其事，何

① 葬乘生气：安葬要选在元气所聚的地方，这种元气因阴阳交会而生并运行于地中。文渊阁本郭璞《葬书》：“葬者，乘生气也。五气行乎地中，发而生乎万物。人受体于父母，本骸得气，遗体受荫。《经》曰：‘气感而应，鬼福及人。’”

可常恃？北邙山上今犹有持麦饭[1]而祭者否？故君子专论修身，不讲谋地，择葬本是修身中之一事，能修身自然择得吉地，不然古今势豪大族多钱善贾者，何以不皆得吉地？每见富贵人得地反难于贫贱人，何也？此理可想。

今译：问：吉利的葬地生发出福气，从原理上来讲，可以相信吗？

答：俗话说“天地生育出人类”，也就是山川生育人类。据风水师说，“山川的灵光照射吉地的墓穴，死去的人并不能够复活，（不过）墓穴聚集了山川的灵气，能够庇荫墓主人的后代”。大家通常认为吉地的墓穴禀受山川的灵气，如同用凸透镜照太阳；死者坟墓里的枯骨能把福气赐予子孙，就像在洛阳西边的铜山崩塌使得洛阳城里的铜钟发出和鸣（因为同类事物互相感应）。按道理说，可能会有这种情况出现。儒者把它看作小的法术，不谈论这个话题。我认为山如同草木，有主干有旁枝，龙脉蜿蜒将停在山川光华显露的地方，就是郭璞所说的“葬乘生气（安葬要选在元气所聚的地方，这种元气因阴阳交会而生并运行于地中）”。天不吝惜它的妙道，地不吝惜它的宝藏，这一点在于人自己去主动追求，天地难道特意生出这类吉地来为人造福？（当然不是。）孝顺的子孙借助这个吉壤以安顿先人遗体，确实是天道所允许的。至于生发福气是早是晚、是大是小的说法，迷离恍惚，毫无依据，有的说三十年一定会应验，有的说好几百年才开始应验，平庸地师胸中没有真知灼见，都是等人家兴旺发达之后，才指点这户人家茔地风水怎么怎么好，以自圆其说。虽然确实有发福这样的事，哪里可以常常依凭？洛阳北邙山上现在还有人献上祭祀饭食来祭先人的吗？所以君子专门谈论修身养性，不讲谋取吉利茔地，择地安葬本来是修身中的一件事，能够修身养性自然会选择到吉地，不

---

① 麦饭：磨碎的麦合麸皮做的饭，一说大麦粒和豆煮的饭，引申为粗粝的饭。又指祭祀用的饭食。

然的话，古今有钱有势的豪门，他们钱多又很会做生意，为什么不能都得到吉地呢？我经常看到富贵人得地反而比贫贱人还难，这是什么原因呢？这里面的道理可以推想得到。

问：精诚求地，人定或可胜天，如俗传杨救贫者[①]信有之乎？

曰：人家盛衰，不尽系此。如灾沴[②]，天时也；治乱，国运也；阴骘[③]，祖德也；作孽、修善，人事也。咸、同年间，粤匪杀人如麻，战士立功而起家者极多，岂皆关地吉凶？又如世袭王公侯伯，何曾代葬吉地？郭汾阳为相日，人有掘其祖墓者，汾阳不归咎于人，但言："我督师时，兵士有掘人墓者，此殆所以报也。"此等气度，岂常人所及？汾阳子孙联婚帝室，至唐末不衰。余见某提督立功颇伟，其弟顽劣，常曰："人言我兄富贵乃父母吉穴之报，父母何厚兄而薄我？"乃夜掘其父母棺，移厝他处。其弟旋病死，无后。某提督无恙，功成告归，寿终于家，有子能世其业。以此观之，吉地亦只裨助人事之一端耳。我尝见得吉地而无应者，亦有得上吉地而只发一代者，且见有葬义地[④]丛墓中而发者，亦有先世路死、尸骨未归而子孙发者，兴衰关于人事居多。俗师言人家盛衰，一切事皆葬地主之，亦偏浅之见。果尔，则天道无凭，地理独操其权[⑤]。中国古时不讲葬地，何贤智辈出，反胜后世？欧美各洲人亦从不讲葬地，何士民志气

---

① 杨筠松，名益，字叔茂，号救贫，世称"救贫先生"，堪舆大师，这行的祖师爷。在堪舆学上，他力主因地制宜，因形择穴，观察龙脉，分析地势、方位，从而择定阴宅、阳宅的最佳位置——此一理论，后演变成风水地理学的"形法理论"，世称"形势派""峦头派"或"江西派"，这个学派源远流长，迄至于今。其著作，相传有《撼龙经》《疑龙经》《葬法倒杖》《二十四砂葬法》《青囊奥语》《天玉经》，这些风水书都收录于《钦定四库全书·子部七·术数类三》中。

② 灾沴：音 zāi lì，自然灾害。

③ 阴骘：音 yīn zhì，典出《尚书·洪范》"惟天阴骘下民"，意为暗中安定民众，后转指阴德。骘：安定。

④ 旧时指掩埋穷人的公共墓地，由官府或民间捐款购置。

⑤ 明代张居正《张太岳集·卷之十五·葬地论》亦有类似的话："且灾祥祸福之柄既系于地，则彼苍苍者又将安所司乎？天包乎地，地不能大于天，灾祥善戾之感，在天道犹不可必也，而况于地乎？"

坚卓，国臻富强？足见天运兴衰，视人事为转移，不然《大易》“先天而天弗违”一语从何解耶？

今译：问：真心诚意地寻找吉地，人的决定或许可以胜过天的意志，像社会上人宣扬的风水学大师杨松筠这种人确实有吗？

答：一个人家盛衰，不完全与风水有关。比如自然灾害，这与天时有关；国家太平与动乱，这与国运有关；上天暗中护佑一家人平安，这与祖宗积德有关；有的人作恶、有的人行善，这与个人自主行为有关。咸丰、同治年间，太平军杀人如麻，剿灭太平军的官兵立了战功而使家族崛起的很多，难道都是与墓地风水吉与凶有关？又如世代承袭王、公、侯、伯爵位的家族，何尝每代都葬在吉利墓地上？郭子仪做宰相的时候，有人挖掘他祖宗的墓地，郭子仪不把过错推到别人身上，他只说：“我督帅军队时，士兵中有掘人墓地的，这大概就是报应了。”这么宽宏的胸襟和气量，岂是普通人所能赶得上的？郭子仪子孙与皇室联婚，他的家族，到唐代末年都没有衰败。我看到某提督立了很大战功，他的弟弟顽愚恶劣，常说：“有人说我哥哥富贵那是来自我父母埋在吉地所得的福报，父母为什么只厚待我哥哥而薄待我？”于是他在夜里把父母棺材挖出来，移放在别处。他那弟弟不久就病死了，没有后代。某提督平安无恙，功成辞职回乡，老死于家，有儿子能继承他的事业。由此看来，吉利墓地也只是助人事业兴旺的一个因素而已。我曾看到有人得到吉利墓地而没有应验的，也有得到上等吉利墓地却只发了一代人的，还看到有的葬在义地墓堆中而发迹的，也有前辈死在路上、尸骨没有迎回故乡安葬而子孙发迹的，（这些事情说明）一个家庭的兴盛衰败与人的所作所为关联最大。平庸地师说一个人家的兴盛衰败，一切事务都是葬地起关键作用，这是偏颇浅陋的见解。果真是这样的话，那么天道就无依无靠（没有势力），风水地形独操支配人间事务的权力。中国古代时候不讲求葬地要怎么样，为什么有贤德有智慧的人一批一批地涌现出来，反而胜过后世？欧美各洲人也从来不讲求葬地，为什么读书人和民众都是精神气质坚毅卓越，国家至于富强？由此足可以看出上天赐予的运气是兴盛还是衰微，是依据人的所作所为的不同而不同，不然的话，《周易大传》里的“先天而天弗违（先于天行事而天不违背他）”这一句话又如何解释呢？

问：父母魂灵有知，莫不愿贻福子孙，乃竟听子孙衰败，或房分兴旺不同，此理何也？

曰：延陵季子[①]曰：“骨肉归于地，魂则无所不之。”[②] 葬地本是体魄上事，与人之魂灵无涉，魂灵犹是生人未灭之知识，其爱恶与生前无别。父母焉有不爱子孙之理？须知魂灵不能挽回造化，如子孙作孽，或当厄运，父母有灵，亦无如之何。子孙处此，惟当返己自修，患难贫贱，岂无处之之道？不得全听命于葬地。至房分兴旺，尤不可信。俗师每引《震》为长男等语，分别三房，循环而推，粗疏可笑。譬之花木，无论如何培壅，必有大枝，有小枝，有未成枝而枯萎者，此自然之理。俗师又言吉地先从朝山[③]生人，次从穴上生人，次穴后龙生人，节节向后，按世代推算。又言明堂龙虎何形即主某事，皆无一定确验。如地书言明堂有石，主堕胎、主瞎眼，我见人家有堕胎、瞎眼者，其明堂不尽有石，有石者亦不见有此验。大凡龙穴[④]真确，明堂有石，巉岩碍眼，可铲除之。其不可除者，勿葬可也。不碍眼之石，不论可也。以理断之，当是如此。天地之大，犹有所憾，世间安得十全福地？古人相其阴阳，观其流泉，不过审其大势，而精神自具

---

① 延陵季子：春秋时吴公子季札，亦称“延陵子”。

② 语见《礼记·檀弓下》，原文是：延陵季子适齐，于其反也，其长子死，葬于嬴、博之间。孔子曰：“延陵季子，吴之习于礼者也。往而观其葬焉。其坎，深不至于泉。其敛，以时服。既葬而封，广轮掩坎，其高可隐也。既封，左袒，右还其封，且号者三，曰：‘骨肉归复于土，命也。若魂气则无不之也，无不之也。’而遂行。”孔子曰：“延陵季子之于礼也，其合矣乎！”

③ 朝山：又称朝砂，指前方与穴山遥相对应，作朝揖之状的山。

④ 龙穴：旧时堪舆家称山的气脉所结处，宜作墓穴，此穴即龙穴。

其中。俗师执一求之，缪矣。今人又有谓理气①之说，尤属杳冥乖谬。山有真龙，自有正穴②，自有朝向，自有一定水口③。乃俗师以罗盘而左右之，趋吉反凶矣。惟近人择日，多照《协纪辨方》④《崇正辟谬》⑤，此乃世俗通行，不能不遵，且杜谣惑，亦从宜从俗之道，若信为元机秘诀，则误矣。

今译：问：父母去世后，如果魂灵有知觉的话，没有不愿意赠送福气给子孙，有的竟然听任子孙衰败，或者子孙各立门户，而兴旺不同，这是什么道理呢？

答：吴国公子季札说："人死后，他的骨骸与肉体掩埋于地下，他的魂魄却是没有哪个地方不可以去。"葬地本是掩埋人的遗体，与人的魂灵毫无关系，魂灵还是保持着人活着还没死的时候的知觉，他的喜爱和厌恶与他生前的感情倾向没有差别。父母哪有不爱子孙的道理？必须要知道魂灵不能挽回命运，如果子孙作恶，或者遇到不幸的命运，父母魂灵能感知得到，对此也是毫无办法。子孙遇到这种情况，只有返回正道，培养自己的德性，遇到灾难、身份贫穷低贱，难道没有正确对待它们的方式？（家族气运盛衰）不可能完全听命于葬地。至于房头兴旺，尤其不能相信。平庸地师常常引述八卦中的《震》卦为长子等句子，区分长子、中子、幺子三个房头，循环推算各房头的气运，算法粗陋可笑。用花树打比方，无论怎样培土，花树

① 理气：即是以易理易数为基础，了解阴阳五行气势运行与变化，而施以调理使之中和。理气派主要有三元、三合、玄空九星、八宅等派。该派根据河图洛书、八卦九宫和阴阳五行的排布规律，将日、月、星宿、地理、地质和人的命、运关联起来，运用罗盘来判吉凶，而后决定是否对方向、布局做出相应调整。

② 正穴：即真穴，龙的生气从祖山一路剥换而来，到了山水交汇灵气所聚的地点所结的穴。

③ 水口：指水流的出口，它是吉地结穴的门户，水势之吉，以聚气为贵，以来朝为吉，但不能直接当面冲入，得弯曲，深缓。水去要有关拦，切忌直去无山关拦。水来处叫天门，水流开阔而且不见源头，这叫天门开。水去处叫地户，不见水去谓之地户闭。天门开，地户闭，就是好的风水格局。古人认为水主财，所以特别注重水口，把它看作保护神和生命线。

④ 《协纪辨方》：乾隆年间由允禄、梅瑴成、何国宗等人编纂，全书三十六卷，是清朝通用的历书。

⑤ 《崇正辟谬》：择吉书，清朝李泰来编辑，共十四卷，内容丰富。

一定有大枝条，有小枝条，还有没长成枝条就枯萎了的，这是平常的道理。平庸地师又说吉祥的墓地首先从朝山开始旺人，而后墓穴开始旺人，最后是穴后龙脉开始旺人，一节节地往后排，按世代来推算。又说墓穴前方明堂敞地以及墓穴左右如同手臂左右拱绕的青龙与白虎山峦是何种形状即预示某件事，都没有完全得到验证。例如风水地理书上说墓穴前明堂地上有石块，预示堕胎、预示瞎眼，我看到有的人家有堕胎、瞎眼的，他们家墓穴前明堂地面上并不是都有石块，而有石块的也没看到有这种引发堕胎、瞎眼的效验。通常情况下，墓穴选择的位置恰当，穴前明堂有石块，险峻难看，可以把它铲除。如果无法铲除的，棺柩不葬在这里就可以了。不难看的石块，可以忽略它。用理来推断，应该这么做才对。天地这么大，尚且有缺憾之处，世上在哪里会得到十全十美的福地？古人察看一个地方是阴还是阳，观看那里的流水，只是审察地形地貌的大势，而山水的精气自然存在于他选中的地方。平庸地师拿着一个固定公式去寻求吉利的墓穴，做错了。现在的人又有宣扬调理气运的学说，尤其虚无缥缈、错误百出。山如果有真龙脉，自然会有灵气所聚的吉穴，自然会有（正确的）朝向，自然会有（很好的）水流出口。那些平庸地师用罗盘来左测右量，追求吉利反而会导致不吉利。只是近人选择日子，多遵照《协纪辨方》《崇正辟谬》等书，这就是社会上通行的，不能不遵循，遵循了就能杜绝他人谣言惑众，这也是顺从方便、顺从世俗的行事方式，假如把这看作深奥玄妙的天机秘诀，那就搞错了。

问：形家言山川生人，是言葬后钟毓如嵩生岳降[①]，犹可说也。若亡人生前所生子女，于死后葬地何涉？又如言荫及过继之子、抱养之子，妻荫夫，弟荫兄，无后者荫旁支，女家无后荫及母家，僧道荫

---

① 嵩生岳降：音 sōng shēng yuè jiàng，喻大人物出生。典出《诗・大雅・嵩高》：“嵩高维岳，骏极于天，维岳降神，生甫及申。”毛传：“山大而高曰嵩；岳，四岳也……岳降神灵和气，以生申、甫之大功。”申，申伯；甫，甫侯，都是周宣王舅父，周朝重臣，相传是古四岳后裔。

徒弟，此何说也？

曰：昔人云，“气体相感，心亦相感。”外教书言：“声色相接，色界也。心动神知，欲界也。天理循环，福善祸淫，无欲界也。无欲界能摄欲界，欲界能摄色界。”① 此理亦可信。某书中言昔人有从军者，被寇断右臂，后其子右臂常痛。相者问其父曰：“臂骨今何在？”曰：“在床下。”取视之，则霉湿欲腐，乃以酒洗绵裹，置于高爽处，子臂旋愈。此人未死而气体相感也。亦如母在家思子，自咬其指，子在外心痛思归②，同一理也。我叔岳吴凤台先生言尧渡街邻有吴某，故后遗子女各一。子常患头痛，竟死。女已适人，复头痛。将改葬其父，检骨时见其父头骨有细藤如丝，缠绕甚密，遂以针细剔去之，移他地葬焉。女头患旋愈。此生前子女感于死后葬地之证。又闻贵池刘芝田③中丞亲家言：彼某祖葬近村某山，有本邑某善相地，过而惊喜曰：“是地我久欲买而未成者，今刘某得之，其后必昌。我与刘交谊夙笃。”因许以女字刘之子，曰：“使我女他日享好儿孙之报。”他日，余晤其弟芗林④亲家，询之，曰：“诚有其事，但所葬之祖无后，以他房子为嗣，我与芝田兄皆承继之后也。”云云。由此观之，是过继受荫无疑也。地理书言福地必荫祭扫之人，殆亦不诬。我见贫薄无

---

① “声色……能摄色界”：该段引文中借用了两个佛教术语，但引文意旨与佛教有别。佛教把世界分成欲界、色界、无色界，合称三界。色界：据佛教学说，色界为众生所居的三界之一，有形貌而无食色之欲。欲界：充满各种欲望的世界，六道众生所居。

② 唐佚名作者著《二十四孝》里讲述了“啮指心痛”的故事，原文是：周曾参，字子舆，事母至孝。参尝采薪山中，家有客至。母无措，望参不还，乃啮其指。参忽心痛，负薪以归，跪问其故，母曰：“有急客至，吾啮指以悟汝尔。”

③ 刘芝田：刘瑞芬（1827—1892），字芝田，号召我，安徽贵池人，以诸生入曾国藩幕，同治元年，入李鸿章幕，主管水陆军械转运。光绪二年（1876）代理两淮盐运使，后来任苏松太道、江西布政使等，光绪十三年五月，任出使英法比意四国钦差大臣，光绪十五年正月，出使期满，回国任广东巡抚，任内勤于政事，积劳成疾，死于任上。著有《刘中丞奏稿》《养云山庄诗文集》等。

④ 芗林：刘含芳（1840—1898），字芗林，安徽贵池人，少孤，受学于从兄刘瑞芬，曾国藩率湘军镇压太平军，坐镇祁门大营，他拜会曾公，条陈战守方略，由此入曾公幕。李鸿章率淮军东下，他随同而去，在淮军前敌营任事、北洋沿海陆前敌营务处等任职，管军械四十年，李鸿章曾赞他“劳瘁不辞，坚韧卓绝，条理精详，功绩最多”。中日甲午之战后，由山东登莱青道告病归里，是周馥第四儿周学熙妇刘温卿的父亲。

赖子，岁时[1]不祭扫者多贫且夭，其谨于祀先者虽贫必有后，不必专问地之吉凶矣。

今译：问：地师说山川能使人发迹，如果这是说安葬后灵气所聚，家里果真生出了天赋优异、身份高贵的人，尚可以解释。那些死者生前所生的子女吉凶祸福，与他死后埋葬的墓地有什么关系？又说吉地会庇荫承继家族香火的过继的儿子、抱养的儿子，去世的老婆庇荫丈夫，去世的弟弟庇荫兄长，没有后嗣的庇荫旁系亲属，女子出嫁后丈夫家无后嗣庇荫她的娘家，和尚、道士庇荫他们的徒弟，这是哪一套学说呢？

答：往日的人说："人与人之间身体互相感应，心灵也互相感应。"儒教以外的某个宗教书上说："乐声与美色相交接，这就是色界。心里有活动，精神就能知晓，这就是欲界。天理循环，赐福于善良的人，降祸于淫邪的人，这就是无欲界。无欲界能统摄欲界，欲界能统摄色界。"这个道理也可以相信。某本书中说，言前代的人有从军打仗的，被强盗砍断了右手臂，后来他儿子右手臂常常疼痛。看相算命人问手臂痛的那个人的父亲说："断臂骨头现在在哪里？"他说："在床下。"取出来一看，已经发霉潮湿将要腐烂，于是用酒把它洗干净用丝绵裹起来放在家里位置高而干爽的地方，那人儿子的手臂马上就好了。这是人还没死而生命活体相感应。也如同母亲在家里想念儿子，自己咬自己的手指头，儿子在外面心里突然痛起来，就想回家，是同一个道理。我岳父弟弟吴凤台先生说，建德县尧渡街邻居有个姓吴的，去世后留下一个儿子、一个女儿。儿子常患头痛病，结果病死了。女儿已经嫁人，也头痛。她打算改葬父亲，拾捡父亲遗骨时，看到她的父亲头盖骨上有细藤像丝一样，把头骨缠绕得很密，于是就用针仔细把它们剔去，移到别处地面安葬了。这个妇女头痛病马上就好了。这是子女感应于父亲死后葬地的证明。又听到贵池刘芝田

① 岁时：过年过节。岁：过年。时：每季的节日，此处指清明、冬至节。

巡抚亲家说：他某一代祖先葬在他家附近村子的某座山上，有本县某人善于看地理风水，经过这座墓地时惊喜地说："这块茔地是我很久就想买却没有买到的，现在刘某人得到了它，他的后代一定昌盛。我与刘某交情向来深厚。"因此主动许诺把自己女儿嫁给刘某的儿子，并说道："使我女儿将来享有好儿孙的福报。"后来有一天，我与刘巡抚弟弟刘芗林亲家见面，询问这件事，他说："确实有这回事，只是所葬的祖宗没有后代，以其他房头的儿子过继为后嗣，我与刘芝田哥哥都是他的过继人后代。"等等。从这里来看，是过继的后人受到祖先庇荫无疑。风水书上说发福的墓地一定会庇荫祭扫墓地的人，大概也是不假的。我看到贫穷刁奸做坏事的人，每年清明、冬至、过年时不祭扫祖先坟墓的人大多数贫穷而且短命，那些对祖先的祭祀小心尽礼的，虽然贫穷但一定有后代，不必专问墓地的吉与不吉。

[译者点评：此节文字带有封建迷信色彩，应予否定。]

俗师言某地发福、发贵、发人丁，少说当出贤良子孙者，亦如推命看相者投俗所好，君子不为惑也。人家承先启后，莫不属望[①]后嗣，子孙果贤，富贵可处，贫贱亦可处，而富贵不如贫贱之安且久也。子孙若不贤，贫贱可虑，富贵尤可虑。富贵作孽多于贫贱，受殃更烈也。偶见陆放翁《老学庵笔记》载："宋宰相蔡京父准葬杭之临平，山为驼形，术家谓驼负重则行，故作塔于驼背，而其墓以钱塘江为水，越之秦望山为案，可谓雄矣。富贵既极，一旦丧败，几于覆族，至今不能振"[②]，云云。又见康熙年间，望江沈镐[③]号六圃，著《地学》书言：明末怀宁兵部尚书阮大铖，自唐居藕山，祖茔发福未

① 属望：又作瞩望，音 zhǔ wàng，期望，期待。

② 此条材料见于陆游《老学庵笔记·卷十》，文字略有出入，如首句作"蔡太师父准葬临平山"，"故作塔于驼背"在陆游笔记原文作"故作塔于驼峰"，笔记此条末尾还有一句："俗师之不可信如此"。

③ 沈镐：沈镐（1649—1726），原名师昌，字新周，号六圃，安徽望江县人，康熙四十八年进士，曾任四川省屏山县知县，不久即辞官归乡，著有《六圃地学》《四民便用字韵》《蜀游记》《四书文稿》等，其中《六圃地学》为形派风水代表作。

艾，坐空朝空[①]，出人皆清俊慧巧，科贡联绵。考《明史》载阮大铖与马世英朋奸误国，大清兵至南京，逃往浙江被戮，其嫡派子孙无继起者。自古奸佞误国，多覆宗绝嗣，如江宁秦姓未闻认秦桧为同宗，江西分宜严氏不认严嵩为同支。俗师之言，安可尽信？大凡人事悖逆，天亦无从降福，地亦无从效灵矣。

今译：平庸地师说某块地生发福气、生发贵人、生发人口，很少说将会出贤良子孙的，这些地师也如同算命的看相的人一样投世俗所好，君子不会被他们迷惑的。一个家庭，继承先辈遗产，开启后世事业，没有不对后代充满期望的，子孙真的贤良，富贵可以安身，贫贱也可以安身，而富贵不如贫贱安稳而且长久。子孙假如不贤良，贫贱可以担忧，富贵也可以担忧。富贵作恶造孽比贫贱多，受到的灾祸会更猛烈。偶然看到陆游（号放翁）《老学庵笔记》记载："宋朝宰相蔡京的父亲被准许葬在杭州的临平镇，山为骆驼形，风水师说骆驼身负重物就会行走，所以在驼背上立了一座塔，这座墓以钱塘江为墓前朝水，以越地秦望山为墓前的案山，可称得上气势雄壮了。蔡宰相富贵到了极点，忽然有一天失了势，差不多使得家族毁灭，到现在还不能重新崛起"，等等。又看到康熙年间，望江县沈镐号六圃，在所作的风水书《地学》里说：明末怀宁县人——兵部尚书阮大铖，他的家族自唐代以来居住在藕山，祖茔生发的福分没有消停，坐山空，朝山空，生出来的人都长得漂亮又聪明，家族子弟参加科举考试，考取的人连绵不断。我据《明史》却得知：阮大铖与马士英朋比为奸，损害了国家，大清兵到了南京，阮氏逃往浙江被杀，他的嫡系子孙没有再发迹。自古奸邪危害国家，这些人中很多人宗族覆灭，断子绝孙。例如江宁县秦姓没有听说认奸臣秦桧为同一宗族，江西分宜县严

---

① 坐空朝空：指穴后没有坐山，穴前没有与坐山遥相对应如作揖状的朝山。沈氏《地学》说阮氏祖茔坐落在青山分枝龙脉上，在联气的水星峦头结穴，穴后除了穴位所在的峦头之外，是水面，没有靠山，但此穴为生气所聚，又水朝水护，主发人才。《地学》所附"阮大司马祖"画图显示，此茔被水环抱。

姓不承认严嵩为同一家族支系。平庸地师的话，怎么可以完全相信？总的来说，一个人所作所为违背道义，天也没办法降福于他，地也没办法为他奉献神通。

王阳明《卧马冢记》[①]：冢在宣化府西北十余里。先是，怀来都宪[②]王公为葬其父大卿[③]，卜地未决，公之马忽“眷然踞卧，嚏嗅盘旋，缱绻嘶秣，若故以启公之意者”，乃“就其地窆焉。厥土五色，厥石四周；融润煦淑，面势环拱”。“既葬……产祥萃休，祉福骈臻。乡人谓公孝感所致，因［原文作：相与］名其封曰‘卧马’。”“乡人[④]曰：‘昔在士行，牛眠协兆[⑤]，峻陟三公，公兹实类。’守仁曰：‘此非公意也。公其慎厥终，惟安亲是图，以庶几无憾焉耳矣［“矣”原文作“已”］。岂以徼福于躬，利其嗣人也哉？虽然，仁人孝子则天无弗比，无弗祐，匪自外得也，亲安而诚信竭，心斯安矣。心安则气和，和气致祥，其多受福祉，以流衍于无尽，固理也哉！’”（《王阳明集》）

今译：王阳明的文章《卧马冢记》说：坟墓在直隶宣化府西北

① 该篇作于戊辰年，即明武宗正德三年（1508），收录于明隆庆版谢廷杰刊本《王文成公全书·卷之二十三》。

② 都宪：明代对都察院都御史的别称。正二品，主要职责是职专纠劾百司，辩明冤枉，提督各道，为天子耳目风纪之司。此处王都宪为王质。王质：宣府怀来卫籍万全都司学生，山东济宁人，成化甲辰（1484）科李旻榜进士，历任吏科给事中、都给事中、光禄寺卿等职，正德元年五月丁酉，王质为右佥都御史，巡抚贵州，正德四年五月壬辰致仕。席之瓒纂《光绪怀来县志·卷之十二·人物》有传。王阳明于正德三年谪居贵州龙场时，王巡抚与王阳明先生有过一次小冲突。当时，阳明先生专心办龙岗书院，王巡抚派差人到龙场察看，差人侮辱阳明先生，惹怒了当地乡民而挨打，差人向王质告状，王质要求阳明先生道歉，后者拒不道歉，此事后来不了了之。估计此文起了化解矛盾的作用。

③ 大卿：宋代俗称中央各寺的正职长官为大卿，此指王都御史父亲曾在朝廷担任过某个寺的正职长官。据乾隆年间王者辅等纂修《宣化府志·选举志上》载：王敏，成化乙未（1475）科谢迁榜进士，任辽东苑马寺卿，亦为万全都司学生，事迹与王质都御史父亲吻合。

④ 《卧马冢记》原文，此处“昔在士行”几句话不是乡人所说，而是在巡抚台下的坐客说的。

⑤ 牛眠协兆：牛睡觉的地方符合吉祥的征兆，此处指卜葬的吉地。典出《晋书·周访传》：初，陶侃微时，丁艰，将葬，家中忽失牛而不知所在。遇一老父，谓曰：“前岗见一牛眠山污中，其地若葬，位极人臣矣。”

十多里。先开始是这样的，怀来县王都御史为了安葬他的担任过朝廷寺卿的父亲，在选择葬地还没有决定下来时，王公的马忽然“恋恋地不离开，半跪在地上，鼻子喷着粗气嗅着周围，马身子在这块地上盘旋，像看到好的饲料一样心满意足地嘶鸣，好像是故意以此动作来让王公领会它的意思”，于是“就在这块地上把棺材埋葬了。这个墓穴的土有五种颜色，它的四周是岩石；这里的环境温润和美，墓穴前面有群山环绕拱照”。“安葬结束之后……吉祥美好的事物集中出现，福禄接连不断地到来。乡人说这是王公孝心感动神灵所致，因此称这座坟叫‘卧马冢’。”“乡里人说：‘往昔有贤士陶侃，将逝去的亲人安葬在风水宝地，这是他将要发迹的征兆，随后他就高升到三公的位置，王公您也是这一类人。’守仁说：‘（通过葬亲人而让自己和后人发迹）这不是王公的用意。王公只是想着守丧尽礼，让亲人遗体得到安放，以祈求没有遗憾罢了。难道是为了为自己求福、为后人谋利益吗？话虽是这样说，不过，仁人孝子，天没有不庇护的，没有不保佑的，这不是通过外在的行为得到的，把亲人遗骸稳妥安葬，竭尽自己的诚意与信念，内心就会安定了。内心安定就会体气冲和，冲和之气又会招致吉祥，他将多多地蒙受福气，这些福气会流向无穷的远方，确实是有道理的啊！’”（《王阳明集》）

二十四史，余阅十之七八。古来贤哲，不必大学问，临终之时，莫不诫子孙殓以时服，二三月出殡薄葬，勿信阴阳拘忌，勿用僧道斋醮①，勿请朝廷赠恤、赐谥。何所见略同也？此中是非得失，尔辈当领悟，可奉为法。

今译：中国古代的二十四史，我读了十分之七八。古来贤明睿智的人，不一定要有大学问，他们临死的时候，都告诫子孙用平时穿的衣服给自己收殓，两三个月之后把棺材抬到墓地，用简朴的方式安

① 斋醮：音 zhāi jiào，请僧道设斋坛，祈祷神佛。

葬，不要相信阴阳禁忌，不要请和尚、道士设斋坛做法事，向神佛祈祷，不要请朝廷赠送财物表示抚恤、赐予谥号。为什么他们的见解大致相同？这中间的是非得失，你们年轻人应该领会得到，可以把它奉为法则。

我乡古时葬法有用石椁者，唐宋多用砖椁，自明至今皆用石灰，以砖石有隙，又恐年久被人窃取也。光绪初年，我办葬事，闻桐城人善筑圹，因顾[①]两工人到建[②]，并带二小夯来。其夯以坚木为之，长四尺许，上圆径约二寸，下方径约三寸，中细如蜂腰，上横穿一木，便两手执以下筑。每棺用石灰数千觔，至多万觔，用黏性好黄土五分之一和之，土灰皆先过筛，去其粗滓，再用石青即藤条或糯米熬汁，撒入拌匀，以席盖之，勿使干，俗名“三合土”也。安棺时，先用净石灰五寸平铺棺底，用夯筑实，为防土中虫蚁也。石灰不厚，为通土气也。置棺分向已定，将三合土分四五次铺棺之四面，以夯轻按而不重筑，防惊棺也。迨三合土铺与棺平，即连棺上、棺旁满铺约二三次，其厚一尺五寸，皆用夯细按之。再上一层，满铺约厚一尺，轻筑之。再上再铺，筑稍重，如三合土干，则洒以糯米汁水，约筑三尺厚而止。顶上二层，则满铺如伞式，防雨水也。前十余年，我于我祖父母、父母冢上，又用洋灰，即译语赛萌土[③]，以槌碎小石如米豆大，和水调匀，铺于三合土之上，厚尺许，又上以黄土数寸盖之，似觉防护更密，较张杨园所说葬法更过之。

今译：我家乡古代时葬法中有用石头做外棺的，唐代、宋代多用砖做外棺，从明代至今都用石灰，因为砖块石头砌的时候中间有缝隙，又怕年代久了墓穴中的陪葬物被人偷走。光绪初年，我办理葬事，听说桐城人善筑墓穴，因此雇佣两个工匠来我故乡建德县造墓，

① 顾：通“雇”，雇佣。
② 建：周馥先贤故乡建德县，为今东至县的一部分。
③ 赛萌土：英文 cement（即水泥）的音译外来词。

并带了两只用于砸实地基的工具——小夯来。这个小夯是用结实木头做的，长四尺左右，上方的圆径大约二寸长，下方的圆径大约三寸长，中间像蜂腰一样细，上面横穿一根木条，便于用两只手拿了往下夯筑。安葬每副棺材用了石灰数千斤，最多用了一万斤，再用占石灰重量的五分之一的黏性好的黄土与石灰混合在一起，黄土与石灰都先用筛子筛，把其中的粗渣滓去掉，再用石青也就是藤条或糯米熬成汁，撒入石灰土里拌匀，用席子盖上，不使它干燥，这种土就是乡俗所称的“三合土”。安放棺材时，先用纯石灰平铺在将要放棺材的墓穴底部，达五寸厚，用夯筑牢，这么做是为了防止土中的昆虫蚂蚁。石灰放得不厚，是为了接通地气。把棺材的坐向确定好了之后，将三合土分四五次铺在棺材的四周，以夯轻轻地往下压而不重重地夯筑，防止惊扰棺中亡灵。等到三合土铺得与棺材平齐，就在棺材上面、棺材旁边满满铺上三合土，大致铺两到三次，土厚一尺五寸，皆用小木夯细细地按压。再在上面满满地铺一层，大约铺一尺厚，轻轻地夯筑它。再在这层土上面再铺一层，夯筑用力稍微重一些，如果三合土有点干，就用糯米汁水洒上，使土变软一些，大约棺材上方三合土筑三尺厚就行了。坟冢最上面的两层三合土，就满满铺上像撑开的伞面，(中间高周围低) 防止雨水渗漏。十几年前，我在我祖父母、父母坟地上，又用水泥，就是外国语译作赛萌土的，再用槌碎如米粒、豆粒大的小石子，和上水拌匀，铺在三合土上面，厚度一尺左右，又在上面用黄土覆盖好几寸，我好像觉得对坟墓防护得更周密，这种葬法比明代张履祥先生所说的葬法更进了一步。

闻张健亭[①]云，葬时应于棺之四面数尺许埋一界石，刻曰“某人之墓”，其墓铭刻成，以石合之，浅埋于墓前，如葬时不及办，迟数

① 张健亭：塾师，籍贯与事迹不详。

月瘗之亦可，此为防千数百年后有人掘土，见石可止手也。至墓表[①]则竖于墓前，或墓之后、墓之左近，时人皆用眠石而厚者，不用高碑，取其经久不倾。铭、表文皆取详实，不必夸扬。墓前照例应用品级石马[②]、华表[③]等物，近人多不立，以费重无力，或因路远难运，似有无无关重要。惟墓前暗碑、墓旁暗界石，我葬先二代坟皆不知用，至今以为恨。

今译：我听塾师张健亭先生说，安葬时应该在棺材的四面数尺远处埋一块界石，石头上面刻上“某人之墓”这几个字，死者墓志铭刻好了，以一块石头和它叠合，浅埋在墓的前面。如果安葬时来不及办，迟几个月埋它也可以，这就是为了防备千百年之后有人掘土，看到界石就会停止下来。至于墓表，可以竖在墓前，或者墓后、墓的旁边，现在的人都用横放的厚实的石头作为墓表，不用竖得很高的石碑，因为横放的墓表耐久而且不容易倒下来。墓志铭、墓表文都以写得详细真实为好，不需要夸张宣扬。墓前面照规矩要树立与下葬者品级相符的石马、华表等装饰物，近现代的人多不立，因为它花费大而无财力添置，或者因为路途远，难以搬运，好像有或者没有，并不重要。只是墓前埋在地下的暗石碑、墓四周埋在地下的暗界石，我筑坟安葬父、祖两代先人时都不知道使用，至今把它当作遗憾的事。

郑象《睽车志》[④]：“赵三翁名进，字从先，中牟县白沙镇人。密县陆门山道友席洞云，筑室于独纥岭瀑水潭侧，慕其清峭高爽，落成甚喜，既迁入，百怪毕见[⑤]。未及一年，祸变相踵。席谒翁且告之

---

① 墓表：刻于墓地前地上所树墓碑及其碑上的文字，碑文主要是概述墓主的身份特征、生平德行以及立碑缘由。

② 据《清史稿·卷九十三》：自公、侯至二品官，用石人、望柱、暨虎、羊、马各二，三品无石人，四品无石羊，五品无石虎。

③ 华表：又称“望柱”，古代竖立在宫殿、桥梁、陵墓等前作装饰用的大石柱。

④ 郑象：当为郭象，字伯象，宋代和州人，由进士历官知兴国军。《睽车志》：宋代志怪小说集，宋郭象撰，全书共6卷，写于孝宗时，书中大多写高宗、孝宗年间的见闻及鬼怪神异故事。

⑤ 毕见：音 bì xiàn，全部显现。

故。翁曰：‘得无居五箭之地乎？’席曰：‘地理之说多矣，素不闻五箭之说，敢问何谓也？’翁曰：‘峰巅岭脊，陵首陇背，土囊之口[①]，直当风门，急如激矢者，名曰风箭；峻溪急流，悬泉泻瀑，冲石走沙，声如雷动，昼夜不息者，名曰水箭；坚刚烁燥，斥卤沙碛，不生草木，不泽水泉，硬铁腥锡，毒虫蚁聚，散若朽壤者，名曰土箭；层崖迭巘，峻壁巉岩，锐峰峭岫，拔刃攒锷，耸齿露首，状如浮图者，名曰石箭；长林古木，茂樾丛薄，翳天蔽日，垂萝蔓藤，阴森肃冽，如墟墓间者，名曰木箭。五箭之地，射伤居人，皆不可用。要在回环曲抱，气象明邃，形势宽闲，壤肥土沃，泉甘石清，乃为上地，不必一一泥天星[②]、地卦[③]也。子归，依我言，去凶就吉，当自无恙。’席悉尊教，居止遂安。”[④]

今译：郑象在《睽车志》一书中记载了这个故事：“赵三翁名叫进，字从先，河南中牟县白沙镇人。河南密县陆门山道友名叫席洞云，在独纥岭瀑布下方的水潭旁边做了房子，喜欢这里的环境清净、峻峭、高爽，房子建好了很高兴，等到迁进新居之后，各种鬼怪都现形了。不到一年，家里灾祸、变故相接连不断。席洞云拜见赵三翁，而且告诉他自己家里各种变故。赵翁说：‘会不会是住在五箭之地呢？’席氏说：‘风水地理之说多种多样，我向来没有听过五箭之说，冒昧地问您一声，这具体是指什么呢？’赵翁说：‘山峰的最高处、山岭脊背，丘陵头顶、山冈高地的背，大的洞穴的洞口，它们直对着风口，风速快得像疾飞的箭，这里叫作风箭；陡峻山谷溪流湍急，悬挂的飞泉、飞泻的瀑布，冲击下方的岩石卷走沙子，水声如雷鸣，昼夜不停的，这里叫作水箭；土地坚硬干燥火热，盐碱地与沙砾地，不

---

① 土囊之口：洞口。《文选·风赋》：“夫风生于地，起于青萍之末，浸淫溪谷，盛怒于土囊之口。”李善注：“土囊，大穴也。”

② 天星：就是天星风水术，古人认为星宿与风水地理相关，该术即利用北斗七星二十八宿来判定风水吉凶。

③ 地卦：与天卦相对，且与天卦互为体用。它是从龙脉的走势来看山水的生死情况。

④ 家训此文摘录于郭象《睽车志·卷六》，原文有些句子删略未录。

生长草木，不见水洼与流泉，地面上像铺了坚硬铁块和锈蚀的锡块，毒虫多得像蚂蚁一样聚在一起，土质像烂土一样的松散，这里叫作土箭；一层层山崖，重叠的山峰，高峻的石壁，陡峭的山岩，锐利的山峰，就好像拔出的刀，拢聚的锋刃，耸出牙齿露出头颅，形状像宝塔那样的，这里叫作石箭；高高的古树林，浓密的树荫，茂盛的草丛，遮天蔽日，藤萝密密垂下枝条，环境阴森清冷无比，就像在坟墓中间，这里叫作木箭。五箭之地，像用无形的箭矢射伤在这里居家生活的人，这种地方不能用来建住房。选择房基的要诀是：那里山势回环像在拥抱，环境明亮深邃，场地宽敞而不局促，土地肥沃，泉水甘甜，水里的石头明净，这就是上等的住地，不必一一拘泥于各种风水学说了。您回去，依照我的话去做，离开凶险住地，去找吉利地方安家，自然就会平安无事了。'席氏完全遵从赵翁指教，家居生活于是就安定了下来。"

[译者点评：宋人《睽车志》里这段文字带有鬼神迷信色彩，应予摈弃。]

案：此语虽论阳宅，颇于阴宅理合。但阴宅如得龙砂水，自不犯此五病。相地者如遇吉壤，适在丛木之中，尚可购入芟伐，木箭之患可除。其余四箭，万不可近，其祸患比阳宅尤甚，故附记之。

今译：按语：这段话虽然谈的是人住的房子，但与选择墓地的原理非常吻合。不过，墓地如果得到龙脉、左右两翼护山、流水三者相配合，自然不会犯这五种病。择地的人如果遇到吉地，它恰好在丛林之中，尚可以把它买下来，将树木杂草砍伐掉，木箭的灾祸就可除去。其余四箭，千万不可近，它给人带来的灾祸比活人房屋风水不好带来的灾祸还要厉害，所以特地附记如此。

祖　训

余年五六岁时，闻祖父光禄公[①]曰："古语'病从口入，祸从口出'[②]，尔谨记之。"又常以浅俗诗歌教余，如"身安茅屋稳，性定菜根香"[③]等句，不下数十首，至今犹大半记忆。余祖父生平待人无疾言厉色，处家则正言侃侃，无一戏语，终身茹苦自甘，有人所不能堪者。尝曰："冤死勿兴讼，饿死勿负债。宁受人欺，不可一毫欺人。"时人或称为迂。余孩童时，见祖父年六十余，每日晚辄手一篇朗诵。见长者过，必起立，向前数步拱手迎之。远望官长过，必端容肃立。闻人言某过失，常笑而不答。有诮讥者，受而谢焉。终身无一语侮人。虽至极苦，亦不求人，不借债。饮食行止，常有常度。途中见荆棘瓦石，辄手拾去之，余问何为，曰恐人误踏伤足。见虫蚁不践，曰"此亦生命也"。上灯后辄闭户，不许余出，教以古人善言善行，或读书数句，专取易解者讲之。《论语》"巧言令色"[④]等章、《孟子》

---

① 光禄公：周馥祖父，名乐鸣，字振斋，建德纸坑山人，乾隆五十年乙巳七月初三日生，同治四年乙丑八月初十日殁，寿八十一。平生无疾言厉色，外和内介，一生不践虫蚁，里人称为长者。因孙、曾孙显贵，朝廷赠光禄大夫，周馥幼年时得益于他言传身教很多。

② 古语出自傅玄《口铭》。宋李昉、李穆、徐铉等奉敕纂修《太平御览·卷三百六十七·人事部八·口》收录了傅玄此文。《口铭》："神以感通，心由口宣。福生有兆，祸来有端。情莫多妄，口莫多言。蚁孔偾河，溜沉倾山。病从口入，祸从口出。存亡之机，开阖之术。口与心谋，安危之源。枢机之发，荣辱存焉。"

③ 语出元末明初范立本《明心宝鉴·存心篇第七》。原文是："身安茅屋稳，性定菜根香。世事静方见，人情淡始长。"明代洪应明《菜根谭》也摘录了此条格言诗。

④ 巧言令色：花言巧语，虚伪讨好。语出《论语·学而篇》里的第三章：子曰："巧言令色，鲜矣仁！"

“舜浚井完廪”[①] 章，余五六岁时皆知大意。余生于十一月，当七岁时族人劝入塾，祖父曰：“是孩计月尚六岁，筋骨未可久坐。”迨八岁入塾，每晚必使背书、讲解，日间见余一言一动放肆，必痛责之。偶与邻儿争斗，祖父必婉谢邻家，或赠以食物，余曰：“邻儿无礼。”祖父必属我母笞责之，言：“彼无礼，尔何不远之，乃与人诟争？尔即有礼，亦大不是。”嗣是我不敢与邻儿昵近。乡党中人皆称道我家忠厚，未敢稍加轻侮。间有小事，被人欺骗，耗财数千[②]，家中人怨之，我祖父曰：“当时我未料及也，恶在彼，不在我，可勿论矣。”

今译：我年纪五六岁时，听到祖父光禄公（周乐鸣）说：“古话‘病从口入，祸从口出（疾病是吃了不洁食物招来的，灾祸是说话不谨慎招来的）’，你要小心记住。”又常以浅俗诗歌教育我，如“身安茅屋稳，性定菜根香”（身子安定住茅草屋子也觉得安稳，善性安定吃菜根也觉得很香）等句，不少于数十首，至今还能记住一大半。我祖父一生对人没有急冲冲说话、脸色严厉，在家里都是从容不迫地说正经的话，没有一句玩笑语，一辈子吃苦不当苦，而且乐意吃，那种苦况，有的是一般人受不了的。他曾说过：“即使蒙冤而死也不要去打官司，即使饿死也不要背债务。宁可被人欺骗，不可丝毫欺骗别人。”当时的人有的称我祖父迂腐。我少年时代，看到祖父年纪六十多岁，每天晚上总是手持一本书朗诵。看到年长的人经过，一定站起来，拱着手向前走好几步迎接对方。远远地看到长官经过，一定体态端庄，严肃地站着。听到有人说某个人的过错，常常微笑而不说话。有当面嘲笑自己的，会听取并且表示歉意。一生没有一句话侮辱别人。虽然到了最苦的处境，但也不向人求助，不借债。在日常生活

---

① 舜浚井完廪：大舜淘井修缮粮仓。浚：疏通。完：修缮。廪：米仓。典出《孟子·万章上》：“万章曰：‘父母使舜完廪，捐阶，瞽瞍焚廪。使浚井，出，从而掩之……’”《孟子》全书共七篇十四卷，《万章章句上》属于第五篇第九卷，“舜浚井完廪”故事属于《万章章句上》中的第二章。

② 数千：指铜钱好几千文，如指银两，则与周家当时经济困窘状况和文中“遇小事”的语境不吻合。

中，包括吃饭喝水，一举一动，总是遵守规范。路上看到荆棘、瓦片、石块，总是用手捡起来移走。我问为什么这么做？他说怕人误踏上去伤了脚。看到虫子、蚂蚁就不用脚踩，说“这也是一条生命啊”。傍晚家里点灯后总是关门，不许我出去，他用古人说的善言、做过的善事来教育我，或者读一段书，专门挑选我容易理解的内容给我讲解。《论语》中“巧言令色”等章、《孟子》中“舜浚井完廪”等章，我五六岁时都知道大概的意思。我是在十一月出生的，到了七岁时，族人劝家长让我入学塾读书，祖父说：“这孩子按月计算还是六岁，身体还没长结实，不能让他坐久。”等到八岁，我入学塾读书，每天晚上一定让我背诵书中文章并且讲解句子意思，白天里看到我一句话、一个动作放肆，一定严厉地指责我。我偶然与邻居的儿童争吵斗殴，祖父必定客客气气地向邻居家表示歉意，或者拿家里食物赠送对方，我说：“是邻居家孩子无理。”祖父一定叮嘱我母亲鞭打责罚我，他说：“他没有理，你为何不远离他，竟然与人争吵？你即使有理，也很不对。”从此以后，我不敢与邻居家里孩子亲近来往。家乡里的人都称赞我家忠实厚道，不敢稍微对我家藐视欺凌。我家偶尔遇到一些小事，（我祖父）被人欺骗，消耗财产好几千（文铜钱），家里人埋怨他，我祖父说：“当时我没有料到这一点，罪过归在那人身上，不在我身上，大家就不要再谈论此事啦。”

余十余岁时，祖父常勖余曰：“布衣暖，菜根香，诗书滋味长。”① 又曰：“汪信民②先生云：‘人能咬得菜根，则百事可作。’③

---

① 据天津古籍出版社1991年版《襄汾县志·第十七编文化·第八章文物》载：郑板桥曾在山西太平县师庄（今襄汾县赵康）尉家教书，留下书法石碣一块，现藏于县博物馆，碣文即书此条格言。郑氏是否为此格言原创者，待考。

② 汪信民：汪革，字信民，江西临川人，性孝友，笃实刚直，家贫好学，三举于乡，绍圣四年试礼部第一，登甲科，曾任楚州教官。吕本中《童蒙训·卷中》赞之说：“汪革信民，政和间诸公熟闻其名，除国子博士，欲渐用之，竟辞不受。”有人认为他是《菜根谭》原作者。

③ 该句源出吕本中《师友杂志》，原文作：汪信民尝言：“人常咬得菜根，则百事可做。”胡安国康侯闻之，击节叹赏。

盖人能吃苦，自然守分，自然励志向上，贫可致富，贱可致贵。然不可存一毫希冀心。我幼遭家落，苦不堪言，只低头守分，尽力做去，分外之想一毫不着于心，分外之利一毫不着我手，我胸中洒洒落落，何尝有过不去的日子？尔他日纵富贵，仍要吃苦做事，不吃苦，虽富贵不能久也。可以我语传示子孙，勿忘。”云。

今译：我十多岁时，祖父常勉励我说：“布衣暖，菜根香，诗书滋味长（身穿布衣觉得暖和，吃的粗茶淡饭觉得香，诗书的滋味感到美妙绵长）。”又说：“汪信民先生说：‘人能咬得菜根，则百事可做（人如果吃得了菜根，经受艰苦生活的磨炼，那么什么样的事都可以做得好）。’就是因为人如果能够吃苦，自然会守自己本分而不出格，自然能磨砺意志、努力向上，贫困可以变得富足，身份低贱可以变得高贵。然而不可存丝毫非分之想。我幼年时候遭遇家庭败落，苦得不能用语言来形容，我只是低着头守自己的本分，尽力去做，谋取分外利益的念头，心里一毫都没有，分外的利益一毫不经过我的手，我的胸中自然坦荡、不迷不执，何曾有无法过去的日子？你将来纵然富贵了，仍然要辛苦地做事，如果不吃苦，虽然富贵，也不能长久的。可以把我的话传给子孙后代看，不要忘了。”等等。

我祖母余太夫人[1]性严，寡言笑，善针黹，年五十余犹能剪纸为花样，以供邻妇来求者。爱我备至，我偶有妄语，必斥责之不稍假。我年将长，尝指我曰：“尔将成立，家事较前差盛矣，使我今日死，当含笑而逝。尔慎无忘我平生困苦时也。”我年十六七岁时，尝教我曰：“凡教小儿，须先使其心有所恋、有所畏，不可姑息。尔父童时将出门就学，我先数日借事詈之，又许以勤学有验即得某种好处，恐

---

① 余太夫人：周馥祖母，姓余，徽州人，乾隆五十一年丙午正月十三日生，咸丰十一年辛酉八月二十二日殁，寿年七十六。生三子三女。余太夫人勤劳能干，训诲子孙有方，因孙周馥显贵，朝廷诰封一品夫人。

其恋家不勤学也。我见今人养子，到十二三岁不出就外傅[①]，又不送到远处学习商业，姑息儿子，害他一生。惟徽州风气好，常以儿子离家习商为乐事，所以商业兴旺，人能谋生，自然衣食饱暖。到饱暖后子孙不读书，从何发达？儿子骄养在家必无成，即富，亦俗所谓‘坐吃山空也’。”呜呼！此语极浅，可以警我乡之弊。

今译：我祖母余太夫人性格严肃，很少说话和开笑脸，善做各种针线刺绣活，五十多岁时还能剪纸作花样，用来供村邻妇女取样。她关爱我无微不至，我偶然说错话，一定斥责我，不稍微通融。我年纪将要长大了，她曾经指着我说：“你将要长大成人，我们家境比以前要稍微优裕些，让我今天就死，我会高兴地含着笑而死。你千万不要忘记我一生过的贫困艰难的日子。”我年纪十六七岁时，她曾经教导我说：“凡是教育小孩子，必须先使他的心有所依恋、有所畏惧，不能姑息迁就。你父亲小时候将要离家读书，我好几天之前故意找些事骂他，又答应他，如果他勤奋学习，有了成绩，就给他某种奖励，（我这么做是）怕他恋家不愿意勤奋学习。我看到现在的人养育儿子，到十二三岁还不让他们离家接受老师的教育，又不送到很远的外地去学习如何经商，无原则地迁就儿子，结果害了他一生。只有徽州这个地方社会风气好，父母亲常把儿子离开家学习经商当作快乐的事，所以商业兴旺，人能够谋求生计，自然能吃得饱穿得暖。到了吃饱穿暖之后，子孙如果不读书，从哪里可让这个家庭继续兴旺发达？儿子娇生惯养在家，一定会没有成就，即使家里富足，也就是俗话所说的‘只是坐着吃，山也要被吃空’。”哎！这些话极为浅显，但可以对我故乡风俗的弊病发出警告。

余孩提时，每逢元旦，祖母辄抚余曰：“过一年添一岁，又是新

---

① 出就外傅：《礼记·内则》：“十年，出就外傅，居宿于外，学书记。”意思是：孩子十岁就让他离家接受老师的教育，学习各种文字和计算方法。

春[1]。”又曰：“小的今长了一岁，老的今老了一岁。尔勿错过了光阴。”又曰：“回想我幼年吃苦耐劳，有人所难堪者。中年以后家事渐顺，然我愿贫苦中平安度日，不妄希富贵也。富贵若不平安，反不如贫贱。大凡人家不平安之事，自取者十之八九，遭天祸者十之一二。尔他日成名，恐我不及见也，可将我平生艰苦及后来家运亨通景象作文一篇祭我，并传于后世，使子孙不忘艰苦，我心慰矣。”

今译：我幼小的时候，每逢大年初一，祖母总是抚摸我的头说：“过了一年，人添了一岁，又是新春佳节到来了。”又说：“小家伙现在年纪长了一岁，老人现在年纪老了一岁。你不要浪费了时光。”又说：“回想起我幼年时经受的劳苦，有些苦是一般人受不了的。我中年以后家里事情渐渐顺利，不过我愿意在穷苦中平平安安地过日子，不会妄想着富贵。富贵如果不平安，反而不如贫贱。一般说来，一个人家遇到不平安的事，自己招致的占了十分之八九，遇到上天降下意外灾祸的，只占到十分之一二。你将来会有成就和名声，恐怕我来不及看到了，你可以把我一生经历的艰难困苦以及后来我家运气兴旺发达的景象写一篇文章来祭祀我，并把这篇祭文传给后代，使子孙不忘记家里过去艰苦日子，我的心就感到宽慰了。”

我父[2]幼时为袁家山王某经理商业，东人[3]，长者也，极爱重之，使与其子订为义兄弟。无何，东人死，义兄亦死，我父哭之恸。其族长聚议曰：“周某，义士也，今王某父子皆死，仅遗孤寡，周若去，难自存矣。”咸共拜我父前，携其幼子王玉京立于旁，谓我父曰：“尔不忘亡友，请视此子。今日以后，玉京即尔子。”我父感诺。余

---

① 新春：指过年和过年之后的一二十天，即新春佳节。

② 周馥父亲周光德，字观明，国学生，嘉庆二十年（1815）乙亥十月十四日生，同治元年（1862）壬戌前八月二十四日殁，建德纸坑山人，生平慷慨好义，常为人排难解纷，幼与元甲山王全情好如兄弟，王全亡故，其子王玉京才数岁，家有商业，不可支，王氏族人请其代理家业十数年，业增数倍，毫无所染，教养玉京，至玉京婚毕始去，人多义之。以子周馥、孙学熙贵，清廷诰赠光禄大夫。

③ 东人：东家，佣工对雇主的称谓。

年十三，就王介和先生读，见玉京，长我三岁，呼我父为父。玉京多智有胆识，惟放荡不羁，我父颇以为忧。时有陈姓友谓我父曰：“尔辅孺子将成立矣，劳苦十余年矣，有意他游否？”我父曰：“弃瘠就肥，为惠不终，非所愿也。”谢不往。逾数年，玉京娶妇，合卺[①]时，余见王姓戚族扶我父上座，指玉京曰：“多拜此义父。”后数年，玉京死，无后，我父伤之，适粤匪乱起，避难彭泽九都山中，遂与王氏离焉。我父为人慷慨好义，常为人排难解纷，从无疾言厉色加于人。每教余日：“世人所以多争者，为责人而不责己也。今若有人待我不仁，我不可以不仁报，久之，彼自心服。”余幼在塾中，必使粗衣疏食[②]，曰：“我不能时时教子，惟使其知贫而能耐贫，则庶几矣。”光绪初年，余往袁家山祭王介和先生墓，因与王族议举王玉京亲支王耈祺嗣其后，俾守世业。

今译：我父亲童年时代就为袁家山王某经营商务，雇主是一位忠厚长者，极喜爱、看重我父亲，还让我父亲与他儿子结拜为义兄弟。没过多久，这位雇主死了，结义哥哥也死了，我父亲哭得很伤心。王姓族长聚集亲友商议说：“周某是义士，现在王某父子都死了，仅留下孤儿寡母，周某假如离开，这一家人难以存活了。”全都在我父亲面前下拜，携义兄王氏幼小的儿子站在旁边，对我父亲说：“您如果不忘记去世的友人，就请照顾这个孩子。从今以后，王玉京就是你的儿子了。”我父亲很感动，就答应了。我十三岁，到袁家山王介和先生那里就读，看到玉京，他比我大三岁，喊我父亲为爸爸。玉京很聪明，有胆识，只是行为放荡，不受管束，我父亲对此很担忧。当时有姓陈的朋友跟我父亲说：“你照顾的这个孩子将要成人自立了，辛苦十多年啦，可想到别处走一走？”我父亲说：“放弃瘦的挑拣肥的，

---

① 合卺：音 hé jǐn，旧时成婚时的一种仪式。将匏瓜锯成两个瓢，新郎新娘各执一个饮合欢酒。后以合卺指举行结婚典礼。卺：盛酒的瓢。

② 疏食：粗糙的饭食。《礼记·丧大记》：“君之丧……士疏食水饮，食之无算。”郑注：“疏食，粗饭也。”

做好事不做到底，我是不愿意的。”辞谢不去。又过了好几年，玉京娶了老婆，举行婚礼时，我看到王姓亲戚和家族的人扶着我父亲坐在最尊的位子上，指着王玉京说：“多向你的义父下拜，感谢他。”后来好几年，王玉京去世，没有后人，我父亲对此感到很伤心，恰好遇到太平军掀起的战乱发生，到彭泽九都山中避难，就和王氏家庭分开了。我父亲为人，个性豪爽仗义，经常替别人解决困难和纠纷，从没有对人说话急促、脸色严厉。他总是教导我说：“世上的人之所以争吵很多，是因为他们只责备别人而不责备自己。现在假如有人对我不仁慈宽厚，我不能以不仁慈宽厚回报他，时间长了，他自然在心里认可你了。”我幼年时在学塾中读书，一定让我穿粗布衣、吃粗糙的饭食，说：“我不能时时教育儿子，只要使他知道贫穷的滋味而且能够忍受贫穷，我也就差不多（尽了父亲教导儿子的责任）了。”光绪初年，我到袁家山祭扫王介和先生墓地，趁这机会与王老师族人商议选择王玉京家族支系后裔王耆祺作为王玉京后嗣，使他守住世代相传的家业。

余童年，我父常戒谕曰：“能吃苦中苦，方为人上人。所谓吃苦者，粗衣淡饭，发愤读书，一日不可空过，一语不可妄发，宁人欺我，我勿欺人，如是久之，必有长进。”余年十七八，避难山中，我父恐我荒功课，辄约邻家数小儿使我教读，口占一联示我曰：“‘几个蒙童且锁心猿意马，数间老屋预卜起凤腾蛟。’尔勿负我期望也。”又尝密谕我曰：“人存心不忠厚，人处家不勤俭，终必覆坠。大凡忠厚人家，未有不勤俭者。尔看某家无德行而败，某家有德行而兴，当知之矣。”又曰：“大忠厚人家［按：‘大’字后面疑脱‘凡’字］，存心公正，做事有条理，虽当大乱，将来必可脱难，必可起家。第不知粤贼之乱何时平靖，我日夜望尔辈成立，恐不及见矣。”我后从李文忠军，自皖赴沪，逾年，我祖母、我父见背。又逾十余年，我祖父、我母相继见背。虽略营甘旨，未沾禄养，每逢补官迁秩，辄自伤痛，尝私告家人曰："禄不逮亲[1]，可以不仕。今忝冒[2]至此，切勿忘先人'忠厚、吃苦'之训也。"

今译：我父亲常常告诫我、开导我说："能够吃得了苦中的苦，才能成为位居人上的贵人。所说的吃苦，就是指穿粗布衣，吃缺油少盐的饭，勤奋读书，一天不可虚度，一句话不可以乱说，宁可别人欺骗我，我不欺骗别人，长久地这样做了，必定会有进步。"我年纪十七八时，在山里避难，我父亲怕我荒废了学业，总是邀请邻近人家好几个小孩子让我教他们读书，他随口出了一副对联向我示意："'几个蒙童且锁心猿意马，数间老屋预卜起凤腾蛟（用几个小学童暂且锁住你像猿猴和马一样难以控制的心思，在这几间旧校舍里我预料会出杰出人才）。'你不要辜负我的期望啊。"又曾私下里开导我说："人如果存心不忠厚，管理家务不勤劳节俭，最终一定会垮掉。大抵上忠厚人家，没有不是勤劳节俭的。你看某家没有好的品行而败落，某家有好的品行而兴旺，应该懂了。"又说："凡是忠厚人家，居心公平正直，做事有条有理，虽然遇到大乱，将来一定都可以摆脱危难，一定可以使家庭兴旺。只是不知道太平军掀起的战乱何时得到平定，我日夜盼望你们这些后辈成人自立，恐怕我看不到了。"我后来参加了李文忠公（李鸿章）军队，从安庆赶到上海，过了一年，我祖母、我父亲去世。又过了十多年，我祖父、我母亲相继去世。我虽然给他们略微采买了一点好吃的食物，他们却没能享受到我用当官后所得俸禄购得的衣食用品，后来我每当遇到授官、升级，心里总是悲伤痛苦，曾私下告诉家里人说："俸禄没能让父母和祖父母享用，可以不用出仕做官。（得益于祖先的训诲，）今天我才能够以菲薄之才叨居显赫的职位，你们千万不要忘了我家族先人'品行要忠厚、

① 禄不逮亲：俸禄不能被父母享用。亲：父母，家训里指父母和祖父母。《礼记·奔丧》注：亲，父母也。

② 忝冒：音 tiǎn mào，以非才居显位，滥竽充数。忝：辱，有愧于。冒：冒充。

要能吃苦’的训示啊。”

闻之我母[①]言，自高、曾以来，皆居建德南门外桥西，有屋十余楹、田百余亩。乾隆时丰岁，米每石仅值钱一千数百文。夏日水涨，米船可泊南门桥下。余家小康，颇可自给。后为友人保借债事，友贩茶折本，曾祖乃自以田产偿之，别营商业，后因不戒于火，家业益荡然无存。时我祖父习举业，将应试，乃以饥困改营他业，遂将南门桥西屋产售于他姓，移居纸坑山本族祠堂之左，后又移于右。逾二十余年，我父旋买受[②]，加工修理，居焉。高、曾以来皆经商，为人俱忠厚勤苦，从不以欺诈待人，亦不肯向人借贷。族人中有依衙门度日者，有习游戏手艺者，我家不与往来，见其富足，常以为戒。呜呼！余幼所闻见仅此，子孙幸勿忘先世艰难，背弃祖训。

今译：我从我母亲那里听到，我家从高祖父、曾祖父以来，都住在建德县城南门外桥西，有房屋十多间、田一百多亩。乾隆时遇到丰年，每石米仅值一千几百文钱。夏季河水上涨，载米的船可以停泊南门桥下。我家属于小康之家，吃穿用度颇能自我保障。后来替友人借债做担保人，友人贩卖茶叶折了本钱，我曾祖父就用自己的田产赔偿债主，改而经营商业，后来因为失火，家产越发荡然无存。当时我祖父正在学作八股文，将要参加科举考试，因为饥饿和别无出路而改行从事其他职业，于是便将南门桥西屋产卖给别姓人家，移居纸坑山周氏家族祠堂左边的邻近屋舍，后又移居于祠堂右边的邻近屋舍。过了二十多年，我父亲随即买下了别人房屋的产权，进行一番加工修理，就住进去了。高祖父、曾祖父以来都经营商业，他们为人都是心地忠

① 周馥母亲叶氏。安徽建德县北门外人，嘉庆二十二年丁丑七月二十三日生，年十七归于本邑周光德为室。事翁姑以孝闻，勤苦持家，助夫教子，严而有法，不稍姑息。闺门和睦，对待里党亲族，周济无虚日。晚年虽禄养稍丰，自奉俭约如故，布衣蔬食，非常淡然。光绪四年戊寅六月十一日殁，寿年六十二。生子二：周馥、周馨。以子周馥显贵，朝廷诰封一品夫人。

② 买受：此处指买下房屋的产权。

厚，吃苦耐劳，从来不以欺骗方式对待人，也不肯向人借钱。周氏家族里的人有依靠衙门过日子的，有学习游戏手艺（耍把戏、唱戏之类技艺）的，我家不跟他们来往，看到那些人家富足，常把它拿来警诫自己。哎！我幼年时期所看到的、所听到的只有这些，希望子孙们不要忘记先辈的艰难境况，不要违背、抛弃祖先的训诲。

咸丰年间，纸坑山旧宅被粤匪毁拆。贼退，复葺数楹，贼来又被拆，如此者三次。今小楼三楹，乃我母于同治元年以六千钱买某屋料而建者也，余屋乃光绪初年逐渐添置。屋下新学堂，即余幼时读书之所。旧屋早毁，光绪十二年间，余独力重建，较旧制略大，为族中子弟读书地，不视为一家之产。塾师岁修，出于乐济会捐款。余只能办此一小事。我父言村外河水渐由北而南，冲激山脚，行人来往不便，欲作长堤御水，惜无力措办。又闻我母言，族人先有四十余家，经粤匪乱，仅存十数家。村前田亩本少，今以人稀，不能全垦，若峣山瘠地，更无人种。此时阖村仅数十口，足以自食，他年生齿渐繁，必如道光年间终岁勤苦而不获温饱。欲救此族贫困，须另觅广田阔地之处，俾安室家，尤须水陆通衢，遇乱能避。咸丰年间往事可鉴也。呜呼！先训在耳，至今力不能办，殊为大憾。

今译：咸丰年间，我家纸坑山旧房子被粤地贼匪（太平军）折毁。贼匪撤退，我家重新修葺好几间房屋，贼匪来了又被拆毁，像这样子共经历过三次。现在小楼三间，是我母亲在同治元年用六千铜钱（六贯钱）买某户人家的建房材料而建的，其余的房屋是光绪初年由我逐渐添制。房屋下面的新学堂，就是我幼年时读书的地方。旧房子早就毁坏无存，光绪十二年，我独自出力把校舍重新建起来，比旧校舍建筑规模略微大一些，作为家族中年轻子弟读书的地方，不把它看作我家的财产。学塾老师每年的薪金，从乐济会捐款中开支。我只有能力办成这一件小事。我父亲说村外河水渐渐由北向南，冲激山脚（把山脚下的路段冲毁），行路的人来往不方便，打算筑长堤抵御河

水，可惜没有能力举办。又听我母亲说，家族先前有四十多户人家，经过太平军之乱，仅剩十几家存活。村前的田亩本来很少，现在因为人口稀少，（竟然）不能完全开垦耕种，至于那些贫瘠山地，更没有人种。此时整个村子仅几十口人，足以自己养活自己，将来人口渐渐繁衍增加，一定会像道光年间那样，一年到头辛勤劳动而得不到温饱。想救我周氏家族贫困，必须另外寻找田地广阔的地方，使他们在那安家，尤其需要那里水陆交通便利，遇到动乱能够逃避。咸丰年间的往事，可以作为教训了。哎！先辈训语还在我耳边回响，我到现在没能力办到，这是让我感到万分遗憾的事。

周氏自周室衰微，至子男君[①]之后，始以周为姓，分居各省，莫纪其数。三国吴都督公瑾，实为一系。我家迁建德始祖为访公，字咨臣，唐初为御史中丞，以避武后乱告归，由徽州迁居建德秧田坂。至六世祖繇公，字为宪，咸通中登进士第，与许棠、郑谷等称“咸通十哲”[②]。时仆射王徽[③]称其孝友，荐于朝，仕至御史中丞，《全唐

---

① 子南君：《史记·周本纪》载，卫国是周文王嫡九子康叔封国，姬嘉是卫灵公之子公子郢（字子南）后裔，元鼎四年十一月丁卯，他以周朝后裔被汉武帝封为周子南君，食邑三千户，地在颍川郡周承休国，后裔遂以周为姓。

② 咸通十哲：指晚唐诗人许棠、张乔等十二人。五代王定保《唐摭言》云：“咸通末，京兆府解，李建州时为京兆参军主试，同时有许棠与（张）乔，及俞（喻）坦之、剧燕、任涛、吴罕、张蠙、周繇、郑谷、李栖远、温宪、李昌符，谓之十哲”，明胡震亨《唐音癸签》遂称之为“咸通十哲”。其他各本所载人名略有出入。元辛文房《唐才子传》“郑谷”条下，缺剧燕、吴罕；“张乔”条下，无温宪、李昌符。十二人皆有诗名，诗歌语言与意象清新雅洁，然乏风骨。宋计有功《唐诗纪事·卷四十五》有周繇传。咸通：唐懿宗李漼的年号，公元860—874年，共十五年。

③ 王徽：唐末大臣，京兆杜陵（今西安市）人。唐宣宗大中十一年（857）进士擢第，宦历丰富，很有才干。

诗》[①] 选有诗一卷，《全唐文》[②] 有《明皇梦钟馗赋》一篇，唐时称公为“诗禅”，池州文学，自公启之。弟繁公，诗文与之齐名，不第。据《唐摭言》[③] 诸书，繁公累举进士[④]第一，亦若今时解元，屡试未中进士。均祀乡贤祠，时称“至德二周”。见《文献通考》[⑤]《一统志》[⑥] 诸书。繇公迁居纸坑山，后舍宅为寺，即今唐山寺。其山周围数里，皆名周家山。按旧谱，自一世至七世祖，又十一世祖，皆葬周家山。后裔力农，贫困，惮于远涉祭扫，山被他姓朦占[⑦]，祖墓皆不知所在。然谱牒尚存，邑人犹指为周家山也。乾隆元年，秧田坂屯籍[⑧]周姓冒认为唐山寺山主，闻繇、繁二公重名，墓在周家山，因私立墓碑于寺后山上。经寺僧讼于官，官往验山，并传我族人质讯，族人本不知墓所在，又不敢言失祭扫，遂云二公墓在纸坑山村东之老林山。官又问彼周姓曰：“尔祖自何代来?”彼供：“唐朝为本县知县。”官怒曰：“安有本县人为本县官者?”彼周姓语塞，盖皆不知

① 《全唐诗》：总集名。清彭定求等十人奉敕编。曾经康熙帝作序，故又称《钦定全唐诗》。九百卷。以清初季振宜《唐诗》为底本，又取明胡震亨《唐音统签》增订而成。共收唐、五代诗歌四万九千四百零三首，残句一千余条、作者二千八百三十七人，大致按时代前后排列，并系小传。间有校注，考订字句异同及篇章互见情况。其为研究唐诗的重要参考书。有扬州诗局刻本、光绪间石印本等。

② 《全唐文》：唐文总集，全称《钦定全唐文》。清嘉庆年间由董诰、阮元等人奉敕编。汇唐、五代（含十国）作家三千余人，文一万八千四百余篇，是以清内府所藏《唐文》旧钞为蓝本，并采辑《永乐大典》《文苑英华》《唐文粹》等书而编成。体例悉仿《全唐诗》，校勘考证较为精严，全书一千卷，每一位作者都附有小传，传文较翔实。原刊于嘉庆十九年，有扬州刻本。

③ 《唐摭言》：唐末五代人王定保撰，全书十五卷，分一百零三门。汇录科举制度掌故以及科举人士的言行事迹。记叙详细、生动，多史志所未及，富有史料价值。

④ 举进士：隋、唐时设进士科，凡应试者谓之举进士，中试者称进士。

⑤ 《文献通考》：宋元之际马端临撰。记述上古到宋宁宗时典章制度沿革的文化通史，而以宋制为最详，叙事论述均极有法则，内容丰富。全书三百四十八卷，分二十四门类（田赋、钱币、户口、职役、征榷、市籴、土贡、国用、选举、学校、职官、郊社、宗庙、王礼、乐、兵、刑、经籍、帝系、封建、象纬、物异、舆地、四裔），是研究中国古代典章制度的重要史籍。

⑥ 《一统志》：历代都有记载全国舆地的总志，元朝始有此名称。元有官修《大元一统志》，为继承唐《元和郡县志》与宋《元丰九域志》等志书而作，已佚。明有官修《大明一统志》，清有官修《大清一统志》《嘉庆重修一统志》。

⑦ 朦占：蒙混霸占。

⑧ 屯籍：屯兵的花名册，此处指屯兵户籍。

唐时仕者无回避本籍例也[1]。案遂定。官谕我族人将彼私立之碑移至老林山，自是我族遂有唐山寺而无周家山。又将家谱所载繇、繁二公葬周家山字俱改老林山，又将所引各书为至德令、建德令字改为睦州建德令，虑彼周姓翻案复控也。然一世祖至七世祖、十一世祖葬周家山字未改，以官未讯及，彼周姓亦不争也。余著有《二周事略考正》一篇，学铭著有《先迹求遗》一卷，又向钞溪山许姓钞得乾隆元年讼案一宗，并载今谱。光绪六年，余邀许、计诸绅重建唐山寺，并于寺旁建家祠三楹，以祀唐代葬周家山八代之祖。纸坑山村东老林山有二公墓碣，族人向以清明日祭扫，姑仍其旧不毁。薄置祭田，使族人每岁赴唐山寺祠堂一祭。近年我家又买周家山之马家岭、高岭坞及左近打鼓担、鲍家陇、师古塔、大坞里茔地数处，预营我家葬地，庶几子孙永祔，先灵宗祀不坠云。

今译：周氏家族自从周朝王室衰微，到子男君之后，开始以周为姓，分居中国各省，没法统计后裔人数。三国时代，吴国都督周瑜（字公瑾），实为其中的一个支系。我家族迁到建德县的始祖为访公，字咨臣，唐初为御史中丞，因为避武则天皇后之乱辞职归田，从徽州迁居到建德县秋田坂。至六世祖周繇公，字为宪，咸通年间参加进士科考试，成为进士，与许棠、郑谷等一共十个人，合称“咸通十哲”。当时仆射王徽称他事父母孝顺、对兄弟友爱，向朝廷推荐，做官做到御史中丞，《全唐诗》里选有他的诗一卷，《全唐文》有《明皇梦钟馗赋》一篇，唐时称周繇公为“诗禅”，池州文学，是由他开始的。他弟弟周繁公，诗文与哥哥的诗文名气一样大，科举考试没考中。据《唐摭言》诸书所载，周繁公多次为举进士第一，也像现在参加乡试考中举人第一名一样，屡次考试却没能中进士。兄弟二人均

---

[1] 唐代有任官籍贯回避制度。《唐大诏令集补编·下·卷二十二》载代宗永泰元年七月《避任本贯州县官诏》，文曰：“不许百姓任本贯州县及本贯邻县官，京兆、河南府不在此限。”皇帝特命的官员，可不受此法限制。《唐诗纪事》周繇本传载：“……调池之建德令，李昭象以诗送之曰：‘投文得仕而今少，佩印还家古所荣。’”

名列于乡贤祠，受到祭祀，当时人称“至德二周”。这段资料，见于《文献通考》《一统志》等书中。周繇公迁居纸坑山，后来把家宅施舍为寺庙，就是现在的唐山寺。纸坑山周围好几里，都称为周家山。按照我家族旧谱，从一世祖到七世祖，又有十一世祖，都葬在周家山。他们的后裔以农为业，贫困，怕走很远的路去祭扫祖先墓地，这座山（于是就）被外姓家族冒名顶占，建德周氏家族祖墓都不知道具体位置在哪里了。然而族谱尚存，县里人仍然把这山称为周家山。乾隆元年，秧田坂屯兵户籍周姓人家冒认自己为唐山寺山场的主人，听知周繇、周繁二公的大名，墓地在周家山，因此私下竖立墓碑于唐山寺后山上。唐山寺僧为此而向官府控告这户周氏人家，官员前来查验这座山，并传唤我周氏家族里的人接受审查盘问，我家族的人本来就不知祖墓在哪里，又不敢说缺失对祖墓的祭扫，就说周繇、周繁二公墓地在纸坑山村东头的老林山。官又问那户周姓说：“你的祖先从哪个朝代来此地?”那人供说：“唐朝为我县的知县。”官发怒说：“哪有本县人在本县做官的?”那个姓周的答不上来，估计是他完全不知道唐代做官的人没有回避本人籍贯的任职规定。案子于是就定下来了。县官命令我族人将那户周氏人家私立的墓碑移到老林山，从此以后我族就只有唐山寺却没有周家山。又将家谱所记载周繇、周繁二公葬在周家山这段文字都改成老林山，又将家谱里所引各书原文任至德县令、建德县令字样改为睦州建德县令，是怕那户周姓翻案再向官府控诉。然而一世祖到七世祖，以及第十一世祖葬于周家山的字句没有更改，因为县官没有盘问到这一点，那户周姓对此也没有争议。我写了《二周事略考正》一篇，儿子周学铭写了《先迹求遗》一卷，又从钞溪山姓许的一户人家抄录了乾隆元年讼案一宗，一同刊载在最近修的家谱里。光绪六年，我邀请姓许、姓计的诸位乡绅重建唐山寺，并在寺旁建周氏家族祠堂三列，以祭祀唐代安葬在周家山的八代祖先。纸坑山村东老林山有一世祖周繇、周繁二公的墓碑，家族中的人一向在清明节那天祭扫，姑且仍按这个旧习惯不把这两个墓碑毁掉。购置了田亩不多的祭田（收入用于祭祀祖墓时开销），使族中人每年赴唐山寺祠堂举行一场祭祀活动。近年我家又买下周家山的马家岭、高岭坞以及附近的打鼓担、鲍家陇、师古塔、大坞里的墓地好几处，预先经营我家庭成员的葬地，有望子孙永远附葬在祖先陵墓旁边，对祖先的祭祀不至于断绝了。

闻我高祖讳文元①公，晚年纳庶高祖妣杨氏，始生我曾祖②，乡人谓为积德之报。我屡欲以己身应得封典貤封③，而国例一品封典只及曾祖而止，不准貤封高祖。二品貤封，亦只追赠曾祖而止。积歉于心者累年。上年，族人以余捐助池州学堂经费四千金④，特请皖抚奏请，破例给余高祖正一品封典，竟邀俞允⑤，天恩异数，永世不忘，子孙其敬念之哉！

今译：听说我高祖周文元公公，晚年娶庶高祖母杨氏，才生下我曾祖父周礼偺公，乡里人称这是做了许多善事积德而得到的福报。我屡次打算以我自身应该得到的封典转封给高祖父，而国家常例是，一品官的封典只到曾祖父而止，不准挪赠给高祖父。二品官的封典转赠，也只追赠到曾祖父而止。歉意积在我心里好多年。上一年，我周氏家族中人以我捐助池州府中学堂四千两银子做经费的兴学之举，特地请安徽巡抚向朝廷上奏章，请求朝廷破例赐给我高祖父正一品封典，结果真的蒙皇上同意了，皇上的恩惠超乎寻常的丰厚，我永远

---

① 文元：周馥高祖父周文元，字恒茂，建德人，康熙丁亥年（1707）六月初三日生，乾隆甲午年（1774）八月十八日殁，以周馥克襄王事并捐池州中学堂经费，经皖抚奏请，光绪三十四年（1908）六月，朝廷特恩赠其光禄大夫，正妻王氏、庶妻杨氏均诰封一品夫人。清代礼制规定，一品官只封赠三代，至曾祖为止，诰赠高祖乃是清朝前所未有的恩典。

② 曾祖：周馥曾祖父周礼偺，字桔生，建德人，乾隆戊子年（1768）四月初八日生，嘉庆辛酉年（1801）四月初四日殁，以曾孙周馥显贵，朝廷诰赠光禄大夫。

③ 貤封：音 yí fēng，古代官员以自身所受的封爵名号呈请朝廷移授给亲族尊长，如远祖、伯祖或外祖父母等。

④ 周馥自撰《年谱》载：周馥于光绪三十一年捐给建德县学堂经费四千两银子，次年复捐银四千两为池州府学堂经费；另外，于光绪十七年捐修文庙银一万两。

⑤ 俞允：音 yú yǔn，典出《尚书·尧典》，俞为应诺之词，后世用“俞允”表君主答应的意思。

不会忘记，我的子孙们也应该怀着崇敬之心记住这件事啊！

我家亲戚，自曾祖以下，至我母外家，皆无后。尝闻我祖母言：曾祖母张氏，由徽迁居建德城内，业商，后家贫，子孙不振，岁时张家以酒肉饷曾祖母，曾祖母常以元丝锭数枚置酒壶中答之。曾祖母有弟二人，一为游方医士，善治眼疾；一工画，以白石粉做鸡蛋式彩绘人物甚精，村童每争购之。我祖父尝言："二人不务正业，每年冬末归家，日日烂醉，次年二月又出门游荡。"我祖母言："大母舅眼药料不真，二母舅以玩物骗小儿为活，家世安能久耶？"后二人殁，葬于南门岭[①]义山[②]。我孩提时，每岁清明随我祖父祭扫，在山坳路边二坟相并，各立小碑，嗣经粤匪大乱，久未扫墓，屡寻墓碑未得，遂缺祭扫。我祖母外家余氏，亦徽人，兄弟三支皆无后。余年十数岁，见余舅祖时来往，我家常款以酒食不倦。我父密戒[③]余曰："我家先贫，舅祖时周济，我愧无以报，尔慎毋嫌其来往频烦也。"余谨记之。舅祖殁后，我留养舅祖母二十余年，今西门余姓以一子嗣舅祖为孙，承其祀云。余母外家叶氏，亦无后。外祖葬北门外，余为置祭田，每年清明请我族人与佃户祭扫一次，子孙勿忘。

今译：我家亲戚，从我曾祖母以下，到我母亲的娘家，都没有后代。我曾听到祖母说：曾祖母张氏，由徽州搬迁到建德县县城里住，经商为业，后来家里贫困，子孙不能振作有为，过年的时候，曾祖母张氏娘家送酒肉款待曾祖母，曾祖母常以表面带细涡纹的银元宝好几枚放进酒壶里回礼。曾祖母有两个弟弟，一个当游方医士，善于治眼病；另一个长于画画，用白石膏粉做成鸡蛋的样子，在上面用彩笔画出的人物很精美，村里儿童常争着购买这种彩色的蛋画。我祖父曾说："这两个人不做正经的事，游手好闲，每年冬天末尾的时候回

① 南门岭：坐落在今安徽省东至县尧渡镇梅城村（原至德县县治所在地）村南一里处，鹫台山与玉峰山之间的山岭，岭南即商业重镇尧渡街。

② 义山：旧时埋葬穷人的公共山场，往往由私人、家族、寺院或官府捐地或捐资而置办。

③ 戒：同"诫"。告诫。

家，天天喝酒，醉得一塌糊涂，次年二月又出门漫游。”我祖母说：“大母舅眼药用料作假，二母舅用小玩意骗小孩子来谋生，这个家庭的世系怎么能长久呢？”后来这两人死了，葬在南门岭专门用来埋葬贫民的公共坟场中。我幼小的时候，每年清明节跟随我祖父祭扫，在山坳路边二座坟并立在一起，坟前分别竖立了小石碑，后来经过太平军大乱，很久未能扫墓，多次寻找墓碑没有找到，就缺少了祭扫。我祖母娘家姓余，也是徽州人，她的兄弟三人都没有后代。我十几岁时，看到我舅姥爷经常来我家做客，我家常常拿酒食招待他们而且不感到厌倦。我父亲私下里告诫我说：“我家早先比较贫困，舅姥爷时常给予周济，我惭愧没有啥拿来报答，你千万不要嫌弃他经常来我家做客。”我小心地记住了这句话。舅姥爷死后，我收留抚养舅姥姥二十多年，现在建德县城西门余姓让自己的一个儿子作为舅姥爷的嗣孙，承其香火。我母亲娘家姓叶，也没有后代。我外祖父母葬在县城北门外，我为去世的外祖父母购置了祭田，每年清明节期间，要请我族人与佃户祭扫外祖父母一次，我的子孙不要忘了这件事。

我纸坑山周族人丁不繁，历世谱牒各户钞存于家，至明中叶分六大支，始用活字板印家谱，各支存谱一部。后六支绝其二，仅存四支。自唐以后未遭兵难，惟明末左良玉兵过建德时，掳去我族一人，未归。历世耕读为业，少显达者。我一支为景祥公①后，支下人或为工为商，或佣书②，或当县衙中走卒，竟无一人业农者，或谓祖坟风水所致，岂其然耶？我高祖生长子礼仪公，次子礼信公，皆三世而绝。我曾祖讳礼傛公以下，至我父交三世，皆一子单传。而次房每少亡，无后，历代过继。今我弟承继我叔父后③，亦早世，幸有二孙。

---

① 景祥公：周极幼子，周氏迁建德本支世系第二十七世后裔，成化癸卯年（1483）十一月十六日生，嘉靖乙卯年（1555）三月十四日殁，娶妻汪氏，生子三人：昱、昆、易。周易生子希高，希高生长子国贵。

② 佣书：指为人抄书或代人写文章、作书信、起草公文等文字工作。

③ 据周馥纂修《安徽建德县纸岭山周氏宗谱》所载：周馥胞弟周馨出继叔父周光徵为嗣。

此中气数难喻。我以第二子学铭出嗣同支①，为欲挽此厄运，今而后殆可免矣。

今译：我纸坑山周姓家族人口繁衍不兴旺，历代家谱由各户抄录存放在家中，到明代中期分为六大分支，开始用活字板印制家谱，各支存谱一部。后来六分支中，两个分支人口灭绝，没有后裔，仅有四个分支传承至今。从唐代以后没有遭遇到兵灾，只是明代末年左良玉兵经过建德时，掳走了我家族里的一个男子，没把他放回来（他的下落如何，无人知晓）。历代耕田、读书为业，很少有做大官、名气大的人。我家一分支是景祥公后代，这个分支下的人有的做工、经商，有的给官府或私人抄书，有的当县衙门里的差役，竟然没有一个人当农民种庄稼的，有的人说是祖坟风水导致这种情况，难道真是这样的吗？我高祖父（周文元公）生长子礼仪公、次子礼信公，这两房都是传了三代就灭绝了。我的曾祖父周礼傛公以下，到我父亲这辈共三代，都是一个独子相传。而二房嗣子都是少年时就死了，没有后代，历代过继。现在我弟弟过继给我叔父做儿子，也很早就死了，幸运的是他还有两个孙子。这里面运气定数难以理解。我以第二个儿子学铭承继家族同一支派周宗传公为嗣，这么做是想挽救这个厄运，从今以后，我周氏家族人丁不旺的情形大概就可以避免了。

① 据周馥纂修《安徽建德县纸峗山周氏宗谱》所载：周馥次子周学铭嗣本支周宗传公为嗣（国贵次子之俸，之俸长子大有，大有次子有祈，有祈三子文蕡，文蕡长子礼珍，礼珍长子乐奏，乐奏过继昂公股乐领次子光镕为嗣，光镕生宗传）。周馥为国贵公长子之任的后裔，学铭与周宗传宗族血统关系间隔很远。周馥自编《年谱》“宣统三年辛亥七十五岁”条目云：“学铭幼过嗣本服族弟宗传为后，遵我母命也。论例本可不继，惟念母命已许，且我服内景祥公支下太平时有十余家，今仅存三家，宗传又无后，是只二家矣，我体祖宗之心，不分彼此……庶於敬先慈幼之道两不失云。”

鬼　　神

张横渠曰："物之初生，气日至而滋息；物生既盈，气日返而游散。至之谓神，以其生也；返之谓鬼，以其归也[1]。"云云。世俗以游魂为鬼，以魂显灵为神，误也。

朱子曰："鬼神只是气。屈伸往来者，气也。天地间无非气。人之气与天地之气相接，无间断，人自不见。人心才动，必达于气，便与这屈伸往来者相应。"[2]

邵康节曰："人之善恶但萌诸心，发乎虑，鬼神已得而知之。"[3]观以上诸贤之语，可知人心善恶，鬼神无不先知，不必待报应显著，而祸福之机已见矣。

朱子曰："人心平铺着便好，若做弄，便有鬼怪出来。"[4] 观此可见吉凶感召之理。

今译：张载先生说："人刚出生时，生命气息每天都进入他的身体并使他成长；当他生长发育到了成熟阶段，生命气息每天都在离开

---

① 语见张载《正蒙·动物篇》，此段原文的开头两句：动物本诸天，以呼吸为聚散之渐；植物本诸地，以阴阳升降为聚散之渐。

② 此节语出《朱子语类·卷三》，末句原文作：便与这屈伸往来者相感通。如卜筮之类，皆是心自有此物，只说你心上事才动，必应也。

③ 邵氏所说摘录自邵雍《皇极经世书·卷十四·观物外篇下》。原文作：凡人之善恶，形于言，发于行，人始得而知之。但萌诸心，发于虑，鬼神已得而知之矣，此君子所以慎独也。又云：思虑一萌，鬼神得而知之矣。故君子不可不慎独。

④ 朱子之语出自《朱子语类·卷三》。原文作：因说神怪事，曰："人心平铺着便好，若做弄，便有鬼怪出来。"

他的身体而消散于虚空中。生命之气进入，叫作神，因为它使人活着；生命之气退出，叫作鬼，因为它使人死亡，归于寂灭。”等等。普通百姓把游魂当作鬼，以鬼魂显灵当作神，这种看法是错的。

朱熹先生说：“鬼神只是一种气。能屈能伸，往来不息的，就是气。天地之间尽是气。人身体里的气与天地间的气相连接，中间没有隔断，人只是自己看不到这点而已。人的思维活动刚产生，就一定与人体的生气连通，就与（天地之间）这种能屈能伸、往来不息的气相呼应。”

邵雍先生说：“人的善恶的念头只要在这个人的内心萌生，在他的思虑中表现出来，鬼神就已经完全知道了。”看了上述诸位贤哲的话语，就可以知道人心的善与恶，鬼神没有不预先知道的，不必等到因果报应突出显现出来，因为灾祸或者福泽的苗头事先已经表现出来了。

朱熹先生说：“人的心要坦然、开朗就是好，如果藏藏掖掖，就会有鬼怪显现出来。”看到朱先生这句话，就可以明白善有善报恶有恶报的道理。

《北史》[①]：齐永安王浚年八岁，谓博士卢景裕曰：“‘祭神如神在。’[②] 为有神乎？为无神乎？”对曰：“有。”浚曰：“有神，当曰祭神神在，何须如字？”景裕不能答。按：“如”在字义原指祭者之心而言。朱子曰：“鬼神之理盖难言之，谓其有一物，固不可；谓非真

---

① 《北史》：二十四史之一，一百卷，唐李延寿撰。记述从北魏登国元年（386）到隋义宁二年（618）的历史，为纪传体。作为研究南北朝历史的资料，值得重视。家训本处引述北齐神武帝高欢第三子永安简王高浚与博士卢景裕的对话，载于《北史·卷五十一·列传第三十九》。

② 祭神如神在：语出《论语·八佾篇》。意思是祭神的时候，便犹如神真在那里。

有一物，亦不可。”[①] 又曰：“圣人之制祭祀也，设主立尸，焫萧灌鬯[②]，或求之阳，或求之阴，无所不用其极，而犹止曰庶或享之而已。其至诚恻怛，精微恍惚之意，盖有圣人所不欲言者。”[③] 云云。子孙若因祖考年远，魂魄或不来飨而不诚敬将事[④]，天性何存？书籍中言鬼神事极多，不敢尽信。以我历所见闻证之，凡人心中所欲为之事，鬼神无不先知。即如人家祖宗，于子孙贤否、亲戚兴衰、骨肉离合，以及岁时祭扫各节，无不尽知之，或降乩[⑤]，或示梦，或摄身现形，或附人身告语，不可殚述，此特举其显著者而言之也。朱子言：“聚而生、散而死者，气也。所谓精神魂魄，有知有觉者是也。若理，则初不为聚散而有无。有斯理，则有斯气。苟气聚乎此，则其理亦命乎此。气散，虽化而无有，其根于理而日生者，固浩然无穷也。以类相感，以类而应，故谢上蔡谓‘我之精神即祖考之精神’[⑥]，皆此意也。”[⑦]

今译：《北史》记载：北齐永安王高浚年龄八岁时，对博士卢景裕说：“‘祭神的时候，犹如神真在那里。’是指有神呢？还是指没有神呢？”卢博士回答：“指有神。”高浚说：“有神，那应该说祭祀神

---

① 朱子语摘自《晦庵先生朱文公文集·卷五十一·答董叔重（五）》。原文末尾尚有：若未能晓然见得，且阙之可也。

② 焫萧：音 ruò xiāo，焚烧艾蒿。焫：古同“爇”，点燃，焚烧。萧：艾蒿。《礼记·郊特牲》：“故既奠，然后焫萧合膻芗。”《通典·礼三》：“祭天则燔柴，祭地则瘗血，祭宗庙则焫萧。”灌鬯：古代祭祀的一种仪式，把黑黍和郁金草酿成的香酒浇在地上，求神降临。《诗·大雅·文王》“祼将于京”毛传：“祼，灌鬯也，周人尚臭。”

③ 朱子语摘自《晦庵先生朱文公文集·卷四十五·答廖子晦（二）》。

④ 将事：从事某项任务或工作，此处指祭祀祖先神灵。将：音 jiāng。

⑤ 降乩：音 jiàng jī，在人扶乩请仙时，神灵降临宣示旨意。

⑥ “我之精神即祖考之精神”语出谢良佐《上蔡语录》（曾恬、胡安国录，朱熹删定）。原文作：鬼神在虚空中辟塞满，触目皆是，为他是天地间妙用，祖考精神便是自家精神。

⑦ 朱子语摘自《晦庵先生朱文公文集·卷四十五·答廖子晦（二）》。原文作：性即是理，不可以聚散言。其聚而生，散而死者，气而已矣。所谓精神魂魄有知有觉者，皆气之所为也，故聚则有，散则无。若理，则初不为聚散而有无也。但有是理，则有是气，苟气聚乎此，则其理亦命乎此耳。不得以水沤比也。鬼神便是精神魂魄，程子所谓天地之功用，造化之迹；张子所谓二气之良能，皆非性之谓也。故祭祀之礼，以类而感，以类而应。若性则又岂有类之可言耶？然气之已散者，既化而无有矣，其根于理而日生者，则固浩然而无穷也。故上蔡谓“我之精神即祖考之精神”，盖谓此也。

的时候，神就在旁边，哪里需要用一个‘如’字?”景裕不能回答。我的按语是：“如”在字义上，原来是针对祭祀人心理状态而言的。朱熹先生说：“鬼神的原理大概难以讲清楚，要说有它这么个东西存在，固然不可以；说真的没有这个东西存在，也是不可以的。”又说，“圣人规定祭祀仪式时，设祭祀对象的牌位，选一个年少孩子作为代祖先神灵接受祭祀供献的‘尸’，焚烧艾蒿、以香酒灌地，燃蒿用来和合五谷的香气，这是求之于阳，以香酒灌地而告祖先魂魄，这是求之于阴，没有一个地方不用尽心力，而在言语上不过说‘神灵大概会享用吧’而已。古贤祭祀时最诚挚悲悯，专心细致神思迷离，大概有些是圣人不愿意说的。”等等。子孙假如因祖先去世的年代久远，魂灵可能不来享用祭品而不虔诚地从事祭祀活动，上天赋予人的善性会存在哪里？书籍中讲到鬼神的事特别多，我不敢完全相信。以我亲身经历过的或者所见所闻来证明：凡是人心里想做什么事，鬼神没有不事先知道。就像一个家庭的祖先神灵，对于子孙贤良不贤良、亲戚家兴盛与衰败、骨肉亲人相聚与离别，以及过年过节时祭祀扫墓等各个方面，没有不完全知道的，这些先灵中，有的通过扶乩时降临，有的在后人梦境里显示自己，有的直接现出形貌，有的附在他人身躯上诉说，例子很多，都讲不完。这里不过是列举其中非常显著的例子而言的。朱熹先生说：“聚集在一起就会让生命诞生、消散了就会让生命死掉，这就是气。常言所说的精神魂魄，就是由气生成。至于理，从一开始就不像气那样聚了才有，散了就无，(理是永恒的。)有这个理，那么就有这个气。假如气相聚于此（而生出来人），那么理也会被安排附着在这（人身上）。气消散，这个人有知觉的精神魂魄消亡了，不过，从理那里衍生出来的生命之气每天都在生长着，确实是浩浩荡荡没有穷尽的。因为后人与祖先禀承的气属于同一类型，互相感应，所以谢良佐先生说‘我的精神就是祖先的精神’，都是这个意思。”

我乡岁节祀祖，但沿俗例，草草了事，何尝见诚敬之意？至于淫

祀，无村无之，最是恶俗。《论语》：“非其鬼而祭之，谄也。”[1] 祭者居心何在？鬼若有知，当为所鄙。如五猖神[2]，据明初大仆卿都穆《谈纂》[3] 所载，明初兄弟五人为盗，明太祖执而戮之，因为厉，愚民私祀焉，太祖闻之不禁。安能至今尚为祸福于人耶？至土地神，当与《诗经》所云“以社以方”[4] “以御田祖”[5] 同义，然亦不可多而渎也。若仙佛之庙，香火尤盛。仙佛在世日，方自弃其妻子富贵，不愿再生世间，而乃为今世痴愚求福者施报耶？

今译：我的家乡过年过节祭祀祖先，只是延续传统习惯，马虎了事，哪里表现出虔诚恭敬的心意？至于不合礼制、不为官方认可的祭祀，每一个村子都有，这是最丑陋的习俗。《论语》说：“非其鬼而祭之，谄也（不是你当祭的鬼而祭他，这是你存心谄媚）。”祭祀的人存的是什么心？鬼如果有知觉，应该会瞧不起这种人。例如五猖神，根据明代初年太仆寺卿都穆《谈纂》这本书记载，明代初年有一家兄弟五人当强盗，明太祖朱元璋把他们逮捕并杀害，这五个兄弟因此变成厉鬼，愚昧的老百姓于是私下祭祀他们，明太祖听说了这件事，却不禁止。他们怎么能到现在还可以给人带来祸与福呢？至于祭祀土地神，应该与《诗经》所说的“以社以方（请土地神和四方神来分享我供奉的祭品）”“以御田祖（一起来迎农神表示感谢和庆

---

① 此语录自《论语・为政篇》。意思是：不是你当祭的鬼而祭他，这是你存心谄媚。

② 五猖神：也叫五通神、五郎神等，是旧时江南民间供奉的邪神，相传为兄弟五人。也有说五猖是指东、南、西、北、中五路的鬼魂。明朝之前，民间就有祭祀五通神的习俗，此俗起源，有多种说法，明代都穆《谈纂》所言，是此习俗起源说中的一种。

③ 《谈纂》：都穆撰，该书记录元、明以来逸事，然多涉神怪。都穆（1458—1525），明代大臣、金石学家、藏书家。字玄敬，郡人称南濠先生。原籍吴县相城（今苏州市），弘治十二年（1499）中进士，授工部主事，官至太仆寺少卿。撰有《南濠诗话》《西使记》《金薤琳琅》等。大仆寺：即太仆寺，官府机构，明、清时掌马匹厩牧、皇帝、王公车舆之政令，皇帝出巡，扈从车马杂物皆为其统管。其中，置卿、少卿、丞、员外郎等官职。

④ 以社以方：祭祀土地神与四方神。语出《诗经・小雅・甫田》。以：作，举行。社：土地神。方：四方神。

⑤ 以御田祖：祭祀农神。语出《诗经・小雅・甫田》。御：同“禦”。《说文》：“禦，祀也。”田祖：农神。

祝）”用意一样，不过，也不能次数太多或者轻慢不敬。至于供奉神仙的道观、供奉诸佛的庙宇，香火尤其旺盛。神仙、佛祖在世的日子，尚且自家抛弃老婆孩子和富贵，不愿意再一次出生在人间，他们竟然会赐福于当代愚昧无知的焚香求福人吗？

妇女入庙烧香，出门看戏、看赛会，尤属违礼悖律。我为直臬时，曾办奸拐数案，其未报到官者不知凡几。在山东巡抚任时，有某州男妇至老君庙烧香，风燃楼上纸堆，焚毙一百余命。余遂禁会，改庙为学堂。余督两广时，有某县妇女看戏，戏台旁存放铳、火药，失慎烧死一百余命，其余酿命之案不可胜纪。神果有灵耶？愚者当知返矣。

今译：妇女到寺庙里烧香，出门看戏、看迎接并酬谢神灵的赛会，尤其属于违背礼制和法律的行为。我当直隶按察使时，曾经办理了好几桩（歹徒借烧香、看戏、酬神机会而）勾搭拐走妇女的案子，没有报到官者府里的同类案件，不知道有多少。在任山东巡抚时，有某州男人与妇女到老君庙烧香，风把楼上纸堆吹着火，烧死一百多人。我于是就禁止庙会，把庙宇改做学校。我任两广总督时，有某县妇女看戏，戏台旁存放了火枪、火药，不慎把火药引燃，烧死了一百多人，其余造成酿死人的案子数都数不清。神果真有灵吗？愚昧的人应该知道返回正路了。

【录刑案数事】

同治五年，总兵刘佩香启发[①]时管金陵船捐局，驻水西门船上，一日，有丐者过而乞食，佩香见其体貌文雅，询之，丐者曰：“我浙

① 刘佩香启发：刘启发，字佩香，一字祥生，安徽霍山人，江南大营防兵出身。同治元年入淮军，为程学启所统“开字营”将领。同治五年管金陵船捐局，负责向过往金陵的货船征收厘金。曾任记名总兵苏州城守营右军守备，同治七年七月与九月，曾国藩先后向朝廷推荐他补安徽抚标中军参将、署皖南镇总兵，赞他“畅晓戎机，长于缉捕”“廉明耐劳，缉捕著绩”。同治十三年（1874）卒。秦达章修《光绪霍山县志·卷之九·宦绩》有传。

江秀才，遇乱落魄。”佩香怜而收之，俾当书识[①]，数月，书识乃伪写领字，私用局印向粮台[②]冒领银五百两远逃。粮台委员查实，禀李文忠，严饬佩香缉贼。佩香固夙擅捕盗名者，愧忿已极，遍访书识踪迹不得。无何，乃夜宿城隍庙[③]案下求梦，先一夜不得影响，次夜暂闭目，忽见城隍神上座，白面黑髯绿袍，堂下有走卒十余，脚跟各系一小铃，一卒拍佩香肩曰：“知盗尔银者来矣。”旁一卒问拍者曰：“何人也?”答曰：“即某日到庙烧香，许献鼓者。”佩香醒，急呼庙僧曰：“尔速将盗指出。”僧曰：“我安知盗？且夜静，庙中向无人来。”固问之，僧曰：“某处缝衣匠夜归，过庙前，因饥买面，借锅煮食，已去矣。”佩香急传缝衣匠，告以神示梦语。匠曰：“我岂为盗者？惟记某日有一人买布，嘱缝口袋，其语似装银向江北去，他事不知也。”佩香乃速派弁兵渡江，过王家营，一路访缉，果获书识，解至金陵，讯明，正法。余初不闻其事，一日，佩香设盛馔邀余与数友往饮，余问：“今日何醉乐为也?”佩香乃详述颠末如此，且曰：“贼若不获，我将投劾归矣。”余曰：“盗军饷五百，按例当死。尝闻神明宽恕待人，今乃为官指盗，岂以此盗昧良，罪重于他盗耶？公初收用时，无保荐，无防备，未免疏忽，嗣后做事，宜慎之。神不可常渎也。”佩香深服余言。

逾月，有友人被仆盗金而逃，亦往宿坛，余劝止之，曰：“佩香事不可为法，鬼神事渺茫难知。且神有灵，安肯管人间如许闲事？公用人不慎，当自咎，失财何足为有无耶？公如往，神必不示梦。”后果然。友人服余言，亦遂不再往。

---

① 书识：清代正额书吏之外的一种临时性书吏，称为书识，又称贴写。在正额书吏出缺之后，书识可以递补其缺。朝廷规定：身家清白，籍贯清楚，熟悉律例，工于算写，通过专门考试，有同乡官员作保的人，才有资格充当各衙门书吏。贴写帮差之人，也要选择忠诚朴实之人。

② 粮台：清代行军时沿途所设经理军粮的机构。

③ 城隍庙：祭祀城市保护神的庙。城隍本指城壕，又用作城市保护神的名字，历代受到官府祭祀，多为求雨、祈晴、禳灾之事。

今译：同治五年，总兵刘启发（字佩香）当时负责管理金陵船捐局，停驻金陵水西门船上，某一天，有个乞丐经过这里来讨饭吃，刘佩香看到这人相貌文雅，于是就询问他，这个乞丐说：“我是浙江的秀才，遇到战乱弄得穷困潦倒。”佩香同情而收留了他，使他当了临时性的书吏，过了好几个月，这个书吏竟然伪造了领条，私自用船捐局大印向粮台冒领五百两银子，逃到很远的地方。粮台委员查明这件事后，向李鸿章（文忠公）禀告，李公下了严厉的饬札，命令刘总兵查获这名罪犯。佩香本是拥有擅长捕盗名气的人，这件事使得他惭愧愤怒到了极点，他到处访求这个书吏的行踪，没有找到。无奈之下，他于是就夜里睡在城隍庙案桌下求梦，第一天晚上没有丝毫动静，第二天夜里，他刚闭着眼睛安神，忽然看到城隍神坐到座位上，神白色面孔，长着黑黑的络腮胡须，穿着绿色衣袍，堂下有奔走的鬼卒十来个，脚跟上各系着一只小铃铛，一个鬼卒拍着佩香的肩膀说：“我知道盗走你银子的人来了。”旁边一个鬼卒问拍人肩膀的鬼卒说：“那是哪个人啊?”回答说：“就是某天到城隍庙烧香，许愿奉献鼓的人。”佩香一下子就清醒了，急忙喊庙里僧人说：“你快点把盗贼指出来。”那个僧人说：“我哪里知道谁是盗贼？而且夜深人静，庙里一向没人过来。”坚持询问他，僧人说：“某个地方一个裁缝夜里回家，经过庙前的路，因为肚子饿了，他买来面条，借庙里铁锅煮着吃，已经离开了。”佩香急忙传唤这个裁缝，把神灵在他梦里告诉他的话转告裁缝。这个裁缝说：“我哪是做盗贼的人？我只记得某一天有一个人买了布，嘱咐我缝个口袋，听他说话口气，似乎是用来装银子往江北去，其他的事我就不知道了。”佩香于是就马上派弁兵渡长江，过了王家营，一路查访缉拿，果然拿获了那个冒领银子的书吏，并押解到金陵，审讯清楚明白，把这人处死了。我当初没有听说过这件事，有一天，佩香设了丰盛菜肴邀请我和好几位朋友到他那里喝酒，我问：“今天有什么喜事让大家醉饮开心?”佩香于是就详细叙述这件事的完整情节，并且说：“这个盗贼假如捉拿不到，我就要马上自己弹劾自己，辞职而归家了。”我说：“盗取军饷五百两银子，按照法律规定应该处死。我曾经听说神明待人比较宽容谅解，今天竟然为官府指出盗贼，大概是因为这个盗贼昧了良心，罪过比其他盗贼的要重吧？您当初收用这个陌生乞丐时，没有人保举推荐他，您也没有防范他，未免疏忽大意，从此以后您做事情，应该谨慎对待。神灵是不可以经常去亵渎他、麻烦他的。”佩香非常赞同我的话。

这事过了一个月，有友人遇到仆人盗取金钱而后逃走了，也去城隍庙里睡在祭坛下面，我劝阻制止他，说：“刘佩香的事情不可当例子照着做，鬼神的事情虚无缥缈，难以知晓。而且神是有神通的，怎么会愿意管人间这么多的闲事？您用人不谨慎，应该自己批评自己，损失了点钱哪里值在心里计较？您如果去求梦，神一定不会示梦给你。”后来果然是这种情况。友人信从了我的话，于是就不再去了。

天津有张殿甲者，盐巡头目[①]也，向爱体面，有子口吃，躯小，年虽十七，类十三四岁人，其媳体丰，似二十岁人，已婚矣，媳在母家与人有私，怀孕，姑恶之，日诟谇不已，张殿甲戒其妇曰：“尔慎之，勿败家声也。”姑益怒，语且侵夫，张殿甲忿急，吞砒，将死时，妇问何病，殿甲告之故，且曰：“尔尚贪生耶？子若[②]媳若此，何以度为？”妇亦自尽。殿甲有出嫁妹，疑之，诉于官，官因派帮审委员王令庆保[③]鞫之，以张子口吃，难骤得实，因谕退堂外暂候，欲待他案讯毕再讯，张子卧堂阶上，忽呼曰：“我张殿甲也！”历数因媳为非，忿极自尽，死不甘心等语，且曰：“我探听此案久矣，官久不决，我乃控于城隍神，蒙神许我求诉，故差一鬼引我来案。”云

① 盐巡头目：为盐运使的下属役吏，率领盐巡队稽查贩卖私盐活动。

② 若：与，和。

③ 王令庆保：王庆保，山东军功出身，县籍不详，光绪二十四年任曲周县令，光绪二十六年二月至六月署理天津府静海县令，义和团起，他积极支持，光绪二十七年五月，谕旨斥责他“袒庇拳匪”，革其候补知县职，永不叙用。他与曹景郕合撰《驿舍探幽录》一卷，颇具史料价值。戊戌政变后，总理衙门大臣兼户部侍郎张荫桓被遣戍新疆，作者奉命护解，途次与张谈戊戌变法事，对起用康有为之经过及六君子死难情形等，该书皆有记述。

云。语音甚朗，非口吃者，王令疑焉，因问曰："尔有冤，明日此时再来听审可乎？"答曰："可。但衙门前有鬼守门，我不敢入。"王令曰："尔从后门入。"答："后门亦有鬼守。"王令曰："我书一签，准尔明日到案。"遂取纸朱书而焚之，始去。张子又作其母声喊诉，亦言妇恶劣，致彼夫妇自尽，且言："我死时，媳无衣殓我，现尚住娘家。"云云。王令慰喻之去，张子始醒。王令且信且疑，是晚，因诣城隍庙，祷曰："如张殿甲有冤，请神明日饬其再到县候讯。"次日，先传张子坐于阶下，并传其戚邻多人环伺之，届时，张子忽晕去，复作张殿甲语王令，因指环伺之人，问其识否？张殿甲乃一一呼之，皆如生前所称。王令问："尔妻在何处？"答："妻柩停母家茔地。"问："尔在阴中有何执事？"答："在城隍神衙门黄先生处当差。城隍神即昔年曾任天津县官者。只求官为我伸冤。我恐误差，即回去矣。"云云。王令因提张媳到案鞫之，已服，案可定矣。而县幕某以鬼供难凭，媳奸情无证，不敢详报。余后至天津，询据，邹守振岳[①]曰："此案照'子孙为非，致父母羞忿自尽'[②] 例拟绞决，情真罪当，即不叙鬼供，案可定也。"官幕仍迟疑不决，余后访其媳之奸夫，乃天津县极无赖者，已犯他案，被押，又计其媳怀孕月分，当已分娩，问之，媳果在狱产一男。余因嘱邹守另派委员鞫之，后委员贾令国桢[③]禀余言，张殿甲魂复上堂数次，大致如前供而益加详，并供所吞砒信

---

① 邹振岳：1831—1893，字岱东，山东淄川人，博通文章，兼擅武事，同治二年（1863）进士，历官直隶怀安知县、易州知州、宣化府知府、天津府知府等，以治行卓异荐，积功以道员用，加二品衔。为官三十余年，所至有声，曾国藩、李鸿章、周馥等均对他赞誉有加。周馥《诗集四·感怀平生师友三十五律·邹岱东太守》对他多有赞美。询据：查询口供和人证物证。

② 《大清律例·刑律》有"威逼人致死"律条："妇女与人通奸，致并未纵容之父母一经见闻，杀奸不遂，羞忿自尽者，无论出嫁在室俱拟绞立决。"该律条下所附条例规定："凡子孙不孝，致祖父母父母自尽之案，如审有触忤干犯情节，以致忿激轻生窘迫自尽者即拟斩决。"

③ 贾令国桢：贾国桢，奉天锦县（今辽宁凌海市）人，同治三年（1864）中举人，光绪二年中三甲进士，吏部掣签以知县即用，分发直隶，光绪十六年署理肥乡知县，光绪二十年任临榆知县，之后调署宝坻知县，光绪二十三年三月，谕旨责其"未谙政体，措置失宜"，命以教职归部铨选。此后事历未详。

系买于过路肩挑小贩，实不知情[①]，彼在厕上吞服，亲邻皆不之觉，云云。后天津县孙令会同贾令招解[②]到臬署，余提讯张媳，问：“尔翁姑何故皆自尽？”媳供：“老夫妇自相口舌。”因发首府[③]朱靖旬[④]，复鞫得实，论如例。

今译：天津有个名叫张殿甲的人，是盐巡头目，向来爱惜自家的体面，有一个儿子口吃，身躯矮小，年纪虽然有十七岁，看起来相当于十三四岁的人，他的媳妇体态丰满，像二十岁的人，他们已经结婚了，这个媳妇在娘家与人私通，怀了孕，婆婆厌恶她，每天争吵不休，张殿甲劝阻他老婆说：“你小心点，不要败家坏我家的名声。”婆婆变得更加愤怒，话语侵犯了丈夫，张殿甲气不过，吞下砒霜，快要死的时候，妇人问丈夫害了什么病，张殿甲告诉她缘故，并说：“你还要贪生吗？儿子、媳妇像这样的，我们还有何脸面活在世上？”妇人也自杀了。张殿甲有个出嫁的妹妹，对此有些怀疑，向官府告状，官府因此就派了帮助审案的专员王庆保县令审讯这桩案子，因为那个姓张的儿子口吃，难以马上审出实情，因此命令他退在官府大堂外面暂时等候，打算等其他的案子审完了再来审讯他，姓张的儿子躺在大堂外台阶上，突然呼叫说：“我是张殿甲！”一点一点地诉说自己因为儿媳妇做歹事，愤怒到了极点而自杀，死了还是不甘心等话，还说：“我打听这个案子很久了，官府长久不审判，我于是就在城隍神那里控告，蒙神许可我向你申诉，所以派遣一个鬼引我来到。”等等。语音特别清朗，不像口吃的人，王县令对此有些疑惑，因此问对方说：“你有冤屈，明天这个时候再来听审可以吗？”回答说：“行。

---

① “实不知情”一句，较为突兀，句前主语补以“小贩”（或“他人”）比较合适。

② 招解：音 zhāo jiě，将已招供的人犯押送上官复审。

③ 首府：旧时称省会所在的府为首府，此处指直隶保定府。

④ 朱靖旬：1834—1895，字敏斋，河南彰德府安阳县（今河南省安阳市）人，中咸丰九年（1859）进士，同治年间历任正定、清苑县知县、深州知州，光绪九年七月补授直隶保定府知府，任此职十年之久，在任上两次大计，均被保荐卓异，光绪二十年署直隶清河道，光绪二十一年，在周馥卸任直隶按察使一职后，接任此职。

但是衙门前有鬼守门，我不敢进官府大堂。”王县令说：“你从后门进来。”回答说：“后门也有鬼守门。”王县令说：“我写一张签单，准许你明天到案。”于是就取纸用红笔写好这个签单而后烧掉，张殿甲的鬼魂就离开了。接着，姓张的儿子又发出他母亲的声音来喊冤诉说，也说儿媳妇行为恶劣，使得他们夫妇自杀身亡，而且说：“我死的时候，儿媳妇没有拿衣服收殓我，我现在尚住在娘家。”等等。王县令安慰开导她，让她离开了，这个姓张的儿子开始醒过来。王县令半信半疑，这天晚上，于是就到城隍庙，祈祷说：“如果张殿甲有冤屈，请求大神明日下令让他的鬼魂再到县堂等候审讯。”第二天，首先传唤姓张的儿子坐在堂前台阶下，并传唤他的亲戚、邻居好几个人环绕观察他，到了要审他的时候，姓张的儿子忽然晕了过去，重新发出张殿甲声音与王县令说话，王县令就指着围绕在姓张的儿子身边的人，问：“你认识吗?”“张殿甲”于是就一一呼着这些人的名字，都像他生前那样的称呼对方。王县令又问：“你妻子在哪里?”他回答说：“妻子的棺材停放在她娘家的墓地。”王县令再问他：“你在阴间承担什么差事?”回答说：“在城隍神衙门黄先生那里当差役。城隍神就是往昔曾经担任天津县令的人。只求您为我申冤报仇。我怕误了差役事务，马上就回去啦。”等等。王县令接着又让人押张殿甲儿媳到案，审讯她，她已经承认了，案子可以判定了。而县里幕僚某人认为鬼的口供难以作为凭证，媳妇奸情没有证据，不敢写在公文里向上级官府汇报。我后来到了天津，查询关于此案的审讯笔录和人证物证，天津府知府邹振岳说：“这件案子遵照‘子孙做坏事，导致父母羞愧、愤怒自杀的’法律条例宣判绞死，案情确实，判罪恰当，就是不引述鬼的口供，案子也可以确定下来。”县衙幕僚仍然迟疑不决，我后来调查得知这家儿媳的奸夫，是天津县最刁奸强横的人，已经犯了别的案子，被关押，又推算这个儿媳怀孕的月份，应该已经把胎儿生下来了，于是就询问了这件事，这个媳妇果然在监狱里生下一个男孩。我就吩咐邹知府另外委派专人审理这件案子，后来委派审案的专员贾国桢县令向我禀告说，张殿甲鬼魂又上县衙大堂好几次，口供大致与先前的相同，而且更为详细，并且供出所吞砒霜是从过路的挑担售货小贩那里买来的，小贩确实不知道（顾客买药做啥用）实情，他在厕所里吞服的，附近的亲友、邻居都没发觉，等等。后来天津县孙县令与委派专员贾县令一起把已录过口供的人犯解送到直隶按察使署衙门复审，我提问审讯姓张的儿媳，问她："你的公公、婆婆是什么原因都自杀了？"媳妇供："老夫妇自己争吵造成的。"便把这案子发到保定知府朱靖旬那里，他再次审讯，得到实情，案子依照法律条例宣判了。

天津县有甲欲西往保定，将雇车，适乙愿受雇，乙无车，乃向丙借车，甲以乙皆素识人，意其无他，遂行。逾日，抵武清县王庆坨。乙觊甲身带川资，遂买砒和糖作面饼食甲，行十余里，甲毒发，僵卧车中，不能言动，乙乃疾驱，夜至霸州，视甲已死，埋其尸于河岸沙中，卖其行李并售车于他村。逾月回津，不见丙，丙乃访乙，索车，乙支吾其说久之，丙讼于官，官讯，乙狡赖如故。因押乙班房中，忽一夜，乙梦中自言谋害事，看班房家人闻之，禀官复讯，得实，官因带乙至霸州河边，觅尸验之，始定谳。官为湖州孙小坪①，忘其名，此案一人谋杀，死于荒郊，若非甲魂附于乙身诉冤，骤难讯抵矣。

今译：天津县有个人甲某打算往西边保定那里去，将要雇一辆车子，恰好乙某愿意受人雇用，乙某没有车子，便向丙某借车子，甲某认为乙某是老熟人，心里想着乙某不会有什么其他的举动，于是就开路了。过了一天，到达武清县王庆坨。乙某起坏心想占有甲某随身带

① 孙小坪：天津县知县孙锡康。《重修天津府志·卷十四·职官》（沈家本等编纂，光绪年间出版）载：孙氏于光绪十四年至十六年任天津县知县，他是浙江归安人，以荫生资格得职任，归安为湖州所辖县。据民国傅振伦等纂修《新河县志·政务》载：孙氏为廪生出身，光绪六年至八年，署直隶新河知县，光绪十一年至十三年任文安县令。周馥于光绪十四年十二月十三到保定，接直隶按察使印，光绪二十一年三月初十，因咳病加剧，一再请求直隶总督兼北洋大臣王文韶奏请开缺，三月二十八日京电传上谕，批准开缺。文中所载刑事案件，就发生在周馥任直隶按察使期间。

的路费，就偷偷地买下砒霜和糖放在面里做成面饼给甲某吃，走了十多里，甲某（中的毒发作了，）身体僵硬，躺在车中，不能说话也不能行动，乙就加速赶车，夜里到达霸州，看到甲某已经死了，就把他的尸体埋在河岸沙土里，卖掉甲某的行李并且把丙某的车售给其他村子里的人。过了一个月他回到天津，不去看丙某并归还所借的车子，丙某于是就寻访到乙某，向他索回车子，乙某编造谎言支支吾吾好久，丙某就向官府告乙某的状，官府审讯，乙某狡猾耍赖像原先一样。因此官府把乙某押在班房里，忽然有一天夜里，乙在梦中自己说出谋害甲某的事，看守班房的仆役听到了，向官禀告，再次审讯，得到实情，官因此带乙某到霸州河边，找到甲某尸体验看，就把口供定下来。官员是湖州孙小坪，我忘了他的名字，这件案子是一个人谋杀，被杀的人死在荒郊（没有任何人发觉这件事），假如不是甲某灵魂附在乙某身上诉说冤情，一下子是难以审讯出实情并将恶人惩处抵罪的。

定兴县有甲卖炭，归，骑一骡夜行，遇乙同路。乙与甲闲谈，知其卖炭得钱贮骡背袋中，乙顿起意，抽刀杀甲，得其钱，卖骡于定兴客店，店人初不疑其赃也。忽来一人告其事，约略数语即去，店人以此人面生，何以忽语此事？再访之，遍觅不得踪迹，问他人，亦无再见者。店人疑焉，故贱与骡价试乙，乙愿急售，店人益疑，遂将乙扣留。须臾，路人报某处有死人，不知谁何杀死。官往验，提乙讯实，定谳。官为邓州胡宾周①，尝告余曰："至店中语者，必甲之魂，恐乙卖骡得钱而远飏也。"

今译： 定兴县有甲某卖炭，（炭卖掉了，于是就）回家，骑一匹骡子夜里行走，遇到乙某同路。乙某与甲某闲聊，得知甲某卖炭得到

---

① 胡宾周：1838—1910，字恪三，号萸溪，河南邓县人，光绪九年（1883）癸未科第三甲第142名进士，以知县签分直隶（今河北省），历任安肃、抚宁、定兴、永年、雄县知县，开州、深州知州，勇于任事，官声极佳，所居民爱，所去民思，递保至二品衔直隶候补道。

的钱收藏在骡背上口袋里，顿时动了坏心，拔出刀来把甲某杀死，得到对方的卖炭的钱，并把骡子卖给定兴县的一家旅店，店里人开始没有怀疑这是赃物。忽然来了一个人告诉店家这件杀人谋财的事，那人简单的几句话说过了就走了，店里人认为：这个人面生，为什么忽然说出这件事？再去寻访他，找遍了没有找到那人踪迹，询问其他人，也没有再看到的。店里人对此有了疑心，故意把骡子价钱压得很低来试探乙某，乙某愿意快点把骡子卖掉，店里人越发怀疑，便将乙某扣留。一会儿，路人来报告某个地方有死人，不知是被谁杀死的。当地官员前来验看，提取乙某审讯，得到实情，就把案子办定了。办案官员是邓州人胡宾周县令，他曾经告诉我说："到店里告诉内情的人，一定是甲某的魂灵，他怕乙某卖了骡子得了钱而远远地逃走。"

余官直臬时，夜与幕友陈立斋监①、章介眉恩寿②闲谈，章曰："此房中昔年有刑友王某遇鬼。"余问其故，曰："某县有嫡妻谋毙其妾，妻已入狱，案将定谳矣，刑友王某欲改轻妻罪，使勿实抵，正执笔沈思间，忽女鬼立于前，目直视而不语，王某心知之，告曰：'嫡妻例当死，但如例办，尔夫当褫职，尔所生子难以为人矣。依我愚见，改为虚抵，则尔夫官可保，尔子有职衔，可为尔请封，尔心何不服之有？若必以嫡妻偿命为快，现嫡妻在狱中，尔何不可致毙耶？'言毕，鬼竟去。旋闻嫡妻死狱中。"

今译：我任直隶按察使时，夜里与幕友陈鑑（字立斋）、章恩寿

---

① 陈立斋监：陈监，字云斋，职衔为州同，浙江嵊县（今嵊州市）人，少贫，自学法律，以刑法起家，曾为周馥幕僚，决疑狱如析秋毫，名重一时。其弟陈本，字立斋，书画家，擅画山水，工行草。亦以刑法起家。光绪二十六年，陈本在宣化知县任上，值八国联军入侵，因接驾有功，升宣化府知府，旋补保定府知府，光绪壬寅（1902）六月卒于任所，朝廷赠内阁学士。民国牛荫麐等修、丁谦等纂《嵊县志卷十五·人物志》有陈氏兄弟传文。

② 章介眉恩寿：章恩寿（1855—1925），字介眉，又字介胤，浙江绍兴人，贡生，先后在直隶县府任刑法财政文幕，在江苏抚署、浙江抚署、直隶藩府、四川藩府办理财政，曾任周馥幕下刑名师爷，官至直隶州知州。后任袁世凯政府财政咨议、财政部秘书，1916 年任财政部会计司司长。名列 1920 年北京敷文社所编《最近官绅履历汇录》中。

（字介眉）闲谈，章恩寿说："这间房子里往年有刑房友人王某遇到鬼魂。"我问他这件事的缘故，他说："某县有正妻设计把丈夫的妾弄死了，这个正妻已经被关进监狱，案子将要定下来，马上要判罪了，刑房友人王某打算把这位正妻的罪改轻一些，使她不用以命抵命，正在执笔沉思的时候，忽然一个女鬼立在他面前，眼睛直对王某看，却不说话，王某心里知道女鬼的心思，就告诉女鬼说：'正妻依照法律条例应该被处死，但是严格按法律条例来办，你丈夫会（受此案牵连而）被剥夺官职，（没有父亲的照顾）你所生的儿子难以长大成人。依我的愚陋之见，将判决改成虚抵，（即改重罪为轻罪，遮掩正妻的罪行，使她不用拿命抵罪，）那么你丈夫的官职可以保全，你儿子将来有了官衔，可以为你请求朝廷封赠，你的心里还有什么不服的？假如一定要正妻偿命你才甘心，现在她正在监狱里，你为何不去把她弄死？'话说完，鬼终于离开了。不久，人们就听说正妻死在监狱里。"

学铭[①]任蓬溪时，有某前妇死，复娶一妇，已数年矣，后妇又死[②]，乃前妻之魂附于后妻之身而活，貌是后妻，言动仍是前妻，来往前母家，不认后妻之母家，自言阳寿未尽，应了世缘云。此可证魂不即灭，其神识仍与生前无异。

今译：周学铭任蓬溪县令时，有某个男子前妻死了，又娶了一个，已经好几年了，后来娶的妻子又死了，那个前妻的魂灵突然附在后妻的身上，（前妻借尸还魂）又活过来了，相貌是后妻，言语举动

---

① 学铭：周学铭（1859—1911），字味西，周馥次子，光绪十八年中进士，二甲第四名。任翰林院庶吉士，后任四川蓬溪、江津县令，主持纂修《蓬溪县续志》，在蓬溪，百废俱举，治行推全川第一。摄篆江津时，政教设施一如蓬溪，救灾，定股匪之乱，存心忠厚，拆狱公平，重于教化，勤于课士，深得民心。光绪二十七年七月，以道员发往四川补用，后授二品衔，改江西候补道，再署江西按察使，1904 年，因父署两江总督，循例回避，改任湖南候补道。1910 年，奉父命主持纂修《建德县志》。

② 后妇又死：今日看来，某人后娶的妻子不是真的死亡，是一种假死症状，后来尽管复活了，但精神状态有些异常。时人不明此理，以为某人前妻借后妻之尸还魂，重回阳间。

仍是前妻的那个样子，与前妻的娘家人来往，不认后妻的娘家人，她自己说活在人世间的寿命还没完，必须了掉尘世缘分（才能离开）。这个故事可以证明灵魂在人死后不是马上消亡，他的意识仍与生前没有什么不同。

附：子学铭蓬溪轶事

光绪二十一年二月初九日，余履蓬溪县任，二十二日午后，有张媪浣衣于内院，忽僵仆于地，口吐涎沫，不省人事，群媪扶至室中。余以为患病，往视之，见其神色与寻常病状不同，叱之曰："何物来此作祟？速去！不去必杀之。"张媪应曰："吾即去，但求给盘费钱耳。且吾闻大老爷清廉，在此静候已多日矣。今之所求无他，但求给我以钱，即去耳。"余知其果为鬼物所凭，乃详问之。兹记其答问之语于后，以志怪异，且以见幽明虽隔，而情事相同云。

问：尔何姓、何名、何处人？答：姓韩，名兆儿，湖北人，随其父当兵到川。父续娶后母，父先故，母舅与母同居，有妹一人，嫁与卖布的，已死了。

问：尔因何而死？是否死于署内？有无冤屈？答：非死于署内，但不该睡着了。

哭泣泪下，甚悲。

问：究竟因何而死？答：家贫，清晨出门拾粪，归而倦卧于地，不觉睡熟了，被勒而死。

问：谁勒尔？答：母与母舅。

问：母与舅何以要将尔勒死？答：不便说，不便说。

但悲泣，言不该睡着了。再三诘之，终不肯说出原由。余乃揣度其情，姑试问之，曰："得非尔母与舅同居，以尔为碍眼而为此乎？"乃点头答言："是是，但我不便说。"

问：用何物勒尔？答：用绳子。

问：尸弃何处？岂无人知？答：舅负之，母从后帮抬之，弃于水中，地名臭扬沟。因系独居无邻，故无人知之。又言：当初母舅甚爱之，还教我读书，故能识字。

问：是何年之事？尔年几何？答：同治七年事。年十九岁。

问：阳间尚有人否？尔受此冤屈，吾可为尔理之。答：阳间无人。我在省城东大街城隍郝大人处喊控，已将母与舅俱叫去了，锁在衙门里。父在彼看守。

问：尔何故来此？答：父命我向大老爷台前乞恩，因为衙门难进，差役要钱，无钱还要挨打，不许进去。故来此求大老爷赏钱。

问：当时何不在县城隍控告？答：告不准案，故奔赴省城喊控，蒙准了。

问：尔所要是何等钱？乃命仆持市间楮钱示之是否此钱？答：是。

乃用托盘盛楮钱示之足用否，答：足矣。余谓：可多携若干去。因添买数盘之多，彼欢喜叩头称谢。当时有他媪在旁，言一盘已足，何必添买？彼乃厉声向之曰：大老爷要多赏我，尔乃欲阻之，反言多耶？

问：好拿去否？答：就是不大好拿。去路上有抢夺的。

问：我为尔用包袱裹好，面上写字，不许人抢，好否？答言：甚好。遂将纸包裹成数大包，用朱笔批云"蓬溪县正堂周赏给韩兆儿冥财，无许他人抢夺。如敢抢夺，定行从重治罪"云云。示之，彼细看一过，云"好好"，叩首称谢。

问：用绳子捆作一件好拿否？答：好。但不要另拿绳子。我有绳子。问：尔何以有绳子？岂预携绳来耶？答：非也。就是勒我的那条绳子耳。乃哭泣，悲不自胜。

余当时且问且用笔记，记毕，令彼一阅，问：情形是否相符？答言：是。

问：尔此去，不必再来，我家小孩子多，恐他们吓怕。答：我不再来了。

问：尔即去耶？答：即去。叩头称谢。乃命仆举火焚楮钱，焚已，张媪呵欠而醒，言诸人围着看我何为？初不知有此事也，详告而后知之。自此去后，未尝复来矣。周学铭记。

附：儿子周学铭在蓬溪（遇见的）奇事

今译：光绪二十一年二月初九日，我到四川蓬溪县任县令，二十二日午后，有姓张的老太在县衙内院洗衣服，忽然身体发僵倒在地上，嘴里吐出涎沫，失去知觉，一群老太太把她扶到内室里。我以为她生了病，就过去看，发现她的脸色神情与平常人的病状不同，于是就对她呵斥说："哪个坏东西来这里作祟？快点离开！不离开一定把你杀掉。"张老太回应说："我马上就离开，只求给我一点路费。我听说大老爷您为官清廉，我已经在这里安静地等候好多天了。今天我没有其他的要求，只求给我一点钱，我就离开。"我知道了张老太果然被鬼魂附身，就详细询问"他"，于是就记下"他"回答我的提问，附在我上面这几句开场白的后面，以记载怪异的事，人们也可以从这篇记事文发现阴间与阳间虽然幽明相隔，而鬼的世界与人的世界在情感与行为表现方面是相同的。

我问：你姓什么、叫什么名字、哪里人？他答：姓韩，名叫兆儿，湖北人，随同当兵到四川的父亲来到四川。父亲在我母亲死后，续娶后母，父亲先死了，我母舅与后母在一起过日子，有一个妹妹，嫁给卖布的做生意人，她已经死了。

我问：你是因为什么原因而死的？是不是死在县署内？有没有冤屈？他回答：不是死在县署内，但是我不该睡着了。

他痛哭着，泪流满面，非常悲伤。

我问：你究竟是什么原因而死的？他答：家里贫困，我清晨出门在路上捡拾人与畜生的粪便（作肥料），回家的时候因为累了就在地上躺了，自己不知不觉就睡熟了，被人勒死的。

我问：是谁勒死你的？他答：我后母与母舅。

我问：你后母与舅为什么要把你勒死？他答：不方便说，不方便说。

他只是悲伤地哭着说不该睡着了。我再三盘问他，他始终不肯说出被人勒死的原因。我就揣摩这件事情的内情，姑且试着询问他，说："会不会是你后母与母舅同居在一起过日子，把你看成碍眼的人，所以就做了这件事？"他就点头回答说："是的，是的，但我不方便说出来。"

我问：用什么东西勒死你的呢？他答：用绳子。

我问：把你尸体丢弃在哪里？这件事难道没有人知道吗？他答：我舅舅背着我的尸体，我后母从后面帮着抬，丢弃在水里，那里的地名叫作臭扬沟。因为我的家是独立房舍，没有邻居，所以没有人知道这件事。又说：当初，我母舅特别喜爱我，还教我读书，所以我能认得字。

我问：这是哪一年的事？你年纪多大了？他答：同治七年的事。我年纪十九岁。

我问：人世间你还有亲人吗？你受到这样的冤屈，我可以为你申冤。他答：人世间没有亲人。我在省城成都府东大街城隍神郝大人那里喊冤控告，神已经将我后母与舅舅都叫过去了，锁在衙门里。我父亲在那里看守。

我问：你是什么原因来我县署这里？他答：父亲命令我在大老爷面前乞求恩典，因为阴间衙门难进去，衙门里差役要钱，我没有钱给还要挨打，不许我进去。所以我来您这里求大老爷赏点钱。

我问：当时为什么不在县城隍那里控告？他答：我告了，县城隍神没有同意立案，所以我后来奔赴省城喊冤控告，蒙神批准了。

我问：你要的是哪一种钱？于是我就命令仆人手拿市面上的冥钱向他示意，问是不是这种钱？他答：是的。

于是我就用托盘装上冥钱给他看，问他这么多是否够用，他答：够用了。我告诉他：可以多带些走。就再买了好几盘，那个鬼魂高兴地向我叩头表示感谢。当时有其他老太太在旁边，她说：一盘已经足够了，何必再加购冥钱？那鬼魂立即就用严厉的声音对着这个老太说：大老爷要多赏给我钱，你竟然想劝阻，说钱给多了呢！

我问：这么多钱容易拿走吗？他答：就是不容易拿走。回去的路上有鬼抢夺的。

我问：我为你用包袱裹好，在包袱上面写字，不许其他的鬼抢夺，好不好？他回答说：很好。于是我就用纸把冥钱包裹成好几大包，用红笔在上面批了几句话——“蓬溪县知县周赏给韩兆儿的冥钱，不许其他人抢夺。如果有人胆敢抢夺，一定将从重治罪”等等。（把这包冥钱的几个纸包和我写的批示）给他看，那鬼仔细地看了一遍，说“好好”，向我叩头表示感谢。

我问：用绳子把这些钱捆作一件东西，好拿吗？他答：好。但不要另外拿绳子。我有绳子。我问：你为什么有绳子？难道是预先携带绳子来的吗？他答：不是啊。就是我后母他们勒死我的那条绳子。说过了就哭泣，悲伤得没法抑制。

我当时一边询问，一边用笔记录，记录完毕，命令那鬼看一遍，问：我记录的情形是否与实际情况完全符合？他回答说：是的。

我对他说：你这次离开，不要再来了，我家里的小孩子多，恐怕他们受到恐吓而害怕。他回答说：我不再来了。

我问：你马上就离开吗？他答：马上就离开。他再次叩头表示谢意。于是我就命令仆人举起火焚烧冥钱，焚烧完了，张老太打了呵欠，清醒过来，她问这些人围着看她是为什么，完全都不知道有鬼魂附体这件事，我详细地告诉了她，她才知道。从此这个鬼魂没有再来了。周学铭记录。

孔子不语怪神，恶惑民也。曰：“丘之祷久矣[①]。”敬天修身，即

---

① 语见《论语·述而篇》。《论语》原文提道：孔子病重了，弟子子路请求祈祷，孔子说自己早就向天神地祇祈祷过了。

所以事神也。曰："未能事人，焉能事鬼[①]？""务民之义，敬鬼神而远之[②]。"盖幽明一理，当尽人事，不可听命于神也。孔子数语，所阐鬼神之义已尽。世人多昧此理，如晋阮瞻[③]力持无鬼论，自谓可以辨正幽明，以致鬼物现形与辨。又如晋王坦之[④]与法门竺法师[⑤]论幽明报应，约先死者报告。后经年，竺法师见曰："贫道已死，罪福皆不虚，惟当勤修道德，以升济神明。"[⑥] 云云。阮、王俱有才识，而一执一疑，皆由躯壳上生意见，所以不明大道。《书·吕刑》曰"绝地天通，罔有降格"[⑦]，言民神不相渎也。

---

① 语见《论语·先进篇》。学生子路请教孔子，如何祭祀鬼神以及供奉鬼神需要注意哪些规矩，孔子说：一个人如果连与人相处的道理都不懂，他怎么能懂得与鬼神打交道的规矩呢？

② 语见《论语·雍也篇》。务：用心致力于。民：百姓。之：往。

③ 阮瞻，字千里，陈留尉氏（今属河南）人。"竹林七贤"之一阮咸之子，性格恬淡冲和，东海王越镇许昌，以瞻为记室参军，永嘉中，为太子舍人。他素不信鬼，据《晋书·卷四十九·列传第十九》本传载：有一客人拜会他，甚有口才，二人畅谈名理，又聊到鬼神，阮氏极力否认无鬼，"客遂屈，乃作色曰：'鬼神，古今圣贤所共传，君何得独言无！即仆便是鬼。'于是变为异形，须臾消灭。瞻默然，意色大恶。后岁余，病卒于仓垣，时年三十"。

④ 王坦之（330—375），字文度，太原晋阳人，尚书令王述之子，为人器度淳深，孝友天至，忠公慷慨，曾与谢安等人一同辅政，很有风骨。司马光赞曰："时天子幼弱，外有强臣，安与坦之尽忠辅卫，卒安晋室。"

⑤ 竺法师：竺道潜，晋僧，据《高僧传·卷四》载：师俗姓王，琅玡人，字法深。年十八出家，师从中州刘元真。晋怀帝永嘉初，避乱过江，为晋元帝、明帝及王导等所重。建武太宁中，恒着履至殿讲经，后隐居剡县山中避世，卒。

⑥ 王坦之与竺法师相约定的故事，摘录自《晋书·卷七十五·列传第四十五》中王坦之传。

⑦ "《书·吕刑》"句：语出《尚书·吕刑》，原文是"乃命重、黎，绝地天通，罔有降格"。绝地天通：隔绝地上的民众与天神相感通。罔有降格：天神与地上民众再也不能升降往来了。格：同"假"，《尔雅·释诂》："假，升也。"

《大清例》[1]“扶鸾[2]、祷圣者充军三千里”[3]，亦是此意。今俗人喜谈鬼神，拜祷无虚日，尔辈心无主宰，于此等事难免惶惑，致趋避失宜，故拈数条示之。

今译：孔子不谈论鬼怪、神灵，讨厌这类传说使老百姓迷惑。孔子又说：“我早已向天神地祇祈祷过，以求祛病消灾了。”（可见，孔子是相信有鬼神的。）敬仰上天，修养身心，就是侍奉神灵的正确方式。孔子还说：“如果他连人还不会服侍，又怎么懂得去服侍鬼神呢？”“把心力专一地放在使人民走向‘义’的路上，严肃地对待鬼神，但并不打算接近他们。”这就是说，阴间和阳间是一个道理，应当把人间事务尽力做好，不能听从神的命令。孔子这几句话，把鬼神的道理阐述得非常透彻。世人有很多不明白这个道理，比如，晋朝阮瞻竭力坚持无鬼的说法，自称可以把阴间阳间辨别清楚，弄得鬼魂现形跟他辩论。又如晋朝王坦之与佛门竺法师谈论阴间、阳间、因果报应的话题，约定先死的人向还活着的人通报消息。后来过了一年，竺法师现身说：“我已经死了，（在另一个世界里，人在世间所做的善事、恶事都是无法掩盖的，因此，我们因为自己在世行为）受罪或者蒙受福泽都不是虚假的，所以，在世的人只有勤勉地培养个人道德，以求升格为神灵。”等等。阮瞻、王坦之都有才能和分辨能力，

---

① 《大清例》：《钦定大清律例》，清代主要法典。顺治五年（1648）颁行《大清律集解附例》，是清代沿用《大明律》并对其中的少数条款有所增删而成的法典，康熙、雍正时又对清代法律加以修订，乾隆五年（1740）颁行经逐条考证、修订的《钦定大清律例》，篇目与《大明律》相同，有律文四百三十六条，附例一千四百零九条。附例的作用往往超过律文。

② 扶鸾：中国民间流行的一种占卜问神方术，又称扶箕、扶乩、挥鸾、降笔、请仙、卜紫姑等。扶指扶架子，乩指问卜以决疑。术士制丁字形木架，其直端顶部悬锥下垂，架放在沙盘上，由两人各以食指分扶横木两端，依法请神，木架的下垂部分即在沙上画成文字，作为神的启示，或与人唱和，或示人吉凶，或送人药方。在扶乩中，要有人充当鸾生，神灵会附在鸾生身上，写出一些字迹，以传达神灵旨意。

③ 录自《钦定大清律例·卷十六·礼律》“禁止师巫邪术”条，原文作：凡师巫假降邪神，书符、咒水、扶鸾、祷圣，自号端公、太保、师婆（名、色），及妄称弥勒佛、白莲社、明尊教、白云宗等会，一应左道异端之术，或隐藏图像烧香集众，夜聚晓散，佯修善事，煽惑人民，为首者绞（监、候），为从者各杖一百，流三千里。若军民装扮神像，鸣锣击鼓迎神赛会者，杖一百，罪坐为首之人。

而一个人坚持认为没有鬼存在，一个对阴间是否存在表示怀疑。他们都是从自己肉身躯体上衍生出思想，所以不明白天理。《尚书·吕刑》说“禁止地上民众和天神相感通，神和民再不能升降来往了”，说的是民众与神灵互不冒犯对方（人间与神界构成平行世界，互不交织，从而确立了稳定的纲纪秩序）。

《大清律例》规定“扶鸾请仙、向仙圣祈祷的人发配到三千里外的地区服苦役”，也是这个意思。现在普通百姓喜欢谈论鬼神，没有一天不祭拜祷告神灵，你们年轻人心里没有主见，对于这类事情难免惶恐迷惑，对该干什么不该干什么搞错了，所以我举出好几条告诫语给你们看。

附　录

六世书香·百年家风

——池州东至周氏家风文化述评

祝中侠

家风，是一种家文化，是一个家庭或家族长期培育形成并传承下来的传统道德风尚。家风的构成要素主要包括家教、家规和家训等。

家是最小国，国是千万家。家风文化是中国传统文化中的重要组成部分，注重家教家风建设是中华传统文化的优秀品质，是千百年来中华民族崇高的家国情怀的重要体现。在中华民族五千年文明史上，家风文化内涵丰富而深刻。其浓缩了中华民族几千年来的传统人生观、价值观和道德观，映射出社会文明的发展脉络；既构成中国人精神成长的重要源头，又对新时代中国人的精神家园建设提供独特的文化资源。

地处长江之滨的池州，历史悠久，人文荟萃，素有“千载诗人地”的美誉。在这块美丽富饶、文化底蕴厚重的土地上，绵延生活着许多声望很高、影响深远的名门望族。至今人们还能将地名和家族联系起来，如数家珍般说出来，仅历史上的贵池县一地就有：源头李、渚湖姜、茅坦杜、元四章、潮溪桂、石门高、乌沙纪、刘街姚、灌口汪、曹村曹等十余个大家族。这些大家族重视文化教育和家族文化传承，形成了浓厚的优良家风文化。

在池州历史上流传久远的诸多大家族里，最具代表性意义且影响深远的是池州东至县的周氏家族及其家风文化。在这里，我们围绕

“六世书香·百年家风”这一主题，分别从东至周氏家族简介、东至周氏家风文化内涵以及东至周氏家风文化的弘扬等三个方面，系统介绍一下池州家风文化的典范——东至周氏家风文化。

一、六世书香——池州东至周氏家族简介

2016 年 11 月 15 日，中纪委网站推出《六世书香·百年家风》专题片，向全国推介安徽池州东至周氏家族的优良家风。一时间，东至周氏家风文化被视为传统家风的典范之一，广为传播，成为池州市特别是东至县的一张文化“名片”。

东至周氏，亦称纸坑山周氏、建德周氏和至德周氏，晚清著名世家望族。周氏远祖是唐代前期唐高宗时的御史中丞周访（生卒时间为 646—719 年，中丞一职主管百官监察），当时周氏家族居住在徽州婺源县。天授元年（690），即武则天称帝的那一年，周访离开徽州世居地，举家迁往池州府建德县纸坑山，地点在今天东至县城东边的梅城村，周访即为建德周氏始祖。其后代在此地瓜瓞绵绵，生生不息。

至 19 世纪中叶，东至周氏家族由周馥开始，下沿五代，在晚清以来的百年时间里，逐渐崛起，并伴随着近代以来中国社会的变迁发展，成功完成了从官宦家族到实业家族再到文化家族的转型，文商并举，人才荟萃，集于一门，被人们誉为“安徽的大宅门”。

接下来，我们对近代以来百年间的东至周氏家族及其代表人物作简单介绍。

周氏家族第一代——官宦家族，代表人物是晚清重臣、一代封疆大吏周馥（1837—1921）。

周馥早年多次科考应试未中；1860 年，24 岁的落魄书生周馥遂笔从戎，在李鸿章的淮军中做了一名文书。一次机缘巧合，李鸿章见周馥所写的文稿，字迹灵动秀丽，颇有才学，遂延揽成为心腹幕僚。从此，周馥协助李鸿章办理洋务长达 30 余年，在北洋海军、天津武

备学堂、天津电报局及开平煤矿等洋务新政中贡献突出，成为淮系集团中颇有建树和影响的人物。

《清史稿·周馥传》载："北洋新政，称盛一时，馥赞画为多"，即周馥在盛极一时的洋务新政中辅佐谋划颇有作为之意。有人认为，周馥是后期洋务运动实际上的操盘手，在"数千年未有之大变局"中，为中国近代民族工业的建设和发展做出了重大贡献。

周馥的卓越才干深得清廷器重，他先后被授予津海关道、直隶按察使、四川按察使、山东巡抚、两江总督、两广总督等要职，在国家的经济建设、国防建设和水利建设等方面颇有建树，成为晚清著名的封疆大吏。

周馥在东至周氏家族中的地位和作用举足轻重，周氏家族百年不衰的基础也由此奠定。

周氏家族第二代——主要生活在20世纪上半期，周氏家族以天津和上海为基地，形成了一个颇具实力和影响的实业型家族。

东至周氏第一代属于比较典型的官宦家族。周馥的六个儿子中，五子皆中举，其中光绪十八年（1892），长子周学海和次子周学铭同时进士及第。

但在接下来的发展中，随着清末科举制的废除，特别是实业救国浪潮的兴起，周氏第二代审时度势，积极思考和探索，逐渐从政界转向实业界发展，进而形成颇具实力和影响的实业大家族。

在周氏第二代从官宦家族向实业家族转型的过程中，起关键作用的是周学熙。

周学熙（1866—1947）是周馥的第四个儿子，也是周馥诸子中最有成就的一位实业家，被誉为近代工业先驱和教育先驱。他曾参与创办山东大学前身——山东大学堂和河北工业大学前身——北洋工艺学堂等高等学府，并兼任督办，即校长。

1908年，周学熙筹办了北京首家自来水公司——京师自来水公司，同时创办了中国最早的水泥厂——启新洋灰公司以及华新纺织公司、耀华玻璃公司等近代企业，总办中国最新式的大型采煤企业——开平矿务局，等等。

周学熙是民国初期中国北方实业界巨头，与南方企业家张謇并称为中国实业界的“南张北周”。周学熙还曾两次担任北洋政府财务总长，被誉为“中华第一流理财家”。

在周氏家族第二代成员中，六子周学煇（1882—1971），也是一名爱国民族实业家，一直追随四哥周学熙一起致力于“实业救国”。新中国成立后，他带头响应国家号召，实行公私合营，支持国家建设，曾任第三届天津市政协委员。

周氏第三代——主要生活在新中国成立前后，周氏家族开始由实业型家族向文化型家族转型。

以族长周学熙为代表的第二代家族成员，由于民国军阀混战，战乱频繁，实业救国的愿望难以实现。于是，在教育救国社会思潮的影响下，积极探索家族发展的新路径，强调周氏子弟从第三代起，应以“读书为第一要义”，要求家族子弟磨砺意志，刻苦读书，打下坚实的文化基础，投身国家的文化教育事业。

由此，周氏第三代，不仅有实业家，还培养出多位收藏大家和科教文化领域的专家学者，为周氏家族从实业家族向文化家族的转型创造了条件。

其中，周馥长子周学海诸子中，长子周达（1879—1949），是民国时期中国的集邮大王，1930 年，他亲手创办中国最早的集邮文献的经典刊物《邮乘》，被誉为“学术界一代宗师，集邮界一代泰斗”。周达还是 20 世纪初著名的数学家，著有《周美权算学》《数之性情》《九九支谈》《几何求作》等 10 部著作，曾担任中国数学会董事。

周学海次子周逵（1890—1968），留美获得医学博士学位，是著名的外科大夫、医学家。

三子周叔弢（1891—1984），我国著名的政治家、实业家和收藏家，我国北方民族工业的代表人物。新中国成立后，曾担任全国政协副主席、天津市副市长等职。周叔弢还是名副其实的收藏大家、我国文物古籍收藏和民族文化的保护者。新中国成立后，他将其藏书3.6万余册和历史文物2200余件全部捐献给国家，被誉为“忠诚的爱国主义者，中国共产党的亲密朋友”。

周馥四子周学熙的诸子中，长子周明泰（1896—1994），是著名的京剧史专家、文史专家和收藏家，号称“戏单大王”。他收集了上万张清末民初的戏单，为研究当时的戏曲发展史保存了大量史料。新中国成立后，他将其收藏的珍贵史料全部捐献给上海市人民政府，现由上海市图书馆收藏。

周学熙次子周志俊（1898—1990），爱国实业家。曾任民国时期北方最大的纺织印染联合企业——青岛华新纱厂总经理、董事长。抗日战争期间，他不畏艰难，将自己生产的物资运往大后方，有力地支援了民族抗战。中华人民共和国成立后，他积极实行公私合营，并为抗美援朝捐献飞机一架。

三子周叔迦（1899—1970），著名的佛学家和佛教教育家。他毕生致力于佛学的弘扬和中国佛教史的研究。新中国成立后为全国佛教协会发起人之一，中国佛教协会第一届副秘书长，第二、三届佛教协会副会长，对我国佛教文化事业的发展具有突出贡献。

周氏家族第四代——主要生活在20世纪下半叶，周氏家族以北京为中心，进而走向世界，成功实现了从实业家族向文化大家族的转型，家族中涌现出大批专家学者，形成了一个文理并重、中西交汇、百花齐放式的文化学术大家族。

周学海长子周达有三子，其中：

长子周震良（1903—1981），上海交通大学电机系毕业，曾担任山东工学院教授。

次子周煦良（1905—1984），英国爱丁堡大学毕业，历任上海暨南大学、四川大学、华东师大前身——上海光华大学、武汉大学教授，是著名的翻译家、文艺评论家。

三子周炜良（1911—1995），是世界著名数学家，美国芝加哥大学毕业，后转赴德国莱比锡大学攻读数学，获数学博士学位，为爱因斯坦的得意门生。他回国后曾任南京中央大学教授，1947 年赴美国任霍布金斯大学教授，一生成果丰硕。美籍华裔著名数学家陈省身曾赞誉周炜良是国际上代数几何学家的领袖："他的工作，有基本性的，亦有发现性的，都极富创见。中国近代的数学家，如论创造工作，无人能出其右。"

值得一提的是，周学海三子周叔弢十个子女中，八人均是高等学府的知名教授和科研机构研究员，在周氏家族中成就卓越。

长子周一良（1913—2001），著名历史学家，美国哈佛大学远东语言学系毕业，获哲学博士学位，曾任清华大学外文系、历史系教授和北京大学历史系教授，一生著述丰硕，对我国历史学研究的发展具有突出贡献。

次子周珏良（1916—1992），毕业于清华大学外文系和美国芝加哥大学英语系，回国后任北京外国语学院教授、博士生导师，著名翻译家。他曾给毛泽东、刘少奇、周恩来、陈毅等党和国家领导人担任翻译，并多次在重大国际、国内会议上做过同声传译工作。

三子周艮良（1917—2010），交通大学唐山工程学院肄业，高级建筑工程师，曾任天津建筑设计院副院长。

四子周杲良（1918—1998），美国哈佛大学毕业，是著名神经生理学家，曾任美国斯坦福大学医学院神经学系教授。

五子周以良（1922—2005），清华大学生物系毕业，是东北林业大学前身——东北林学院教授，著名植物学家、林学家和生态学家，先后发现 70 多种植物新物种。

六子周治良（1925—2016），毕业于清华大学建筑系，著名建筑设计师，历任北京市建筑设计研究院副院长、副总建筑师、总建筑师，曾担任 1990 年北京第十一届亚运会副总指挥兼总建筑师，北京 2000 年奥运会申办委员会工程规划组副组长兼总建筑师。

七子周景良（1928—2019），北京大学物理系毕业，中国科学院地质研究所著名研究员。清华大学哲学系毕业，后再考入北京大学物理系，毕业后选送苏联学习，获得副博士学位。

周叔弢女儿周与良（1923—2002），美国芝加哥大学毕业，生物学博士，微生物学家，南开大学生物系教授、微生物学科的主要创建人，第七届全国政协常委。

除此之外，还有著名红学家周绍良（周叔迦子）、童话作家周叔昭（周达女儿），有从事医学研究的周岱良（周志辅女），有高级工程师周桀良（周志俊子），有从事教育事业的周骥良、周容良、周之良，也有从事航空航天研究工作的周嗣良，等等。

周世家族第五代、第六代已遍及世界各地，活跃在经济、科技、文化等诸多领域，不断发展壮大，在这里就不一一罗列。

东至周氏家族自周馥开始，历经五代百年，后世子孙人才辈出、长盛不衰，家族中有政界显要、民族实业家、著名学者、知名专家等等，是中国近现代历史上极其重要的一个在政、商、学三界都有一流建树的大家族，尤其在第三、四代后，即新中国成立前后，周氏家族精英主要集中在教育、科技、学术界等，涌现出来大批专家学者，人才济济，蔚为大观，他们为新中国的文化教育事业做出了重要贡献。

北京大学信息管理系教授白化文先生有感于周氏家族作为文化大家族在教育界和科技界的实力和影响力，曾做出过这样的评价：“周府几代教授、学者特别的多，涉及学科十二分的宽广，所以就像这些学者，办一所大学绰绰有余，这句话一点也不夸张！”

二、百年家风——池州东至周氏家风文化内涵

纵观周氏家族自晚清至 20 世纪的百年时间里，周馥以布衣之身，奋发图强，成为一代封疆大吏。周馥后人周学熙、周叔弢、周一良等更在实业、藏书、学术等领域成就斐然。那么，为什么周氏能够在近百年时间里，由一个蓬门小户迅速发展成为文商并举的名门望族？

究其原因，虽见仁见智，然有一点却是大家普遍认同的，那就是：周氏家族的兴盛不仅仅取决于周氏历代子孙的拼搏进取，还有更深层次的文化因素，即世代传承的优良家风，这才是周氏家族满门俊杰、长盛不衰的根本和关键。周氏子孙成长、成才、成功及其取得的成就，与周氏家族“书香与家风相伴，学识与情怀同在”的书香门风和家国情怀有着密不可分的关系。

优良家风文化这一传家宝的持久魅力是子孙后代取之不尽、用之不竭的精神财富。家风是一种导向，文化是一种力量，有了良好的家风文化，整个家族的子孙就会在人生道路上立得高、走得正、行得远。

我们从周氏家规家训特别是周馥撰写的体系完整的散文体治家宝训《负暄闲语》中，凝练、总结出四句十六字家风精髓，即“崇儒尚德、培心正业、清慎开明、勤俭乐济”。

下面，我们谨就十六字家风精髓解读一下周氏家族的家风文化内涵。

（一）崇儒尚德

东至周氏家族尤其是周馥对儒家思想是相当推崇的，周馥继承儒学传统，教育后代应将个人、家庭和社会视为三位一体的人生格局，达到儒家所推崇的修身、齐家、治国、平天下的理想境界。

在《负暄闲语》“读书”篇中，周馥开篇即以孔子的《论语》首章“学而时习之，不亦说乎？有朋自远方来，不亦乐乎？人不知而不愠，不亦君子乎”告诫周家子孙为人处世须尊崇儒家的修身思想和理想情怀。周馥治家集训《负暄闲语》虽融入了不少个人阅历和感悟，但其主体基本上是依据传统儒家思想予以阐述的，而且十二篇中每篇结尾都加载了相关儒学先贤语录，希望家族子孙能够“随时参悟，以助学力”。周氏家族中周学熙、周叔弢等后代子孙以此作为人生的至理格言，一直践行着先贤的教诲，重视传统道德思想教育，以此作为周氏后人立身处世的标准。

周氏家族的尚德主要体现在“义”字和“善”字上。周馥谆谆教诲子孙“君子待人固厚”，这与厚德载物是同一道理，认为一个人不但对家庭骨肉、亲友和乡党要心存厚念，在职场上也要以不失厚道为本。周馥及其子孙对同僚、家族和家乡不胜枚举的义举和善举很好地诠释了人世间最美好的尚德精神，做到了崇德以浚源、积德以固本。

（二）培心正业

周氏家族祖传下来的《周氏家训》共有六条，即“培心地，积阴功，祛隐恶，端家范，谨言语，慎举动”，涉及“仁义礼智信”等多个方面，凝聚着优秀中国传统核心价值观的精神和内涵。

《周氏家训》中将“培心地”作为第一条家训，认为“人生世间，百物受用有尽，为此善根无尽”，要求周氏子孙注重培养向善、向上的德性、善性和志性，做到立德、立功、立言，存心公正、善良，又志存高远，树立大格局，向往高境界。

《周氏家规》共十八条，其中第四条明确指出要“戒非为”，要求子弟必须力勤正业，切不可胡作非为、不务正业，否则不视为周氏子孙。

“他日功名谁绝足，清风世德早培根”（周馥诗句），周氏家族这棵参天大树，百余年来历经风雨却始终保持旺盛的生命力，究其根本是以培心正业作为立身之本，根固方可枝繁叶茂。

（三）清慎开明

清慎有清廉、谨慎之意，即为官清廉、做人清白，做事谨慎、考虑周密；开明乃通达、开放之意，即思想开通、通达事理，不因循守旧。

周馥一生，无论是职场还是官场，不矫情、不浮躁，明察事理，谨慎处事。在《负暄闲语》第四篇“处事”篇中，周馥说道：“大凡人存心公正，则虑事详审。先审此事于国有益否？于民有益否？即有益矣，能持久而别无流弊否？斟酌已定，义当举办。”其意思是：大致说来，人如果存心公正，就会考虑事情周密清楚，会首先审察这件事是否对国家有利、对百姓有益，即便有利、有益，这件事能持久做下去而没有别的不良后果与弊端吗？如果斟酌考虑已定，则理应举办。

周馥一生功勋卓著，又清正廉明，在 1907 年他七十寿辰之时，慈禧太后亲笔为他题写“风清南服”的匾额，褒奖他为官清正的高风亮节。1921 年，周馥在天津去世，时末代皇帝溥仪尚未出宫，仍按照旧时礼仪赐予周馥谥号为“悫慎”，即诚实、谨慎的意思，周氏后人乃皆尊称周馥为悫慎公。“悫慎”谥号总结了周馥朴实厚道、清廉谨慎的一生，实为恰如其分的评价。

周馥还是一位思想开明、与时俱进之人。前面我们已经介绍过，周馥崇尚儒学又不迷信古代圣贤，他深受“中体西用”维新思想和清末民初教育救国思潮的启蒙和影响，不盲目排斥“西学”，倡导以中学为本、以西学为用。在其教导和影响下，周氏后代皆秉承这一家族传统，家庭教育中以中国优秀传统思想为主导，重视传统文化学习，同时又能开眼看世界，积极吸纳国外的新文化和新思想，形成了“古为今用，洋为中用”的教育思想。这一开明思想使周氏后代受益无穷，为周氏子弟走出国门，学习世界先进科技文化，进而完成实业家族向文化家族的转型奠定了思想基础。

（四）勤俭乐济

静以修身，俭以养德。《周氏家规》中将勤俭放在重要位置，指出“耕读之家勤俭尤为首务”。周馥父亲周光德曾告诉周馥：“大凡忠厚人家，未有不勤俭者。”

周馥在《负暄闲语》第六篇“治家”篇中同样告诫后人：“人思取财于人，不若取财于天地”；“人家富、贵两字，暂时之荣宠耳。所恃以长子孙者，毕竟耕、读两字”。即人如果挖空心思想从别人那里得到钱财，不如勤劳耕作、勤俭持家，从天地那里得到财富，人能吃苦，自然励志向上，贫可致富，贱可致贵。对一个家庭来说，富、贵两字，只是暂时的光荣罢了，可以依赖而且能够使子孙成才者，只有耕、读两个字。

周馥之子周学熙平生生活简朴，晚年更是布衣素食，且言传身教，告诉子孙“治家之法，应以勤俭为本，望吾子孙笃守素风。勿忘此训”。

周馥家族对己要求严苛，克勤克俭，但对家乡、对他人却非常大度，慷慨捐赠。周馥认为“行善以能兴学、教人为上”，其次还要不忘“周济孤寡”。周氏家族从周馥开始身体力行，为家乡捐办“研经书院”，重修文庙，捐资池州府中学堂、建德小学堂，纂修《建德县志》等，以此教化百姓、涵养民风。同时捐建“乐济会”，救济鳏寡孤独；在芜湖万顷圩购田1000亩为义庄，赈济桑梓灾民。

周馥后人不忘乐济之道，其子周学熙亦致力于家乡的公益事业，为家乡捐办建德医院、秋浦医院、商业讲习所，创建敬慈善堂，创办宏毅学舍，捐建花园万善桥等。

周馥的孙子周志俊，为家乡开办敬慈学校、仁寿诊所。周叔弢、周季木、周明泰（周志辅）都是著名的藏书大家，新中国成立后，他们均将自己毕生收藏的中外珍贵图书、文物及古代碑刻等无偿捐献给国家博物馆和国家图书馆。

人们常言：富贵传家不过三代，昔日显赫一时的家族不胜枚举，但随着时代发展和社会变迁走向衰落的家族也比比皆是。而反观池州东至周馥家族，却历经百年不衰，时至今日，家族仍在发展壮大，尤其活跃于文化界。

东至周氏家族长盛不衰的治家秘诀在哪里呢？通过解读周氏家风文化内涵后，我们获得了深刻启示，也最终得到了答案，那就是：“富贵传家不过三代，道德传家方可历久弥新。”

三、校地合作——弘扬优良家风文化

家风作为一种长期形成的家庭风气、文化氛围和立家之本，对人

的品德形成能够起到春风化雨、润物无声的作用。“问渠那得清如许？为有源头活水来”，在中国特色社会建设和发展进入新时代的今天，家风是党风、政风、民风和社会风气的源头活水。良好家风家教既是家庭家族成员为人处世的道德规范和生活作风，有利于形成和睦友善的家庭氛围，关系着整个社会的道德水平和文明风尚，同时也是新时代社会主义核心价值观的有机组成部分，是国家发展、民族进步、社会和谐乃至党风政风建设的重要基石，是兴邦安国的“压舱石”。弘扬优良家风、培育家庭美德在新时代尤其具有重要的现实意义。

党的十八大以来，以习近平同志为核心的党中央在治国理政的过程中，高度重视家风文化建设。习近平总书记在多种场合深入阐述了新时代加强家风文化建设的重要性和必要性，号召全党全社会坚定文化自信，弘扬家风文化，培育家国情怀，构建中国人的精神家园。

在2015年春节团拜会上，习近平总书记强调：“不论时代发生多大变化，不论生活格局发生多大变化，我们都要重视家庭建设，注重家庭、注重家教、注重家风。”

2016年12月12日，习近平总书记在会见第一届全国文明家庭代表时发表重要讲话。他指出：“中华民族历来重视家庭。正所谓‘天下之本在家’。”中华民族传统家庭美德“铭记在中国人的心灵中，融入中国人的血脉中，是支撑中华民族生生不息、薪火相传的重要精神力量”。

习近平总书记关注家庭家风建设不仅仅限于寻常百姓家，尤其注重领导干部良好家风的养成，将严肃领导干部的家风上升到全面从严治党的战略高度来重视。

在2015年2月27日中央全面深化改革领导小组第十次会议上，习近平总书记指出：“领导干部的家风，不是个人小事、家庭私事，而是领导干部作风的重要表现。”2016年12月12日，习近平总书记在会见第一届全国文明家庭代表时指出："领导干部的家风，不仅关系自己的家庭，而且关系党风政风。"

2018 年 3 月 10 日，习近平总书记又在参加十三届全国人大一次会议重庆代表团的审议时提出："要把家风建设摆在重要位置，廉洁修身，廉洁齐家，防止'枕边风'成为贪腐的导火索，防止子女打着自己的旗号非法牟利，防止身边人把自己'拉下水'。"

习近平总书记在家风文化方面的重要论述是我们在新时代增强文化认同、树立文化自信、加强家风建设的重要遵循。

家风蕴藏千年文明，教化托举大国梦想。人类经验的全部内容都是值得我们后人认真研究并传承的，良好的家风家训，既是一个家族的精神食粮，更是民族的共同精神财富。

前面，我们用了不短的篇幅，具体介绍了池州家风文化的典范——东至周氏家风文化。接下来，我们再来看看池州市在践行家风文化建设，尤其是弘扬以东至周氏为代表的家风文化方面的主要措施，以及取得的显著成效。

近几年来，池州市委宣传部、市妇联、市工会、市文明办等和各县（区）党政机构，以及以池州学院为代表的池州大中小学校，高度重视以池州东至周氏家风文化为典范的优良家风文化的研究及推广传承，通过打造家风文化传承教育示范基地，组织参观家风展示馆，举办家风文化巡展、巡讲，编印优良家风宣传手册，举办家风文化道德讲堂，开展"好家风"征文评选、演讲比赛、经典诵读以及家风文化研究等活动，多措并举，校地共建，弘扬优良家风文化在池州大地已蔚然成风，取得了令人瞩目和赞誉的社会效应。

在池州家风文化的研究和传承方面，取得成果最多、最具影响力的是周氏家族的故乡东至县和省属高校池州学院。

几年来，东至县委县政府通过开展四项系列活动，倾力打造以周氏家风为代表的优良家风文化。这四项活动分别是：

第一，把好家训、好家风"挖出来"。

为充分挖掘以东至周氏家族为代表的典型家风文化素材，东至县于2016年6月正式成立了东至周氏文化研究会，研究会成员历尽辛劳，沿着百年间周氏家族的发展脉络，广泛探寻周氏家风家训文化的踪迹，发现并保护了一批批当年周氏家族诚惠桑梓、施医助学的历史遗迹。研究会开辟网站、博客平台，出版期刊，举办研讨会、报告会等，更好地挖掘、交流周氏文化。迄今已出版研究期刊20期，举办报告会20余场次，合力推动研究工作逐步向纵深发展。

第二，把好家训、好家风“展出来”。

为了集中展示周氏家风文化成果，2016年9月，东至县在县城中心地段——市民文化中心建成了东至周氏家风馆，向民众宣传弘扬周氏家风文化；同时制作了一台《百年家风》情景剧，拍摄了一部《安徽东至：六世书香·百年家风》专题片，充分展示周氏家族百年家风精神内涵，倾力打造社会风气“风向标”，引领社会崇德向善。

第三，把好家训、好家风“推出去”。

为了扩大东至周氏家风文化的影响力，让更多的人了解周氏家风文化，东至周氏文化研究会成员积极联系省内外大专院校、兄弟地市相关社团以及东至籍专家学者到周馥故里开展学术活动，并依托各级、各类媒体，广泛宣传周氏家风文化相关信息，迄今已刊载、发布相关文章、信息、视频1000多条。

第四，把好家训、好家风“传下去”。

好家风需要宣传和弘扬，为此，东至周氏文化研究会成立了“东至周氏文化宣讲团”，深入城乡宣讲周氏家风文化，开展以家风为主题的“家风进家庭”“家风书法赛”“巾帼说家风”等活动，吸引境内外高校学生到家风馆进行课外实践。

2018年，东至周氏家风馆被授予安徽省第一批省级研学旅行实践基地，成为全省唯一一家家风类基地；2019年又被评为池州市“家风家教示范基地”和首批“新时代文明基地”。

池州学院作为池州市唯一一所省属普通本科高等院校，校党委高度重视青年学生的思想政治工作，并依托东至周氏家风文化等文化载体，打造特色校园文化，以家风文化为引领，构建思想政治教育新生态。

自2017年以来，池州学院通过“四个一”系统工程，即：成立一个中心、共建一个基地、建成一个展馆、开展家风文化一系列宣讲活动等，推进“家风文化进校园”，开展家风文化的理论研究和宣传教育活动等，取得了良好的教育效果和社会影响。

第一，成立一个中心——池州学院家风文化研究中心。

2017年12月，经学校研究，池州学院家风文化研究中心正式成立，党委书记孙晓峰教授亲自担任中心主任。研究中心整合校内外科研力量，聘任研究员36人，其中高级职称13人，博士8人。

研究中心自成立以来，研究成员重视挖掘地方特色优秀家风文化资源，结合大学生思想政治工作实际，深入池州各县（区）进行实地调研，重点围绕东至周氏家风、中华优秀传统家风文化及其现代价值等，积极开展学术研究和学术交流等一系列基础性工作。

《池州学院学报》开设“家风文化研究”专栏，每期刊发相关论文，已推出《家风家训研究论文专辑》；研究中心成员在《人民日报》的《人民论坛》及《安徽日报》《池州学院学报》等各级各类报刊上发表相关论文30余篇。2018年7月20—21日，研究中心在周氏家族故里东至县成功召开首届池州家风文化学术研讨会，收集相关研究论文30余篇并汇编成册。

另外，由池州学院党委书记、研究中心主任孙晓峰教授主审，丁士虎、祝中侠、孙琪研究员合译的三十余万字的周馥治家宝训《负暄闲语》白话文注译本即将出版发行。最近，研究中心又已启动《池州家风家训》和《池州家风文化》校本教材的编撰工作。

第二，共建一个基地——东至周氏家风文化馆实践教育基地。

2017年12月19日，学校党委书记孙晓峰教授率马克思主义学院教师前往东至县周氏家风馆考察并举行挂牌仪式，将家风馆列为池州学院思想政治理论课实践教学基地。全校各基层党组织和思政课教师组织师生多批次到基地考察学习、接受教育。

中心研究员郑龙发博士指导的池州学院大学生赴东至县家风文化实践调研团摄制的《风靡：池州东至周氏家风》荣获池州市“发现池州”微视频大赛二等奖，省教育厅、团省委等部门社会主义核心价值观主题微视频大赛三等奖，在各大网站和媒体上广泛传播。

中心研究员鲍红信博士指导的大学生社会实践项目“六世书香·百年家风——家庭文化的良性循环与东至周氏家族兴盛研究”，在第八届“挑战杯”安徽省大学生课外学术科技作品竞赛决赛中获得二等奖。

第三，建成一个展馆——池州家风文化馆。

2018 年 11 月，为开展家风文化进校园活动，池州学院在全省高校率先建成地域家风文化馆——池州家风文化馆，将池州范围内的家风文化精髓在家风馆内进行展示，作为大学生家风文化传习基地。

池州家风文化馆开馆半年多来，接待省内外党政领导干部和专家学者考察调研 90 多人次。学校把中国特色社会主义家风文化教育作为新生入学教育和毕业班毕业教育的重要内容，先后有 100 多个班级在政治辅导员指导下，在家风馆开展家风实践活动。

第四，开展家风文化一系列宣讲活动。

两年来，家风研究中心成员面向学校全日制学生，利用思政课课堂，开展“弘扬优良家风·培育家国情怀”专题讲座，激发新一代大学生的家国情怀。

校团委还结合大学生暑期“三下乡”社会实践活动，组织了多支大学生暑期社会实践团队深入乡村开展家风调研实践活动。

家风研究中心成员指导成立了池州学院“大学生家风宣讲”团，该团队以注册志愿者为成员，以志愿服务、主题宣讲、舞台剧、歌咏类节目等为主要形式，深入社区街道、中小学、老年大学、图书馆等场所进行家风主题宣讲，大力弘扬社会主义核心价值观，带动群众挖掘、总结优良家风家训，参与地方精神文明建设。截至2019年10月，共开展宣讲活动17场次，累计受益人数达4500余人，赢得了广泛的社会赞誉。

池州学院在家风文化研究传承方面取得的成果，得到人民网、学习强国网、中青网、搜狐网、凤凰新闻、中安在线、安徽教育网以及《安徽日报》《池州日报》等媒体的专题报道和充分肯定，受到了社会各界的关注和好评。2019年8月，池州学院“池州家风文化馆”入选池州市首批“新时代文明基地”。

好家风是一种典范，好家风可以促党风政风带社风民风，弘扬优良家风文化，是一个具有重要性和必要性的时代课题。当前，中国特色社会主义已进入新时代，家风文化建设成为中国特色社会主义文化事业的重要组成部分，建设家庭美德、涵养时代家风已成为千家万户的自觉追求。

良好的家风，历代相传，它承载着一份历史的厚重、一份文化的传承。纵然时代在发展、社会在变迁，包括东至周氏在内的良好家风文化仍然是值得我们倍加珍视、认真挖掘的文化宝藏。我们应该从博大精深的中国传统文化中汲取精髓，以传统家风独有的历史深度和文化厚度阐事明理、教化育人，发挥其当代价值，从而在文化自信和文化认同的基础上构建起中华民族新时代的家风和国风。

周馥治家宝训《负暄闲语》中倡导的学习观

祝中侠　孙　琪

于光绪三十三年（1907）引退后，周馥这位睿智开明的政治家、实业家，在人生旅途的最后十多年间，倾其主要精力致力于后代子孙利国、利民、利身的培养教育，且笔耕不辍，于宣统元年（1909）撰成了一部体系完整的散文体家训——《负暄闲语》。

《负暄闲语》，顾名思义，即靠在椅子上边晒太阳、边拉家常的意思。这部长达六万字的散文体家训以周馥与孙儿周暹（字叔弢）之间问答的方式展现，即孙儿询问、爷爷作答。该书在编写体例上略仿北齐文学家、教育家颜之推所撰的《颜氏家训》，全书分上、下两卷，分别从读书、体道、崇儒、处事、待人、治家、葆生、延师、婚娶、卜葬、祖训、鬼神等十二个方面进行论说，阐述圣贤之道和自身感悟，以此作为后世子孙的行为准则和立世规范。这部治家集训立意高远，言简意赅，富含哲理，文字精练，汇集了周馥最重要的教育思想，因此不愧为一部内容丰富、道理深刻的治家宝训。

限于篇幅，我们仅就《负暄闲语》“读书”篇所阐述的学习观做一解读。

在《负暄闲语》中，周馥将“读书”篇列为治家集训第一篇，作为其子孙们实现修身、齐家、治国、平天下人生道德理想的必然路径和基本遵循。

“数百年旧家，无非积德；第一件好事，还是读书”，东至周氏家族一直践行着“布衣暖，菜根香，诗书继世长”的古训，在周氏子孙的培养教育方面，将读书向善视为人生第一等大事和家族传承久远的根本。

在“读书”篇中，周馥从学习目的、学习态度、学习内容和学习方法等方面深刻阐述了自己的人生感悟，其真知灼见，被周氏后代奉为治家经典，影响了一代又一代周氏子孙，成为他们读书治学、实现人生理想的家族法宝。

一、学习目的——培育修、齐、治、平的家国情怀

学习目的是求学者首先要解决的根本问题，学习之路是漫长而又艰辛的，一个人只有明确了自身的学习目的，才能寻找到内心深处的动力源泉，并朝着既定目标拼搏进取，立志成才。

周馥在《负暄闲语》“读书”篇里，要求后世子孙围绕修身、齐家、治国、平天下这一人生目标发奋读书，成为国家和社会的有用之才。

首先，周馥强调读书是为了“广闻见、开性灵”，明理修身。周馥十分注重品格教育的重要性，认为读书是为了扩充见闻，开启人的心灵，强调读书明理、修身养性，以此作为立身之本。

周馥推崇儒家经典，倡导通过读圣贤书提升自身品格，“圣贤之语，皆指身心事物上说，非如佛老谈空说妙”。他认为儒家圣贤之语，都是针对与人身心切近的事理而言的，切合现实与人生，具有现实指导意义，不像佛教与道教虚幻玄妙，不切实际。

周馥认为，孩子们幼年读书不宜仅有应试科第、求取功名、出人头地等太强的功利性和实用性目的，应以增进学识为第一要务，求学者应谨记“圣贤之语”，正心诚意，在“养心、接物”上与“向道慕义之人观摩取益，赏心析疑”，通过自我反省体察，使身心达到完美境界，使自己成为“成德君子”，即品德高尚的人。

周馥强调读书增长见识、明德修身的学习观，在那个“学而优则仕”的“应试教育”时代，的确清新脱俗、见识超群。

其次，周馥强调读书之人应不忘齐家，懂得治生（即谋生）和经营家庭。

《负暄闲语》中载，作为孙儿的周叔弢曾问爷爷周馥：“人不知我学，或至沦落，终身不足以资事畜，将奈何？”其意是说：如果读书人不去求取功名，导致终身穷困潦倒，如何侍奉父母，养育妻儿，维持一家生计？

周叔弢的这种读书与齐家谋生之困惑，可以说是整个科举时代普天下读书人常有的难以回避的现实问题。因为中国传统儒家思想中，士、农、工、商等级分明，读书人皆奉行“万般皆下品，唯有读书高”“文不经商，士不理财”的读书治学理念，求学科考者不轻言名利，无须农商，应两耳不闻窗外事，穷极一生闭门攻读、追求仕途，封妻荫子，光宗耀祖。

针对孙儿周叔弢之问，对儒学思想颇为崇尚的周馥扬弃了儒家“重义轻利”“文不经商，士不理财”等传统理念和思维，深刻阐释了读书人治生即谋生的必要性和现实性，甚至把谋生看作是读书进取的基础。他一针见血地指出：“此等识见，是未闻道以前妄想”，是一种片面、固执、守旧的迂腐观念，进而有理有据地开导孙子：“试问志士处贫困之中，将枉道以干时耶？亦甘饥饿待毙耶？”其意是说，真正的有识之士身处贫困之中，是不会坐以待毙、违背纲常伦理、抛家舍业、一味图取虚名的。

周馥举例说，历史上耕读谋生、大有可为者不乏其人，如东汉时期投笔从戎的军事家、外交家班超，汉代经学的集大成者郑玄（字康成），有以举案齐眉、相敬如宾名扬千古的东汉隐士诗人梁鸿，还有敢于诤言直谏、青史留名的西汉南昌尉梅福等，他们皆曾经甘居下位，务农经商，甚至苦役劳作，在困境中谋生自立，终成大器。何况“人有此身，有父母、妻子，焉得不谋生”，“若置其身家于度外，何修、何齐之有”，如此“沽名躁进，汩没于势力中，终身无安静日子”。

周馥认为“应世谋生，亦道理中事”，即读书人处世谋生，是合乎情理的事情，不仅是正当的，也是应当的。可见，周馥读书齐家的理念超越了传统儒学的历史窠臼，一般的士大夫是不可与之同日而语的。

周馥子孙谨记家训，读书持家，经营有道，声誉隆盛，富甲一方，利家、利国、利民，也为周氏家族人才辈出、绵延不衰奠定了重要的物质基础。

再次，周馥倡导读书人应有治国平天下的家国情怀。

在《负暄闲语》“读书”篇中周馥教育后代子孙应“眼觑千古之上，心契造化之微”，要求周氏家族子孙读书治学、做人做事要眼界高远，胸怀天下，心系苍生，体悟天地自然之理，从小树立大格局，高瞻远瞩，向往高境界，不仅仅拘泥于个人的利益得失。

在中国文化史上，最能表达一个人对国家、对社会的担当、责任和使命的名句，一是孔子的“君子不器”，即君子不会拘泥于一事一物，而应以天下为己任，有崇高价值理念和精神追求；二是北宋理学家张载“为天地立心，为生民立命，为往圣继绝学，为万世开太平”的“横渠四句”，皆彰显了一代儒学知识分子的“入世”情怀和思想境界。

周馥从政数十年，勤于政务，闲时手不释卷，与书为伴，涵养浩然正气。周馥一生为人处事存心公正，求真务实，对外交涉不卑不亢，尽力维护民族尊严。由此，周馥谆谆告诫后世子孙，做任何事“先审此事于国有益否？于民有益否”这种将国家、民族利益放在首位的崇高家国情怀和治家理念，与孔子的“君子不器”和“横渠四句”可谓一脉相承、相通相应。

二、学习态度——培养正心诚意、笃学好问的良好心态

学习态度是学习行为的先导，正确的学习态度能够养成良好的

学习习惯，进而形成良好的学习兴趣和学习行为。

在宦海中沉浮几十年、晚年卸任赋闲的周馥，专注于子孙的教育，尤其在良好学习态度即学习心态的培育上格外重视。我们透过周馥《负暄闲语》“读书”篇中的文字，即可看到养成严谨学习态度的路径主要有两个方面：

第一，正心诚意，宁静致远。

周馥在《负暄闲语》“读书”篇中强调求学者“修身在致知，致知在敬”，即读书之人首先要获取知识，而获取知识必须要有诚敬之心。

周馥担心孙儿对此难以理解，于是作了深入浅出的推论，即“心静乃能悟理，不敬何以静？诸葛武侯曰‘宁静以致远’，即是此意”。

在这里，周馥引用人们耳熟能详的诸葛亮《诫子书》中“宁静致远”的含义，告诉儿孙只有心境平稳，不为杂念干扰，专心致志，潜心苦学，才能领悟道理，厚积薄发，有所作为。

周馥教导儿孙：读书学习犹“如写字，必须恭敬，一笔一笔，从容写去”，要“安详、恭敬”，不可“使气任意”，任性而为。为此，周馥语重心长地告诫子孙“尔辈读书，须如此用心，一一参悟”。如此“自然功候长进，见识超卓，气象亦渐渐不同矣”。

周馥之言，含义非常明确，即求学者必须端正学习心态，切不可心高气傲，好高骛远，眼高手低，急功近利，而应正心诚意，脚踏实地，行远自迩，循序渐进，方成大器。

第二，虚怀若谷，笃学好问。

周馥对子孙读书学习的心态不仅要求其正心诚意，详细推索，仔细参悟，而且要求他们读书学习要有海纳百川、虚怀若谷、谦恭自守和不耻下问的胸襟和品质，切忌目无余子、骄傲自满、恃才傲物的浮躁心态。

在周馥看来，养成笃学好问的学习品质，一是自己用心参悟，从最基本的原始文献、原始材料入手，“详细推索”。

二是主张向先贤学习，在读书中如果有“义欠明、理欠真者，久之，翻阅他书，必有前人论断，再为审度事理”。

三是向良师益友学习，“三人行，必有我师”，读书时如有迷惑不解之处可“遇友商榷”，不耻下问，自然“益见分晓”。周馥在阐释《论语》“有朋自远方来，不亦乐乎”之句时认为，远方而来的朋友，“必是向道慕义之人”，能够与之“观摩取益，赏心析疑，焉有不乐之理”。

在此，我们对于周馥这位宦海沉浮的官场中人，能有如此深刻、独到的育人思想，实为感叹不已。

三、学习内容——中学为体、西学为用

“中学为体，西学为用”简称“中体西用”。“中学”与“西学”命题的产生，是处于波诡云谲、跌宕起伏的近代中国社会，面对西学东渐、东西方文化交融的历史背景，为改变人才匮乏、科技文化极端落后以及士人中存在的“旧者不知通，新者不知本”的弊端，以张之洞为代表的晚清思想家、实业家、教育家等提出的教育改革指导思想。

“中体西用”即以中国之伦常名教为原本，辅以诸国富强之术。这一教育思想认识到了中西文化的可融性，强调融贯中西文化，师夷长技以制夷，大大开阔了中国人的视野。这一社会主流思想对中国近代教育的产生和发展发挥了极为重要的影响。

19 世纪最后的 30 余年是晚清洋务运动时期，建立在“中体西用”理念上的洋务新政改变了中国过去对西方文明一律排斥的观念，主张学习西方，进而创办近代军事工业和民用工业，建立近代化海军，拉开了中国近代化的序幕，这在外国势力频繁军事入侵的时代，具有极为重要的现实意义。

周馥协助洋务新政核心人物李鸿章办理洋务 30 余年，作为李鸿

章推行新政的得力助手，深受“中体西用”维新思想的启蒙和影响，在其人生年富力强时期，秉承“中体西用”思想，经理北洋军务，创办新式学堂，创建新式民用企业等新政事务，与同时代的仁人志士共同探求国家“自强求富”之路。

周馥记述个人经历、思想、学识以告诫子孙的著作——《负暄闲语》中，同样渗透着“中体西用”的教育思想。

在《负暄闲语》中，周馥就子孙们读书学习的内容严格把关，注重主次和取舍。周馥推崇儒家经典，要求后世求学应“以专重儒修为主，不可邪趋旁骛”，强调以“中学”为本，修身明理。具体来说，“读书以四书、五经及性理等籍为主”，这是“有益身心、家国之书”，必须认真学习领悟；其次“凡有益于处家、做官、应世、谋生”之类的书（如算学、天文、地理、吏治、律例、农学、医学等）也应“购藏多部”，“不可不看”。至于那些“张皇粉饰”“褒贬附会”的“小说闲书，不可入目”，还有一些所谓的占卜问卦学说则是欺人之谈，毫无用处，“切不可信”。

周馥崇尚儒学又不一味迷信古代圣贤，他对子孙们说：“尔辈读书不要将圣贤视作云霄上人，假如今有圣贤与尔相处，亦是寻常人一般。”鉴于这样的思想认识，周馥对于人类优秀文明成果之一的“西学”并不盲目排斥，他说：“考求西学，原属因时制宜。圣贤处今日，断无不变法之理，亦断无不间取西法之理。”

为此，周馥要求周氏家族子弟读书应学贯中西，兼收并蓄，接受多种文化熏陶，但必须以中学为本体，“先考中国典籍，再考西书”，因为“中国典籍中自有专门，若不通经、史而径步趋西学，必致中无主宰，做人奴婢”，不赞同不顾国情而盲目学习西方文化。显然，这种古为今用、西为中用的学习观，与近代中国“中体西用”的主流教育思想是一脉相通的。

当然，由于周馥所处的时代环境和个人政治地位及立场所限，其对西学的认识只能局限于物质文化层面的学习，难以上升到制度文化层面，即较中国封建君主专制先进的西方资本主义政治体制。

尽管如此，处于晚清又深受儒家思想浸润的周馥，能有如此“开眼看世界”的胸襟见识确实是难能可贵的。

在周馥“中体西用”学习观影响下，周氏家族对子弟既重视中国传统文化的教育，也提倡外语、法律、商学、算学、测绘等西学教育，到了成年阶段则大多出国留学，学成归来建设国家。因此，我们今天细细品读其家庭教育典籍《负暄闲语》，不难发现，这本治家宝典既闪耀着世间亲情和人性的光辉，又蕴含着深厚的家国情怀和文化自信。因此，有研究者认为，《负暄闲语》“既是治家的，又能治国。从某个角度看，它也是一本周馥政治生涯的随想录和经验总汇”。

四、学习方法——以研究道理、身体力行为要

周馥在《负暄闲语》“读书”篇中认为，读书人要想在学习上取得进步，除了明确学习目的、端正学习态度之外，掌握正确的学习方法也是非常重要的；只有勤于学习、善于学习，才能真正做到学有所获、学有所用、学有所成。

我们认为，在《负暄闲语》这部爷孙之间的对话录中，周馥多处提及并强调读书方法和治学方法，其中最突出之处是强调学思并重和学以致用。

第一，强调学思并重。

在学思结合方面，我们不会忘记古代教育家孔子的谆谆教诲“学而不思则罔，思而不学则殆”的警句，周馥深受儒学浸染，在对子孙的学习上非常推崇孔子的学习方法论。

周馥在“读书”篇中开宗明义，强调学思结合，博约相济，告诫子孙“幼年读书须平心静气，详细推索，不可贪多骛博”，不能一味追求数量，为读书而读书，“若贪多骛博，见异思迁，徒劳神无益，不如不读”；进而指出每读一本好书须循序渐进，融会贯通，

“将此书从头至尾细细看过，不可中辍，亦不可看一段弃一段。看毕后全书融贯在胸，知所去取，再看他书更易贯通”；读书过程中“遇有意义于心不安处，不可骤下评论，涂抹卷籍，务须平心研讨”，用心思考。

为了强化学思并重这一学习理念，周馥在“读书”篇结尾还特意附录“先贤语数则”教诲周家后辈，如“朱子言：‘学者半日静坐，半日读书，如此三年，无不进者”，主张读书须“静坐”，即认真揣摩领悟，从字里行间细细体察其文献意义、历史真相和深刻道理，“苟能好学深思，自然知识日充，事理贯通”。

第二，强调学以致用。

英国文艺复兴时期著名哲学家弗兰西斯·培根在《谈学问》一文中说过：“学问可以用来自我陶醉、施展才华和增长能力。最主要的是自我陶醉，那存在于独自一人的沉思默想中；施展才华存在于交谈中；增长能力则存在于分析事物和处理事务中。”“学问本身如果不联系实际经验，在指导实践方面就会显得十分空泛。”

显然，周馥教育子孙读书的目的是让他们修身养性、增进学识，进而增长才干，故而认为“读书以研究道理、身体力行为要”，强调学以致用的重要。

鉴于此，周馥以《论语》首章“学而时习之”训示子孙，“圣贤谈理，原为处事而发”，认为圣贤之语都是针对与人之身心切近的事物而言的，一个有志于钻研学问的人，每当在修养身心、处理事务方面“有不是处”（有不对的地方），就会“潜心省察，身体力行，随时随地无不用心取法”，模仿圣贤行之有效的经验。

周馥反对不切实际地坐而论道，认为今人多仿效魏晋玄学清谈，“于事物上全无省察”，“空谈说理，流弊甚大”，是一种“以水充腹”的虚妄行为。

周馥强调，善于学习的人，不是为读书而读书，必须理论结合实际，注重实际效果，强调经世致用，将读书与行事相统一，要经常检讨自己，践行、效法圣贤之良好行为，“读经则师其意，读史则师其迹”，即读经书则按照书中的教导去做，读史书则照着书里记载的先贤事迹去做，做到“善行书勉为”，即宣传别人善行的书，同时还要照样子勉力而为，找准理论与实践的结合点，把学习的出发点和落脚点放在解决实际问题上。只有通过学习和实践，不断开阔视野、创新思路，真正掌握立足社会的真才实学，才能达到学有所用、用有所成的目的。

周馥的《负暄闲语》是周氏家族子弟的必读书，实际上起着家庭、家族的家训作用。周馥在《负暄闲语》“读书”篇中提出和倡导的学习观，对周氏子孙的影响是巨大的。家风醇正，雨润万物。周馥这位博学、睿智、不为历史成见和世俗偏见所束缚的“国之干城”，以其传奇的人生、独特的人格魅力和守正创新的教育思想，引领着一代又一代家族后学在上下求索的路上孜孜不倦、奋发进取。

家训是具有浓郁中国特色的一种文化存在。时至今日，周馥治家宝训《负暄闲语》“读书”篇中所倡导的学习观，仍让我们受益无穷，具有很好的时代价值和现实意义。

国势之强由于人，人才之成出于学。只有学习，才能强国，一个热爱读书、善于学习的民族才能自强于天下。

参考资料

1. 杨伯峻译注：《孟子译注》，中华书局1984年版。

2. 杨伯峻译注：《论语译注》，中华书局1980年版。

3. 周馥著，孟繁之校点，孟繁之、林宇导读：《负暄闲语（白话导读本）》，中国书店2013年版。

4. 中国古籍总目编纂委员会编：《中国古籍总目》，中华书局、上海古籍出版社2009年版。

5. 宋元人注：《四书五经》，中国书店1984年影印本。

6. 周馥著，沈云龙主编：《近代中国史料丛刊第九辑·秋浦周尚书全集》，文海出版社1967年影印1922年秋浦周氏刊本。

7. 曾国藩著，湖湘文库编辑出版委员会、岳麓书社编：《曾国藩全集》，岳麓书社2011年版。

8. 罗从彦撰：《豫章文集》，钦定四库全书文渊阁本。

9. 王阳明撰，钱德洪编次，王畿增葺，《王文成公全书》三十八卷本，明隆庆六年谢廷杰刊本（哈佛大学汉和图书馆珍藏）。

10. 日本·高楠顺次郎、渡边海旭监修：《大正新修大藏经·第47册·龙舒增广净土文》，日本大正一切经刊行会出版。

11. 朱熹、吕祖谦撰，严佐之导读：《朱子近思录》，上海古籍出版社2000年版。

12. 张英撰：《文端集》，钦定四库全书文渊阁本。

13. 程颢、程颐撰：《二程文集》，钦定四库全书文渊阁本。

14. 程颢、程颐撰，朱熹编：《二程遗书》，钦定四库全书文渊阁本。

15. 程颢撰：《二程全书　明道先生文集》，丛书集成三编第46册，台湾新文丰出版公司1997年印行。

16. 程颐撰：《二程全书　伊川先生文集》，丛书集成三编第46册，台湾新文丰出版公司1997年印行。

17. 朱熹撰：《晦庵先生朱文公文集》，同治十二年六安涂氏求我斋仿嘉庆壬辰本校刻本。

18. 朱熹撰：《晦庵先生朱文公文集》，日本正德元年（1711）河内屋卯助等刊本（日本国立国会图书馆藏汉籍）。

19. 邵雍撰：《皇极经世书》，钦定四库全书文渊阁本。

20. 邵雍撰：《伊川击壤集》，明文靖书院刻本（美国加利福尼亚大学伯克利分校藏本）。

21. 陆九渊撰：《象山全集》，四部备要本（上海中华书局据明李氏刻本校刊）。

22. 吕坤撰：《呻吟语》，江西省藏明万历二十一年刻本。四库全书存目丛目编纂委员会编：《四库全书存目丛书·子部一三·呻吟语六卷》，齐鲁书社1995年版。

23. 朱熹撰，黎靖德编：《朱子语类》，钦定四库全书文渊阁本。

24. 高攀龙著，陈龙正编：《高子遗书》，钦定四库全书文渊阁本。

25. 黄渊耀撰，姚莹等辑：《乾坤正气集·卷四百五十一至四百五十三·谷簾先生遗书三卷》，道光戊申袁江节署之求是斋本。

26. 张廷玉撰：《澄怀园文存十五卷·载赓集六卷·诗选十二卷·澄怀园语四卷·自订年谱六卷》，安徽省图书馆藏清乾隆刻《澄怀园全集》本，《诗选》《年谱》光绪张氏重刻本。四库全书存目丛目编纂委员会编：《四库全书存目丛书·集部二六二册》，齐鲁书社1997年版。

27. 吴廷燮撰：《二十四史研究资料丛刊·明督抚年表》，中华书局1982年版。

28. 昆冈、李鸿章等纂修：《钦定大清会典事例》，光绪二十五年石印本。

29. 张载撰，李光地注：《注解张子正蒙》，钦定四库全书文渊阁本。

30. 罗钦顺撰：《困知记·困知记续录》，钦定四库全书文渊阁本。

31. 吕本中撰：《童蒙训》，绍定己丑玉山堂刻三卷本。

32. 吕本中撰：《官箴》，明成化戊子邢让刻一卷本。

33. 汪辉祖撰，夏家善主编，王宗志、夏春田、穆祥望注释：《中国历代家训丛书·双节堂庸训》，天津古籍出版社2016年版。

34. 周馥纂修：《安徽建德县纸阬山周氏宗谱》，宣统三年世德堂刊本。

35. 莽鹄立修，鲁之裕纂：《新修长芦盐法志》，哈佛大学哈佛燕京图书馆珍藏本。

36. 傅璇琮、倪其心、孙钦善、陈新、许逸民主编：《全宋诗》，北京大学出版社1998年版。

37. 汪辉祖撰，阎敬铭辑：《有诸己斋格言丛书·双节堂庸训》，光绪十四年山西解州书院刻本。

38. 朱熹、吕祖谦集，于民雄译注：《近思录全译（修订版）》，贵州人民出版社2009年版。

39. 朱熹、吕祖谦编，查洪德注译：《近思录》，中州古籍出版社2008年版。

40. 朱熹、吕祖谦撰，斯彦莉译注：《近思录》，中华书局2011年版。

41. 朱熹、刘清之撰，陈选集注，康熙帝钦定：《御定小学集注》，钦定四库全书文渊阁本。

42. 刘清之撰：《戒子通录》，钦定四库全书文渊阁本。

43. 徐本、三泰等纂：《大清律例》，钦定四库全书文渊阁本。

44. 王阳明著，思廉主编：《彩图全解传习录》，中国华侨出版社 2014 年版。

45. 王阳明著，张靖杰译注：《明隆庆六年初刻版传习录》，江苏凤凰文艺出版社 2015 年版。

46. 王阳明著，于自力、孔薇、杨骅骁注译：《传习录》，中州古籍出版社 2017 年版。

47. 周景良著，孟繁之编：《曾祖周馥——从李鸿章幕府到国之干城》，三晋出版社 2014 年版。

48. 赵山林主编：《大学生中国古典文学词典》，广东教育出版社 2003 年版。

49. 张清渊著：《风水龙穴——中国传统环境地理全书》，中央编译出版社 2011 年版。

50. 李学勤主编，《十三经注疏》整理委员会：《十三经注疏》，北京大学出版社 1999 年版。

51. 张居正撰：《张太岳集》，上海古籍出版社据复旦大学图书馆藏明万历刻本影印，1984 年版。

52. 陈继儒撰：《福寿全书》，中国科学院图书馆藏明末刻本。四库全书存目丛目编纂委员会编：《四库全书存目丛书·子部一四九·福寿全书六卷》，齐鲁书社 1995 年版。

53. 张涅主编：《论语导读》，高等教育出版社 2011 年版。

54. 席启图撰：《畜德录》，康熙绳武堂刻本。四库全书存目丛目编纂委员会编：《四库全书存目丛书·子部一五六·畜德录二十卷》，齐鲁书社 1995 年版。

55. 高亨注：《诗经今注》，上海古籍出版社 1980 年版。

56. 张英、张廷玉著，江小角、陈玉莲点注：《父子宰相家训——聪训斋语　澄怀园语》，安徽大学出版社 2017 年版。

57. 马昌华主编：《淮系集团与近代中国：淮系人物列传——李鸿章家族成员·武职》，黄山书社1995年版。

58. 马昌华主编：《淮系集团与近代中国：淮系人物列传——文职·北洋海军·洋员》，黄山书社1995年版。

59. 秦国经主编：《中国第一历史档案馆藏　清代官员履历档案全编》，华东师范大学出版社1997年版。

60. 清华大学图书馆、科技史暨古文献研究所编：《清代缙绅录集成》，大象出版社2008年版。

61. 丁福保编：《佛学大辞典》，中国书店2011年版。

62. 宽忍主编：《佛学辞典》，福安赛岐大觉禅寺倡印，福州闽伟印务有限公司2005年版。

63. 夏征农、陈至立主编：《辞海》，上海辞书出版社2009年版。

64. 罗竹风主编：《汉语大辞典》，上海辞书出版社1986—1993年版。

65. 刘方元、刘松来、唐满先编著：《礼记直解》，江西人民出版社1993年版。

66. 沈起炜、徐光烈编著：《中国历代职官词典》，上海辞书出版社1992年版。

67. 吴永口述，刘治襄记：《庚子西狩丛谈》，岳麓书社1985年版。

68. 江灏、钱宗武译注，周秉钧审校：《今古文尚书全译》，贵州人民出版社1992年版。

69. 房玄龄等撰：《晋书》，中华书局1974年版。

70. 张赞巽、张翊六监修，周学铭总纂：《建德县志》，宣统二年湖北铅印本。

71. 伊世同编绘：《中西对照恒星图表》，科学出版社1981年版。

72. 朱安群、徐奔、周洪、刘松来编著：《周易直解·尚书直解·诗经直解》，江西人民出版社1993年版。

73. 陈鼓应注译：《老子今注今译》，台湾商务印书馆 1978 年版。

74. 黄寿祺、张善文译注：《周易译注》，上海古籍出版社 2007 年版。

75. 洪应明撰：《菜根谭》，乾隆五十九年遂初堂主人校雠缮写，武进陶氏重印本。

76.《湖湘文库》编辑出版委员会编：《曾国藩全集》，岳麓书社 2011 年版。

77. 姜亮夫、夏传才、赵逵夫、郭维森等撰写：《先秦诗鉴赏辞典》，上海辞书出版社 1998 年版。

78. 中国社会科学院语言研究所词典编辑室编：《现代汉语词典》（第七版），商务印书馆 2016 年版。

79. 孙思邈撰：《中医古籍整理丛书　孙真人海上方》，人民卫生出版社 1986 年版。

80.《安徽历史名人词典》编辑委员会：《安徽历史名人词典》，安徽教育出版社 2008 年版。

81. 郑权中著，涂宗涛、王兆祥、崔志远整理：《通借字萃编》，天津古籍出版社 2008 年版。

82. 朱柏庐著，焦金鹏主编：《国学经典诵读丛书·治家格言》，二十一世纪出版社 2015 年版。

83. 王永彬撰，徐永彬评注：《围炉夜话》，中华书局 2008 年版。

84. 张相等：《诗词曲语辞汇释》，中华书局 1955 年版。

85. 李春尧译注：《大学　中庸》，岳麓书社 2016 年版。

86. 胡贯中编著：《历代名人家教篇》，安徽人民出版社 1995 年版。

87. 翟博主编：《中国家训经典》，海南出版社 2002 年版。

88. 赖永海主编，尚荣译注：《佛教十三经·四十二章经》，中华书局 2018 年版。

89. 王阳明著，于民雄注，顾久译：《传习录全译（修订版）》，贵州人民出版社 2009 年版。

90. 宗福邦、陈世铙、萧海波主编：《故训汇纂》，商务印书馆 2003 年版。

91. 李学智编译：《性命箴言录》，重庆出版社 2007 年版。

92. 宋祚胤译注：《周易》，岳麓书社 2016 年版。

93. 吴根友导读、注译：《老子》，岳麓书社 2019 年版。

94. 韩峥嵘编：《古汉语虚词手册》，吉林人民出版社 1984 年版。

95. 顾陵冈汇集，徐试可重编：《重镌地理天机会元》，上海锦章图书局印行本。

96. 秦伦诗著：《风水罗盘应用经验学》，重庆出版社 2012 年版。

注译者后记

丁士虎

一、注译活动缘起与经过

2019 年 3 月的一天，我午饭后到时任我校马克思主义学院院长祝中侠先生办公室闲坐，祝先生建议我与他合作注译周馥先贤的《负暄闲语》这本书，我很爽快地同意了。因为我想，我和祝先生对近代文史有一定程度的了解，又各有文与史知识优势，二人分工合作，可望有成。我还想到，全国高校中，池州学院最先设立了家风文化研究中心，该中心设立的宗旨就是推动池州家风文化研究，把这本池州先贤所写的极有价值、极有代表性的家训翻译出来，让普通人都能阅读并得到教益，是家风文化研究中心很早就希望完成的任务，我作为该中心的特聘研究员，有义不容辞的责任协助其做好这件事。

目标确定后，我和祝先生立即分头行动，将文字录入和标点、注释、翻译的任务落实到个人。我录入和核对文字，加以标点，而后将十二篇家训二人分选其中的五篇加以注释和翻译，孙琪老师在半途加入了注译小组，家训末尾两篇由其注译。注译时，大家充分发挥了各自优势，在初稿完成后，互相传阅，提出修改建议，尽可能做到字字落实。我们花了一年多时间，终于完成定稿。

二、注译工作的困难及其解决

资料搜寻难，阅读难。周馥先贤在书中摘录不少相关资料和前贤名言，它们的来历作者并未详细交代，注译者也就难以考证清楚。比如“妻虽贤，不可使与外事；仆虽能，不可使与内事”（韩山子）这句话，韩山子到底是谁的字号？中国、高丽国都有人号韩山子，我们查询过中、韩典籍，尚未能确定这句话的作者。另外，《务本夺命录》《竹窗随录》这两本书，我们在中国国家数字图书馆藏书目录与中华书局版《中国古籍总目》中均未查到它们的名字。传世古籍里，有毕世求辑、康熙五十九年刻本《务本录》二卷（《中国古籍总目》中列目，藏于内蒙古自治区图书馆），有纂辑者不详、清道光五年长沙会文堂刻本《夺命录（一卷）》《夺命续录（一卷）》（今藏湖南省图书馆，《中国古籍总目》未收录），还有汪志伊撰、道光元年与光绪十九年刻本《棘闱夺命录》一卷，却没有《务本夺命录》这本书的相关信息。

又如，家训里出现了一些地方官和作者熟人的姓名，作者多称对方字或号，以示尊敬。为这类人作注释很难，因为地方志与族谱的内容不很齐备，非显赫的人物，志书、族谱里不一定列名，即使有幸列名，又未附字、号，读者还是无法识别其人。为了使注释精详，我们耗了很多心血，搜寻这些人物的事迹，结果不太理想。对徐范庭广文、张健亭塾师这类人物的注释，只好粗糙处理了。

再如，家训里有两段文字：“但念自己一个不是，即我之气平；但说自己一个不是，即人之气亦平。”“善启迪人心者，当因其所明而渐通之，毋强开其所闭；善移风易俗者，当因其所易而渐反之，勿轻矫其所难。”文末注明摘自《福寿全书》与《畜德录》，注译者特翻阅《福寿全书》与《畜德录》多遍，仍未能在书中找到这两段文字。此点可以证明核对资料之难。

翻译难。家训中摘引的一些理学大师的文字，个别地方也是极难理解的。比如程颢先生“生之谓性，性即气，气即性，生之谓也。人生气禀，理有善恶，然不是性中元有此两物相对而生也。有自幼而善，有自幼而恶，是气禀有然也。善固性也，然恶亦不可不谓之性也。”“盖生之谓性，人生而静以上不容说，才说性时，便已不是性也。”这几段话，不同学者的理解与翻译就不同，个别处原文标点也不同。造成这种情况的原因在于：家训只是单独摘引了这段话，没把这段话的上下文一同摘录，语境不完整，读者阅读难度自然就会增加。而且，即使摘录宋代理学家这段话的全文，理解也不容易。因为程颢先生在同一段文字里，涉及人“性”的时候，一会儿指“天命之性”，一会儿又指“气禀之性”，而且没有作标注，读者阅读理解时，很容易出现偏差。此外，理学家的著作，多是对话体，句子之间有的衔接不紧，上下句之间有断层，这就需要注译者细心揣摩原文之意，今译时加上必要的衔接句。书中除了性理学方面的文字较为晦涩之外，涉及佛学等的句子，也不容易注译，它需要注译者具备相应的知识。

上述这些难题，大部分被我们攻克了，个别尚未寻得答案的难题，我们都在脚注里作了说明，或提示了寻找答案的方向，以便有心者今后进一步研究。在一年多的课余时间完成厚厚的注译稿，我们积累了一点经验，兹予以总结，示诸同好，以助我国的古籍训释事业。

确定目标。在着手注译之前，我们就定下标准，即注重学术性、资料性、可读性、完整性，尽可能地利用第一手原始资料。家训中引用了不少理学家的名言，为给读者提供研究便利，以便进一步研究这部家训思想的渊源，我们指出这些名言的出处，并在脚注里介绍了这些理学家们的主要思想，此外，书里的人名、书名、生僻词语等，都予以详细注释。在注译过程中，以信、达、雅三字作为注译标准，尽量做到注译合乎原文之意，文字通顺流畅，符合原文的风格。

搜求资料。注译者搜集、购买、调阅了大量的文献资源，比如中国国家图书馆馆藏资料、池州学院特色馆藏室里的文史哲资料、日本《大正新修大藏经》、注译者家庭藏书以及为此次注译工作而购买的大量资料，包括《钦定四库全书》《四库全书存目丛书》《续修四库全书》《四库未收书辑刊》《中国古籍总目》《中国地方志集成》《曾

国藩全集》《李鸿章全集》等数目可观的古书、方志的影印本或各种格式的电子文档，据此，对家训里引文的出处作了一番考证，搞清楚了大部分词句的来历。

求教师友。除了注译组成员彼此频繁切磋交流之外，我们广求师友，以获得助益。家训原文有几处难解的地方，注译者多次与周馥先贤玄孙周启群先生探讨商榷，周先生甚至为此询问过他父亲周景良先生，而后才得到一些线索。

在翻译家训所摘引的佛经《遗教经》《四十二章经》部分章节时，在为家训中“声色相接，色界也；心动神知，欲界也；天理循环，福善祸淫，无欲界也。无欲界能摄欲界，欲界能摄色界”等句子做注释时，我们曾向九华山佛学院法师们求教过，蒙他们热心赐信解答。

家训里摘有《存诚录》的两节文字，《存诚录》作者的名字，是国学大师网站官方 QQ 群群主唐子畏先生赐告的。他还赐以《畜德录》古本 pdf 文档，方便我们将家训摘文与《畜德录》原文作比对。唐先生理工出身，国学知识渊博，又热心助人，国学 QQ 交流群里，每每有网友提出一些学术难题，他很快就能解答出来，此举很令我们钦敬。

对于风水学方面的问题，比如“化生脑”的含义，注译者曾向安徽怀宁风水师丁伯义先生讨教过，蒙他指点。伯义先生精研风水学近三十年，得其怀宁丁氏三祖——明代风水大师丁孟章公秘籍真传，复得名师指授，又曾整理过七种重要的风水学著作，深造有得，由此可见一斑了。

外力加持。一年多来的文字录入、标点、注释、翻译、考证、无数次地修改，任巨事繁，注译者有时会感到乏力、迷茫。幸得领导和师友们带来了宝贵的支持与鼓励，使我们能在困顿中振作起来，向着目标迈进。

我校党委书记孙晓峰教授作为该文稿的主审，在百忙中始终关注这本家训注译工作的进程与细节。他在收到我们发给他的第一版译文稿时，立即回信予以热情地勉励："文稿收悉，这是非常重要的成果，也是极有价值和意义的事情""期盼译本早点问世"，针对注译稿个别问题，提出了很好的修订建议。

周馥先贤玄孙周启群先生也一直关注这本家训的翻译工作，他对注译者勉励有加。他来信说："您和同事注译《负暄闲语》，正是推广传统文化的精华，此举功德无量。"在收到注译本第一稿之后，他很快写来一篇阅读《负暄闲语》的感言，让我们得以弁诸注译本卷首，给这本书增添了光彩。此外，他还惠寄来他父亲周景良先生大作《曾祖周馥》，我们拜读之后，受益良多。

池州学院郑龙发博士、黄亮博士，东至周氏文化研究会周胜良副会长（兼秘书长）、姚北生副会长、马民新副秘书长、丁德芬副秘书长、周氏家风馆讲解员陈佳女士等，都对我们帮助很大，他们或惠赐给我们资料，或帮助把关译文，或关注进度，热情鼓励。这本注译本最终完稿，与这些领导、友人的支持与勉励分不开。另外，池州学院学生诗社社长高宽、产炎生，也帮忙核对过译文初稿里个别处文字与标点问题。他们的专业是一文一理，但对国学都充满着学习与研究热情，具备较好的国学研究潜质，值得注译者夸奖。

合肥工业大学出版社审读《周馥〈负暄闲语〉注译》书稿的专家，对书稿提出了非常中肯的审读意见。专家不吝赞扬注译稿的质量，认为注译稿对《负暄闲语》做了精彩的译注和解读，译文精准通俗，注释细致全面，客观公正、全面真实地反映了原著的思想内涵，提高了原著的传播力和引导力；同时又指出书稿中存在的若干问题与瑕疵，注译者根据审读专家的意见，对原稿作了多处修改。这部书稿的出版，倾注了审读专家的很多心血。

在此，我们还要深深感谢合肥工业大学出版社副社长朱移山先生和编辑张慧女士对该书出版工作的精心策划和编辑工作。

通过这次注译活动，我们开阔了眼界，锻炼了毅力，提升了古文

今译的能力，收获了知识和友谊，熟悉了周馥先贤和东至周氏家族的事迹，对中国理学、佛学、风水学文化和中国近代史也有了更多的了解。《周馥〈负暄闲语〉注译》的出版，属于池州学院党委书记孙晓峰教授主持的省级课题——“池州市校地共建大学生家风文化实践教育基地”（课题编号：sztsjh2019–1–9）、马克思主义学院副院长叶三梅教授主持的省级课题——“以传承优秀家风文化为引领，构建思想政治教育新生态”（课题编号：sztsjh2019–7–25），以及校级一流学科“马克思主义理论”（学科编号：CZXYYLXK05）的阶段性成果。

三、翻译时的具体做法与心得

第一，搞清家训中摘文的出处，把握摘文的实义。

比如，下面这两段文字，标点似乎没啥问题：

朱子言：“学者半日静坐，半日读书，如此三年，无不进者。常验之一两月，便不同。”

程子曰：“满腔子是恻隐之心。”朱子言：“是就人身上指出此理充塞处，最为亲切。盖天地之心，充塞于人身者，为恻隐之心。人心充塞天地者，即天地之心。人心一小腔子，天地即一大腔子。”

当我们找到这两段摘文的原始出处即《高子遗书》时，发现高攀龙在文中先引用宋儒说的话，而后加上自己的评价与感悟。段落里有些话是高氏本人所说的。在此基础上，我们把这两段话做如下标点：

朱子言：“学者半日静坐，半日读书，如此三年，无不进者。”常验之一两月，便不同。

程子曰：“满腔子是恻隐之心。”朱子言：“是就人身上指出此理充塞处，最为亲切。”盖天地之心，充塞于人身者，为恻隐之心。人心充塞天地者，即天地之心。人心一小腔子，天地即一大腔子。

这两段文字，我们作了如下翻译：

朱子说："学习的人花半天时间安静地打坐，半天时间读书，这么做三年，没有人不进步的。"我（高攀龙自称）曾经花了一两个月时间对此做了检验，感觉效果显著，与过去很不一样。

程先生说："浑身都是慈悲怜悯之心。"朱熹先生说："程先生这句话是就近以人身为例，指出天理存在的地方，这种说法最为贴切。"因为天地的心，充满于人身上的，就是慈悲怜悯之心。人心充塞天地之间的，就是天地之心。人心好比是一个小的人身，天地就好比是一个大的人身。

如果比较一下译文，上段译文出现了高攀龙这个人名，是因为如果不加上，"常验之一两月，便不同"句子里是谁"常验之"呢？表述不明。下段译文中，没有出现高攀龙这个名字，尽管原文"盖天地之心"到末尾这几句话都是高氏所说，但不列上他的名字，不影响对句子意思的理解；加上了，反而显得节外生枝，啰唆拖沓。

下面还有一段话，也是极难标点的，[ ] 里字是原文所无，由我们所加：

程子言："天一本无二。"[罗整庵言：]"[人] 只缘有此形体，与天便隔一层，除却形体，浑是天也。形体如何除得？但克去有我之私，便是除也。"某谓真知天，自是形体隔不得。观天地，则知身心。天包地外，天之气透于地中；地在天中，而地之气皆天之气。心，天也；身，地也。天依地，地依天，天地自相依倚；心依身，身依心，身心自相依倚。刚柔相摩如此，才着意便不是。

之所以能做如上标点，是因为我们找到了这段话的出处（即《高子遗书》)，发现了高攀龙这段话里有一段引文摘自明代大儒罗钦顺的《困知记》，而后才做出如上的标点。如果没有查阅到第一手资料，就很难标点这段话。我们认为：正确的标点是翻译的前提，标点工作非常重要。

第二，关注文字通假与错讹现象。

古书常出现通假字，此外，古书在辗转传抄、刻写过程中，会出现文字歧异与讹误现象，《负暄闲语》里就有这种情况（当然，这种情况很少）。比如：《高子遗书》原文作“尝验之一两月”，被抄成“常验之一两月”。此处把“常”字视为错字是不妥的，只能视为通假字，“常”通“尝”，这两个字的通假，古书里很常见。

还如：程子言：“天一本无二。”

我们发现，此句是摘自《高子遗书·卷一》，而高攀龙又是摘引程颢先生的话。查阅高攀龙《高子遗书·卷一·语》与《二程遗书·卷六》可以发现，程颢原话是：“天人本无二”，翻译时只能按“天人本无二”来进行，否则，该句与后面的句子在意义上不相照应。

再如：邵子诗曰：“夏去休言暑，冬来始觉寒。”

我们查阅该诗出处，得知这是邵雍《重九日登石阁三首其一》诗句，原文作：“夏去休言暑，冬来始讲寒。”而且“言暑”与“讲寒”的对应，更合乎诗境与事理逻辑。于是就按“冬来始讲寒”来翻译了。

类似情况，我们在注中都作了说明，并加了“译文当从”四个字。

第三，注意上下文意义呼应与语气的衔接。

古文里有些段落上下文之间，缺少必要的补充说明，造成意义断层和句式不规范现象。为了使读者更好地理解原文的意思，我们加了必要的衔接语或句子成分。《负暄闲语》里有这段话：

川中有一人新娶妇，妇固富家女，一日夫嘱妇脱袜，妇笑曰：“尔家无婢子耶？”夫大惭，自维我丈夫，乃使妇人轻我若此，遂出门，不告所之。至甘肃，为人佣商，积数千金。闻新疆易谋利，复携资往，经营数十年，获数十万金。已别娶妇生子矣，自思年垂老，欲归骨故乡，因携眷归。过甘肃，旅人骗其财物，因控之官。官以为乡人也，语其母，母疑焉，翌日在堂后觇之，乃其夫也，呼入，抱头大哭，妇曰："尔乃以我一戏言，竟断夫妇之谊耶？"夫亦哭，遂相与归川。

原文大意是：川中地区有个青年男子娶了媳妇，某一天，该男子让媳妇脱袜子，媳妇开他玩笑说"你家没有婢女吗"，结果他觉得尊严受到冒犯，于是不告而别，离家到甘肃、新疆谋生，另娶媳妇并生了儿子。年老了思乡，从新疆回四川，途径甘肃的路上被旅客骗了财物，他向甘肃地方官告状，谁知官员竟然是这个四川人的儿子。而后出现了喜剧性场面，夫妻相认，抱头痛哭。

这段故事的原文，有些疏略。因此，译者对"因携眷归"之后的句子，作了如下翻译：

（他竟然不知道他离开老家后，妻子生下了他的儿子，而且儿子很有出息，那时正好在甘肃某地做地方官。）经过甘肃，旅客骗了他的财物，他就在甘肃当地官府控告骗财的人。（因为他说话带川中口音，）审案的地方官以为他是老乡，这位官员就跟自己的母亲说了，他母亲对这告状的人有些怀疑，次日在官府审案大堂后面偷偷地看，那人竟然是她的丈夫，于是喊他进了堂后私室，（二人于是相认，）抱头大哭起来。

括号里的衔接语，我们觉得很有必要，它们起到补充说明的作用。如缺少这些衔接语，会让读者感觉这段话有些突兀。因为不知道这位四川人的儿子是如何当上官员的，原文没作说明，译者只好含混处理了。因为在清代，人们可以通过科举正途进入仕途，也可以通过非正途比如军功、捐资、荐举、恩荫等途径进入仕途做官。

第四，契合撰述者的个人观点。

宋明理学家在阐释先秦儒学典籍时，有的见解与传统的解释不同，在翻译家训所引这些人的短文与句子时，特地做了注释说明，并使译文与原文撰述者的思想观念相契合。比如，程颢先生说：彼释氏

之学，于“敬以直内”则有之矣，“义以方外”则未之有也。

“敬以直内”“义以方外”，孔颖达《周易正义》：“内，谓心也。用此恭敬以直内理，用此义事以方正外物。”意思是：君子恭敬不苟以促使内心正直，行为合义以促使他人端方。程颢先生见解与此有异。他把这两句话意思理解为：“内心庄敬，坚守仁义，行为上践行仁义。”在翻译程颢的这段话时，我们就按照他的见解来翻译。

再如：“大学之道，在明明德，在亲民，在止于至善”这句话，传统的解读是把“亲民”解释为“新民”“使百姓弃旧图新”，但王阳明把其理解为“亲民爱民教民”，因此，翻译王氏称引的“在亲民”时，只能按照王氏意旨来翻译。

第五，个别处运用渲染手法，凸显原文的旨意与风格。

比如，《书》曰：“燮理阴阳”，所贵君相辅相裁成，代天理化也。

我们译为：《尚书》里所说“燮理阴阳（大臣辅佐国君治理国家，调和阴阳）”，推崇的就是国君和宰相深明天地之道，顺应自然法则，又施加助力，使万物欣欣向荣，代表上天来治理世界的为政之术。

译文对“辅相裁成，代天理化”这八个字的翻译，参考了古代学者的见解，又有所引申发挥，加上了“使万物欣欣向荣”这句话。我们认为，这完全吻合“辅相裁成”词语的旨意。

再如：宋襄之义，尾生之信，徐偃之仁，概不得谓之诚。孔子眮亡而拜阳货，不见孺悲而辞以疾，不得谓之不诚。

我们译为：宋襄公（不俘虏头发花白的敌人，不在敌人过河时半渡而出击）的义，尾生（与女子约定于桥梁下见面，女子未来，河水上涨仍不离开，抱桥柱而被水淹死的）守约之信，徐偃王的（行仁义而堕武备，招致国家灭亡）的仁，这些都不能称之为诚。孔子窥知阳货不在家里而特意去拜访对方，不愿意会见孺悲而推辞有病，这种做法不能称为不诚。

很明显：这段译文加不加括号里的句子，效果是不一样的。如果不加上，也合乎翻译要求，但“宋襄之义，尾生之信，徐偃之仁”的内涵没有明确揭示出来。

还有一个例子，家训摘引了《近思录》里的一段文字，《近思录》又是摘自《二程遗书》，其中有“有自幼而善，有自幼而恶”之句，《二程遗书》此句后附有作者程颢的注释：“后稷之克岐克嶷，子越椒始生，人知其必灭若敖氏之类。”尽管《近思录》未摘录这两个例句，我们认为这例子有助于阅读理解，所以，在今译时，把这例子添进译文中，并在脚注里作了说明。

四、《负暄闲语》家训思想的渊源考略

第一，先秦儒家思想。

《负暄闲语》家训思想的主要源头是先秦儒家思想。家训中，周馥引用《大学》《中庸》《论语》《孟子》《周易》等儒家经典里的句子有百处以上，此外，家训里有些话语虽然不是摘引经典原文，但它们与儒学经典的精神意旨完全吻合。可以说，《负暄闲语》家训思想主体部分就是先秦的儒家思想。

儒家学说是一种体现人类道德理想的学说，它追求人类和万物和谐有序，重视人伦日用即注重个人修身、人际关系与道德实践，以培养君子人格为目标，主张中庸节制、亲亲、仁民、爱物，以实现人与自我、人与人、人与社会、人与自然之间的和谐统一。儒家的鼻祖孔子继承了周朝的礼乐文化，并加以“损益”，将传统的礼乐法规转化为人的自觉的道德实践，又把人所具有的道德属性扩展为社会伦理和政治伦理，用以处理君臣、父子、兄弟、夫妇、朋友之间的关系，从而奠定了儒家“内圣外王”修身处世之学的基础。孔子把“恭（自重）、宽（宽厚）、信（诚信）、敏（勤恳）、惠（关爱他人）”这五种品德称为“仁”，此外，子贡赞美老师具备“温（谦和）、良（善良）、恭（自重）、俭（俭朴）、让（谦让）”五种美德，

有子主张“务本”，他认为孝悌就是为仁之本，曾子倡导“省身”，这就是每日自我反省的修身方式。《论语》里这类言论对中国人的思想与行为，起到了规范、引导作用。孟子认为每个人都可以成为尧舜那样的圣贤。他又提出了“尽心知性知天”的认识论与内省修行方法。心，指的是天赋的恻隐、羞恶、辞让、是非之心，“尽心”就是人要充分发掘、扩充心中固有的善的因子，即“良知良能”。性，即天赋于人的本性，即仁、义、礼、智“四端”。能发掘自己的内心，就能发现人性中固有的美德，也就知道上天赋予人类的道德使命（天命）。这就是后世性理（心性）之学的源头。他还倡导身心交相养的“养气”说，“养气”既能养心，也能养身，就是平时在心中培养浩然正气，就会成为“富贵不能淫，贫贱不能移，威武不能屈”的大丈夫。

《负暄闲语》家训里处处可以看到孔孟思想的痕迹，宣扬的就是那套以“仁、义、礼、智、信、忠、孝、恕”为核心内容的儒家处世思想。

《负暄闲语》第七篇“葆生”里写道：孙子周暹向祖父周馥提出疑问，他认为养生之道，只要“谨嗜欲、节饮食、慎寒暑、惜劳苦”即可，不用强调养性，因为“专言养性，古来忠孝节义之士，葆（保全）其本性而丧其生者多矣，二者岂非相反”。周馥则认为养生需要养性，缺一不可。“性定而理明”，如果专讲养生，必迷入嗜欲一途，反而伤身。君子养生不是仅仅为了却病延年，也是为了养性，人假如不知为人之道，不懂养性，即使活了数百年，也是毫无意义的。从这里可以看出，周馥把涵养心性当作人生的终极追求、人的生命意义的保障。此处养性说就是源自孟子的养气说。

周馥赞扬了文天祥为信念而死的举动，呼应了孔、孟“杀身成仁”“舍身取义”的主张。他说道：“文文山（即文天祥）当国时，宋祚已亡，即元世祖不杀，听其黄冠终老，亦不能再扶社稷，儒者当此时只有一条路：与其夺志，不如杀身！”

家训中宣扬的正直立身、谦让待人、以礼范身的思想，也与《论语》“人之生也直”“质直而好义”“躬自厚而薄责于人”“立于礼”的观点是完全吻合的。

在周馥看来，儒学思想就是人立身处世之本，是正学，虽然在时下受到西学的冲击，被大众背弃或漠视，但总会有将来复兴的那一天。他说：“……然‘天不变，道亦不变’，久之，自有正学昌明之日。我家子弟，总以专重儒修为主，不可邪趋旁骛。考求西学，原属因时制宜。圣贤处今日，断无不变法之理，亦断无不间取西法之理，要不可逐末忘本，蔑视圣教，获罪于天，不可逭也。”在中国备受西方列强欺凌、中国人对传统文化普遍丧失信心的时代，周馥守持孤臣孽子之心，坚信儒学的价值，表现出他的远见卓识和对中国传统文化的自信。

第二，宋明理学思想。

宋代以周敦颐、二程、张栻、朱熹等人为代表的理学家融合了儒、释、道三教学说，在此基础上重建孔孟道统，建构起一个兼容并包的庞杂理学体系，使儒学在宋代形成了体系完备的理论形态。“程朱理学”以孔孟之道为主要基础，批判吸收佛、道营养，强调仁、义、礼、智之理为世界的逻辑根据与万物的本性，宣传以“三纲”“五常”为中心的政治理论，主张“存天理，灭人欲”，并强调个人的道德自觉性、操守与气节。该学说是中国封建社会后期的统治思想与官方哲学，它对维护封建秩序、巩固封建统治起了重大作用，也使儒家思想的统治地位更加巩固。

《负暄闲语》特辟“体道”一篇，谈论性理话题，摘引了二程、张载、罗从彦、朱熹、张栻、陆九渊、许谦、王阳明、薛瑄、鹿善继等宋、元、明理学大师的言论，融合了周氏本人对性理学的研讨心得，浓缩了理学思想的精华。理学家要求个人行克己功夫，即自我约束，自觉践行合乎道德的行为，要求人们希圣希贤，研究道理，身体力行，或自诚而明，或自明而诚，克制不正当的欲望。晚清时期，中国山河破碎，民不聊生，“物竞天择、适者生存”的西方社会达尔文主义思想传入中国，被部分中国人包括一些精英人物信奉，重利轻义或见利忘义成为国人见惯不惊的行为，传统文化里的修己以敬、正心诚意、修身齐家、重义轻利、成仁取义、明心见性的那套理念，被世人弃之如敝屣了。周馥却逆潮流而行，不遗余力地宣扬传统的儒学与宋明理学，坚信儒学的价值并不遗余力地捍卫它。因为他在笃实践履理学思想的过程中，亲身感受到四书五经与性理书的价值：他从一介寒儒，一跃而成为封疆大吏，任剧事繁，险隘重重，都能履险如夷、应对有方，就是得益于理学的加持。理学使他视野开阔，信仰坚定，明体达用，处理事务时，不会目迷五色，而是置个人得失荣辱于度外，循规合理地去做。

周馥把以忠孝节义为核心的儒家名教当作安身立命之所、报国护身的国粹，故倡之不遗余力。在《周氏连珠集序》中，周馥指出：“试问艺术精矣，苟其人不忠不孝，无仁无义，非但无以报国，抑且无以保身。”他的有关性理之学的言论，是系统化了的世界观和方法论，上升到了哲学层次，这些崇儒与论道言论，敦励后人思考人生的意义，追求生命价值的最大化。分出专篇来谈论性理话题，是该家训的显著特色之一。

第三，古代名贤家训。

周馥说过：“近人劝善书，如吕新吾《呻吟集》、陈文恭《五种遗规》、张文端《聪训斋语》等书，有益身心，不可不看。”鉴于此，《负暄闲语》中除了摘录这几部训诲书的名言警句，还摘录了柳玭《戒子弟书》、家颐《子家子》、朱熹《小学》、吕本中《童蒙训》、高攀龙《高子遗书》、朱用纯《治家格言》、张廷玉《澄怀园语》、汪辉祖《双节堂庸训》等数十种家训里的名句，这些前贤家训名言都是围绕涵养心性、经世济民、通经致用、宽容大度、勇于担当等话题而展开的。

该书择录古贤家训，有明确的标准，那就是不违圣道，思想精纯，便于取法，文字雅洁。道教劝善文《文昌帝君蕉窗圣训》曾说过“遇上等人说性理，遇中等人说因果”，周馥先贤对此是认可的，他对孙辈少年乐道枯燥深奥的性理话题，就是希望自己的后代深明性理之学，在应对各种社会思潮时，能有所择别与坚持，能在举世随波逐流时成为捍卫中华道统的中流砥柱。

第四，古代先贤的言行事迹。

《负暄闲语》还摘引了不少正史、别史、箴言集里所载的先贤立身行己、待人、处事、养生的事迹与言论。先贤中有从祀文庙的大儒（其中多为理学名家）如孟子、荀子、扬雄、董仲舒、周敦颐、邵雍、二程、朱熹、张载、张栻、罗从彦、薛瑄、罗钦顺、胡安国、许谦、王守仁、吕坤等人；有从祀文庙的历代名臣，如诸葛亮、韩琦、文天祥、张廷玉等人；有虽未从祀文庙，但名声很响的清流人物，如高攀龙、张英；还有夏侯胜、孙思邈、李燔、王应麟、家颐、鹿善继、黄渊耀、熊勉庵等政界、医界和学界名流。

摘引这些名贤的言论与事迹，增强了家训的趣味性和说服力，开拓了家训思想的深度。比如，摘录了《宋史·罗点传》中罗氏的两段话：

或曰天下事非才不办，罗点曰：“当先论其心，心苟不正，才虽过人，果何取哉！”罗点曰：“君子得志常少，小人得志常多。盖君子志在天下国家，而不在一己，行必直道，言必正论，往往不忤人主则忤贵近，不忤当路则忤时俗。小人志在一己，而不在天下国家，所行所言，皆取悦之道。用其所以取忤者，其得志鲜矣；用其所以取悦者，其不得志亦鲜矣。”

罗点第一段话告诉读者，品德比才能更重要；第二段话揭示了君子与小人的不同境遇。君子谋的是天下国家的利益而不是个人私利，他说正直的话，走正直的路，这种人多被人主、贵近、掌权者和时俗排斥，结果就是不得志。小人行事与君子正好相反，他只为身谋，会迎合权势者与时俗，结果就是得志。周馥摘录这一段文字，就是提醒他的后裔，要当君子，就要有定力，在义利关口，能做出正确选择。

他摘录宋代贤相韩琦的言论事迹，句子较多且内容非常精粹，如：

内刚不可屈，而外能处之以和者，所济多矣。

君子当先处己至于义足，而后委之命，可以无悔。以之遇则可以成功，以之不遇则可以免祸者，其唯晦乎？

泛交之道，与其所长而避其所短，则欢心得矣。又曰：“处己以难，处人以易，则无所往而不服矣。”

论待君子、小人之道，公曰：“一当以诚，但知其为小人，则浅与之接耳。”

凡人至于小人欺己处，不觉则已，觉必露其明以破之。公独不然。明足以照小人之欺，然每受之，而不形也。

君子业履须当积微，放过一事，便为小人所窥矣。

这些摘文，涉及修身、处己、待人、处事之道，它要求人要内刚外和，严于律己，待人宽诚，行事谨慎，心气和平，能吃亏忍让，藏精明于浑厚之中。从周馥的德行看来，他可称为韩魏公、罗点的异世知己，他们是同一类人。

周馥还指出苏轼的错误，视其为诙谐玩世、有违名教的人：

东坡欲打破敬字，是东坡大错处。千古纲常之坏，皆从放纵而起。名教中原有乐地，可以处约，可以处乐，可以保身，可以治国。

“敬”是宋明理学先贤乃至康熙帝十分推崇的字眼。康熙帝认为：“君子修德之功，莫大于主敬。内主于敬，则非僻之心无自而动；外主于敬，则惰慢之气无自而生。”[1] 敬以修身敬以处事，庄敬不苟，严肃认真，确实是修身悟道的不二法门。

---

① 引自《钦定四库全书》文渊阁本《圣祖仁皇帝庭训格言》。

第五，传统的佛道思想与风水文化。

传统的儒学信仰与入世精神，救亡保种社会思潮的影响，使周馥对佛道持消极看法。但是，他并不粗暴地排斥佛道，为了让后裔了解传统文化的精华，他在家训中摘录了佛教经典《佛遗教经》《四十二章经》里的经文，还摘引佛经来论述道理，如："《楞严经》谓：'视河水大小，无老少异者，即知觉之性。'""释家言：'一粒粟中藏世界。'皆谓生机之动，可以充满世界。""其轮回转世之语，善者福，恶者祸，亦若儒书中'和气致祥''戾气致殃'之语，皆由各人自取。不必说得太拘。""每见人纵口腹之欲，暴殄天物，或迷于求子、养生之术，日杀生不已，皆遭孽祸。"

在上述引文中，周馥指出：佛教福善祸恶的思想与儒家"和气致祥"思想是一致的。他认为：为满足口腹之欲，每天杀生不已，会遭到孽祸。孽祸是佛教词汇，佛教指的是作恶造孽招来的灾祸。在家训里，他写道：有一显贵官员，看不惯家里女性念佛吃素，非逼她们吃肉，结果闹出人命案子。还有一贵官，母亲去世了，亲友拟延请僧人给死者念经超度，"显宦执不可，大逆众意，几致龃龉，后不得已，使人于柩前读儒书解之，他日，家人伺其他出，仍讽佛经"①。作为儒学信徒，周馥对这两个大官迂腐而不近人情的做法并不认可。在个人生活中，他与佛门也有往来，接受过友人赠送的佛经，认可夫人礼敬三宝的行为。他曾题"五蕴皆空"挂匾献给寺僧常修上人；在《友人赠弥陀经》一诗中，他写道："心倩自觉万尘空，休说人偷造化工。若果此身似莲净，来生应坐白莲中。"② 给亡妻所作的《亡室吴夫人传》③ 里，他讲述了妻子吴夫人作为佛门居士的美德与善行：品性简静慈爱，勤俭操作，终身布衣素食，喜读《楞严经》与各种《劝善书》，节省食用，怜恤戚族中的孤寡贫人，济人不可数

① 引自《秋浦周尚书（玉山）全集·负暄闲语卷上·处事》。

② 引自《秋浦周尚书（玉山）全集·诗集四》。

③ 该文收录于《秋浦周尚书（玉山）全集·文集二》。

计，还常劝夫君在审理刑案时要审慎矜恤。吴夫人潜心修佛、慈悲喜舍、不尚纷华，对丈夫与子孙的影响都很大，她既是丈夫的贤内助，又是孩子们的精神导师。从吴太夫人到她儿子周学熙，再到孙子周叔弢与周叔迦，曾孙周一良与周绍良，周家历代有人信佛，且成为佛门护法居士。这种以儒修身以佛修心的人文品格使得该家族在经历劫难之后仍能再度恢复，成为20世纪中国屈指可数的文化世家。叔弢先生是名重海内的实业家与藏书家，曾自号佛弟子、净业学人，佛学造诣很高，爱诵佛经，珍藏佛经，亲自校印或助印佛教经典，1928年，因收得宋本《景德传灯录》，特给刚出生的第七子起名景良以志喜庆，他还取佛经“佛庄严，我自庄严”之意名其藏书斋曰“自庄严堪”，以之作为立身做人的准则。他以两部心爱的宋版书易资助印佛典，更是难能可贵，一时传为书林佳话。周叔迦先生作为佛学大师，他对佛学研究、佛教教育、佛教文化整理与建设更是卓著勋劳。

周馥对道教的祖师老子与庄子的学说很熟悉，家训里多处引用《老子》《庄子》的话来阐明事理。另外，他对道教的养生之术的功用也不抹杀。家训里一方面推崇智慧，但又反对聪明外露，反对与人争竞，而要求与自己争胜，深得老子的“知雄守雌”“自胜者强”“天之道，不争而善胜”韬光养晦的处世哲学与不断突破自我、提升自我的修身之学的精髓。

周馥对传统的风水学态度相对科学。他摒弃了风水学里的迷信虚妄的成分，而采纳了合理的见解。他赞叹欧美各洲人亦从不讲葬地，而士民志气坚卓，国臻富强，由此推知“足见天运兴衰，视人事为转移”。家训里还写到，周先贤为了择地安葬亲人，尽自己的孝思，好几年间风餐露宿，费心寻觅，只希望葬地能避免虫蚁与水患，地方安宁，格局平正，至于这个墓地会不会给自己带来富贵啥的，他是毫不考虑的，也不相信世俗风水师的那一套说法。

第六，西方传入的自然科学知识与人文知识。

《负暄闲语》里含有不少来自西方自然科学方面的内容，比如提到地球与太阳、与月亮的距离的数据，谈到空气成分、无线电、赛萌土（水泥）等，言及地球是一颗星球，它的周围有无数的星球。书中提到“西人测草木叶上皆有小孔以吞吐空气，人身毛孔亦然”，作者从西人那里知道，船舱高宽各八尺才能容一个人呼吸，他进而推测，如果住在低洼空气不畅的地方，一个人的起居需要更大的空间，才有足够的清气（即氧气）供一个人呼吸。因为有了这些自然科学知识作基础，作者对中国传统学说——谶纬之学持否定态度，完全不信这一套，不信天象与人事的呼应关系。他与西方人交流时，还推测别的星球可能会有类似于人类的生物，并认为那里的规则、性情会与地球上一样，甚至推测宇宙也有灭亡的时候。书里也谈到西方社会一些习俗，如：

欧、美两洲人，皆不遗财于子，而赠财于友，有遗之者，为数亦少，或只分给其长子。又其子不能自赡其身，则不为之娶妻，故其人谋生较华人为勤，亦能谨身节用，无食鸦片、赌博恶习，此风胜于我华。

介绍来自西方的自然科学与人文知识，正面评价西方制度与习俗，表现出周馥超越传统士大夫的开明一面。谈论科学、西学与西方风俗，超越了传统家训的话题范畴，家训里这方面文字虽然不多，但极为珍贵，它们能新人耳目，启人思考。不过，作者对西方的声、光、电、气之学，对西方的社会、政治制度、社会科学思想，没有给予更为积极的评价。

第七，父祖言传身教与本人在求学、实践中的领悟。

东至周氏家族，一百多年来，英才辈出，长盛不衰，其成功带有一定的必然性。用中国家族宗祠里常见的一副楹联“忠厚传家久，诗书继世长”这句话来解释这种必然性，是非常合适的。从《负暄闲语》“祖训”可以知道，周馥祖父周乐鸣公，生平无疾言厉色，内介外和，一辈子恭谨小心，宁受人欺，从不一毫欺人，看到路上有石

块，就捡起放在路外，以免别人不小心踏上去伤了足；见到虫蚁，都避让不践踏，不以善小而不为。他责己严，待人恕，比如孙子与邻儿吵架，哪怕是对方无礼，他还是安抚邻儿而责罚自己的孙子。祖母教导周馥，光阴易过，不要辜负。父母不要娇惯孩子，而要让他学会自立。周馥之父周光德生平慷慨好义，在义兄王全死后，他应王姓族人要求代理其家业十多年，并养育王全之子，有友人劝他说“你劳苦了十余年，抚遗孤至结婚成家，恩义已全，可以离开，去经营更有利的事业”，他拒绝了，不愿为利而弃义。周馥幼年时，光德公告诫说：“吃得苦中苦，方为人上人。所谓吃苦者，粗衣淡饭，发愤读书，一日不可空过，一语不可妄发，宁人欺我，我不欺人。”“世人所以多争者，为责人而不责己也。今若有人待我不仁，我不可以不仁报。久之，彼自心服。”周馥在私塾中读书，父亲让他粗衣蔬食，使孩子“知贫而且耐贫”。正因为祖祖辈辈忠厚传家，吃苦耐劳，言传身教合一，周馥本人从小就与父、祖一样，宽厚善良，他小时候，宁肯一年到头不吃肉，也要把家里每个月分给他的四两猪肉，送给困难雇工。在后来的人生旅途中，周馥遇到许多忧患与艰险，都安然度过，与早年经受的教育与艰苦磨炼分不开。

周馥早年投身李鸿章军营，戎马倥偬，转徙无常，每有余暇，即研读性理书，并把书中的道理与实践结合起来，终成为用心极细、虑事最精、廉正有魄力、非时人所及的干练之才。他认为“大凡为儒能力学者，必在心性上作功夫”，但又不能空谈心性，须与经世致用之学联系起来。他说：“古人云：‘一事不知，儒者之耻。’凡有益于身心、有补于经世之学，皆宜讨论……空言‘性’‘道’，非儒之正宗也。”

童年时代所受的家庭教育，后天的学习与历练，使他养成了求索生命意义、与天合德的人生观。其家训宗旨就是指引子孙践行君子之道，成为正人君子。

他指出：“正人是天地正气，即是国家元气。”有德者必定性情“中和”（中正平和），能成就“位育”（万物欣欣向荣）之功。有德者必有才智——“未有有道德而无才智者。”“清明在躬，志气如神，至诚之道，尚可前知。事物之来，自可泛应曲当。”

有德者明察一切，心中常乐——“君子体道，眼觑千古之上，心契造化之微，贵贱死生，视之如蜉蝣朝菌，安有心与若辈较得失耶？学问到此，自然不愠，所以为成德君子。”

要想成为有德的君子，先须格物明理——“必从事格物致知，才智自出其中……几及自明而诚，功夫原可渐进。”“力学之年，先求明理，明理则居家处约、处乐，为官处常、处变，自有见解。”其次，要有恒心——“大凡今世聪明人，遇事亦见得几分理路，总是立志不坚，苟顾目前……无恒心故也。”

周馥认为：性定理明，终会义利兼得；脚跟立定，定会处事得宜：“正谊明道之人，谋功利更远……去道谊而求功利，终必丧其功利而后已。君子素位而行，必得禄位、名寿。”“我辈无论到天翻地覆时，须无一毫站脚不住的事。”“处事之方，随地随时而变。”“处事识量要远。”“处事贵得中。”

在与友人谈论修身治家之道时，友人以勤、俭、和作为要诀，但是周馥以诚字为要诀。真诚就是表里如一，言行相符，依理而行。他说：“夫诚即无妄之谓也。此乃天之性，即人之性，万事万物之理，皆从此出。”“诚者，行其理之所当然耳。”

他揭示了家族兴衰的规律。他指出：“大凡富贵家之祖宗，皆敦厚有品，茹辛食苦。迨后代富贵，子孙愈显，即渐浇薄，自甘暴弃，又转入贫贱，此常理也。富贵之家，苟能世守敦厚，不忘贫贱素风，则后世虽微，尚不遽至大败。”为使家族长盛不衰，周馥要求自己的子孙重儒修、谨厚、诚实、勤俭，以名教为乐地，不忘素贱家风。

《负暄闲语》中还谈到中国自强之道、处理对外关系、处理与上司的关系以及宗教、婚姻、养生、治家、睦族、卜葬等诸多话题，对孝道、悌道虽然没有专论，但透过作者不辞劳苦、几年间风餐露宿精心为母亲等长辈择地安葬等情节，可以看出其孝子之心。家训里的见

解，综合了前贤教语与周馥本人的独特感悟。该书并不一味抽象地谈道理，而是事理兼备，且联系了个人的亲身经历娓娓道来，因此，今人在阅读时会感到文字平易亲切。

五、结语

周馥家教思想体系的形成，与他所受的家庭教育、乡塾教育有关，与国势衰弱、理学复兴及西学东渐的时代背景有关。这本治家宝训思想渊源非常清晰，书中言论平和，观念正统，带有中国传统修身文化的内敛自省特色，部分带有官方色彩，比如，反对妇女入庙烧香，出门看戏、看赛会，严格区别妻妾名分等主张，与《大清律例》法律条文的规定完全一致。另外，康熙帝的《庭训格言》与《圣谕广训》中的一些主张，如立品、读书、节俭、主敬、行善、养正以蒙、惜福守分、身心交相养、推崇正学、明礼谦让、笃厚宗族、和睦乡里、致力本业等，在《负暄闲语》里都可以找到相呼应的类似说法。我们认为：《负暄闲语》是一部宝贵的家训经典，是作者毕生思想与智慧的结晶，它集合了诸多名贤家训之精华，建构培植出建德周氏家族的淳良家风，这种家风文化使一个家族从山村寒门一跃而成为人才济济、举世瞩目的海内旺族。从这本书中，我们可以考察周馥先贤的修身观、治家观、为政观、养生观、读书观、教育观、人才观、财富观、生命观、婚姻观等多方面信息，他的诸多见解与主张，如严律己、养正气、贵学道、先格物、去伪返真、至诚无妄、清廉持正、谦和守礼、宽厚待人、惩忿窒欲、反身而诚、修己以敬、中庸适度、进德修业、忠孝不亏、有补于世、仁民爱物、藏精明于浑厚、观人于其微、知止知足、素位而行（即循本分）、宁受人欺而不骗人、虑事精详、能知机变、分清缓急、凡事要有益于国于民、实心实力去做、不计个人毁誉与得失等等，对今天中国人修身齐家、治国理政、为人处事、对外交往、培育英才、建设文明和谐清廉社会，均具启发和借鉴意义。